OS REIS DO
WYLD

OS REIS DO WY

OS GUERREIROS DO WYLD

LIVRO I

TRADUÇÃO

Regiane Winarski

TRAMA

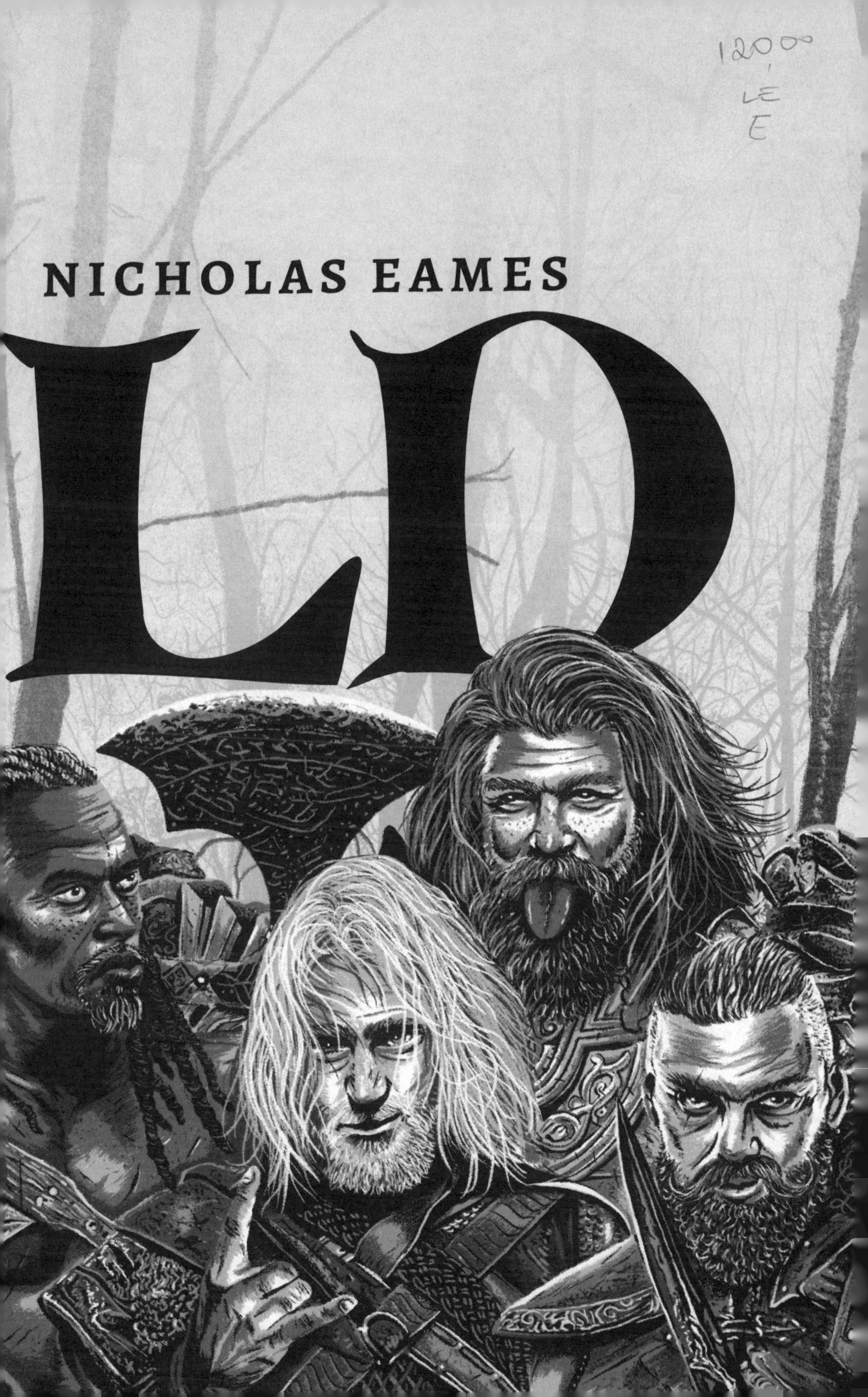
NICHOLAS EAMES
LD

Título original: *Kings of the Wyld*

Editora Nova Fronteira Participações S.A.
Rua Candelária, 60 — 7.º andar — Centro — 20091-020
Rio de Janeiro — RJ — Brasil
Tel.: (21) 3882-8200

Dados Internacionais de Catalogação na Publicação (CIP)

E12r Eames, Nicholas
Os reis do Wyld / Nicholas Eames; tradução de Regiane Winarski. – Rio de Janeiro: Trama, 2021.
544p.; 15,5 x 23cm; (Os guerreiros do Wyld I)

Título original: *Kings of The Wyld*
ISBN: 978-65-89132-20-2

1. Literatura fantástica. I. Winarski, Regiane. II. Título.

CDD: 810
CDU: 821.111(71)

André Queiroz – CRB-4/2242

www.editoratrama.com.br

/ editoratrama

Para a minha mãe, que sempre acreditou.

Para Rose, que sempre soube.

E para o meu pai, que nunca vai saber o quanto.

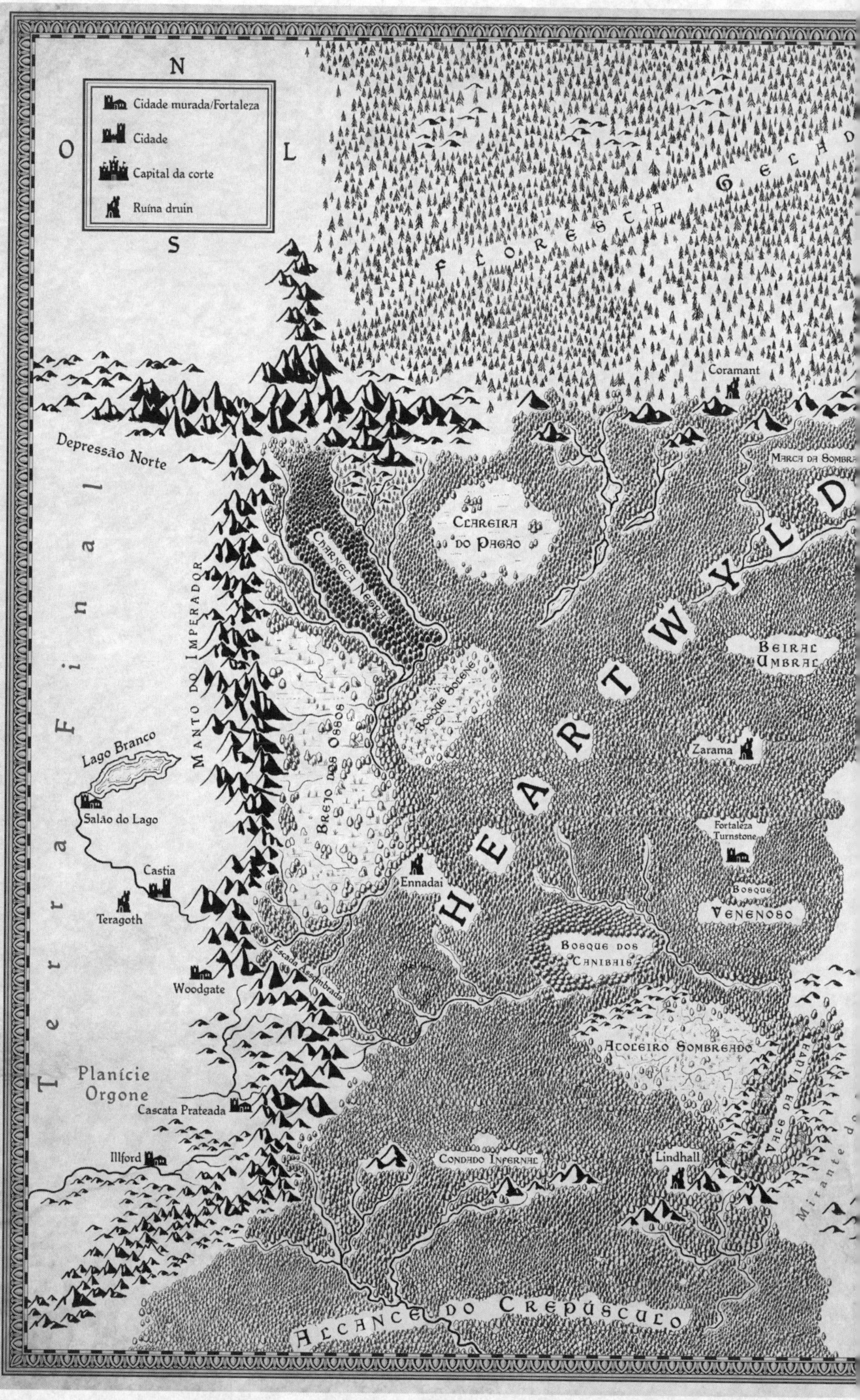
N
O
L
S
Cidade murada/Fortaleza
Cidade
Capital da corte
Ruína druin
Floresta Gelad
Coramant
Heartwyld
Clareira do Pagão
Charneca Negra
Bosque Solene
Beiral Umbral
Zarama
Fortaleza Turnstone
Bosque Venenoso
Bosque dos Canibais
Atoleiro Sombreado
Ennadai
Brejo dos Ossos
Manto do Imperador
Depressão Norte
Terra Final
Lago Branco
Salão do Lago
Castia
Teragoth
Woodgate
Escada Assombrada
Planície Orgone
Cascata Prateada
Illford
Condado Infernal
Lindhall
Alcance do Crepúsculo

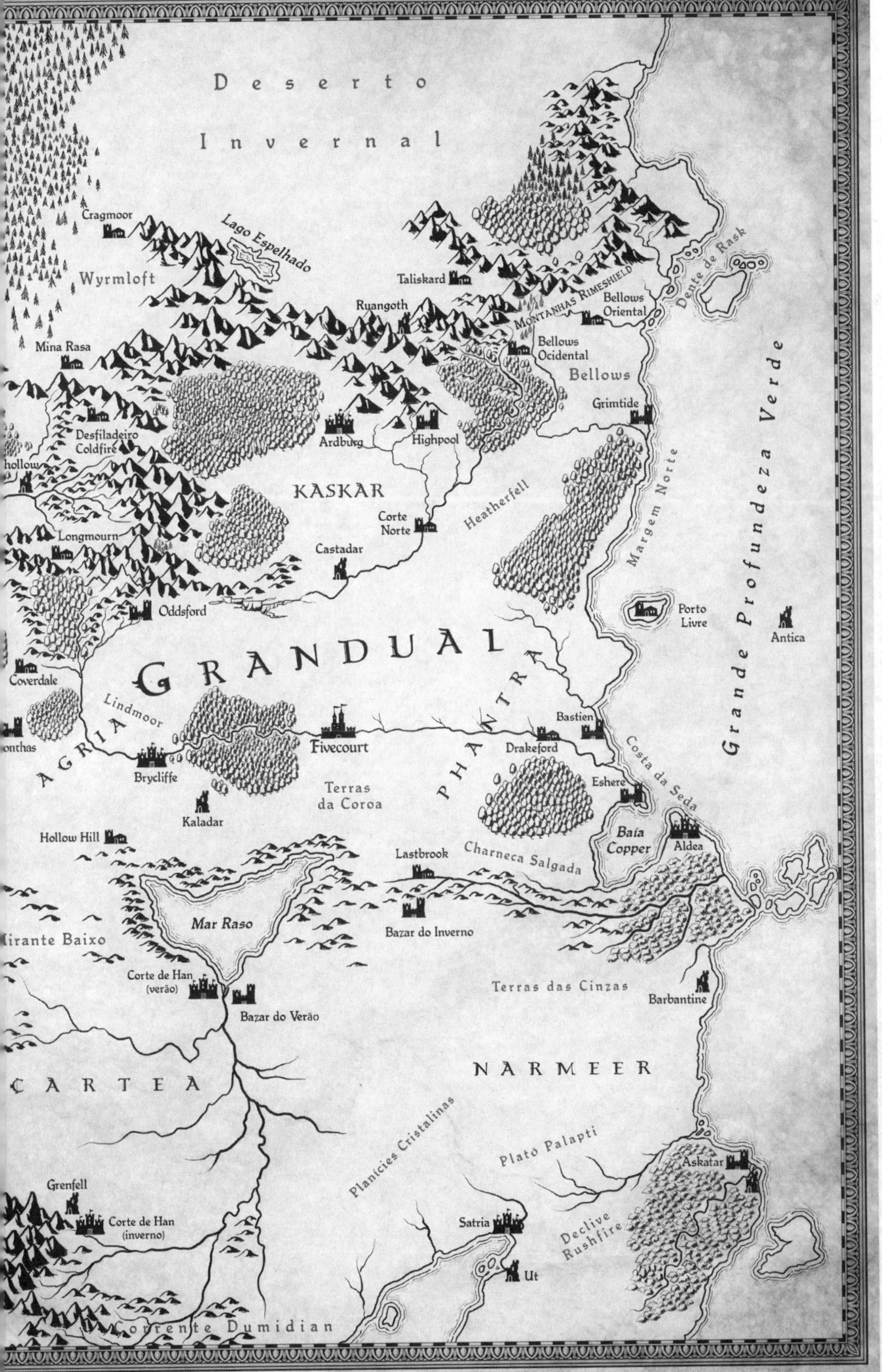
Deserto
Invernal
Cragmoor
Lago Espelhado
Wyrmloft
Mina Rasa
Taliskard
Ruangoth
Montanhas Rimeshield
Bellows Oriental
Bellows Ocidental
Bellows
Dente de Rask
Grimtide
Desfiladeiro Coldfire
Ardburg
Highpool
KASKAR
Corte Norte
Heatherfell
Margem Norte
Longmourn
Castadar
Oddsford
Porto Livre
Antica
Grande Profundeza Verde
GRANDUAL
Coverdale
Lindmoor
AGRIA
PHANTRA
Fivecourt
Bastien
Drakeford
Brycliffe
Terras da Coroa
Costa da Seda
Eshere
Kaladar
Baía Copper
Aldea
Hollow Hill
Lastbrook
Charneca Salgada
Mar Raso
Bazar do Inverno
Corte de Han (verão)
Bazar do Verão
Terras das Cinzas
Barbantine
NARMEER
Planícies Cristalinas
Platô Palapti
Askatar
Grenfell
Corte de Han (inverno)
Satria
Declive Rushfire
Ut
Corrente Dumidian

CAPÍTULO UM

UM FANTASMA NA ESTRADA

Pelo tamanho da sua sombra, Clay Cooper parecia um homem maior do que realmente era. Ele com certeza era maior do que a maioria, com os ombros largos e o peito como um barril com tiras de ferro. Suas mãos eram tão grandes que quase todas as canecas pareciam xícaras de chá quando ele as segurava, e o maxilar por baixo da barba castanha desgrenhada era largo e acentuado como uma pá. Sua sombra, porém, gerada pelo sol poente, se prolongava por trás dele como um lembrete persistente do homem que Clay Cooper era: enorme, sombrio e monstruoso além do normal.

Depois de terminar o dia de trabalho, Clay seguiu pelo caminho de terra batida que servia como via pública em Coverdale, trocando sorrisos e acenos com as pessoas que voltavam para casa antes de escurecer. Ele usava um tabardo verde de patrulheiro por cima de um justilho de couro surrado, e uma espada desgastada repousava em uma bainha velha pendurada no seu quadril. O escudo, lascado e marcado, arranhado ao longo dos anos por machados, flechas e garras de ferro, pendia nas costas. Seu elmo… bem, Clay tinha perdido o que o Sargento lhe dera na última semana, assim como deixara o que ganhara no mês anterior em algum lugar. Esse tipo de coisa acontecia a cada alguns meses desde o dia em que ele entrou na Patrulha quase dez anos antes.

O elmo limitava a visão, deixava Clay praticamente surdo e, na maior parte das vezes, fazia com que ele parecesse idiota. Clay Cooper não usava elmos e pronto.

— Clay! Ei, Clay! — Pip se aproximou correndo. O rapaz também usava o verde dos patrulheiros, o capacete ridículo debaixo de um dos braços. — Acabei de sair do meu turno no portão sul — disse ele, animado. — E você?

— Norte.

— Legal. — O garoto sorriu e assentiu, como se Clay tivesse dito uma coisa muito interessante em vez de só ter murmurado a palavra *norte*. — Algo emocionante por lá?

Clay deu de ombros.

— Montanhas.

— Rá! "Montanhas", diz ele. Clássico. Ei, você soube que o Ryk Yarsson viu um centauro perto da fazenda do Tassel?

— Devia ser um alce.

O garoto olhou para ele com dúvida, como se Ryk ver um alce em vez de um centauro fosse bastante improvável.

— Sei lá. Quer ir ao King's Head tomar umas?

— Eu não deveria — disse Clay. — Ginny está me esperando em casa e… — Ele fez uma pausa, pois não tinha nenhuma outra desculpa em mente.

— Ah, vamos — pediu Pip. — Só uma.

Clay grunhiu, apertou os olhos para o sol e avaliou a perspectiva da ira de Ginny em comparação ao amargor de uma cerveja descendo pela garganta.

— Tudo bem — falou ele. — Mas só uma.

Afinal de contas, era um trabalho árduo passar o dia olhando para o norte.

O King's Head já estava lotado, as mesas compridas cheias de gente espremida que ia lá tanto para fazer e ouvir fofocas quanto para beber. Pip foi na direção do balcão enquanto Clay se sentava a uma mesa o mais longe possível do palco.

O falatório em torno dele era sempre o mesmo: o clima e a guerra, sendo que nenhum dos dois assuntos era muito promissor. Uma grande batalha fora travada no oeste, na Terra Final, e, pelos murmúrios, não tinha ido muito bem. Um exército de vinte mil soldados da República, reforçado por várias centenas de mercenários, acabou sendo massacrado por uma Horda de Heartwyld. Os poucos sobreviventes recuaram para a cidade de Castia e estavam agora cercados, forçados a suportar doenças e fome enquanto o inimigo devorava os mortos que ficaram do lado de fora. Além disso, aquele dia amanheceu com um toque de geada no chão, o que não parecia certo tão cedo no outono, parecia?

Pip voltou com duas cervejas e dois amigos que Clay não reconheceu, cujos nomes esqueceu assim que foram ditos. Pareciam bons sujeitos, de verdade. Clay é que era péssimo com nomes.

— Você já fez parte de um bando? — perguntou um. Ele tinha cabelo ruivo sem vida e o rosto era uma bagunça pós-adolescente de sardas e espinhas inflamadas.

Clay tomou um gole longo da caneca antes de colocá-la de volta na mesa e olhar para Pip, que ao menos teve a dignidade de parecer envergonhado. E assentiu.

Os dois trocaram um olhar, e o garoto de sardas se inclinou por cima da mesa.

— O Pip disse que vocês protegeram o desfiladeiro Coldfire por três dias de mil mortos-vivos.

— Eu só contei novecentos e noventa e nove — corrigiu Clay. — Mas, basicamente, sim.

— Ele falou que você matou Akatung, o Terrível — disse o outro, cuja tentativa de deixar a barba crescer tinha gerado uns fiapos que seriam sacaneados por quase todas as vovós do mundo.

Clay tomou outro gole e balançou a cabeça.

— A gente só feriu Akatung. Mas soube que ele morreu na toca dele. Em paz. Dormindo.

Os dois pareceram decepcionados, mas então Pip cutucou um dos rapazes com o cotovelo.

— Pergunte a ele sobre o cerco a Hollow Hill.

— Hollow Hill? — murmurou o de barba rala, arregalando os olhos, que ficaram redondos como as moedas da corte. — Espera aí, o cerco a Hollow Hill? Então o seu bando era o…

— *Saga* — concluiu o garoto das sardas, claramente impressionado. — Você era do *Saga*.

— Já faz tempo — disse Clay, cutucando um nó na madeira torta da mesa. — Mas o nome é familiar.

— Uau. — O moleque das sardas suspirou.

— Você só pode estar de brincadeira — comentou o da barba rala.

— Só digo… uau — repetiu o sardento.

— Você *tem que* estar de brincadeira — falou o da barba rala, competindo para ver que expressa a maior descrença.

Clay não respondeu, só tomou mais um gole e deu de ombros.

— Então você conhece o Golden Gabe? — perguntou o sardento.

Outro movimento de ombros.

— É, eu conheço o Gabriel, sim.

— Gabriel! — exclamou Pip, derramando a bebida ao erguer as mãos, maravilhado. — "Gabriel", diz ele. Clássico!

— E Ganelon? — perguntou o da barba rala. — E Arcandius Moog? E Matrick Skulldrummer?

— Ah, e... — O sardento contraiu o rosto enquanto tentava lembrar. Aquilo não favorecia em nada o pobre coitado, concluiu Clay. Ele era feio como uma nuvem carregada em dia de casamento. — Quem a gente está esquecendo?

— Clay Cooper.

O da barba rala coçou os fiozinhos no queixo enquanto refletia.

— Clay Cooper... ah — disse ele, parecendo envergonhado. — Claro.

O sardento demorou mais um tempinho para juntar dois e dois, mas bateu com a mão na testa e riu.

— Deuses, como eu sou burro.

Ah, os deuses já sabem disso, pensou Clay.

Sentindo o constrangimento da situação, Pip se intrometeu.

— Conta alguma história, Clay. Sobre quando você trabalhou para aquele necromante de Oddsford. Ou sobre a vez que salvou aquela princesa... daquele lugar lá... lembra?

Qual?, pensou ele. O *Saga* tinha salvado várias princesas, na verdade, e ele devia ter matado mais de dez necromantes. Quem ficava registrando essas merdas? Não importava, porque ele não estava com humor para ficar contando histórias nem para ficar desenterrando o que ele se esforçara tanto para enterrar e mais ainda para esquecer onde tinha feito o buraco.

— Desculpa, garoto — disse ele para Pip, tomando o que restava da caneca. — Já foi uma.

Ele pediu licença, passou algumas moedas a Pip e deu o que esperava ser o último adeus aos moleques sardento e de barba rala. Abriu caminho até a porta e suspirou longamente quando saiu no silêncio frio. Suas costas estavam doendo por causa da posição em que ficara sentado, então se alongou, esticando o pescoço para olhar para as primeiras estrelas da noite.

Clay se lembrou de como o céu noturno costumava fazer com que se sentisse pequeno. *Insignificante.* Por isso decidiu se tornar alguém na vida, achando que um dia conseguiria olhar para a amplidão celeste sem se sentir diminuído pelo seu esplendor. Não funcionou. Depois de um tempo, tirou os olhos do céu escuro e seguiu pela rua na direção de casa.

Trocou amabilidades com os patrulheiros do portão oeste. Eles perguntaram se Clay tinha ouvido falar do centauro visto perto da fazenda do Tassel, e também da batalha no oeste e aqueles pobres coitados encurralados em Castia. Que situação horrível.

Clay seguiu o seu caminho, tomando o cuidado para não torcer o tornozelo em uma raiz. Os grilos cricrilavam na grama alta de ambos os lados, o vento nas árvores acima dele suspirava como as ondas do mar. Ele parou no templo do Senhor do Verão à beira da estrada e jogou uma moeda aos pés da estátua. Depois de alguns passos e um momento de hesitação, voltou e jogou outra. Longe da cidade estava ainda mais escuro, e Clay resistiu à vontade de olhar para cima de novo.

É melhor manter os olhos no chão, pensou consigo mesmo, *e deixar o passado para trás. Você tem o que tem, Cooper, e era exatamente o que você queria, não era? Uma filha, uma esposa, uma vida simples.* Era uma vida honesta. Confortável.

Ele quase ouvia Gabriel rindo de deboche. *Honesta? Honestidade é chato*, o velho amigo dele talvez tivesse dito. *Confortável é um tédio.* Por outro lado, Gabriel se casara muito antes de Clay. Teve até uma filhinha… que já era adulta agora.

Mas ali estava o espectro de Gabe mesmo assim, jovem, feroz e glorioso, com seu sorrisinho no canto escuro da mente de Clay.

— Nós já fomos *gigantes* — disse ele. — Maiores do que a vida. E agora…

— Agora somos velhos e estamos cansados — murmurou Clay, para ninguém além da noite. E qual era o problema? Ele tinha encontrado muitos gigantes *de verdade* na sua época, e quase todos eram uns babacas.

Apesar do argumento de Clay, o fantasma de Gabriel continuou a assombrar sua volta para casa, passando na frente dele com uma piscadela marota, empoleirado na cerca do vizinho acenando, agachado como um mendigo no degrau da porta de entrada da casa de Clay. Só que esse último Gabriel não era jovem. Não tinha uma aparência particularmente feroz e era tão glorioso quanto uma tábua velha com um prego enferrujado. Na verdade, ele parecia péssimo. Quando viu Clay chegando, levantou-se e sorriu. Clay nunca vira um homem com cara tão triste em todos os anos da sua vida.

A aparição falou seu nome, que soou aos ouvidos de Clay tão real quanto os grilos cricrilando, quanto o vento gemendo entre as árvores. E aquele sorriso frágil se desfez, e Gabriel, o Gabriel de verdade, não um fantasma, caiu nos braços de Clay, chorando no ombro dele, agarrando suas costas como uma criança com medo do escuro.

— Clay — disse ele. — Por favor… preciso da sua ajuda.

CAPÍTULO DOIS

ROSE

Depois que Gabriel se recuperou, os dois homens entraram. Ginny se virou do seu lugar usual em frente ao fogão, e o maxilar se contraiu. Griff veio saltitando, o cotoco de rabo balançando. Deu uma farejada rápida em Clay e foi cheirar a perna de Gabe como se fosse uma árvore encharcada de mijo, o que não estava muito longe da realidade.

O estado do seu velho amigo era, sem dúvida, lamentável. O cabelo e a barba estavam bagunçados, as roupas eram só um pouco melhores do que trapos imundos. Havia buracos nas botas e os dedos apareciam no couro destruído como minhocas sujas. As mãos estavam agitadas, se retorcendo ou puxando a barra da túnica. O pior eram os olhos: estavam fundos no rosto abatido, sérios e assombrados, como se sempre tivesse algo que ele não queria ver, independentemente da direção em que olhasse.

— Griff, sai! — disse Clay.

O cachorro, os olhos úmidos e a língua rosa para fora na cara preta e peluda, se empertigou ao ouvir o próprio nome. Griff não era a criatura de aparência mais nobre do mundo e não tinha muita utilidade além de lamber restos de comida nos pratos. Ele não conseguia guiar ovelhas ou tirar uma perdiz do esconderijo, e, se alguém invadisse a casa, era mais provável que ele fosse buscar chinelos para os ladrões do que espantá-los. Mas Clay sorria quando olhava para ele (de tão fofo que o bicho era) e isso valia mais do que nada.

— Gabriel. — Ginny enfim encontrou a voz, mas permaneceu no lugar. Não sorriu nem foi abraçá-lo. Ela nunca gostou de Gabriel. Clay achava que a esposa culpava seu antigo companheiro de bando por todos os hábitos ruins (apostar, brigar, beber em excesso) que ela passara os últimos dez anos trabalhando para combater e por todos os outros hábitos (mastigar de boca aberta, esquecer de lavar as mãos, estrangular pessoas) que ainda lutava para eliminar.

Somadas a isso estavam as várias vezes em que Gabe apareceu para visitar nos anos depois que a mulher dele o abandonou. Todas as vezes em que aparecia, vinha com um grande esquema para reunir o bando de novo e partir em busca de fama, fortuna e aventuras arriscadas. Sempre havia uma cidade no sul que precisava ser salva de um dragão destruidor, ou uma alcateia para ser expulsa da Floresta Lamuriosa, ou uma velhinha em um canto distante do reino que precisava de ajuda para tirar as roupas do varal e só o Saga poderia ajudar!

Clay não precisava de Ginny bufando no seu cangote para recusar essas missões, para ver que Gabriel sentia falta de algo irrecuperável, quase como um velho se agarrando às lembranças da juventude. *Exatamente* assim, na verdade. Mas Clay sabia que a vida não funcionava daquela maneira. Não era um círculo; as pessoas não davam voltas. Era um arco, com o curso tão inexorável quanto o caminho do Sol pelo céu, destinado a chegar ao momento mais alto e mais brilhante para, então, começar a queda.

Ele piscou, pois se perdera nos próprios pensamentos. Ele fazia isso às vezes e queria ter mais capacidade de transformar pensamentos em palavras. Pareceria um safado bem inteligente, não é?

Só que ficou parado que nem um idiota enquanto o silêncio entre Ginny e Gabriel se prolongava desconfortavelmente.

— Você parece faminto — disse ela.

Gabriel assentiu, as mãos agitadas com nervosismo.

Ginny suspirou, e foi nesse momento que sua esposa gentil, amável e magnífica forçou um sorriso tenso e tirou a colher da panela que estava mexendo.

— Sente-se — disse ela por cima do ombro. — Pode comer com a gente. Fiz o prato favorito do Clay: ensopado de coelho com cogumelo.

Gabriel piscou.

— O Clay odeia cogumelo.

Ao ver as costas de Ginny ficarem rígidas, Clay se manifestou.

— Odiava — disse ele, animado, antes que a esposa irritável, de língua ferina e simplesmente apavorante pudesse se virar e quebrar a cabeça de Gabriel com a colher de pau. — A Ginny faz alguma coisa com eles. Deixa os cogumelos — *não tão horríveis* foi a primeira coisa que passou pela sua cabeça — bem gostosos — falou, sem jeito. — O que você faz, amorzinho?

— Cozinho. — Ela conseguiu emitir aquela palavra da forma mais ameaçadora que uma pessoa seria capaz.

Uma coisa bem parecida com um sorriso surgiu nos cantos da boca de Gabe.

Ele sempre gostou de me incomodar, lembrou Clay. Sentou-se, e Gabe fez o mesmo. Griff foi até o seu tapetinho e deu uma boa lambida nas bolas antes de cair no sono. Clay lutou contra a inveja ao ver isso.

— Cadê a Tally? — perguntou ele.

— Saiu — respondeu Ginny. — Está por aí.

Por perto, esperava ele. Havia coiotes nos bosques próximos. Lobos nas colinas. Ora, Ryk Yarsson tinha até visto um centauro perto da fazenda do Tassel. Ou um alce. Qualquer uma das duas coisas poderiam matar uma garotinha se fosse pega de surpresa.

— Ela devia voltar antes de escurecer.

Sua esposa fez um ruído de deboche.

— Assim como você, Clay Cooper. Andou fazendo hora extra na muralha ou é cheiro de Mijo do Rei que estou sentindo? — *Mijo do Rei* era como ela chamava a cerveja servida na taberna. Era uma avaliação justa, e Clay riu na primeira vez que ela disse aquilo. Mas não parecia tão engraçado agora.

Pelo menos não para Clay. O humor de Gabriel com certeza estava melhorando. Seu velho amigo sorria como um garotinho vendo o irmão levar bronca por um delito que não cometeu.

— Ela está no brejo — disse Ginny, tirando duas cumbucas de cerâmica do armário. — Fique feliz por ela só trazer sapos para casa. Daqui a pouco, vão ser garotos, e aí sim você vai ter motivos para se preocupar.

— Não vou ser eu que vou ter que me preocupar — murmurou Clay.

Ginny resmungou alguma coisa, e ele talvez teria perguntado o quê se a mulher não tivesse colocado uma cumbuca cheia de ensopado fumegante na frente dele. O aroma gerou um ronco faminto no seu estômago, apesar dos cogumelos.

A esposa tirou a capa do gancho ao lado da porta.

— Vou ver se está tudo bem com Tally — informou. — Pode ser que precise de ajuda para carregar os sapos. — Ela se aproximou e beijou a cabeça de Clay, ajeitando o cabelo depois. — Divirtam-se botando os assuntos em dia, meninos.

Ela chegou a abrir a porta, mas hesitou e olhou para trás. Primeiro para Gabriel, comendo como se fosse a primeira refeição que fazia em anos, depois para Clay. Apenas alguns dias depois (tendo feito uma escolha difícil e a muitos quilômetros de distância) foi que Clay entendeu o que tinha visto nos olhos de Ginny naquele momento: uma espécie de tristeza, pensativa e resignada, como se a mulher já soubesse (sua esposa amorosa, linda e incrivelmente *astuta*) o que estava por vir, tão inevitável quanto o inverno ou o rumo sinuoso de um rio até o mar.

Um vento frio entrou pela porta. Ginny tremeu, apesar da capa, e saiu.

— É a Rose.

Tinham terminado de comer e botaram as cumbucas de lado. Clay sabia que devia tê-las colocado na pia e as enchido de água para que não ficassem tão difíceis de limpar depois, mas, de repente, pareceu que não podia sair da mesa naquele momento. Gabriel viera de longe à noite para lhe dizer alguma coisa. Era melhor deixar que falasse logo e acabar com aquilo.

— Sua filha? — perguntou Clay.

Gabe assentiu devagar. Suas mãos estavam apoiadas na mesa, abertas. Os olhos estavam fixos, desfocados, em algum lugar entre elas.

— Ela é… *teimosa*. Impetuosa. Queria poder dizer que puxou à mãe, mas… — Aquele sorriso leve de novo. — Lembra quando eu estava ensinando ela a usar a espada?

— Eu me lembro de ter dito que era péssima ideia — disse Clay.

Gabriel deu de ombros.

— Só queria que ela fosse capaz de se proteger. Você sabe, enfiar a ponta em quem a ameaçasse, essas coisas. Mas ela queria mais. Queria ser… — ele fez uma pausa para procurar a palavra — … grandiosa.

— Que nem o pai?

A expressão de Gabriel ficou azeda.

— Exato. Acho que ouviu histórias demais. Ficou com a cabeça cheia de bobagens sobre ser uma heroína, fazer parte de um bando.

E de quem será que ela ouviu tudo isso?, perguntou-se Clay.

— Eu sei — disse Gabriel ao entender os pensamentos do amigo. — Em parte a culpa é minha, não vou negar. Mas não fui só eu. As crianças de hoje… Elas são obcecadas pelos mercenários, Clay.

Idolatram esses sujeitos. Não é saudável. E a maioria deles nem faz parte de um bando! Só contratam um grupo de valentões qualquer para lutar por eles enquanto pintam o rosto e andam por aí com espadas brilhantes e armaduras chiques. Tem até um, não estou de sacanagem, que vai montado em uma manticora para a batalha!

— Uma manticora? — perguntou Clay, incrédulo.

Gabe deu uma risada amarga.

— Não é? Quem monta a *porra* de uma manticora? Esses bichos são um perigo! Bom, eu não preciso dizer isso para você.

Não precisava mesmo. Clay tinha uma cicatriz feia na coxa direita, testemunho dos perigos de se envolver com aqueles monstros. Uma manticora não era um bicho de estimação e não era para ser montada. Como se asas enormes e uma cauda com pontas venenosas fizesse com que subir nas costas de uma criatura dessas fosse uma *boa* ideia!

— A gente também era idolatrado — observou Clay. — Bom, pelo menos *você* era. E Ganelon. Contam histórias dele até hoje. As músicas.

As histórias eram exageradas, claro. As músicas, na maior parte, eram muito imprecisas. Mas continuavam por aí. Persistiram até um bom tempo depois de os homens terem deixado para trás quem (ou o que) foram.

Nós já fomos gigantes.

— Não é a mesma coisa — insistiu Gabriel. — Você precisa ver as multidões que se juntam quando esses bandos aparecem na cidade, Clay. Tem gente gritando, mulheres chorando nas ruas.

— Que horror — disse Clay com sinceridade.

Gabriel o ignorou e foi em frente.

— Enfim, a Rose queria aprender a usar a espada, e eu ensinei. Achei que ela ficaria entediada mais cedo ou mais tarde, mas que, se quisesse aprender, era melhor que fosse comigo. A mãe dela ficou furiosa.

Clay sabia que sim. Valery, a mãe da garota, desprezava violência e armas de qualquer tipo, assim como quem sabia usar qualquer uma das duas coisas. Foi em parte por causa de Valery que o Saga se desfez tantos anos antes.

— O problema é que ela era boa — disse Gabriel. — Muito boa, e isso não é só um pai se gabando. Começou a lutar contra gente da mesma idade, mas, quando desistiram de perder para ela, minha filha foi atrás de brigas de rua ou entrava em lutas de apostas.

— A filha do próprio Golden Gabe — refletiu Clay. — Deve ter chamado atenção.

— Acho que sim — concordou o amigo. — Mas um dia Val viu os hematomas e perdeu a cabeça. Me culpou por tudo. Bateu o pé, você sabe como ela é, e, por um tempo, Rose deixou de lutar, mas... — Ele parou, e Clay viu seu maxilar. — Depois que a mãe foi embora, Rosie e eu... passamos a não nos dar tão bem. Ela começou a sair de novo. Às vezes, ficava dias sem voltar para casa. Surgiram mais hematomas e alguns arranhões feios. Ela cortou o cabelo. Graças ao Quarteto Sagrado, a mãe dela já tinha ido embora, senão os meus hematomas que viriam em seguida. E aí apareceram os ciclopes.

— Ciclopes?

Gabriel olhou para ele de lado.

— Uns filhos da mãe enormes com um olho bem no meio da testa?

Clay fez cara feia.

— Eu sei o que é um ciclope, porra.

— Então por que perguntou?

— Eu não... — Clay hesitou. — Esquece. *O que tem* esses ciclopes?

Gabriel suspirou.

— Bom, um deles invadiu aquele forte antigo ao norte de Ottersbrook. Roubou umas vacas, uns bodes, um cachorro e matou as pessoas que saíram para procurar os animais. Os homens da corte estavam com dificuldades e foram procurar alguém para se livrar do filho da mãe por eles. Só que não havia mercenários por perto na época ou, pelo menos, nenhum corajoso o suficiente para encarar um ciclope. De alguma forma, meu nome foi citado. Até mandaram alguém para perguntar se eu iria, mas respondi que não. Porra, eu nem tenho mais espada!

Clay o interrompeu de novo, horrorizado.

— O quê? E a *Vellichor?*

Gabriel baixou os olhos.

— Eu… há… vendi.

— Como é? — perguntou Clay, mas, antes que o amigo pudesse repetir, botou as mãos abertas na mesa, por medo de acabar fechando-as em punhos ou de agarrar uma das cumbucas para dar com ela na cabeça de Gabriel. Ele falou de modo mais calmo que conseguiu: — Por um segundo, achei que tivesse dito que *vendeu* a *Vellichor*. A espada confiada a você pelo próprio Arconte quando ele estava prestes a morrer? A espada usada para abrir a porra de um portal do mundo dele até o nosso. *Aquela* espada? Você vendeu *aquela* espada?

Gabriel, que foi afundando mais na cadeira a cada palavra, assentiu.

— Eu estava com algumas dívidas, e Valery queria a espada fora de casa depois que descobriu que ensinei Rose a lutar — disse ele com humildade. — Alegou que era perigoso.

— Ela… — Clay se conteve. Ele se recostou na cadeira e massageou os olhos com os dedos. Grunhiu, e Griff, sentindo a frustração do dono, grunhiu também, junto do tapete no canto. — Termine a história — disse, por fim.

Gabriel foi em frente.

— Bom, nem preciso dizer que me recusei a ir atrás do ciclope, e, nas semanas seguintes, foi um caos. De repente, soube que uma pessoa tinha ido lá e matado a criatura. — Ele sorriu, melancólico e triste. — Sozinha.

— Rose — respondeu Clay. Não foi uma pergunta. Não precisava ser.

Gabriel assentiu.

— Ela virou uma celebridade da noite para o dia. "Rosa Sanguinária", foi como a chamaram. Um nome muito bom, na verdade.

É mesmo, concordou Clay, mas nem se deu ao trabalho de dizer isso. Ele ainda estava furioso por causa da espada. Quanto mais rápido Gabe desembuchasse o que tinha ido lá para desembuchar, mais rápido Clay poderia dizer ao amigo mais velho e mais querido para sair da casa dele e não voltar mais.

— Ela até montou o próprio bando — disse Gabe. — Conseguiram acabar com alguns ninhos de aranhas gigantes perto da cidade e até com um velho *wyrm* repugnante no esgoto que todo mundo tinha esquecido que ainda estava vivo. Mas eu esperava — ele mordeu o lábio —, ainda tinha esperanças, mesmo então, de que ela fosse escolher outro caminho. Em vez de seguir o meu. — Gabriel olhou para a frente. — Até que vieram chamados da República de Castia, pedindo todas as espadas disponíveis para marchar contra a Horda de Heartwyld.

Por um momento, Clay questionou a importância daquela informação. Até que se lembrou da notícia ouvida mais cedo. Um exército de vinte mil, reforçado por um bando de mercenários, os sobreviventes cercados em Castia, sem dúvida desejando terem morrido no campo de batalha para não ter que aguentar as atrocidades de uma cidade sitiada.

O que significava que a filha de Gabriel estava morta. Ou estaria quando a cidade caísse.

Clay abriu a boca para responder e tentou esconder o sofrimento da voz quando falasse.

— Gabe…

— Eu vou atrás dela, Clay. E preciso de você comigo. — Gabriel se inclinou para a frente na cadeira, a chama do medo e da raiva de um pai iluminando os seus olhos. — Está na hora de reunirmos o bando novamente.

UM BOM HOMEM

— De jeito nenhum.

Aparentemente, aquela não era a resposta que o amigo esperava. Ou, pelo menos, não da forma enfática com que Clay falou. Gabriel piscou, o fogo dentro dele se apagando tão rápido quanto tinha aparecido. Ele pareceu confuso. Incrédulo.

— Mas, Clay…

— Eu disse que não. Não vou sair da cidade e ir para o oeste com você. Não vou deixar Ginny e Tally para trás. Não vou procurar Moog, Matrick ou Ganelon, que ainda deve odiar todos nós, aliás, para sair perambulando por Heartwyld! Pelas tetas de Glif, Gabe, temos mais de mil quilômetros de distância até Castia e nem tem uma estrada boa até lá.

— Sei disso — disse Gabriel, mas Clay falou por cima dele.

— Sabe? Sabe *mesmo*, Gabe? Você se lembra das montanhas? E dos gigantes nas montanhas? E das aves… da bosta das *aves*, Gabriel, que pegavam os gigantes como se fossem crianças?

Seu amigo fez uma careta com a lembrança da sombra de asas atravessadas no céu.

— Os rocas estão extintos — disse Gabriel sem convicção.

— Claro, talvez — disse Clay. — Mas e os tarrasques? Os yethiks? Os clãs de ogros? E a floresta com mais de um quilômetro de largura? Ainda estão lá? Você se lembra do Wyld, Gabe? Árvores ambulantes, lobos falantes… e, ei, sabe se as tribos de centauros ainda estão prendendo pessoas em armadilhas para comer depois? Porque *eu* sei! E, sim, estão! E isso sem falar da podridão maldita! E você quer que eu volte para lá? Passar *por lá*?

— A gente já fez isso — lembrou Gabriel. — Nós éramos os Reis do Wyld, lembra?

— Lembro. Só que tínhamos vinte anos a menos. Na época em que as nossas costas não doíam de manhã e não acordávamos cinco vezes por noite para mijar. Mas o tempo fez o que faz de melhor, não? Acabou com a gente. Nos destruiu. *Nós ficamos velhos*, Gabriel. Velhos demais para fazer as coisas que fazíamos, por melhores que fôssemos. Velhos demais para atravessar o Wyld e velhos demais para fazer qualquer diferença se conseguíssemos.

Ele deixou o resto sem ser dito: que, mesmo que conseguissem chegar a Castia, de alguma forma desviando da Horda que a cercava, e entrassem na cidade em si, havia todas as chances de Rose já estar morta.

Gabriel se inclinou para a frente.

— Ela está viva, Clay. — Os olhos dele eram aço de novo, mas sua garantia foi desmentida pela ameaça de lágrimas. — Sei que está. Ensinei ela a lutar, lembra? Minha filha é tão boa quanto eu já fui. Talvez melhor. Ela matou um ciclope sozinha! — Gabe parecia tentar convencer a si mesmo tanto quanto tentava convencer Clay. — Disseram que quatro mil sobreviveram à batalha e voltaram para Castia. Quatro mil! Rose está entre eles. Claro que está.

— Pode ser — disse Clay, mas só porque não havia nada a ser dito.

— Eu preciso ir — disse Gabriel. — Tenho que tentar salvá-la. E sei que estou velho. Sei que não sou o mesmo de antigamente. Nem um pingo — admitiu com tristeza. — Acho que nenhum de nós é. Mas eu sou o pai dela. Um pai de merda, é verdade, por ter deixado que ela fosse para lá, mas não tão merda a ponto de ficar sentado reclamando de dor nas costas enquanto a filha está presa, provavelmente passando fome, em uma cidade a meio mundo de distância. Só que não posso fazer isso sozinho. — Ele riu com amargura. — E mesmo que tivesse dinheiro para contratar mercenários, duvido que encontrasse alguém disposto a ir.

Nisso ele acertou, pensou Clay.

— Você é a minha única esperança. Sem você, sem o bando, estou perdido. Assim como Rose. — Houve um silêncio depois que ele falou, pesado com a expectativa. E Gabriel acrescentou de forma um tanto injusta: — E se fosse a Tally?

Clay ficou calado por um tempo. Ouviu as tábuas da casa estalando. Fitou as cumbucas vazias, as colheres de madeira apoiadas na beirada de cada uma. Fitou a mesa. Fitou Gabriel, que devolveu o olhar. Dava para ver o peito do amigo subindo e descendo, subindo e descendo, o coração disparado enquanto o de Clay seguia baixinho, e ele se perguntou se um órgão tão simples (apenas um músculo sangrento do tamanho de um punho) teria um senso de premonição do que a mente talvez ainda não soubesse.

— Sinto muito, Gabe.

O amigo ficou ali, sentado. A testa franzida no começo, depois com aquele sorriso estranho e murcho.

— Sinto muito *mesmo* — disse Clay de novo.

Mais um tempo passou, e Gabriel… Gabriel só olhou para ele, inclinou a cabeça de leve e disse, depois do que pareceu uma eternidade:

— Sei que sim.

Então, se levantou. O som da cadeira arrastando no chão foi alto como um grito de falcão depois do longo silêncio entre os dois.

— Pode ficar, se quiser — ofereceu Clay, mas Gabriel balançou a cabeça.

— Vou embora. Deixei a bolsa no degrau. Tem alguma hospedaria na cidade?

Clay assentiu.

— Gabriel — falou ele, querendo explicar… mas sem saber exatamente o quê. Que sentia muito (mais uma vez). Que não podia correr o risco de perder Ginny nem de deixar Tally órfã de pai se partisse e o pior acontecesse (e *aconteceria*, ele tinha certeza). Que ele estava *bem* em Coverdale. Satisfeito depois de tantos anos de bagunça. E que, no fundo, a ideia de atravessar Heartwyld, de ir para qualquer lugar *perto* de Castia e da Horda que a cercava, o deixava se borrando de medo.

Tenho medo, ele ficou com vontade de dizer, mas não conseguiu.

Gabriel teve a misericórdia de interrompê-lo.

— Fala para a Ginny que o ensopado estava uma delícia — disse ele. — E para a sua filha que o tio Gabe disse oi. Ou tchau, sei lá.

Ofereça um par de botas a ele, insistiu uma parte da mente de Clay. *Uma capa, pelo menos. Água ou vinho para a estrada*. Mas ele permaneceu calado, sentado ali enquanto Gabriel abria a porta. Ar frio. O vento balançando as árvores. O coral de cem mil grilos na grama alta.

Griff ergueu o olhar do tapete, viu que Gabe estava indo embora e voltou a dormir na mesma hora.

Gabriel parou na porta e olhou para trás. *É agora*, pensou Clay. *A súplica final. O comentário mordaz de que ele faria o mesmo por mim se fosse o contrário.* Apesar de *Vellichor*, as palavras sempre foram a melhor arma de Gabe. Ele era o líder na época. A voz do bando. Mas antes de sair e fechar a porta, a única coisa que ele disse foi:

— Você é um homem bom, Clay Cooper.

Palavras simples. Gentis, até. Não a facada que ele esperava. Não a lâmina penetrante.

Mas doeram mesmo assim.

A filha insistiu em mostrar os sapos para o pai assim que entrou pela porta. Espalhou-os na mesa antes que a mãe pudesse impedi-la. Um dos quatro bichos, grande e amarelo com os cotocos das asas ainda não crescidas, tentou se libertar. Pulou no chão, mas parou quando Griff foi para cima dele, latindo. Tally pegou o sapo e deu um tapa de repreensão na cabeça dele antes de colocá-lo com os outros. O sapo ficou no lugar desta vez, atordoado ou assustado demais para se mexer.

— Vai ter que limpar a mesa antes de dormir — avisou Ginny.

A filha deu de ombros.

— Tá bom. Papai, adivinha quantos sapos eu achei!

— Quantos? — perguntou Clay.

— Não, adivinha!

Ele olhou para os quatro sapos na mesa.

— Humm... um?

— Não! Foi mais do que um!

— Humm... cinquenta?

Tally riu e mexeu a mão para segurar um sapo que chegou perto da beirada da mesa.

— Não, cinquenta não! Peguei quatro, bobo. Não sabe contar?

Com o orgulho vibrante de uma mercadora de cavalos exibindo seu estábulo de corcéis premiados, a menina começou a apresentar os prisioneiros anfíbios, apontando as peculiaridades de cada um e anunciando seus nomes. Ela segurou o amarelo com as duas mãos e o ergueu para que Clay o visse.

— Esse é o Bert. Ele é amarelo, e a mamãe disse que vai ter asas quando crescer. Peguei ele para o tio Gabriel. — Tally olhou ao redor, como se só agora tivesse percebido que o tio Gabriel não estava lá. — Cadê ele? Tá dormindo?

Clay trocou um olhar rápido com Ginny.

— Ele foi embora. Pediu para eu dizer oi para você.

A pequena franziu a testa.

— E quando ele vai voltar?

Provavelmente nunca, pensou Caley.

— Em breve, espero — respondeu.

Tally passou um momento refletindo sobre aquilo, olhando para o sapo nas mãos. Mas abriu o seu sorriso enorme.

— Bert já vai estar com asas quando ele voltar! — anunciou ela, e os cotocos nas costas de Bert tremeram, como se fizessem uma demonstração.

Ginny se aproximou e ajeitou o cabelo de Tally da mesma forma que fazia com o de Clay.

— Pronto, filhota, hora de ir para a cama. Seus amigos podem esperar lá fora enquanto você dorme.

— Mas, mãe, eu vou *perder* eles — protestou Tally.

— E sem dúvida vai encontrá-los de novo amanhã — disse a mãe. — Sei que vão ficar felizes em ver você.

Clay riu, e Ginny sorriu.

— Vão mesmo — garantiu a filha. Um a um, ela pegou os sapos e os levou para fora, despedindo-se deles com um beijo na testa antes de os soltar. A mãe fez uma careta a cada beijo; Clay ficou feliz por nenhum deles ter virado príncipe. Já tivera companhia suficiente naquela noite e, além disso, o ensopado tinha acabado.

Depois de limpar a mesa, Tally foi se banhar. Griff foi atrás. Ginny se sentou, pegou uma das mãos grandes de Clay e a apertou.

— Então, me conta — disse ela.

Ele contou.

Tally estava dormindo. O lampião ao lado da cama dela, coberto pela placa de metal com buracos em forma de estrelas, criava uma constelação tremeluzente nas paredes. Seu cabelo cintilava na luz fraca, com mechas do dourado da mãe no meio do castanho herdado do pai. Ela insistira em ouvir uma história antes de dormir. Queria dragões, mas dragões eram proibidos, porque a menina acabava tendo pesadelos. É claro que ela pedia mesmo assim. Era uma garota corajosa. Clay ofereceu contar uma história com sereias e também uma hidra, que ele percebeu no meio que era tipo sete dragões juntos, mas torceu para que ela não acordasse gritando depois.

Na maior parte, a história era verdadeira. Clay só a enfeitou um pouco (disse que foi ele quem deu o golpe fatal na hidra, quando, na verdade, tinha sido Ganelon) e deixou de fora alguns detalhes que a filha de nove anos — e a mãe dela — não precisava saber. Bastava dizer que as sereias foram muito graciosas, o que explicava o conhecimento relativamente amplo de Clay sobre a famosa anatomia misteriosa dessas criaturas. Mas, se fosse sincero, ele teria que confessar que ainda não entendia direito.

Clay parou a história quando a respiração de Tally ficou mais profunda, indicando que o homem estava falando sozinho agora. Então, olhou para o rosto dela, com a boquinha, as bochechas coradas, o narizinho perfeito de porcelana, e ficou maravilhado que ele, Clay Cooper, mesmo com a contribuição evidente de Ginny, tivesse sido capaz de produzir uma coisa tão bela. Esticou a mão, sem conseguir se controlar, e segurou a dela. Os dedos apertaram os dele, e o pai sorriu.

A menina abriu os olhos.

— Papai?

— Sim, meu anjo?

— A Rosie vai ficar bem?

O coração dele congelou. Abriu e fechou a boca enquanto sua mente procurava por uma resposta adequada.

— Você estava ouvindo mais cedo? — perguntou ele. É claro que sim. Xeretar era o hábito favorito de Tally desde que escutara Ginny e ele sussurrando uma noite sobre comprar um pônei no aniversário dela.

A filha assentiu, sonolenta.

— Ela se meteu em uma confusão, né? Ela vai ficar bem?

— Não sei — respondeu Clay. *Sim*, ele deveria ter dito. *Claro que vai*. Era permitido mentir para as crianças se fosse para o bem delas, não?

— Mas o tio Gabe vai salvar ela — murmurou Tally. Os olhos se fecharam, e Clay hesitou por um momento, torcendo para que a menina tivesse voltado a dormir. — Não vai? — perguntou ela, abrindo os olhos de novo.

Dessa vez, a mentira estava na ponta da língua.

— Sim, querida.

— Que bom. Mas você não vai com ele?

— Não — falou, baixinho. — Não vou.

— Mas iria se fosse eu, né, papai? Se eu tivesse sido presa pelos homens malvados lá de longe? Você ia me salvar?

Uma dor surgiu no peito dele, uma coisa podre e quente que podia ser vergonha, tristeza, remorso ou até mesmo uma junção dos três. Ele estava pensando no sorriso triste de Gabriel, nas palavras que o seu amigo de longa data falou quando saiu.

Você é um homem bom, Clay Cooper.

— Se fosse você — disse ele com uma voz ainda feroz para o tom baixo que ele usou —, nada no mundo ia me segurar.

Tally sorriu e apertou a mão do pai com a mãozinha pequena.

— Você também deveria ir salvar a Rosie, então.

E foi assim que Clay desmoronou. Trincou bem os dentes para segurar o soluço que ameaçou sufocá-lo e fechou os olhos para controlar as lágrimas, mas era tarde demais.

Clay nem sempre foi um homem bom, mas estava tentando. Tinha controlado sua tendência de recorrer à violência ao entrar para a Patrulha e tentava usar sua capacidade particularmente limitada para fazer o bem maior. Esforçava-se para ser um homem digno de uma mulher como Ginny e também da filha, sua menina querida, seu legado mais precioso, a pepita de ouro retirado do rio enevoado da sua alma.

Mas havia… medidas de bondade, ele achava. Dava para botar uma coisa ao lado de outra e descobrir que uma, ainda que pela diferença do peso de uma pena, era mais pesada. E era isso, não era? Fazer uma escolha entre as duas coisas, a escolha *certa*, era um peso que poucos tinham força de carregar.

Ficar de fora, fosse por qual motivo, enquanto seu amigo mais antigo e querido perdia a única coisa que realmente amava não era o que um homem bom fazia. Podia não saber mais nada na vida, mas Clay sabia disso.

E sua filha também sabia.

— Papai — disse ela, a testa franzida —, por que você está chorando?

Achava que o sorriso que abriu era meio parecido com o que Gabe exibiu antes, no degrau da casa, frágil, destruído e triste.

— Porque vou sentir muita saudade de você.

CAPÍTULO QUATRO

PEGANDO A ESTRADA

Ele se despediu de Ginny na colina de onde podia ver a fazenda. Clay achou que ela acenaria da porta ou voltaria quando o caminho de casa terminasse e a estrada começasse, e temeu aquele momento como um homem esperando o carrasco de capuz preto chamá-lo para a plataforma: "Sua vez, meu chapa!" Mas a esposa foi com ele, falando baixinho sobre trivialidades enquanto andavam de mãos dadas colina acima. Em pouco tempo, Clay assentia, rindo de alguma coisa da qual não conseguiria lembrar quando tentasse mais tarde, e quase esquecera que poderia nunca mais ouvir a voz dela de novo, nem ver o seu cabelo flamejar no sol da manhã, como aconteceu quando o casal chegou ao ápice e viu o mundo se abrir em dourado e verde além dele.

Horas antes, enquanto os dois estavam acordados na escuridão cinzenta que prenunciava o amanhecer, Ginny havia avisado que não choraria na despedida, que não era da natureza dela, mas que isso não significava que não sentiria a falta dele. Mas, ali na colina, ao amanhecer, depois de dizer de novo como ele era um bom homem, Ginny chorou, e Clay também. Quando as lágrimas secaram, ela segurou o rosto dele e o encarou.

— Volte para casa, para mim, Clay Cooper — falou.

Volte para casa, para mim.

Disso ele se lembraria, até o final.

Gabriel não tinha alugado um cômodo no King's Head, mas o atendente do bar, Shep, uma presença tão permanente atrás do balcão de madeira que Clay, às vezes, se perguntava se o sujeito tinha pernas, mencionou que oferecera um estábulo vazio para um bardo velho e desgrenhado em troca de algumas histórias.

— Umas histórias bem boas — disse Shep, enxaguando canecas em uma bacia de água suja. — Amigos que viravam inimigos, inimigos que viravam amigos. Descreveu um dragão de um jeito tão real que até parecia que o homem lutou mesmo contra o bicho! E histórias tristes também. Coisa tocante de verdade. O sujeito até chorou algumas vezes.

Era Gabe no estábulo, com certeza. O herói antes louvado, que tomara vinho com reis (e ido para a cama com rainhas) estava encolhido em volta de sua bolsa em uma pilha de feno molhado de mijo. Ele gritou quando Clay o cutucou para acordá-lo, como se arrancado das garras de um pesadelo horrível, o que deve ter sido o caso. Clay arrastou o velho amigo para dentro e pediu café da manhã para os dois. Gabriel ficou agitado até a comida chegar pelas mãos de uma das filhas tranquilas de cabelo escuro de Shep e a atacou com avidez, como fizera com o ensopado de Ginny na noite anterior.

— Eu trouxe roupas limpas — disse Clay. — E botas novas. Quando você acabar de comer, vou pedir para o Shep encher a banheira para você.

Gabe deu um sorriso torto.

— Está tão ruim assim?

— Péssimo — disse Clay, e Gabriel fez uma careta.

Depois daquilo, Clay comeu devagar, se perguntando se já tinha feito o suficiente. Ele talvez mandasse Gabe seguir em frente de estômago cheio e roupas limpas antes de voltar para casa. Poderia dizer para Ginny que não encontrou o velho amigo na cidade, e ela diria "Bem, pelo menos você tentou", e responderia "Pois é, tentei mesmo", e voltaria para a cama ao lado dela, confortável e quente, e talvez...

Gabriel estava olhando para ele como se o crânio de Clay fosse um aquário e seus pensamentos pudessem ser vistos nadando de um lado para o outro. Seus olhos se desviaram para a mochila de aspecto pesado no banco em frente e para o aro do grande escudo preto nas costas de Clay. Por fim, olhou para o prato vazio e, depois de um longo silêncio, fungou uma vez e passou a manga suja pelos olhos.

— Obrigado.

Clay suspirou e pensou: *Já era.*

— De nada — disse ele.

A caminho de Coverdale, pararam na casa da Patrulha para Clay entregar o uniforme e informar ao Sargento que estava saindo da cidade.

— Para onde vai? — perguntou o Sargento. Seu nome verdadeiro era um mistério para todos, menos para a esposa, que tinha morrido alguns anos antes e levado o segredo para o túmulo. Ele era um homem de grande integridade, pouca imaginação e idade indeterminada, com um rosto similar a couro maltratado pelo sol e um bigode que parecia passado a ferro; as pontas, grossas como caudas de cavalo, desciam até quase a cintura. Até onde as pessoas sabiam, o Sargento nunca tinha participado de exército algum, nem lutado como mercenário, nem feito nada além de servir à guarda em Coverdale a vida toda.

Sem humor para explicar a missão em detalhes, Clay só respondeu:

— Castia.

Os homens posicionados de ambos os lados do portão soltaram ruídos de surpresa, mas o Sargento só cofiou o grande bigode e olhou para Clay pelas rugas inchadas que eram seus olhos.

— Humm — disse ele. — Longe.

Longe? Era a mesma coisa que se o velho tivesse comentado que o sol ficava *lá no alto*.

— É — respondeu Clay.

— Vou ficar com o seu uniforme, então. — O Sargento esticou a mão calejada e Clay entregou a ele a túnica de Patrulheiro. Ofereceu a espada também, mas o velho balançou a cabeça. — Pode levar.

— Um pessoal foi assaltado na estrada ao sul — disse um dos guardas.

— E um centauro foi visto perto da casa do Tassel — falou o outro.

— Aqui. — O Sargento colocou algo nas mãos de Clay. Um elmo de metal no formato de uma tigela de sopa, com uma proteção de nariz e um gorro de couro costurado dentro. Os deuses sabiam o quanto Clay odiava elmos e aquele era mais feio do que a maioria.

— Obrigado — agradeceu, segurando-o embaixo do braço.

— Por que não coloca? — disse Gabriel.

Clay lançou um olhar sinistro para o suposto amigo. Ele perguntou com sinceridade, mas Clay viu o canto da boca dele tremer, achando uma graça irônica. Gabriel também sabia o quanto Clay detestava usar elmos.

— Hein? — disse ele, fingindo não ter ouvido.

— Você devia experimentar o elmo agora — falou Gabe, e, desta vez, a voz o traiu e tremeu no final com o esforço de manter a expressão séria.

Clay olhou ao redor sem poder fazer nada, mas ele e Gabe eram os únicos que conheciam aquela piada interna. Os homens no portão olharam para ele com expectativa. O Sargento assentiu.

Clay botou o elmo e tremeu quando o couro moldado pelo suor se acomodou na cabeça. A proteção frontal apertou dolorosamente seu nariz, amassando-o, e Clay piscou enquanto seus olhos se ajustavam à barra preta entre eles.

— Ficou ótimo — disse Gabriel, coçando o nariz como desculpa para esconder o sorriso.

O Sargento não disse nada, mas alguma coisa — um brilho nos seus olhos afiados de corvo — fez Clay se perguntar se o velho não estava de sacanagem, afinal.

Clay deu um sorriso tenso para Gabriel.

— Vamos?

Eles passaram pelo portão. Uns cinquenta metros à frente, o caminho fazia uma curva para o sul depois de uma área densa de abetos verdes. Havia uma ravina do outro lado da estrada, e, assim que fizeram a curva, Clay arrancou o elmo da cabeça e o jogou girando para o alto. Ele quicou duas vezes na colina e fez em um arco longo antes de parar. Havia muitos outros no chão ao redor, enferrujados pela chuva, cobertos de musgo ou meio enterrados na lama. Alguns serviam como lar para uma criatura ou outra, e enquanto a tigela de bronze se acomodava na grama escorregadia de lama, uma carriça pousou com leveza na aba larga, decidindo na hora que tinha encontrado o lugar perfeito para um ninho.

Clay e Gabe andaram lado a lado pelo caminho de terra. Uma floresta de bétulas brancas altas e amieiros verdes atarracados ladeava a estrada. Os dois ficaram em silêncio durante o primeiro trecho, cada um perdido no labirinto sombrio da própria mente. Gabriel não carregava armas, apenas o que parecia uma bolsa vazia. A mochila de Clay estava quase explodindo com roupas, uma capa quente, almoço embrulhado em pedaços de pano para vários dias e pares de meias suficientes para manter aquecidos os pés de um exército. A espada dos Patrulheiros estava presa no quadril e *Coração Negro* estava pendurado no ombro direito.

O nome do escudo homenageava um ente furioso que liderou uma floresta viva em uma matança de um mês pelo sul de Agria.

Coração Negro e seu exército arbóreo exterminaram vários vilarejos antes de cercar Hollow Hill. Embora alguns defensores determinados tenham ficado para proteger seus lares, Clay e os amigos do bando foram os únicos verdadeiros lutadores na cidade. A batalha que veio em seguida, que durou quase uma semana e tirou a vida de um dos numerosos bardos azarados do Saga, foi assunto de mais músicas do que dava para se cantar em um dia.

O próprio Clay derrubou Coração Negro e, do cadáver, tirou a madeira com a qual fez o escudo. Aquela peça de proteção já tinha salvado a vida dele mais vezes do que todos os companheiros do bando juntos e era o bem mais valorizado de Clay. A superfície revelava incontáveis provações: aqui, a marca das garras afiadas de uma harpia defendendo a sua ninhada, ali, a mancha do bafo de ácido de um touro mecanizado. Seu peso era um conforto familiar, ainda que a alça estivesse começando a machucar, a borda de cima ficasse batendo na nuca e os ombros de Clay doessem como os de um cavalo de arado preso a uma carroça de granito.

— Ginny parece bem — disse Gabriel, destruindo o longo silêncio entre eles.

— Humm — respondeu Clay, se esforçando para recuperá-lo.

— Quantos anos a Tally tem agora? — insistiu Gabe. — Sete?

— Nove.

— Nove! — Gabriel balançou a cabeça. — Onde o tempo foi parar?

— Em algum lugar ensolarado — supôs Clay.

Eles seguiram sem falar nada por mais um tempo, mas Clay viu o amigo começar a ficar inquieto. Gabriel nunca foi de ficar na dele, o que essencialmente foi o motivo para ele e Clay terem começado uma amizade.

— Você ainda mora em Fivecourt? — Clay decidiu que, se iam conversar, podia ao menos guiar o assunto longe da esposa e da filha, de quem já estava sentindo uma saudade que nem imaginava ser possível.

— Morava — disse Gabriel. — Mas, bom, sabe como é.

Clay não sabia como era, mas teve a sensação de que Gabriel não pretendia explicar.

— Saí da cidade uns dois anos atrás. Morei em Rainsbrook por um tempo depois disso, aceitei uns negócios sozinho para pagar o aluguel e botar comida na mesa.

— Negócios? — repetiu Clay, desviando para fugir de um buraco traiçoeiro. Durante a primavera e o verão, carroças cheias de madeira recém-cortada percorriam a estrada na direção sul, a caminho de Conthas, deixando sulcos profundos e buracos que ninguém se dava ao trabalho de tapar.

— Nada que eu não desse conta — falou Gabe. — Dois ogros, um barghest, uma matilha de lobisomens que, na forma humana, eram uns velhinhos de setenta anos ... foi fácil dar um jeito em tudo.

Clay se viu dividido entre o horror, a graça e uma surpresa genuína. Em geral, quanto mais perto você ficava de Fivecourt, que era praticamente o centro de Grandual, menos monstros costumava achar.

— Eu não sabia que Rainsbrook tinha problema com monstros.

Os lábios de Gabriel formaram um sorriso debochado.

— Bom, não tem mais.

Clay revirou os olhos. *Você se meteu nessa porque quis*, pensou consigo mesmo. Por outro lado, era bom ter um vislumbre da antiga confiança de Gabe por baixo da fachada de humildade. *Pode ser que exista uma lâmina por baixo de toda essa ferrugem, afinal.*

— Foi lá que vi a Rose pela última vez — disse Gabriel, e, de repente, a nuvem sombria voltou a transformar seu humor. — Ela foi me visitar quando estava a caminho do oeste. Tentei convencê-la a não ir e acabamos tendo uma briga enorme. Gritamos um com o outro por metade da noite e, quando acordei, ela tinha ido embora. — Ele balançou a cabeça, mordeu o lábio inferior e apertou os olhos para nenhum lugar específico. — Eu queria... — falou, antes de se interromper. Mas acabou perguntando: — E você? Qual era o plano antes de eu aparecer e foder com tudo?

Clay deu de ombros.

— Bom, a gente queria mandar Tally para estudar em Oddsford quando ela tivesse idade. Depois disso... Ginny e eu estávamos pensando em vender a casa e abrir uma coisa nossa em algum lugar.

— Tipo uma hospedaria?

Clay assentiu.

— Dois andares, um estábulo nos fundos, talvez uma forja pequena para fazer ferraduras e consertar ferramentas...

Gabriel coçou a nuca.

— Escola em Oddsford, uma hospedaria... quem poderia imaginar que ficar de pé encostado em um muro pagava tão bem? Acho que vou pedir emprego ao Sargento quando a gente voltar. Sempre achei que ficava lindo de elmo...

— Ginny vende cavalos — revelou Clay. — Ganha cinco vezes mais do que eu.

— Ah. Você é um homem de sorte — disse ele, olhando para o amigo. — Deuses, uma hospedaria! Consigo até imaginar: o *Coração Negro* pendurado na parede, Ginny servindo bebidas atrás de um balcão e o velho Clay Cooper sentado junto à lareira, contando para qualquer um com ouvidos como tivemos que subir uma colina na neve para matar dragões durante a nossa época.

Clay riu e espantou uma vespa que zumbia diante dos seus olhos. Considerando que a maioria dos dragões dos quais ouvira falar morava no alto de montanhas, subir uma colina na neve para matar um parecia um detalhe dispensável. Ele estava pensando sobre isso quando Gabriel parou tão abruptamente que Clay quase se chocou nele. Estava prestes a perguntar onde estavam quando se deu conta.

Ao lado da estrada, a ruína de uma casa modesta estava coberta por décadas de vegetação e mato alto. Um carvalho arqueado crescia no meio, criando uma chuva regular de folhas alaranjadas. As raízes envolviam pedras enegrecidas por fuligem, como se tentassem arrastá-las, uma estação atrás da outra, para debaixo da terra.

Havia muitos anos que Clay não colocava os olhos no que restava da casa em que morara na infância. Ele quase nunca teve motivos para viajar tão para o sul da cidade, e, mesmo então, costumava ignorá-la, evitando completamente o local. Parado ali agora, porém, Clay disse a si mesmo que não sentia o cheiro de cinzas na brisa nem o calor das chamas batendo no rosto. Que não conseguia ouvir os gritos, o estalo seco de punhos batendo, não de verdade, mas se lembrava de tudo isso de forma vívida. Ele *sentia* essas lembranças o agarrando como raízes, ameaçando puxá-lo para baixo também.

Quase deu um pulo quando Gabriel botou a mão no seu ombro.

— Desculpe — murmurou Clay, distraído. — Eu…

— Você devia ir vê-la — disse Gabriel.

Clay suspirou e olhou para as ruínas. Seus olhos acompanharam a descida das folhas, caindo como brasas na direção da terra. Outra vespa, ou a mesma, voou em volta da cabeça dele.

— Não vou demorar — disse ele.

O sorriso tranquilizador de Gabriel surgiu e sumiu como um sopro de vento.

— Espero você aqui.

O pai de Clay era lenhador, mas costumava se gabar de sua breve incursão na atividade de mercenário. Leif e os Lenhadores foi um bando pouco conhecido até derrotar um banderhobb que estava raptando crianças perto de Willow's Watch. Infelizmente, a bile ácida da criatura causou sérios danos às pernas do líder do bando, e Leif ficou aleijado, manco. O bando, conhecido após esse episódio apenas como Lenhadores, chegou à fama sem ele.

A mãe de Clay, Talia, supervisionava a cozinha no King's Head. Ela era uma artista quando o assunto era comida, e o marido muitas vezes reclamava que a mulher oferecia refeições melhores para estranhos do que para a própria família. Em uma dessas ocasiões, ela observou que Leif passava mais tempo bebendo do que com o filho. Esse foi o jeito dela de chamá-lo de bêbado sem de fato fazer isso, e, apesar de ser lento demais para entender sutilezas, Leif não gostou do tom e bateu nela.

Irritado com as palavras da esposa, Leif levou o filho para o bosque no dia seguinte. O dia estava claro e frio; um vento de inverno descia das montanhas e deixava as folhas duras, estalando sob cada passo de Clay enquanto ele andava às pressas atrás do pai.

O que estamos procurando?, ele se lembrava de ter perguntado.

E Leif, carregando o machado que afiava todas as noites antes de dormir, parou onde estava e olhou para as árvores ao redor: bétulas brancas, bordos vermelhos, pinheiros ainda cobertos de verde. *Uma fraca*, declarou por fim. *Uma que não vai resistir.*

Clay riu daquilo. Odiava ter rido agora que se lembrava daquele dia.

Eles encontraram uma bétula fina, e Leif botou o machado nas mãos dele. Mostrou a Clay como firmar os pés e posicionar os ombros, como segurar o machado na ponta do cabo e botar toda a força no movimento. O primeiro golpe de Clay não foi muito forte. Gerou um tremor nos braços e deixou os cotovelos doendo. A árvore mal sofrera um arranhão.

Seu pai riu com deboche. *Outra vez, moleque. Bata nela como se a odiasse.*

A árvore caiu um tempo depois, e Clay ganhou tapinhas fortes nas costas pelo esforço. Leif o levou para casa depois; a bétula ficou onde caiu.

E lá permaneceu, embora quase quarenta invernos severos de Agria tivessem ido e vindo desde aquele dia. A madeira estava branca como osso embaixo dos pontinhos de luz do sol. Clay se ajoelhou, deixou a mochila de lado e botou *Coração Negro* no chão. O aroma da floresta encheu os seus pulmões e lhe serviu de consolo. Esticou a mão e tocou no tronco, puxando a casca curva, passando a ponta dos dedos nos nós e nas rugas.

Ninguém além de Gabriel e Ginny sabia que Clay enterrara sua mãe naquele local. Ele pretendia levar Tally ali qualquer dia desses, mas ainda não tinha juntado coragem para fazer isso. Sua filha era insaciavelmente curiosa e ia querer saber como a avó morreu, mas havia coisas que uma garota de nove anos não devia saber.

Não havia nada marcando o túmulo, nem mesmo uma lápide em que a única pessoa que lamentava a ausência de Talia Cooper pudesse colocar uma coroa de flores ou acender uma vela. Só havia as palavras *Seja gentil* entalhadas na casca áspera da bétula, como se a pessoa que tivesse feito aquilo estivesse chorando, ou fosse uma criança, ou as duas coisas ao mesmo tempo.

CAPÍTULO CINCO

PEDRAS, MEIAS E SANDUÍCHES

— Para onde a gente está indo? — perguntou Clay logo antes de eles serem assaltados na estrada para Conthas.

— Primeiro o mais importante — disse Gabriel. — Preciso recuperar a *Vellichor*.

— Você não disse que vendeu ela?

Gabe assentiu.

— Basicamente, sim.

Clay mal conseguia acreditar que estavam tendo aquela conversa. A antiga espada de Gabe, *Vellichor*, talvez fosse o artefato mais valioso do mundo. Vários milhares de anos antes (ou era o que os bardos diziam), uma raça de seres imortais com orelhas de coelho chamada druin escapou por pouco da destruição cataclísmica do seu reino usando a *Vellichor* para abrir caminho para este lugar, que, na época, era uma terra de humanos bárbaros e monstros selvagens. Os druins tiveram pouca dificuldade para subjugar ambos e logo estabeleceram um amplo império conhecido como Domínio.

Os druins eram liderados por seu Arconte, Vespian, que desapareceu em Heartwyld quando o Domínio, muitos séculos depois, foi invadido por hordas monstruosas. Quando o Saga o encontrou quase trinta anos antes, o Arconte procurava desesperadamente pelo filho perdido. Logo depois, Clay e seus amigos encontraram Vespian de novo, mortalmente ferido, confessou ele, pelo mesmo filho que estivera procurando. O druin moribundo deu a espada a Gabriel com uma condição: que Gabe a usasse para matá-lo.

E Gabriel fez exatamente isso. O Arconte, com seu último suspiro, disse uma coisa em tom baixo demais para ser ouvido, em um idioma antigo demais para ser compreendido. Fossem quais fossem as palavras, Clay tinha quase certeza de que não eram *Ah, e pode vender a espada se precisar.*

— Basicamente? — Clay sentiu a raiva chegando. — E para quem você *basicamente* vendeu a sua espada mágica? — questionou Clay, tentando parecer menos exasperado do que estava.

Gabriel olhou para o amigo, com constrangimento óbvio.

— Hum… está com Kal.

— Kal?

— É.

— Espera… Kal, de Kallorek? O nosso antigo agente, Kallorek? O que Valery…

— O cara por quem Valery me trocou, é — concluiu Gabe. — Obrigado por me lembrar. E eu não *vendi* a espada. Estava com uma dívida alta com umas pessoas, e Kal se ofereceu para pagar, só que eu não tinha nada para dar como garantia. Ele disse que a espada servia, mas que, se eu precisasse, era só ir lá pedir de volta. Então, vou lá pedir de volta.

Clay não via Kallorek havia quase vinte anos e não diria que estava ansioso para reencontrar o antigo agente. Kal era barulhento, arrogante e grosseiro… meio parecido com Gabriel, só que mais barulhento, mais arrogante e bem mais grosseiro, sem o charme natural e a aparência desconcertante de Gabriel para melhorar o aspecto geral.

Pelo pouco que Clay sabia do passado sórdido do agente, Kal foi um bandido de aluguel nas ruas de Conthas antes de se aventurar pelo agenciamento de bandos. No fim das contas, o homem tinha talento para isso. Foi Kallorek que os apresentou a Matrick e convenceu Ganelon a se juntar ao bando. Foi Kallorek que agenciou o trabalho que os levou até Moog. Se não fosse por Kal, o Saga não existiria.

Ainda assim, o sujeito era malvado como um murlog com a boca cheia de pregos.

Clay se perguntou se Valery já sabia que Rose tinha ido para Castia. Esperava que sim, pelo bem de Gabriel. Se havia algo mais assustador do que uma Horda de Heartwyld, era a ira de uma ex-esposa vingativa.

— E os outros? — perguntou Clay. — Você falou com Moog sobre isso? Com Ganelon?

Gabriel balançou a cabeça.

— Fui até você primeiro. Achei que juntos teríamos mais facilidade para fazer o resto vir conosco. Eles confiam em você, Clay. Mais do que em mim, pelo menos. Lembre-se de que não é a primeira vez que tento juntar o Saga.

— É, bom, mas você queria que a gente lutasse em uma arena — falou Clay. — Contra só os deuses sabiam o quê, com dez mil pessoas assistindo.

— Vinte mil — corrigiu Gabriel.

— Mas para quê? Qual é o *sentido* disso?

— Sei lá! — disse Gabriel. — É assim agora. As pessoas querem emoção. Querem sangue. Querem *ver* os heróis em ação, não só ouvir falar deles de um bardo que pode estar inventando metade da história.

Clay só conseguiu balançar a cabeça sem acreditar. As pessoas não sabiam que as lendas que surgiam a partir das histórias eram a melhor parte? Os deuses eram testemunha de que os bardos não serviam para muita coisa além de morrer e contar mentiras, mas, sem dúvida, eram mestres em ambas as coisas. Clay tinha perdido a conta da quantidade de vezes que sobreviveu por pouco em uma luta sangrenta e apavorante e ouviu um bardo convencer uma taverna lotada de que foi a batalha mais gloriosa travada entre um homem e um animal.

Nas histórias, havia marchas sem bolhas sanguinolentas nos pés, lutas de espadas sem ferimentos infeccionados que matavam os heróis enquanto eles dormiam. Nas histórias, quando um gigante era morto, caia trovejando no chão. Na realidade, um gigante morria como todas as coisas morriam: gritando e se cagando.

Uma parte de Clay sempre desconfiou que o mundo fora de Coverdale estava piorando a cada dia, mas, como não planejava ir para o mundo exterior (exceto para servir bebidas e alugar camas para pessoas de passagem), nunca se incomodou. Agora, porém, que estava indo de cabeça para lá... bom, a sensação era a de que as coisas tinham piorado mais do que ele pensava.

— A questão é — falou Gabriel, obstinado —, se você disser para os outros que podemos atravessar Heartwyld e trazer Rose para casa, vão acreditar em você.

— Se você diz — respondeu Clay. Ele viu um pássaro ou qualquer coisa colorida voando entre as árvores pelo canto do olho. Mas, quando se virou para olhar, tinha sumido. — E o que os outros andam fazendo? — perguntou, ansioso para mudar de assunto. — Além de Matrick, que suponho que ainda seja rei de Agria.

Antes que Gabe pudesse responder, uma mulher pulou na estrada na frente deles. O cabelo castanho comprido era uma confusão de tranças meio frouxas explodindo em emaranhados arrepiados. As roupas não estavam em condição muito melhor, mas o que faltava em qualidade era compensado em quantidade, uma camada sobre a outra sem nenhuma preocupação aparente com estampa ou cor. Havia um arco pendurado no ombro dela e uma única flecha na mão.

— Olá, rapazes — falou. — Lindo dia para um passeio, não é?

— Ou para um roubo — murmurou Clay, observando a floresta de ambos os lados. E então ele viu seis outras pessoas escondidas entre as árvores. Todas mulheres, vestidas da mesma forma caótica da que bloqueava o caminho deles, e todas armadas até os peitos, por assim dizer.

— Você acha? — perguntou ela com o sotaque arrastado e preguiçoso das planícies de Cartea. — Para roubos, prefiro chuva. Não uma tempestade, veja bem, mais um chuvisco leve. Combina com a ocasião, acho. Se quer saber, é uma pena estragar um dia de sol desses com uma coisa tão grosseira quanto um roubo mesquinho. — Ela fez um gesto impotente e apontou a flecha para o peito de Clay. — Mas aqui estamos nós: roubando mesquinhamente.

— Não temos nada que vocês possam querer — disse Gabriel, abrindo as mãos.

A ladina abriu um sorriso.

— Ah, isso nós vamos ver. Que tal fazerem a gentileza de colocar as armas na estrada e mostrar o que tem nessas bolsas?

Clay obedeceu, jogou a espada dos Patrulheiros no chão e virou a mochila.

A garota assobiou, aproximando-se para examinar o conteúdo.

— Ah, meias e sanduíches! É o nosso dia de sorte, garotas! Venham pegar!

Um coral de gritos e uivos soou das árvores em resposta, e as mulheres foram para a estrada como um bando de coiotes variados. Elas envolveram os dois homens, fazendo gestos ameaçadores com facas, lanças e arcos erguidos. Gabriel, fazendo uma careta a cada golpe fingido, virou a bolsa de cabeça para baixo.

Para a surpresa de Clay, não estava vazia. Para a surpresa de todo mundo, continha um punhado de pedras que estalaram aos pés de Gabriel.

O clamor morreu quase na mesma hora, e, pela primeira vez desde que apareceu, a líder das bandidas pareceu genuinamente insatisfeita.

— Pelo saco pelado do Pagão! — praguejou ela, chutando uma das pedras na grama ao lado da estrada. Gabriel se moveu como se fosse pular para trás, mas o olhar da mulher o fez parar. — *Pedras?* Sério? Não podem ser safiras, nem rubis e nem lingudos gordos de prata?

— Lingotes — murmurou Clay, mas a mulher não prestou atenção.

— Os deuses permitiriam que a gente atacasse um tolo com a bolsa cheia de diamantes? Não! Mas pedras! E meias! E… o que tem nesses sanduíches?

— Presunto.

— Presunto! — gritou a mulher, como se citando o nome de um inimigo mortal. Seus dedos apertaram o arco.

— E esse escudo aí? — perguntou uma das ladras. Ela apontou para *Coração Negro* com a ponta da lança.

— Parece caro — disse outra. — Deve valer pelo menos uma ou duas moedas da corte.

Clay não deu atenção a elas. Só fixou o olhar na líder.

— O escudo não vai a lugar nenhum — disse ele.

A mulher piscou.

— Ah, não? — Ela andou em volta, segurando o arco como uma bengala e lançando outro olhar de desdém para a pilha lamentável de pedras de Gabriel. — E desde quando está em posição de… de… — Ela parou de falar. — Ora, pelo anel do pau de um kobold… Isso é o que eu acho que é?

— Depende do que você acha que é — respondeu Clay.

— Eu *acho* que é o escudo que pertence ao sujeito que chamam de Mão Lenta, também conhecido como Clay Cooper. Eu *acho* que é o maldito *Coração Negro*!

— Ah, nesse caso, você está certa — respondeu Clay. Havia anos que ninguém o chamava de Mão Lenta, um apelido que ele conquistou graças à sua propensão de levar porrada primeiro em quase todas as lutas.

— Então é caro, *sim*! — exclamou a bandida que sugerira isso antes. — Pode ir tirando. — Ela esticou a mão para pegá-lo, e Clay recitou uma oração silenciosa para o deus de Grandual que estivesse encarregado de perdoar homens que quebravam pulsos de mulheres antes de darem socos no pescoço delas.

— Deixa — ordenou a mulher no comando.

Por um momento, as duas bandidas se encararam, como predadoras se enfrentando por uma vítima recente, mas a líder acabou prevalecendo e forçou a outra a olhar para o outro lado de cara feia.

— Esse escudo — explicou — foi feito do coração de um velho e perverso ente que matou mil homens antes que esse camarada — ela apontou para Clay, quase furando o olho dele com a flecha — o transformasse em lenha. Esse homem é Clay Cooper Mão Lenta. Um herói de verdade!

— E a gente não rouba heróis? — perguntou uma das bandidas.

— Claro que roubamos — respondeu a mulher, e, com a ponta da flecha, fez um corte na bolsa que estava na cintura de Clay. Vinte moedas de prata caíram na estrada poeirenta e elas correram para pegá-las.

A mulher ergueu a voz a um tom adequado ao proselitismo.

— Um sanduíche pertence a quem o comer; uma meia, a quem a usar; uma moeda, a quem a gastar. Certas coisas, no entanto, não podem ser tomadas. Como isso. — Ela passou os dedos pela superfície irregular de *Coração Negro* como se estivesse botando as mãos na tumba de um mártir. — Esse escudo pertence a Clay Cooper e mais ninguém, e que saia um rabo do meu cu se eu me rebaixar a ponto de roubar isso dele.

Ela se afastou, botou o arco no ombro e voltou ao lugar onde apareceu na estrada.

— *Às meias, meninas!* — gritou, e as bandidas pularam e agiram, tirando botas e vestindo as meias feitas por Ginny por cima do que quer que já estivessem usando. Depois disso, pegaram os sanduíches e correram para a floresta.

Uma delas pegou a espada de Clay ao passar.

— *Isso* pertence a Clay Cooper? — perguntou ela.

— Não mais — falou a líder.

Gabriel viu as ladinas se dispersarem com alívio óbvio. A líder olhou para Clay e virou o queixo na direção dele.

— Quem é esse aí?

Clay coçou a barba.

— Hã… é…

— Gabe — respondeu o amigo, se empertigando um pouco ao dizer o nome.

A mulher ficou boquiaberta.

— Você quer dizer *Golden Gabe*? — Gabriel assentiu, e ela balançou a cabeça sem acreditar. — Bom, não é o que eu esperava, isso posso garantir. Meu pai me falou que você era feroz como um leão e agradável como cerveja de Kaskar. Minha mãe dizia que era o homem mais bonito que já tinha visto, sem contar o meu pai, óbvio. Mas olha só você aqui, dócil como um gatinho e tão… — ela franziu a testa como um fazendeiro avaliando uma espiga de milho estragada — … *velho*.

Clay deu de ombros.

— O tempo é sacana — disse ele.

A jovem riu.

— É? Bom, foi muito sacana com vocês. — Ela apertou os olhos para o sol. — Enfim, eu e minhas garotas temos umas moedas de prata para gastar e agradecemos a vocês por isso.

Clay conseguiu abrir um sorriso fraco. Apesar de ela os ter deixado sem comida, sem dinheiro, sem armas e sem qualquer meio de manter os pés aquecidos nos meses longos e frios que estavam por vir, ele não conseguiu deixar de gostar da mulher. Ela foi bem afável — para uma ladina, pelo menos — e teve a dignidade de deixar *Coração Negro* em paz. Tinha isso.

— Como vocês se chamam? — perguntou ele.

O sorriso dela aumentou.

— Já fui chamada de muitas coisas. Ladra. Prostituta. Imagem cuspida e escarrada da deusa Glif. Mas, quando contar esta história em frente à lareira hoje à noite, pode dizer que foram Lady Jain e as Flechas de Seda que levaram suas coisas.

— Vocês são um bando? — perguntou Clay.

— Somos band-*idas* — respondeu ela. — Mas gosto de pensar que ainda há esperança para nós. — Ela saiu correndo, e as Flechas de Seda sumiram na floresta atrás dela.

Clay soltou o ar que não sabia estar prendendo e olhou com desespero enquanto Gabriel se ajoelhava para recolher as pedras que tinham caído da bolsa.

— Sério? Existe algum motivo para você estar levando um punhado de pedras nessa missão suicida?

Gabriel foi para a lateral da estrada. Quando encontrou a pedra que Jain chutara para a grama, ele a examinou, como se a estivesse vendo pela primeira vez.

— Essas pedras eram da Rose — disse ele. — Ela levava para casa da praia quando morávamos em Uria. Pensei em trazer para o caso de...

— Ela não vai querer — observou Clay com rispidez. — Não vai ligar de você ter carregado um punhado de pedras por meio mundo, Gabe. Ela não é mais uma garotinha, lembra?

— ... para o caso de ela estar morta — concluiu Gabriel. — Pensei em botar no túmulo dela. Achei que ela ia gostar disso.

Clay calou a boca. Sentiu-se um babaca naquele momento.

Em pouco tempo, eles botaram as bolsas no ombro e, para a grande surpresa de Clay, ele encontrou um sanduíche no fundo da mochila. Entregou metade para Gabriel, que ergueu uma sobrancelha.

— Que sorte.

Clay riu com deboche.

— Se você diz. Espero que essa sorte incrível dure até Castia.

— E quando voltarmos também — observou Gabriel, atento demais no ato de comer para reparar no sarcasmo na voz de Clay.

Em minutos, Clay engoliu o que restava do seu sanduíche e, junto, a lembrança dolorida da mulher que o fez.

— E quando voltarmos também — falou, sem convicção nenhuma.

CAPÍTULO SEIS

DESFILE DE MONSTROS

Como um homem que já ganhou a vida explorando masmorras decrépitas com a intenção de matar o que quer que estivesse lá dentro, Clay conhecia o Velho Domínio melhor do que a maioria das pessoas. O antigo império dos druins já tinha englobado todo o mundo conhecido, de Grandual, no leste, à Terra final, no oeste, assim como toda a ampla Floresta de Heartwyld, no meio. Os druins eram excelentes artesãos e feiticeiros poderosos, que governaram com a liberdade dos deuses as tribos então primitivas de homens e monstros. Porém, como com qualquer coisa que fica grande demais — teias de aranha, por exemplo, ou aquelas abóboras gigantescas de fim de plantio —, virou uma coisa monstruosa e acabou desmoronando.

Os Exarcas responsáveis por governar as cidades do Domínio se rebelaram contra o Arconte da época e uma guerra civil eclodiu. Embora fossem imortais, os druins tinham uma população relativamente pequena (certa vez, Moog comentou com Clay que as mulheres druin podiam dar à luz apenas um filho), então eles fortaleceram seus exércitos com os monstros que os Exarcas haviam criado por gerações para serem mais ferozes e selvagens do que antes. No entanto, as criaturas se mostraram selvagens demais para serem controladas, dando espaço para as primeiras grandes Hordas: grupos enormes que percorriam livres o Velho Domínio e foram sua ruína.

Um Exarca chamado Contha criou um exército de enormes golens de pedra e os escravizou usando runas que... bom, na verdade, Clay não fazia ideia de como o negócio das runas funcionava, e a maioria dos golens que tinha encontrado em suas viagens eram forças destruidoras sem um mestre. De qualquer modo, os exércitos de Contha foram dizimados pelas Hordas destruidoras, e assim o Exarca abandonou sua fortaleza, fugiu para o subterrâneo e nunca mais foi visto.

Alguns diziam que o imortal Contha voltara e vagava pelas muralhas acabadas da cidadela, lamentando a queda de seu amado Domínio, enquanto outros sugeriam que ele permanecera no subterrâneo e fora reduzido a um troglodita balbuciante que vivia sozinho em uma escuridão sufocante.

Clay achava que ele só tinha morrido. Os druins viviam bastante, a ponto de parecerem imortais, mas podiam morrer; Clay tinha *visto* um sendo morto. E muitas coisas sinistras viviam na escuridão subterrânea.

A ruína da fortaleza de Contha serviu como ponto de encontro durante a Guerra da Reivindicação. À sombra daqueles muros, a Companhia dos Reis espantou o que restava da última Horda para a Floresta de Heartwyld. Um assentamento acabou surgindo ao redor, um lugar onde os corajosos dispostos a desbravar o Wyld podiam se reunir e conseguir suprimentos e para os que voltavam gastarem suas novas riquezas ou beberem para esquecer os horrores dos quais quase não conseguiram escapar.

Em pouco tempo, o Campo de Contha virou um vilarejo. Alguém construiu uma muralha, e, quando o vilarejo cresceu e virou uma cidade, alguém construiu uma muralha ainda maior. Em algum momento, o nome foi reduzido a Contha e, depois, para Conthas, embora também fosse chamada de Cidade Livre, pois, apesar de estar tecnicamente dentro das fronteiras de Agria, o rei (nesse caso, seu velho companheiro de bando, Matrick) não reivindicava as terras tão próximas à fronteira selvagem. Não havia impostos ali, nenhuma tarifa sobre os bens que passavam. Conthas era um bastião de empreendimentos e oportunidades: um dos últimos lugares selvagens em um mundo cada vez mais civilizado.

Dito tudo isso, Conthas era um buraco fedorento, e, para Clay, quanto antes saíssem de lá, melhor.

Era meio-dia e meia do terceiro dia desde que ele e Gabe tinham partido de Coverdale. Os dois estavam cansados da viagem, cobertos de poeira e com tanta fome que a boca de Clay salivou quando um homem do lado de fora do portão ofereceu a ele o que parecia ser um rato no espeto.

A última refeição deles havia sido dois dias antes, quando um fazendeiro velho e sádico jogou uma maçã para cada um por fazerem flexões de braço na estrada. Clay encontrara uma tartaruga andando pela margem lamacenta de um riacho no dia anterior, mas, enquanto se ocupava acendendo uma fogueira, Gabe se afastou com a tartaruga e a libertou. Ele acalmou Clay com a garantia de que Kallorek os alimentaria como reis quando chegassem à cidade, e Clay passou as mesmas garantias para seu estômago vazio. Infelizmente, seu estômago não era tão suscetível a mentiras quanto o cérebro.

Conthas continuava sendo o mesmo circo do qual ele lembrava. Sem reis, sem leis; sem sentinelas para manter a paz e desencorajar a violência antes que esta fugisse de controle. Não ter impostos significava não ter ninguém para limpar as valas ou colocar pedras nas estradas, e, assim, Clay e Gabriel andaram pela lama (ou pelo que torciam para ser lama) através dos portões escancarados da cidade cujos pais contrataram uma prostituta como babá e nunca mais voltaram para casa.

A rua principal seguia por um desfiladeiro entre duas colinas. A cidade subia por cada encosta como mofo, coberta pelo manto de uma fumaça cinzenta. Clay via vários focos de incêndio ardendo sem controle, mas ninguém parecia muito preocupado e não nenhuma pessoa correndo para apagá-los. Ao norte, ficava a fortaleza fechada de Conthas em si, encolhida como um punho de ferro contra o sol. Havia algum tipo de templo em construção na colina sul, inacabado e envolto em andaimes.

Diziam que a Cidade Livre atraía todo tipo de coisa, mas, na verdade, atraía todo tipo de coisa ruim. Aventureiros de olhares brilhantes vindos de toda Grandual iam para Conthas com o sonho de entrarem em um bando e viajarem pelo Wyld, sonhos que inevitavelmente se distorciam, como uma coisa refletida em um espelho feito de vidro vagabundo. Ou isso, ou o espelho quebrava na cara deles.

Não era possível jogar uma pedra ali sem acertar um aventureiro, um ladrão, um caçador de ladrões, um caçador de recompensas, um mago de fumaça, um bardo andarilho, um vendedor de sucata, uma bruxa da tempestade, um mercenário — ou os que lucravam a partir dessa gente: armeiros e ferreiros, prostitutas e arúspices, jogadores de dados e de cartas. Pedintes ocupavam as entradas dos becos, enquanto os viciados que eram suas presas ficavam caídos na lama com facas na mão, ferimentos ensanguentados nos braços e sorrisos extasiados na cara abatida. Em cada esquina havia um mercador vendendo espadas mágicas e armaduras impenetráveis ou um alquimista oferecendo poções para respirar embaixo d'água ou de invisibilidade. Clay até viu uma que dizia IMORTALIDADE.

— Quanto custa? — perguntou ele à velha que a vendia.

— Cento e uma moedas da corte — anunciou ela. — Não aceito devoluções.

Ele franziu a testa para o frasco.

— Parece grama misturada com água.

A mulher olhou para ele de cara feia até Clay ir embora.

Na Rua dos Templos, passaram por templos dedicados a cada um dos deuses do Quarteto Sagrado. Clay tinha ouvido gritos vindos das janelas gradeadas do refúgio austero da Rainha do Inverno e gemidos de prazer por trás das cortinas de seda do santuário da Donzela da Primavera. Havia fila em frente ao tempo de Veil, o Pagão. Fazendeiros, supôs ele, indo orar por uma colheita justa. Muitos carregavam bezerros agitados ou cordeiros chorosos para serem oferecidos como sacrifício de sangue ao Filho do Outono. Um homem com aparência desesperada segurava um gato sarnento nos braços. O animal tinha adivinhado seu destino, ao que parecia, pois os braços do camponês exibiam uma rede de arranhões intensos.

Sacerdotes usando as vestes vermelhas e douradas do Senhor do Verão espantavam um mendigo dos degraus da igreja. O pobre coitado usava uma veste cinzenta suja, e Clay quase ofegou ao ver as mãos pretas e queimadas do mendigo, uma delas reduzida a pouco mais do que um cotoco.

Um podre. Ele fez uma careta e não conseguiu segurar o tremor. Fora os horrores mais tangíveis aguardando entre os beirais venenosos de Heartwyld, qualquer pessoa que entrasse na floresta negra corria o risco de ser afligido pelo Toque do Pagão, mais comumente conhecido como podridão. O que começava como uma mancha escura logo virava uma casca preta agarrada na pele como craca ao casco de um barco. Era impossível remover sem arrancar pedaços de carne e, de qualquer modo, não importava, pois a casca sempre voltava. Era impossível impedir que ela se espalhasse ou se manifestasse em alguma outra parte do corpo. Os membros afetados apodreciam e caíam até que, por fim, a doença tomasse a garganta da vítima ou algum outro órgão vital. Com sorte, isso acontecia logo. Clay ouvira falar de podres vivendo por anos em tormenta constante antes que a morte os levasse.

Em teoria, existiam muitas formas de evitar a doença, que iam desde beber chá de cílio de dríade a visitar um oráculo em algum lugar no alto das Montanhas Rimeshield, mas, apesar dos esforços das mentes mais apuradas de Grandual, não havia cura conhecida. A podridão era, pura e simplesmente, uma sentença de morte.

— Clay, olha. É o Moog. — Gabriel puxou a manga do amigo e apontou para uma parede cheia de pergaminhos colados. Vários mostravam o mago, reconhecível apesar de muito mal desenhado. Ele estava sorrindo de orelha a orelha, um olho fechado em uma piscadela de sabedoria.

Clay apertou os olhos para ler as palavras rabiscadas embaixo.

— Magnífico Filactério Fálico do Mago Moog. De zero à esquerda a herói em um gole! Satisfação garantida!

Clay olhou alguns outros pergaminhos na parede. Um oferecia recompensa pelo bafo tóxico de uma sílfide podre, outro convocava bandos dispostos a matar Hectra, a Rainha das Aranhas. Ele estava se perguntando se Hectra era mesmo uma aranha ou só uma mulher que assumia a posição de monarca delas quando o barulho ao redor atrapalhou seus pensamentos.

Havia homens caminhando pela rua, três fileiras com quatro homens lado a lado, armados com clavas e escudos ovais. Ainda não tinham recorrido à violência, mas conseguiram esvaziar boa parte da via atrás deles com os olhares de ferro e os escudos enormes. Atrás deles, havia um homem vestindo couro sujo com a pele de um lobo na cabeça. Ele levantou os braços e gritou para a multidão.

— Boa gente de Conthas! Me escutem!

Clay procurou pela boa gente na multidão e não encontrou, mas o Cabeça de Lobo continuou mesmo assim.

— Abram caminho para os Cavaleiros da Tempestade, que acabaram de voltar de uma incursão ousada por Heartwyld. — Ele esperou que a falação diminuísse para prosseguir. — Eles serão precedidos pelas Irmãs de Aço, que dominaram os goblins das Cavernas de Cobalto e seu temeroso Comandante de Guerra, Sicklung! — Cabeça de Lobo e seus capangas com escudos seguiram em frente, abrindo caminho onde algumas pessoas demoravam a dar passagem.

Houve uma comoção à frente. Ao olhar para oeste, viu uma coluna seguindo pela passagem lamacenta. Os Cavaleiros da Tempestade, um bando, presumiu Clay, apesar de nunca ter ouvido falar deles, deviam ter pagado do próprio bolso para desfilar por Conthas. E conforme a procissão foi chegando mais perto, ficou claro que os bolsos eram bem fundos.

Um grupo de tocadores de tambor seguia na frente. Estavam vestidos com túnicas longas costuradas com faixas de casca de árvore e chapéus com tufos de folhagem verde. Crianças saltitavam entre eles vestidas de fadas do bosque, as asas finas balançando nas costas quando corriam. Atrás delas vinha um homem gigantesco. Metade do rosto dele estava pintada de azul, à moda dos Homens Ferais, que chamavam a floresta negra de lar e viviam de uma dieta de carne e sangue… ou era o que as histórias diziam, pelo menos. Clay tinha encontrado um número grande de canibais que preferiam um bom frango assado à anca carnuda de um aventureiro desafortunado, mas frangos (ao contrário dos aventureiros desafortunados) eram muito mais difíceis de conseguir no Wyld.

O brutamontes estava coberto de peles exóticas, com uma corneta pendurada no ombro, que talvez tivesse sido um dente de dragão antes de alguém o deixar oco e fazer dele um instrumento. Ele zombou da multidão, deixando-a frenética, depois deu um sopro longo e grave na corneta. O som lembrou a Clay o vento gemendo por lugares altos ou o som de uma coisa ferida berrando na escuridão.

Em seguida, surgiram os goblins. Duas fileiras de seis, cada um com as mãos presas, unidos um ao outro por correntes que deslizavam como cobras de ferro pela lama. A aparência do grupo era doentia, estavam maltrapilhos como mendigos, mas ainda cheios de energia. Mordiam e gritavam baboseiras incompreensíveis para a multidão e não pareciam se importar quando alguém jogava um tomate gordo ou um peixe podre na direção deles.

Devem estar morrendo de fome, refletiu Clay. *Esperem até sentirem o cheiro de rato no espeto.*

Atrás deles, vinha seu comandante de guerra, Sicklung, mancando nos grilhões. Seu rosto estava tão maltratado e ferido que era horrível até mesmo para os padrões goblins.

As Irmãs de Aço não eram o que ele esperava. Clay já tinha lutado ao lado de muitas mulheres guerreiras, mas aquelas não eram nada parecidas com elas. O cabelo cacheado estava preso com laços coloridos. Os olhos pintados com lápis preto, os lábios vermelhos como rosas. E a armadura! Parecia frágil como porcelana, feita para exibir pele em vez de protegê-la do fio de uma espada ou da ponta de uma flecha. Elas vinham galopando em um trio de éguas brancas impecáveis cuja barda prateada brilhava como um espelho.

Um homem na frente da multidão assobiou para uma das Irmãs quando ela passou. *Oh-oh.* Clay fez uma careta e se preparou para ver um homem ser pisoteado na lama. Mas ela sorriu e jogou um beijo para ele.

— Que *porra* é essa? — Clay se ouviu perguntar.

Ao seu lado, Gabriel deu os ombros.

— É assim que é agora, rapaz. Eu falei. Só espetáculo e exibição. — Ele riu com deboche e indicou a direção dos goblins. — Devem ter comprado os coitados em um leilão.

A coluna seguiu em frente. Então vieram os espólios recolhidos pelos Cavaleiros da Tempestade durante a incursão pelo Wyld. Um grupo de homens passou carregando relíquias do Domínio: espadas cegas e armaduras de escamas enferrujadas recuperadas de campos de batalha antigos.

Em seguida, vieram carroças puxadas por bois. Elas carregavam os pedaços de um dos autômatos controlados por runas de Contha. As peças tinham sido encaixadas para que os observadores pudessem entender como o golem gigantesco era em vida.

— Impressionante — disse Clay. — Essas coisas são difíceis de derrubar.

Quatro homens fortemente armados escoltavam um troll alto e magro carregando o peso de algemas de ferro. Os braços da criatura tinham sido cortados nos cotovelos e cobertos com cotocos de prata para que não se regenerassem em novos membros. Dois homens carregavam tochas e as usavam para intimidar a fera sempre que seus olhos pretos como carvão paravam por tempo demais em alguém que talvez fosse particularmente apetitoso para o troll.

Um símio enorme listrado como um tigre surgiu em seguida. A mulher que segurava a guia sorria e acenava, esticando a mão de vez em quando e acariciando o pelo da besta. O animal sorria sempre que ela fazia isso, obviamente apaixonado pela cuidadora.

Um silêncio estranho se espalhou. Ao olhar para a direita, Clay viu outra carroça se aproximando. Era tão larga quanto a rua, puxada por seis bois e com dez rodas de pedra. As barras de aço da jaula que carregava eram grossas como a perna de um homem, e nas sombras lá dentro, ele viu uma coisa... um vislumbre de pelo áspero, o brilho metálico de escamas...

— Pelo Inferno da Mãe do Gelo... — Gabe botou a mão firme no ombro de Clay.

Naquele momento, Clay viu o que os Cavaleiros da Tempestade tinham trazido do Wyld. Era uma quimera. E estava *viva.*

Ele engoliu em seco. Sentiu uma pontada na barriga que podia ser medo, euforia ou ambos. Fosse o que fosse, não sentia aquilo havia um tempo. Uma vez, ouviu alguém dizer (provavelmente Gabe) que, embora a maioria dos seres nascesse para viver, umas poucas exceções nasciam para matar. As quimeras faziam parte desse grupo.

Aquela estava obviamente drogada. Seus movimentos eram lentos e arrastados. O rabo comprido caía inerte entre as grades da prisão apertada. As asas, que eram capazes de deixar uma casa inteira na sombra, estavam dobradas em suas costas. Das três cabeças — leão, dragão e carneiro —, só a de dragão parecia se interessar pelos arredores. Seu maxilar estava bem fechado por uma focinheira de metal e saía fumaça das narinas, obscurecendo os olhos amarelos com fendas que espiavam pelas grades como se fossem os de quem estava do lado de fora olhando para dentro.

— Por que não mataram? — perguntou Gabriel.

Clay, que pensava a mesma coisa, só conseguiu balançar a cabeça, impressionado.

— Pelo espetáculo — respondeu ele.

Por fim, os Cavaleiros da Tempestade chegaram. Eram cinco, em pé sobre uma carroça com cortina lotada de tesouros. Baús abertos transbordavam com joias e pedras, moedas cintilavam em montes aos pés deles. Para o caso de o bando em si (todos armados) não ser suficiente para desencorajar a multidão de partir para cima da carroça, havia uma escolta completa, cujas caras feias e lanças longas serviam para manter a multidão longe. Havia várias mulheres vestidas de ninfas, o que significava que estavam praticamente nuas, que jogavam punhados de moedas de bronze na beira da estrada. Clay reparou que as moedas de ouro e prata estavam convenientemente empilhadas perto do centro.

O bando pareceu jovem a princípio, mas Clay se lembrou de que eles tinham acabado de completar dezoito anos quando ele e Gabe pegaram a estrada pela primeira vez. A armadura deles, pelo menos, parecia funcional, embora um pouco extravagante, e Clay desconfiava que estavam usando mais maquiagem que as Irmãs de Aço. Ele também reparou no grande número de garotas que conseguiram chegar à beira da rua e gritavam histericamente conforme os rapazes passavam.

Clay se viu sorrindo e rememorando a vez que ele e seus colegas de bando desfilaram com os espólios da primeira incursão a Heartwyld, por aquela mesma rua... não que tivesse muito para lembrar, pois todos estavam caindo de bêbados na ocasião. Moog dormiu durante todo o desfile; Matrick caiu da carroça na multidão e ficou desaparecido por três dias.

— Já vi o suficiente — disse Gabriel. Ele pareceu irritado de repente, e Clay se perguntou se não era a inveja que azedava seu humor. — Vamos sair daqui antes da multidão dispersar. Vamos ver Kallorek.

Clay girou a cabeça para relaxar os músculos depois de ter ficado olhando para o oeste por meia hora.

— Claro. Onde ele mora?

Gabe indicou a coluna sul e o templo em construção no cume. Com a cara feia, como um homem que olha para a corda que o enforcaria, falou:

— Lá em cima.

CAPÍTULO SETE

NADANDO COM TUBARÕES

Havia um lago no meio da casa de Kallorek. A água era tão limpa que dava para ver os ladrilhos do fundo, formando um padrão quadriculado de azul e branco. Não havia peixes ou sapos ali. Nem lírios, nem junco e nem libélulas nadando sobre a água. Só havia… água.

— Qual é o objetivo desse negócio? — perguntou Clay.

Gabriel não respondeu. Voltara a ficar calado, sentado em uma cadeira de vime perto da beirada do lago, incomodado pelos próprios pensamentos. Aquilo era esperado, Clay achava, considerando que ele foi lá para suplicar a Kallorek para devolver a espada, o que já seria constrangedor se o antigo agente não estivesse também com outra coisa que já tivesse pertencido a Gabe: sua esposa, Valery.

Eles ainda não a tinham visto, mas ouviram a voz dela assim que um criado os levou até aquele local para esperar. Gabriel ficou paralisado ao ouvir o som, como um rato ao ouvir o grito de uma coruja.

Uma das muitas aptidões que sua esposa tinha ensinado a Clay era a ver o lado bom de qualquer situação. Saber que, por piores que as coisas parecessem, sempre havia alguém em algum lugar em situação pior. Uma olhada nos ombros murchos de Gabe e nos movimentos curtos e preocupados dos dedos no colo fez Clay se sentir o homem mais afortunado do ambiente.

Pelo menos até Kallorek chegar. O agente apareceu usando uma túnica azul-escura de seda tão fina que caía como água por cima da volumosa barriga. Várias correntes de ouro com aparência pesada pendiam do seu pescoço. Aros com pedras espalhafatosas cintilavam em todos os dedos e nas duas orelhas. Clay vira túmulos de reis com menos bugigangas no corpo.

— Meus meninos! — O anfitrião conseguiu puxar Clay e Gabe em um abraço desajeitado. A barba grisalha, antes tão áspera quanto uma escova de cavalos, estava agora macia, com óleos aromáticos e trançada. A pele avermelhada emanava cheiro de sândalo e lilás de primavera junto com um fedor mortal de suor. Ele tinha os dentes inferiores tão projetados para a frente que algumas pessoas o chamavam (pelas costas, claro) de "orc".

Kallorek os soltou do abraço, mas segurou os dois por perto, sorrindo largamente.

— Golden Gabe e o próprio Mão Lenta! — disse ele com melancolia. — As lendas em carne e osso! Os reis da porra do Wyld, hein? Você está em forma como um cavalo jovem, Cooper. E você, Gabe, parece cansado. E *velho*! Pelos deuses de Grandual, o que está consumindo você? Não é a bebida de novo? Ou as drogas? Não me diga que pegou a maldita podridão.

Gabriel tentou abrir um sorriso, mas fracassou de forma épica.

— Só estou cansado, Kal. E velho. E… — Ele hesitou, ficando um tom mais pálido do que já estava. — Preciso falar com a Valery e… pedir um favor a você.

Kallorek pareceu desconfiado por um momento, mas o sorriso logo voltou.

— Na hora certa, sim? Quando tiver tirado a poeira das botas! Vamos abrir um barril e comer. Estão com fome?

— Morrendo de fome! — exclamou Clay.

— Claro que sim! — Kallorek uniu as mãos grandes. — Vocês dois, vão para a piscina. Vai ter uma gororoba pronta quando tiverem tido tempo de se refrescar um pouco. — Como seus convidados não se moveram, ele indicou o laguinho atrás deles.

Clay olhou para trás. Deu de ombros.

— A piscina — disse Kallorek, apontando. — A piscina, aquela ali.

— Você está falando do laguinho?

— Estou falando da *piscina* — declarou o agente. — Entrem. Nadem. — Ele gesticulou efusivamente, o que fez suas joias tilintarem.

Clay examinou o lago.

— Nadar para onde? — perguntou ele.

— O que quer dizer com *nadar para onde*? — Kallorek franziu a testa.

— É uma fonte de cura? — perguntou Gabe. Ele flexionou o braço e fez uma careta ao esticá-lo. — Porque acho que o meu cotovelo…

— Meu amigo, foda-se seu cotovelo! — explodiu Kallorek. Clay esquecera como o agente tinha pavio curto. Aquele sorriso grande e cheio de dentes em um momento e, no seguinte… — Não é uma fonte, nem um lago, nem uma maldita banheira de ninfa do mar. É a porra de uma *piscina*. Só uma piscina! A gente nada nela para relaxar.

Clay era inteligente o suficiente para saber que sugerir que Kallorek usasse a piscina só o provocaria mais, mas Gabriel não era… e, assim que abriu a boca, Clay o empurrou na água, onde Gabe se debateu, cuspiu e nadou como um cachorrinho até a borda.

A fúria de Kallorek se dissipou; ele teve uma crise de riso que o deixou secando lágrimas dos olhos.

— Você tem razão — disse Clay. — Já me sinto melhor.

* * *

Duas coisas podiam ser ditas sobre Kallorek: o homem era cruel como um sapo de duas cabeças. Só que a outra era a seguinte: aquele cara sabia comer.

Depois da refeição, Clay ficou em um estado atordoado quase eufórico que o deixou duplamente grato, pois Valery (também atordoada) decidiu se juntar a eles à mesa de jantar. Ela não falou muito, mas soltou alguns suspiros longos, riu aqui e ali de alguma coisa que só ela achou engraçado, como quando dois dos seus brotos caramelizados grudaram um no outro ou com o som da faca quando ela a bateu repetidamente na casca de mel crocante do enrolado de lombo de porco.

Os olhos de Clay foram atraídos sem parar pelas cicatrizes escondidas pela manga da blusa dela. Ele tinha ouvido de Gabriel que Valery usara talho, uma droga feita do veneno da minhoca do torpor, que era introduzida no organismo fazendo pequenos cortes na pele macia da parte interna do braço. Parecia que Valery ainda usava aquilo, pois algumas feridas estavam abertas e vermelhas.

Ao olhar para ela agora, Clay mal conseguia acreditar que era a mesma mulher por quem Gabe se apaixonara tantos anos antes, a mulher que muitos alegavam que fora a única responsável pelo rompimento do maior bando de mercenários da história de Grandual. Não tinha sido ela, claro, fora outra mulher. No entanto, apesar de Valery não ter sido responsável por afundar o barco, Valery fez questão de abrir alguns buracos no casco.

Gabe e Val se conheceram na Feira da Guerra, um festival quadrimestral que acontecia nas ruínas de Kaladar, a antiga sede do poder do Domínio. Durante três dias desenfreados no fim do outono, todos os bandos, bardos e agentes de cada uma das cinco cortes se reuniam para lutar, trepar e beber até cair. Valery, por outro lado, havia ido para protestar. Ela fazia parte de uma facção chamada Getalongs, idealistas com uma opinião — nada popular — de que humanos e monstros podiam coexistir em paz. Como meio de mandar sua mensagem, decidiram botar fogo na barraca do Saga, a casa sobre rodas que o bando usava como base das operações.

Os Getalongs foram expulsos antes que qualquer coisa pudesse ter acontecido, mas Valery foi capturada por Gabriel, que insistiu que a moça fosse à festa que ele estava dando lá dentro. Clay se lembrava do quanto ela parecia deslocada no meio de tantos mercenários barulhentos e maltratados: alta e magra como um fiapo, com pele de marfim e cabelo de fios dourados. Ela usava um vestido que era um pouco mais do que uma túnica fina e tinha uma coroa de flores na testa. "Como uma princesa no meio de um grupo de orcs", Clay comentou na ocasião, apesar de não saber se alguém o escutara.

De qualquer modo, ela e Gabriel ficavam pegando no pé um do outro desde o começo. Clay já tinha ouvido falar que alguns casais eram como fogo e gelo, mas embora Gabe e Val tivessem ideologias opostas, eles eram mais como espadas idênticas se chocando. Em chamas. Durante uma tempestade de gelo. O que tinha começado como um interrogatório brincalhão para a diversão dos convidados se tornou uma discussão intensa, uma briga acalorada e uma discussão violenta, durante a qual Valery fez uma segunda tentativa de botar fogo na carroça do Saga jogando um lampião na cabeça de Gabriel.

De manhã, os dois já estavam loucamente apaixonados.

Val abandonou os Getalongs, o que se mostrou uma decisão sábia, pois, uma semana depois, o grupo aceitou o convite para um banquete com uma tribo de centauros selvagens sem perceber que eles mesmos seriam o prato principal. Ela acompanhou o Saga na excursão seguinte, muitas vezes entrando em conflito com Kallorek na hora de determinar quais buscas aceitariam em seguida. Com frequência cada vez maior, Gabriel pedia a opinião de Valery sobre questões relacionadas ao bando todo, o que não era problema para Moog ou para Clay, mas não foi muito bem aceito por Matrick e Ganelon, que aguentavam a condenação dela sobre sua natureza violenta da mesma forma que uma montanha aguenta um bode saltitando pela encosta. Até que, um dia, uma flor apareceu no cabelo de Gabriel…

A cutucada forte do cotovelo de Gabe nas suas costelas fez Clay perceber que uma pergunta tinha sido feita.

— Sim. Não. Hein? — falou ele, cobrindo com eficiência todas as alternativas.

— Quantos anos tem a sua garotinha agora? — repetiu Kal. — Talyn, não é?

— Tally. Ela fez nove no verão.

— Tally? É apelido de alguma coisa?

— Talia — disse Clay.

— Humm. — Kallorek pareceu muito menos interessado na resposta de Clay do que em passar molho de carne em uma fatia de pão com manteiga. — E a sua, Gabe?

Gabe, sentado em frente ao agente, estava reto com as mãos no colo e mal tinha tocado na comida.

— A minha o quê?

— A sua filha — falou Kallorek com a boca cheia. — Ela e aquela gangue de rejeitados que chama de bando passaram por aqui, o quê, uns sete ou oito meses atrás? Disseram que tinham uma missão importante pela frente, mas que não precisavam de agente, que só estavam procurando equipamento. Perguntou se eu podia dar alguma coisa.

— A Rose veio aqui? — perguntou Gabe.

Kallorek lambeu molho dos dedos.

— Falei que ia pensar, mas não faço serviço beneficente, sabe, sou colecionador. Curador de coisas raras e bonitas. — Talvez sem perceber, ou talvez percebendo muito bem, ele segurou a mão de Valery. Ela piscou e sorriu, como se uma borboleta tivesse passado voando na frente do seu nariz, mas não disse nada. — Ainda assim, a pestinha roubou algumas relíquias valiosas e partiu no meio da noite. Não ouvi mais falar dela depois disso.

Gabriel tinha uma súplica no olhar, mas Clay estava no meio de um longo gole de vinho que planejava prolongar pelo tempo necessário para o amigo explicar o que acontecera com Rose e o que planejavam fazer.

Enquanto Gabe falava, Clay observou por cima da borda do cálice as sobrancelhas peludas de Kallorek subirem na direção do cabelo grisalho. Valery ouviu em silêncio, a expressão indecifrável, massageando os cortes no braço de vez em quando. Ao ouvir o nome Castia, seus olhos se arregalaram e, por um instante, houve *alguma coisa*, um vislumbre de dor, suave como o grito de um prisioneiro que ecoa pela escada de um calabouço, mas logo seu olhar se desviou para o nada. Quando Gabriel terminou, Kallorek suspirou e puxou a barba trançada, enquanto Valery abria um sorriso plácido e murmurava para ninguém específico:

— Que legal.

O pobre Gabe parecia ter levado uma facada. Clay quase esperava que a descrença virasse raiva, mas Gabriel só balançou a cabeça e voltou a atenção para o prato intocado à sua frente.

Kallorek chamou um criado para levar Valery para o quarto. Os três comeram a sobremesa (uma torta de chocolate coberta com amêndoas picadas e creme batido) e tomaram cerveja vermelha doce em um silêncio um tanto desconfortável. Depois, Kal ofereceu de lhes mostrar a propriedade, que tinha sido feita originalmente como templo para o Filho do Outono.

— Investiram muitas moedas aqui — contou Kallorek —, mas estavam na metade quando alguém teve a brilhante ideia de fazer um templo lá na sarjeta. — *Sarjeta* era como as pessoas que moravam nas encostas de Conthas chamavam o fundo do vale. — E não faz sentido subir uma colina para falar com um deus quando ele pode ouvir você direitinho lá de baixo, né?

— Por que construir o tempo no fim das contas? — questionou Clay. — Parece mais barato gritar para o céu.

Kallorek olhou para ele como se Clay tivesse sugerido apagar um incêndio jogando madeira nele.

— Gritar para... De que porra você está falando, Mão Lenta?

— Nada. Deixa para lá.

— De qualquer modo — falou Kallorek —, os sacerdotes aqui em cima faliram, então eu apareci e comprei a construção a preço de banana.

Eles visitaram o jardim aberto, seguindo um caminho de pedra entre macieiras carregadas. Havia guardas patrulhando os muros do local, uma medida necessária, explicou o agente, pois a capela agora abrigava sua coleção cada vez mais valiosa de objetos raros.

— Você ainda agencia mercenários? — perguntou Clay.

— Claro — garantiu Kal. — Mas não é como antigamente. A operação toda é grande demais para eu cuidar sozinho, então escolho um representante que fica responsável por cada bando. Eles marcam as missões menores, tipo goblins, essas coisas, enquanto dou os contratos grandes aos que acho que são capazes de executá-los. Fico com a metade, o representante fica com dez e o bando divide o que sobra.

Metade? Se ainda estivesse comendo, Clay teria se engasgado. As coisas tinham mudado drasticamente desde a sua época. Então, Kallorek ficava com quinze por cento, o mesmo que cada um dos cinco membros do Saga. Os dez restantes eram para ser do bardo, mas, como nenhum bardo do Saga vivia o suficiente para receber sua parte, o valor acabava sendo usado no que Gabe chamava de "requisitos das aventuras" — o que significava bebida, tabaco e a companhia de mulheres indiscriminadas. Considerando o que os mercenários recebiam hoje em dia, não era surpresa Kallorek poder viver como vivia.

— E quem você agencia? — perguntou Gabe quando eles se aproximaram de duas portas altas de bronze. — Alguém que a gente conheça?

Kallorek riu disso.

— *Todo mundo* que você conhece. Tenho agentes por toda Agria. Não tem um bando a oeste de Fivecourt que não me deva alguma grana. Bom, exceto os seus velhos amigos Vanguarda, na verdade.

— O Vanguarda ainda está atuando? — perguntou Clay.

— A maioria deles — disse Kal, sem se dar ao trabalho de explicar o que aquilo significava.

Vanguarda. Esse era um nome que Clay não escutava havia muito tempo. Barret Snowjack e seus companheiros ecléticos, Ashe, Tiamax e Porco, foram rivais simpáticos do Saga. Saber que eles ainda estavam nas estradas, lutando depois de tantos anos… as costas de Clay doíam só de pensar.

— Se alguém tira uma gangue de kobolds de um esgoto — disse Kal —, compro todos os puxadores dos meus armários de prata. Se recebem a recompensa por matar uma ninhada de basiliscos com a mãe, construo um quarto novo.

— Ou um lago — disse Clay.

— Você quer dizer piscina — corrigiu o agente.

— O que eu falei?

— Você falou *lago*…

— Cadê a minha espada? — interrompeu Gabe.

Kallorek fez cara feia.

— O que foi?

— *Vellichor*. Cadê ela?

O rosto de Kal era difícil de interpretar. Ele parecia um pai decidindo a melhor forma de punir o filho desobediente. Eles tinham chegado às portas enormes de bronze. O agente abriu uma e fez sinal para Clay e Gabriel o seguirem para dentro.

— Por aqui.

CAPÍTULO OITO

VELLICHOR

Ele os levou para uma capela abobadada iluminada com lampiões espelhados. Os bancos tinham sido removidos e tapetes cobriam o piso de pedra. O saguão estava desarrumado, um amontoado irregular de prateleiras, estantes, suportes para armas, baús lotados e bonecos de madeira vestidos com pedaços de armaduras.

— Perdoem a bagunça — disse Kallorek, observando o local. — Ainda estou arrumando. Ei, olhem aqui. — Ele pegou um elmo na cabeça de um boneco. Tinha um par de guardas longas para as bochechas que se projetavam como mandíbulas venenosas. — Isto pertenceu a Liac, o Aracniano. O coitado foi devorado por uma gosma de cripta alguns anos atrás. Só restou isso. — Kallorek colocou o elmo no lugar e passou a mão pela cota de malha vermelha embaixo. — *Couro de Choque* — disse ele com reverência. — A armadura impenetrável de Jack, o Salteador. Nenhuma espada e nenhuma lança conseguem perfurá-la, dizem, mas a sífilis não teve dificuldade. Pobre Jack.

Ele foi mais fundo no aposento, apontando para artefatos enquanto dizia seus nomes.

— Ali está *Witchbow* e aqui, as manoplas de Earl, o Maneta. — Kallorek indicou uma estante de livros encostada na parede. — Esses livros foram escritos antes da queda do Domínio. Essas botas foram usadas por Budika, o Lobo do Mar de Salagad. Tantos tesouros preciosos! — exclamou ele. — Mas nenhum tão precioso quanto esse...

Ele indicou uma plataforma elevada no final do salão, onde uma estátua do Filho do Outono se projetava na escuridão. O rosto da estátua fora alterado de forma rudimentar para ficar parecido com Kallorek, e, embora tivesse a tocha característica de Vail em uma das mãos, a foice na outra tinha sido substituída por...

Uma espada, percebeu Clay, no mesmo momento em que ouviu Gabe falar baixinho ao seu lado.

— *Vellichor.*

Ao longe, a lâmina reluzia de leve em azul-esverdeado. Uma neblina sutil descia pelo comprimento da arma, saindo da ponta como fumaça de uma vela apagada.

Se seu amigo pareceu perturbado com a visão da ex-esposa, ele agora estava estupefato, a expressão uma mistura de assombro e vergonha, como um pai olhando para o rosto de um filho que ele teve que vender para a escravidão para pagar dívidas. Quando falou, sua voz estava insegura, oscilante.

— Você disse que eu podia pegar de volta. Disse que se eu *realmente* precisasse... — Ele engoliu em seco, e Clay viu o brilho de lágrimas nos olhos dele. — Preciso dela, Kal. De verdade.

Kallorek ficou em silêncio por muito tempo, passando o dedo distraidamente em um dos medalhões pesados que tinha no peito.

— Eu falei isso? — perguntou ele, emanando um ar de inocência tímida. — Não parece algo que eu falaria. Se bem me lembro, paguei um valor alto pela espada. O suficiente para você quitar sua dívida com a Guilda de Mercenários. Eu diria que tenho direito a ela. Na verdade, eu diria que ela é minha.

— Você disse que se eu…

O agente fez um gesto de desdém.

— Sei, sei, você já falou o que eu disse. Mas, como eu *também* disse, passei a gostar muito dela desde então. Espadas druins não dão em árvores, sabe, e a pestinha da sua filha roubou duas de mim. Duvido que volte a ver aquelas armas.

— Kal, prometo… — disse Gabe, mas Kallorek falou mais alto.

— E, agora, você quer que eu empreste para você o que é, possivelmente, a arma mais cobiçada de toda Grandual para… o quê? Para poder levá-la a Heartwyld? Pode levar anos até que alguém tropece nos seus ossos e a traga de volta para mim. — Ele cruzou os braços peludos. — Não. Melhor ficar onde está, acho.

Um breve lampejo de raiva iluminou o rosto de Gabriel enquanto ele olhava para o agente.

— Escuta aqui, seu… — disse ele, mas um par de brutamontes de ombros largos surgiu das sombras de alcovas próximas. Cada um dos golens tinha o tamanho de Clay e mais um pouco, embora fossem bem menores do que os que eles viram durante o desfile dos Cavaleiros da Tempestade. Os dois eram de um preto fosco, cor de basalto velho, com runas entalhadas nos buracos dos olhos que pulsavam em verde vibrante ao atenderem a uma ordem tácita. As estantes de vidro tremeram quando eles se moveram para interceptar Gabriel. Estavam a dois passos quando Kallorek levantou a mão.

— Esperem — disse o agente, e Clay reparou que ele segurava o medalhão em que estava mexendo mais cedo. Uma runa idêntica às dos olhos dos golens brilhava ali. Os autômatos pararam. — Que tal assim, Gabe? Se você conseguir pegar, a *Vellichor* é sua.

Gabriel levou um momento para afastar os olhos do golem mais próximo.

— É sério?

— Sim — respondeu Kallorek, chegando para o lado com um floreio. Ele sorria de novo, mas não havia humor ali. Kal tinha sido um criminoso comum na juventude, Clay lembrava. Sua natureza bruta lhe serviu bem como um agente que precisava extorquir pagamentos daqueles que renegavam um contrato. Por mais agradecido que Clay já tivesse sido pelo toque impiedoso do passado de Kallorek, aquilo começava a ter um gosto muito amargo agora.

— Vá em frente — insistiu Kallorek. — Pegue.

Gabriel se adiantou com cautela. Tropeçou no canto de um sarcófago dourado e quase perdeu o equilíbrio.

O agente riu.

— Cuidado. Kit, o Imatável está nessa coisa. Morto, mas fala e anda mesmo assim. Fala até demais. Eu o tranquei aí dentro por um motivo.

Gabriel subiu os degraus da plataforma um de cada vez. Quando chegou ao alto, se virou e olhou para trás. Na falta de palavras inspiradoras, Clay só pôde assentir. Não achou nem por um momento que Gabe conseguiria tirar a espada da mão da estátua, e estava bem óbvio que Kallorek também não.

Por outro lado, o fato de Clay estar lá e não em casa com a esposa era testemunha do fato de que Gabriel era, ao menos, cheio de surpresas.

Gabe deu um puxão rápido na espada primeiro. Como a arma nem se mexeu, alongou os ombros e limpou a garganta. Colocou uma das mãos de apoio no cotovelo da estátua e segurou o cabo embaixo da guarda, tentando puxá-la para a frente. Longos segundos se passaram. Gabriel parou, flexionou os dedos e tentou de novo. Kallorek e seus golens observaram em silêncio. O agente achava graça; os golens pareciam não estar nem aí. Clay percebeu que tinha prendido a respiração. Ele orou em silêncio para que a *Vellichor* se soltasse de repente, esperando ouvir o estrondo quando batesse no chão.

Mas o que ouviu mesmo foi um choramingo baixo, tão baixo que parecia vir de longe. O choramingo foi ficando mais alto e, por fim, se prolongou em um gemido longo, enquanto Gabriel usava toda a força que tinha para soltar a lâmina. Então, ele desistiu e ficou ofegante, olhando para a própria mão direita como se ela o tivesse traído.

— E você, Mão Lenta? — Kallorek se virou para ele, novamente de bom humor. — Estou vendo que ainda tem o *Coração Negro*. Não tem muita utilidade um tesouro desses ficar em uma parede no norte, não é? Que tal eu comprá-lo de você?

— Não está à venda — disse Clay, sem gostar dos rumos daquela conversa.

— Ah, não fale assim. Eu diria que uma relíquia dessas vale... vamos dizer que quinhentas moedas da corte? Um homem na sua posição tem mais utilidade para ouro do que para um escudo velho e acabado, não é?

Quinhentas moedas da corte! Clay tentou manter o rosto impassível. Kallorek nunca tinha sido de negociar quando podia massacrar. Com quinhentas moedas de ouro, Clay poderia refazer sua vida. Poderia mandar a filha para Oddsford. Poderia abandonar o uniforme verde dos Patrulheiros e abrir a pensão sobre a qual ele e Ginny tanto falavam. Claro que ele sempre se imaginou pendurando *Coração Negro* em um lugar de honra acima da lareira, mas dava para arrumar outra coisa para botar lá. Um quadro, talvez. Ou a cabeça de um cervo. Quem não gostava dos olhos vidrados da cabeça decepada de um animal o observando no jantar?

Kallorek percebeu a hesitação de Clay e prosseguiu, a voz doce como xarope.

— Você está em uma missão impossível, Mão Lenta. Vai ter sorte se só perder o escudo. — Ele indicou Gabriel, que agora estava pendurado tentando abrir os dedos de pedra da estátua desesperadamente. — Quer mesmo correr o risco de atravessar Heartwyld? Se os monstros não matarem você, os Homens Ferais o farão. Ou a podridão... — Ele balançou a cabeça. — E acha que os outros vão abandonar o que estão fazendo para ir junto? Moog tem um negócio próspero que o mantém ocupado, e Matrick é rei. Não tem como ele abrir mão disso, nem por todas as pedras de gelo do inferno. E Ganelon… bom, soube que ele tem um ódio enorme por vocês… e por um bom motivo.

— Ai! — Gabe conseguira se cortar com o fio de *Vellichor*. Ele levou a mão ensanguentada ao peito e deu alguns chutes lamentáveis na lâmina, tentando soltá-la.

Em algum lugar, pensou Clay, *o pobre e morto Vespian está rolando no túmulo*. Ele não pôde evitar um sorriso ao imaginar a situação. *Chuta isso se precisar…*

Kallorek riu.

— Tem um feitiço na estátua — disse ele para Clay. — Nunca vai soltar, a não ser que a mágica seja quebrada. Não posso correr o risco de alguém entrar aqui e roubar a espada, não é?

Clay suspirou. Ele teria que contar a Gabe em algum momento, mas seu amigo morreria de vergonha ao ouvir aquilo. Enquanto isso, Kallorek interpretou, de maneira errada, a reação de Clay como resignação.

— Eu sabia que ia mudar de ideia, Mão Lenta. Sempre foi o mais inteligente. Para falar a verdade, estou surpreso de Gabe ter conseguido arrastá-lo até aqui, mas foi sorte sua, no fim das contas. Agora, passe o escudo para cá e vou lá pegar o dinheiro, tá bom?

Clay deu um sorriso educado.

— Não vai rolar, Kal.

O sorriso largo do agente murchou como pênis na água fria.

— Ah, não vai rolar? — Quando Clay foi na direção da plataforma, Kallorek posicionou o corpo na frente dele. — Rose está praticamente morta — sussurrou ele. — Eu sei disso. Valery sabe disso. Vocês dois palhaços são os únicos deste lado do Wyld que ainda não sabem. Ela está *morta*, e Gabe também vai estar se for idiota o suficiente a ponto de ir atrás dela. — O agente estava tão próximo que Clay sentiu seu bafo fedido. — Aliás, a proposta pelo escudo mudou. Cem moedas da corte. Cem moedas da corte e *não* colocar uma armadura em você e nesse cuzão e jogar os dois na porra da piscina. Que tal?

— O que é uma piscina? — perguntou Clay, e, quando Kal respirou fundo para repreendê-lo, ele segurou o medalhão que o agente usara para convocar os golens e deu um soco forte na cara do agente. Kallorek cambaleou para trás e tropeçou no sarcófago dourado de Kit, o Imatável, quando a corrente no pescoço se quebrou em uma explosão de aros.

— Proposta nova, Kal — disse Clay, inspecionando o medalhão. Parecia vibrar na mão dele e era curiosamente quente ao toque. — Fuja o mais rápido que puder e dou vantagem de cinco segundos para dizer para esses garotos — ele indicou as duas sentinelas enormes — usarem você como carne de sanduíche de golem.

O rosto de Kallorek era uma máscara confusa e ensanguentada. Ele mexeu em um dente, como se achasse que o soco de Clay podia tê-lo quebrado.

— Seu filho da puta! Juro pelas tetas congeladas da Rainha do Inverno…

— Quatro… — Clay começou a contar.

— Clay, por favor — disse o agente, tentando uma abordagem diferente. — Eu estava brincando! Foi só diversão, né? Você deve ter…

— Três…

— Espera, que tal…

— Dois…

Kallorek saiu correndo. Clay esperou até que os passos pesados se afastassem e foi até a plataforma. Gabriel estava encolhido no pé da estátua, seus braços inertes e cansados. Os dedos da mão direita estavam cobertos de sangue e as gotas pingavam no piso de pedra.

— Gabe…

— Você acha que ele tem razão?

Clay piscou, sem entender.

— Como?

— Sobre a Rose. Você acha que ela está morta?

Ela pode estar, pensou Clay, mas não falou.

— A gente vai encontrar ela, Gabe. Mas precisamos sair daqui agora. Kal foi buscar os guardas.

Ele escutou o agente gritando do lado de fora das portas pesadas da capela. Mas ali perto ouviu o ruído de pedra arrastando. Olhou ao redor e viu a tampa pesada do sarcófago em que Gabe e Kal tinham tropeçado deslizar para o lado. Um par de dedos ressecados surgiu na beirada, procurando apoio.

O que quer que Kit, o Imatável, fosse (e Clay tinha quase certeza de que não era algo necessariamente *vivo*), estava prestes a se libertar. Clay decidiu que seria melhor ficar bem longe quando isso acontecesse.

Ele ergueu o medalhão que controlava os golens, sem saber se faria alguma diferença se as criaturas conseguissem ver a joia ou não.

— Peguem ele — ordenou, e um se moveu para obedecer. Ele falou para o outro e apontou para a parede. — Abra uma passagem ali, por favor.

Pedindo "por favor" para um golem, Cooper? Ginny morreria de orgulho...

Os olhos de runa da criatura arderam em verde. O golem obedeceu usando o ombro e os punhos para abrir um buraco nos tijolos e até o portal estar largo o suficiente. A brisa noturna carregava um leve aroma da cidade abaixo: fumaça e o odor azedo de humanos chafurdando na lama.

— Vamos — disse Clay.

Ele seguiu o primeiro golem para fora enquanto o outro vinha atrás, carregando Gabe nos braços.

CAPÍTULO NOVE

O TOQUE DO PAGÃO

Por volta do meio-dia do dia seguinte, eles encontraram um fazendeiro cuja carroça tinha desabado sob o peso de vários fardos enormes de feno. Um dos filhos dele tinha entrado em um bando no verão, disse. O outro fora para Conthas ver o desfile e ainda não tinha voltado. Clay mostrou ao homem o medalhão de Kallorek e explicou o que sabia sobre seu funcionamento.

— Eu esperaria até escurecer para chamar os dois — avisou, indicando as sentinelas enormes com o polegar. — Vai ter um homem muito feio, furioso e perigoso procurando por eles nas próximas semanas.

A gratidão do fazendeiro foi imensa. Sua primeira ordem para o par de golens foi que eles dessem tchau para Clay e Gabe quando os dois saíram andando pela estrada. Foi bem estranho.

* * *

— Ali.

Gabe apontou para uma torre em ruínas em uma colina coberta por uma floresta, vibrante no céu branco outonal. Lembrou a Clay um dedo torto ou um dente quebrado, até ele se lembrar dos pergaminhos na cidade do Magnífico Filactério Fálico do Mago Moog… e isso o fez se lembrar de uma outra coisa totalmente diferente.

— Parece que ele está em casa — disse Clay, indicando a torrente de fumaça azul-esverdeada saindo do buraco no teto parcialmente desmoronado.

A porta era a única parte da estrutura que parecia estar em boas condições. Era de carvalho maciço, com uma aldrava de metal modelada no rosto enrugado de um sátiro com um aro na boca. Quando Gabe bateu na aldrava com descaso, as feições ganharam vida.

— *Fois* não?

Gabe coçou a lateral da cabeça.

— Hã?

— *Fite feu interefe* com meu *meftre* — disse a aldrava.

— O quê?

— *Por que estão aqui?* — perguntou, enunciando cada palavra com cuidado com o aro na boca.

Gabriel olhou para Clay, que respondeu com um dos numerosos movimentos de ombro do seu repertório.

— Hã… para conversar com Moog?

— Para *converfar* com Moog! — repetiu o rosto, atrapalhado pelo ceceio. — E quem, *fe pofo* perguntar, veio *converfar*?

— Gabriel. E Clay Cooper.

— *Efelente*. Por favor, *efperem* aqui. Meu *meftre* virá em um mom…

A porta foi aberta de repente, e lá estava Moog. Ele estava usando o que pareceu a Clay um macacão de pijama, com luazinhas e estrelas espalhadas em um fundo azul-escuro. Ele estava mais magro do que nunca e a barba comprida estava branca como algodão. Tinha ficado careca, mas a franja que restava era comprida e fina. Seus olhos eram do mesmo azul surpreendente por baixo das sobrancelhas brancas peludas.

— Gabriel! Clay! — O mago deu uma gargalhada de satisfação e fez uma dancinha que só reforçou o fato de que ele estava vestido como uma criança e passou os dois braços em volta dos homens de uma vez. — Tetinhas e Deusinhos, quanto tempo tem? — Ele fez uma cara feia para a aldrava de metal. — Steve. Não falei mil vezes que não deixamos amigos esperando do lado de fora?

— *Defculpe, fenhor.* Mas *efes fão* os primeiros amigos que vieram visitar você.

— Os primeiros? Bom, acho que sim, mas... — Ele levantou um dedo de repreensão para a cara que havia na porta. — Começou com o pé esquerdo. Steve. Com o pé esquerdo.

A aldrava conseguiu franzir a testa, apesar do aro na boca.

— Como *vofê difer, fenhor.*

— Bom, deixa para lá. Venham, venham! — Ele fez sinal para os convidados o seguirem. Como Clay temera, havia uma abertura fechada por botões onde ficava o traseiro no traje do mago. — Chegaram na hora certa!

A casa do Moog era como Clay imaginou que seria. A maior parte do piso da torre era ocupada por globos alquímicos de vidro e uma variedade de decantadores perigosamente sem identificação. Havia prateleiras em uma parede que estavam lotadas de livros e de uma coleção típica de reagentes de magia: crânios sorridentes, maços de ervas, potes cheios de todo tipo de coisa, de olhos flutuando ao que era ou um embrião de dragão branco-leite ou inhame calcificado.

Na parede oposta havia umas dez gaiolas empilhadas de tamanhos variados, cada uma abrigando uma criatura diferente. Ele pegou algumas (havia um texugo em uma, um gambá em outra), mas algumas, como o elefante do tamanho de um cachorro ou o que parecia uma doninha com oito pernas com cabeças dos dois lados do corpo estreito, eram perturbadoramente desconhecidas.

Também perturbadora era a visão da mesa longa de madeira banhada na luz inclinada, sobre a qual algo humanoide estava coberto por uma mortalha branca.

O mago foi até a mesa, fazendo sinal para um caldeirão fumegante na lareira.

— Estão com fome?

Clay pensou na fumaça azul-esverdeada que tinham visto na estrada. O que havia na panela parecia sopa, mas tinha cheiro de cabelo queimado.

— Acabamos de comer, obrigado. Para quê?

Moog olhou para trás com a testa franzida.

— Para que o quê?

— Hora certa para quê? — perguntou Clay.

O mago se virou e lhes ofereceu um sorriso melancólico.

— Para testemunhar um milagre — disse ele, e segurou a mortalha.

Que não seja um cadáver, orou Clay baixinho. *Por favor, que não seja um cadáver.* Moog foi inimigo radical da necromancia durante toda a vida, mas, quando os magos velhos e solitários ficavam nas suas torres em ruínas por tempo demais, era comum que, mais cedo ou mais tarde, começassem a se meter com poderes sombrios e inimagináveis.

Moog puxou o lençol com um floreio dramático. O que havia embaixo não era uma pessoa morta, felizmente. Na verdade, não era nem uma pessoa. Era um ente, como o que Clay matara e cuja madeira usara para fazer o seu escudo. A diferença era que Coração Negro era um carvalho antigo com dez vezes a altura de um homem e forte o suficiente para partir um touro ao meio. Aquela criatura ali era um freixo pequeno e magrelo. E, mais importante: não estava morto.

No entanto, estava com muita raiva. Assim que viu Moog, o ente começou a se debater nas cordas que o prendiam à mesa. Os galhos pequenos demais para servir como membros foram na direção do mago, tentando agarrá-lo. Apesar de a criatura parecer frágil demais para ameaçar um homem adulto, Clay se lembrou de Hollow Hill mais uma vez. Os entes lá eram enormes e fortes, capazes de engolir homens inteiros ou de, ironicamente, parti-los como gravetos.

Havia algo de estranho naquele ente, porém. A pele, ou o tronco, como quer que se chamasse a pele de uma árvore que não era de fato uma árvore, estava manchada de um líquen escuro. O fungo estava espalhado mais no tronco e no rosto. Alguns dos membros também pareciam ter sido afetados; as folhas estavam murchas e acinzentadas, como pergaminho retirado tarde demais do fogo.

— Por que você… — falou Gabe, mas parou de repente quando a árvore virou o que lhe servia de rosto na sua direção e gritou com ele, um som que era meio gorgolejo e meio ronco.

Moog colocou a mão tranquilizadora no tronco da criatura e chamou a atenção dela de novo. Os galhos retorcidos roçaram seu braço sem vigor.

— Shhh. Tudo bem, Turing. Tudo bem. Eles são amigos. Gabriel e Clay. Já falei deles, lembra? Eles vieram me ver curar você.

Turing não pareceu interessado. Um dos galhos enegrecidos tentou furar o olho de Moog, mas o mago empurrou o membro para longe, em um gesto casual.

— Curar de quê? — perguntou Gabriel, e Clay se perguntou por um momento se o ente Turing tinha ido pedir os benefícios "revigorantes" do filactério do Moog.

O mago olhou para a frente. A alegria desaparecera de seus olhos azuis, deixando-os frios e duros como um lago raso no inverno.

— Da podridão — respondeu Moog.

Magos eram obcecados por natureza, e Moog não era exceção. Havia duas coisas pelas quais ele era apaixonado praticamente desde que Clay o conheceu.

A primeira dessas coisas era o urso-coruja, uma criatura mítica que ninguém vivo tinha visto, mas cuja existência Moog — e uma sociedade pateticamente pequena de entusiastas do urso-coruja — garantia com firmeza.

A segunda era a podridão, que tirou a vida de muitos companheiros de aventuras, inclusive o homem que Moog amou mais do que qualquer outra pessoa no mundo: seu marido, Fredrick. Mesmo antes de Fredrick ser afetado pelo Toque do Pagão, Moog tinha interesse em curar a doença incurável. Depois, foi ficando cada vez mais preocupado com ela, o que era de se entender. Quando os laços que uniam o Saga começaram a se enfraquecer, o mago aproveitou a oportunidade de sair do bando para dedicar todo o seu tempo a lutar contra a doença.

Contudo, a podridão se mostrou um inimigo implacável demais tanto para Moog quanto para o marido dele. Fredrick sucumbiu meses depois da separação do Saga, mas Moog, pelo visto, ainda não tinha desistido de superar sua antiga nêmesis, que tirara tudo dele e, até o momento, só oferecido dor em troca.

Turing estava morto.

A noite tinha caído e Clay via as estrelas pela parte desabada do telhado do segundo andar. Gabriel tirou o caldeirão da lareira e aumentou o fogo, e Clay, remexendo na despensa da torre, encontrou um pão velho, um cesto de tomates passados e um bloco de queijo duro. Com isso, fez sanduíches.

Ao longo da tarde, Moog alternou entre se lamentar sobre o cadáver do ente, se lamentar no meio do equipamento do laboratório e se lamentar sentado nos degraus do andar superior. Agora, estava encolhido abraçando os joelhos em uma poltrona enorme, se lamentando.

— Não tem jeito — murmurou ele, como fizera em intervalos de minutos ao longo das duas horas anteriores. Seus dedos ossudos seguravam a barba branca e longa e os olhos se deslocavam sem parar, como um homem que tinha envenenado a esposa e esperava o fantasma dela aparecer a qualquer minuto para amaldiçoá-lo.

— Você fez o melhor que pôde — disse Gabriel, apesar da falta de convicção na voz pela banalidade.

Moog não se deu ao trabalho de responder, só murmurou "Não tem jeito" de novo.

Clay passou um bom tempo ruminando o sanduíche e pensando no que falar. O consolo direto pareceu um esforço desperdiçado e, além disso, nunca tinha sido o forte de Clay mesmo. Escolheu uma tática diferente, uma que usava de vez em quando com Tally quando a filha estava sendo obstinada: distração.

— Aquelas criaturas nas gaiolas, todas elas estão com podridão? — Ele recebeu um movimento de cabeça chateado como resposta. — Você as pegou?

O mago se mexeu e olhou com tristeza para as gaiolas empilhadas. E assentiu.

— A maioria.

— Isso é uma boa ideia? — questionou Clay. — Heartwyld é um lugar perigoso.

Moog esfregou os olhos com as costas da mão. Ele parecia mesmo uma criança com aquele pijama ridículo.

— Eu comprei alguns, como Turing, de mercenários. Mas não há muitos mercenários com coragem de entrar no Wyld agora. Os Renegados entram. E soube que os Cavaleiros da Tempestade encerraram uma incursão de sucesso. Ah, isso me lembra de que tem um desfile deles em Conthas amanhã.

— Foi ontem — disse Gabriel.

Moog só piscou.

— Ah.

Clay recolheu migalhas da camisa.

— Você ao menos contrata um guarda-costas?

Isso gerou uma risada debochada do mago, que indicou o humilde ambiente.

— Mal consigo pagar uns valentões quando preciso de um espécime — declarou ele. — Alquimia é um hobby caro. Não consigo sobreviver nem vendendo os meus filactérios. Infernos gelados, se não fossem os paus moles de Conthas, eu estaria falido! Além do mais, tenho cuidado quando coloco o pé na floresta. Eu *sou* um mago, afinal, não um ilusionista de rua qualquer vendendo tranqueiras em troca de moedinhas! Sou capaz de enfrentar alguns monstros!

A alegria determinada de Moog estava voltando, mas a preocupação de Clay crescia junto.

— Não é com os monstros que estou preocupado — declarou. — E se você...

Foi a expressão no rosto de Gabriel que o fez parar, e Clay chamou a si mesmo de burro. O mago sofrera durante toda a noite. Lembrá-lo da morte de Turing ou de Fredrick era contraproducente e cruel. Mas Moog soltou uma risada com um leve toque de amargura.

— Se o quê, Clay? Se eu pegar podridão, é isso?

— Bom, é. Isso mesmo.

— Sem problema. Eu já peguei.

CAPÍTULO DEZ

PELO ESPELHO

— Escuta, você não... — Clay hesitou. — Se você... — Ele hesitou de novo. — O quê? Não. Só... não — falou ele como um idiota.

Gabriel estava tão surpreso quanto um homem que, de repente, se deu conta de que estava sob a mira afiada da lança de um centauro.

Enquanto isso, o mago ergueu o pé esquerdo e tirou o sapato, para que Clay pudesse ver a casca preta cobrindo os dois dedinhos menores.

— Não se preocupem, não é contagioso. Só tem um jeito de pegar o Toque do Pagão, que é sendo doido a ponto de perambular pela floresta.

Clay pensou em várias respostas, muitas delas envolvendo chamar Moog de besta do caralho, mas acabou deixando a ideia de lado e preferiu dizer:

— Por quê?

— Por que me pôr em perigo? — perguntou Moog, recolocando o sapato e se erguendo de volta na cadeira. — Porque eu precisava de espécimes, como Turing, que estivessem infectados. Precisava ver o que não funcionava, o que quase funcionava para então entender o que funcionaria.

— Por que não perguntou — *aos podres*, ele quase falou — às pessoas que já estão infectadas? Nós vimos uma em Conthas.

O mago balançou os ombros ossudos.

— Eu não teria como alimentá-los. Além do mais, com pessoas... tem muita emoção envolvida. As delas e as minhas. Vocês viram como fiquei chateado por causa do Turing, e ele era uma árvore! Ele tentou me estrangular uma vez quando eu estava dormindo. — Moog sorriu com melancolia. — Vou sentir saudade daquele nervosinho abusado.

— E se não houver cura? — perguntou Clay. — E se você estiver perdendo tempo? E se tiver jogado sua vida fora por nada?

O sorriso melancólico do mago permaneceu firme no lugar.

— Bom, que escolha eu tenho? Dediquei quase metade da vida à procura de uma cura para essa doença maldita e não estou mais perto agora do que estava quando comecei. Não sou casado, não tenho filhos. Você tem uma garotinha, né?

— Tenho, mas...

— Vocês *dois* têm — disse Moog. — E Matty tem quantos? Cinco, seis filhos agora? *E* é o rei de Agria! E Ganelon... bom, ele é o Ganelon, não é? Mas eu? Que tipo de legado vou deixar? Não tenho família ou amigos além de vocês. O que fiz que tenha algum *valor*?

— Bem... — Clay olhou com desespero para uma caixa com o carimbo do rosto piscando do Mago Moog.

— Ah, sim, a disfunção erétil está sob o meu controle! — Ele riu desdenhosamente e fechou os dedos em algo roliço imaginário... bom, Clay tirou a imagem da cabeça. — Não. A podridão define a minha existência há tantos anos. Pode muito bem definir o fim dela também. A não ser que eu encontre a cura, claro. Agora, quem quer chocolate quente?

Clay abriu e fechou a boca. Eles poderiam ficar naquilo por horas, percorrendo o caminho entalhado pelas discussões antigas, mas sabia que não adiantaria. Quando botava uma coisa na cabeça (e essa história da podridão era prova disso), Moog era teimoso como um goblin bugbear no dia do aniversário. Para completar, ele sempre lidou com a dor de um jeito peculiar e esquisito.

Além do mais, Gabriel tinha levantado a mão.

— Um chocolate quente cairia bem — disse ele.

Moog se levantou. Virou água de um jarro em uma chaleira de metal e a pendurou sobre o fogo, foi até o armário e tirou uma coisa embrulhada em um pano que acabou se revelando um bloco de chocolate escuro.

— O que os trouxe até aqui? — falou ele com o rosto virado para trás. — Não me digam que Matt chamou vocês para o Conselho das Cortes, mas não me convidou.

— O que de quê? — perguntou Clay.

O mago cortou um pedaço de chocolate e usou um pilão para transformá-lo em pó.

— Ah, tem alguma coisa a ver com aquela Horda que fez o cerco em Castia. Dizem que foi um druin que irritou aqueles monstros todos. Ele chegou em Fivecourt algumas semanas atrás e exigiu um encontro com os mandachuvas de Grandual.

— Um druin? — disse Clay.

— Onde é essa reunião? — perguntou Gabriel.

Moog olhou de um para o outro.

— Um druin, é. Ele se apresenta como Duque da Terra Final.

Clay usou a língua para tirar uma semente de tomate do espaço entre os dois dentes da frente.

— Desde quando a República tem duques?

— Não tem — disse Moog. — Duvido que esse druin tenha alguma coisa a ver com a República. Na verdade, acho que está claro que ele não gosta muito deles. É possível que essa coisa de "duque" seja por causa das cortes. É um título familiar, nobre o bastante para chamar a atenção de todo mundo, mas não pretensioso demais, como, digamos, Supremo Deus-Imperador da Cidade Antes Conhecida como Castia.

— Faz sentido — comentou Clay, dando de ombros.

— Pode ser que ele só seja um babaca — sugeriu Gabriel.

— Pode ser também — concordou Moog, rindo. — Quanto ao conselho, vai acontecer bem aqui, em Agria.

— E todos os monarcas de Grandual vão estar presentes? — perguntou Clay.

O mago assentiu.

— Aqueles que puderem sem dúvida virão pessoalmente, e os que não puderem enviarão representantes no lugar. Quer ele seja um duque de verdade ou não, ter cem mil monstros sob o comando dá ao sujeito um certo poder de influência. Além disso, não é todo dia que se vê um druin de verdade e vivo.

Isso tem lá sua verdade, pensou Clay. Ele só tinha visto uns poucos na vida, e todos estavam se escondendo em Heartwyld. Apesar da raridade dos druins — hoje em dia, tão raros que não eram mais considerados uma ameaça —, eles costumavam ficar longe da população humana, pois a maioria das pessoas guardava um ressentimento de seres imortais que já tinham tratado a espécie deles como uma mercadoria.

Também não ajudava o fato de haver um boato que dizia que esfregar sangue de druin na cabeça acabava com a calvície; apenas isso os tornava presas de caçadores de recompensa no mundo todo.

— As cortes vão enviar um exército, você acha? — Gabe pareceu esperançoso, e Clay sentiu a barriga tremer. Se os reis e as rainhas de Grandual decidissem enviar um exército profissional contra a Horda de Heartwyld, talvez ele pudesse ir para casa, afinal.

Esquece essa ideia, Cooper, pensou consigo mesmo. *Quanto tempo vai levar para um grupo grande assim ser reunido? Quanto tempo para levar tantos homens e mulheres por Heartwyld e pelas montanhas que vêm depois? Meses, pelo menos. Metade de um ano, talvez. E quanto tempo você acha que Castia aguenta?*

— Não faço ideia — disse Moog, respondendo a pergunta não feita de Clay e a dúvida de Gabriel. — Agria e Cartea estão uma no pescoço da outra atualmente. Os narmeerianos costumam ficar na deles, e os nortistas não se dão nem uns com os outros, menos ainda com as cortes rivais. — Ele colocou pó de chocolate em umas canecas. — Quanto aos phantrans... bom, eles têm toda a Grandual entre eles e a floresta, e ouvi dizer que os pescadores começaram a invadir a costa deles.

— Você quer dizer os saigs?

O mago deu de ombros.

— Acho *pescadores* mais legal.

— Não é — garantiu Clay.

Quando a chaleira começou a assobiar, Moog foi pegá-la, serviu o conteúdo escaldante em cada caneca e começou a mexer.

— Vocês não responderam, aliás. O que os trouxe à minha humilde torre?

Clay olhou para Gabriel, que estava ocupado olhando para as estrelas acima do segundo andar. *Acho que está por minha conta, então*, pensou ele com um suspiro.

— Estamos indo para Castia.

Tink-tink-tink... A colherzinha parou de misturar.

— O quê? Castia? Infernos gelados, *por quê*? A cidade está prestes a ser apagada do mapa pela maior Horda desde a Reivindicação!

— É, a gente sabe. A filha do Gabe está lá.

O rosto do mago se transformou.

— Ah...

— Por isso, a gente... — Clay engoliu em seco. *Fala logo, Cooper.* — A gente vai reunir o bando. Estamos tentando, pelo menos.

Ele ficou em silêncio e esperou Moog começar a dar as suas desculpas. Ele tinha o negócio de filactérios para levar em consideração, uma cura elusiva de encontrar. Além disso, quem cuidaria dos animais dele? Ele estava cansado demais, velho demais. Preferiria morrer devagar em vários anos a caminhar pela floresta negra e ser destroçado por monstros. De todos os motivos que Moog podia oferecer para recusar, esse último parecia o mais provável. Clay não o responsabilizaria por usá-lo.

— Maravilha! Bom, não a parte da Rose — disse o mago. — Isso é horrível, Gabe. Horrível. Mas, sim! Sim! O Saga reunido? Os garotos de antigamente juntos de novo? Você está de brincadeira?

— Então... você vem com a gente? — perguntou Clay.

— Claro que vou! Que tipo de amigo eu seria se não fosse?

Clay ficou perplexo e lembrou o enfático *não* que tinha dito para Gabriel quando ele apareceu.

— E sua pesquisa?

— Vai estar aqui quando eu voltar. É da Rosie que estamos falando! Além do mais, agora nem preciso ter medo de pegar podridão quando estivermos na floresta, né? — Ele olhou para Clay e Gabe, os dois com a mesma expressão abalada. — Cedo demais para fazer esse tipo de piada? — perguntou ele. — Cedo demais. Deixa para lá. De qualquer modo, contem comigo!

Ele foi até Gabriel e ofereceu uma das canecas. Clay sentiu o cheiro do chocolate quente quando ele passou e estava começando a se arrepender de não ter levantado a mão antes.

— Ao Saga — disse ele, batendo com a caneca na de Gabriel.

Estava quase tomando o primeiro gole quando uma batida pesada soou na porta. Eles ouviram Steve perguntar com o ceceio provocado pelo aro:

— *Fite feu interefe* com meu *meftre*.

Houve o som de vozes graves e uma reconhecível falou mais alto:

— Arcandius! Moog, está aí, amigão? É o Kal.

Clay e Gabriel trocaram um olhar de pavor e pânico.

Moog se virou para a porta.

— Kallorek? Oi! Já vou...

Tarde demais, Clay botou a mão na boca do mago.

— Nós fomos à casa do Kal tentar pegar a espada do Gabe de volta — disse Clay tão rápido e com a voz tão baixa quanto pôde. — Ele ameaçou matar a gente.

— Você está falando da *Vellichor*? Por que Kallorek está com a *Vellichor*? — perguntou Moog.

— Explicamos depois — disse Clay quando pareceu que Gabriel estava se preparando para fazer isso.

— Tem gente aí com você, Moog? — Kallorek falou com a voz calorosa. — Nossos velhos amigos Mão Lenta e Gabe, talvez? Que tal abrir a porta para nós três podermos conversar, hein?

Steve falou de novo:

— *Fenhor, vofê* pode *fitar feu interefe* com meu... — A porta trovejou quando alguém bateu nela com algo pesado. A educação costumeira da aldrava desapareceu. — *Vofê* me deu um *foco*? *Feu* filho da...

Outro baque fez a porta tremer, mais alto desta vez, e Steve ficou quieto.

— Moog? — A voz de Kallorek estava perdendo a afabilidade como um odre com um buraco no fundo. — Abra essa porta.

O mago se soltou da mão de Clay e correu até uma bancada próxima, onde havia uma bola de cristal apoiada em um montinho de veludo escuro. A esfera só continha uma mancha cinza-claro, mas, quando Moog botou a caneca de lado e encostou os dedos na superfície, uma imagem foi se materializando no meio de uma espiral de fumaça roxa. Um instante depois, a imagem sumiu e foi substituída por estática.

— Comprei isso da bruxa que morava aqui antes de mim — explicou o mago, batendo na esfera mais algumas vezes sem sucesso. — A porcaria não funciona metade das vezes. Juro que é o suficiente para fazer um homem *ler*. — Ele encostou o nariz no vidro e murmurou um encantamento baixo demais para ser compreendido. Como não deu certo, soltou um palavrão e bateu no vidro com a mão aberta. — Porcaria de merda...

A imagem ficou clara de repente, e Clay sentiu o estômago se contrair como um homem apanhando de um urso. Ele viu Kallorek, vestido com uma armadura de escamas por baixo de uma capa forrada de pele preta. Estava cercado de dezesseis guardas armados. Um deles, enorme, um filho da mãe com aparência meio bruta, estava ao lado da porta com uma tocha em uma das mãos e uma marreta pesada na outra. Da aldrava de metal só restava uma ruína destruída.

— Ah, coitado do Steve — choramingou Moog. — Quando o Kal ficou tão *malvado*?

Clay desconfiava que o agente tinha intimidado a parteira que o tirou do útero, mas não havia tempo para especulação.

— Temos que sair daqui — disse ele. — Tem alguma porta dos fundos? Um túnel de fuga? — Ele olhou ao redor e não viu evidência de nenhuma das duas coisas. — Alguma forma de sair daqui?

O mago pensou por um momento e começou a assentir devagar.

— Tem um jeito. Mas é arriscado.

É arriscado. Clay se lembrava de Moog dizendo essas palavras umas cinquenta vezes. Era bem comum que precedessem algum tipo de desastre horrível, mas, às vezes, o mago propunha alguma coisa de fato miraculosa.

Clay deu um suspiro.

— Pode falar.

— Subam! — Moog apontou para o que restava do segundo andar. — Só preciso pegar umas coisas primeiro.

A primeira coisa que ele pegou foi a bola de cristal, embrulhando-a apressadamente no pedaço de veludo antes de colocá-la em uma bolsa. Em seguida, pegou vários frascos e jogou todos na bolsa sem se preocupar se quebrariam.

— Vão! — insistiu ele. — Estou indo atrás.

Clay foi para a escada com Gabriel logo atrás. Quando chegaram ao segundo andar, olharam ao redor com desespero em busca de uma rota de fuga. O telhado da torre tinha desmoronado e um tapete de estrelas brilhantes cintilava acima deles. Com essa luz, viu uma cama de solteiro encostada em uma parede, outra estante de livros, uma mesa de cabeceira e nenhuma saída. Até as janelas eram altas demais.

Enquanto isso, Gabriel olhava para o céu da noite boquiaberto, em choque.

— O quê? — perguntou Clay. Ele olhou para cima, não viu nada fora do comum e perguntou a Gabriel: — O que foi? O céu? As estrelas?

— Não são estrelas — sussurrou Gabriel.

— O que você quer dizer...?

Não são estrelas, pensou Clay. *Aranhas.* Milhares e milhares de aranhas brilhando de leve, uma constelação ambulante espalhada pelo firmamento de uma teia indetectável. Por um momento, nem ele, nem Gabriel se moveram, cada um grudado onde estava por um medo primitivo e paralisante.

Olha só para a gente, pensou Clay com sarcasmo. *No passado, se encontrássemos um dragão, só pararíamos para perguntar que tipo de surra ele queria levar. Agora estamos com medo de umas aranhas que brilham no escuro!*

Algumas das criaturas desceram para olhar melhor. Clay se esforçou para ignorá-las e chamou pela escada atrás deles:

— Moog?

— Estou indo!

Ao olhar para o andar de baixo, viu o mago enfiando itens de último minuto na bolsa obviamente encantada: um cajado, uma varinha, um bastão, uma adaga encrustada de pedras, uma estátua de gato de ônix, uns seis chapéus, alguns livros, um cachimbo, duas garrafas de conhaque, um par de sapatos velhos...

Houve um ruído alto, como o som das costas de uma árvore quebrando, e a porta se moveu para dentro.

Exatamente naquele momento, centenas de outras aranhas começaram a descer para ver que confusão era aquela. O efeito foi incômodo, pois uma parte da mente de Clay ainda pensava que as aranhas eram estrelas, então seu cérebro estava aos berros, avisando para ele que o céu estava caindo. Clay sufocou a vontade de vomitar por vários motivos e gritou com todo o fôlego:

— *Moog!*

— Estou indo! — gritou o mago. Ele estava soltando a coleção de animais infectados de podridão. Quando o elefante do tamanho de um cachorro foi na direção da porta, Moog, com uma palavra e um gesto, botou fogo embaixo do maior cadinho de vidro. Jogou um frasco de líquido vermelho dentro antes de subir a escada dois degraus de cada vez. Quando chegou ao segundo andar e viu a expressão horrorizada no rosto de Gabriel, o mago olhou para cima.

— Ah, vocês viram os meus bichinhos!

— Bichinhos? — Gabe pareceu incrédulo. — Moog, são *aranhas*.

O mago descartou a preocupação dele.

— Elas são inofensivas! Bom, quase. Uma me mordeu uma vez e fiquei invisível por uma semana. Impressionante, sim, mas foi bem difícil fazer compras! Só que elas comem os morcegos. — Ele botou a bolsa nas mãos de Clay. — Segura isso aqui.

Ele se ajoelhou ao lado da cama, enfiou as mãos embaixo dela e puxou um espelho quase do tamanho de Clay.

Gabriel apontou para o objeto.

— Isso é…

— Sim — confirmou Moog sem esperar que Gabe terminasse. — Tomara que ainda funcione!

Ele enfiou um dedo no espelho, como se estivesse testando a temperatura de um ensopado. Ondulações emanaram do toque dele, distorcendo o reflexo de Clay e Gabe, que fitavam o objeto, preocupados.

O espelho tinha um gêmeo e os dois eram enfeitiçados, de forma que dava para entrar em um e sair pelo outro, fosse qual fosse a distância que os separava. O bando já os tinha usado uma vez como forma de resgatar a esposa de Matrick, Lilith, que era princesa de Agria na época. Ela tinha sido capturada no décimo oitavo aniversário por um pretendente que virou sequestrador, um lorde menor determinado a se tornar rei. Eles acessaram o espelho pelos aposentos da criada e apareceram no quarto real ainda a tempo de impedir o lorde de roubar a preciosa virgindade da princesa.

E foi muita sorte, porque, de outra forma, ela não poderia tê-la oferecido a Matrick naquela mesma noite.

A porta da torre cedeu, partida em pedacinhos na hora que a gangue de Kallorek entrou, liderados pelo brutamontes com a marreta.

Moog balançou a cabeça.

— Merda, achei… — Houve um brilho de luz e o cadinho lá embaixo explodiu em uma nuvem de fumaça laranja. O mago acenou freneticamente para o espelho. — Entrem! Entrem! — gritou.

— O que foi aquilo? — perguntou Gabe, cobrindo a boca quando a fumaça se aproximou e os envolveu. Fez seus olhos arderem e encheu as narinas com uma doçura enjoativa, como frutas quase ficando podres.

— Meu filactério! Vão! — gritou Moog em meio a um coral de tosses e caos de vidro se quebrando no andar de baixo.

Como ninguém se mexeu, Clay foi. Ele balançou a cabeça, se chamou de idiota e pulou no espelho como se estivesse saltando para a morte de um penhasco alto.

CAPÍTULO ONZE

O REI CORNO

Ele caiu meio de lado, sem saber direito quando tinha começado a gritar a plenos pulmões.

Um homem se virou ao ouvir, e Clay teve um vislumbre de olhos se arregalando acima de uma máscara antes de executar inadvertidamente o que poderia ser bem descrito como um chute voador na cara do pobre coitado.

Ele e sua vítima acidental caíram no chão juntos. Clay mal tinha começado sua litania de pedidos de desculpas quando o homem se virou para ele com olhos ardentes e um rosnado feroz, e foi aí que Clay reparou na faca sinistramente curva na mão dele.

Ele tentou se arrastar para longe, mas as pernas estavam presas embaixo do agressor. Ele podia torcer para que o primeiro golpe não o matasse ou para que o homem concluísse no meio segundo seguinte que Clay não pretendia lhe fazer mal, o que parecia bastante improvável.

Gabriel passou pelo espelho rolando de cabeça, como se tivesse sido empurrado. Caiu bem em cima de Clay, o que não melhorou as chances deles de não serem esfaqueados, mas Moog passou voando por cima, gritando como uma criança em um escorrega de parquinho. O homem com a faca levou outro chute acidental, desta vez no maxilar, e apagou como uma vela em um furacão.

— Minha nossa! — O mago ficou de joelhos. — Senhor, sinto tanto…

— Deixa para lá, Moog. Ele apagou. — Clay indicou com o queixo a faca ainda na mão inerte do homem. — Além disso, tentou me matar.

— Ah. Que grosseria.

— Exatamente o que pensei — concordou Clay. *Se bem que eu chutei primeiro.*

Gabriel rolou até ficar de costas e tirou o cabelo dos olhos.

— Onde estamos?

Por um momento, eles observaram os arredores: uma sala enorme, com móveis caros. As paredes estavam cobertas de quadros e tapeçarias ricas, o teto pintado com um mural exibindo uma cena da Guerra da Reivindicação, quando a humanidade dizimou as Hordas de Heartwyld que se refestelavam na carcaça do Velho Domínio. Uma cama enorme estava encostada na parede, protegida por cortinas brancas diáfanas.

— Estamos no Castelo Brycliffe — disse Moog. — O mesmo quarto da última vez: os aposentos particulares do rei.

— O que quer dizer que… — disse Clay.

— Matrick está aqui — falou Gabriel.

Clay franziu a testa.

— O quê? Por que disse isso?

Um dar de ombros.

— Porque ele é o rei de Agria. E porque é ele que está ali. — Gabriel apontou para a cama. E realmente, ali estava Matrick. O rei, que tinha ganhado um peso considerável desde que Clay o viu pela última vez, estava espalhado sobre um emaranhado de lençóis de seda, dormindo pesado e roncando.

Moog se virou.

— Matty? — Ele correu até a cama, pulou pela abertura na cortina e sacudiu o antigo companheiro de bando como um garoto determinado a acordar os pais na manhã de aniversário. — Matty, acorda!

O boca-suja, beberrão, traficante de prostitutas e ladrão inescrupuloso que agora era o governante de um dos cinco grandes reinos de Grandual acordou com um sobressalto.

— O quê? Quem? — Ele rolou para longe do mago, se debatendo ao sair da cama e cair no chão. Em seguida, gritou: — Assassinos!

A porta dupla que levava ao quarto se abriu e dois guardas entraram correndo, espadas em riste. Ao mesmo tempo, alguém pulou pelo espelho, envolto em filetes de fumaça laranja. Era um dos homens de Kallorek, o brutamontes com o martelo que espatifou a cara de Steve.

Clay olhou com desespero para os guardas e para o recém-chegado enorme. Seu primeiro instinto foi avaliar o tamanho do sujeito, mas, quando seu olhar desceu, ele ficou paralisado.

— Hum, você... precisa de um segundo?

O brutamontes fez cara feia, mas seguiu o olhar de Clay para o volume óbvio na calça. Ele se virou um pouco, constrangido de repente, embora o perfil não ajudasse em nada.

Clay chegou a abrir a boca, mas Moog o interrompeu.

— É o filactério — explicou ele. — Lembra que eu joguei? A explosão, a fumaça... — Ele riu com uma expressão que era igualmente acanhada e arrogante. — De zero à esquerda a herói. Sem propaganda enganosa.

— Então isso aqui está explicado. — Gabe indicou o volume na própria calça.

— Ah, eu também — disse Moog. — Olha só!

Clay não olhou. Não precisava. Ele tinha uma boa ideia do que o mago queria dizer.

Outro momento de silêncio veio em seguida, infinitamente mais constrangedor do que o anterior. Por fim, um dos guardas falou:

— Majestade, o que devemos... Majestade?

O rei estava inclinado para a frente, segurando a barriga como se tivesse sofrido um ferimento. Clay ouviu um chiado, uma risada, e Matrick inclinou a cabeça para trás, uivando de tanto gargalhar. O brutamontes de Kallorek começou a rosnar como um cachorro ameaçado. Seus punhos enormes se fecharam no cabo da marreta.

Esse foi o aviso de que Clay precisava. Com um movimento, soltou *Coração Negro* do ombro e pegou a alça quando o escudo estava caindo. Já estava se movendo quando o brutamontes ergueu o martelo de ferro e partiu na direção de Gabriel, que estava ocupado tentando se ajeitar. O golpe acertou o escudo com um som grave e foi desviado. A força provocou um impacto nos braços de Clay e a dor se espalhou como um raio pelos ombros. Havia meses que não entrava em nenhum tipo de briga, anos desde que lutara pela última vez com uma coisa com alguma chance verdadeira de matá-lo.

É melhor recuperar a forma logo, Mão Lenta, pensou ele. Clay viu o martelo subir mais uma vez e recebeu o golpe com força, empurrando a arma para longe. Tinha acabado de decidir dar um soco quando a bota do sujeito o acertou no meio do peito. Cambaleou para trás e se chocou dolorosamente contra uma das vigas grossas da cama.

Os guardas do rei não tinham se mexido, ainda sem saber quem ali era inimigo, um dilema com o qual Clay não se identificava. O brutamontes se recuperara e estava erguendo a marreta como um lenhador se aproximando de uma árvore. Não havia tempo de pegar nada, nem um candelabro ou um livro particularmente pesado, nada que pudesse servir como arma, e ele não podia desviar para o lado, senão deixaria Gabriel exposto e indefeso. Então, partiu para cima.

O martelo veio da esquerda. Clay encostou o ombro em *Coração Negro* e se projetou contra o golpe, para não ser jogado no chão pela força imensa por trás dele. Desviou de outro golpe desajeitado para trás e pulou, acertando a face curva da madeira do escudo na do oponente. O brutamontes cambaleou. Clay aproveitou a vantagem e deu um chute, forçando o homem de volta ao espelho, que ondulou como água depois que ele passou.

Clay se virou para a cama.

— Moog, como impeço que ele volte?

O mago abriu as mãos.

— Enfiando a cabeça no espelho e pedindo para ele não voltar?

— Moog… — Clay sentiu a paciência se esgotar; sua filha de nove anos era mais fácil de lidar do que aquele mago velho e senil.

Felizmente, Gabriel teve uma boa ideia. Ele se aproximou e virou o espelho, deixando-a com a superfície para baixo, no chão.

— Obrigado — disse Clay. Gabriel abriu um sorriso tenso e afastou o olhar logo.

Àquela altura, a torrente de gargalhadas de Matrick estava quase terminando. Ele ainda dava risadinhas quando passou entre os guardas, mandando com um toque que eles embainhassem as espadas.

— Pelos deuses de Grandual, o que estão fazendo aqui? — Ele se aproximou com cautela, como se fossem um trio de cervos que tinha encontrado bebendo água em um lago na floresta e qualquer movimento repentino pudesse fazer com que fugissem.

Clay tirou o cabelo do suor acumulado na testa. A briga, ainda que breve, o deixou sem fôlego.

— É complicado — disse ele.

Moog estava sentado na cama, as mãos nos joelhos.

— A filha do Gabe está encurralada em Castia. Vamos salvá-la e queremos que você venha junto.

Clay deu de ombros.

— É um bom resumo.

Matrick ficou pálido.

— Castia? O que a Rose foi fazer em Castia?

— Isso *sim* é complicado… — disse Clay.

— Ela entrou em um bando — revelou Gabriel. O homem estava retorcendo as mãos de novo, como um mendigo na escada de uma igreja. — Quando a República pediu ajuda para lutar contra a Horda, ela foi.

— É, isso — concordou Clay. — Exatamente.

— Nós estamos reunindo o bando! — exclamou Moog. — Pensa só, Matty! Vai ser que nem antigamente! Nós cinco reunidos, viajando por Heartwyld!

Matrick gemeu e esfregou os olhos com a palma das mãos. Os anos, apesar de terem sido passados em luxo óbvio, cobraram um preço do rei de Agria. O cabelo preto estava grisalho e cada vez menos volumoso; o bigode estava com fios brancos sobre uma papada considerável. Ele parecia cansado, mas Clay achava que podia ser pelo fato de ele estar dormindo quando quatro homens entraram no quarto dele por um espelho mágico e começaram a lutar com escudos, martelos e ereções inadequadas.

— Matty? O que me diz, cara? — Moog pareceu confuso de verdade pela falta de entusiasmo do rei.

— Eu… não posso, Moog. Simplesmente não posso. Me desculpe.

O mago ficou arrasado. Mas Clay pensou que Matrick foi o primeiro do antigo grupo do Saga que demonstrou um pouco de bom senso, e demorou um momento para entender o que era a pedra gelada que surgiu na sua barriga: desânimo.

Clay percebeu que tinha *esperanças* de que Matrick dissesse sim. Uma parte dele acreditou (sem nenhum bom motivo, com certeza) que se *ele* pôde ser convencido a largar tudo e seguir Gabriel na missão louca em Castia, os outros membros do bando certamente fariam o mesmo. Tinha suas dúvidas quanto a Ganelon, claro, mas não Matrick, que amava Gabriel como um irmão e costumava ser o mais aventureiro de todos.

Foi com Gabriel que o rei falou agora.

— Sinto muito *mesmo*, Gabe. Mas tenho muita coisa nas mãos aqui. Preciso pensar em Lilith e nas crianças, sabe. Sem mencionar um reino para cuidar, uma guerra de fronteira que parece inevitável e esse maldito conselho amanhã. Se não fosse...

— O Conselho das Cortes é amanhã? — perguntou Gabe, alerta de repente.

Matrick passou a mão pelo cabelo ralo.

— É, sim. Em Lindmoor. E aquele filho da puta do Grande Han vai estar lá. Ele e eu quase saímos no braço na última vez que nos encontramos e as tensões com Cartea andam mais altas do que um viciado em talhos desde então. Vou dizer uma coisa, esse "Duque da Terra Final" escolheu uma hora bem escrota para começar essa... bom, sei lá que merda é aquela.

Gabriel ouviu, mordendo com ansiedade o nó do dedo e olhando para o nada. Quando o rei terminou de falar, Gabe perguntou:

— Podemos ir? Eu gostaria de dar uma olhada nesse duque. Pode ser que a gente consiga convencer ele de dispensar os mercenários de Grandual.

— Hum... bom, claro — disse Matrick. — Não vejo motivo para negar. Quer dizer, vou ter que falar com a Lilith primeiro, é claro.

Como se fosse um espírito maligno conjurado pela mera citação do nome, a rainha de Agria entrou no quarto. Usava apenas uma camisola curta, e, embora tivesse envelhecido muitos anos e dado à luz vários filhos desde que Clay a vira pela última vez, nada afetou a beleza deslumbrante... ainda que severa. Nem o fato de ela parecer furiosa naquele momento. Atrás dela vinha um homem alto e musculoso que, curiosamente, não estava de camisa. No entanto, estava com a testa franzida em expressão protetora e carregava uma espada muito grande.

— Em nome de Vail, o que está acontecendo aqui? — perguntou ela.

— Lilith! — Matrick deu um passo na direção da esposa, mas parou quando o guarda sem camisa da rainha ficou entre os dois. — Tinha um assassino, mas o pessoal aqui... bom, você se lembra deles?

Ela lançou um olhar gelado para os três homens que tinham arriscado a vida para salvá-la uns vinte e cinco anos antes.

— O que eles estão fazendo aqui?

O rei retorceu as mãos da mesma forma que Gabe tinha feito antes.

— Hã, eles entraram pelo espelho. — A voz de Matty assumiu um tom que se equilibrava na lâmina de uma espada entre a súplica e o apaziguamento. Clay imaginou que um cachorro falante usaria um tom assim para explicar para o dono por que tinha cagado no tapete.

— Eu não perguntei *como* eles chegaram, querido — disse Lilith, doce como mel envenenado. — Perguntei *o que* estão fazendo aqui.

— Claro, sim. Bom, estão a caminho de Castia.

— Castia? — A palavra em si pareceu repeli-la. — Por quê?

— Ah, hã... — O rei lançou um olhar nervoso para Clay.

— É complicado — respondeu Clay.

No bar em Coverdale havia um prato conhecido como Café da Manhã do Rei. Consistia em dois ovos moles queimados no fundo de uma frigideira de ferro, temperados com muita pimenta do reino e com um espesso molho vermelho que Shep chamava de sangue de tomate. Era servido com uma fatia de torrada um pouco queimada e, se você tivesse sorte, algumas fatias de pera mais maltratadas do que o ego de um bardo ruim.

Sem surpresa alguma, quando o assunto era o que um rei *realmente* comia no café da manhã, Shep passou longe do alvo. Os pontos altos da mesa de Matrick na manhã seguinte incluíam colunas altas de panquecas douradas e fofinhas encharcadas de xarope de bordo, pães fumegantes e apetitosos servidos ao lado de pratos delicados de porcelana com manteiga, torradas perfeitamente douradas servidas com uma variedade impressionante de geleias: mirtilo, morango, framboesa, amora, damasco, uva, figo e uma coisa chamada marmelada, que Moog não conseguia pronunciar por mais que tentasse. Havia fatias de barriga de porco, salsichas gordas e ovos tão aerados e frescos que Clay podia jurar ter ouvido as galinhas pondo esses ovos por trás da porta da cozinha.

Para beber havia suco fresco de maçã, laranja e cranberry, e um vinho branco seco; um chá feito de folhas aromáticas e florais; água aromatizada com limões ácidos do sul; e até um café forte de Phantra que Matrick bebeu como se fosse o antídoto para um veneno que queimava nas suas veias.

Clay poderia ter chamado aquilo de um dos melhores cafés da manhã da vida dele. Pelo menos até Lilith, que estava sentada em frente ao rei na outra extremidade da longa mesa, estragar tudo ao anunciar que estava grávida.

O rei, pego de surpresa, estava com a boca cheia de panquecas e Clay se perguntou se o momento da confissão foi planejado. Em volta da mesa, as bebidas ficaram no ar a caminho de lábios e garfos em movimento ficaram em silêncio, exceto os dos cinco filhos de Matrick, que continuaram comendo e conversando, como as crianças fazem enquanto os adultos falam o que os adultos falam.

Além de Clay e dos colegas do bando, havia várias outras pessoas no salão. Criados andavam para lá e para cá por uma porta em arco, levando pratos vazios e trazendo outros tão rápido quanto o rei e seus convidados conseguiam acabar com eles. Havia soldados montando guarda entre as janelas altas de um lado do salão, e o guarda pessoal da rainha era uma imagem impressionante a uma curta distância atrás dela. Pela aparência, ele era do norte. Era o mesmo sujeito que apareceu sem camisa no quarto do rei na noite anterior. Ele era mais novo do que Clay pensou a princípio, mas pareceu um tipo capaz, ainda que um pouco bonito demais. O nariz, como o de muitos kaskares que Clay conheceu, era curvo como um bico de falcão, e os olhos estiveram grudados com entusiasmo em Lilith a manhã toda.

Clay tinha quase certeza de que ele estava comendo a rainha, o que tornava a declaração dela ainda mais interessante.

Moog rompeu o silêncio com um aplauso lento que deixou um silêncio ainda mais incômodo quando parou.

Àquela altura, o rei tinha conseguido engolir o orgulho *e* a panqueca.

— Que… notícia maravilhosa, querida.

— Não é? — O sorriso de Lilith estava coberto de rancor. — Os áugures me dizem que vai ser menino. Vocês vão ter um irmãozinho — disse ela, falando com o quinteto de crianças sentado de um lado da mesa.

Clay observou cada um deles reagir. Os meninos gêmeos eram os mais novos; eles simplesmente deram risadinhas juntos e continuaram comendo. Lillian, cuja pele mais escura contrastava com o azul vibrante dos olhos, não pareceu impressionada e devia estar temendo a perspectiva de outro garotinho a incomodando. O gordo, Kerrick, fez uma expressão de surpresa. O queixo estava tão caído que Clay via a comida dentro da sua boca. O mais velho, Danigan, ruivo e com sardas, só assentiu sem olhar.

— Mas eu não *quero* outro irmão — disse Kerrick.

— Nem eu — acrescentou Lillian, em protesto.

A mãe olhou para eles com frieza.

— Bom, eu também não queria dar à luz uma monstruosidade de cinco quilos e meio ou uma menina. Mas a vida não é justa, é? Kerrick, divida as ervilhas com sua irmã. Você já comeu muito, e ela está magra como um pivete.

Clay sentiu a boca se abrir. Claro que Kerrick e Lillian começaram a chorar na mesma hora, o que, por sua vez, fez os gêmeos chorarem. Só o mais velho ficou em silêncio, colocando colheradas de ovos na boca com um desinteresse óbvio.

Matrick passou a mão pelo cabelo ralo.

— Crianças, sua mãe não quis chatear vocês. Ela só… — Ele olhou com desespero para a outra ponta da mesa. — É o bebê. Ela fica mal-humorada, só isso. Não é verdade, querida?

— Deve ser — disse Lilith. — E muito cansada. Acho que vou... tirar um cochilo rápido antes de partirmos para o Conselho. Lokan, poderia fazer a gentileza de me acompanhar até o quarto?

— Com prazer — disse o guarda, com um tom que praticamente confirmava a desconfiança de Clay.

Os dois saíram de braços dados, mas Matrick não demonstrou incômodo e continuou se dedicando a acalmar as crianças.

— Termine as ervilhas, Kerrick, é uma comida saudável. Lil, você pode passar o suco para o seu irmão antes que ele o derrube? Boa menina.

Ele conseguiu fazer os filhos comerem tudo, e Clay o observou com total fascinação. O Matrick que ele conhecia era traiçoeiro, desbocado e vivia mais bêbado do que sóbrio. Estava com uma mulher diferente no braço a cada noite... ou com uma em cada braço quando se sentia particularmente ambicioso. Era um ladrão de primeira e um assassino cruel, portando *Roxy* e *Grace* (as adagas que batizou em homenagem às prostitutas com quem perdeu a virgindade) como se fossem um par de presas sedentas por sangue e o mundo todo fosse a presa.

Quem imaginaria que ele seria um bom pai? E um rei competente? De acordo com todos os relatos, Agria era um reino próspero, e, mesmo sem a ajuda de Lilith, ele parecia estar criando filhos bem razoáveis. Cada um pediu licença e deu um beijo nele antes de ser levado até o professor.

Matrick pediu para os guardas saírem também, e depois que os servos levaram mais café, também os dispensou. Clay olhou horrorizado Moog virar metade do pote de açúcar na xícara.

— Eu gosto doce! — disse o mago.

Matrick tirou uma garrafinha de algum lugar e batizou o café, mexendo-o por um tempo com movimentos mecânicos, olhando para o nada. Moog terminou a xícara e começou a botar açúcar do açucareiro direto na boca com o dedo molhado de saliva.

— Ora, Matty — disse o mago. — Eu queria…

— Shhh! — O rei o interrompeu com o dedo erguido, olhando rapidamente para a porta que levava à cozinha antes de se inclinar sobre a mesa e sussurrar: — Me tirem daqui, porra.

Gabriel piscou.

— O quê?

O rei moveu os lábios de novo, formando as palavras com lentidão exagerada.

— Me… tirem… daqui.

Moog pareceu intrigado.

— Por quê? Matrick, você é o rei! Você mesmo disse que tinha muita coisa para fazer. As crianças…

— … não são minhas! — falou Matrick. — Você deu uma *olhada* nelas? Eu amo os bastardinhos do mesmo jeito que amo bolo de graça, mas não tive participação nenhuma na hora de fazê-los!

— Você… — Clay começou a dizer, mas baixou a voz. — Você está dizendo…

— Estou dizendo que estava pescando em Phantra quando os gêmeos foram concebidos. Estou dizendo que Lillian tem os olhos do pai… *e os meus não são azuis, porra!* Estou dizendo que Kerrick é maior com dez anos do que eu era com vinte, e Danigan, bom… — Matrick fez um gesto frenético que englobava sua cabeça em geral. — Qualquer um acharia que o cabelo ruivo entregaria tudo, né? Mas, não, precisei de mais quatro filhos para me dar conta de que todos eram meio parecidos com Lilith e meio parecidos com o bibliotecário do castelo, ou com o embaixador de Narmeer, ou com o maldito jardineiro… que eu achava que era gay, aliás. Sem ofensas, Moog.

O mago tirou o dedo da boca.

— Por que eu…

— E agora ela está grávida de novo? — A gargalhada de Matrick foi amarga. — Aposto o meu reino que o garoto vai sair alto como uma árvore e tão faminto pelas tetas da mãe quanto o nobre Sir Lokan, aquele filho de prostituta sarnento! — Matrick quase gritava agora, sem se preocupar se alguém na cozinha poderia ouvir.

— E por que não vai embora? — perguntou Gabriel.

— Eu tentei! — Matrick gemeu. — Os guardas não deixam. São desesperadamente leais a Lilith… não sei bem por quê.

Clay achava que sabia.

— Qual é o sentido de manter você aqui? — perguntou ele.

— Ela tem medo de eu sair por aí e ter um herdeiro legítimo. Disse que ia me matar se conseguisse fugir, e agora parece que me quer fora de cena de vez. Vocês se lembram do homem no meu quarto ontem à noite, o que você chutou quando entrou pelo espelho? Bom, era um dos assassinos dela. Não foi o primeiro que Lilith mandou, e, tanto quanto o inferno é frio, não vai ser o último se eu permanecer aqui. Preciso fugir e preciso da ajuda de vocês. Não tem como Lilith encontrar alguém tão burro a ponto de me seguir até Heartwyld.

Moog abriu um sorriso.

— Espera, então isso quer dizer que você vai para Castia?

— Claro que vou — disse Matrick. — Seus merdinhas, vocês são a única família de verdade que eu tenho.

Aí está, pensou Clay, *a sensação quente e indistinta de novo…*

— O problema é fugir. Vai ter que ser depois do conselho, é óbvio.

— Podemos usar o espelho — sugeriu Gabriel, mas o rei balançou a cabeça.

— Lilith o confiscou. Diz que é uma ameaça à segurança do castelo. E é mesmo, eu acho. Pelos Mortos Profanos, tinha esquecido que aquela coisa era um portal, senão teria pulado por ele muito tempo atrás.

— Então não podemos sair pelo portão da frente — argumentou Moog. — E sem dúvida ela botou guardas nos outros…

— Pode ter certeza — disse o rei.

— E aquela sua bolsa, Moog? — perguntou Gabriel. — Cabe qualquer coisa lá dentro, né? Matrick poderia se esconder nela e nós poderíamos tirá-lo do castelo.

O mago balançou a cabeça.

— É vácuo.

Gabe franziu a testa.

— O quê?

— É vazio. Não tem ar. Ele só sobreviveria pelo tempo que fosse capaz de prender a respiração. Acredite em mim. Tive um gato que... — Ele parou de falar. — Só digo que... não dá.

— Vocês poderiam me sequestrar — sugeriu Matrick. — Se disfarçar, me apagar, passar pelos guardas lutando. Poderíamos deixar um pedido de resgate...

— Lilith ia adivinhar que fomos nós — disse Clay. — Além do mais, prefiro não matar a menos que seja necessário.

As xícaras tremeram quando Moog bateu com a mão na mesa.

— Já sei! — gritou. Todos os olhares se viraram para ele. O mago sorriu e lançou uma piscadela constrangida para Clay. — Mas é arriscado.

CAPÍTULO DOZE

O CONSELHO DAS CORTES

Havia uns quatrocentos anos que a Companhia dos Reis tinha derrotado a última das Hordas de Heartwyld em Lindmoor e encerrado a Guerra da Reivindicação, mas o local ainda parecia um campo de batalha. Toda primavera a água subterrânea subia e transformava o local em um brejo fedorento. No fim do verão, já estava seco, exceto por algumas poças fétidas aqui e ali, e o chão lamacento ficava cheio de relíquias: armamentos estilhaçados e armaduras enferrujadas, ossos mofados de monstros grandes e pequenos. Era rodeado por florestas de abetos no leste e no oeste, de campos arados ao norte e pelo rio largo e lento ao sul. Depois do rio, em um dia limpo como aquele, dava para ver a sombra azul do castelo de Matrick em Brycliffe.

No centro da área ampla de turfas, havia um monte gramado conhecido como Ilha das Almas Penadas. Naquele lugar (pelo menos foi o que Matrick informou a eles enquanto o cortejo montado do rei seguia até lá), Agar, o Careca, lutou contra uma coisa chamada Infernal, que, no entendimento de Clay, era como um campeão entre as Hordas antigas. Ele nunca tinha visto a não ser em quadros e tapeçarias, e apesar de um artista nunca retratar um Infernal igual ao outro, todos concordavam que a criatura sempre estava sobre uma pilha enorme de cadáveres e tinha a aparência do pior e mais apavorante monstro imaginável.

— Agar conseguiu matar o demônio — explicou Matrick —, mas morreu em decorrência dos ferimentos. Seu neto, Agar, o Imberbe, se tornou o primeiro rei de Agria. Desde então, sempre que as cinco cortes se reúnem para discutir alguma coisa de grande importância, o encontro é aqui na ilha.

Lilith, envolta em uma capa com borda de pele de arminho e montada em uma égua branca reluzente ao lado dele, soltou um bocejo alto e prolongado.

— Por que *ilha*? — perguntou Moog. — Para mim, parece uma colina.

Matrick olhou para a esposa antes de responder.

— Na primavera, este local fica inundado e a ilha é o único ponto seco em quilômetros. Quanto ao resto do nome, Agar, o Careca, foi enterrado embaixo da colina, e, todas as noites, os espíritos dos que morreram aqui em Lindmoor aparecem para prestar homenagens.

— É mesmo? — perguntou Gabriel em tom de dúvida.

— É mesmo! — disse Matrick com orgulho.

— É mesmo...? — Moog coçou o queixo, intrigado.

— *É mesmo?* — disse a rainha rispidamente. — Juro pela barba do Senhor do Verão que tenho lavadeiras que falam menos do que vocês três. — Ela indicou Clay com a mão com uma luva branca. — O Kale pelo menos sabe quando ficar de boca calada.

— É Clay, na verdade.

Lilith fez expressão arrogante.

— Você estava indo tão bem.

A colina estava cercada por curiosos reunidos com a esperança de botar os olhos em um druin vivo. Eles abriram toalhas, desfizeram cestas de piquenique e estavam transformando aquilo em uma coisa divertida. Alguém estava vendendo espetinhos de castanhas torradas, e uma mulher empreendedora negociava o que chamava de "bonecas druins autênticas". Moog comprou uma por cinco moedas, e a coisa na verdade era uma marionete de meia com enchimento, com olhos de botão e um par de orelhas de coelho de pano costurado no alto. O mago pareceu satisfeito com a compra mesmo assim.

Quando chegaram à Ilha e subiram a inclinação suave, encontraram duas delegações já esperando ao lado do monumento desgastado pelo vento no topo. Os homens do rei começaram a erigir uma tenda aberta em volta de uma mesa enorme de cedro que tinham levado de carroça de Brycliffe, enquanto Matrick e seu grupo de nobres agrianos se misturavam aos convidados estrangeiros.

A companhia de Phantra era toda feminina. O reino da Rainha do Sal era matriarcal: os marinheiros, soldados e trabalhadores braçais costumavam ser homens, enquanto as mulheres formavam a essência da classe mercadora e detinham a maior parte das posições superiores tanto no governo quanto na força militar. Embora o país fosse turbulento (casas mercadoras rivais subiam e caíam com a mesma frequência das marés), os orientais gostavam de lembrar ao resto de Grandual que nunca perderam uma guerra contra um reino vizinho.

A delegação era liderada por uma jovem que se apresentou como Etna Doshi. Era baixa, corpulenta e andava com o gingado revelador de Phantra que até era útil para manter o equilíbrio no convés de um navio, mas, no fundo, era mais bravata arrogante. A pele era bronzeada, o rosto maltratado como vela de navio, e a roupa extravagante (lenços coloridos, faixas drapeadas, uma abundância de joias douradas) lembrava a Clay a salteadora "Lady" Jain, que os roubou na estrada para Conthas. Ela prendia o cabelo preto em uma rede prateada adornada com safiras cintilantes e conchas azuis. Uma cicatriz inchada no canto da boca fazia parecer que ela estava sempre com expressão de desprezo.

— Doshi? — perguntou Matrick ao apertar a mão dela. — Alguma relação com...?

— Minha mãe — falou antes que ele pudesse terminar.

— Ah, esplêndido! Como aquela morcega velha cega está?

Por um momento, Etna pareceu surpresa pela franqueza do rei, mas a expressão de desprezo da cicatriz se abriu em um sorriso.

— Ainda cega — disse ela com uma piscadela. — Mas ainda a melhor almirante da ilustre marinha da Rainha do Sal.

— Ela encontrou aquela ilha perdida da qual não parava de falar?

— Você quer dizer Antica? — Etna balançou a cabeça. — Ainda está procurando, a velha tola, mas avisei que teria mais sorte se procurasse um homem honesto em Low Tide.

Matrick riu, segurando a barriga com a mão firme. O trapaceiro que virou rei sempre se sentia à vontade na costa de Phantra, onde até as vovozinhas podiam ser caridosamente descritas como escroques de bocas imundas. Ele se dava especialmente bem com a mãe de Etna, que Matty alegava ter lhe ensinado tudo que ele sabia sobre navios e a maior parte do que ele sabia sobre mulheres e facas.

— Mão Lenta.

Clay se virou e se viu cara a cara com Maladan Pike, o Primeiro Escudo de Kaskar. Pike já tinha sido mercenário, líder de um bando chamado Invasores. Tinha dois irmãos mais velhos, gêmeos, destinados a serem rivais pelo direito de herdar o trono do pai, mas ambos morreram nas mãos de um líder ogro especialmente cruel (e muito feio) chamado Ikko Umpa. Pike implorou ao pai pela oportunidade de se vingar pelos irmãos mortos, mas o rei do norte, sem querer arriscar a vida do único herdeiro que lhe restava, recusou e contratou o Saga para matar o ogro. Eles fizeram isso, e, desde então, o relutante príncipe de Kaskar tratou Clay e seus companheiros com uma mistura de leve ressentimento e respeito relutante.

— Pike — disse Clay como cumprimento.

— Pensei que você estava morto.

— Quase. Me casei.

O Primeiro Escudo riu com deboche.

— Filhos?

— Um. Você?

— Sete. — O peito de Pike se estufou um pouco. — O mais velho já tem quase a minha altura e poderia estrangular um yethik com as mãos. E o seu? Aposto o meu cavalo que ele é um assassino de sangue-frio, como o pai.

Clay segurou um tremor enquanto abria um sorriso.

— É uma menina, na verdade. Ela coleciona sapos.

— Ah. — O nortista pareceu perturbado ao ajeitar a barba grisalha sobre a garra de urso de seis dedos em relevo no peitoral da armadura de couro. — Só estava brincando sobre apostar meu cavalo, é claro.

— É claro — disse Clay.

A gafe do Primeiro Escudo foi obscurecida (literalmente) pela chegada de um navio voador.

Clay tentou esconder a surpresa das pessoas à sua volta quando o galeão apareceu no céu cinzento. Ele e o bando tinham encontrado destroços de veículos assim durante seus anos na estrada, em geral nas ruínas das cidades do Domínio, mas estavam sempre abandonados, as velas rasgadas e os cacos reduzidos a lascas. Tinha ouvido boatos nos anos anteriores de navios voadores encontrados mais ou menos intactos, mas os considerou falsos até o dia em que viu um velejando pelas nuvens acima de Coverdale. Mesmo assim, Clay nunca achou que veria um de perto.

— O *Segundo Sol* — disse Moog, aparecendo ao lado dele. — A capitânia da própria Sultana.

Parecia um navio qualquer aos olhos de Clay, só que as velas tinham um pouco o formato de folhas e estavam sustentadas por amplos suportes de metal que estalavam com eletricidade azul. E, claro, ele estava voando.

— Capitânia? — perguntou ele. — Você quer dizer que Narmeer tem uma frota inteira disso?

O mago riu.

— Bom, não. Eles talvez tenham mais um ou dois, na verdade, mas ficaria surpreso se houvesse trinta navios voadores no mundo realmente capazes de voar. O *Segundo Sol* foi encontrado enterrado na areia perto de Xanses. A Rainha do Sal de Phantra também tem um, pelo que ouvi falar. Todos os monarcas maneiros têm um.

— Eu estou ouvindo, sabe — disse Matrick. Ele olhava avidamente o galeão flutuante, que tinha jogado um par de âncoras enormes no chão. Soldados narmeerianos desceram pelas redes que cobriam o casco e uma liteira com cortinas estava sendo descida por cima de uma amurada.

Os olhos de Clay também estavam grudados no navio.

— Como? — Isso foi tudo que conseguiu dizer.

Moog coçou a parte careca no alto da cabeça.

— Como voa, é o que quer saber? Está vendo aquelas esferas que parecem de metal de ambos os lados?

Clay assentiu. Havia duas perto da proa do navio e duas perto da popa, cada uma cercada por uma camada de neblina suave.

— Sim.

— Motores das marés — disse o mago. — São na verdade uma série de aros giratórios feitos de puro duramantium e alimentados por eletricidade estática capturada pelas velas.

Clay nunca tinha ouvido falar de motores das marés e sem dúvida não sabia o que era um "aro giratório". Quanto ao duramantium, sempre achou que o metal era um mito elaborado por mercadores para vender espadas por dez vezes o preço que valiam.

— Magia, então — murmurou ele.

Outra risada de Moog.

— Não exatamente, mas quase.

A liteira que os narmeerianos desceram do navio foi entregue no alto da colina a oito kaskares enormes com saias de escamas de bronze e sandálias amarradas na panturrilha. Os nortistas, sobretudo os que tinham cabelo louro e olhos claros, recebiam uma soma alta para servirem como guarda-costas de elite de nobres narmeerianos. A maioria era de criminosos ou párias, e Clay reparou que os guardas da Sultana tomaram o cuidado de evitar o olhar do Primeiro Escudo ao baixar o peso e assumirem seu lugar dos dois lados dela. Sua senhora, a enigmática governante da corte mais ao sul, permaneceu protegida dentro da liteira enquanto um trio de ministros com barbas trançadas e vestes estampadas conversava em voz baixa.

Os carteanos apareceram no meio da tarde, percorrendo o antigo campo de batalha em pôneis. As flâmulas amarelas e azuis do Grande Han pendiam inertes, mas quando chegaram ao cume, voavam e estalavam na brisa fria de outono.

— Minha rainha! — O cavaleiro principal, que Clay supôs ser Grande Han, gritou para Lilith de cima do cavalo. — Veja como a minha flâmula enrijece quando você está perto! — Seu comentário gerou uma série de risadas guturais dos homens ao redor e trouxe um sorrisinho estranhamente satisfeito aos lábios da rainha. Clay olhou para Matrick e para o guarda-costas dela, o que ela chamou de Lokan durante o café da manhã, e não conseguiu concluir qual dos dois pareceu mais afrontado.

Han desmontou com a facilidade de um homem se levantando de uma cadeira e avançou tranquilamente. Estava ladeado por dois membros da Guarda dos Corvos, identificada pelas asas tatuadas embaixo das clavículas. Os três homens tinham uma faixa preta pintada sobre os olhos, atravessando seus narizes largos, e cada um carregava um arco de chifre e um sabre exposto no quadril.

Obolon era um homem baixo, mas com o corpo forte, ombros largos e músculos embaixo de uma estrutura carnuda que revelava um sujeito que amava comer e beber só um pouco menos do que amava cavalgar e lutar. Os braços com cicatrizes de batalha, como os dos cavaleiros atrás dele, estavam bronzeados por longos dias sob o sol. A cabeça e as bochechas estavam raspadas, mas havia uma barba crespa no queixo que Clay achou bem idiota no fim das contas.

Os olhos estreitos e pesados de Han eram bastante familiares, e Clay tentava decidir se já tinha visto o sujeito quando Gabriel, parado à direita, inspirou fundo.

— Puta merda — o sussurro dele carregava um tom de descrença por cima do ombro de Clay —, o gordinho.

Clay franziu a testa. Ele não... *Pela misericórdia da Doce Donzela.* Ele tentou segurar o maxilar para não ficar de queixo caído quando as palavras de Gabriel fizeram sentido. Aquele homem, o comandante de guerra que governava as tribos carteanas, era o verdadeiro pai do filho de Matty, Kerrick. *Não me admira que Matrick deteste o sujeito*, pensou. *Vamos esperar que os dois consigam manter a civilidade até o fim do conselho.*

Obolon parou na frente do rei e abriu os braços como um homem esperando um abraço.

— Velho rei Matrick! Quanto tempo! Como está o meu garoto?

Clay suspirou. *Ou não.*

À esquerda dele, as sobrancelhas peludas de Moog subiram até quase metade da testa.

Alguns dos guardas do rei trocaram olhares furtivos, mas Matrick só apertou os lábios e forçou um sorriso.

— Não tenho ideia do que você está falando.

Han continuou, perseverante.

— É um filho da mãe faminto, não é? É de família. É por isso que não tem fundos para defender as suas fronteiras das minhas invasões? Você esvaziou os cofres alimentando aquele pestinha?

Matrick fingiu ignorá-lo, mas Clay viu os dedos do rei tremerem, doidos para pegar os cabos das adagas que não estava carregando, ao menos não visivelmente. Afinal, se o rei quisesse alguém cheio de buracos, havia uma dúzia de guardas em volta dele que ficariam felizes em realizar sua vontade.

— E quem é este garanhão? — O sorriso idiota de Han ficou mais largo quando ele observou o guarda-costas irritado de Lilith. — Parece que não vai demorar para recebermos outro guerreiro na nossa família feliz!

Lokan, tomado de mais orgulho e de menos bom senso do que Matrick, puxou a espada.

Obolon rosnou e puxou a dele.

E Matty, que estava mesmo escondendo um par de adagas, pegou-as e girou-as.

Um segundo depois, a Guarda dos Corvos carregou os seus arcos, Maladan Pike e os nortistas vestidos de peles pegaram seus machados, e as piratas vestidas de seda de Etna Doshi tiraram cimitarras das bainhas. Os brutamontes louros da Sultana ergueram lanças longas e olharam para todo mundo, inclusive Clay e seus companheiros de bando, que estavam entre as poucas pessoas na ilha desarmadas.

E assim ficaram os lordes e ladies de Grandual enquanto eram cobertos pela sombra das asas de um wyvern.

CAPÍTULO TREZE

O DUQUE DA TERRA FINAL

Clay uma vez tentou descrever para a esposa a diferença entre um wyvern e um dragão. Ambos eram vagamente reptilianos, admitira, e cobertos com escamas metálicas. Compartilhavam também presas afiadas como lâminas e garras capazes de furar uma armadura de ferro como se fosse casca de ovo. Ambos tinham asas que pareciam couro e um pescoço sinuoso e eram igualmente capazes de partir um homem no meio com um golpe de rabo. Ginny o fez parar ali para comentar sobre o péssimo trabalho que estava fazendo para diferenciar as duas criaturas, e Clay foi obrigado a concordar que, basicamente, não havia diferença entre elas.

Mas agora, quando um wyvern pousou na colina à frente dele, algumas diferenças claras surgiram na sua mente. Para começar, os braços da frente do wyvern estavam embutidos nas asas, com espinhos curvos se projetando dos cotovelos e uma junta cheia de unhas grossas. No chão, os wyverns se apoiavam nos nós dos dedos, como os macacos. Suas longas caudas tinham espetos na ponta e eram capazes de injetar um veneno tão forte que paralisaria um cavalo em segundos.

Ao contrário dos dragões, eles não tinham necessariamente consciência. Um dragão era capaz de planejar e engendrar; e falava, embora ninguém (nem mesmo Moog) fosse capaz de decifrar o idioma dracônico. Se tivesse motivo, um dragão era capaz de *odiar você*, uma coisa que Clay e seus companheiros conheciam muito bem.

O wyvern, por sua vez, era um predador, compelido por instintos. Era selvagem, e como qualquer ser selvagem, sua vontade podia ser corrompida, seus instintos subvertidos pela compreensão de que não era, afinal, a coisa mais perigosa do mundo.

Pelo menos essa era a suposição de Clay. Afinal, de outra forma, por que no Inferno Congelado da Mãe do Gelo, um wyvern permitiria que alguém *montasse na porra das costas dele*?

O "alguém" em questão era um druin, como Moog mencionara no dia anterior. Ele escorregou pelas escamas pretas do animal com uma graciosidade similar à de Grande Han descendo de seu pônei.

O Duque da Terra Final usava um casaco de couro comprido que era marrom lustroso ou vermelho-sangue e carregava três espadas distintas em três bainhas diferentes nas costas. Era alto, como a maioria do povo dele, e magro, com a pele pálida como creme. O cabelo era da cor das folhas no fim do outono ou de uma moeda de cobre nova, e, tirando alguns fios que o vento soltara, estava puxado para trás. As feições eram tipicamente druin: severas, cheias de ângulos e linhas se projetando. Ele tinha um nariz forte e rústico, lábios finos, dentes afiados e orelhas longas com tufos similares às de um coelho e protegidas por uma camada fina de pelo branco.

Uma cicatriz antiga cortava a sobrancelha esquerda. Não era possível vê-la com clareza de onde Clay estava, atrás do grupo feroz de guardas de Matrick, mas ele sabia que estava lá.

Porque Clay já tinha encontrado aquele druin. Sabia o nome dele antes mesmo de Matrick dizer em voz alta.

— Lastleaf?

Lastleaf, filho de Vespian, de quem Gabriel herdou a *Vellichor*.

Lastleaf, que tentou e falhou (recebendo a cicatriz no processo) tirar a espada que pertencera ao Arconte de Gabriel muitos anos antes.

Lastleaf, o Duque da Terra Final, líder da Horda de Heartwyld.

Clay se viu questionando qual era a etiqueta do Conselho das Cortes em relação a vomitar o café da manhã. De repente, desejou estar em outro lugar, qualquer outro lugar… ou, melhor ainda, ser uma pessoa totalmente diferente. Um homem simples fazendo coisas simples. Um sapateiro, talvez. Sapateiros quase nunca eram inimigos de imortais vingativos, ou ao menos era o que ele pensava.

O druin parou onde estava. Não pareceu reparar que o rei tinha falado. O wyvern inclinou o pescoço e baixou a cabeça para o druin acariciar as escamas brilhantes do queixo. Clay supôs que a fera era uma matriarca, pois tinha o dobro do tamanho da maioria dos wyverns que vira, e já tinha visto muitos. A criatura emitiu um som de dez mil gatos ronronando ao mesmo tempo, e as barbatanas do pescoço e abaixo do queixo vibraram de prazer.

Clay pensou que mais tarde deveria se parabenizar por não se cagar bem ali naquele momento. O mesmo não podia ser dito dos cavalos, porém. Com uma palavra do rei (e um gesto de Han), os cavalos agitados foram levados para fora da colina, para o meio da multidão frenética. A grande sorte de ver um druin *e* um wyvern no mesmo dia tinha criado uma grande animação abaixo. Clay viu um sujeito montando um cavalete e misturando água em uma tigela de tinta seca; sem dúvida, ele teria o momento emoldurado e pendurado na parede de um bordel no dia seguinte.

Por fim, o druin se virou e falou com o rei de Agria com a voz controlada.

— Olá… Matrick, não é?

A rainha se virou para o marido.

— Você conhece essa criatura? — perguntou ela, o que pareceu a Clay um jeito péssimo de começar o que deveria ser uma negociação.

Embora estivessem ali a pedido de Lastleaf, Matrick explicara na noite anterior que o objetivo do Conselho era convencer o autoproclamado "Duque da Terra Final" a abandonar o cerco e dispersar as Hordas que alegava liderar. Embora os reinos de Grandual tivessem poucas (se é que tinham alguma) ligações com a distante República de Castia, não parecia sábio (e um tanto insensível) ficar parado sem fazer nada enquanto uma horda de monstros exterminava uma cidade inteira de humanos.

— Já nos encontramos antes, sim — disse Matrick para a esposa. — Há muito tempo.

— Não tanto assim — disse Lastleaf, cuja espécie contava a virada de estações como se fossem as horas de um dia infinito. — Não para mim, ao menos, mas quase não o reconheci. Você envelheceu e engordou, e, a julgar pela coroa na cabeça, parece que alguém foi tolo o suficiente de fazer de você um rei.

Obolon riu, e Matrick lançou ao governante carteano um olhar feio antes de responder.

— Sou rei de Agria, sim. — O antigo trapaceiro tentou estufar o peito, mas teve que se satisfazer com só encolher a barriga. — E você está… igual. Exceto pela cicatriz, claro — acrescentou ele com uma piscadela nem um pouco diplomática. — Essa é nova.

A cicatriz foi feita pela lâmina de *Vellichor* no dia em que Lastleaf, junto com alguns capangas sylf, emboscaram o Saga logo depois que Gabriel herdou a famosa espada de Vespian. Os sylfs, mestiços filhos de druins com humanas, muitas vezes evitados por todos, exceto por suas mães mortais, foram mortos ou espantados, e quando Clay viu Lastleaf pela última vez, o filho do Arconte estava encolhido de dor em volta da bota de Ganelon, cego pelo sangue, fazendo juras de retribuição a Gabe e seus companheiros.

Naquele momento, o rosto do druin permaneceu impassível, o que Clay achou perturbador por vários motivos. Lastleaf encostou o polegar na cicatriz pálida embaixo do olho esquerdo.

— Fica bem em mim, não acha?

Antes que o rei pudesse responder, Maladan Pike interrompeu.

— Com licença, Duque, mas eu não vim aqui…

— *Nós* — disse Etna Doshi com expressão direta.

O Primeiro Escudo de Kaskar suspirou.

— Tudo bem. *Nós* não viemos aqui para ouvir o senhor e o velho Rei Matrick trocarem histórias. Viemos porque…

— …querem que eu acabe com o cerco a Castia — disse Lastleaf.

— Bom, sim — respondeu Pike. O príncipe do norte ainda segurava seu machado. Na verdade, membros de várias delegações não tinham se dado ao trabalho de guardar as armas desde que o wyvern pousou. Clay teve um momento para se questionar se deixar todos tensos fora a intenção original do Duque.

— Mas e a minha Horda? — questionou Lastleaf com ingenuidade fingida. — Devo dissolvê-la? Ordenar que meus monstruosos seguidores voltem às suas tocas na floresta? Que voltem para suas cavernas? Que se recolham nos lugares profundos e escuros do mundo e esperem que algum aventureiro ansiando por glória apareça e peça uma recompensa pela cabeça deles?

Pike não era a espada mais afiada do arsenal, mas sabia quando estavam brincando com ele.

— Parece um bom plano — comentou.

A sombra de um sorriso assombrou os lábios do druin, mas logo sumiu.

— O que está feito está feito, infelizmente. A flecha já deixou o arco. Castia cairá, e logo. Eu não poderia ressuscitar o Domínio, nem mesmo salvar a República do destino que a aguarda.

A representante de Phantra balançou a cabeça. Ela tinha devolvido a espada à bainha, mas seus dedos ainda estavam no pomo de pedras preciosas.

— O que o Velho Domínio tem a ver com isso? Quem é você? De onde veio?

O druin observou Etna Doshi como se ela fosse um rato que tivesse colocado a cabeça para fora da salada que estava comendo.

— Eu sou da floresta. Você pode me chamar de Lastleaf ou de Duque, o que preferir. Quanto ao Domínio… — Suas longas orelhas tremeram. — Somos o que o passado fez de nós. Seria bom se lembrarem das coisas que aconteceram outrora. O tempo é um círculo, a história, uma roda giratória, embora eu não possa esperar que um humano entenda isso. Sua memória é tão limitada quanto a mente é estreita.

Doshi estava prestes a soltar um comentário zangado quando Lastleaf falou de novo.

— Não pretendo insultá-la pessoalmente, claro. Estou apenas observando o fato de que os humanos têm vida curta, visão limitada e tendem a repetir os mesmos erros dos seus ancestrais e dos meus.

A filha da almirante não pareceu nada impressionada pelo pedido de desculpas do Duque.

— Desde quando a Terra Final é um ducado? — perguntou ela em um tom cortante.

O sorriso de Lastleaf foi tão afiado quanto.

— Quando Castia for minha, e ela *será* minha, vou fazer o que quiser dela. Por que não um ducado, comigo como duque? Ou você prefere que eu escolha um título… mais extravagante? Devo me chamar de rei, imperador, arconte?

Moog tinha razão, Clay se viu pensando. *Essa coisa toda de* duque *é para nos enrolar, uma forma de deixá-lo parecendo menos ameaçador para os reis e as rainhas de Grandual.* O que era desnecessário, pensou ele, considerando que o druin comandava uma força maior e substancialmente mais apavorante do que qualquer uma das cortes poderia reunir.

Enquanto Lastleaf falava, Clay viu a mão de alguém, usando uma luva branca, empurrar a cortina de seda da liteira da Sultana para o lado. Teve um breve vislumbre de uma máscara dourada na escuridão, quando a ocupante estava falando com um dos três ministros, que, por sua vez, se virou e limpou a garganta antes de se dirigir a Lastleaf.

— Minha Estimada Senhora, a Sultana de Narmeer, Noiva de Vizan, o Lorde do Verão, Senhora do Trono Ardente, Arauta do Vazio Devorador, Flagelo dos Clãs das Serpentes, Perdição dos Gigantes de Dumidia, Inimiga Eterna dos Centauros Palapti, pede para perguntar: como você controla a Horda de Heartwyld?

— Eu não os controlo — disse Lastleaf. — Eu os forço.

— Tem alguma diferença? — perguntou Grande Han.

— A Horda não pode ser controlada — respondeu o druin. Ele tinha um jeito estranho de falar, Clay reparou. Abria pouco a boca, como se com vergonha dos dentes serrados, ou então relutante em botar mais esforço do que o necessário no ato. — Minha espécie aprendeu essa lição há muito tempo e tarde demais. Mas ela pode ser persuadida, ameaçada, provocada...

— Bom, que tal *provocá-los* para que deixem Castia em paz? — perguntou Doshi.

Lilith se inclinou e sussurrou com severidade no ouvido de Matrick. O rei piscou e levou um susto, como um homem despertado de um cochilo pacífico.

— Ah, sim, que tal seguirmos para...

— Não vou me sentar — disse Lastleaf. Atrás dele, as asas do wyvern tremeram com um som de velas açoitadas pelo vento.

— Certo — disse o rei, ganhando uma das diversas carrancas de Lilith. A rainha ficaria cansada, claro, mas ser a única a se sentar no meio daquelas pessoas seria visto como sinal de fraqueza de uma mulher que tinha sérias aspirações de governar como a monarca solitária de Agria em breve.

O druin se virou para encarar o Primeiro Escudo, e, quando fez isso, Clay deu uma boa olhada na cicatriz deixada por *Vellichor* acima do olho dele. A pupila de gato abaixo tinha se rompido e inchado até envolver a íris ao redor, o que deixava o druin com um olhar estranho e perturbador.

— Imagine que você lidera um grupo de guerreiros sedentos por sangue rumo ao país de um rival amargo. Você enfrenta o exército dele no campo de batalha e o subjuga.

— Quem ainda fala *subjugar* hoje em dia? — sussurrou Moog.

Pessoas que subjugam coisas, Clay supunha.

— Seu inimigo recua para trás das muralhas, e, embora você não consiga passar por elas, é só questão de tempo até que aquele refúgio se torne um túmulo. Mas seu exército também começa a ficar faminto. Foi-lhe prometido sangue, dinheiro ou carne. E mais: eles desejam a imensurável alegria de ver um inimigo mortal arruinado e tudo que esse inimigo ama virando cinzas.

— Sei como é — observou o carteano Han, para a diversão de ninguém além de seus companheiros de clã.

— A Horda é um exército como qualquer outro, e prometi Castia a eles. Se fossem apenas homens, talvez pudesse mandar que desistissem. Mas não são homens. — Ele falou aquelas palavras com cautela, e pareceu saborear cada uma. — São coisas selvagens, criaturas encantadas. São tudo que vocês temem e muitas coisas que temeriam conhecer, e não aceitam ser demovidos. Nem por mim.

O rosto do Primeiro Escudo ficou severo como uma nuvem de tempestade. Doshi deu de ombros e lançou um olhar impotente para os companheiros phantrans, enquanto Han rosnou alguma coisa por cima do ombro para o guerreiro da Guarda dos Corvos atrás dele. A cabeça de Matrick estava curvada enquanto Lilith falava no ouvido dele. Clay olhou para Gabriel, que observava o druin através de seu cabelo desgrenhado e sujo como se ele fosse um enigma que estivesse determinado a resolver. O Duque ainda não tinha reconhecido os outros integrantes do Saga, já que estavam protegidos pela barreira dos guardas de Matrick.

Acho que ele não vai ficar feliz de ver Gabe de novo, pensou ele, e se perguntou (não pela primeira vez) se ir àquele conselho tinha sido uma boa ideia.

A cortina da liteira se moveu de novo, e mais uma vez a Sultana de máscara dourada murmurou alguma coisa para o ministro, que assentiu, ajeitou a túnica e se virou.

— Minha Estimada Senhora, a Sultana de Narmeer, Noiva de Vizan, o Lorde do Verão, Senhora do Trono Ardente, Arauta...

— Faça a pergunta! — vociferou Lastleaf, as orelhas compridas tremendo com impaciência.

Clay sabia que os druins tinham uma coisa a que Vespian se referiu como "presciência", o que lhes davam uma noção do futuro próximo. Queria dizer que muitas vezes eles sabiam o que você estava pensando momentos antes mesmo de você falar, e isso fazia até o mais gentil druin parecer impaciente, pois eles, às vezes, respondiam uma questão que ainda não tinha sido propriamente feita.

E claro que isso os tornava uns verdadeiros filhos da puta em uma briga.

O ministro narmeeriano, entre a cruz e a espada, lançou um olhar de dúvida rápido à sua senhora. A máscara se moveu em concordância e o homem suspirou, obviamente aliviado.

— A Sultana quer que eu pergunte: por que nos convocar para um conselho se não foi para negociar? O que deseja obter? Ou veio apenas se gabar?

Lastleaf ergueu o queixo e molhou os lábios. Suas orelhas tremeram e os dedos se abriram e fecharam, como se desejando pegar uma espada. Ele pareceu bastante incomodado, e Clay se perguntou quanto tempo fazia que o druin não interagia com algo que não fosse um monstro.

— Eu tenho uma... — Lastleaf fez uma pausa, como se revirando seu vocabulário arcaico em busca de uma palavra adequada — ... solicitação.

— E qual é? — perguntou Matrick com cansaço.

Lastleaf abriu as mãos. Seu sorriso poderia ser encantador se não fosse cheio de adagas.

— Não façam nada — disse ele.

Ninguém falou nada. O vento aumentou; Clay sentia cheiro de fumaça na brisa da noite. Abaixo, algumas pessoas já tinham começado a ir até o rio, onde barqueiros estariam esperando aos montes para levá-los para o outro lado antes de escurecer.

Ansiosos para serem os primeiros a voltar para Brycliffe com essa história, concluiu Clay, os olhos atraídos para o pálido Duque e seu wyvern preto enorme. *Mas será que acabou mesmo?*

Foi Etna Doshi quem enfim rompeu o silêncio.

— Pode esclarecer isso? — perguntou ela.

— Estou ciente de que planejam enviar um exército para Castia — disse Lastleaf. — Insisto para que reconsiderem a ideia.

— *Peço*, você quer dizer — falou Grande Han, que tinha colocado a mão no pomo do sabre de uma forma não muito casual.

Clay viu Gabriel lançar um olhar nervoso na direção das costas de Matrick. Matty tinha explicado no caminho que as cortes estavam de fato organizando um exército com o objetivo de libertar Castia, ou ao menos erradicar os monstros que estivessem na cidade quando chegasse lá. Terra Final era uma área boa e fértil, protegida de Heartwyld por uma cadeia de montanhas enormes. A República de Castia, que tinha sido fundada pelo que restou do curto Império de Grandual, prosperou lá por mais de trezentos anos. Vários membros proeminentes do senado de Castia fugiram da cidade e encontraram asilo em Fivecourt antes de o cerco começar. Eles prometeram grandes recompensas ao monarca de Grandual que libertasse a cidade das garras da Horda.

— Considerem o custo — disse Lastleaf — de equipar esse exército, de alimentá-lo, pagar salários dignos para enfrentar uma Horda. Heartwyld, mesmo pelo caminho mais direto, tem mais de mil quilômetros de um lado a outro. E depois da floresta fica o Manto do Imperador.

Um nome modesto para um muro de pedras cobertas de gelo tão infestado de criaturas horríveis quanto a floresta que delimita, refletiu Clay.

— Vai demorar muitos meses para um exército chegar a Castia. Quantos soldados serão perdidos no caminho? A floresta continua sendo lar de coisas terríveis, coisas das quais nem eu ouso me aproximar. Quantos vão virar presa das tribos comedoras de carne ou das bocas famintas das próprias árvores? Quantos vão sucumbir à podridão? É o que me pergunto.

Moog se agitou ao ouvir isso. Olhou de lado para Matrick, para quem eles ainda não tinham contado sobre a situação do mago. *Situação*, claro, era um termo delicado para *morte inevitável e extremamente dolorosa*.

— Quando seu exército chegar à Terra Final cansado e esgotado, Castia já terá caído. Minha Horda, cujo tamanho mesmo agora desafiaria a sua imaginação, terá ficado ainda maior, com o acréscimo de saqueadores que querem se aproveitar do cadáver da cidade. Se nos desafiarem, *perderão*. Eu derrotei o exército da República, mesmo reforçado por uma legião dos seus famosos mercenários, e também derrotaria vocês. Mas, na próxima vez, não vai haver mais muralhas atrás das quais se esconder, não vai haver para onde fugir. Se me enfrentarem no campo de batalhas, correm o risco de serem aniquilados.

O sol tinha descido atrás do druin e fez sua sombra parecer uma lança pelo coração dos representantes reunidos. Havia um toque gelado no vento agora. Os guardas agrianos estavam visivelmente ansiosos, e Clay lembrou de repente o que Matrick dissera mais cedo sobre as almas penadas que surgiam na ilha depois de escurecer.

— Quantos cada um de vocês poderia mandar? Cinco mil? Dez? Mesmo assim, não seria suficiente.

Isso pode ser verdade, pensou Clay. A Horda de Heartwyld podia não ter a coesão de um exército profissional, mas diziam que era formada por cem mil integrantes. Quando as forças de Grandual chegassem à Terra Final, estariam cansadas, maltratadas pela caminhada de meses pela floresta, passando pelas montanhas. Eles estariam em menor número também, e provavelmente seriam derrotados. Soldados comuns, até os brutos guerreiros de Kaskar, não eram como mercenários. Os mercenários passavam a carreira toda caçando e matando monstros. A vida de um soldado, sobretudo depois de as cortes estarem em paz havia décadas, consistia em marchar, montar guarda, dormir e jogar dados ou cartas de vez em quanto com outros soldados que não estivessem ocupados marchando, montando guarda ou dormindo.

Um guarda de corte podia saber qual era a ponta afiada da espada e talvez até houvesse alguns lutadores habilidosos entre eles, mas não deviam saber que o olhar de uma cocatriz podia transformar carne em pedra, ou que os bugbears, por qualquer que fosse o motivo, não podiam ver a cor amarela. Conhecimento desse tipo tinha que ser explorado nas batalhas. Podia salvar a sua vida. Não, refletiu Clay, jogar tropas comuns contra uma Horda de Heartwyld tinha boa chance de resultar em desastre, como aconteceu com a República.

O conselho sabia disso, e Lastleaf também.

— Tantas vidas preciosas — disse ele alegremente — vão sumir como fumaça. Quem dentre vocês pode se dar ao luxo de perder tantos soldados?

— Isso tem gosto de água do mar — disse Etna Doshi —, mas o "Duque" aqui tem razão. Castia pode ser longe, mas é bem mais longe de Aldea. É provável que a minha rainha não veja sentido em enviar tantos para o oeste com pouca ou nenhuma chance de voltar.

Clay viu Gabriel se encolher como se tivesse levado um golpe.

Matrick, as mãos fechadas em punhos, se virou na direção dela.

— Não podemos simplesmente deixar todas aquelas pessoas morrerem!

— Claro que podemos — disse Lilith. — Seja prático, Matrick.

— Estou com o rei nisso — disse Maladan Pike. — Muitos bons mercenários foram para o oeste. Não quero abandoná-los. Além do mais, qualquer um dos meus guerreiros vale dez dos malditos goblins. Cem, até. Eu apostaria meu cavalo nisso.

No ritmo em que o sujeito apostava cavalos, Clay estava surpreso de o Primeiro Escudo ter encontrado qualquer montaria que o levasse a Lindmoor.

O Grande Han balançou a cabeça para Matrick.

— Dói como um pau de cavalo dizer isso, mas estou do lado do Velho Rei Matrick também. Se Agria for para o oeste, Cartea vai junto.

Lastleaf se virou para Maladan Pike, uma expressão de desprezo repuxando sua boca.

— E quem vai ficar para defender o norte se yethiks surgirem com tudo de suas cavernas de inverno? — O Primeiro Escudo fez cara feia e se empertigou para expressar uma resposta irritada, mas o druin se virou para Doshi primeiro. — Quem vai restar para proteger a costa se invasores saigs surgirem nas margens aos milhares? Quem vai impedir as serpentes de pilharem seus oásis e interromperem os negócios com o norte? — perguntou ele aos ministros narmeerianos, que começaram a murmurar uns com os outros por trás de mãos erguidas adornadas por anéis.

Não são possibilidades, pensou Clay, *são ameaças*. Seu olhar percorreu os representantes reunidos, que estavam revirando as mãos e murmurando com preocupação.

Lastleaf disse para Matrick:

— Suas fronteiras são atormentadas por centauros, não? Eles não roubam crianças, não matam fazendeiros aqui e ali? Vamos esperar que eles fiquem mais ousados quando seus soldados estiverem longe, no oeste. Pode ser que comecem a aniquilar vilarejos inteiros, a colocar cidades inteiras em estacas. — Ele finalmente voltou o olhar para Grande Han.

— Ah, vai se foder — disse o carteano. — Já entendi. Se o atacarmos, você nos ataca. Vejo as nuvens sem precisar me dizer que tem uma tempestade a caminho.

— E se o deixarmos em paz? — perguntou Lilith, não mais satisfeita de usar Matrick como instrumento de comunicação. — Se ignorarmos a República e abandonarmos Castia?

Outro sorriso de Lastleaf, outonal agora, todo luz, mas sem calor.

Ele tem o que veio buscar aqui, pensou Clay. *Submissão. Rendição.*

— A distante República se tornará o Ducado da Terra Final — explicou o druin quase com alegria. — E talvez um dia se torne aliado das cortes de Grandual…

— Você não pode estar falando sério!

Todos os olhares se voltaram para Gabriel, mas nenhum mais rápido do que o de Lastleaf, cujo semblante foi inundado por um reconhecimento rancoroso.

— *Você!* — sussurrou ele, as orelhas tremendo de raiva, a máscara de civilidade destruída em um instante. Não tentou desembainhar a espada, ainda não, mas Clay não precisava da presciência de um druin para ver a violência surgindo em breve.

Mesmo assim, o que aconteceu o surpreendeu.

Sentindo a oportunidade, Grande Han disparou, o sabre exposto ensanguentado pelo sol poente. Lastleaf, o olhar grudado em Gabriel, só viu o carteano chegando quando era tarde demais, e mesmo então mal tinha começado a se virar quando a espada de Han desceu…

Uma coisa escura eclipsou o sol; um som como o céu rasgando partiu o crepúsculo.

A espada de Han saiu voando, passando a centímetros de Lastleaf, e os pés de Obolon se balançaram loucamente quando o maxilar do wyvern se fechou na cabeça dele. Por um momento, Clay ouviu os gritos do carteano ecoando pela garganta do monstro, até que, com um estalo molhado, o tronco de Obolon se soltou das pernas. O wyvern abriu as asas e inclinou a cabeça para trás. Clay poderia jurar que viu a garganta dele inchar quando o homem (ou pelo menos metade dele) desceu pela goela.

Houve uma gritaria, o ruído do pânico generalizado, dentre os representantes reunidos, mas ninguém se mexeu. Até a Guarda dos Corvos de Han pareceu grudada no chão, com medo de puxar os arcos para o wyvern não ir para cima deles.

Lastleaf estava caído de costas, aparentemente atordoado, provavelmente lutando com o fato de que todos os seus planos cuidadosos pareceram frágeis como a teia de uma aranha ao capricho do vento por um momento. Suas orelhas compridas estavam inertes. Ele tirou o cabelo ruivo-dourado dos olhos enquanto se levantava, esticou a mão e pegou a espada da bainha superior. A lâmina parecia feita de pedra curtida pelo sol, coberta de rachaduras incandescentes. O ar ao redor dela ondulava com o calor.

Mas agora quase todo mundo da colina tinha se recuperado do choque da morte de Obolon. O druin lançou um rosnado para Gabriel e se virou, o casaco rodopiando em volta dos joelhos, e passou por baixo da asa esticada do wyvern.

Ele gritou "*Ashatan!*", e a criatura parou, para que Lastleaf pudesse se segurar em um espinho e subir nas costas dela.

As pernas poderosas do wyvern o impulsionaram para cima. As asas bateram no ar e ele subiu para longe do alcance dos arcos, e Clay sentiu o fedor dele nas narinas, um odor de carniça apodrecendo na água parada.

Enquanto isso, a ilha se dissolveu em um pandemônio. Os guerreiros de Pike estavam brigando com vários piratas de Doshi. Os homens de Han se espalharam e correram na direção dos cavalos, que berravam. Os kaskares da Sultana levaram a liteira para longe; as velas castigadas pela tempestade do navio voador estalaram, e os motores das marés ganharam vida. As bestas nas amuradas foram apontadas para o céu cada vez mais escuro.

Clay olhou para os amigos.

— Nós devíamos... o quê? — perguntou ele. — Moog, o que foi?

O olhar de Gabe ainda estava voltado para o céu, mas o mago estava olhando para baixo da colina. Clay seguiu o olhar e de primeira não soube o que o amigo estava vendo. Luzes como velas azul-

-esbranquiçadas tremeluziam em todo Lindmoor, se transformando na forma de...

Homens. Ou fantasmas. Havia centenas, e outras centenas ganhando vida nos beirais obscurecidos ao leste.

Clay decidiu que agora era uma boa hora para concluir o pensamento anterior.

— A gente devia sair daqui — disse ele.

— Matrick! — gritou Lilith, se agarrando com força ao braço do guarda-costas.

O rei, em uma tentativa vã de manter a paz, tinha entrado entre um kaskar com o dobro da sua altura e uma phantran com lágrimas em forma de âncora tatuadas na bochecha.

— Sim, querida? — perguntou ele antes de ver as almas penadas brilhando no brejo abaixo. — Ah.

Ele conseguiu se desvencilhar de onde estava e ordenou aos guardas para escoltá-los rapidamente ao rio. Quando o grupo desceu pela encosta sul, Matrick foi junto dos companheiros.

— Posso estar falando uma merda até a alma aqui, mas eu diria que o Conselho foi um fracasso do caralho.

— Já que você mencionou almas... — Clay lançou um olhar cauteloso para as figuras iridescentes passando por eles de ambos os lados, indo para a ilha. — Devemos nos preocupar?

— Nada. — Matrick balançou a mão. — Eles não vão nos fazer mal. Provavelmente. Com sorte. — Ele assobiou para o capitão da guarda. — Vamos acelerar um pouco, certo?

Quando Lilith teve uma vertigem, tomada de exaustão, Lokan a pegou galantemente nos braços. Quando Matrick, ofegante, tropeçou nos próprios pés cansados, Clay e Gabriel o apoiaram entre os dois.

— Moog — sussurrou o rei —, me faz um favor?

— O que você quiser — disse o mago, chegando perto.

— Me mata. Hoje.

CAPÍTULO CATORZE

ADEUS AO REI

Matrick foi encontrado morto na manhã seguinte. Dois médicos foram chamados ao local. O primeiro declarou que o rei enchera a cara até morrer, enquanto o segundo insistia que tinha sido envenenado. Pouco depois de um café da manhã preparado pelos cozinheiros pessoais de Lilith, o segundo médico passou mal e morreu. O primeiro médico descartou sabiamente a morte do colega como um mistério total e absoluto.

Clay e os outros tiveram permissão de ficar no palácio, mas ficou claro que a hospitalidade da rainha só valeria até o enterro de Matrick. Lilith parecia ansiosa para executar o funeral, e, na manhã seguinte, todos se juntaram à procissão real que seguiu em silêncio pelas ruas quase vazias de Brycliffe.

Uma padeira bateu palmas com as mãos sujas de farinha diante da procissão, e dois mímicos pararam o ensaio para vê-la. Um deles tinha tingido o cabelo de laranja e colocado um par de orelhas que deviam ser imitação do druin, mas eram obviamente parte de uma fantasia de coelho. O outro estava coberto com um lençol preto e tinha asas bambas presas aos braços.

— Achei que teria mais gente — murmurou Gabriel. — Tinha ouvido falar que ele era um bom rei.

— Lilith não contou ao povo — disse Moog. — Ouvi falar que ela trancou os criados à noite e ameaçou matá-los se a notícia da morte do rei se espalhasse.

— Por quê? — perguntou Clay.

— Ela disse que a multidão nos deixaria lentos e que as pessoas jogariam flores e que era difícil limpar flores das pedras do chão.

— É sério isso? — Clay olhou por cima do ombro para a rainha, sentada alta e majestosa no cavalo e rindo de algo que Lokan disse. — Deuses, Matty sabe escolher bem, hein?

Eles passaram por uma poterna e seguiram uma trilha sinuosa e acidentada pela floresta íngreme atrás do Castelo de Brycliffe. Finalmente, a procissão contornou a margem de pedra do rio até chegar a um trecho de areia da praia. O primeiro sinal para Clay de que o plano não tão elaborado de Moog de fingir a morte de Matrick e o desenterrar depois talvez não fosse uma ideia tão boa foi quando a marcha sombria parou em um píer e não em um cemitério, como era de se esperar.

Um pequeno grupo de nobres esperava na margem, e Clay se aproximou de um deles.

— Não há… uma tumba real ou algo assim? — perguntou ele.

O homem, que estava segurando um lenço branco impecável, mas parecia relutante em sujá-lo limpando o nariz úmido, assentiu.

— Há, sim, nas catacumbas abaixo do castelo. Mas Sua Graça anda fascinada por todas as coisas… — ele deu uma olhada em Lokan — … hã, do norte.

— E como enterram os reis no norte?

O nobre olhou na direção do rio.

— Acho que não enterram.

Um barco lindamente esculpido foi carregado até a margem por doze homens fortes. O corpo de Matrick foi colocado lá dentro, parecendo morto por causa de uma poção que Moog tinha preparado na cozinha do palácio depois do Conselho. A pele dele estava branca como osso, um efeito colateral perfeitamente natural de uma coisa chamada raiz sombria, garantiu o mago. O pouco cabelo tinha sido coberto de óleo e penteado para trás. As roupas estavam imaculadas e ele estava coberto de tanto ouro (anéis, correntes, braceletes e uma coroa grande e espalhafatosa encrustada de pedras preciosas) que Clay temia que o barco fosse afundar assim que fosse colocado na água. *Roxy* e *Grace*, suas amadas adagas, estavam cruzadas sobre seu peito.

Uma coroa de urtiga vermelha foi colocada na testa de Matrick como oferenda ao Filho do Outono. Sem ela (era o que os sacerdotes de Vail alegavam), o Pagão levaria a alma do rei para a Mãe do Gelo e a condenaria à eternidade nos salões gelados do inferno.

Os filhos reais estavam vestidos de preto, sua dor tão variada quanto sua paternidade. Os gêmeos choraram (Clay começava a suspeitar que era o estado emocional natural deles) enquanto Lillian ficava parada de braços cruzados, encarando com aqueles olhos azuis ferozes qualquer um que tentasse consolá-la. O rosto redondo de Kerrick estava uma confusão de lágrimas e catarro escorrendo. Sempre que achava que ninguém estava olhando, ele pegava um punhado do que Clay esperava que fossem passas no bolso e enfiava na boca. Só o mais velho, Danigan, permanecia composto. Ele parecia até *entediado* enquanto o sacerdote falava, elogiando os feitos de Matrick não apenas como rei, mas como pai dedicado e marido apaixonado e amado.

Lilith, por sua vez, bancou o papel de viúva de luto tão bem que Clay quase esperou que as pessoas começassem a jogar rosas aos pés dela enquanto a rainha recebia os cumprimentos. A atuação só era traída pela forma como se agarrava ao braço de Lokan, como se estivesse boiando no mar e ele fosse o último destroço de um navio naufragado.

O kaskar de ombros largos encontrara uma armadura preta decorada para a ocasião e estava com uma expressão de austeridade severa que parecia um tanto fraudulenta no rosto de alguém tão jovem.

Ele é burro a ponto de acreditar que ela vai torná-lo rei? Clay quase tinha pena do garoto se ele pensava assim. Lilith não ia querer outro marido da mesma forma que não ia querer uma abóbora podre no lugar da cabeça. Era provável que tivesse pensado ao se casar com Matrick que ele viveria em um estupor alcoólico e deixaria o governo nas mãos dela. Mas ele assumiu a função e se tornou, segundo todos os relatos, um rei competente e compassivo. Agora, Lilith governaria sozinha, sem a necessidade de manter seus desejos vorazes controlados.

Mais uma vez, Clay tinha passado tempo demais no labirinto da própria cabeça. Ele encontrou a saída a tempo de ouvir o padre invocar a metade mais gentil do Quarteto Sagrado, entregando a alma de Matrick ao eterno cuidado do Senhor do Verão e à assistência da Donzela da Primavera. Matty, se não tivesse participado ativamente do fingimento da própria morte, sem dúvida teria feito uma piada naquele exato momento. Por fim, o barco foi empurrado para longe da margem, onde a corrente acelerada o levou para o leste.

— Isso é ótimo — disse Moog, se inclinando. — É até melhor. Não vamos nem precisar cavar. Só temos que seguir o rio e pegar ele depois. Vocês viram todo aquele ouro que botaram nele? Vamos ficar ricos!

Gabriel não pareceu tão confiante.

— Não faz sentido — disse ele. — O que vai impedir outras pessoas de fazerem o mesmo? Pode haver ladrões rio abaixo esperando para pilhar o barco do rei. Por que… — Ele parou de falar. — Ah.

Clay seguiu o olhar dele e viu Lokan segurando um arco. O nortista já estava com uma flecha presa e encostava a ponta suja de piche perto da chama de um pequeno braseiro.

Aparentemente, os kaskares não só colocavam os reis mortos para flutuarem em paz rio abaixo. Eles também botavam fogo no barco.

De repente, todos os olhares estavam nele, e Clay percebeu que tinha acabado de gritar "NÃO!" com todo o fôlego.

Dá seu jeito, Cooper, a mente dele reagiu. *E rápido. Todo mundo está olhando para você.*

— Não! — repetiu. Ele deu um passo à frente, ainda sem saber o que dizer ou fazer, e se viu esticando as mãos para o arco nas mãos de Lokan. — Me deixa fazer isso. Ele era meu amigo. Gostaria de enviá-lo aos deuses. Por favor — acrescentou enquanto o nortista olhava para a rainha em busca de confirmação. Lilith pareceu em dúvida por um momento, mas assentiu, e Lokan entregou a arma como uma criança obrigada pela mãe a compartilhar o brinquedo novo com o irmãozinho.

Clay pegou o arco, botando de propósito a ponta flamejante da flecha na cara de Lokan quando se virou para o rio. O barco estava a pouco mais de cem metros de distância, um disparo que até alguém que nunca tinha usado um arco na vida podia fazer com mira cuidadosa e um pouco de sorte.

Ele puxou a corda. Disparou. E errou feio.

Clay ouviu alguns grunhidos atrás de si, além de algumas risadinhas.

— Desculpem — disse, sem graça. — A dor deve estar me cegando. Deixe-me tentar de novo.

O kaskar entregou outra flecha, e Clay não se apressou para acender a ponta. Por fim, mirou, e desta vez errou por uma margem bem menor.

— Maldito vento! — murmurou ele, fazendo sinal para Lokan lhe passar a terceira flecha. O nortista olhou para ele em dúvida, provavelmente porque não havia nenhuma brisa perceptível.

O terceiro disparo quase acertou o barco, que estava chegando perto de uma curva no rio que o tiraria de vista. Já estava coberto por uma nuvem de neblina branca que vinha da distante linha das árvores.

A rainha suspirou.

— Lokan, você pode mostrar a esse idiota como se coloca fogo no corpo do meu querido falecido marido?

O sorriso bajulador do nortista voltou.

— Claro, minha rainha.

— Vossa Alteza… — Clay começou a protestar, mas Lilith o interrompeu.

— Chega. Você já transformou esse ritual sagrado em deboche. Sorte nossa que Lokan é mestre no arco e flecha… e em várias outras coisas também — acrescentou ela com timidez fingida.

Clay precisou se segurar para não revirar os olhos ao ouvir a insinuação. Ele entregou o arco, deu um passo para trás e esperou o nortista colocar outra flecha no arco e a acendê-la.

O filho da mãe arrogante está transformando isso em uma exibição, percebeu Clay. Ele viu Gabriel se mover com nervosismo por perto.

Lokan firmou os pés e olhou para o barco do rei, agora quase invisível por causa da neblina. Por mais difícil que o disparo fosse de tão longe, Clay não duvidava que o campeão da rainha fosse capaz de fazê-lo e, por isso, esperou que o sujeito tivesse puxado totalmente a corda para dizer, tão baixo que só o nortista pudesse ouvir:

— Já escolheu um nome para o seu filho?

— O quê!? — A corda estalou. A flecha voou para trás e girou perigosamente na multidão. Enquanto as pessoas corriam para longe do disparo errante, Lokan se virou para Clay. Seu rosto foi de rosa a vermelho a roxo, com a cor da raiva ou da vergonha, mas provavelmente da raiva mesmo.

— Sempre achei que "Orag" soava nobre. É um bom nome do *norte*, sabe.

Lokan estava furioso, claro, mas quando o jovem deu um passo na direção dele, Clay o encarou.

— *Tenta, porra* — disse ele, a voz baixa e fria como as montanhas cobertas de gelo. O kaskar parou na hora.

A reunião estava em silêncio de novo, e, depois de alguns momentos, Lokan piscou, como se libertado de um feitiço.

— Minha rainha, me desculpe. Eu... — Seu olhar se desviou para a multidão, para Clay e de volta para Lilith. Ele inclinou a cabeça. — Falhei.

— Não importa — disse Lilith casualmente. Ela se empertigou e puxou o xale sobre os ombros brancos e magros. — O fogo é apenas uma formalidade, afinal. É bom que a alma do meu marido tenha partido, pois o corpo será destruído no Dentes de Adragos.

— Dentes de quem? — perguntou Moog.

Naquele momento, Clay se deu conta de que a neblina no rio não era neblina. Era umidade. Uma coisa bem diferente.

No final, estar morto foi o que salvou a vida de Matrick.

Ele foi encontrado no crepúsculo, sentado em uma pedra perto da base da cachoeira. Havia um corte feio na metade esquerda do rosto dele que decepara o lóbulo de uma orelha, e ele estava coberto da cabeça aos pés de hematomas. O olho acima do ferimento estava inchado e fechou por completo quando Matrick viu os companheiros e sorriu.

— Louvada seja Glif! Estou livre! — gritou ele, a voz quase perdida no rugido da queda-d'água.

Os outros olhavam para a cachoeira enorme, pelo visto conhecida como Dentes de Adragos, provavelmente por causa das torres de pedras pretas afiadas que se projetavam do lago abaixo.

— Como...? — Moog pareceu incapaz de terminar a pergunta, então Gabriel fez por ele.

— Como você sobreviveu?

O autoexilado rei de Agria deu de ombros.

— Sei lá — disse ele. — Acordei um pouco antes de cair, mas o efeito da droga, aquela raiz sombria, ou seja lá qual for o nome, não tinha passado completamente. Não consegui me mexer, ao menos não antes de levar algumas porradas na queda, o que me despertou o suficiente pra que eu nadasse até a margem quando acabou. Mesmo assim, acho que o fato de estar inerte foi o que me impediu de ser esmigalhado. Bom, *mais* esmigalhado do que isso. Pelo menos, consegui manter essas moças em segurança. — Ele bateu no par de adagas ao seu lado na pedra.

O mago foi até a beirada e olhou para a água agitada.

— O barco? O tesouro?

— Tudo perdido, infelizmente. Exceto o que está em mim. — Matrick mostrou as mãos, brilhando com anéis de ouro. Ele ainda estava com vários colares também, mas a coroa tinha sumido. Ainda assim, tinham saído do castelo com alimentos, e o que restara em Matrick podia ser penhorado por mais do que o suficiente para que eles se alimentassem pelo tempo que os deuses achassem que deviam ficar vivos.

— Sortudo — disse Gabriel.

Clay olhou para ele de lado.

— Não sei se essa palavra significa o que acha que significa.

— Acho que deveríamos seguir em frente — declarou Moog. — Pode ter gente procurando alguma coisa do tesouro. Ou Lilith pode ter um golpe de esperteza e mandar alguém nos procurar.

— Verdade — concordou Clay. Ele coçou a barba e olhou para Gabriel. — Tem certeza sobre Fivecourt?

— O que tem Fivecourt? — perguntou Matrick. Ele esticou mãos hesitantes para a orelha ferida e fez uma careta de dor.

— *Ganelon* — disseram Clay e Gabriel ao mesmo tempo.

O rei franziu a testa para os dedos ensanguentados.

— É mesmo? Mas Fivecourt é um pouco para trás…

— Mesmo assim — disse Gabriel, olhando para Clay. — Precisamos dele. Se vamos atravessar Heartwyld. Se quisermos ter esperanças de tirar Rose de Castia. Ele é…

— Ele é Ganelon — disse Clay. — Eu sei. E sei que precisamos dele. É que… acho que ele não vai ficar tão feliz de nos ver.

— É, mas… temos que tentar.

Clay expirou.

— Tudo bem. Vamos para Fivecourt.

— Podemos seguir o rio até lá — sugeriu Matrick. — Quatro, talvez cinco dias pela floresta? Não é tão rápido quanto pela estrada, mas a gente precisa ser discreto, né? Se alguém nos vir e Lilith descobrir que ainda estou vivo, vai querer a minha cabeça em uma bandeja. As nossas cabeças, na verdade.

— E é provável que Kallorek saiba para onde estamos indo — acrescentou Gabriel. — Ele vai ter homens na estrada, eu acho.

Fantástico, refletiu Clay. *Uma rainha ressentida* e *um agente vingativo para ficarmos de olho. Como se entrar em uma floresta infestada de monstros no caminho até uma cidade indefesa e cercada já não fosse problema suficiente. Quem quiser nos matar vai ter que esperar e deixar que a gente se mate antes.*

Eles partiram para leste. Gabriel na frente, com Moog e Matrick conversando animadamente atrás, e Clay na retaguarda, ainda perdido em pensamentos.

Ah, mas veja o lado bom, Cooper: você tem amigos ao seu lado, comida para comer e ouro para gastar.

Ele não sabia naquele momento que até o meio-dia do dia seguinte, ele perderia duas dessas três coisas.

CAPÍTULO QUINZE

CAFÉ DA MANHÃ COM ASSALTO

Eles pararam para descansar pouco depois do nascer do sol. Matrick se ofereceu para vigiar enquanto os outros tiravam uma ou duas horas de sono, e Clay recostou no cadáver coberto de musgo de uma árvore caída e apagou em minutos.

Sonhou que estava em casa, e o local se encontrava lotado de sapos de todos os formatos e tamanhos enquanto Tally tirava mais e mais espécimes dos bolsos. Em seguida, estava nadando na tal piscina do Kallorek, quando, de repente, uma das paredes azulejadas caiu e ele sumiu pela beirada no vazio negro. Finalmente, Clay sonhou com Jain, a ladra da estrada para Conthas. Ele a viu parada na frente dele com aquelas roupas bobas de retalhos, um arco nas mãos e um sorriso enorme na cara suja.

— Bom dia, Mão Lenta.

Ele piscou. Era possível piscar em sonhos?

— Bom dia, cara! — Jain o chutou delicadamente, e ele viu uma das meias tricotadas da esposa aparecendo acima da bota.

A voz dele saiu rouca.

— Não estou sonhando.

A salteadora riu.

— Claro que não. Senão eu não estaria usando tantas roupas agora, estaria?

Clay se empertigou e olhou ao redor. A gangue de Jain, as Flechas de Seda, estavam espalhadas pelo acampamento. Todas armadas, mas nenhuma parecia ameaçadora. Na verdade, parecia que estavam ali por um tempo antes de Clay enfim acordar. Elas já tinham retirado os bens de valor que Matrick conseguira salvar do funeral, enfiando anéis em dedos já cheios de anéis e acrescentando colares de ouro e prata aos numerosos lenços e cachecóis em volta do pescoço. Algumas estavam sentadas com Moog enquanto o mago as deleitava com uma história que exigia que ele balançasse os braços como um par de asas. A plateia ria e aplaudia, e Moog, com alma de exibicionista, caprichou ainda mais, o que gerou outra rodada de gargalhadas da plateia.

Ele viu Gabriel sentado perto de uma fogueira pequena, comendo ovos direto da frigideira. Quando percebeu que Clay estava acordado, ele engoliu e botou o garfo de lado.

— Estamos sendo roubados — disse ele tranquilamente.

— É claro. — Clay esfregou os olhos para enxergar melhor. Olhou para Matrick, que estava encostado com cara emburrada em uma árvore próxima. — Você não devia estar de olho?

— E estava — disse Matty. — Eu *vi* quando elas apareceram do nada com arcos.

Clay franziu a testa.

— Justo.

Jain o cutucou de novo com o pé.

— Vamos levantar, Mão Lenta. Tem ovos e bacon, talvez até algumas linguiças se os seus amigos já não tiverem comido tudo. Não é porque estamos pegando suas coisas que não podemos ser civilizadas. Tivemos muita sorte desde que os encontramos pela última vez. Mais do que vocês, pelo que ouvi falar.

E, de fato, a profusão de peças de roupa no corpo de Jain *realmente* parecia de mais qualidade do que quando ele a viu na semana anterior. Quando a mulher percebeu que ele estava olhando para as luvas pretas de seda, a bandida levantou a mão e puxou a manga até o cotovelo para exibi-la.

— Gostou? — perguntou. Jain tinha cortado as pontas do polegar e dos dois primeiros dedos, para poder puxar uma flecha sem perder o tato. Clay precisava admirar o pragmatismo dela, ainda que não seu senso estético. — Tirei de uma dama nobre a caminho do funeral do rei — disse ela, e beijou os dedos expostos e os levou ao coração. — Que o Senhor do Verão ilumine o caminho dele.

Ela não reconheceu Matrick, percebeu Clay. *Elas não sabem quem ele é.* Era melhor que continuasse assim, concluiu ele. Quando Lilith descobrisse o plano deles (e ela acabaria descobrindo uma hora ou outra, ele não tinha dúvida), a rainha iria atrás deles como um dragão que contou seu tesouro e descobriu que faltava uma moeda. O que queria dizer: rápido e com uma terrível ânsia por vingança.

Clay se levantou devagar. As costas doeram e os joelhos estalaram quando ele os esticou. Tomou o cuidado de não fazer nenhum movimento repentino que Jain ou uma das bandidas pudesse entender como agressão. Levar uma flechada no peito era a melhor forma de estragar um bom café da manhã, e, se ele ia ser roubado, era melhor comer o bacon oferecido.

Jain o levou até a fogueira, onde ele se acomodou ao lado de Gabe. Ela passou uma frigideira e um garfo rudimentar de madeira para ele antes de pegar uma para si e se agachar para comer. Os ovos estavam frios, mas havia uma fatia grossa de barriga de porco salgada e algumas linguiças gordas que ainda estavam quentes quando ele mordeu. De modo geral, foi uma boa refeição.

— Os pássaros dizem que tem uma recompensa por vocês dois — disse Jain, indicando Gabe e Clay.

Clay se imobilizou com a boca cheia. Olhou para Gabriel, torcendo para chamar a atenção do amigo, mas o líder do Saga olhava com determinação para a frigideira vazia.

Jain riu e balançou o garfo com descaso.

— Não precisa se mijar de medo, Mão Lenta. Não sou caçadora de recompensas. Há uma distância enorme entre um roubo ocasional e trocar a vida de um homem por umas porcarias de moedas. Ora, eu apostaria a Virtude da Donzela que tem alguém oferecendo um bom preço pela minha cabeça. — Ela soltou uma risada. — Ficaria insultada se não tivesse.

— Você acha que foi Lilith? — perguntou Matrick antes que Clay pudesse mandar que ele calasse aquela boca.

Jain franziu a testa.

— Você quer dizer a Rainha do Gelo de Agria? Por que ela...? — Jain inclinou a cabeça para Matrick. O rosto do rei ainda estava machucado por causa da queda. A batida embaixo do olho esquerdo tinha inchado até o tamanho de uma ameixa, deixando o olho fechado. Clay prendeu o ar, rezando para a ladina não identificar o antigo trapaceiro ferido, mas a luz da percepção surgiu no rosto dela, assim como o amanhecer de um novo dia. — Por um caralho salgado de Phantra, você é Matty Skulldrummer!

O rei sorriu com timidez.

— Eu era — disse ele.

Jain riu e bateu no joelho.

— Meu pai sempre disse que você era o filho da puta mais rápido com uma adaga que já existiu. Disse que você conseguia cortar um peru antes mesmo do bicho saber que tinha morrido!

— E comer também — disse Matrick, batendo na barriga volumosa.

Jain deu outra risada. Ela engoliu uma linguiça e lambeu a gordura dos dedos. Quando terminou, perguntou a Clay:

— O que é tudo isso, hein? Quando nos encontramos da última vez, achei que você e o Gabe já-não-tão-mais-Golden aqui eram dois velhos patetas indo dar umas trepadas em Conthas... mas aqui estão vocês: a caminho de Fivecourt, com o Mago Moog e Matty Skulldrummer junto. Seu feiticeiro está com umas flechas faltando na aljava — como se para provar o que ela estava dizendo, Moog pulava em círculos e grasnava como um pato —, mas por que um rei abençoado abandonaria a coroa para ficar escondido na floresta com vocês? A não ser que... — Ela fez uma pausa para engolir e um sorriso zombeteiro surgiu no canto da boca. — Não me digam que estão reunindo o bando.

— Nós estamos reunindo o bando — admitiu Clay. Deuses, parecia idiotice falar aquilo em voz alta.

A pergunta seguinte da ladra foi óbvia.

— Por que caralhos estão fazendo isso?

Clay soltou um suspiro. Trocou um olhar de dúvida com Gabriel, que assentiu de leve em resposta, então explicou por que estavam tentando juntar o Saga e o que pretendiam fazer em seguida.

Quando terminou, o resto das garotas de Jain tinha parado para ouvir. A própria Jain só ficou olhando para ele por um tempo, mastigando carne de porco salgada como uma vaca ruminando um naco de grama.

— Vocês são malucos pra cacete — disse ela por fim.

Quando o café da manhã acabou e a louça foi lavada no rio, Lady Jain e as Flechas de Seda terminaram de roubá-los. Matrick pôde ficar com as adagas, e Clay com o escudo, mas a espada que ele tinha conseguido tirar do arsenal do palácio foi confiscada. A bolsa encantada de Moog parecia vazia, mas deixaram que ele ficasse com ela. Todo mundo, exceto Clay e Gabe, deu boas risadas quando Gabriel tirou a mesma coleção de pedras da bolsa. Eles puderam ficar com a comida que levaram de Agria, felizmente, mas uma das garotas se encantou com as botas de couro de Matrick, o que deixou o homem que governava um reino apenas três dias antes só com um par de meias de lã nos pés. As Flechas de Seda deixaram isso, ao menos; afinal, não precisavam de meias.

— Escutem — disse Clay, chegando o mais perto que ousava de Jain e baixando a voz —, tivemos uma certa dificuldade para fingir a morte do Matty. Se Lilith descobrir que ele ainda está vivo…

— Não se preocupe, Mão Lenta — garantiu Jain. — Não vamos contar seu segredo. Eu e as minhas meninas não temos amor nenhum pela Rainha do Gelo de Agria, isso eu garanto. No que nos diz respeito, o Velho Rei Matrick está morto e enterrado. — Ela deu uma piscadela na direção de Matty. — Vida longa ao rei.

Matrick ofereceu uma reverência rígida em resposta.

Quando as garotas sumiram na floresta, Jain se virou para olhar para todos.

— Fiquem bem — disse ela, apoiando-se no arco sem corda. — Se os deuses quiserem, vamos nos encontrar de novo antes que cheguem a Heartwyld, mas, se não nos encontrarmos… — Ela apertou os olhos para Gabriel e sua expressão enrijeceu acima do sorriso de ladina. — Espero que ache sua menina. De verdade. Ela tem sorte de ter um pai como você. — Jain parecia que ia dizer mais alguma coisa, mas saiu andando e balançando a mão com luva de seda como despedida antes de sumir na floresta.

— Que garotas legais — declarou Matrick enquanto a via se afastar.

— São mesmo — concordou Gabe.

— Elas até fizeram café da manhã para a gente — disse Moog, e os outros dois assentiram.

E só sobrou Clay para declarar o óbvio:

— Vocês são uns loucos do caralho.

Por volta do meio-dia do dia seguinte, Gabriel pediu para ver a bola de cristal de Moog. Clay estava se perguntando por que o amigo ainda não tinha feito isso, o que não tornava a situação menos perturbadora agora que enfim estava acontecendo. Pelo menos Moog fez um trabalho admirável em desviar da questão.

— O quê? Ah, aquela coisa velha? Para quê?

— Você sabe para quê — disse Gabriel.

Eles tinham parado para descansar um pouco e cada um comeu uma porção de frutas silvestres e cogumelos que o mago colhera conforme caminhavam. Matrick, prevendo a situação constrangedora, foi se aliviar na floresta.

— Provavelmente nem vai funcionar. A porcaria já caiu no chão tantas vezes. É tão confiável quanto um bibliotecário bárbaro! — Moog gargalhou, mas, como ninguém mais riu, pareceu genuinamente chocado. — Sério? Porque os bárbaros… ah, deixa para lá.

Gabriel abriu aquele sorriso triste dele para o mago.

— Mesmo assim.

— Tudo bem. Tá. Quando chegarmos a Fivecourt, vou dar uma olhada. Está bom? Ou talvez a gente possa encontrar um adivinho de verdade que…

— Agora. Por favor.

Moog puxou a barba com nervosismo. Olhou como se pedisse ajuda para Clay, que deu uma boa olhada em um nó fascinante no tronco de uma árvore ao seu lado. Por fim, o mago cedeu. Com um suspiro, remexeu na bolsa sem fundo até encontrar o que Gabriel pedira.

— Ela está muito, muito longe — avisou Moog quando entregou a bola de cristal. — Pode ser que não consiga ver tão longe, ou com muita clareza, mesmo que funcione.

Gabriel se sentou de pernas cruzadas na terra barrenta, aninhando a bola de cristal no colo. Moog se sentou na frente dele. Clay permaneceu onde estava, sem saber se queria ver o que quer que a esfera de vidro revelasse.

— O que eu faço agora? — perguntou Gabe. — Digo o nome dela? Chamo de alguma forma?

— Você não precisa dizer nada. Ela não pode ouvir. Você só... conjura ela na mente. Forma uma imagem dela na cabeça e a segura lá pelo tempo que precisar.

Gabriel fez o que Moog mandou. Ficou olhando para o colo, mordendo o lábio inferior com ansiedade. A neblina violenta dentro da bola foi tão repentina que os três levaram um susto.

— Concentre-se — disse Moog. — Quando estiver com ela em mente, tente fazer cada detalhe ficar o mais vívido possível.

A fumaça dentro da esfera continuou a rodopiar, de vez em quando sumindo o suficiente para Clay conseguir enxergar um pequeno detalhe, como a curvatura de uma orelha ou o arco de uma sobrancelha, mas logo se perdia na agitação do vapor roxo. Então, a fumaça começou a sumir, e eles viram um oceano negro enorme agitado sob um céu cinzento.

Não é um oceano, percebeu Clay. *É a floresta negra. Heartwyld.*

O mar de madeira ressecada não terminava, e Clay tremeu de pensar nas coisas horrendas que se esgueiravam por baixo daqueles galhos retorcidos. Então, as árvores deram vez a contrafortes de pedra; depois, uma muralha de montanhas imponentes, o Manto do Imperador, surgiu como as ameias de uma fortaleza medonha e coberta de neve. Estavam protegidas pelo gelo e tinham seus interiores infestados de monstruosidades que se desenvolviam nos lugares mais profundos e escuros do mundo. Clay teve um vislumbre de uma coisa voando no meio dos picos envoltos em neblina. Com o pescoço comprido e asas de couro, mergulhou atrás de uma ribanceira e sumiu.

Um estalo alto afastou seu olhar da esfera. Matrick tinha voltado e estava parado atrás de Gabriel, que estava atento demais à esfera para reparar.

Além das montanhas havia uma planície de grama amarela, marcada aqui e ali por estradas de pedra e pequenas aldeias. Terra Final. A visão de Gabe percorreu o curso de um rio espumante. Viram um bando de cavalos selvagens na água e, depois de alguns segundos, a imagem da esfera parou em um vilarejo que dividia o rio.

Havia algo errado. Demorou um momento para que a mente de Clay pudesse entender o que estava vendo. Havia cadáveres na água. *Milhares* deles. Um monte tão grande de corpos inchados que ameaçava represar o rio. Ele viu membros pálidos e feridas vermelhas sangrando, rostos de olhos brancos congelados em horror, dor e loucura.

— Estão poluindo a água — disse Gabriel. — Envenenando a cidade com os próprios mortos.

— Foco! — exclamou Moog quando uma neblina roxa começou a ocupar a cena. — Continue.

A visão continuou lentamente, mas a atenção de Gabriel parecia grudada no rio abaixo, obstruído por um atoleiro oleoso de gosma e sangue. Depois de algum tempo, conseguiu tirar os olhos da água suja, e Clay, que dera alguns passos para perto da esfera sem nem perceber que estava se movendo, sentiu a respiração entalar e o coração congelar.

Castia era uma cidade imponente, ou era o que tinham contado a ele. Era o posto mais distante de civilização humana, testemunho do espírito indomável dos que construíram a cidade dos sonhos em um lugar além dos pesadelos. Mas Clay não conseguia vê-la. Ou melhor, não conseguia *se obrigar a afastar o olhar* do que estava ao redor, de todos os lados, até o limite de todos os horizontes.

Ele já tinha visto alguns exércitos na vida. Tinha visto várias milícias recrutadas e multidões demais (furiosas ou não) para contar. Tinha visto como era um grupo de cem mil, quando todos os bandos de Grandual se reuniram para a Feira da Guerra nas ruínas de Kaladar. Mas nunca tinha visto uma Horda antes. Sua mente girou com a imagem. A boca ficou seca. A esperança que ele tinha de levar Rose para casa em segurança fechou as janelas, soprou todas as velas e se encolheu embaixo da cama.

Gabriel gritou como se tivesse levado um golpe. A imagem na esfera se apagou, e por um bom tempo ninguém se moveu. Matrick ficou grudado onde estava. Moog cobriu a boca com as mãos. Ele olhava para Gabe como se esperasse que o amigo explodisse na frente dos seus olhos.

E foi exatamente isso que aconteceu.

Gabriel pegou a bola de cristal e correu na direção de um amontoado de pedras expostas.

— Gabe, espera! — Moog esticou a mão, mas não o impediu. O mago sabia que não podia.

Com um som que foi em parte urro angustiado e em parte grito de guerra de gelar o sangue, Gabriel ergueu a esfera acima da cabeça e bateu com ela violentamente na pedra. *Tilintou* como um talher batendo no vidro. Repetidamente, Gabriel bateu a esfera na pedra implacável, até que Clay a ouviu rachar. A cada golpe, o som ficava mais alto, até ele temer que a bola se estilhaçasse e que a magia que havia dentro fosse sair e, bom, ele não tinha ideia do que esperar, na verdade.

Mas agora Gabriel estava de pé, correndo colina abaixo entre as árvores, rugindo como um berserker kaskar na direção do rio. Uma trilha de fumaça roxa ondulava atrás dele, saindo da esfera quebrada. Quando chegou à margem, jogou a bola de cristal na água, que desapareceu com um *splash*, e, com a fúria esgotada, caiu de joelhos e chorou.

Moog estava à beira das lágrimas.

— Sinto muito — disse ele para ninguém especificamente. — Eu achava que, se ele pudesse vê-la, talvez se animasse. Ou que, se nada acontecesse… bom, pelo menos saberíamos.

— Então ela está lá, em Castia? — perguntou Clay. — Está viva?

O mago piscou.

— Bom, sim, está viva, senão não teríamos visto nada. Mas… — Ele não terminou. Não precisava. Rose estava viva, mas tão viva quanto um inseto preso em uma teia enquanto uma legião incontável de aranhas se aproximava.

Mas você já sabia disso, não sabia?, perguntou-se Clay. *E Gabriel também.* O que eles viram na esfera não mudava nada. Ir para Castia era uma ideia de merda, mas não mais agora do que tinha sido uma semana antes.

Clay botou a mochila meio vazia no ombro e chamou o amigo.

— Ei, Gabe, os garotos e eu vamos lá salvar a sua filha. Se estiver a fim de fazer isso em vez de ficar chorando na beira do rio, a gente vai adorar a sua companhia. — Depois de dizer isso, ele se virou e saiu andando para o leste sem se dar ao trabalho de olhar se os outros estavam indo atrás.

Mas estavam, ele sabia. Claro que estavam.

CAPÍTULO DEZESSEIS

COBRAS E LEÕES

Gabriel ficou bem para trás por várias horas depois do ocorrido com a bola de cristal, e, pouco antes de anoitecer, eles o perderam completamente. Clay pediu que os outros parassem e descansassem enquanto refazia o caminho. Encontrou Gabe encolhido no meio das raízes emaranhadas de um bordo caído, tremendo e chorando com as mãos no rosto.

— Ela está morta — gemeu. — Ela está morta, Clay. Ela está morta.

— Não — disse Clay, transmitindo uma certeza na voz que não sentia. Ele se agachou e usou uma das mãos para se firmar quando os joelhos protestaram. Tinha chovido de leve durante a manhã, e as folhas molhadas grudaram nos dedos dele. — Moog disse que está viva, senão não teríamos visto… — Sua mente evitou a lembrança do que a esfera tinha mostrado. — Ela está viva, Gabe. Sua filha está viva.

Gabriel olhou para cima, os olhos vermelhos.

— Mas você *viu* — disse ele. Havia um tom de acusação na voz, como se o amigo se ressentisse do otimismo persistente de Clay. — Você viu. Todo mundo naquela cidade está morto. É só uma questão de tempo. Mesmo se as cortes enviarem um exército, coisa que não vão fazer, seria tarde demais.

— E é por isso que temos que seguir em frente — disse Clay.

Seu amigo começou a assentir, mas o rosto se fechou quando outra onda de sofrimento destruiu sua determinação.

— Mas o que a gente pode fazer? Moog está morrendo de podridão! Matty não consegue nem subir a porra de uma escada e esperamos que ele ande mais de mil quilômetros? Que atravesse Heartwyld? Que escale uma montanha? Mesmo que a gente *chegue* a Castia… mesmo que a gente chegue lá a tempo… que chance temos?

A palavra *nenhuma* ficou na língua de Clay como um ator pronto para entrar no palco, mas ele manteve a cortina fechada.

— Não sei — disse por fim. — Não sei mesmo, Gabe. Por outro lado, não sei como fizemos metade das coisas que fizemos.

Gabriel limpou o nariz com a manga suja de lama.

— Como assim? Que coisas?

— O desfiladeiro Coldfire — disse Clay. — Hollow Hill. Castadar. Quantas batalhas impossíveis nós lutamos?

— Algumas… — admitiu Gabriel.

— E quantas vencemos?

O amigo refletiu sobre isso por um momento.

— Todas?

— *Todas* — confirmou Clay. — E sim, claro, fomos assaltados por uma gangue de garotas…

— Duas vezes — disse Gabriel.

— Duas vezes, é. Bem… estamos meio enferrujados. Claro que sim. Mas já superamos as probabilidades antes, é isso que estou dizendo. Você se lembra da Fortaleza Turnstone? Três bandos contra quinhentos canibais com sede de sangue e, ainda assim, sobrevivemos. Quantos murlogs desgraçados matamos? Quantos orcs, ogros e bruxos surgidos da merda decididos a destruir o mundo? Pelos Infernos Congelados, a gente matou até um *dragão*.

Gabe franziu a testa.

— Você está falando de Akatung? Eu achava...

— Tudo bem, a gente *quase* matou um dragão. Mas sem dúvida deixamos ele bem machucado. E ele não nos matou, né? Ainda estamos aqui, lutando. E Rose também está lutando, só que está desesperada e precisa da nossa ajuda. Ela precisa de *você*, Gabe. Se não a salvar de Lastleaf e da porra da Horda dele, ninguém vai fazer isso. — Ele viu a chama da esperança surgindo dentro de Gabriel e jogou o último pedaço de lenha que tinha na fogueira. — Nós já fomos gigantes, lembra? Os Reis do Wyld.

O fantasma de Gabe tinha dito aquelas palavras para Clay na noite em que seu velho amigo apareceu na sua porta, um lembrete do que eles tinham sido. Do que estavam ousando ser de novo.

— Os Reis do Wyld — sussurrou Gabriel, e Clay viu as palavras pegarem fogo nos olhos dele. — Nós fomos gigantes. Ainda somos. — Ele expirou longamente e pareceu observar os arredores pela primeira vez: a terra molhada, a árvore caída, os galhos pingando na floresta ao redor. Quando falou de novo, havia um tom de vergonha na voz: — Obrigado, Clay. Sem você...

— Não se preocupe com isso — respondeu Clay e deu de ombros, pois parecia a única coisa apropriada de fazer.

O que restava da viagem deles a Fivecourt transcorreu quase sem incidentes, pelo menos até os palhaços atacarem.

Clay pensou de primeira que tinham encontrado uma trupe de atores ensaiando uma peça. Como eles brandiam armas e gritavam como loucos, aquilo disparou alguns alarmes que diziam *emboscada*. O rosto do primeiro homem que chegou até ele estava pintado de branco, com uma estrela vermelha em cada olho e um grande sorriso pintado da cor de sangue de uma orelha a outra. Clay apresentou esse rosto ao *Coração Negro* com um ruído horrível e o homem desabou como um cadáver caindo de uma árvore.

Ele olhou ao redor para tentar avaliar a quantidade de ladrões. *Três, quatro, cinco*, contou. *Duas espadas, dois porretes, uma lança e um arco.* Uma flecha passou voando pelas pernas dele, chiando como um mosquito de nariz de ferro. *Dois arcos*, corrigiu a si mesmo em silêncio. *Seis palhaços no total. Ou não, não palhaços. Mercenários. Um bando, talvez, ou algo parecido.*

Ele se lembrou de Gabriel mencionando a moda cada vez maior de rostos pintados entre pretensos guerreiros. Pareceu ridículo na ocasião, e não menos ridículo agora que aquele bando de idiotas surgiu gritando entre as árvores.

Gabriel, sem armas, desviou do golpe pesado de um porrete e recuou na direção de Clay, enquanto Moog desviava de uma espada e se abaixava atrás de Matrick, cujas tentativas de alcançar as adagas de mãos cruzadas foram atrapalhadas pelo volume da barriga.

— Já chega disso, eu sou o rei de Agria! — disse Matty, fazendo Clay questionar por que eles tinham tido o trabalho de fingir a morte dele. — Rendam-se agora mesmo!

O mercenário mais próximo riu com deboche e revelou dentes da cor de madeira podre.

— Não diga? Bom, eu sou Vail, o Filho do Outono! — falou com deboche e apontou para uma mulher magrela com cabelo crespo molhado e higiene dental ainda pior. — E aquela é a minha irmã, a Donzela da Primavera. Diga oi, Glif.

A mulher, que definitivamente *não* era Glif (e muito menos uma donzela), rosnou como um animal e pulou na direção de Matrick, tentando cortar a cabeça dele com uma espada enferrujada. O rei ergueu uma adaga a tempo de bloquear o golpe, mas ela esticou o pé e bateu no joelho dele, fazendo-o cair com um gritinho nada majestoso.

Clay perdeu o que aconteceu depois, pois outros dois agressores se aproximaram dele. O primeiro, com a lança, veio com a ponta virada para ele. Clay girou, pegou o cabo da espada e puxou com força. O sujeito tropeçou e caiu de cara no chão.

— Peguei — disse Gabe, apoiando a bota na nuca do homem.

O cabelo do segundo homem era espetado como um mangual e tingido de azul. Ele atacou as pernas de Clay com a espada, mas a lâmina acertou sem causar danos a superfície manchada de *Coração Negro*. O espadachim tentou algo similar ao que tinha funcionado com Matty, dando um soco por cima da beirada do escudo, mas Clay estava pronto. Ele pegou o punho do sujeito com a mão e apertou. O espadachim soprou por entre dentes trincados, tentando em vão se libertar. Clay abriu um esgar no mesmo nível do que o sujeito exibia e *torceu*.

O arquejo do adversário se tornou um choramingo e um grito agudo quando os ossos do punho cederam com um clique. Clay soltou a mão esmagada e o espadachim cambaleou para longe.

— Seu f... — disse ele, mas uma flecha entrou pela lateral da sua cabeça.

Em algum lugar no meio da floresta, um arqueiro soltou um palavrão. Clay o ignorou, pois quem tinha disparado precisaria de um momento para recarregar o arco, e encarou o agressor seguinte, que portava um porrete pesado com pregos na ponta. O rosto estava pintado de vermelho, com uma lua dourada no alto do nariz largo. O corpo era de um berserker kaskar e ele gritou como um ao atacar, preparando um golpe alto que fez Clay decidir que não queria ser a pessoa que o receberia.

Ele correu para a frente e bateu com o ombro nas pernas do homem enorme. Foi um ato desesperado e, até certo ponto, funcionou: o gigante caiu, mas caiu direto em cima de Clay, tirando seu ar e o prendendo no chão da floresta.

Clay teve um breve momento para avaliar como o resto da batalha estava indo. A dita Donzela da Primavera estava caída, chorando e segurando a barriga com dedos ensanguentados. Aquele que, com deboche, dizia ser Vail ainda estava de pé, mas recuando com desespero agora que Matrick encontrara o seu ritmo. *Roxy* e *Grace* se revezavam na direção do rosto do homem e, por fim, conseguiram beijá-lo. O mercenário gritou de dor, ergueu as duas mãos para se proteger e Matty foi por baixo e abriu um corte no joelho do pobre homem que o deixou caído e gritando de dor.

Gabe deu uma corrida na direção do outro arqueiro. Moog estava de joelhos, remexendo na bolsa procurando só os deuses sabiam o quê.

Uma varinha que dispare bolas de fogo seria ótimo, pensou Clay. *Ou um daqueles raios em série. Qualquer coisa menos outra dose do Magnífico Filactério Fálico do Mago Moog…*

Alguém, supostamente o gigante nas costas dele, empurrou a cara de Clay na lama. Ele ficou com a boca cheia de terra e, quando tentou respirar, inspirou tudo. Lutou para rolar para longe, mas o homenzarrão o prendera como uma raposa em uma armadilha. Ou, mais adequadamente, como uma raposa esmagada embaixo de uma pedra enorme. Sua visão escurecida ficou cheia de estrelas, e Clay sentiu os músculos da perna começarem a entrar em espasmo conforme ele ia se aproximando do choque.

De repente, luz. E o ar abençoado.

A pressão nas costas diminuiu o suficiente para Clay se apoiar e se arrastar para se libertar. Ele tossiu uma vez e vomitou um fluxo rápido de lama nas folhas. Depois de rolar, viu Matrick atrás do homenzarrão, cuja expressão tinha ficado inerte na morte. As adagas do rei estavam enfiadas até os cabos dos dois lados do pescoço do gigante.

Clay cuspiu folhas e lama.

— Obrigado.

— Isso foi… intenso — disse Matrick. Ele estava sorrindo, mas a voz oscilou e os dedos tremiam. Quanto tempo fazia, perguntou-se Clay, que o rei de Agria não matava um homem com as próprias mãos?

Clay estava prestes a manifestar concordância quando um movimento atrás do rei chamou sua atenção.

O arqueiro, percebeu ele, *se preparando para outro disparo.*

— Matty, *se abaixa*! — gritou ele, e o rei caiu de bruços. Clay se levantou quando o arqueiro puxou a corda, se aproximou escondido atrás do *Coração Negro* e a flecha saiu do arco em um borrão. Ele sentiu a ponta de ferro acertar o escudo e já estava esticando a mão para pegá-la, arrancando-a e a girando nos dedos. Segurou com firmeza, viu os olhos do arqueiro se arregalar enquanto movia o braço e jogou a flecha de volta com o máximo de força que conseguiu.

Em quase todas as circunstâncias, Clay sabia, jogar uma flecha era uma péssima ideia. Ele só tinha tentado fazer aquilo uma vez, anos e anos antes, mas não correu bem. Por isso mesmo, ninguém ficou mais surpreso do que Clay quando metade da seta entrou no pescoço do arqueiro.

Bom, ninguém exceto o arqueiro. É *quase certo* que o arqueiro ficou mais surpreso do que ele.

O homem tentou dar voz à descrença, mas o sangue jorrou pela sua boca e ele caiu no chão, morto.

Matrick assobiou de onde estava, deitado no chão.

— Você acabou de…

— Pare! — gritou Gabriel. Ele ainda estava atrás do segundo arqueiro, que tinha corrido de volta na direção do lugar da emboscada. Quando a distância entre eles diminuiu, o mercenário abandonou o arco e partiu para cima de Gabe, puxando da cintura um cutelo curvo de Phantra.

— Fique longe! — gritou ele, brandindo a lâmina com as duas mãos. — Fique longe senão corto suas tripas! — Ele falou com os dois que tinham atacado Matrick antes. — Levantem-se, seus incompetentes! Não pago vocês para ficarem caídos choramingando!

O mercenário ferido por Matrick se levantou com desequilíbrio e mancou até o chefe, mas a mulher permaneceu onde estava.

— Vai se foder — disse ela com desprezo. — Você também não me paga para levar facada!

O homem com cara de palhaço que Clay tinha apagado antes voltara a si. Andou um pouco grogue até o líder e os três ficaram lado a lado, grunhindo como animais encurralados.

Gabe foi mais devagar, parou e ergueu as mãos vazias.

— Escuta, por que você... — Ele apertou os olhos. — Espera aí. Eu conheço você de algum lugar.

O homem se encolheu e desviou o olhar. Ele era corpulento, tão grande quanto Matrick, com um fiapo oleoso de cabelo na cabeça careca. Clay achava que as feições tinham sido pintadas para parecer algum tipo de felino predador, mas o suor ou a chuva transformara as listras pretas e laranja em um borrão marrom. Mas, por baixo...

— Pelo Bafo Podre de Vail, *Raff Lackey*!? É você? — Clay deu um passo na direção dele, tomando o cuidado de não tropeçar no braço esticado do gigante. Sobressaltado, o mercenário se virou, balançando a espada como uma criança cortando talos de grama. — Ei, Raff! Sou eu, Clay Cooper!

O mercenário fez cara feia.

— Eu sei que é você, Mão Lenta. Não mudou nada, só está mais velho.

— E você está... — Clay se viu sem palavras. Havia várias décadas que não botava os olhos em Raff Lackey, que parecia ter virado uma coisinha feroz com o passar dos anos. — Você também está mais velho.

Raff fez um ruído debochado, mas não falou nada.

— Espera — disse Matrick. — Se sabia quem a gente era, por que nos atacou?

O velho mercenário arriscou uma olhada rápida na direção de Gabriel.

— Bom... é que...

— A recompensa! — disse Clay.

Moog deu um pulo, segurando o que parecia ser uma flauta de prata.

— Ahá! Espera, que recompensa?

O velho Raff olhou com constrangimento de Clay para Gabriel.

— Kallorek ofereceu um preço pela cabeça de vocês. Dez moedas por uma, vinte e cinco pelas duas.

Só dez moedas da corte?, pensou Clay com consternação. Ele já teve capas que custaram mais do que isso.

— Como nos encontrou? — perguntou ele.

Raff deu de ombros.

— Kal disse que estavam indo para Fivecourt, mas não é permitido pedir recompensa dentro da cidade, então ficamos andando por aí, torcendo para dar sorte.

— Bom, tiveram sorte, então — disse Matrick. A mulher no chão gemeu de forma lamentável e ele franziu a testa. — De certa forma.

Gabriel baixou as mãos.

— Então agora você caça pessoas, Raff? O que aconteceu, os monstros ficaram assustadores demais para você? Deve haver alguns goblins contaminados de podridão que você poderia livrar do sofrimento.

Clay fez uma careta. Os goblins eram um ponto fraco do mercenário velho. O velho bando de Raff Lackey, o Víscera, chegou à fama quando conseguiu derrubar um firbolg ainda perto das muralhas de Fivecourt. Eles foram a musa de muitos bardos por um tempo, mas sua queda aconteceu quase com a mesma rapidez.

Forçado pelo novo status de celebridade a aceitar contratos mais perigosos, o Víscera, cuja vitória contra o firbolg foi mais sorte do que habilidade, se viu superado. Tragan, irmão de Raff e companheiro de bando, caiu de um penhasco enquanto fugia de um lobo gigante e o mago foi fervido vivo por ogros. O fundo do poço chegou pouco depois, quando Raff foi aprisionado por um clã de goblins que ele fora contratado para exterminar. Os goblins tiraram a roupa dele, o esfolaram e o levaram pelo vilarejo de Rednettle em um desfile debochado bizarro.

— Vai se foder, Gabe. — Raff puxou catarro na boca e cuspiu na direção de Gabriel. — Você também está bem apagadinho agora, garoto dourado. — Um sorriso feio surgiu no rosto dele. — Quando passaram na casa do Kallorek, por acaso viu a esposa dele? Ela é uma beleza rara, pelo que me disseram, embora um pouco velha para o meu gosto. Mas soube que tem uma filha linda. E que ela tem problemas com o pai. Essas são as minhas favoritas.

Gabriel ficou rígido. O maxilar se contraiu e os olhos arderam como os de um cavalo morrendo de medo. Raff tentava provocá-lo — e estava se saindo muito bem. Clay segurou a vontade de socar o velho mercenário até que ele perdesse os sentidos enquanto a mente procurava uma forma de fugir de mais violência. Ele tinha entrado naquela missão tola para salvar Rose, afinal, não para matar homens na floresta perto de Fivecourt.

Eles estavam em número maior que Raff e seus companheiros, mas os três estavam armados, e se havia uma lição a ser aprendida com a ascensão e queda de Raff Lackey, essa lição era que até um lutador de merda tinha sorte de tempos em tempos.

— Deixa para lá, Raff — disse Clay. — Você tem feridos que precisam ser tratados. Mortos para enterrar. Deixe a gente seguir o nosso caminho e vamos deixar esse encontro sanguinolento para trás.

— Ideia brilhante! — disse a moça que não era Glif do lugar onde estava, no chão. O homem que estava mancando também pareceu esperançoso. O que o cara de palhaço pensava era um mistério para Clay, pois o sorriso vermelho era uma coisa permanente.

O chefe deles deu uma risada sombria.

— Uma proposta de misericórdia de Clay Cooper? Perdoe-me se desconfio da sua sinceridade, Mão Lenta. Como o meu irmão dizia: se faz barulho de ovelha, mas tem aparência de leão, deve ser um leão.

— Um verdadeiro sábio, seu irmão — observou Matrick. — Aquele que pulou de um penhasco, não foi?

Raff fez expressão de desprezo.

— Pode rir, Vossa Alteza. Vou pegar a recompensa, não tenha dúvida, e vocês me pouparam de dividir em seis, então agradeço por isso. — Ele mudou a posição da mão na espada, e Clay percebeu que o homem estava ficando inquieto. — Vocês não são tão fáceis quanto eu esperava, mas continuo contando três espadas contra nenhuma.

O que Clay confundiu com o grito de acasalamento de uma criatura selvagem era, na verdade, uma risada baixa de Moog.

— Acho que não — disse de forma críptica e levou a flauta de prata aos lábios. O instrumento soltou um chiado sinistro, um som de uma chaleira distante fervendo. Raff pareceu ficar em pânico de repente, com medo do que o mago tinha liberado em cima deles. Gabriel deu um passo cuidadoso para trás, e Clay ergueu *Coração Negro*, se preparando para o que fosse acontecer.

O que aconteceu foi o suspiro do vento pelas árvores, a música de pássaros cantarolando uns para os outros, o sussurro de uma cobra deslizando sobre folhas caídas e o estalo de um galho quando Matrick se mexeu.

Essencialmente, nada.

Moog tentou de novo, mas o resultado foi o mesmo. Raff trocou um olhar perplexo com os dois companheiros. O mago virou a flauta e tentou soprar na outra ponta. Soprou até ficar com a cara vermelha.

E nada.

— Hã, Moog? — arriscou Clay.

— Deuses dos Goblins! — praguejou o mago, fazendo Raff se mexer compulsivamente. — Comprei isto de um vendedor em Conthas que jurou pela barba do Senhor do Verão que transformaria espadas em cobras. Ou eram lanças? — refletiu ele. — Merda, talvez fossem lanças. — Moog coçou a cabeça careca com o dedo fino, o que atraiu a atenção de Clay para a píton enorme descendo de um galho acima da cabeça do mago.

— Moog… — repetiu Clay, mas uma coisa roçou na sua bota e Clay, ao olhar para baixo, viu que o chão da floresta tinha virado um tapete de cobras deslizando.

Naquele momento, várias coisas aconteceram ao mesmo tempo: aquela que não era Glif gritou quando o maxilar de uma víbora verde se fechou na perna dela, Moog gritou quando a píton saltou como um raio com escamas para envolver seu tronco e Matty correu em defesa do mago, cortando a cobra monstruosa com as duas adagas para soltá-lo.

Todas as outras pessoas tentaram matar umas às outras.

Vail, o manco, caiu primeiro. Gabriel foi atrás, segurou o pulso do adversário quando ele tentou golpear e levou o rosto do homem ao joelho que estava erguendo.

O cara de palhaço, ansioso para se vingar de Clay, gritou e saiu correndo na sua direção. O espaço entre eles era uma confusão de répteis se retorcendo; cada vareta e galho caído estava agora deslizando no chão. O mercenário tropeçou em uma cobra que se erguia e caiu. A serpente ofendida distendeu o capuz e encarou o homem caído. Se tivesse ficado parado, o mercenário talvez saísse ileso. Mas o cara de palhaço começou a gritar, disparando uma série de ataques rápidos que o deixaram com o rosto ensanguentado e ofegante.

Clay andou com cuidado em volta do agressor caído, tentando não pisar nas serpentes. Procurou alguma arma no chão, mas o gigante tinha caído sobre o porrete com os pregos nas pontas, e a espada do cara de palhaço ainda estava na mão dele, que se debatia.

Sentindo abertura, Raff ergueu o cutelo acima da cabeça e atacou.

Clay agiu por instinto. Depois, xingaria a si mesmo de tolo e coisa pior, mas, naquele momento, inclinou-se e pegou a arma mais próxima da mão. Quando a espada do inimigo desceu, Clay moveu o escudo para jogá-la longe, atacou e esticou o braço. A cobra que estava segurando atacou e enfiou as presas cheias de veneno no pescoço exposto de Raff Lackey.

Por um momento, ele e Raff ficaram cara a cara. O corpo sinuoso do réptil estava enrolado no braço de Clay, e ele sentiu o maxilar do animal trabalhando, bombeando veneno mortal no pescoço de Raff, que já estava inchando, escurecendo de rosa a vermelho a um roxo horrível. Os ouvidos de Clay estavam tomados de um estalo desagradável, produzido, percebeu , pelo chocalho da cauda da serpente.

Raff ofegou e deu um suspiro final, e o usou para murmurar palavras que ultrapassaram os centímetros abismais entre ele e Clay.

— Vou esperar por você, Cooper — gorgolejou ele. — Eu e os outros.

CAPÍTULO DEZESSETE

FIVECOURT

Do grupo heterogêneo de Raff só restaram duas pessoas: a que não era Glif e o homem com os dentes marrons que Gabe havia feito desmaiar. A mulher estava mortalmente pálida e delirante; Clay achava que era uma aposta arriscada dizer o que a mataria primeiro: a picada da cobra venenosa na perna ou o ferimento infeccionando na barriga, mas apostaria seu dinheiro (se Jain tivesse deixado algum) na picada. O homem estava em um estado um pouco melhor, embora metade dos dentes tivesse caído e ele sem dúvida fosse mancar pelo resto da vida. Os dois saíram cambaleando na direção de Fivecourt enquanto Clay e os outros cuidavam dos cadáveres dos companheiros deles.

Eles removeram as cobras, uma tarefa árdua, pois Moog tinha transformado todos os galhos que poderiam ser usados para isso em cobras, e depois foram enterrar os mortos. Raff, apesar de ter se tornado um inimigo, já tinha sido um bom homem e merecia o descanso adequado. Moog executou os Ritos de Glif, borrifando água sobre cada túmulo e invocando a Misericórdia da Donzela da Primavera. Matrick também disse algumas palavras, enviando as almas dos caídos para o Senhor do Verão.

— Julgue-os pelo que eles desejavam ser — suplicou ao Pai dos Deuses —, não pelo que o mundo fez deles.

O sol da tarde tinha levado as nuvens que ainda restavam e penetrava pela cobertura da floresta em raios fortes e intensos, mas as palavras de Matrick geraram uma sombra fria nos pensamentos de Clay.

Ele estava se lembrando do homem que era quando voltou a Coverdale depois que o Saga se desfez; um homem não completamente diferente do garoto que se juntou a Gabriel uma década antes, exceto pelo fato de estar moderadamente rico e bem mais famoso.

O dinheiro acabou rápido, só que a fama durou bem mais.

Em geral, ela o fazia entrar em brigas. Havia muitos candidatos a mercenários ansiosos para testar sua capacidade contra o notório Mão Lenta, e Clay ficava mais do que feliz em mostrar para eles como eram incompetentes quebrando uma cadeira na cabeça deles ou os arrastando de cara pelo balcão do bar. Depois de dez anos de brigas, percebeu que havia se tornado inquieto e vivia procurando provocação para virar o caldo da raiva fervente na cabeça de algum idiota.

Ele havia feito muitas coisas boas nos anos em que viajara com o Saga, mas também fizera algumas coisas ruins, e vira bardos demais morrerem de formas diversas para dormir bem à noite. Vivia atormentado pelos sonhos, e, mesmo acordado, era assombrado por seu passado violento. Ele confundia qualquer cavalo galopante com um centauro, qualquer som de martelo de ferreiro com armas se chocando ao longe. Onde havia fumaça, Clay Cooper sempre via fogo.

E aí, conheceu Ginny. Ela era filha de Giles Locke, cavalariço-chefe dos estábulos atrás do King's Head, e Clay ficou caidinho por ela como uma âncora jogada no mar. Não só por ela ser bonita (e era) ou incrivelmente inteligente (também era), mas porque ela via nele o que poucas outras pessoas enxergavam: a gentileza silenciosa por baixo da fachada de guerreiro. E ela evocava em Clay uma coisa que o homem não sentia desde que saiu do bando e se separou dos únicos amigos que já tivera: uma necessidade forte e profunda de proteger alguém.

Clay Cooper tinha visto um dragão se encher de fúria. Tinha enfrentado uma legião de grimlocks e encarado a fúria fria de reis mortos-vivos. Apesar de tudo isso, pedir Ginny em casamento foi o momento mais difícil da vida dele. Ela disse sim, e, pouco tempo depois, os dois se mudaram para a casa perto do brejo. As coisas foram boas por um tempo, mas certa noite, pouco antes do casamento, ele entrou mancando pela porta da taverna depois de um desentendimento com caçadores de Whitewood, e alguém cometera o terrível erro de comentar o quanto Clay parecia com seu pai.

O homem que falou foi levado de carroça até a clínica em Oddsford, onde dormiu por três meses e acordou sem conseguir reconhecer os próprios filhos.

Ginny cancelou o casamento, e Clay começou a pensar seriamente em uma proposta de Kallorek de fazer carreira solo. Ele foi buscar as coisas em casa, mas Ginny o fez parar na porta e elaborou a pergunta que ele vinha fazendo a si mesmo desde que voltara a Coverdale.

O que você é, um monstro ou um homem?

Não foram as palavras que o afetaram. Foi a expressão nos olhos dela, verdes como o mar ensolarado. Ela estava oferecendo absolvição, a escolha decisiva de uma vida equilibrada na lâmina de uma espada. A verdade, ele sabia, era que o mundo precisava do monstro que ele era. Era um lugar brutal. Injusto. E Clay Cooper, com o seu jeito, era apenas o tipo certo de errado.

Ginny, porém, queria o homem. Clay sabia que era o homem que a sua mãe estava tentando criar, não o monstro que o assassino dela fez com que virasse.

O homem, dissera ele.

É?, perguntara Ginny, com expressão esperançosa.

É. Acho que o mundo já tem monstros suficientes.

A resposta dele a fez sorrir, e foi assim que Clay soube que tinha acertado. Mas agora, com as vidas dos amigos em jogo, Clay sentiu a antiga raiva crescer dentro dele como sangue contaminando a água limpa. Ele viu, refletido no olhar de Raff ao morrer, o monstro o encarando.

Eles saíram da floresta pouco antes do anoitecer. Na planície abaixo, as incontáveis luzes da maior cidade de Grandual brilhavam sob o céu escuro como um leito de brasas sopradas pelo vento.

Moog levantou os braços em triunfo.

— Fivecourt, finalmente! O coração vivo da civilização! Faz muito tempo, cavalheiros! Tempo demais!

Gabriel, cujo humor sombrio tinha retornado nas horas anteriores, olhou para a imensidão da cidade circular enquanto Matrick passava a mão pelo cabelo ralo e suspirava.

— Eu bem que preciso de um trago — disse ele. — E de um prato de comida. E de um banho quente. E de uma cama macia. — Ele mexeu os ombros e fez uma careta por causa de algum incômodo de dor. — Deuses, uma mulher também seria ótimo. Será que se eu contar que sou rei...?

Clay o ignorou e olhou para a imponência de Fivecourt com a mesma admiração esmagadora que costumava reservar para as estrelas. Mesmo no auge da celebridade do Saga, ir a Fivecourt sempre o fez se sentir pequeno. Como não faria, perguntou-se ele, com as vidas de meio milhão de almas se desenrolando ao redor? Em Coverdale, ele era um peixe grande em um lago pequeno, mas ali...

Você ainda é um peixe grande, pensou. *Mas Fivecourt é um oceano.*

Havia uma comoção no portão. Uma carraca de oito rodas com *Águias Gritadoras* pintado na lateral com letras azuis desajeitadas bloqueava a estrada. Clay ouviu música alta lá dentro, mal tocada. Um fluxo de fumaça de cachimbo e risadas de mulheres saía sem parar da porta aberta. Havia um jovem sentado em degraus dobráveis que levavam ao interior escuro da enorme carroça. Ele estava sem camisa e era magro, o tronco pálido marcado por tatuagens rudimentares e coloridas. O cabelo comprido estava descolorido e platinado, ele o tirou do rosto quando Clay e seus companheiros passaram.

— Que porra você está olhando? — perguntou ele a Clay.

— Que porra *você* está olhando? — respondeu Clay, seguindo em frente antes que o jovem falasse qualquer coisa.

Um cortesão usando o tabardo com seis listras da milícia urbana da cidade discutia com um agente suado na frente da carroça.

— Não quero saber quem está dentro — disse o guarda —, essa coisa não passa daqui. A estrada é para tráfego de pedestres e carroças pequenas, não para uma merda dessas. — Ele indicou a monstruosidade maltrapilha parada na frente do portão. — Vão ter que voltar e ir até o Portão da Arena. Ou podem deixar a carroça aí e entrar andando.

— Andando? *Andando?* — O agente, vermelho, gaguejava e cuspia como uma ave no cio. — Os Águias Gritadoras não *andam* para lugar nenhum, meu filho.

— Você pode mandar chamar uma carruagem — sugeriu o guarda.

— Pedi uma meia hora atrás e ela ainda não chegou! Escuta, se eu não levar esses caras para a Riot House antes de escurecer, vai ser o meu cu na reta.

— Seu cu vai em linha reta para o calabouço se não tirar essa coisa daí logo.

— Bom, é melhor *você* torcer pelo bem do seu cu para você-sabe-quem não descobrir que impediu o bando principal dela de entrar na cidade.

— Primeiro de tudo, eu *não* sei de quem você está falando. Segundo, meu cu vai ficar ótimo — falou o guarda. Ele fez sinal para Clay e seus companheiros passarem sem nem os interrogar.

— Não se o meu for para a reta, não mesmo. Se o *meu* cu tiver problemas, o *seu* vai logo em seguida.

Os dois ainda estavam fazendo ameaças um para o cu do outro quando uma carruagem saiu do meio da multidão. Dois akras de penas brancas estavam presos na frente, puxando o veículo, balindo como ovelhas quando pararam. As aves de pescoço longo eram uma visão rara fora das cidades, mas, nas ruas de pedra, o cocô seco e redondo as tornava preferíveis a cavalos. O condutor balançou a cabeça para a carroça gigante parada na frente do portão e estava prestes a assobiar para anunciar a chegada quando Clay o chamou.

— Você chegou atrasado.

O condutor os olhou de cima a baixo, o olhar se demorando no pijama de sol e estrelas de Moog.

— Vocês são as Águias Gritadoras? — perguntou ele, em dúvida.

— Somos — respondeu Clay sem hesitar. Ele subiu na carroça como se fosse dele. — E estamos com pressa.

O condutor olhou para a briga acontecendo no portão.

— É, bom, tem uma luta no Maxithon amanhã e a cidade está lotada como um bordel em noite de leve duas pague uma, mas vou o mais rápido que conseguir sem sujar a rua de sangue. Para onde?

Clay abriu a boca, mas se deu conta de que não fazia ideia de para onde deveriam ir.

— Duas paradas — disse Gabriel. — Coinbarrow primeiro, depois o Distrito Narmeeriano.

— O Distrito Narmeeriano é grande — disse o condutor. — Algum lugar mais específico?

— Pearling Heights.

O homem olhou para trás, surpreso.

— A casa da Górgona?

Gabe assentiu, e a carruagem começou a se mover.

— Górgona? — murmurou Clay. Ele olhou para Gabriel, mas o amigo estava olhando para a cidade e não o encarou.

* * *

Fivecourt costumava ser chamada de "cidade no centro do mundo", o que não era, como os cartógrafos atordoados pelo vinho tinham o hábito irritante de observar, nem remotamente verdade. Mas ficava mais ou menos no meio de Grandual, era governada por um conselho de representantes de todos os cinco reinos e era patrulhada por um pequeno exército de cortesãos dedicados cuja lealdade era somente a Fivecourt. A terra por léguas em todas as direções era considerada território soberano. Mas, ao contrário da Cidade Livre de Conthas, que existia além da jurisdição de qualquer monarca de Grandual, Fivecourt pertencia a todos. A cidade era, tanto geográfica quanto metaforicamente, o eixo em volta do qual a roda de Grandual girava.

A cidade em si tinha a forma de uma tigela rasa. As casas dos ricos ficavam ao redor, na parte alta, enquanto os mais pobres viviam na esqualidez no fundo. Era dividida como uma torta em seis distritos, um para cada reino de Grandual, com o sexto servindo de distrito administrativo (no alto) e submundo criminoso sórdido (embaixo), mas Clay já tinha ouvido muitas piadas de que ambos eram intercambiáveis. O rio cortava o coração da cidade, atravessado por seis pontes e sempre lotado de barcos.

Flutuando de forma improvável no centro havia uma arena colossal, firmada contra a correnteza do rio por quatro correntes de ferro gigantescas ancoradas a torres nas duas margens.

Enquanto eles desciam encosta abaixo na direção de Coinbarrow, a arena foi ficando mais intimidadora. Matrick, seguindo o olhar impressionado de Clay, limpou a garganta.

— O Maxithon, é como chamam. É a maior arena feita pelo homem em toda a Grandual — declarou ele.

— Tem outras assim? — perguntou Clay, incrédulo.

— Bom, não assim. A arena de Brycliffe tem um quarto do tamanho, e a Ravina perto de Ardburg é maior, mas é meio que só um cânion com um formato conveniente. Tem uma perto da costa de Phantra chamada Berço do Gigante.

— Bom nome — Clay teve que admitir.

Matrick sorriu.

— Não é? Tem uma forma longa e estreita, tipo um barco, e dá para atravessar a baía entre Aldea e Eshere. É impressionante, mas não tão grande quanto o Maxithon.

— Se você diz — observou Clay com cautela. Ele se perguntou por que alguém construiria uma coisa tão desnecessariamente excessiva quanto uma arena navegante. Ou flutuante, na verdade.

Como se lendo seus pensamentos, Matrick continuou falando.

— O mundo está mudando, Clay. Havia monstros em toda parte. Todas as cavernas, todas as florestas, todos os pântanos eram lar de uma ou outra coisa horrível. Não dava para virar uma pedra sem encontrar um maldito murlog embaixo dela. As Cortes não podiam pagar exércitos regulares para lutar contra monstros, ao menos não monstros que pudessem encarar, e todo mundo achava que Heartwyld era problema dos outros, e as coisas foram piorando e piorando, até que…

— … até que a gente chegou.

— Exatamente. Os bandos mudaram tudo. Nós tiramos os goblins de todos os esgotos, matamos todos os gigantes deste lado do Wyld.

— Reviramos as pedras e matamos todos os murlogs — disse Clay.

— Isso aí. — Matrick o cutucou com o cotovelo. — E o que sobrou? Que glória restou para os bandos de hoje?

— Eles ainda podiam ir a Heartwyld — arriscou Clay.

— Claro, mas tem a podridão a ser levada em consideração, e esse risco poucos estão dispostos a correr. Então, construíram arenas assim — Matrick apontou para o Maxithon à frente — e levaram Heartwyld até *eles*. A maioria dos bandos de hoje nem chega perto da floresta. Só vão de cidade em cidade e lutam com o que os agenciadores locais tiverem para oferecer.

— E onde arrumam monstros se não no Wyld?

Moog esticou a cabeça do banco de trás.

— Eles criam.

Clay fez cara feia para esconder o fato de que Moog lhe deu um susto danado.

— Criam o quê, os monstros? — O mago assentiu, e Clay franziu mais a testa. — Bom, isso é… burrice — disse ele, olhando para o Maxithon iluminado por tochas quando a carruagem chegou ao cais e dobrou à direita.

Ele se perguntou o que poderia estar enjaulado nas entranhas daquele lugar, se agitando na escuridão, esperando a chance de matar ou ser morto enquanto uma multidão formada por milhares de pessoas assistia.

E chamam isso de civilização, pensou ele, amargurado.

CAPÍTULO DEZOITO

TUDO QUE BRILHA

Para a maioria das pessoas que vivia em Fivecourt, Coinbarrow era considerada a parte ruim da cidade. Para quem visitava de outras terras, costumava ser a primeira parada quando chegavam.

Enquanto a margem norte do rio tinha mansões com gramados bem cuidados, labirintos elaborados de cercas vivas e píeres de pedra onde veleiros com velas brancas e barcos de lazer oscilavam na correnteza lenta, o lado sul era mais o que Clay esperaria de um porto na maior cidade de Grandual.

Ali estavam os buracos de jogatina, os antros de uso de talho, as casas de fumo; ali ficavam as tavernas decadentes, os bordéis loucos, as hospedarias barulhentas. Ali ficavam as casas de penhor, as barracas de mercadorias roubadas, os agiotas e os teatros desordenados e velhos onde os atores vivam mais bêbados do que a plateia e não eram tão engraçados.

De quarteirão em quarteirão, Coinbarrow era lar de mais antros de briga do que qualquer outro lugar a oeste de Phantra. Fortunas eram ganhas e perdidas em competições que jogavam homens desesperados contra monstros cruéis, monstros cruéis contra cachorros selvagens, cachorros selvagens contra galos empertigados e o sempre popular, e absurdamente imprevisível, homens desesperados e cachorros selvagens contra monstros cruéis e galos empertigados.

— Deuses, como senti falta deste lugar — disse Matrick, descendo da carruagem e esticando os braços.

— O filho pródigo retorna — comentou Moog, cuja franja branca desgrenhada e o pijama sujo o ajudavam a se misturar com os coloridos habitantes da doca imunda de Fivecourt.

Mesmo à noite as ruas estavam lotadas. Quando se afastou da carruagem, Clay se lembrou da primeira vez que botou o pé em Coinbarrow. Ele e Gabriel tinham ido atrás de alojamento barato enquanto Kallorek tentava conseguir algum trabalho. Era manhã na ocasião, e o porto estava ao mesmo tempo vibrando de trabalho e lotado de pessoas que seriam mais bem descritas como tão doidas quanto orcs. Gabriel, provavelmente pensando que estava fazendo um bom trabalho para melhorar a imagem do local, garantiu a Clay que ao anoitecer a agitação era a mesma, só que todo mundo ficava tão doido quanto orcs.

Na esquina mais próxima, por exemplo, havia um homem com uma veste verde suja suplicando a um passante que se arrependesse dos pecados no templo para a Donzela da Primavera, enquanto na esquina em frente havia um homem com roupa imaculada proclamando que dois quarteirões à frente havia um bordel numa viela no qual a própria Glif abriria as pernas por uma moeda de prata.

— Espere aqui — comandou Gabriel para o condutor. — Não vamos demorar.

O homem semicerrou os olhos e franziu a boca embaixo de um bigode peludo.

— Vou precisar de alguma garantia sua.

Gabriel pareceu derrotado por um momento, mas Matrick ofereceu ao homem uma das suas adagas com pedrarias, *Roxy* ou *Grace*. Clay nunca sabia qual era qual.

— Se for embora sem me devolver isso — disse Matrick —, vou caçá-lo até a ponta enrolada da porra do mapa e puxar sua língua pelo cu. Está claro?

É bom ver que a única parte do rei que ficou macia foi a barriga, pensou Clay, achando graça.

Uma briga começou em um dos navios mercantes ancorados ali perto, e os pássaros na frente da carruagem se agitaram com o som dos gritos e do aço. Os akras mudavam instintivamente de cor quando ficavam assustados ou perturbados, e as penas de um já estavam rosadas.

O condutor olhou com admiração para a faca que Matrick lhe deu.

— Claro como água — disse ele. — Mas vocês vão pagar o dobro pelo trajeto daqui até Pearling Heights. A não ser que prefiram que eu vá ver se as *verdadeiras* Águias Gritadoras precisam de uma corrida — falou quando pareceu que Matty daria um soco nele.

— Tudo bem — disse Gabriel.

Clay não tinha a menor ideia de como Gabe planejava pagar em dobro… nem de como pretendia pagar, na verdade, mas decidiu ficar de boca fechada.

— E seria bom ouvirem essa dica — disse o condutor. — Na próxima vez que decidirem se disfarçar de mercenários, seria melhor não escolher um dos bandos mais famosos de Grandual. As Águias são a atração principal do Maxithon amanhã. Pode ter alguns lugares baratos se vocês quiserem ver mercenários de verdade trabalhando.

Gabriel deu meia-volta e partiu na direção da boca escura da viela mais próxima. Moog e Matrick foram atrás, deixando para Clay a escolha de ficar e refletir sobre a ironia impressionante das palavras do condutor ou ir atrás.

— Ei, esperem — disse ele.

* * *

Gabriel os conduziu por um lance de degraus bambos encostado no cortiço maltrapilho à direita. As tábuas gemeram perigosamente sob o passo pesado de Clay, e de alguma forma o fedor de mijo ficou mais forte conforme foram subindo. Eles tinham surpreendido um par de diabretes do lixo ao entrarem na viela. As criaturas gritaram desesperadamente e correram para a escuridão ao longe, mas agora voltaram para continuar um animado cabo de guerra pelo que pareceu a Clay um assento de latrina quebrado.

Gabriel bateu na porta torta no alto da escada, e como o ocupante do casebre não se materializou, ele esmurrou com o antebraço todo, o que fez o sinal acima da porta balançar no gancho enferrujado.

— *Bolos e pudins Fender* — leu Moog em voz alta.

— Sério? — Matrick pareceu em dúvida. — A gente veio para uma viela em Coinbarrow para comer sobremesa?

— Fender! — gritou Gabe, dando outro susto nos diabretes do lixo abaixo. — Abra.

— Quem é Fender? — perguntou Clay.

— Um amigo — respondeu Gabe. — Ele coleciona coisas, vende coisas, armazena coisas…

— Então ele é receptador?

— Ele é kobold.

Clay decidiu parar de fazer perguntas, pois as respostas enigmáticas de Gabe só geravam outras. Fivecourt era uma das poucas cidades que concediam uma forma de cidadania limitada para espécies não humanas, desde que se comportassem. Ele achava que um kobold devia ser uma criatura tão capaz quando qualquer outra de viver entre os humanos, mas Clay nunca tinha visto um fora de uma caverna ou um esgoto… nem sem várias centenas de outros da mesma espécie berrando com irritação ao seu lado.

Meio minuto se passou. A cacofonia musical de umas cinco ou seis tabernas se espalhava por cima dos telhados. Um par de carteanos cambaleou pela boca da viela, recitando trechos desafinados de músicas um de cada vez. Alguma coisa pingou no cabelo de Clay, e quando ele olhou para cima para ver se estava chovendo (não estava), outra gota caiu em sua boca aberta.

— Maldito Vail...

O *tum* de uma tranca sendo aberta soou atrás da porta, e outra e outra. Clay ouviu o tilintar de várias correntes, seguidos do arrastar de uma tábua de madeira tirada do suporte. Por fim, uma voz fraca soou lá dentro.

— Aberta!

Uma segurança danada para uma loja de pudins, Clay poderia ter dito de brincadeira se não estivesse ocupado tentando entender o que tinha acabado de pingar nos lábios dele. Sua língua estava com gosto de quem tirou uma moeda de cobre do esgoto e botou na boca.

— Cuidado — sussurrou Gabe antes de abrir a porta. Como nada se chocou nele, entrou pela passagem, e os outros foram atrás com cuidado.

Estava escuro lá dentro. O cheiro de urina diminuiu com o avanço dos odores de mofo, poeira e metal enferrujado do local. Clay ouviu algo correndo nas sombras e detectou o som baixo de respiração ofegante ali perto. O teto era tão baixo que roçaria na cabeça dele se não se abaixasse um pouco.

— Algo me diz que os bolos eram mentira — resmungou Matrick.

Clay percebeu vários pares de luzes flutuando como tufos na escuridão, suaves como lâmpadas protegidas.

— Quem é? — disse a voz estridente de novo. — Diga nome agora!

— Fender... — começou Gabriel.

— Fender é Fender.

— É, eu sei disso. Eu sou Gabe.

— Gabe? Eu conheço Gabe. Bom Gabe Bom.

— Bom Gabe Bom. Sou eu. Ei, será que a gente pode acender uma luz aqui?

A pessoa bateu palmas e gritou:

— Chittens! Luzes!

Uma série de arranhões soou ao mesmo tempo. O fedor azedo de enxofre surgiu e se igualou ao mofo e ao metal enferrujado, e um trio de lanternas de óleo de peixe ganhou vida. O bando se viu cercado de crianças kobold magrelas, cinco, pelas contas de Clay. Cada uma usava um par de óculos de proteção sujo de fuligem, o que diminuía o brilho dos olhos amarelos. Duas seguravam facas.

Fender, em teoria o pai delas, estava agachado em frente à porta. Ele não passava da altura da cintura de Matrick e parecia um rato maltrapilho de pé nas patas traseiras. Usava óculos de proteção também e, por incrível que pareça, o mesmo pijama que Moog, só que ele tinha um gorro com tufos na ponta e chinelos pontudos combinando. Estava também segurando uma besta carregada sem a trava de segurança e três dardos longos cintilando na luz fraca.

— Pela Misericórdia da Donzela, Fender. — Gabe levantou as mãos devagar. — Guarda essa coisa.

— Bonita, né? — O kobold fez um carinho amoroso na besta, o que balançou os dardos e fez o fio tremer. Clay ficou rígido. Gabriel se encolheu, enquanto Moog e Matrick tentaram se colocar um na frente do outro e acabaram em um abraço estranho.

— Fender! — gritou Gabriel.

— Desculpa, desculpa. — O kobold colocou a arma de lado sem prender a trava de segurança, o que fez Clay questionar se ele sabia que esse mecanismo existia. A criatura empurrou os óculos para a testa, os olhos amarelos brilhando na penumbra. — Por que veio agora? Tarde da noite. Fender e chittens estavam sonhando-dormindo.

Clay apertou os olhos para as sombras e avaliou o aposento. O local era um casebre, mas não o casebre aconchegante do tipo habitado por poetas e escribas, lotado de estantes, velas e curiosidades antigas. Também não era do tipo de casebre esparso, ocupado por pouco mais do que um cobertor velho e um colchão de palha. Era o casebre de um kobold, e isso queria dizer que estava mais para um buraco.

Ele viu vários pequenos ninhos no canto mais distante, supostamente o que Fender e os filhos (ou chittens, como o kobold os chamava) usavam como cama. O resto do espaço apertado era ocupado pelo que melhor podia ser descrito como lixo inútil. Dentre os muitos tesouros sem sentido estavam um elmo de bronze com o crânio ainda dentro, a moldura prateada manchada de um espelho quebrado, uma caixa de facas variadas e dezenas de potes e latas cheios até a borda de moedas de cobre, botões de metal e qualquer outra coisa que pudesse chamar a atenção de um kobold.

Gabe tirou uma mecha de cabelo louro sujo dos olhos.

— Deixei um dinheiro com você um tempo atrás. Um saco grande de moedas.

O kobold inclinou a cabeça, franziu o nariz rosado e retorceu os bigodes lustrosos.

— Brilho?

— Sim, brilho. Muito brilho, para você guardar enquanto eu estava fora, lembra?

— Sim, sim. Fender lembra. Fender esperava que o Bom Gabe Bom fosse cair em um buraco e morrer. Assim brilho fica com Fender. — Apesar do sentimento horrível, as palavras do kobold não transmitiam animosidade, só um simples desejo.

Clay deu uma olhada cética na direção de Gabriel.

— Amigo seu, é?

— Não caí em um buraco, Fender. Sinto muito.

O kobold fungou.

— Pena.

— É. Bom, não, mas... — Gabriel hesitou. — Escuta, preciso do brilho, tá? De tudo. Você pode pegar para mim, por favor?

— Sim, sim. Espera. — Ele saiu correndo, levando a besta e escalando a parede de gesso com uma destreza alarmante até desaparecer em um buraco no teto.

Enquanto o anfitrião estava fora, Clay aproveitou para observar a moradia imunda dos kobolds. Foi até o fundo, tomando cuidado ao andar em meio às pilhas de detritos. Viu um braseiro enferrujado com uma grelha de metal queimada que servia de aparato de cozinha e fonte de calor. Havia dois baldes de latão, um para ossos e miudezas descartadas e um segundo cujo conteúdo fazia o primeiro parecer apetitoso. Um trapo servia de cortina no que era uma janela ou um buraco grande na parede.

Ele voltou a olhar para os ninhos amontoados em um canto. Eram feitos de palha e pedaços de roupas, mas cada um tinha sido decorado pelo ocupante de acordo com seus gostos. Estranhamente, um estava decorado com facas tortas e flechas quebradas. Quando Clay se ajoelhou para examiná-lo, um dos chamados chittens de Fender deu um gritinho e pulou dentro, mostrou os dentes para Clay e sibilou.

— O nome dele é Canivete — disse Gabriel. — Ele é meio… estranho.

Clay se levantou e recuou devagar.

— Você sabe o nome deles?

Gabriel assentiu.

— Aquele é Topete, Estreito, Linguarudo. — O homem foi apontando para cada um enquanto citava seus nomes, depois olhou para baixo, para o que estava se aconchegando na perna dele. — E este é Bisonho.

— Desde quando trata kobolds pelo primeiro nome? — perguntou Matrick.

— E por que confiou a um deles seu bril… — Clay se segurou antes que a palavra *brilho* terminasse de sair de sua boca, mas por pouco. — Seu dinheiro?

— Você já viu tocas de kobold — disse Gabriel. — Eles acumulam qualquer coisa que brilha e nunca gastam.

É verdade, Clay teve que admitir. Os kobolds podiam ser imundos, mas a maioria era podre de rica. Eles não compreendiam o conceito de moedas como dinheiro. Se uma coisa não brilhasse, reluzisse ou cintilasse, tinha pouco valor de troca por algo assim. Você podia dar um anel de latão para um kobold em troca de um cavalo saudável e o kobold ainda ia achar que saiu no lucro.

— Conheci Fender alguns anos atrás — explicou Gabriel. — Tive um trabalho para tirar um clã de urskins de uma parte do esgoto, e por acaso havia mais do que meu contratante falou. Bem mais. Fender e Oozilk me esconderam por um tempo. Até me ajudaram a me curar de um veneno que os homens-sapo usavam nas flechas.

— Oozilk? — perguntou Moog.

— A esposa dele — disse Gabriel, e olhou ao redor como só tivesse percebido naquele momento que ela não estava lá.

Clay ouviu um baque acima. Pedaços de gesso e lascas de madeira podre caíram. Em seguida, o som de algo pesado arrastado pelo chão acima.

— Acabei resolvendo o problema dos urskins e falei bem deles quando os dois se mudaram do esgoto para a cidade, então acho que podemos dizer que confiamos um no outro. Antes de ir pra Coverdale, deixei tudo que ganhei nos últimos anos com Fender.

Tudo que ele ganhou caiu pelo buraco no teto, guardado em um saco amarrado que tombou com um baque metálico pesado. Fender desceu em seguida, ficou pendurado pelas garras por um momento e caiu suavemente sobre o saco. Pulou de cima e o arrastou com as mãos pelo chão sujo. O chitten chamado Canivete ficou olhando com ganância, da forma como uma criança humana poderia olhar uma sobremesa elaborada sendo exibida depois do jantar.

— Brilho aqui — resmungou Fender, deixando o saco aos pés de Gabriel.

Gabe conseguiu abrir um sorrisinho.

— Obrigado, Fender. Ei, cadê a Oozilk?

— Não aqui — disse o kobold rapidamente. — Embora.

— Embora? — O sorrisinho sumiu. — Para onde?

Fender soltou um grunhido que lembrou a Clay o que o cachorrinho Griff fazia sempre que Clay o mandava descer da cama. Os olhos brilhantes do kobold pareceram se apagar quando ele respondeu.

— Oozilk entrou em briga no dá-e-pega.

— Dá-e-pega? — perguntou Moog.

— O mercado — disse Gabriel, distraído. — Ela brigou no mercado. Continua, Fender. Quando foi isso?

— Ah, ano atrás, ano atrás. Oozilk mordeu o homem-mercador, o homem-mercador mandou capangas com porrete, os capangas com porrete levaram Oozilk. Fender brigou com os capangas, mas eles avisaram: era levar Oozilk ou levar os chittens. Então, Oozilk foi.

— Foi para onde? — perguntou Gabriel. — Para onde levaram ela? Para o esgoto?

— Esgoto, não — respondeu Fender, e apontou um dedo torto para a parede sul, atrás da qual ficava o rio e a arena colossal que flutuava nele. — Para a bacia do barulho.

Clay só ficou em parte surpreso de ver a carruagem ainda esperando quando ele e os companheiros saíram da viela. O condutor também pareceu aliviado quando os viu, pois seus akras estavam inquietos. Os dois estavam vermelhos agora, choramingando como pintinhos esperando ganhar uma minhoca.

O navio onde uma briga se desenrolava estava em chamas. As pessoas de ambos os lados do conflito tinham se reunido no porto para vê-lo queimar.

Matrick subiu com todo o seu peso na carruagem enquanto assentia brevemente para o condutor devolver sua adaga. O rei, de forma um tanto sinistra, beijou a lâmina antes de a embainhar. Moog subiu em seguida e fez uma careta de dor no pé que usou de apoio.

O esquerdo, reparou Clay. *O infectado.*

— Você está bem? — perguntou Matrick.

Moog ainda não tinha reunido coragem para contar a Matty sobre o problema.

— Ótimo! — disse o mago, um pouco alto demais. — Só não sou tão ágil quanto antigamente.

Matrick riu e botou a mão na barriga.

— Nem me fala, porra. Ei, Gabe, que tal avisar uns meses antes na próxima vez que decidir arrastar a minha bunda gorda por Heartwyld, hein? Teria dado umas corridas em volta do castelo, talvez não comesse uma torta por dia.

Moog pareceu duvidar.

— Você comia torta todo dia?

Matrick deu de ombros.

— Comia. Se não, qual é a utilidade de ser rei?

Enquanto isso, Gabriel ainda estava parado na boca da viela. Ao olhar rapidamente, Clay supôs que estivesse observando o barco em chamas, mas acabou percebendo que ele estava olhando além, hipnotizado pela imensidão intimidante do Maxithon.

— Gabe — chamou Clay, e, depois de um momento, seu amigo afastou o olhar da arena e se juntou a eles na carruagem. Gabriel se sentou com o saco no colo, sem dizer nada. O mau humor silencioso que parecia a parte dominante da natureza dele tinha voltado, e com motivo. Gabriel tinha ajudado Fender e a esposa a se mudarem do esgoto para as ruas um pouco menos fedorentas acima. Sem dúvida se sentia responsável pela captura de Oozilk. A morte dela (porque Clay não conseguia imaginar uma kobold durando tanto tempo na arena) se juntaria aos muitos pesos montados como corvos nos ombros do líder, desde deixar o bando se desfazer a permitir que seu casamento desmoronasse e fazer a filha repetir os mesmos erros do pai.

O condutor estalou as rédeas e fez os akras de penas vermelhas percorrerem as ruas agitadas de Coinbarrow, desviando dos bêbados, dos viciados em talho, dos traficantes de talho, dos cortesãos de folga com tabardos de seis listras e de agitados homens ribeirinhos querendo trocar umas moedas de prata por uma bebida forte, uma mulher ardente e uma coceira vermelha pela manhã.

O ar em si era uma mistura louca de cheiros e sons: a pungência de pele suja, o grito de um bandolim desafinado, o ardor de fumaça de tabaco, a alegria de uma flauta, o fedor ocasional de urina azeda, a dor intensa de um alaúde gemendo. Tudo isso e vozes cantando, rindo, gritando, xingando e gemendo de diferentes formas.

Clay esticou o pescoço enquanto eles passavam por uma das quatro torres quadradas às quais o Maxithon estava ancorado pelas correntes mais grossas que ele já tinha visto. A base da torre estava coberta de pichações, a maioria ilegível, mas os olhos de Clay identificaram quatro palavras escritas em tinta branca que se destacavam do resto: *Vida longa ao Duque*.

Eles viraram para a direita, subiram a colina e logo deixaram Coinbarrow. Conforme a inquietação foi passando, as penas dos akras mudaram de cor. Um ficou branco de novo, enquanto o outro ficou azul-escuro. Quando Matrick se arriscou a perguntar ao condutor o que as penas azuis da ave significavam, o homem olhou para trás e disse:

— Vou dizer o seguinte: não se curve para a frente perto dele.

Eles viraram para a esquerda, na via principal da cidade, uma avenida larga chamada Anel de Sintra, que formava um círculo por todos os distritos de Fivecourt, e logo passaram embaixo de um arco enorme e entraram no Distrito Narmeeriano. No alto do portão do distrito havia as palavras NÃO TOLEREM TIRANOS entalhadas em alto-relevo, cuja origem Moog explicava toda vez que o Saga ia à cidade. Clay nunca gostou muito de aulas de história. Ele já tinha dificuldade de se lembrar da letra da maioria das músicas, mas era difícil esquecer uma que foi enfiada na cabeça dele cinco vezes por ano por dez anos seguidos.

Depois das Guerras de Reivindicação, quando as últimas Hordas foram espalhadas, a Companhia dos Reis visualizou uma Grandual unificada: um único império amplo que rivalizasse com o Domínio perdido dos druins. Promoveram um deles para a posição de Imperador e escolheram Fivecourt como capital imperial.

No entanto, menos de um ano passou (e a base do grande palácio do Imperador tinha acabado de ser preparada) quando o novo Imperador emitiu dois decretos infelizes que os historiadores concordavam que acabaram sendo sua ruína. O primeiro deles foi, como Moog dizia sempre que contava a história, "cobrar impostos até do cu dos súditos". O segundo foi exigir que a primeira filha de cada casa nobre fosse enviada como refém para Fivecourt. Quando chegaram, o Imperador anunciou sua grande sorte por serem as fundadoras de seu novíssimo harém.

As filhas dos nobres responderam mal a esse decreto, e o primeiro Imperador de Grandual morreu devido ao que Moog chamou de "asfixia testicular", o que quer dizer que enfiaram as bolas decepadas na garganta dele.

As filhas foram executadas, os nobres se rebelaram e o filho e herdeiro do Imperador fugiu para o oeste, por Heartwyld, e passando pelas montanhas até a Terra Final.

— Ei — disse Moog, sobressaltando todo mundo. — Já contei para vocês por que está escrito "Não tolerem tiranos" acima do portão do distrito?

— Sim — disse Gabriel.

— Contou — disse Clay.

— Umas cem mil vezes — disse Matrick, e o mago se sentou de volta.

Eles tinham entrado no Distrito Narmeeriano, e, exceto pela arena flutuando no rio abaixo, Clay poderia imaginar que a carruagem tinha entrado no sultanato ao sul propriamente. As ruas ali eram apertadas e curvas; faixas de luar pálido entravam por panos vermelhos e dourados pendurados acima. O condutor evitou sabiamente o mercado noturno, mas Clay ouviu a falação das vozes no grande bazar perto do coração do distrito. Os aromas de tempero e fumaça embriagante de narguilé se misturavam em uma brisa atipicamente quente que continha uma quantidade impressionante de areia.

Eles passaram por vários templos ao Senhor do Verão, que os sulistas chamavam de Vizan e idolatravam com uma espécie de medo reverente, assim como todos os outros faziam com a Rainha do Inverno, e passaram por outro portão para a camada mais alta da cidade. Ali ficavam as propriedades que pertenciam aos grandes de Narmeer, e havia até um pequeno palácio ocupado pela própria Sultana sempre que ela se dignava a visitar Fivecourt. Seu navio voador de druin recuperado, o *Segundo Sol*, estava ancorado lá agora, as velas estalando com a descarga estática.

Clay concluiu que já tinha deixado Gabriel ficar emburrado por tempo suficiente. Eles estavam chegando perto do destino, supunha, mas ainda não tinha ideia de para onde estavam indo nem por quê.

— Para que o dinheiro? — perguntou ele.

Gabriel olhou para ele, os olhos azuis pesados, o maxilar trabalhando como se estivesse mastigando alguma coisa. Então, respondeu:

— É para Ganelon.

Matrick franziu a testa e se inclinou para a frente.

— Quando foi que ele saiu da prisão? Eu achava que os enviados a Quarry ficavam lá para sempre.

Clay também tinha essa impressão. Ele tentou perguntar isso a Gabriel antes de Jain e as Flechas de Seda os roubarem perto de Coverdale.

Ganelon tinha matado um príncipe narmeeriano, o filho mais velho da Sultana, e nem o status de celebridade do Saga ou o fato de ele ter cometido o assassinato por um motivo muito, muito bom o protegeram da fúria dela. Os magos da Sultana o caçaram, e os companheiros de Ganelon, cada um por um motivo, estavam ausentes quando ele mais precisou.

O guerreiro acabou sendo capturado, confinado em uma prisão inescapável conhecida como Quarry. Era inescapável porque os habitantes, que incluíam um verdadeiro quem é quem dos criminosos mais perigosos de Grandual, eram transformados em pedra. Clay tinha ouvido falar que Quarry era controlada por Guardiões, que eram cegados no nascimento e criados para conhecer cada centímetro da prisão só pelo toque, e vigiado por basiliscos, cujos olhares podiam transformar pele exposta em pedra.

— Ele saiu de Quarry — disse Gabriel.

— Ele é mercenário? — perguntou Moog. — Passou a trabalhar sozinho? Entendo que ele possa não gostar muito de nós, mas… Ganelon nunca pareceu tão interessado em dinheiro, sabe? Era mais, hum…

— Matar — disse Matrick, querendo ajudar.

— Bom, basicamente, sim. Só parece estranho ele se recusar a ajudar a salvar Rose se você não pagar.

— O dinheiro não é para pagar Ganelon — disse Gabriel, os olhos ainda grudados no saco de moedas no colo dele. — É para libertá-lo.

CAPÍTULO DEZENOVE

HÓSPEDES DA GÓRGONA

Gabriel confessou que o dinheiro era para uma mulher chamada Dinantra, em cuja antessala Clay e seus companheiros ficaram esperando por instrução de um servo seminu que os recebeu na porta. Como Kallorek, que costumava ser chamado de Orc pelas costas, Dinantra era conhecida por uma alcunha igualmente monstruosa: a Górgona. Enquanto o apelido de Kallorek era devido ao seu jeito brutal e seu queixo proeminente, Dinantra ganhara o dela devido ao fato de ser mesmo uma górgona.

Apesar disso, quando enfim entrou na antessala, Clay a achou incrivelmente bonita para uma mulher com a cabeça cheia de cobras. As escamas de sua cauda longa eram de um dourado-esverdeado de cobre molhado de chuva, chegando a creme no pescoço e embaixo dos braços. Ela usava um corpete bem acinturado que projetava seus seios como melões em uma barraca de feira, mas Clay precisou se controlar para não se afogar nos olhos dela, que eram vermelhos como maçãs maduras demais na luz tremeluzente do lampião. O ninho de serpentes em volta do rosto dela era da mesma cor. Elas sibilavam baixinho sempre que a górgona falava, acentuando cada palavra com um sussurro chiado.

— Meu querido Gabriel — disse ela —, que agradável ver você de novo. Confesso que não esperava a sua volta tão cedo. Ou melhor, nunca.

— Eu trouxe o seu dinheiro — disse Gabriel.

— E amigos também — disse ela, lançando aquele olhar fumegante ao redor, no que pareceu de repente uma sala muito cheia a Clay. Havia bases de estátuas junto a cada parede, adornadas com as cabeças esculpidas do que, presumivelmente, eram os aclamados ancestrais da górgona. — Gosto de companhia — ronronou Dinantra. — Na verdade, já estou acompanhada.

Gabriel engoliu em seco. O saco nos braços dele tilintou quando ele o mexeu com desconforto.

— Podemos voltar amanhã — disse ele —, mas não depois disso. Preciso…

— Besteira — disse ela, a voz parecendo acariciar o interior do ouvido de Clay. — Vocês vieram até aqui e acho que vão considerar meu hóspede tão divertido quanto eu.

Antes que Gabriel pudesse protestar, ela se virou e foi deslizando para a parte mais interna da casa. Gabe suspirou e foi atrás. Moog esticou a mão para tocar no cabelo de cobra de pedra de um dos bustos de ancestrais, enquanto Matrick via seu reflexo em um espelho próximo e ajeitava com vergonha o cabelo desgrenhado.

— Sei que essa coisa de "górgonas transformam homens em pedra" é mito — disse ele baixinho —, mas estou duro como uma pedra agora.

Clay olhou de cara feia para o homem que tinha sido seu rei até menos de uma semana antes.

— Sério?

O reflexo de Matrick piscou em resposta.

Houve um estalo seco, então Clay se virou e viu Moog segurando uma cobra de pedra quebrada na mão e com expressão tão culpada quanto a de uma criança pega roubando biscoitos.

— Nada — disse o mago. — O quê? Não fui eu. — Ele abriu a bolsa sem fundo e jogou o pedaço dentro e fez sinal para o corredor pelo qual Gabe e a górgona tinham seguido. — Vamos?

Clay tinha visto poucas górgonas na vida, e por isso não sabia muito sobre o que esperar depois da antessala. Essas criaturas eram ávidas colecionadoras de arte e apreciavam tudo, desde quadros com molduras bonitas a móveis elegantes. Mas o que elas mais amavam eram estátuas, e havia várias na ampla sala à qual Dinantra os levou. Rampas largas se curvavam dos dois lados, fazendo Clay perceber que nunca tinha pensado sobre a dificuldade que uma górgona devia ter para subir escadas.

A parede oposta era um pórtico aberto com uma cortina fina que oscilava na brisa. O aposento estava iluminado pela luz suave de velas altas, e Clay viu a silhueta de Dinantra ondular na frente deles e ficou maravilhado com como uma mulher cuja parte inferior do corpo era uma cobra conseguia mover os quadris com um rebolado tão hipnotizante. Por onde ela passava deixava um aroma de canela e rosas. Havia música no ar, uma melodia narmeeriana que lembrava a Clay o deserto e as noites nele.

O outro hóspede da górgona estava de pé perto do outro lado da sala, de frente para o que houvesse na escuridão além. Ele usava um casaco comprido e vermelho esfarrapado e nele havia três bainhas penduradas...

Ah, deuses...

Clay parou. Gabriel parou. Moog e Matrick, que estavam conversando ao entrarem, ficaram em silêncio.

O Duque da Terra Final se virou com o sorriso irregular de druin.

— Olá, Gabriel — disse em um tom que um gato poderia usar para cumprimentar um rato que estava acordando debaixo do olhar dele. — E é o Velho Rei Matrick que vejo atrás de você? Achei que estivesse morto.

Matrick tentou fazer alguma piadinha, mas só ficou parado, de boca aberta como um peixe que foi deixado para morrer no fundo de um barco.

Os olhos divergentes de Lastleaf se desviaram para Moog e se demoraram um momento a mais no próprio Clay.

— Peço desculpas por não reconhecer o resto de vocês em Lindmoor. Estava um pouco ocupado na ocasião, e a verdade é que os senhores envelheceram consideravelmente desde a última vez que nos vimos.

Clay reparou tarde demais em pelo menos doze homens musculosos posicionados por todo o aposento. Cada um carregava um broquel em um braço, um elmo com rosto coberto e uma tanga costurada de moedas de ouro. Todos estavam rígidos em posição de sentido, segurando uma lança longa com as duas mãos à frente. Clay ainda não sabia se ficava tranquilo ou preocupado com a presença deles.

Gabriel falou com a górgona sem tirar os olhos de Lastleaf.

— O que ele está fazendo aqui?

Dinantra se sentou em uma área de descanso rebaixada e começou a puxar as serpentes para um divã.

— Estou tendo o privilégio de receber o Duque durante sua visita a Grandual. Ele é um hóspede de honra, assim como vocês. — Ela esticou o braço e um jovem com apenas uma calça branca presa embaixo do joelho se adiantou correndo e colocou uma tigela delicada na mão dela. — Venha se sentar, Gabriel. Tome vinho.

Gabe balançou a cabeça e deu um passo para trás.

— Nós voltamos amanhã. Clay, vamos.

— Se quiser ir embora, vá — disse Dinantra. Havia um toque novo de impaciência na voz dela que não estava presente até então. — Mas não volte. Ganelon pode ficar como está. Na verdade, eu o prefiro assim.

Isso fez Gabriel parar, e Clay viu o sorriso de Lastleaf crescer e virar algo bem mais predatório antes de desaparecer atrás da borda de sua tigela de vinho.

Clay e os outros se moveram em meio aos móveis. Gabriel, sem tirar os olhos do druin, se sentou na beirada de uma cadeira de costas altas com o saco de ouro aos pés. Matty e Moog se espremeram em um sofazinho. Matrick estava segurando uma almofada de seda em forma de cilindro que foi obrigado a colocar entre as pernas. Clay escolheu uma espécie de banquinho acolchoado que fez suas costas doerem assim que ele se sentou.

— Tem espaço aqui — disse a górgona, batendo no espaço vazio ao seu lado.

Clay abriu um sorriso tenso em resposta.

— Estou bem — disse ele.

Vinho foi servido em tigelas para cada um deles. Quando os criados saíram, Dinantra fez questão de erguer a dela e tomar um gole, um costume entre os narmeerianos (de cuja cultura ela parecia ter se apropriado) para garantir aos hóspedes que o vinho não tinha sido envenenado. As cobras na cabeça dela pareceram se esticar para a frente nesse momento.

— Vocês dois têm uma história, pelo que entendo. — Ela olhou para Lastleaf e Gabriel com prazer evidente, uma espectadora sedenta de sangue vendo rivais se enfrentarem na arena.

— Temos — disse Lastleaf.

— Ele nos emboscou em Heartwyld — disse Gabriel.

— Ele fez isso em mim. — O druin tocou na cicatriz embaixo do olho escuro.

— Ele tentou roubar a minha espada.

— Ele matou o meu pai.

Um silêncio bastante incômodo veio em seguida, durante o qual Matrick tomou todo o seu vinho em vários goles longos e altos. Quando terminou, fez questão de estalar os lábios, segurar um arroto e perguntar:

— Tem… há… mais?

Depois de um gesto da górgona, o vinho do rei foi reposto. Quando os criados foram embora, Clay lançou um olhar para as três bainhas nas costas do druin. As três espadas eram de comprimentos e tamanhos diferentes. A de cima ele tinha visto ser puxada na Ilha de Lindmoor. A lâmina era curta e em forma de cunha, irradiava calor e era cheia de rachaduras que brilhavam como fogo ardendo atrás de uma grelha preta de ferro. A bainha do meio era longa e estreita, levemente curva. A última era ainda mais longa, branca como osso desbotado pelo sol. O pomo da espada que guardava estava enrolado em um trapo preto.

Clay tinha esperança (mas não muita) de nunca precisar ver a arma lá dentro.

Gabriel abriu a boca para falar, mas o Duque, informado pela presciência dos druins, o interrompeu.

— Eu sei que Vespian pediu que você o matasse. — As orelhas de pelos brancos de Lastleaf estavam encostadas no alto da cabeça. — E sei que você usou *Vellichor* para fazer isso. Meu pai não merecia essa misericórdia.

Sua própria espada ser enfiada no coração não parecia misericórdia para Clay, mas ele decidiu experimentar o vinho em vez de falar. Era delicioso: uma mistura intoxicante de pimenta, especiarias e fumaça. O que não era surpreendente, pois ele nunca conhecera um vilão (ou vilã, no caso) sem gosto impecável para vinho. Era pré-requisito, ele achava, para ser rico e mau.

— Onde ela está, a propósito? — O druin apertou os olhos diferentes entre si. — Onde está a relíquia valiosa que o covarde do meu pai confiou a um *humano*?

Clay fez uma careta. Lastleaf falou a palavra *humano* como um humano poderia dizer *pilha de merda*.

Gabriel se empertigou.

— *Vellichor* está escondida, fora do seu alcance. — Mentira, claro, mas contar a verdade (que ele tinha oferecido a famosa arma do Arconte para um agente desonesto a fim de pagar dívidas e satisfazer sua esposa viciada e pacifista) não teria ajudado em nada. O líder do bando fez questão de deixar claro que estava desviando a atenção de Lastleaf para a górgona. — Você e eu fizemos um acordo. Seiscentas moedas da corte...

Moog engasgou com o vinho e tossiu um pouco de volta na tigela.

— Moedas da corte? — gaguejou ele. — Você quer dizer que isso aí é *ouro*? Tudo? — Ele segurou o ombro de Matrick. — Você já viu tanto dinheiro na vida?

— Eu tinha um *castelo* — disse Matrick.

Moog bateu com a palma da mão na testa.

— Certo, deixa para lá. — Ele limpou a garganta baixinho e assentiu para Gabriel. — Perdoe a interrupção.

Clay também estava atordoado com a declaração de Gabriel. Ele tinha suposto que o saco estava cheio de coroas de prata, com muito cobre e uma moeda da corte aqui e ali na mistura. Mas seiscentas moedas de ouro era uma fortuna, principalmente considerando que Gabriel apareceu na porta dele vestindo trapos e botas esburacadas.

— Seiscentas moedas — repetiu Gabriel, inclinando-se para a frente na cadeira. — É o dobro do que você pagou aos guardiões para o tirarem de Quarry e cem a mais do que prometi a você. Dê o Ganelon para a gente e é tudo seu.

Dinantra olhou para o saco com entusiasmo.

— Que generosidade — observou ela, mas fez beicinho de tristeza. — Se você tivesse vindo algumas semanas atrás, teria honrado com alegria esse nosso pequeno esquema. Mas o bom Duque sugeriu uma alteração e fez uma proposta mais tentadora do que ouro.

Clay olhou para Lastleaf, que estava girando a tigela de vinho com arrogância na mão de dedos longos.

— E que proposta foi essa? — perguntou Gabe secamente.

O peito amplo da górgona inflou, obrigando Clay a olhar para outra coisa, qualquer coisa, e ele se viu examinando a cauda dela. Havia um chocalho na ponta, com cada segmento pintado delicadamente com caligrafia narmeeriana. Ele tinha ouvido falar que dava para saber quantas mudas uma cobra teve pela quantidade de segmentos, e

Clay se pegou contando antes que a resposta da górgona o arrancasse do devaneio.

— Serei Exarca do Novo Domínio — disse ela.

Moog piscou.

— *Novo* Domínio? Você quer dizer Velho Domínio, não é? Não existe... ele não... você não pode... — O mago pestanejou várias vezes em rápida sucessão. — Esperem, estou confuso. Me perdi.

— Você não pode estar falando sério — sussurrou Gabriel.

Lastleaf mostrou os dentes.

— Posso. E em pouco tempo, vou precisar de quem está acostumado a ter poder. — Quando ele virou o sorriso torto para a górgona, a expressão ficou um pouco mais calorosa, um vislumbre de sol em um dia sombrio de inverno. — Minha Lady Dinantra, pelo que é, será mais do que adequada à tarefa, acho.

Kallorek também, pensou Clay. O bandido que virou agente que virou magnata sem dúvida aproveitaria a oportunidade de se tornar Exarca, independentemente das circunstâncias. *Se bem que o ego dele vai precisar de um lago maior para nadar*, refletiu Clay.

— Um *Novo* Domínio? — debochou Matrick. Ele gesticulou dramaticamente com a tigela na mão, mas não havia vinho para derramar. — E onde acha que esse seu reino mágico vai brotar, hein? Não tem... — Ele parou de falar quando o óbvio ocorreu a ele.

— Castia! — exclamou Moog depois de ter despertado da confusão.

— Castia — disse o druin, olhando para Gabriel como se esperando que ele falasse em seguida.

E ele falou.

— Então, por que destruí-la?

— Por vários motivos — disse Lastleaf. Ele se afastou das cortinas, os passos silenciosos no piso de mármore. Ao passar atrás de Dinantra, as cobras na cabeça dela se viraram para acompanhá-lo, chiando de leve.

Quando o druin chegou perto de Clay, ele sentiu o sangue ficar quente e cada pelo do corpo se arrepiar, como um aviso. Seu nariz foi tomado pelo aroma de folhas de outono esmagadas, de vegetação seca queimando e de algo menos agradável, mais azedo, como vinho rançoso que virou vinagre. A armadura embaixo do casaco de Lastleaf soltou sussurros metálicos quando ele passou e parou na frente de uma pintura enorme emoldurada em jacarandá encerado, que ele examinou enquanto falava.

— Como acredito que mencionei em Lindmoor, a Horda está faminta, e essa fome precisa ser saciada. Eles precisam de uma vitória. *Eu* preciso de uma, para vinculá-los a mim.

— Você não derrotou o exército da República? — observou Matrick.

Lastleaf olhou para ele e arqueou as sobrancelhas.

— Aquilo foi fácil. — Ele falou sem bravata, o que Clay achou perturbador. — Eu nem chamaria de batalha. Ah, os castianos fizeram questão de fazer um show quando vieram nos enfrentar. Montaram formação nas pracinhas de lá. Balançaram seus estandartes e sopraram suas cornetas, mas desmoronaram no segundo que a Horda atacou. Os vaidosos mercenários foram uma boa resistência, pelo menos, mas estavam em quantidade pequena demais para fazer diferença. Se não fossem eles, acho que teríamos dizimado o campo de batalha naquele dia mesmo, e Castia já seria minha. E é por isso, de novo, que aqueles que se refugiaram na cidade não podem ser poupados.

Gabriel retorceu as mãos. Ele parecia estar quase vomitando; ou melhor, parecia que já tinha engolido a própria bile e estava com dificuldade de segurar de novo.

— Então aquele "Ducado da Terra Final" que mencionou no conselho…

— Besteira, claro. — Lastleaf voltou o olhar para a obra de arte à sua frente, que Clay só percebeu naquele momento que exibia a queda de Kaladar, a grande e gloriosa capital do Velho Domínio. A cidade, uma montanha com belos arcos e pináculos brancos e altos, estava em chamas, tomada pela fumaça, cercada de todos os lados por um mar escuro de bestas tentando escalar até ela. — Se as cortes desconfiassem que tenho planos de reviver o Domínio, não teriam opção além de se unirem contra mim. Mas acreditam que quero *me juntar* a elas. — Ele riu com a boca na tigela quando a ergueu para tomar um grande gole.

Matrick suspirou e esfregou a papada peluda.

— E você acha que apagar Castia do mapa pode lançar alguma dúvida na sua credibilidade com as cortes? Se eu fosse...

— Mas não é — disse Lastleaf, virando-se para ele. — Não é mais rei. *Não é ninguém.*

— Bom, isso foi meio cruel — resmungou Moog embaixo da testa franzida.

— No entanto, o que fala faz sentido — admitiu o druin. — As cortes podem concluir que sou uma ameaça, afinal, e, nesse caso, a destruição de Castia também pode servir ao meu propósito. Os que sobreviverem à queda da cidade — ele mostrou os dentes em um sorriso sem humor —, e vou garantir que um ou dois *sobrevivam*, para retornar para Grandual como almas abaladas, levando notícias de atrocidades que nem são capazes de imaginar. Se minha proposta de amizade e as ameaças que fiz ao conselho não fizerem as cortes ficarem quietas, que o destino da República sirva como exemplo para quem quiser fazer de mim um inimigo.

Matrick se irritou e enrijeceu as costas de orgulho e honra. Ele talvez até pudesse se passar por "majestoso" se não fossem as manchas de vinho na camisa e a almofada vagamente fálica que tinha prendido entre as pernas.

— E como o povo inocente de Castia *fez de você um inimigo*? — perguntou ele, imitando o jeito arcaico do druin de falar. — Você deve ter tirado no cara ou coroa, não? Cara para o leste, coroa para o oeste. Ou temia que os reinos de Grandual fossem um adversário forte demais e então decidiu ir para cima da República primeiro?

Lastleaf pareceu confuso.

— O *povo inocente de Castia?* — disse ele com desdém. — Você sabe como o *povo inocente de Castia* construiu sua gloriosa República? — Ele deu um passo ameaçador na direção de Matrick, que contraiu as pernas involuntariamente, o que, por sua vez, fez a almofada entre elas subir; aquilo parecia surreal, mas era fácil de ignorar quando o druin continuou, irritado. — Quatro séculos atrás, quando o seu Imperador e os resquícios exilados da corte Imperial chegaram à Terra Final, encontraram o local já habitado pelo que vocês, humanos, chamam de *monstros*. Eles lutaram com os cathiils por terras que desejavam ocupar, e quando os cathiils optaram por migrar mais para o oeste, o *povo inocente de Castia* os caçou até a extinção.

Com a visão periférica, Clay viu Moog *morrendo de vontade* de perguntar o que era um cathiil, mas a fúria do druin sufocou até a curiosidade do mago.

— Eles trocaram comida e peles com o povo da montanha por minério para construírem as famosas muralhas, mas, em pouco tempo, o *povo inocente de Castia* decidiu tomar as minas para si. Clãs inteiros foram escravizados e tiveram que trabalhar até a morte nas minas que antes chamavam de lar. O *povo inocente de Castia* subornou chefes urskins com pedras preciosas e drenaram o pântano para dar energia aos seus moinhos vorazes. Eles massacraram aldeões ixil que se recusaram a se realocar de acordo com a vontade deles. Abateram os grandes rebanhos da Planície Orgone e tiraram os centauros de suas terras ancestrais. Envenenaram os poços dos assentamentos dos gnolls, e os saudáveis que conseguiram sobreviver à peste que veio em seguida foram levados para Castia e obrigados a lutar no Crucible.

As longas orelhas de Lastleaf tremeram. Ele virou as costas para o quadro agora, os espasmos de morte da antiga Kaladar formando um fundo sinistro para sua raiva crescente.

— Ou acharam que essas grandes arenas de vocês eram novidade? — perguntou ele. — O Crucible precede todas, e, nos porões daquele lugar, gerações inteiras de criaturas nasceram e foram criadas no escuro, sofreram para viver só até serem consideradas prontas para morrer no sol e na vergonha enquanto o *povo inocente de Castia* assistia àquilo e comemorava.

Matrick olhou de cara feia para a tigela vazia, sem dúvida desejando que ficasse cheia como que por mágica, para que ele pudesse ao menos apreciar uma bebida enquanto aguentava a falação do druin.

Enquanto isso, Clay se mexia com desconforto no banquinho. Se Lastleaf desprezava a República pela forma que tinha tratado monstros no passado, o druin sem dúvida teria problema com a ascensão de décadas à proeminência dos bandos de mercenários de Grandual, que ganhavam a vida matando criaturas de todos os tipos e eram celebrados por isso. Até Clay estava com o pé atrás com essa nova moda, arenas surgindo em todas as cidades, monstros em cativeiro, esperando para serem mortos só para a diversão de uma plateia. Ele se lembrou da expressão no rosto de Gabriel quando olhou para o Maxithon depois de saber que a esposa de Fender tinha sido levada para lá para morrer: uma mistura de reverência temerosa e perplexidade cautelosa, como um habitante das planícies saindo da tenda e dando de cara com um galeão de sessenta remos entalado na grama.

Alguma coisa nas arenas não cheirava bem para Clay. Faltava-lhe a capacidade, mesmo no próprio pensamento, para entendê-las completamente. Moog poderia ter entendido, e talvez Matrick depois de um ou dois copos de vinho (mas não depois de três). Não era que a tradição mercenária fosse saudável; longe disso, até. Muitas vezes, você perseguia os monstros até as tocas deles e matava todo mundo lá dentro, até os filhotes. Se tivesse sorte, o monstro que pretendia matar estaria dormindo, comendo ou embriagado. Ora, Clay uma vez matou dois trolls no cio com uma lança só. Se fosse pressionado para descrever a diferença entre matar uma criatura na floresta e matar em uma arena, ele talvez dissesse que a primeira forma parecia, ao menos para ele, mais *honesta*.

Não melhor, porque matar era matar. Mas, ainda assim... honesta.

— Por mais de sete séculos, eu me escondi em Heartwyld — falou Lastleaf —, lado a lado com o que a sua incipiente civilização chama de monstro. Depois da morte do meu pai, tive liberdade de vagar por onde quisesse, e fui para Castia, onde esperava interceder em nome dos que tinham sofrido por tanto tempo sob o jugo da República. E sabe o que o "nobre" senado fez? Chamou a *mim* de monstro. Me acorrentaram e me confinaram ao calabouço embaixo do Crucible. Por três anos, fui mantido como prisioneiro, obrigado a lutar na arena, sem escolha além de matar conforme a vontade dos meus captores. Até o dia em que encontrei Ashatan.

Ashatan? Clay revirou o cérebro para lembrar onde tinha ouvido esse nome, mas Moog, o inteligente Moog, lembrou primeiro.

— A matriarca wyvern.

O druin molhou os lábios. Seus olhos de cores díspares se apertaram conforme ele foi falando, como se estivessem tentando enxergar a lembrança distante daquele dia.

— Ela estava trancada em um aposento tão pequeno que nem podia abrir as asas. O pescoço estava preso no chão. Estavam usando-a para procriação havia anos, os filhotes alimentando a arena acima. Senti a fúria dela, era como um calor emanando de uma fogueira. Então a libertei. Libertei *todos*, todas as coisas malditas aprisionadas lá, e, juntos, afogamos o Crucible no sangue de dez mil castianos.

— As Areias Vermelhas — disse Matrick, tremendo visivelmente. — Ouvi falar.

Clay não tinha ouvido falar, mas as notícias sombrias (como o encanamento moderno e qualquer mensageiro da corte) sempre acabavam se perdendo a caminho de Coverdale. Pensando bem, ele estava surpreso de a notícia da Horda de Heartwyld ter chegado a ele antes de Gabriel.

— As Areias Vermelhas foram só o começo — disse Lastleaf. A raiva dele tinha mudado; como uma espada fundida tirada da forja, ela esfriara e virara algo afiado, escuro e mortal. — O que vai acontecer a

Castia quando eu ultrapassar as muralhas vai ser bem pior. Vai ser um massacre cuja escala não é vista desde…

Lastleaf olhou para trás, para o quadro de Kaladar sob cerco, caindo, caída, e por um momento surreal, Clay se perguntou se o druin, aquele príncipe abandonado do Domínio, tinha estado lá, há muito tempo, quando a sua cidade, sua civilização inteira, era devorada por uma Horda monstruosa.

O tempo é um círculo, ele se lembrava de Lastleaf dizendo em Lindmoor, no crepúsculo. *A história é uma roda girando.*

E aqui está ela, pensou Clay com ironia, *girando e girando, fazendo todo mundo virar pó.*

CAPÍTULO VINTE

A ALMA NA PEDRA

— Não estou nem aí para Castia — mentiu Gabriel. — Vim buscar Ganelon.

As orelhas compridas de Lastleaf se eriçaram com curiosidade.

Moog olhou de Lastleaf para Gabriel e para Dinantra.

— Não estou entendendo. Ele ainda é prisioneiro?

O cabelo de Dinantra sibilou para o mago.

— Não um prisioneiro — esclareceu ela. — Ele é um bem. Ao liberá-lo, corro o risco de fazer de Sultana uma inimiga… uma coisa que estava preparada para fazer mesmo antes… de os desenvolvimentos recentes tornarem isso inevitável. Ainda assim, vou alterar os termos do nosso acordo, a pedido de meu Lorde.

Gabe olhou com desconfiança para Lastleaf, mas foi Clay que perguntou o que os dois estavam pensando.

— Você sabia que estávamos vindo?

O druin abriu um sorriso irônico, mas não disse nada.

— Ele mencionou que tinha visto vocês em Lindmoor — respondeu Dinantra — e expressou interesse em se encontrar com vocês de novo, cara a cara. Como supus que viessem aqui buscar Ganelon, eu o convidei a estender a permanência em Fivecourt.

— Ora, que atencioso da sua parte — disse Matrick secamente.

Lastleaf deu um suspiro alto.

— Não foi? Ela será uma Exarca maravilhosa, com certeza.

O maxilar de Gabriel trabalhava furiosamente. Sua esperança de resgatar Rose dependia da liberdade de Ganelon, porque, sem a ajuda do guerreiro, eles tinham pouca chance de sobreviver em Heartwyld. Ter o resto do Saga ao seu lado significava (com sorte) que Ganelon tinha menos probabilidade de matá-lo quando Gabriel propusesse que ele fosse para Castia.

Fosse qual fosse a "alteração" que o druin e Dinantra tinham elaborado, Clay e os companheiros de bando não tinham alternativa além de engolir.

— Que pedido é esse? — Gabriel conseguiu dizer por entre os dentes.

O druin pareceu saborear as palavras seguintes antes de elaborá-las.

— Eu queria que vocês sentissem como é correr risco de morte pela diversão de uma multidão, como é ouvir um grupo de milhares de indivíduos pedindo pelo seu sangue. Confesso que também me agradaria vê-los morrerem. Felizmente, Dinantra tem uma posição boa o suficiente para arrumar ambas as coisas.

— Pelo Quarteto Sagrado — sussurrou Matrick, que ficara pálido apesar da cor rosada depois de consumir duas tigelas de vinho em um curto espaço de tempo. — Você quer que a gente lute no Maxithon?

O sorriso de Lastleaf se espalhou como uma epidemia pelo resto do rosto.

— Quero — respondeu ele para Matrick, embora os olhos diferentes entre si estivessem grudados em Gabriel. — Afinal, vocês fizeram um esforço extraordinário para reunir o seu bandinho. Devem estar planejando alguma coisa... uma última exibição pelas grandes arenas de Grandual, talvez? — Suas orelhas se curvaram para a frente, curiosas. — Vocês não ousariam entrar na floresta, claro. Não nessa idade.

— E você quer que a gente lute contra o quê? — perguntou Moog, mudando de assunto antes que o druin pudesse dar outro palpite sobre o objetivo deles. Ele apontou para Lastleaf. — Não com você, certo? Com você? Não diga que é com você.

A gargalhada de Dinantra soou suave e sibilante. Ela compartilhou um olhar conspiratório de desprezo com o druin antes de responder.

— Temos uma coisa especial em mente. Uma coisa que esta cidade nunca viu. Se vencerem, Ganelon fica livre.

Ela deixou a alternativa implícita, reparou Clay.

— E se a gente se recusar? — perguntou Matrick. — Se a gente se negar a lutar, o que acontece com Ganelon?

Um tremor de irritação passou pelas feições impiedosamente lindas de Dinantra. As cobras no cabelo dela sibilaram em reprovação.

— Você acha que para mim é fácil viver em Fivecourt? Há leis que me garantem esse direito, e minha riqueza, claro, alivia um pouco as coisas. Mas as pessoas desta cidade mal toleram a minha presença. Há murais lascivos parecidos comigo em todos os distritos. Tenho que enviar criados ao mercado por medo de ser atacada ou de se recusarem a me servir. Soube que existe até uma prostituta em Coinbarrow que usa meu nome. Ela usa uma peruca com cordas pintadas e finge ou permite que os *homens* finjam que é comigo que estão fazendo amor, como se um homem mortal pudesse sobreviver a um prazer tão exótico.

Clay viu a almofada entre as pernas de Matrick tremer de leve.

— Vivo entre essas pessoas há anos — disse a górgona —, e ainda assim preciso trabalhar incansavelmente para manter a boa vontade delas. Para minha vergonha, isso muitas vezes quer dizer encenar lutas na arena, uma coisa que Lastleaf me garantiu que será proibida quando o nosso Novo Domínio se estabelecer em Castia. Ainda assim, prometi um espetáculo a esta cidade, e vou conceder isso, com ou sem sua ajuda. Se vocês se recusarem, Ganelon vai enfrentar a morte sozinho. E ele *vai* morrer, prometo. O Maxithon vai ganhar o sangue que quer, de uma forma ou de outra. Agora, escolham.

Gabriel abriu a boca para protestar.

— Nós vamos — disse Clay.

Os outros olharam para ele. Moog deu um sorriso apertado. Matrick deu de ombros. Gabriel assentiu, com arrependimento e alívio evidentes nos olhos.

— Excelente — sibilou Dinantra. — Lutarão amanhã. Tenho outro bando como atração principal, mas sei que o mestre da arena vai abrir uma exceção para o Saga, os Reis do Wyld, finalmente reunidos.

— Amanhã está ótimo — disse Clay antes que alguém pudesse protestar.

Moog bateu com o ombro ossudo no rei ao seu lado.

— Quanto mais cedo terminarmos, mais cedo vamos para oeste, certo?

Clay viu as orelhas de Lastleaf se inclinarem, mas o druin não deu outra indicação de ter captado a implicação óbvia nas palavras do mago.

Gabriel falou antes que o silêncio pudesse gerar mais perguntas.

— Podemos ver Ganelon agora?

A cauda da górgona tremeu, o chocalho chamando os criados do canto da sala. Ela entregou a tigela, deslizou do assento e grudou o olhar de rubi em Gabriel.

— Deixe o ouro — ordenou ela. — Venham comigo.

Gabriel não protestou. Ele se levantou e foi atrás dela, deixando o saco onde estava.

Lastleaf voltou a atenção para o quadro atrás dele.

— Eu desejaria boa sorte amanhã — falou ele por cima do ombro —, só que, bom, vocês sabem.

Dinantra os levou através do pórtico acortinado para o pátio particular. Eles a seguiram por um caminho iluminado por pequenos arranjos de velas baixas decoradas com pedras coloridas, rosa e verdes e brancas. Havia um jardim bem cuidado à direita. Um criado sem usar nada além da tradicional tanga de moedas estava cortando uma cerca viva à luz de tochas no formato de dois homens lutando. Pelo menos Clay *achava* que eles estavam lutando; era difícil enxergar na penumbra. O homem se ajoelhou quando Dinantra passou e encostou a testa na grama. À esquerda deles, havia um lago parecido com o que tinham visto na casa de Kallorek. Clay se perguntou por um segundo se górgonas sabiam nadar. Achava que sim.

— Por que comprá-lo de Quarry, afinal? — perguntou Matrick.

— Porque ele é perigoso — a voz de Dinantra chegou a eles pelo ar — e coleciono coisas perigosas.

Havia uma pequena construção de pedra no fundo do jardim. Dinantra foi para um lado da entrada e recolheu a cauda verde-dourada atrás do corpo.

— Ganelon é de vocês por esta noite. Vou providenciar um quarto na cidade. Algo adequado, garanto. Também vou providenciar guardas para que honrem o nosso acordo. Agora, vão. Ele está aí dentro.

Gabriel entrou primeiro. Ele abriu a porta pesada e entrou no interior escuro. Moog e Matrick foram atrás. Clay ficou do lado de fora por mais alguns momentos. Sentia uma pontada fria de medo na barriga. Ele imaginou o ressentimento de Ganelon por ter sido abandonado pelos supostos amigos quando mais precisou, a amargura que devia sentir por ser tirado de Quarry só para se tornar escravo de uma górgona mercenária. Mais do que qualquer outra coisa, ele tinha medo de encontrar o guerreiro como uma sombra do que já tinha sido, destruído pela prisão, subjugado por uma década de servidão. Eles o encontrariam de joelhos, sem nada além de uma tanga de moedas velhas escondendo sua vergonha? Ou Dinantra o manteve acorrentado, enjaulado como uma besta naquele lugar sombrio?

A górgona estava olhando para ele com um leve sorriso nos lábios.

Ele entrou pela porta. O aposento estava escuro. Faixas de luz pálida entravam pelas grades próximas de uma janela virada para o oeste. O ar lá dentro estava parado. A poeira erguida pela chegada deles se espalhou pelo ar e girou como flocos de neve em volta do ocupante petrificado do aposento.

— É ele — disse Moog, esticando a mão para passar os dedos pelo rosto de basalto. Sua voz soou reverente e suavizada pela dor. — É Ganelon.

Havia um ditado no norte: *a moeda que quebrou a coluna do dragão*. Era derivado da ideia de que um dragão acumulando bugigangas demais poderia sufocar embaixo do peso da própria avareza, e queria dizer (ao menos era o que Clay achava) que até a mais poderosa das coisas (dragões, por exemplo) tinham um ponto em que o menor detalhe poderia significar seu fim.

Havia um ditado similar no sul: *a palha que quebrou a coluna do camelo*... embora Clay achasse um mistério por que se colocaria um pedaço de palha nas costas de um camelo. Os sulistas eram um povo curioso.

Apesar de o fato de Ganelon ter assassinado o filho de Sultana não ter sido a única coisa responsável pela dissolução do Saga, aquele crime tinha sido, pensando bem, a moeda que quebrou a coluna do dragão.

Não que Clay o culpasse por isso, claro. O príncipe, enquanto visitava a cidade de Mazala, abusou de uma mulher de quem Ganelon gostava muito, e Ganelon reagiu matando toda a tropa narmeeriana. Como consequência, o príncipe mandou que a mulher fosse queimada na praça da cidade, fazendo Ganelon proporcionar um destino similar ao próprio príncipe, mas não antes de machucá-lo tanto que a morte pelo fogo foi um ato de misericórdia.

A Sultana ficou previsivelmente furiosa, e os companheiros de bando de Ganelon, cada um por motivos próprios, não queriam suportar a força da ira dela.

Meses antes, Valery tinha confessado a Gabriel que estava grávida. Os áugures disseram que seria menina, e Gabriel comentou com alegria que ela cresceria e se tornaria uma grande heroína, como o pai. Considerando tudo, aquela era uma ironia horrível.

O marido de Moog, Fredrick, que também era um mercenário renomado, tinha contraído podridão no ano anterior, depois de fazer incursões demais sob as copas envenenadas da floresta negra. O mago estava determinado a encontrar a cura e já tinha pedido licença do bando. Quando soube da prisão de Ganelon, Moog estava preocupado demais em salvar Freddie para poder ajudar. Freddie, apesar disso, morreu poucos meses depois.

Naquela época, Matrick recebia cartas quase todo dia de Lilith, que ainda não tinha se transformado na rainha impiedosa e maníaca sexual que acabou revelando ser. A jovem princesa estava apaixonada pelo trapaceiro do Saga. Ela escreveu para ele que seu pai estava muito doente e que Matrick devia ficar em Agria, se casar com ela e governar como rei quando o velho filho da puta (como ela amorosamente escreveu) estivesse morto.

E quanto a Clay Cooper? Ele nunca tinha sonhado em participar de um bando nem queria a notoriedade que isso gerava. Ele amava os rapazes como irmãos, até Ganelon, mas, embora Clay fosse muito bom em matar coisas, a ideia de fazer isso por mais dez anos enquanto evitava a ira de algum monarca vingativo não lhe parecia boa. Ele queria ir embora, deixar a violência para trás e, mais do que tudo, tentar viver de acordo com as palavras que tinha escrito na bétula que marcava o túmulo de sua mãe tantos anos encharcados de sangue antes.

Por isso, Ganelon enfrentou a queda sozinho. Não foi uma traição; não exatamente, pois ele era mesmo culpado de ter assassinado um príncipe e vários homens "inocentes" no processo. Mas a sensação para Clay era exatamente essa, e ele carregava o peso daquela escolha como uma capa de ferro desde então. Ele se perguntou agora se libertar Ganelon só porque precisavam da ajuda dele não seria, no que dizia respeito à paciência do ex-companheiro, a palha que quebraria…

Ah, pensou Clay quando o significado por trás da metáfora ficou repentinamente óbvio, *agora entendi*.

O plano desesperado de Gabriel estava se concretizando. Contra todas as expectativas, o Saga estava junto de novo.

Seria como antigamente, só que Moog estava morrendo de uma doença incurável; Matrick estava completamente fora de forma; Gabriel, o líder orgulhoso e destemido, estava manso como um gato recém-nascido, e Clay só queria ir para casa, abraçar a esposa e contar para a filha querida histórias de grandes explorações que felizmente tinham ficado para trás.

Ganelon, pelo menos, estaria o mesmo, tão robusto e saudável quanto no dia em que os magos da Sultana o transformaram em pedra quase vinte anos antes.

Enquanto Moog procurava na bolsa um meio de desfazer a petrificação dos sulistas, Clay se viu imaginando como seria o momento seguinte à libertação de Ganelon. Em quase todos os cenários, Clay e os companheiros acabavam mortos aos pés do guerreiro. Ganelon sempre foi o lutador mais habilidoso do Saga; para ele, acabar com o resto do grupo agora não seria nada, seria fácil como uma águia matando os próprios filhotes.

Ganelon foi concebido, nascido e criado para a violência. Ficou órfão aos onze anos e se tornou mercenário aos catorze. O guerreiro do sul sem dúvida tinha passado por muitas aventuras loucas antes de se juntar ao Saga, assim como os cinco viveram nos dez anos seguintes. Ele alegava que havia um bardo na maioria das vezes, mas Clay ainda não tinha ouvido nenhuma música ou história sobre a juventude de Ganelon que não viesse dele mesmo.

Mais do que a maioria, incluindo Clay, Ganelon era um homem definido pelas suas origens. Sua mãe foi vendida quando criança para um bordel em Xanses. Seu pai foi um dos valiosos guarda-costas kaskares da Sultana, e a união dessas almas tão diferentes não foi romântica, apaixonada ou consensual, supunha Clay, pois a prostituta narmeeriana matou o gigante kaskar logo depois, enquanto ele dormia.

Do pai, Ganelon herdou os olhos verdes de nortista e a altura imponente, um temperamento explosivo e uma capacidade inata de derramamento de sangue. Da mãe, ferocidade, mente forte e uma vozinha no fundo do cérebro que servia, quando ele tinha a sabedoria de ouvir, como consciência.

— Ah, aqui. — Moog pegou com cuidado um cacto em um vaso no meio do vácuo da bolsa. — Segura isso — disse ele, entregando a bolsa para Matrick. Ele se ajoelhou e colocou o cacto no chão antes de casualmente arrancar um dos espinhos e amassar com os dentes. Em seguida, ele pediu a bolsa e a jogou por cima do cacto como se fosse um gato feroz que ele temia que pudesse arranhar. Por fim, tirou o espinho da boca e usou a ponta para espetar o pé da estátua de pedra enorme.

Moog se levantou e jogou o espinho longe.

— Deve levar só um minuto — disse ele.

Clay se perguntou, conforme os segundos se passavam, como exatamente uma pessoa saía de um estado de petrificação. O guerreiro teria um acesso de fúria e se debateria, a mente ainda presa no instante em que o feitiço da pedra o paralisara? Deu um passo cauteloso para trás, flexionando a mão direita, pronto para pegar a alça de *Coração Negro* se precisasse.

Ele examinou a estátua do sulista enquanto esperava. Ganelon não era tão alto quanto Clay. Seus braços não eram tão grandes, os ombros, não tão largos. Mas Ganelon, na mente de Clay, sempre teve uma imagem mais imponente. Enquanto Clay Cooper tinha o corpo de um urso, tão adepto de brigas quanto de dormir no inverno rigoroso em uma caverna quentinha, Ganelon era esguio como um lobo, elegante como uma pantera. Seu físico todo parecia formado pela economia brutal da natureza com um objetivo mortal e singular.

Clay observou com fascinação o feitiço começar a dissipar. A pedra fosca se tornou o cabelo preto trançado com contas de marfim. Virou pele marrom-escura e músculos cobertos de cicatrizes pálidas. De testa alta, nariz largo, bigode preto... Ganelon piscou para tirar poeira dos cílios, e depois de um momento de desorientação, pareceu perceber que não estava sozinho. O guerreiro voltou os olhos verdes para cada um deles. Suas narinas se dilataram, e Clay começou a contar os segundos até que o banho de sangue (o sangue deles, claro) começasse.

Os segundos se prolongaram, até que finalmente Ganelon limpou a garganta, se virou para Gabriel e perguntou com uma voz que rachou como pergaminho velho:

— Quanto tempo?

— Dezenove anos — disse Gabriel.

O guerreiro fechou os olhos. O maxilar trabalhou furiosamente. O peito subiu e desceu com a respiração de décadas vazias penetrando nos pulmões. Finalmente, soltou um longo suspiro. Mexeu os ombros e virou o pescoço para um lado; o estalo foi tão alto que Moog pulou como um coelho assustado. Ganelon olhou para o mago e riu. Devagar, voltou o olhar para Matrick, para Gabriel e para Clay. O silêncio voltou, com o peso da poeira baixando.

— Vocês estão uma merda — disse ele.

CAPÍTULO VINTE E UM

RIOT HOUSE

A Riot House era a taberna mais famosa de Fivecourt. Havia uma placa acima da porta exibindo um homem montado em um carneiro. As palavras DESCANSO DO WYATT estavam entalhadas embaixo, mas, quem quer que fosse Wyatt, ele já tinha montado no carneiro para fora da cidade muito antes de Clay botar os olhos no lugar pela primeira vez. Era hospedaria, cervejaria, bordel e antro de jogatina. Era um lugar para traficantes traficarem e prostitutas se prostituírem, um refúgio para bêbados, um santuário para viciados, um circo de sete andares que Clay não sabia do quanto sentia falta até entrar pela porta com o bando.

Era bem como ele lembrava: o bar, os compartimentos, as mesas de dados espalhadas no centro do salão. Havia um palco coberto com uma lareira dupla atrás, no momento ocupado por uma trupe de quatro mulheres, três tocando instrumentos enquanto a quarta berrava como uma banshee caindo de um penhasco. O piso de madeira irregular estava manchado de cerveja e sangue. Garrafas estilhaçadas e as lascas restantes de cadeiras quebradas contavam a história de brigas épicas (na Riot House acontecia uma por noite, pelo menos), e o ar fumacento estava tomado da falação de várias centenas de clientes gritando, rindo e xingando, tudo ao mesmo tempo.

Clay observava os andares do interior da hospedaria. Viu a sacada de quarto andar de onde Matrick tinha jogado um colchão em chamas nas pessoas abaixo, e ali: a sacada de terceiro andar da qual Clay caíra durante uma briga com um kaskar cuja irmã ele tinha se recusado a levar para a cama. Os kaskares eram engraçados.

Estar de volta à Riot House, ver que não tinha mudado nada depois de tantos anos, foi como um sonho para Clay, como se ele tivesse viajado vinte anos para o passado. Ele quase esperava ver seu antigo eu passar gingando, jovem e burro, sem prestar atenção a nada além da bebida na sua mão, da mulher no seu braço, das moedas fazendo um buraco no bolso.

Gabriel deu um tapa no ombro dele.

— Vou providenciar os quartos.

— Estarei no bar — disse Matrick.

— Lá estão eles! — gritou alguém em algum lugar, e as coisas foram ladeira abaixo a partir daí.

O lugar inteiro esperava por eles. Dinantra tinha espalhado a notícia, e todos os recém-chegados que entravam pela porta (ao lado da qual os fortões da górgona estavam em pé para garantir que Ganelon e os outros permanecessem lá dentro) garantiram que a notícia da luta no dia seguinte se espalhasse como fogo pela cidade. Mercenários formaram fila para apertar e bater nas mãos deles. Um bardo subiu ao palco para cantar sobre as aventuras do Saga, e as sacadas ficaram lotadas de clientes ansiosos para dar uma olhada no bando que já tinha sido o mais grandioso do mundo.

Clay reconheceu muitos rostos que não via desde os seus dias de aventuras. Ali estava Deckart Clearwater com o martelo duplo preso às costas. E também Impiedosa May Drummond, que tinha matado mais gigantes do que qualquer pessoa que Clay conhecia e já tinha parido um filho de orc só para ganhar uma aposta. Esse filho também era mercenário, a propósito, e tão feio quanto a noite era escura.

Ele viu Jorma Mulekicker lutar contra três homens ao mesmo tempo, e Aric Slake perder feio nas cartas. Os cinco irmãos Skulk dividiam uma jarra de cerveja em uma mesa, enquanto os seis integrantes do ironicamente batizado Sete Espadas discutiam calorosamente entre si. Ele viu Beckett "Bainha Verde" Fisher enrolado em um jogo de Torreão de Conthas, no qual os jogadores se revezavam removendo e reempilhando blocos de uma torre alta até cair; se isso acontecesse na sua vez, você tinha que virar o que restava da bebida e o jogo começava de novo.

— Mão Lenta! — Nick Blood, a metade inferior do duo de mercenários casados conhecido como Blood e Gloria, segurou Clay pelos ombros e o sacudiu com força. — Pelo Pau Sangrento do Pagão, cara, é você mesmo!

— Sou eu — confirmou Clay. — Como está Gloria?

— Morta — declarou Nick de forma prosaica. — A podridão a levou uns dez anos atrás.

Clay engoliu o constrangimento antes de voltar a falar.

— Sinto muito.

O velho mercenário deu de ombros.

— Acontece. Mas estou de volta ao jogo! Ia abrir no Maxithon para as Águias Gritadoras amanhã, mas soube que a górgona arrumou uma nova atração principal. — Ele cutucou Clay com o cotovelo e piscou. — Você é um filho da mãe sortudo, Cooper. Mal saiu da aposentadoria e já é o maior espetáculo da cidade. O Saga, na verdade. Ninguém nunca chegou aos pés de vocês, cara.

Clay sorriu como um homem que ganhou o primeiro lugar em uma competição de "Quem tem a vida pior".

— Bom ver você, Nick — disse ele, passando e seguindo direto para o bar.

Matrick já estava lá. Algum idiota dera uma garrafa a ele e estava deixando que ele servisse as próprias bebidas. Consequentemente, a garrafa estava quase vazia.

— Olha quem está aqui! — gritou o velho trapaceiro em meio ao barulho, indicando uma pessoa ao seu lado no bar.

Clay piscou, sem acreditar.

— Pete?

— Oi, Mão Lenta. Não vejo você faz um tempinho.

Um tempinho?

— Tem um tempo, é. Você está... igual — disse Clay, e *como* era verdade. Pete era cliente regular da Riot House. Tinha um quarto no primeiro andar e estava sempre por ali. Ajudava a arrumar o local de manhã e, em troca, era alimentado três vezes por dia e tinha uma conta sem fim. Seu cabelo estava preso em uma trança na base do pescoço, ainda tão preto quanto o justilho de mangas curtas que Clay desconfiava que era a única camisa que o sujeito tinha.

— O Matrick aqui está me contando que foi rei — disse Pete, que não pareceu nada impressionado pelo fato. — Me parece uma trabalheira danada, e para quê? Um homem precisa de comida, cerveja e um penico para mijar. Diga uma coisa que um rei tem e eu não!

Clay ia começar com *um reino* quando o barman chegou, outra relíquia de outrora. Uric era um minotauro, um lutador que conquistou a liberdade em uma época anterior às arenas como o Maxithon surgirem em todas as cidades. A barba que já tinha sido lustrosa estava rala e grisalha, os chifres amarelados pela fumaça e a voz rouca como uma cota de malha enferrujada.

— Bebidas? — perguntou ele.

— Cerveja — disse Pete.

— Uísque — disse Matrick.

Clay levantou a mão.

— Estou bem, obrigado.

— Três cervejas — rosnou Uric e se afastou.

— Vocês encontraram Raff Lackey por aí? — perguntou Pete, examinando o que restava da bebida atual.

Clay trocou um olhar hesitante com Matrick.

— Encontramos, sim.

Pete só assentiu.

— Vou fazer uma oração para ele hoje, então. Falei que não havia recompensa que valesse arrumar briga com Clay Cooper.

— Eu não pretendia… — Clay começou a explicar, mas o que podia dizer? *Claro, taquei uma cobra venenosa no pescoço dele, mas como eu ia saber que ele acabaria morrendo?* — As coisas fugiram do controle — falou ele, sem muito entusiasmo.

— Acontece às vezes, Mão Lenta. Acontece.

Quando Uric voltou com as cervejas, Clay aproveitou a oportunidade para pedir licença. Matrick o seguiu até as mesas de jogos, onde viu um jogo de dominó precisando de uma quarta pessoa e foi calorosamente recebido no lugar vazio.

Gabe e Ganelon estavam sentados em um compartimento junto à parede. Os admiradores mais fervorosos já tinham se aproximado, e o olhar do sulista conseguia afastar os que não estavam bêbados o suficiente para ousarem abordá-los. Clay se sentou no banco ao lado de Gabriel.

Talvez por causa da aparência estranhamente jovem de Ganelon, ou talvez porque estavam sentados em um compartimento parecido, Clay lembrou o dia em que conheceram Ganelon. Gabe atraiu Clay para Conthas usando uma desculpa, mas com o objetivo secreto de o apresentar a um bandido de rua que virou agente chamado Kallorek. Em uma taverna chamada Loose Moose, o Orc (como Kal era comumente chamado na época) os apresentou a um jovem batedor de carteiras chamado Matty e a um bardo cujo nome Clay não conseguia lembrar por nada no mundo.

Por obra do acaso (Clay gostava de acreditar que os deuses tinham coisas melhores a fazer do que unir um bando), Ganelon também estava no Moose naquela noite. Alguns bêbados desafortunados tinham dado uma olhada na pele escura e nos olhos verdes vívidos do sulista e fizeram comentários ofensivos sobre o gosto da mãe dele por homens.

Ganelon enfiou uma adaga em um, e quando a multidão foi para cima dele, Gabriel insistiu que ele e Clay fossem em defesa do sulista, no mínimo para tornar a briga justa. Matrick também se juntou, e, antes do fim da noite, o Saga tinha vencido a primeira batalha e perdido (por acidente, claro) o primeiro de seus muitos bardos.

Clay sorriu ao lembrar, o que o fez ganhar um olhar curioso de Gabriel.

— O quê?

— Nada.

— Eu estava contando tudo para o Ganelon — disse Gabe. — Sobre Lastleaf, Castia e Rose. Ele disse que vai ajudar.

Clay olhou por cima da mesa. Era tão estranho ver Ganelon sentado ali, vinte anos mais jovem do que deveria. O guerreiro coçou a cicatriz embaixo do olho esquerdo.

— O que foi? — perguntou ele na defensiva. — Achou que eu não ia?

— Não — respondeu Clay. — Só pensei…

— Que eu estaria puto? — sugeriu Ganelon. — Que eu ficaria pensando onde meus amigos estavam quando os homens da Sultana foram me pegar? Que eu poderia me ressentir de ter virado pedra, de ter sido enviado para Quarry e vendido para uma górgona que planeja me matar na arena?

Clay tomou um gole da cerveja.

— É, isso — disse ele.

Ganelon fez uma careta e deu de ombros.

— Bom, não estou puto. Não estou ressentido... ou não muito. No meu ponto de vista, a justiça foi feita. Quem precisava morrer morreu, e perdi uns vinte anos de nada.

— Bom, eu não diria...

— Você sabe o que quero dizer, Mão Lenta — interrompeu Ganelon. — Esposas. Filhos. *Firmar raízes.* Nada disso combina comigo. — Ele tomou um gole da caneca e limpou a espuma dos lábios. — Mas aqui estou, e aqui estamos, e a filha do Gabe precisa ser salva, então vamos lá. Também não me importaria nem um pouco de ver Lastleaf. Parece que ele precisa de outra surra.

Então era assim. Nenhuma amargura. Nenhuma animosidade. Para Ganelon, as coisas estavam como sempre foram. Clay jamais chamaria o companheiro de um homem simples, longe disso, mas o pragmatismo dele foi impressionante, até para Clay, para quem isso era praticamente uma religião.

Depois de concluir a questão com Clay, Ganelon voltou a atenção para outra pessoa, sentada à mesa mais próxima.

— Algum problema?

Clay se virou e reconheceu o jovem de cabelo platinado que tinha visto mais cedo, sentado nos degraus da carroça que bloqueava o portão.

— Não. — A voz do rapaz era uma paródia afetada do sotaque do sulista. — Só estava tentando entender por que vocês estão recebendo tanta atenção.

Gabriel se encolheu em um canto e Ganelon ficou olhando sem falar nada, então Clay decidiu responder.

— A gente é só um bando.

— Só um bando? — O jovem fez expressão de desprezo e trocou uma risada debochada com os outros à mesa. Havia dois jovens de cara petulante e uma mulher com um tapa-olho cravejado de diamante. — Bom, então por que vão estrelar no Maxithon no nosso lugar amanhã?

— A gente devia conhecer vocês? — perguntou Ganelon.

O mercenário de cabelo platinado pareceu chocado.

— Você quer dizer que não conhece? — Ganelon balançou a cabeça em resposta. — Nós somos as Águias Gritadoras, cara. Somos o maior bando a leste de Heartwyld.

— Ou seja, em todo lugar! — disse um dos outros.

— Eu sei — respondeu Clay.

O líder magrelo se inclinou para a frente na cadeira.

— Vocês estavam debaixo de uma pedra, por acaso?

Ganelon não sorriu.

— Mais ou menos.

— *A gente* ia lutar pela górgona amanhã — disse a pessoa que tinha o tapa-olho brilhante, que não era uma mulher, Clay percebeu. — Nós viemos de Drumskeep e agora temos que ficar sentados com o pau na mão enquanto uns velhos desbotados sangram na areia?

— Espere aí, Parys — disse o outro. — Esses caras não mataram um dragão adormecido tipo uns cem anos atrás? Demonstre algum respeito!

Gargalhadas de desdém soaram em seguida.

Clay olhou para o lado, com medo da fúria de Ganelon explodir, mas o guerreiro ainda estava segurando a cerveja, o que era um bom sinal. *Quando ele botar o caneco na mesa, eu entro em pânico*, pensou Clay. Ele decidiu abrir um sorriso tranquilo para tentar acalmar a situação antes que aquilo aumentasse.

— Bom, se serve de consolo, acho que Dinantra tem uma coisa meio horrível em mente para nós amanhã.

O cara de cabelo platinado cruzou os braços tatuados e fez questão de não parecer impressionado.

— O que ela poderia ter planejado para um bando de heróis velhos? Uns kobolds aleijados? Um ciclope cego? Quem sabe ela pretende fazer vocês ficarem parados e esperar para ver quanto tempo demora para vocês morrerem de velhice.

Mais risadas. Clay escondeu o sorriso hesitante atrás de um gole de cerveja.

— Pode ser.

Mas o cara de cabelo platinado não tinha terminado ainda.

— Reis do Wyld, não era assim que chamavam vocês? Onde a górgona encontrou vocês? Pelo que soube, estavam espalhados por aí.

— Eu soube que um deles morreu — disse o do tapa-olho.

— Eu soube que um deles gostava de garotos! — declarou outro. — Qual é o que prefere a espada em vez da bainha, hein? O louro, aposto. É o mais bonito.

Clay coçou a barba, correndo o perigo de transformar o sorriso.

— Escuta, sinto muito por termos roubado seu show. De verdade. Sei que as Águias Guinchadoras são…

— Gritadoras — rosnou o de cabelo platinado.

— O quê?

— É *Águias Gritadoras*. Não "Águias Guinchadoras".

Clay franziu a testa.

— Tem certeza? Porque o som que uma águia faz…

De repente, o garoto estava de pé, a espada na mão.

— Eu sei como é o som da porra de uma águia! — bradou ele, o que atraiu a atenção de todas as mesas próximas, e, no silêncio que veio em seguida, Clay ouviu o baque baixo e ameaçador de Ganelon botando a cerveja na mesa.

A história de como a Riot House foi consumida em um incêndio foi registrada por vários bardos, mas poucos estavam presentes de fato na noite em questão. Mas mesmo os poucos privilegiados foram acusados de distorcer a verdade, de enfeitar os fatos em uma tentativa de promover seus relatos como versões "definitivas" dos eventos que levaram inevitavelmente ao incêndio devastador. O que se sabe ao certo é que a briga entre as Águias Gritadoras e os membros reunidos do Saga, que, por sua vez, gerou uma briga em ampla escala, foi só o começo.

Na balada "Casa em chamas", Tanis Dois-Dedos sugere que vários membros da Guarda da Cidade, enviados a princípio para controlar a briga no bar, se comportaram com tanta valentia e ferocidade que foram recrutados por um agente e se tornaram o bando conhecido pelo nome reconhecidamente sem inspiração de Guarda da Cidade. "Fogo e penas", escrita pelo renomado poeta Jamidor, oferece um relato detalhado da briga de travesseiros que aconteceu entre o quinto e o sexto andar da malfadada hospedaria em algum momento depois da meia-noite.

É verdade que Matrick Skulldrummer, o renegado rei de Agria, foi responsável pelo fogo? A canção "Bebida e dragões" propõe que, depois de consumir uma quantidade de álcool suficiente para deixar um pequeno gigante impotente, ele vomitou perto de uma vela e botou a mesa toda em chamas. Outros sustentam que Arcandius Moog foi o culpado. O mago e celebrado alquimista em teoria conjurou um ifrit elemental para resolver uma discussão se demônios são criados ou nascem naturalmente... um gesto fútil, pois todo mundo sabe que são criados.

Independentemente da origem, o incêndio levou ao fim de uma era. A Riot House nunca foi reconstruída, e, entre as cinzas, resta um único testemunho de suas décadas de existência pervertida: uma lápide pequena e inócua que marca o túmulo do que foi (incrivelmente) a única casualidade infeliz da noite, a de um homem conhecido apenas como Pete.

A inscrição diz o seguinte: QUANDO TENTAMOS CUIDAR SÓ DE NÓS MESMOS, CADA UM DE NÓS É REI.

CAPÍTULO VINTE E DOIS

O MAXITHON

Olhando em retrospecto, cair de bêbado na noite anterior ao dia em que teria que lutar pela vida na arena foi uma péssima ideia. O estômago de Clay gorgolejou como um caldeirão fervilhante. Sua cabeça latejava, e o som não tão distante de trinta mil pessoas gritando depois do corredor escuro onde estavam não ajudava em nada. Nem o fato de que o Maxithon, apesar de estar preso por quatro correntes enormes contra a correnteza do rio, *flutuava*. O efeito era sutil, mas irritante, como ficar no interior de um navio colossal.

Clay decidiu acrescentar "vomitar em toda parte" à longa lista de coisas que ele preferia não fazer naquele dia, logo depois de ser morto.

Ele ouvia Dinantra falando com o público. A voz dela, alterada por magia para se espalhar pela arena, prometia um show diferente de qualquer outro que eles já tivessem visto. A górgona ainda não tinha revelado contra o quê Clay e seus companheiros lutariam, só que trouxera "com considerável perigo e grande custo" das "profundezas mais sombrias de Heartwyld", o que podia significar praticamente qualquer coisa.

— Tomara que seja um urso-coruja — disse Moog com empolgação. O mago não pareceu abalado pelos acontecimentos da noite anterior. — Dá para imaginar? Mas seria uma pena ter que matar um. Uma grande pena.

Clay não se deu ao trabalho de comentar que ursos-coruja não existiam. Eles já tinham tido aquela conversa muitas vezes. O mago uma vez ofereceu "prova" de que as criaturas eram reais mostrando um desenho rudimentar em um livro velho do que parecia para todo mundo, menos Moog, um urso com olhos comicamente grandes.

A górgona ficou em silêncio. Houve uma breve fanfarra, seguida de um grito alto, e daquela barulheira surgiu uma única palavra repetida sem parar, incessante como as ondas do mar, ecoando como uma batida grave de tambor pelo longo corredor de pedra, tão alto que fez cair poeira do teto e o chão tremer debaixo dos pés deles.

Saga, Saga, Saga!

Clay viu Moog e Matrick trocando um olhar ansioso. *Esses dois idiotas estão gostando disso*, pensou enquanto tentava segurar sua... bom, ele não chamaria de *empolgação*, porque empolgação envolvia um otimismo que não sentia sobre o que os aguardava na arena, mas reconhecia que havia algo emocionante em ouvir o nome do bando saindo da boca de milhares de pessoas.

Ganelon estalou os dedos e girou o pescoço para um lado e para o outro.

Gabriel estava à frente deles no túnel, agachado junto à parede com a cabeça entre os joelhos. Quando a multidão começou a gritar, ele contraiu o corpo, e a cabeça subiu como a de um animal sentindo o cheiro da presa. Depois de um momento, ele se levantou, a sombra comprida na boca iluminada do túnel.

— Está na hora — disse ele. — Estão prontos?

— Prontos! — confirmou Matrick.

— Sim, senhor — disse Moog com alegria.

— Claro — grunhiu Ganelon.

Clay suspirou e deu de ombros.

— Acho que sim.

Gabe assentiu, se virou e foi na frente pelo corredor ligeiramente inclinado. Clay ouviu em um torpor induzido pela ressaca o canto da multidão ficar mais alto conforme a boca do túnel se tornava mais larga e mais iluminada.

Quando Gabriel saiu para a luz do sol, o cantarolar virou um rugido furioso e sem palavras.

Assim como cada um deles, o líder do Saga tinha ido equipado para a ocasião de forma adequada. A armadura oferecida a ele era laqueada de branco e dourado, com aparência impressionante, mas decorada demais para o gosto de Clay. A espada que ele carregava era uma imitação ruim da *Vellichor*, enorme, pesada e horrivelmente cinza. O cabelo de Gabe tinha sido lavado e penteado por uma das escravas da górgona, e, exceto pelos ombros contraídos e a expressão assombrada nos olhos, ele parecia o "Golden Gabe" que a plateia esperava ver.

Moog saiu atrás dele. O mago tinha recebido vestes apropriadas para substituir o pijama sujo. Ele só carregava a bolsa no ombro e balançou as duas mãos para os milhares ao redor.

Matrick saiu em seguida. O rei estava usando um colete preto de couro cravejado de rebites de ferro que ele não conseguia acomodar direito sobre o volume da barriga. Os cabos encrustados de pedras de *Roxy* e *Grace* brilhavam na cintura, e, quando ele pisou na arena, alguns dos agrianos na arquibancada começaram a gritar o nome dele também.

Clay fez uma careta. *Se Lilith ainda não souber que Matrick está vivo, vai saber logo.*

Ganelon saiu na frente de Clay. Dinantra tinha devolvido o machado dele, que comprara em Quarry junto com Ganelon e deixou guardado com seu tesouro pessoal por nove anos. Clay não pôde deixar de olhar enquanto ia atrás dele: lâminas pretas gêmeas posicionadas como as asas de um wyvern de cada lado do cabo. Cada lâmina era coberta por uma filigrana de escrita druica que pulsava em um branco-azulado quando a arma era manuseada pelo guerreiro em pessoa. Sempre que fazia isso, o machado começava a sussurrar baixo, com urgência, em um idioma que nem Moog conhecia. Se usada por outra pessoa, a arma era tão mortal quanto qualquer pedaço de metal afiado, mas, nas mãos de Ganelon, era uma coisa de letalidade impressionante. Chamava-se *Syrinx*, e se você perguntasse ao estoico sulista como um artefato daqueles foi parar nas mãos dele, tinha tanta chance de receber uma resposta quanto se questionasse a um bode qual era a biblioteca mais próxima.

Clay saiu por último, levantando um braço e apertando os olhos para se proteger do brilho do sol. Ele tinha escolhido um justilho de couro fervido no arsenal da arena que coube surpreendentemente bem. Estava com *Coração Negro* preso no braço direito e tinha encontrado uma espada razoavelmente afiada que parecia que não quebraria na primeira vez que acertasse alguma coisa, o que era promissor.

Os cinco foram até o centro aberto do Maxithon e ficaram lá enquanto ondas e ondas de adulação ensurdecedora se espalhavam.

Isso, pensou Clay, *é o motivo de os bandos de hoje não viajarem. Esse é o motivo de evitarem Heartwyld. Por que correr o risco de ser emboscado por monstros quando você pode escolher contra o que lutar? Por que correr o perigo de se perder, contrair podridão, se pode simplesmente ir até a arena local?*

Ele girou em um círculo lento, os olhos subindo por camada após camada de uma multidão vibrante. Incontáveis rostos gritando. Inúmeras mãos balançando. Por que matar na obscuridade se dava para fazer o mesmo ali e ainda receber a glória oferecida por trinta mil testemunhas entusiasmadas?

Dinantra estava no camarote na camada mais baixa, que tinha uma parede de azulejos atrás e a sombra de toldos de seda. O Duque da Terra Final estava em silêncio em meio à agitação dos cortesãos, os braços cruzados e as orelhas encostadas no cabelo cor de outono penteado para trás. Seu olhar estava fixo em Gabriel, que, por sua vez, olhava pela área coberta de areia para a porta enorme de ferro forjado em frente ao corredor do qual tinham saído alguns momentos antes.

— Está abrindo — avisou ele sobre o ombro.

A língua de Clay estava dura como carne-seca e com um gosto como se alguém tivesse apagado um cigarro molhado de uísque lá dentro. E, realmente, o portal pesado estava subindo devagar. O que Dinantra e Lastleaf esperavam que pudesse levar ao fim do Saga estava prestes a partir rugindo para cima deles.

Clay ajustou a postura. Suas costas estavam doendo desde cedo e ele se esticou para alongá-las. Considerando o chamariz que ele e os companheiros pareciam ser, não ficou surpreso de ver vários navios voadores passando preguiçosamente acima da arena, de onde os felizardos, por terem encontrado as relíquias voadoras, podiam espiar o Maxithon como deuses sedentos de sangue.

Houve um *clang* quando o portão chegou ao alto e um silêncio quando a arena emudeceu de repente. A coisa que poderia levar ao fim do Saga *partiu mesmo* rugindo para cima deles.

Nesse ponto, Clay vomitou na areia aos seus pés e riscou da lista a primeira das duas coisas que não queria fazer naquele dia.

Era uma quimera, provavelmente a mesma que ele e Gabriel tinham visto no desfile em Conthas. A coisa era um monstro em todos os sentidos da palavra. Tinha as patas de um leão, as pernas traseiras de um bode, uma comprida cauda reptiliana e três cabeças: um dragão coberto com escamas escarlate, um leão de juba preta e um carneiro branco com perturbadores olhos cor-de-rosa. Estava enjaulada quando ele a tinha visto pela última vez, completamente sedada. Mas agora estava livre e alerta, correndo na areia como um cachorro corria para o dono ausente, só que Clay duvidava que a quimera quisesse só derrubá-los e lamber a cara deles.

O Maxithon fez um som que era meio comemoração e meio arquejo horrorizado. Eles tinham ido ver um antigo bando se reunir, para que os jovens pudessem ver como era um bando *de verdade*. Alguns levaram mães e pais, que sem dúvida falavam com nostalgia que os jovens de hoje não seriam capazes de reconhecer um verdadeiro mercenário nem que ele arrombasse a porta no chute e comesse o jantar deles. Mas acabariam sendo testemunhas de quatro velhos e um sulista puto da vida serem mutilados.

Sobressaltado pelo barulho, o monstro parou de repente. O carneiro mostrou os dentes, o leão rugiu e o dragão soltou fogo vermelho-alaranjado para o alto. A plateia comemorou como louca, parecendo ter decidido aproveitar ao máximo a situação.

Pelo menos as pessoas vão ter uma boa história para contar, refletiu Clay sombriamente. *Ah, você viu um bando qualquer lutar contra um grupo de bugbears? Eu vi o Saga ser dizimado pela porra de uma quimera!*

A criatura fez um esforço para abrir as asas, que estavam bem presas, e as cabeças rosnaram em frustração mútua pelo esforço inútil. Por não ter opção melhor, decidiram juntas partir para cima da presa que Dinantra tinha feito a gentileza de oferecer.

— O que a gente faz? — A voz de Moog estava estridente de medo. Ao lado dele, Matrick estava com cara de quem ia seguir o exemplo de Clay e despejar o conteúdo do estômago no chão.

— A gente sobrevive! — disse Ganelon. Ele apertou *Syrinx* e deu um passo à frente, como se pretendesse protegê-los do que estava vindo. Como se pudesse.

Gabriel nem olhava para a coisa. Seu olhar estava grudado no camarote, onde Lastleaf e a górgona relaxavam debaixo da sombra de um toldo de seda. A expressão dele estava séria, mas Clay conseguia ver o que fervia debaixo do olhar cinzento. Nem era preciso dizer que, se morressem ali, haveria um amanhã em que Rose também morreria, se é que isso já não tinha acontecido. E, pior, ela morreria sem saber que o pai se importava a ponto de ir atrás dela, que estava disposto a arriscar tudo para vê-la em segurança. Gabriel sabia o que aquela luta era: uma sentença de morte. Não só para ele e para os homens ao seu lado, mas para a filha também.

Gabe não era mais o herói que já tinha sido. O jovem leão se transformara em um cordeirinho dócil e velho. Mas até um covarde conseguia encontrar a coragem escondida em um canto, e havia coisas que nem um coração medroso podia permitir.

A besta partiu para cima, e Gabriel saiu correndo para encontrá-la. Levantou a espada. O ferro brilhou como aço druin no sol forte da tarde. Seu cabelo voou como uma flâmula de ouro puro, e o som no Maxithon subiu a um tom frenético. *Ali* estava a glória que tinham ido testemunhar, o espetáculo do qual poderiam se gabar por anos e anos.

A quimera acertou Gabe como um touro. A cabeça de carneiro se abaixou, a espada bateu inutilmente em um dos chifres, e Gabriel saiu voando por cima da cabeça de Ganelon. O dragão atacou em seguida. O maxilar se fechou no local onde o guerreiro estava um instante antes. Ganelon rolou para a direita e se levantou golpeando. *Syrinx* acertou as escamas na lateral da cabeça do dragão, que se encolheu, sibilando de dor.

Clay seguiu em frente o mais rápido que as pernas permitiram. Matrick foi logo atrás e Moog parou para ajudar Gabriel, atordoado, a se levantar. A quimera se virou para Ganelon, e o dragão atacou mais duas vezes. O machado de Ganelon girou na frente do corpo e ambas a tentativas deixaram o dragão ensanguentado. Por fim, o dragão se ergueu, como uma cobra se preparando para atacar. Ganelon se agachou, mas percebeu tarde demais que devia ter saído correndo. Uma fagulha brilhou dentro da bocarra e uma torrente de fogo saiu.

Clay deslizou e foi parar entre o amigo e a chama, que acertou sem danos a face gasta de *Coração Negro*. O impacto o derrubou em cima de Ganelon, e o dois caíram, indefesos, enquanto a quimera avançava.

Mas Matrick chegou, gritando com o monstro. A cabeça de carneiro se virou e olhou para ele, atraindo as outras, e Matrick partiu para cima. O primeiro golpe não acertou, e ele foi obrigado a recuar desajeitado quando os dentes amarelados do carneiro tentaram mordê-lo e erraram por centímetros. Matrick reagiu enfiando a adaga da mão direita de lado no olho dele. A besta gritou, um som perturbadoramente *humano*, e tentou mordê-lo de novo. Reagindo sem pensar, Matrick ofereceu o braço esquerdo inteiro ao maxilar da criatura e girou no último segundo, de forma que, na hora que os dentes se fecharam, a faca na mão dele entrou pelo céu da boca e (supostamente) em seu cérebro, pois o carneiro morreu na mesma hora.

Uma cabeça a menos, pensou Clay. *Só faltam duas.*

O barulho da multidão foi ensurdecedor. Matrick estava de joelhos, segurando o braço. Parecia ao mesmo tempo exultante e apavorado, só que mais apavorado. A quimera se virou para ele, e Clay estava ocupado demais se preocupando com isso para ver o golpe com a cauda que o acertou na cabeça.

De lado, a vários metros de distância de onde estava um momento antes, Clay viu Moog soltar um punhado de bolinhas em cima da besta. O mago gritou uma ordem arcana, e todas as bolinhas menos uma viraram fumaça. A última floresceu em uma bola de fogo agitada que atingiu a cabeça de leão que avançava na direção de Matrick.

— Bolinhas do caralho — xingou Moog, remexendo na bolsa atrás de algo que Clay esperava que fosse mais eficiente do que o que ele tinha acabado de usar.

Gabriel aproveitou a distração, puxou Matrick pela gola e se posicionou entre o homem ferido e o monstro. A quimera foi na direção deles. A cabeça de carneiro estava caída inerte de lado, com sangue pingando da boca. Ganelon tentava atacar a coisa por trás, mas a cauda batia como uma víbora, mantendo-o longe.

O leão soltou um rugido na cara do Gabriel, que rugiu de volta e se moveu com cautela para a direita em uma tentativa de afastá-lo de Matrick, que parecia ter desmaiado de choque. A quimera atacou, e Gabe pulou para longe da boca do leão, golpeando na cabeça do dragão quando ela se aproximou. Sua espada, cega demais para ser eficiente, atingiu as escamas sem causar danos.

Clay viu que o esforço exigido para golpear com a espada já estava fazendo efeito. Gabriel conseguiu defender outro ataque da cabeça do dragão, mas uma das patas enormes da besta o pegou de surpresa e o jogou de cara na areia. Ele rolou de costas, mas antes que pudesse se levantar, foi preso pela pata. A armadura impediu que ele fosse esmagado, mas as garras enormes forçaram o metal. Gabriel deu um grito, mas de repente seus membros ficaram rígidos. A espada caiu de dedos que não conseguiam mais segurar o cabo.

Paralisado, percebeu Clay. Como se o monstro já não tivesse meios suficientes de matar à disposição, ele também deixava as pessoas imóveis e impotentes caso preferisse matar mais tarde.

— Ahá!

Moog tirou uma varinha da bolsa, ou melhor, um graveto retorcido enrolado em fio de bronze que Clay esperava que fosse uma varinha. A quimera, depois de concluir que Gabriel não era mais uma ameaça, se virou para o mago. Rugiu e flexionou as asas de novo. As cordas grossas que as prendiam gemeram, mas aguentaram. Moog já estava apontando a varinha, e quando a besta partiu para cima, ele gritou algo incompreensível. Houve um estalo que arrancou o fôlego de trinta mil pessoas e um arco de raio branco saiu da varinha de fios de bronze. Ele bateu no leão entre os olhos e se dissipou na mesma hora. A besta tremeu, atordoada, mas não morta. As pernas dianteiras cederam na hora que Clay ficou de pé e cambaleou na direção do mago.

Ganelon poderia ter matado a quimera naquele momento, mas a cabeça de dragão ainda estava alerta. Arrotou outro jato de fogo, e o guerreiro foi obrigado a pular para longe.

— Rá! — Moog fez um floreio com a varinha e aproveitou por um momento a adulação da multidão. Sua aparência *estava* impressionante, supunha Clay, resplandecente na veste emprestada, o cabelo branco ralo cintilando como seda aquecida pelo sol. Quando Clay chegou mais perto, o mago olhou para ele e sorriu. — Olha só isso! — disse ele, e o que aconteceu em seguida poderia ter sido extraordinariamente engraçado se as vidas deles não estivessem em risco.

Mas estavam, então não foi.

CAPÍTULO VINTE E TRÊS

NASCIDOS PARA MATAR

Moog levantou a varinha como um cavaleiro marcando um inimigo com a ponta da espada. Falou as palavras que invocavam o feitiço, e um raio formou uma ponte entre a varinha de fios de bronze e a cabeça de dragão. Dessa vez, o raio estalou inofensivamente nas escamas da criatura. A ponte permaneceu intacta, um filamento vibrante unindo Moog a uma corrente poderosa de eletricidade conjurada. O corpo do mago tremeu uma vez, a franja de cabelo branco comprido se pulverizou como um dente-de-leão ao vento, e ele caiu no chão, inconsciente.

Clay foi mais devagar e parou. Ficou aparvalhado com o absurdo do que tinha acabado de testemunhar. *Três a menos*, pensou ele morbidamente. *Faltam dois.*

Ele ouviu Ganelon gritar seu nome, olhou para trás e viu a quimera indo para cima dele. Com a mão esquerda, Clay golpeou e acertou o focinho do dragão com a ponta da espada. Virou *Coração Negro* quando o leão foi atrás. Os dentes acertaram a face do escudo e o empurraram para trás. Por puro instinto, Clay transformou o impulso em uma rolagem e escapou do golpe de uma pata com garras. De joelhos, bloqueou o golpe de outra garra e mais um ataque do leão. Quando o dragão atacou, ele estava pronto, com *Coração Negro* posicionado de forma a entrar na boca de lagarto. Antes que o bicho conseguisse se soltar, enfiou a espada até o cabo na lateral do pescoço.

As escamas se abriram com um som ecoante. O sangue espumou quente na mão dele. O dragão gritou e seu escudo se soltou, mas Clay perdeu a espada quando a cabeça recuou. Desequilibrado, ele cambaleou, quase para fora do alcance da quimera. Mas só quase.

Sentiu as garras afiadas cortarem as costas do traje de couro. Sentiu dor por um momento, logo substituída por um entorpecimento gelado. Os músculos das pernas sofreram um espasmo, e Clay caiu para a frente na areia. Como Gabriel, ele conseguiu rolar de costas, mas a sombra da besta surgiu acima dele naquele momento. Viu dentes tão longos quanto seu braço, uma língua rosa áspera e, atrás de ambos, o vazio preto da bocarra aberta do leão. O bafo o envolveu, fedorento como uma carcaça podre, e Clay manteve os olhos apertos quando a porta da morte se escancarou dando boas-vindas.

De repente, a plateia surtou; as duas cabeças restantes da quimera uivaram em agonia e a porta da morte se fechou na cara de Clay.

Ganelon tinha cortado a cauda da quimera, ou foi o que Clay descobriu quando a criatura se virou para encarar o guerreiro e ele viu o cotoco decepado se debatendo. As garras da quimera não tinham cortado fundo, mas, mesmo assim, seus membros estavam pesados. Ele conseguia abrir e fechar os dedos, mas dobrar o cotovelo ou mandar as pernas o ajudarem a se levantar estava fora de questão. Demoraria vários minutos para que conseguisse recuperar o controle das extremidades, interrompido pela toxina, e aí já seria tarde demais.

Ele só pôde assistir, tão espectador quanto as pessoas nas arquibancadas e nos navios circulando como abutres no céu, quando Ganelon enfrentou a quimera sozinho. *Como deve ser*, supôs Clay, pois os dois compartilhavam uma qualidade similar e singular: ambos haviam nascido para matar.

A cabeça do dragão pareceu inabalada pela espada enfiada no pescoço. Fez um movimento brusco e Ganelon chegou para o lado, batendo com força com a parte achatada do machado, depois mais duas vezes antes de o leão surgir em resgate. O guerreiro rolou por baixo das garras, enfiando a ponta de *Syrinx* na barriga da criatura. A quimera cambaleou para longe antes que ele pudesse causar qualquer dano sério. Ganelon continuou atacando, e o monstro recuou, rugindo em desafio, ganhando tempo para a cabeça de dragão se recuperar.

E se recuperou de repente, atacando o lado esquerdo do guerreiro ao mesmo tempo que a pata com espinhos chegava pelo direito. Ganelon virou a arma de lado, enfiou o cabo na palma da criatura enquanto movia as lâminas para manter o dragão longe. Quando o leão foi para cima, ele lhe deu um chute forte no focinho, atordoando-o, e pulou na cabeça do dragão. Pegou um dos espinhos no pescoço e subiu como se estivesse montando um cavalo. Onde ele estava, as garras não o alcançavam, nem os dentes do leão.

Ele vai conseguir, pensou Clay. *Ganelon vai matar a quimera e vamos ficar livres. Livres para morrer longe, no oeste. Mas não aqui. Não hoje.*

A quimera também sabia. O dragão gritou, o leão rugiu em fúria sedenta de sangue, o grito desesperado de um predador superado pela presa. As garras fizeram sulcos na areia quando Ganelon ergueu o machado. As asas forçaram as cordas que as prendiam…

… e elas arrebentaram.

Pela Misericórdia da Donzela da Primavera. A mente entorpecida de toxina de Clay estava com dificuldade de entender o que ele via. Asas como velas pretas se abriram contra o céu, se contraindo uma vez antes de esticarem. Houve um silêncio profundo quando a multidão foi percebendo as terríveis implicações de uma quimera livre, e, um instante depois, o terror tomou forma. A batida de asas de dragão espalhou terra pelo fundo da arena. Patas tomaram impulso no chão e a besta estava no ar.

Ela subiu e subiu, indo cada vez mais alto com o movimento das asas. Ganelon abandonou o machado e se agarrou com as duas mãos aos espinhos na cabeça do dragão. Atrapalhada pelo cadáver da cabeça de carneiro, desequilibrada pela perda da cauda e tentando desesperadamente soltar o parasita assassino das costas, a quimera se sacudia sem parar. Um dos navios maiores, uma caravela lenta que parecia ser uma espécie de barcaça de festival, estava fazendo a inclinação para se virar quando a quimera se chocou nele. Uma das esferas (ou motor de maré, como Moog chamara) se soltou e caiu na direção do rio. O navio se inclinou como se pego por uma onda, e Clay viu várias pessoas se agarrando na amurada.

Ali perto, Moog se sentou de repente. O cabelo estava desgrenhado, os olhos vermelhos. Ele tossiu um jorro de fumaça e olhou atordoado para Clay.

— Acabou? A gente matou ela?

Com um certo esforço, Clay conseguiu esticar o indicador da mão esquerda e apontar para o céu. O mago olhou para cima. A caravela volumosa estava perdendo altitude rapidamente, virando na direção de uma das torres de apoio. A quimera voou baixo. Ganelon tinha arrancado um espinho do crânio dela e estava tentando sem sucesso enfiá-lo pelas escamas.

— Ah — disse Moog, parecendo deprimido.

Outro navio, uma fragata com velas membranosas e motores girando na proa e na popa, abriu fogo contra o monstro. Bestas apoiadas na amurada dispararam três flechas da altura de Clay. A primeira foi na direção do rio. A segunda caiu e empalou um azarado na plateia. A terceira acertou a quimera de lado, e, por um momento, ela hesitou, as asas batendo como um morcego confuso por uma vidraça. Outra flecha foi disparada do navio, mas a besta desviou enquanto as pessoas a bordo corriam para reabastecer as armas.

O fogo do dragão banhou o convés. O navio pendeu para a frente quando o motor frontal começou a soltar fumaça. As torres das bestas foram abandonadas por homens e mulheres que correram para impedir que as chamas se espalhassem. A quimera se virou e foi para cima de novo. Quando acertasse, Clay sabia que seria o fim do navio. Cairia sobre o Maxithon e provavelmente mataria muita gente.

Ele se perguntou por um segundo se Dinantra e Lastleaf ainda estavam assistindo. *A górgona já deve estar a caminho dos portões da cidade se tiver algum cérebro*, concluiu ele. Ela queria dar a Fivecourt algo de que falariam por meses. *Bem*, pensou ele com amargura, *missão cumprida*.

Clay não olhou para verificar. Não conseguia tirar os olhos da catástrofe se desenrolando no céu acima. Ele viu a quimera partir para cima do navio de guerra oscilante, viu a cabeça de dragão se projetar para a frente, se preparando para soltar o bafo ardente. Ganelon puxava alguma coisa, talvez outro espinho? O que quer que fosse, soltou-se com um jorro de sangue.

Houve uma erupção de chamas da lateral do pescoço do dragão.

Minha espada, percebeu Clay. *Ele a arrancou, e agora o fogo...*

Clay viu sem acreditar quando Ganelon pulou da cabeça de dragão para a de leão, segurando a juba com uma das mãos enquanto enfiava e tirava a espada do pescoço da criatura. Atrás dele, o dragão pendeu quando o rasgo na lateral do pescoço dele se abriu. Um instante depois, a cabeça toda explodiu em uma chuva de sangue e fogo.

Homem e monstro mergulharam na direção do Maxithon, provocando o caos ao despencarem na camada mais alta das arquibancadas e irem caindo como uma bola rodopiante de pelo sujo e escamas ensanguentadas. Os espectadores correram para o lado com o intuito de abrir caminho e a maioria conseguiu. Mas os da camada mais baixa não tinham noção do perigo iminente. O olhar de Clay precedeu o caminho destrutivo da quimera, e foi assim que viu que o Duque e Dinantra permaneciam no camarote.

— Por favor — orou ele para qualquer deus de Grandual que fosse responsável por matar pessoas de forma aleatória com corpos de quimeras —, me conceda só... essa... porra.

Lastleaf se virou e o percebeu olhando. As orelhas de pelos brancos do druin estavam eretas, como se ele tivesse ouvido Clay sussurrando. Tarde demais, ele pareceu entender o que estava prestes a acontecer. No último momento, Clay viu Lastleaf se abaixar e Dinantra se levantar, a cabeça coroada por um aro de serpentes sibilando, e a quimera explodiu pelo toldo, esmagando a górgona e seu grupo de criados seminus antes de deslizar e descansar no chão da arena.

Incrivelmente, Clay percebeu que conseguia dobrar as juntas. Ele se virou de bruços, ficou de joelhos. Moog estava de pé, tirando poeira da veste nova. Quando terminou, se empertigou e olhou para Clay.

— Você está bem? — perguntou ele.

— Acho...

Houve um som como de uma montanha desmoronando. O chão tremeu e Clay caiu. Ele rolou para o lado e olhou para cima. A fragata tinha caído atrás da quimera? Uma das arquibancadas tinha desabado? Não dava para ver com tanta poeira no ar, mas, quando baixou, ele viu que a caravela tinha se chocado contra a torre noroeste.

A torre caiu. O Maxithon oscilou nas correntes, e, um segundo depois, a que ficava presa na torre sudoeste se soltou em uma chuva de pedra e concreto, porque o dia de Clay já não estava ruim o bastante.

A arena estava se *movendo*, levada para oeste pela correnteza do rio. As grandes correntes ficaram frouxas quando as duas torres que restaram se aproximaram. O Maxithon se desfez em um pandemônio, o rugido da multidão agora transformado em coral de terror apavorado com espectadores correndo para as saídas. Não que houvesse para onde escapar; as pontes trêmulas que conectavam a arena às duas margens deviam ter se partido assim que o edifício começou a se mexer.

Clay cambaleou e ficou de pé. Os joelhos tremeram e ele quase perdeu o equilíbrio de novo. Ele viu Moog ajudando Gabriel a se sentar. Matrick estava apoiado em um cotovelo, piscando para o caos como alguém que acordou no meio de um campo de batalha.

Não havia sinal de Ganelon. Clay estava se perguntando se ele tinha sido esmagado na queda quando uma das asas da quimera começou a estremecer. Clay procurou no quadril uma espada que não estava lá. Olhou na direção de Moog, mas o mago estava ocupado batendo em várias partes da armadura de Gabe e perguntando se ele estava sentindo alguma coisa. Matrick, pelo menos, também tinha visto o monstro se mexer. Não se moveu para ajudar, só mostrou o braço ensanguentado e gritou no meio da barulheira:

— É contigo.

Clay engoliu em seco, se virou, puxou *Coração Negro* até o queixo e se mexeu, hesitante. Tinha dado três passos quando o corpo tremeu de novo e Ganelon rolou de debaixo do cadáver, arquejando com dificuldade, sufocado com a poeira.

Clay suspirou de alívio. Mas o descanso foi curto, pois o Maxithon chegou ao limite das correntes que o prendiam às margens.

A torre norte caiu primeiro. A corrente se soltou e balançou perigosamente no céu. Por um milagre, a torre sul aguentou o primeiro puxão. O Maxithon balançou na direção da margem sul e começou a percorrer um círculo lento, mas enfim o movimento da arena puxou a torre para o rio. Clay sentiu o chão tremer e só conseguiu imaginar a destruição acontecendo lá fora: píeres quebrando como dedos frágeis, barcos virando, esmagados pela cuia gigantesca de madeira e pedra descendo pelo rio com trinta mil passageiros gritando a bordo.

Clay alcançou Ganelon.

— Você está bem?

O guerreiro dispensou a preocupação dele.

— Estou ótimo. Cadê o meu machado?

— Caiu ali — disse ele, mas antes que pudesse se virar para apontar o local, Clay viu uma figura se erguer dos destroços do camarote.

Lastleaf estava coberto de poeira e manchado de sangue. O cabelo estava desgrenhado e as orelhas viradas em ângulos estranhos, mas nada disso o fez parecer menos assustador quando ele mostrou os dentes lixados para Clay e puxou a espada longa e fina da bainha do meio nas costas. A espada cantou ao se libertar da proteção; era um som como o último eco de um sino. Cantou de novo quando ele a moveu de lado e segurou o cabo com as duas mãos.

Mas antes que pudesse usá-la, uma sombra surgiu na areia entre eles.

Clay olhou para cima e viu um navio voador descendo na direção do piso da arena. Primeiro, achou que estava caindo; abriu a boca para gritar para avisar Gabe e Moog, mas aí viu o mago acenando.

Quando se virou, Lastleaf tinha sumido do redemoinho de poeira erguido pelo navio.

A embarcação foi mais devagar ao tentar pousar em uma superfície que oscilava como o convés de um navio em uma tempestade. Era pequeno, pouco maior que um dhow, com um único motor girando na popa. O nome *Velha Glória* estava pintado na lateral, e não significou nada para Clay até ele ver os rostos olhando por cima da amurada.

— Vanguarda — sussurrou ele, tão baixo quanto uma oração que já tinha sido atendida.

CAPÍTULO VINTE E QUATRO

VOANDO À NOITE

— Esses arrombados do *Saga*. Pelo testículo novo de um troll, ainda não acredito. Tiamax, está vendo isso?

— Com todos os meus seis olhos — respondeu Tiamax.

— Inacreditável. — Barret se reclinou na cadeira, as longas pernas esticadas à frente. O líder do Vanguarda era alto como Ganelon e largo como Clay. O cabelo e a barba desgrenhados estavam cheios de fios brancos, mas os braços grossos continuavam cheios de músculos, e ele parecia tão em forma e cheio de vigor quanto da última vez que Clay o vira.

O navio voador do Vanguarda, que o bando encontrara em parte submerso durante a última incursão por Heartwyld, era pequeno, mas muito confortável. O casco tinha o fundo achatado e havia uma vela com um pico que parecia uma tenda. De tempos em tempos, correntes de eletricidade azul formava um arco pelas vigas de metal da vela, mas, como ninguém parecia preocupado, Clay manteve as preocupações para si. Havia sofás nas amuradas e um bar excepcionalmente bem guarnecido perto da popa. Havia velas em potes foscos de vidro suspensas acima, banhando o convés com uma luz suave e oscilante.

Barret estava balançando a cabeça descabelada.

— Quarteto Sagrado, mas nunca pensei que veria vocês cinco de novo. Teria apostado antes que veria um desfile de ursos-coruja nas ruas de Ardburg.

— Pode ser que ainda veja os ursos-coruja — resmungou Moog.

Barret voltou o sorriso largo para Clay.

— Quanto tempo faz, Mão Lenta?

— Hã...

— Dez anos? Doze? Nós passamos a caminho do oeste e tomamos uns drinques naquele buraco que Coverdale chama de taberna. King's Head, não era?

— Esse mesmo — disse Clay, e não segurou um sorriso melancólico que surgiu no rosto.

— Você estava com uma garota, eu lembro. Uma jovem bonita com peitos como os da Donzela da Primavera.

— Ginny — respondeu Clay. — Minha esposa.

Barret assobiou.

— Sorte sua, rapaz. Sorte pra cacete. Vale a pena sossegar por peitos como aqueles... — Ele ficou em silêncio e olhou para o céu vermelho-dourado, como se tivesse dito uma coisa profunda e precisasse de tempo para contemplar a sabedoria das suas palavras.

O bardo do Vanguarda, Edwick, estava reclinado sobre o leme, olhando para um par de esferas condutoras de ônix polido e dedilhando baixinho um bandolim surrado. O velho estava com o bando desde a sua criação, o que Clay achava incrível, pois o Saga tinha tido mais bardos nos dez anos de atividade do que Clay poderia ser capaz de se lembrar.

O resto do bando estava quase intacto. Barret ainda era Barret, grande, grosseiro e naturalmente afável. Ashe continuava durona, bonita e cruel. O cabelo dela era raspado dos dois lados, trançado até o meio das costas e tingido de um tom de roxo intenso que Clay não sabia que existia até ver algumas horas antes. Tiamax, o aracniano, continuava com aparência tão perturbadoramente alienígena como sempre, embora os bigodes ásperos em volta da boca tivessem ficado grisalhos. Ele tinha perdido a metade inferior de uma mandíbula e usava tapa-olhos cruzados por cima de dois dos oito olhos facetados.

Só faltava o Porco, que fora substituído por um homem que Barret apresentou como filho mais velho de Porco. O rapaz tinha herdado a obesidade impressionante do pai, a natureza hesitante e o infeliz apelido de Leitão. O garoto, suando apesar do vento frio no convés, estava traçando um prato de rosquinhas cobertas de mel como se fosse a primeira refeição que fazia no dia. Clay duvidava que fosse.

— É uma honra — disse Leitão nos intervalos de cada mordida — conhecer vocês em pessoa. Meu pai sempre falava de vocês. Barret também fala. O melhor bando que já existiu, ele diz. Fora o Vanguarda, claro.

— Nós não somos mais um bando — disse Clay.

— Bom, pareciam um na areia hoje — disse Tiamax. Ele estava parado atrás do bar, um copo ou um pilão ou uma garrafa em cada mão, fazendo bebidas tão rápido quanto os outros conseguiam beber. — Nós encontramos uma quimera uma vez, sabe, lá no Wyld.

— Mataram ela? — perguntou Ganelon, deitado em um sofá sozinho.

A risada do aracniano foi uma série de cliques.

— Se matamos? Deuses, não.

— Corremos o mais rápido que conseguimos — disse Ashe, empoleirada em um banco ao lado de Matrick. Ela era sulista, como Ganelon, e a voz tinha o mesmo sotaque arrastado. — O ovíparo aqui ganhou a corrida, se lembro bem.

Tiamax soltou outros cliques, dessa vez de repreensão, o que deixou Clay imaginando como os outros conseguiam perceber a diferença.

— Ora, Ashe, não precisa me difamar. É por isso que ainda não dormiu comigo? Tem medo de parir ovos? É mais fácil do que parir um bebê, pelo que me disseram. Não tem braços nem pernas para cutucar no caminho, só... *plop* e um ovinho adorável.

— Não durmo com você porque você é a porra de um *bicho*, só por isso.

— Um bicho com *seis* mãos, minha querida. Pensa bem. — Tiamax abriu uma coqueteleira de madeira e serviu uma bebida cor de cereja no copo vazio de Matrick.

Mattie sorriu com apreciação. Ele ainda estava aninhando o braço machucado, mas o aracniano tinha lhe dado uma coisa para a dor.

— Só estou feliz de vocês terem aparecido naquela hora — disse ele. — As coisas estavam ficando tensas lá.

Tensas pareceu pouco. Ele estava olhando do alto quando o Maxithon se partiu em pedacinhos ao bater no arco do portão aquático do leste, espalhando multidões em pânico como uma colmeia sendo jogada no chão.

Barret se sentou de repente e apoiou os dois pés no convés. A expressão dele para Clay foi séria.

— Escuta, você tem certeza dessa história de Castia? Vão passar meses no Wyld, e mesmo que consigam chegar lá... — Ele abriu as mãos, ousando dar uma olhada rápida na direção de Gabriel, que estava olhando para o nada e não tinha dito nada desde que subiu a bordo. — Supondo que *cheguem*, tá bom? Vocês são só um bando.

O que Clay podia fazer além de dar de ombros? Com Gabe no estado em que se encontrava, sobrou para ele explicar o motivo por trás da reunião improvável do Saga.

— Mesmo assim — disse ele.

Ashe colocou a caneca no bar com um estalo.

— Nós quase fomos, sabe, para Castia. Quando a República convocou bandos, Barret foi a favor, claro, e Leitão é novo e burro demais para entender. Até Edwick foi a favor. — Ela riu com deboche. — Acho que o velho filho da puta até já começou a compor a nossa eulogia.

— E vai ser linda — gritou o bardo por cima do ombro.

— O ovíparo e eu concordamos sobre uma coisa pela primeira vez. Nós dois vimos as nuvens que se acumulavam por lá. Tínhamos um contrato com um templo em Hamshire naquela época, por causa de umas gárgulas descontroladas ou qualquer merda do tipo, e acabamos ficando por lá. Graças aos deuses, senão estaríamos… — os olhos dela se voltaram para Gabriel — … bem, não estaríamos aqui.

— Então nenhuma chance de pegarmos uma carona até Castia? — perguntou Matrick com ironia.

Barret suspirou.

— Desculpem, mas não. Mesmo que eu quisesse, e não quero, tenho que pensar na minha família. Meus meninos ainda são pequenos e Avery está no meu pé para eu me aposentar há anos. Ela não aceitaria. Voar sobre Heartwyld é quase tão ruim quanto atravessá-la a pé. Tem tempestades elétricas e wyrms faísca…

— Falcões-peste — disse Tiamax.

— Manticoras — acrescentou Ashe.

— Lâmias — acrescentou Barret —, gafanhotos sangrentos…

— Wyverns — disse Matrick, sem ajudar muito.

— Wyverns em toda parte — disse Barrett. — E como se chamam aquelas coisas que parecem dragões e fazem barulho de dragões? — perguntou ele casualmente.

— Acredito que se chamam dragões, chefe.

— Obrigado, Ashe. — Ele deu um suspiro pesado e passou os dedos pelo cabelo desgrenhado. — Peço desculpas, pessoal. De verdade. Flertar com a Mãe do Gelo é uma coisa, mas botar o pau dentro da boca dela é burrice.

— Que lindo — disse Edwick, fazendo uma pausa para afinar o instrumento. — Você se importa se eu usar em uma música?

— Fique à vontade — disse Barret.

— Que pena vocês estarem com tanta pressa. — Tiamax esticou a mão para coçar embaixo de um tapa-olho de couro. — A Feira da Guerra é daqui a menos de um mês. Todos os bandos de Grandual vão estar lá. Vai ter também muitos jovens mercenários, ansiosos para fazer o próprio nome. Talvez o suficiente para um exército.

— Ah, a Feira da Guerra não é mais o que era — resmungou Ashe. — Antigamente, só lutadores de verdade davam as caras em Kaladar. Agora, todo moleque catarrento com uns fiapos de cabelo no queixo e uma espada na mão acha que tem o que é preciso para ser mercenário. Eles só querem saber de ganhar dinheiro e trepar.

— Viva, viva! — disse Tiamax, erguendo quatro copos de uma vez.

Clay não encontrou muitos prazeres na vida de mercenário, mas tinha que admitir que a Feira da Guerra era, ao menos no passado, divertida à beça. Ele tinha ido a Kaladar três vezes. Era, essencialmente, uma orgia de três dias com bebida, drogas e violência desenfreada, com algumas *orgias de verdade* no meio para temperar. Havia até um dito popular: *O que acontece em Kaladar…*

— Estou falando sério — disse Ashe. — O mundo era um lugar assustador, lembra? Tentávamos fazer com que ficasse melhor. Bom, a maioria de nós, pelo menos.

— Nós o *tornamos* melhor — disse Moog, que estava estranhamente silencioso até o momento.

Matrick virou o copo.

— Tornamos mesmo.

Do sofá, com os olhos fechados e as mãos atrás da cabeça, Ganelon disse:

— Para mim, parece igual.

Eles ficaram em silêncio por um tempo depois daquilo. O sol se pôs e não era uma ideia muito sábia ficar no ar à noite, mas Edwick insistiu que podia voar mais um pouco. Leitão terminou os doces e foi até o bar pegar uma cerveja. Ashe ofereceu seu lugar e foi se sentar ao lado de Gabriel. Ele se encolheu quando ela botou a mão no ombro dele, mas falou com um tom gentil, como um domador tentando acalmar um cavalo arisco.

— Leitão — disse Moog —, me perdoe, mas posso perguntar sobre o seu pai?

O garoto bebeu um gole de cerveja.

— Tipo como ele morreu?

— Sim, por favor. Se não se importar...

Leitão deu de ombros.

— Foi de podridão.

O mago fechou os olhos e assentiu como se já tivesse adivinhado a resposta.

— Droga — disse ele.

— Ele durou mais do que achamos que duraria — disse Leitão. — Ele era um homem grande... bem, você sabe. Mas era forte também. Muito forte. Até que... Começou nos dedos dos pés e nos dedos das mãos e ele não conseguia andar direito. Tivemos que começar a alimentá-lo depois disso. E quando racharam e quebraram, nós pensamos que talvez... — Ele não disse nada por um momento e ficou girando a caneca. — Mas começou de novo no braço, depois no rosto. O nariz e as orelhas meio que... secaram, sabe? Àquela altura, ele vivia cansado. Não falava muito e, quando falava, nada fazia sentido. E ele estava com tanto *medo*. Ele...

— Eu sei! — disse Moog rispidamente, e ficou óbvio na mesma hora que ele foi mais ríspido do que pretendia. — Me desculpe — disse, esticando a mão para tocar o braço do garoto. — Eu... quer dizer... sei como é perder alguém assim. Ver a pessoa definhar na sua frente, desejar que tivesse alguma forma de fazer com que melhorasse ou com que ela sofresse menos. Só que *não dá* para fazer a pessoa melhorar. E a pessoa *sofre*... — A voz do mago tremeu e falhou. Ele olhou por cima da amurada e fingiu coçar a barba enquanto secava um olho com a manga da veste. — Ela sofre…

— Mas não sozinha — disse Clay.

Moog olhou na direção dele e Clay viu, talvez pela primeira vez em todos os anos que se conheciam, um medo cru e infinito no rosto do mago.

— Você não está sozinho — repetiu ele, e viu, sem saber o que mais poderia dizer, o terror puro por trás dos olhos do mago. Até que por fim Moog os fechou e mordeu o lábio inferior enquanto duas lágrimas perversas escorriam pelas bochechas.

O silêncio no navio mudou de forma perceptível. Tiamax parou no meio do preparo do drinque seguinte de Matrick. Barret se sentou reto no sofá e trocou um olhar de preocupação com Ashe. Até Ganelon inclinou o pescoço para olhar, os olhos escuros brilhando na luz dos lampiões.

— Eu não… — Matrick olhou ao redor, visivelmente perplexo. — O quê? O que quer dizer esse "você não está sozinho"? Quem não está sozinho?

Devagar, Leitão esticou a mão gorducha e a colocou no joelho do mago.

— Onde é? — perguntou ele, quase um sussurro.

Clay notou o rosto de Matty ficar duro como granito. O rei e Moog eram próximos… tão próximos quanto ele e Gabe, talvez, embora não se conhecessem há tanto tempo. Os dois compartilhavam uma grande afinidade, um laço de alegria incansável (e, às vezes, imprudente) mesmo nas piores circunstâncias. Por mais que Clay e Gabriel tivessem ficado consternados de ouvir sobre a infecção de Moog, Matty ficaria arrasado, e devia ser por isso que o mago não tinha contado para ele ainda.

— Onde é o quê? — perguntou Matrick com uma voz fria e lenta como um rio no inverno.

Ele sabe, pensou Clay. *Claro que sabe. Só não quer acreditar.*

Moog suspirou antes de abrir os olhos. Tentou sorrir, mas o sorriso sumiu assim que abriu a boca para explicar.

— No meu pé — disse ele, baixinho. — É no meu pé.

Mais silêncio em seguida, só que dessa vez carregado, o silêncio ameaçador de uma árvore cortada caindo no chão.

Matrick explodiu na cadeira, correu para cima do mago, agarrou a gola da veste com uma das mãos e o prendeu na lateral do navio.

— É na porra do *pé*? A podridão, você quer dizer? A porra do Toque do Pagão? No seu *maldito pé*!?

— Urk — disse Moog.

— Quando você estava planejando me contar, hein? Quando?

— Grgh — respondeu o mago.

— Por que está aqui agora? — A voz do rei foi ficando mais alta a cada palavra, forçada até quase falhar pela fúria, pela dor e pela descrença. — Você devia ficar trancado naquela sua torrezinha de merda dia e noite, dia e noite sem parar, até encontrar uma cura.

— Não tem… — Moog conseguiu gorgolejar — … cura.

— *Tem cura!* — gritou Matty. — Está me ouvindo, seu mago com cérebro de bosta? *Tem. Cura. Porra.*

De repente, a energia beligerante sumiu dele, e Matrick caiu de joelhos, levando Moog junto. O mago hesitou um momento antes de passar delicadamente os braços em volta da cabeça de Matrick e abraçar o rei encolhido enquanto uma onda atrás da outra de dor surgia e quebrava, surgia e quebrava, surgia e quebrava dentro dele.

Eles pousaram pouco depois perto de uma aldeia mal iluminada que Barret alegou ser Downeston, mas Matrick, que tinha dobrado o esforço de encher a cara desde que Moog deu a notícia, insistiu que era Tagglemoor.

— Eu era a porra do rei aqui — disse ele com voz arrastada do assento no bar. — Conheço essa terra como a mão da minha palma. Quer dizer, a mão da… ei, meu copo está vazio.

— Pode se servir — disse Tiamax, que já tinha se acomodado em um sofá.

Matrick esticou a mão por cima do bar e Clay balançou a cabeça para o aracniano.

— Vocês nos condenaram — disse ele.

Leitão riu.

— Vamos fazer um jogo — sugeriu ele. — Vamos dizer um de cada vez qual foi a primeira coisa que matamos. Eu primeiro, ok? A minha foi um diabrete do lixo que me atacou em Fivecourt.

Clay afundou no assento e tomou um gole de cerveja. Ele não gostava daquele jogo.

— Um diabrete do lixo? — Ashe fez um ruído debochado. — Eles costumam fugir de qualquer coisa maior do que um rato. Nunca soube de um que tivesse atacado um humano.

Leitão pareceu envergonhado.

— É, bom, alguém jogou fora uma caixa inteira de laranjas…

Ashe ainda estava rindo alto quando Moog falou.

— Eu tinha onze anos quanto meu cachorro morreu. Eu tentei ressuscitá-lo…

— Ah, uau — disse Barret.

— Eu sei, foi burrice. Acendi as velas, escrevi as runas… fiz tudo ao pé da letra, ou foi o que pensei. Mas o que voltou… não era o Sir Fofinho, isso eu posso dizer.

— Não sei o que me perturba mais — disse Edwick, que estava encolhido na cadeira do piloto. — Você ter se metido com necromancia ou ter batizado seu cachorro de Sir Fofinho.

Tiamax estalou com alegria.

— O meu foi… Nem sei como se chama. Uma coisa meio lagarto, meio rato gigante coberta de espetos com uma língua feita de fogo.

— Isso parece horrível — disse Matrick. — Meu primeiro foi um xamã gnoll.

— Gnoll é aquele com cabeça de cavalo? — perguntou Leitão.

— Esse aí é o ixil — disse Ashe. — O gnoll parece um chacal que anda com duas pernas.

— O filho da puta me cegou — prosseguiu Matrick. — Achei que era meu fim, mas aí ele começou a rir quando tropecei e caí. É difícil se esconder com uma risada daquelas, mesmo de um homem cego.

— No meu caso, foi uma harpia — disse Barret. — Ela conseguiu pegar minha irmãzinha e a carregar por metade da encosta da montanha. Subi atrás dela, quebrei o pescoço e fiz omelete de ovo de harpia no café da manhã da semana seguinte inteira. E você, Ganelon? Deve ter sido uma coisa horrível, tenho certeza.

O sulista só balançou a cabeça.

— Traficantes de escravos — disse ele, mas não ofereceu mais nenhuma informação.

— Para mim foi uma aranha — disse Ashe. — Uma grande. — Ela deu um sorrisinho debochado para Tiamax. — Aranhas são umas coisas nojentas.

As mandíbulas do aracniano estalaram, achando graça.

— Então é por isso que meu pai saiu para buscar leite e nunca voltou para casa. E eu achando que eu era um péssimo filho.

Ashe riu e se virou para Clay.

— E você, Mão Lenta? Vou tentar adivinhar: um pobre coitado derramou cerveja nas suas botas e você exterminou a família dele toda com ele olhando?

Clay respirou fundo e estava prestes a confessar que a primeira vida que tirou foi do pai, mas Gabriel (o único do grupo que já sabia) falou por cima e lhe poupou o trabalho de explicar o motivo.

— Até onde vocês vão nos levar? — perguntou, direcionando a questão a Barret.

O líder limpou a garganta e trocou olhares breves e significativos com Ashe e Tiamax.

— Fortaleza Turnstone — disse ele por fim. — É mais longe do que eu gostaria, mas para que servem os amigos se não para correrem risco de morte por wyrm faísca, ou por wyvern, ou pelo que mais puder matar a gente por aí?

É mais do que justo, pensou Clay. *Ora, já temos uma dívida enorme com eles por nos tirarem da cidade inteiros.* De Fivecourt até o começo da floresta era um trajeto difícil de uma semana, e o *Velha Glória* os deixaria lá em algum momento do dia seguinte. Não era tão longe quanto poderiam desejar, mas era mais do que poderiam esperar.

Gabriel tirou o cabelo dos olhos.

— Que tal Conthas? Podem nos deixar lá?

Barret franziu a testa.

— Claro que podemos. Imagino que precisem se equipar para a viagem, né?

— Também — disse Gabriel. — Mas antes preciso falar com um cara sobre uma espada.

CAPÍTULO VINTE E CINCO

TESOUROS DE UTILIDADES VARIADAS

Os cinco andam, lado a lado, subindo a encosta leste da colina na qual Kallorek construiu sua luxuosa cidadela. O sol matinal projeta a sombra à frente deles, espectros enormes dos homens aos quais pertencem, ou melhor (como os guardas que os observam se aproximar pensarão mais tarde), portadores de suas intenções sombrias, se esticando como dedos que logo se tornariam um punho.

Entre eles, há um rei renegado, que gerou cinco herdeiros sem nunca abrir a calça. Um homem a quem o tempo concedeu grande sabedoria e uma cintura ainda maior, cuja coragem imprudente só é rivalizada por sua sede insaciável.

Ao seu lado está um mago, um conversador cósmico. Inimigo da incurável podridão, chefe ausente de ciências combustíveis na universidade de Oddsford e a única alma viva com mais de oito anos que acredita em ursos-coruja.

Vejam um guerreiro de nascimento, um descendente de poder e pobreza cujo propósito é bem variado: arrebentar grilhões, assassinar monarcas e demonstrar que até as forças do bem às vezes precisam dos serviços de filhos da puta grandes e malvados. A alma antiga destinada a morrer jovem é dele.

E agora vem o quieto, o gigante gentil, o que luta suas batalhas com o escudo. Firme como uma árvore que conta a idade na eternidade, constante como a estrela que marca o verdadeiro norte e brilha com mais intensidade nas noites escuras.

Um passo à frente dos quatro: o herói. Ele é a vela queimada até o fim do pavio, a lâmina cega por excesso de uso. Mas vejam agora a faísca no seu caminhar. Vejam o brilho de aço no olhar. Quem ousa ficar entre um homem assim e aquilo que ama? Ele vai matar se precisar para proteger os seus. Vai morrer se for necessário.

— Vá chamar o chefe — diz um guarda para outro. — Esse grupo aí tem cara de que vai arrumar problema.

E tem mesmo. Eles *têm* cara de que vão arrumar problema, ao menos até o mago tropeçar na barra das vestes. Ele tropeça, solta um palavrão e atrapalha o caminhar dos outros quando cai de cara na encosta lamacenta.

Eles quebravam vários móveis e muitos braços lutando para entrar no complexo de Kallorek. Moog jogou o que parecia ser abacates com pavios de vime nas salas adjacentes. A fruta volátil explodiu em nuvens de fumaça amarela que fez olhos e gargantas arderem, removendo servos assustados e guardas que eles podiam ter deixado passar no caminho. Clay bloqueou alguns golpes com o escudo e Ganelon acertou um homem com tanta força com a parte chata do machado que o pobre sujeito voou dez metros antes de cair por uma janela de vidro. Gabe foi na frente com uma determinação ansiosa, como um homem entrando em um bordel em busca da filha desaparecida.

Eles deram de cara com Kallorek relaxando na parte rasa do lago. Duas garotas nuas saíram pela porta oposta. O agente mal tinha colocado um roupão no corpo volumoso quando Gabriel o acertou com um soco no nariz e o jogou sobre os azulejos escorregadios.

— Tragam ele aqui — disse Gabe sem diminuir a velocidade. Ganelon pegou o agente atordoado pela gola e o arrastou junto.

No saguão da capela onde Kallorek guardava sua variedade de artefatos ilustres, Gabriel foi direto na direção da estátua do Filho do Outono com a espada. Parou a quinze metros e esticou a mão aberta para Moog. O mago remexeu brevemente na bolsa sem fundo e tirou o que parecia ser um pedaço curto de corda molhada de alcatrão.

— Isso é... — começou Clay.

— Fio de fogo, é — confirmou Moog. Ele ofereceu a Gabriel como se estivesse manuseando uma víbora viva. — Tome cuidado — avisou.

Moog avisando para alguém ter cuidado ao lidar com alquimia, pensou Clay. *Deuses de Grandual, nós* estamos *velhos.*

Gabe se aproximou da estátua. A luz dos lampiões reluzia nas placas da armadura e ele parecia irradiar uma luz suave ao subir os degraus da plataforma. Ajoelhou-se aos pés da estátua e, com cuidado, enrolou o fio corrosivo em volta de uma das pernas da estátua.

— Para trás — disse ele por cima do ombro e encostou as pontas desfiadas do fio de fogo uma na outra. Elas se fundiram com um chiado, o fio ficou vermelho e se apertou conforme as fibras foram endurecendo e virando algo parecido com aço. A perna da estátua dobrou e, um instante depois, a coisa toda caiu para a frente, se quebrando em pedacinhos. A cabeça da estátua, que tinha sido alterada para parecer as feições de orc de Kallorek, rolou até parar aos pés de Ganelon.

Gabriel desceu com passos leves os degraus da plataforma e seguiu pelos destroços até encontrar o que estava procurando. Ele tirou *Vellichor* da mão quebrada de pedra e, quando se levantou, estava sorrindo que nem uma criança.

A espada tinha fio duplo e era quase do mesmo tamanho de Gabe. Tinha sido de Vespian, o druin Arconte, e era amplamente considerada a relíquia mais sagrada (e a segunda mais perigosa) do Velho Domínio. A lâmina era prata-esverdeada e, em sua superfície, dava para vislumbrar às vezes uma área de céu crepuscular ou as árvores colossais de uma floresta primordial, como se a espada fosse uma janela para outra era, mais antiga.

No entanto, talvez o aspecto mais incomum de *Vellichor* fosse o cheiro. A maioria das espadas tinha cheiro de ferro, de óleo ou não tinha cheiro nenhum, mas *Vellichor* emanava brisa de primavera, carregada do aroma de lilases em flor e grama verde fresca.

Gabriel ficou com os olhos fechados em meio a um véu de poeira. Ele sussurrou algo baixo demais para ser ouvido, abriu os olhos e observou Kallorek.

— A bainha. Cadê?

O agente tossiu e cuspiu nos pés dele como resposta.

Gabe lançou um olhar na direção de Ganelon, e o guerreiro apresentou a cara do agente à sua bota com detalhes de aço.

— Ali! — gritou Kallorek, apontando na direção de um canto do salão da capela. — Tem um baú ali. Pega a bainha e some daqui.

Gabriel ainda estava com o sorriso largo.

— Ah, eu vou pegar a bainha. E vamos largar o seu… — seu olhar se desviou para a cabeleira oleosa de Kallorek — … cabelo daqui a pouco. Mas, Kal… o Wyld é um lugar perigoso. Acho melhor a gente aproveitar que está aqui e pegar mais umas coisinhas, não acha?

O agente fez cara de quem ia cuspir de novo, gritar ou partir para cima de Gabriel e torcer a garganta dele, mas se encolheu quando sua imaginação limitada o fez lembrar o gosto da bota de Ganelon. Ele assentiu contrariado e rosnou:

— Claro. Sem dúvida. Pegue o que quiser.

Gabe deu um tapa amigável na papada de Kallorek. Empertigou-se, respirou fundo e olhou para os colegas de bando como um homem que despertou de um sono tranquilo.

— Se equipem, rapazes. Se vamos bancar os heróis, é melhor nos vestirmos como tais.

Moog foi remexer nos destroços da estante quebrada enquanto Matrick pegava um par de botas de couro luxuosas em uma mesa próxima. Ganelon foi até duas braçadeiras de ferro forjado brilhando embaixo de uma vitrine. Usou a mão para quebrar o vidro e pegar as braçadeiras.

Clay andou sem destino, olhou uma cimitarra de aparência cruel que ele poderia ter jurado que sussurrou seu nome quando ele se aproximou, e um martelo cujo cabo de marfim era surpreendentemente frio ao toque. Viu o elmo imponente de Liac, o Aracniano, que Kallorek tinha mostrado na visita anterior e embaixo a cota de malha escarlate chamada *Couro de Choque*, na qual, alegara o agente, nenhuma espada ou lança podia penetrar.

Uma ótima qualidade para qualquer armadura, pensou Clay, e por isso a pegou.

Coube como se tivesse sido feita sob medida. Havia um forro de seda para que os elos não machucassem e aros de aço segmentado acima e abaixo de cada cotovelo para permitir a movimentação. Havia ombreiras em cada ombro que se mesclavam em uma gola que protegia o pescoço. A cota de malha em si ia quase até os joelhos e era presa na cintura por uma faixa cujas pontas opostas pareciam atraídas uma pela outra por uma magia intangível.

— Ah, são ímãs — disse Moog, que reparou em Clay abrindo e fechando o cinto com surpresa óbvia.

— Ímãs?

O mago ficou com aquela expressão de professor apreciando a ignorância de um aluno.

— É bem fascinante... — disse ele.

— Sei que é — murmurou Clay, já se afastando. Ele pegou o martelo frio ao passar e decidiu em um impulso chamá-lo de *Espectro*.

Quando estava voltando, viu o sarcófago no qual Gabe e Kallorek tinham tropeçado na visita anterior. Estava vazio, a tampa entreaberta, e Clay se perguntou brevemente que horror hediondo tinham soltado no mundo.

O resto do bando estava ocupado se equipando. Ganelon encontrou um traje de escama de dragão preta combinando com as braçadeiras novas, enquanto Matrick pendurou um chifre retorcido no quadril. Quando viu Clay, ele disse:

— Olha isso! — E soprou brevemente. Não houve som discernível, mas, logo em seguida, uma revoada de insetos peludos saiu da outra ponta.

Clay afastou uma vespa do olho.

— Então… é um chifre que vomita abelhas?

— Não é incrível? — perguntou Matrick.

Clay franziu a testa, enojado.

— Não é, não.

— Eu ganhei! Eu ganhei! — Moog passou correndo entre dois manequins de armadura. Derrubou um na pressa e tinha se virado para pedir desculpas quando se deu conta e seguiu em frente. Ele estava usando o tipo de chapéu pontudo de aba larga que magos usavam o tempo todo nos livros de história e praticamente nunca na vida real, provavelmente porque ficava bem ridículo.

— É, você ganhou — concordou Matrick. — Foi o que ficou parecendo mais imbecílico.

— Essa palavra nem existe — informou-lhe Moog. — Mas olha! — Ele tirou o chapéu e enfiou o braço dentro até o cotovelo. — É tipo a minha bolsa, mas diferente. Tem um encantamento aqui dentro! Não dá para colocar coisas dentro, só tirar. Mas não qualquer coisa… ah, sim, aqui estamos.

Clay viu sem acreditar o mago tirar um frango de dentro do chapéu; não vivo, mas depenado e assado até a pele estar marrom e crocante. Só o cheiro deixou sua boca aguando.

— Mas como…?

Moog jogou o frango de lado e Matrick pulou em cima, usando o braço ileso para agarrá-lo contra o peito.

— Mas que… — falou, mas Moog enfiou a mão no chapéu e tirou outro, que jogou para Clay, e outro. Esse ele jogou para Ganelon, mas o guerreiro desviou do frango e olhou com receio para o alimento no chão.

— Frango de um chapéu — murmurou ele com repugnância.

— Não tem problema nenhum — garantiu Moog. — E tem mais. — Ele continuou tirando comida do nada: pães, espigas de milho, tomates maduros, doces recheados de frutas com cobertura de cheiro doce.

Àquela altura, os braços de Matrick já estavam lotados.

— Isso sim — disse para Clay — é melhor do que um chifre que vomita abelhas.

Clay deu de ombros. Pelo menos naquilo eles podiam concordar.

CAPÍTULO VINTE E SEIS

O MORTO-VIVO NO QUARTO

Eles estavam saindo do complexo, Ganelon empurrando Kallorek, com passos arrastados e nem um pouco colaborativo, quando Valery saiu de um quarto e chamou Gabriel com voz fraca. Clay viu a voz dela agarrar seu amigo como um gancho, deixando-o lento, fazendo-o virar o rosto para olhar para ela. O ar de confiança que Gabe irradiava desde que recuperara *Vellichor* sumiu por um instante, e ali estava o covarde de novo, o cachorro maltratado se encolhendo na sombra do dono.

— Valery — grunhiu ele.

Ela deu um passo fraco na direção dele. Estava abatida e pálida. Havia manchas fundas e escuras embaixo dos olhos. O cabelo estava desgrenhado e ela usava uma camisola branca comprida, como se tivesse acabado de levantar da cama. Clay se viu observando as cicatrizes vermelhas nos braços expostos.

— Me desculpe. Estou… estou tentando ficar limpa. Eu estava dormindo. — Ela olhou ao redor, atordoada, para a casa vazia. — O que houve? Por que está aqui?

Gabe não disse nada, mas botou a mão no pomo decorado de *Vellichor*. Os olhos cansados dela acompanharam o movimento.

— Ah, claro — disse ela. Um toque de amargura alterou seu tom. — Você sabia que Kal vivia dizendo que, se lhe fizesse a proposta de devolver *Vellichor* ou a mim, você escolheria a espada? Acho que ele tinha razão.

Claro que tinha, pensou Clay, mas preferiu ficar em silêncio.

Gabriel não se deu ao trabalho de responder, mas Valery não insistiu. Ela olhou com cansaço para todos eles, demorando mais tempo em Ganelon, mas finalmente seu olhar pousou em Clay.

— Vocês vieram aqui antes — disse ela. — Eu… lembro. — E agora, seu rosto se transformou, o medo da revelação deixando o olhar sombrio. Quando falou de novo, sua voz estava densa de pânico. — Ah. Ah, não. Rosie? Ela…?

— Ela está viva — disse Gabriel. — Está em Castia. — Ele deu um passo para mais perto, atraído por ela pelo gancho que tinha no coração.

— Castia. — Ela falou primeiro sem inflexão, depois repetiu, com um horror crescente que fez Gabe dar outro passo para perto.

— Vou encontrá-la, Val — prometeu ele. — *Vou* encontrá-la. E vou trazê-la para casa.

Kallorek fez um ruído debochado, o que o fez ganhar um tapa com as costas da mão com uma das novas manoplas de Ganelon e um olhar de ódio de Valery, que parecia estar dividida entre gritar e chorar.

— Está bem — disse ela, retorcendo as mãos. — Está bem. Você vai trazer ela para casa? Que bom, sim. Por favor, Gabriel. Por favor… traga a nossa garotinha para casa. — Ela esticou os dedos trêmulos para fazer carinho na bochecha dele. Gabe se encolheu como se o toque fosse um ferro quente, mas aguentou.

Clay tentou imaginar um abismo desses entre ele e Ginny. Houve uma época em que Gabe e Valery eram inseparáveis, tão felizes quanto duas pessoas podiam ser. Eles foram amantes, sim, mas também foram amigos. Agora, porém, os dois pareciam estranhos, animais de espécies diferentes, nenhum deles sabendo como agir ou reagir perto do outro.

— Temos que ir — disse Gabriel. — Vamos levar Kal para ele não tentar nos impedir de chegar na floresta, mas vamos deixá-lo um dia ao sul da entrada de Heartwyld.

A expressão dela se transformou em confusão.

— Floresta? Vocês vão *andando* até Castia? Tem um navio voador...

— Sua puta! — rosnou Kallorek. — Cala a porra dessa boca!

Dessa vez, foi Matrick que bateu nele, com tanta força que o agente caiu no chão.

— Cala a *sua* boca — disse ele, e acrescentou: —, escroto.

Gabriel segurou a mão da ex-esposa.

— Valery, me conta sobre esse navio.

Valery coçou distraidamente as cicatrizes de um dos braços.

— Eles encontraram no subterrâneo, quando foram cavar lá para reformar — disse ela. — Tem um riacho no lado sul da colina. Uma caverna. Está lá dentro. Podem pegar. Assim podem ir voando.

— A gente pode ir voando — disse Gabriel, e seu rosto se iluminou como um pergaminho beijado pela chama de uma vela.

Eles encontraram o riacho e a boca da caverna da qual saía. Estava protegida por sentinelas que eles liberaram do dever e da consciência. Lá dentro, encontraram uma caverna ampla que abrigava um navio voador enorme, que era tão bordel quanto barco.

Era enorme, quase do mesmo tamanho do navio da Sultana que eles viram em Lindmoor e depois em Fivecourt, com três velas estriadas inclinadas para protegerem o convés do sol e da chuva. O convés tinha sido restaurado com madeira escura envernizada, e as amuradas eram cobertas com pedra da lua branca. Saltando do gurupés havia uma sereia de ouro maciço com os braços esticados, os seios nus brilhando na luz avermelhada vinda de fora.

O nome da embarcação estava entalhado em letras floreadas embaixo da proa: *Corte Carnal*.

Lá dentro, havia uma cozinha abastecida como se pertencesse a um palácio, uma sala de jantar luxuosa, vários banheiros e oito quartos, cada um tão ricamente mobiliado que faria até uma princesa mimada se envergonhar.

Uma suíte principal na popa, provavelmente reservada para o agente, era a mais luxuosa de todas, decorada com uma série de quadros vívidos que iam do mau gosto erótico ao vulgar desconcertante. O pior deles exibia um Kallorek nu e um centauro fêmea de crina desgrenhada no que poderia ser mais chamado de "brincadeira de cavalinho". A cama era envolta por cortinas de seda vermelha e parecia ter sido ocupada há pouco tempo. O lençol de forrar tinha sido retirado, e Clay tremeu ao imaginar que depravação aquele quarto tinha testemunhado.

Perto da proa ficava uma sala comum, com sofás macios, mesas de jogos e um bar que humilhava o do *Velha Glória*. Foi lá que eles encontraram um zumbi sentado em um banco, afinando o que Clay supôs que fosse um instrumento de aparência bizarra e segurando uma taça de vinho tinto.

— Ah! Bom, que constrangedor. — O cadáver deixou o instrumento de lado, que parecia mais uma teia de aranha em uma moldura de madeira com oito lados, e se levantou. — Eu não estava esperando companhia, senão teria feito a cama. E provavelmente me escondido embaixo até vocês irem embora — acrescentou ele.

— Quem é você? — perguntou Gabriel, a mão se aproximando do cabo de *Vellichor*.

— Não sou inimigo — avisou o zumbi. Ele tinha um sotaque estranhamente afetado, que contradizia sua aparência pavorosa. Estava usando o que parecia em uma primeira olhada um roupão, mas, na verdade, era o lençol retirado da cama de Kallorek. Ele fez uma reverência formal que revelou uma parte afundada no crânio. — Sou Kitagra, o Ousado — falou. — Também conhecido como Kitagra, o Descuidado, e, às vezes, Kitagra, o Deliberadamente Suicida. Sou um morto-vivo andarilho, poeta itinerante e já fui brevemente Músico da Corte do Exarca Firaga de Teragoth, mas agora estou procurando emprego. Podem me chamar de…

— Kit!?

O zumbi piscou. Bom, não exatamente piscou, mas uma das pálpebras murchas tremeu de surpresa aparente.

— Arcandius Moog? É você, seu biltre incorrigível?

O mago passou correndo por Gabriel e abraçou a criatura.

— Kit, seu ghoul velho! Achei que tivesse ido para o oeste! O que está fazendo aqui?

A mente de Clay tinha acabado de juntar as peças e entender quem ele era: "Kit, o Imatável", que antes estava preso no sarcófago na sala de tesouros de Kallorek.

O zumbi se soltou do abraço de Moog.

— Bom, estou me escondendo — disse ele. — Andei fantasiando e jogando cartas comigo mesmo e dedilhando umas canções novas. E também bebendo como um peixe de Phantra. Mas antes disso *tudo*, fiquei trancado por muito tempo em uma caixa escura, cortesia daquele homem com aparência suína na sua companhia. — Ele olhou com desdém para Kallorek, preso e amordaçado atrás deles. — Não é amigo seu, suponho?

— No momento, não — declarou Moog.

O zumbi coçou uma costela parcialmente exposta com dedos cinzentos.

— Fico feliz de ouvir. Mas e você? Já descobriu a cura milagrosa?

Moog olhou para os pés… ou para o pé, talvez.

— Para a podridão? Não. Mas sabe aquela poção que fiz para a sua, há, condição? Tem feito muito sucesso.

— O filactério? E devia mesmo! — declarou Kit. — Fiquei com uma ereção por duas semanas, sabe. As prostitutas de Conthas acharam que eu era o Lucian Vigoroso que voltou do mundo dos mortos. Bom, para falar a verdade, eu que falei isso para elas e paguei a fortuna de um rei para que acreditassem. Ah, mas não se preocupe, meu amigo... a cura está escondida por aí nesse labirinto. — Ele apontou para a cabeça do mago. — Continue andando até encontrar. — Ele olhou para os outros atrás de Moog. — Devo supor que estão tomando este navio?

— Estamos — disse Gabriel.

— Muito bem. Se os cavalheiros me derem uns momentos para terminar a minha bebida e pegar as minhas coisas, eu saio do seu caminho.

Moog fez um gesto de dispensa.

— Besteira! Por que não vem com a gente? A gente bem que precisava de um bardo!

Clay deu um sorrisinho e achou meio irônico que, depois de tantos anos, o Saga pudesse acabar convocando os serviços de um bardo que já estava morto.

Kit pareceu intrigado.

— Ah? Para onde estão indo?

— Hã, bom, para Castia.

— Castia! — O zumbi pareceu satisfeito. — A Joia da República! Um bastião reluzente da civilização humana. Eu cantava em um coral de um teatro lá, uns sessenta anos atrás, acho. É uma cidade lindíssima.

— Não é mais — disse Ganelon.

A pálpebra de Kit tremeu de novo, mas antes que Moog pudesse explicar, Gabriel se manifestou.

— Estamos perdendo tempo. Se o zumbi quiser vir, pode vir. Temos que ir agora e passar em Conthas atrás de suprimentos.

— Eu vou — disse Clay, já ansioso para sair daquele navio horrendo.

— Eu também! — disse Moog. — Preciso de umas coisas da cidade. Kit, quer vir junto?

— Acho que seria bom esticar as pernas — disse Kit e abriu um sorriso medonho para Gabriel. — Além disso, sinto necessidade de observar que sou o que se chama de *morto-vivo*... ou ghoul, se preferir. Qualquer um dos dois está bom. Mas eu *não* sou um zumbi.

— Ghoul, zumbi... tem diferença? — perguntou Matrick.

— Várias, na verdade. Mas a mais notável é que zumbis comem gente.

— E o que você come?

Kit tomou um gole de vinho e fez expressão pensativa.

— Qualquer coisa, menos gente — declarou ele.

CAPÍTULO VINTE E SETE

RECOMPENSA

Matrick se ofereceu para ficar e tomar conta de Kallorek enquanto os outros iam para as ruas lamacentas de Conthas. Moog e Kit foram adquirir o que o mago chamou de "indispensáveis", enquanto Gabriel, apesar da garantia de Moog de que sua magia podia alimentá-los até a Terra Final, foi buscar alimentos. Clay e Ganelon ficaram com a tarefa de obter notícias de Castia e escolheram uma taberna na rua chamada Porta dos Fundos, onde Clay esperava que pudessem sondar as fofocas com relativo anonimato.

O plano virou fumaça assim que eles entraram. Clay ainda estava piscando nas sombras quando uma voz familiar se manifestou.

— Mas que a Mãe do Gelo me foda, é Clay Cooper!

Ele viu a mão de alguém acenando, dois dedos rosados e uma luva de seda preta. Jain e sua gangue de foras da lei vestida espalhafatosamente estavam sentadas a uma mesa comprida cheia de canecas vazias e restos de uma refeição.

— Senta aqui, Mão Lenta! Acho que devo uma cerveja para você, eu diria.

Você me deve uma semana de sanduíches, doze pares de meias, uma pequena fortuna em joias e duas espadas, pensou Clay com chateação.

— Acho que sim — disse ele.

Ganelon pareceu em dúvida.

— Ela é amiga sua? — perguntou ele.

— Nós nos encontramos duas vezes e ela me roubou nas duas — disse Clay, coçando a barba. — Mas, claro.

O guerreiro não disse nada, mas algo como diversão cintilou nos olhos verdes.

Todo mundo se afastou dos dois quando eles atravessaram o salão da taverna, possivelmente porque Jain dissera o nome tão alto, mas também porque Ganelon tinha a aparência de um assassino e carregava um machado gigante nas costas. As Flechas de Seda se mexeram para abrir espaço no banco, e quando Clay e Ganelon se acomodaram em frente de Jain, já havia jarras cheias e pratos lotados na mesa à frente deles.

Jain estava mais bem-vestida agora do que na floresta ao leste de Brycliffe. Havia mais algumas pulseiras tilintando nos pulsos, mais alguns anéis reluzindo nos dedos e um lenço de seda com aparência familiar em volta do pescoço dela.

— Gostou? — perguntou ela, confundindo o olhar dirigido ao acessório de pescoço com interesse. — Tirei de uma moça chique de Phantra uma semana atrás. Ela era uma garota legal.

E Clay soube onde tinha visto o lenço.

— O nome dela era Doshi?

Jain passou o dedo no lenço.

— Acho que sim? Disse que era filha de uma almirante, mas praguejou como qualquer marinheiro velho quando tirei isto dela. — Ela indicou Ganelon com o queixo. — Quem é esse aí, hã? Cansou de ser roubado por garotas e contratou um segurança?

Clay balançou a cabeça enquanto usava um garfo de madeira para empurrar as ervilhas do prato para bem longe do purê de inhame. Aquelas duas coisas não podiam *confraternizar*, podiam?

— Ganelon — disse ele antes de encher a boca.

Jain lançou um olhar cético para Ganelon e de novo para ele.

— Tenta de novo, Mão Lenta. Eu posso ser um bebê em comparação a você, mas não nasci ontem.

— É verdade — disse Ganelon.

Jain continuou sem se convencer.

— Então por que você não está… você sabe?

— Velho? — sugeriu Clay.

— É, isso.

— É uma longa história — disse ele, pegando o copo.

— Fui transformado em pedra — disse Ganelon. — Eles me transformaram de volta.

— Tá bom, é uma curta história— admitiu Clay.

— É suspeito para caralho, isso sim — disse Jain. — Dito isso, dizem que Ganelon é um sulista de pele escura com olhos de nortista, mau como uma manticora com o rabo enfiado no cu… então até que você parece mesmo.

Ganelon pareceu estar pesando os méritos de insistir que era ele contra atacar uma perna suculenta de carneiro. Ele escolheu o carneiro, e ficou a cargo de Clay dar continuidade à conversa.

— Estamos procurando notícias de Castia. Ouviu alguma coisa recentemente?

Jain fez um ruído debochado.

— A única notícia que espero de Castia é que não exista mais Castia — disse ela. — Vocês vão para lá agora? Conseguiu reunir o bando?

— Vamos. E conseguimos, sim.

A ladina balançou a cabeça e deu um sorriso triste.

— Vai ser um final épico de respeito, então. Ao Saga. — Ela ergueu a caneca e incitou as meninas a fazerem o mesmo. — O segundo melhor bando que já existiu. — Risadas e gritos de "isso aí" foram ouvidos em seguida. Jain bateu com a caneca na mesa e bebeu tudo.

Clay também bebeu tudo que havia na caneca porque seria grosseria não fazer isso.

— Segundo melhor? — perguntou ele. — Não me diga que você é fã das Águias Guinchadoras.

— É Águias *Gritadoras*, vovô. E, não. Estou me referindo ao mais novo e maior bando de toda terra: Lady Jain e as Flechas de Seda!

— Nunca ouvi falar — disse Ganelon.

Jain apontou para o peito com o polegar.

— *Eu* sou Jain e essas adoráveis damas sentadas à sua volta são as Flechas de Seda. Há pouco tempo éramos meras bandidas, mas Clay Cooper aqui nos inspirou a nos tornar mais do que éramos.

Clay quase cuspiu a porção de purê de inhame.

— Inspirei?

— Bom, você plantou a semente na minha cabeça, pelo menos, no dia em que nos conhecemos. Já marcamos a nossa primeira missão, até. Parece que tem uma horda de centauros causando confusão perto de Coverdale e a boa gente de lá nos contratou para espantá-los.

Clay lembrou que Pip tinha contado a ele sobre os centauros vistos perto da fazenda do Tassel, no que parecia agora ter um século. Ele engoliu uma onda de preocupação pela segurança da filha. Centauros tinham o hábito horrível de sequestrar crianças e assá-las em espetos. Mas, por outro lado, gente de cidade pequena tinha o hábito horrível de fazer tudo parecer maior do que era.

Esqueça, Clay pensou. *Pode ser só um bando de cervos selvagens ou um sujeito fraco que tenha sido deixado para trás pelo grupo de caça. Tally está bem. Ginny está em segurança. Rose não, e é ela que você vai salvar...*

— Depois disso, vamos pra Kaladar — disse Jain. — Kal diz que a Feira da Guerra é um bom lugar para espalhar nosso nome e conhecer outros bandos. Ele...

— Espera, Kal? — interrompeu Clay. — Não me diga que está falando de Kallorek. Um agente grande e gordo? Que mora na colina?

Jain pareceu irritada.

— Olha, eu também não gosto dele. Me lembra um pouco o meu pai, só que mais feio e com mais de duas moedas no bolso. Ainda assim, ele é o único da cidade e…

A ladina (ou *ex*-ladina, supunha Clay) parou de falar. Ela estava olhando por cima do ombro dele com expressão de admiração evidente no rosto. Clay se virou e viu dois recém-chegados. O primeiro era um monge careca de veste vermelha sem mangas. Ao lado dele estava a mulher mais bonita que Clay já tinha visto.

Não, uma parte de sua mente observou. *Ginny é a mulher mais bonita que você já viu. Essa mulher é… é…*

Ela era alta e os membros pálidos eram rígidos pelos músculos esbeltos. Ela usava um peitoral preto ajustado que parecia absorver a luz, grevas pesadas e um par de manoplas com garra que lembrou a Clay garras de falcão. A gola da capa era forrada de uma plumagem lustrosa e havia duas espadas presas em suas costas. O cabelo tinha o tom preto-azulado das penas de uma graúna; caía até a cintura, exceto pela franja, cortada em linha reta acima das sobrancelhas finas e arqueada e dos olhos grandes de cílios compridos.

Tudo bem, admitiu a mente de Clay, *ela é a mulher mais bonita que você já viu. Exceto por… exceto por…* Havia alguém que ele estava esquecendo. Ah, sim. Sua esposa.

Clay quase pulou da cadeira quando Jain segurou o pulso dele.

— Vocês têm que ir — sussurrou ela. — Saiam daqui agora. Pelos fundos, de preferência.

— Por quê?

— *Por quê?* — Os olhos de Jain pareceram pular da cara. — Não sabem quem ela é?

Ele não sabia, claro. A não ser que aquela mulher tivesse passado pela muralha norte de Coverdale nos dez anos anteriores (e não tinha, Clay estava seguro), como ele poderia?

— Uma mercenária? — perguntou ele.

— Uma caçadora de recompensas — informou Jain.

Ganelon, intrigado, olhou para trás.

— Ela é bonita — resmungou ele.

— E daí? — perguntou Clay.

— E daí que estão oferecendo uma recompensa pela sua cabeça, lembra?

— Claro, mas você não pode… — ele estava prestes a dizer que não se podia pegar recompensas dentro dos limites da cidade, mas isso era a lei das Cortes. *Você está na Cidade Livre de Conthas, idiota. A lei da Corte vale menos aqui do que uma moedinha de cobre largada em uma privada.*

Como se para deixar isso claro, a mulher na porta falou no burburinho criado pela chegada dela.

— Estou procurando por um homem — anunciou ela.

Mais do que metade dos homens do salão se levantou. Clay, irracionalmente, sentiu as pernas pedindo para ele fazer o mesmo.

Ginny, pensou, usando o nome da esposa como um mantra para limpar a mente. *Ginny, Ginny, Ginny…*

— Um homem bem específico — esclareceu a mulher, e os homens que tinham se levantado se sentaram, constrangidos. — O nome dele é Matrick Skulldrummer, antigo rei de Agria.

Clay lançou um olhar rápido na direção de Jain. Qualquer que fosse o feitiço que a recém-chegada havia lançado sobre os clientes do Porta dos Fundos, e Clay tinha certeza de que tinha sido exatamente isso que acontecera, a ladina não fora afetada. Na verdade, ela parecia apavorada e murmurou uma coisa para Clay que parecia *larga o pulso* ou talvez *lá que cura*, mas Clay não entendeu.

Mas, se aquela mulher estava procurando Matrick, a recompensa era de Lilith. E se a rainha achava que uma única caçadora, mesmo uma tão temerosa para abalar Jain daquele jeito, era capaz de tirar Matrick das mãos do Saga, ela estava subestimando seriamente... bom, Ganelon. Ela estava subestimando Ganelon.

A mulher na porta continuou falando.

— O rei foi sequestrado pelos antigos companheiros de bando. Há uma recompensa oferecida para qualquer pessoa que ofereça informações sobre o paradeiro de Skulldrummer ou de qualquer outro membro do bando chamado Saga.

— Que tipo de recompensa? — perguntou alguém.

A caçadora grudou o olhar em quem tinha falado, um sujeito de barba loura com tatuagens em espiral na testa. Ela avançou devagar na direção dele. As botas pesadas estalaram no piso de tábuas de madeira a cada passo. Ela esticou a mão e botou a ponta de uma garra preta embaixo do queixo dele, erguendo o rosto dele enquanto baixava o seu, até estarem tão próximos que parecia que eles iam se beijar. Absurdamente, Clay sentiu uma pontada de ciúmes com o pensamento.

— Minha gratidão eterna — ronronou ela, e o homem choramingou como um cachorrinho. — E, caso isso não seja incentivo o suficiente, a rainha Lilith de Agria ofereceu a soma de cem moedas da corte para quem ajude a facilitar o retorno dele em segurança. Meus passarinhos me dizem que ele e os amigos foram vistos aqui em Conthas.

Houve um momento de breve falação, durante o qual Jain sussurrou por cima da mesa para Clay:

— *Corra*, seu idiota.

Clay adoraria sair de fininho, despercebido, mas ele e Ganelon não eram exatamente uma dupla discreta. Assim que se levantassem, seriam vistos.

A caçadora de recompensas estava listando os nomes dos membros do Saga enquanto andava na direção do bar.

— Golden Gabe. Ganelon. Clay Cooper, mais conhecido como Mão Lenta... — Ela estava de costas para o salão e não viu uns doze homens levantarem as mãos, todos olhando para Clay e salivando pela perspectiva do que imaginavam que a "gratidão eterna" dela poderia envolver.

O banco embaixo dele gemeu quando Ganelon moveu o corpo, se preparando para lutar. Ou fugir. Mas provavelmente lutar; afinal, *era* Ganelon.

A mulher continuou.

— Arcandius Moog…

— Aqui!

Clay olhou para a porta; todo mundo olhou. Lá estava o mago, o chapéu na mão, o ghoul atrás, sorrindo e acenando para a mulher que tinha dito o nome dele.

CAPÍTULO VINTE E OITO

LARKSPUR

O monge de veste vermelha reagiu primeiro. Puxou uma faquinha de algum lugar e arremessou na direção do mago na porta. Kit, que tinha puxado o lençol por cima da cabeça para servir como capuz, entrou na frente.

A lâmina perfurou a pele pálida do peito e o ghoul olhou para baixo e franziu a testa, como se tivesse encontrado uma mancha no suéter favorito.

— Ah, droga. Vai ficar um buraco.

Clay e Ganelon pularam do banco. Clay correu pelo corredor, com a intenção de atacar o monge, que olhava com curiosidade para Kit. Ganelon subiu na mesa, espalhando tigelas e derrubando copos ao correr por ela. Ele se abaixou para passar embaixo de uma viga inclinada e pulou na mulher parada no bar.

Ela sorriu, deu meio passo para a direita e abriu as asas.

Eram lindas, com penas pretas e poderosas a ponto de derrubar Ganelon no chão. Clay teve um momento para se sentir excepcionalmente burro por ter confundido asas dobradas com uma capa forrada de penas antes de chegar ao monge, que se virou e levou *Coração Negro* na cara. Ele caiu para trás e estava inconsciente antes de bater no chão.

Na porta, Kit tirou a faca do peito e a examinou.

— Tem veneno na ponta — anunciou ele. — Paralisador, na verdade. Não era com intenção de matar.

— Não quero saber da *intenção*. — Moog estava frenético. — Essa coisa podia ter arrancado o meu olho!

Ganelon, enquanto isso, começava a se levantar quando a bota de metal da mulher acertou a cara dele. Ela o chutou de novo na barriga quando ele caiu estatelado. A mão dele foi mecanicamente na direção do cabo de *Syrinx*, mas a mulher pisou no braço dele e o prendeu no chão.

— Você deve ser Ganelon — disse ela. — Achei que seria... mais velho.

— Quem é você, porra? — perguntou ele com dentes ensanguentados.

Ela puxou uma espada das costas e levou a ponta ao pescoço dele.

— Meu nome é Larkspur — disse ela. — E sou a última mulher que você vai amar na vida.

Uma flecha roçou nas penas longas na ponta de uma asa e caiu sem causar danos em um barril atrás do bar. Ela e Clay olharam para Jain, que estava com outra flecha pronta.

Larkspur fez um ruído de desprezo e balançou a cabeça.

— Você é péssima de mira, minha querida.

— Sou? — rosnou Jain. — Quer descobrir?

— Jain... — disse Clay, mas ela o interrompeu.

— Sai daqui, Mão Lenta. Deixa a caçadora de homens com a gente. — Era verdade que as Flechas de Seda pareciam preparadas para apoiar Jain na decisão. Cada uma estava com uma arma na mão, mesmo elas parecendo um pouco impressionadas com a oponente.

— Caçadora de homens… — Larkspur parecia estar saboreando a expressão. — Sempre amei esse título. — Ela voltou o olhar para Clay e ele sentiu seu sangue ferver. — Só preciso de Matrick. O resto de vocês não é problema meu.

— Ele não está aqui — disse Clay. — E não vai voltar pra Agria, de qualquer modo. Diga para Lilith que ela pode escolher um novo rei.

Larkspur riu baixo; o som provocou um frio na barriga de Clay.

— Ah, ela já escolheu. Bonito como Glif, o rapaz. Forte como um touro e inteligente como um também. O retorno de Matrick é mera formalidade. Imagino que vá acusá-lo de traição e mandar matá-lo.

Clay nem se deu ao trabalho de observar a injustiça nisso. Aquela mulher não parecia ser do tipo que se preocupava com trivialidades morais.

— Bom, isso não vai rolar, então que tal seguirmos nosso caminho e você seguir o seu? Vocês estão em número menor.

— Estou? — perguntou ela, imitando o tom perigoso de insinuação da pergunta anterior de Jain. — Quer descobrir?

Clay se lembrou das mãos levantadas quando ela chamou o nome dele. Um olhar rápido ao redor revelou tudo que ele precisava saber, e a notícia não era boa: sorrisos apaixonados e olhos vidrados adornavam o rosto de todos os homens no salão.

Sabe o que seria muito útil agora?, perguntou uma voz na cabeça dele que se parecia muito com a de Matrick. *Um chifre que vomita abelhas.*

Por sorte, Moog arrumou outra coisa. Ele tirou um globo alquímico de vidro da bolsa e jogou por cima da cabeça de Clay. Larkspur chegou para o lado sem tirar o pé de Ganelon, e o globo se espatifou no bar atrás dela.

Não houve explosão. Nem nuvem de fumaça colorida. Clay olhou de Moog para o bar e para Moog de novo.

— Hã… obrigado? — murmurou ele.

O mago piscou com malícia.

— De nada.

Larkspur riu.

— Vamos fazer assim — disse ela. — Ganelon e eu vamos ficar aqui nos conhecendo melhor enquanto vocês vão buscar o rei. — Ela riu de novo e franziu a testa.

Ganelon soltou uma gargalhada rouca.

— Prefiro conhecer os fundilhos de um urso-coruja.

— O que é um urso-coruja? — perguntou Larkspur, obviamente achando graça, pois estava sorrindo de orelha a orelha.

Clay ouviu uma risada debochada e viu Jain tentando manter o arco firme. Algumas risadinhas escaparam das garotas atrás dela, e alguns dos homens do outro lado do salão também riram, aparentemente sem motivo.

Outra crise de riso acometeu Larkspur. Ela conseguiu lançar um olhar intrigado para o mago antes que a consumisse. Ela inclinou a cabeça para trás e gargalhou loucamente. Ganelon rolou para longe da bota dela, mas ele também estava rindo quando engatinhou para longe.

O globo quebrado. Agora Clay entendia. *É coisa do Moog*. Ele sentia o cheiro agora, algo como açúcar que ficou queimando em uma frigideira de ferro. Clay não se lembrava do nome da mistura, mas lembrava que o mago a tinha usado pelo menos duas vezes antes: uma vez para o bando fugir de uma prisão em Phantra e novamente para animar o que acabou sendo o funeral mais hilário a que eles já foram.

— Espera na porta — disse Kit, passando por ele. — Vou pegar seu amigo.

Clay assentiu.

— Jain, tira suas garotas daqui.

A ex-ladina estava tomada demais de alegria para obedecer, mas duas Flechas de Seda a seguraram no meio e a levaram para fora.

Àquela altura, todos sentados ou em pé perto do bar estavam rindo loucamente. Kit, que não foi afetado pelo conteúdo gasoso do globo quebrado, gemeu quando puxou Ganelon para ficar de pé.

— Pelos lacaios de Tamarat! Você pesa como pedra!

Ganelon, que tinha sido estátua nos dezenove anos anteriores, achou o comentário simplesmente hilário. Ele riu como um maníaco, um som tão absurdo para Clay quanto um troll recitando poesia, e bateu nas costas do ghoul, o que quase fez os dois caírem.

Clay lançou um último olhar para Larkspur antes de sair pela porta. A mulher estava inclinada para a frente, apoiada no bar com ataques de risada sacudindo o corpo. As asas tremeram e perderam uma tempestade de penas pretas no meio do caos do salão. Seu olhar grudou no dele e ela levantou um braço, virando a ponta da espada para o peito dele. Apesar do absurdo da condição dela, Clay sentiu sua alma se encolher para longe do olhar maléfico.

Jain estava de joelhos na rua.

— Quem já ouviu falar de uma porra de *urso-coruja*? — uivou ela. — O que *é* esse troço?

Moog pareceu aborrecido.

— É de verdade — murmurou ele, e Kit bateu no ombro dele em um gesto de consolo.

Demorou alguns segundos para Clay reparar em Gabriel no meio deles, com uma bolsa pesada em cada ombro. Ele estava olhando boquiaberto para Ganelon, como se tivessem crescido chifres na cabeça do sujeito.

— Qual é o problema dele? — perguntou Gabe.

— Eu conto no caminho — disse Clay. Ao olhar para a rua, ele viu um grupo de homens usando as mesmas vestes que a do monge de estimação de Larkspur. Ele se ajoelhou ao lado de Jain e tocou no ombro dela. A mulher que o tinha roubado duas vezes e que provavelmente tinha acabado de salvar a vida dele limpou lágrimas dos olhos. — Obrigado.

Ela riu e roncou na cara dele, mas conseguiu assentir.

Clay se levantou e fez uma careta por causa da dor na lombar. As Flechas de Seda estavam olhando para eles, algumas delas atormentadas por risadinhas.

— Tirem ela daqui — disse ele. — E boa sorte com os centauros em Coverdale. Vocês vão ser um bando incrível.

Algumas se aproximaram de Clay para apertos de mão e breves abraços antes de sumirem, com a mesma habilidade de se esconderem nas ruas da cidade quanto na floresta. Talvez até melhor, considerando as vestimentas exageradas. Quando sumiram, Clay pegou uma das bolsas de Gabriel e indicou que ele fosse na direção do portão oeste.

— A gente tem que correr — insistiu ele.

Moog, que já estava um pouco à frente, falou por cima do ombro:

— Esqueça correr — gritou ele —, está na hora de voar!

Kallorek estava de mau humor quando eles voltaram. Matrick o colocou amarrado em uma cadeira e estava sentado em frente, tomando algo que não era vinho em uma taça e sorrindo placidamente enquanto o agente gritava.

— Vou arrancar as porras dos seus olhos e comer com queijo! Vou mandar vocês serem esfolados e salgados! Vou fazer torresmo com a sua pele e dar para os cachorros. Vou dar para os mendigos e dar *eles* para os cachorros!

Matrick ergueu a taça quando os outros entraram.

— Bem-vindos de volta. Kal e eu estávamos recuperando o tempo perdido. — Ele deu uma olhada em Ganelon, ainda tomado por uma crise incontrolável de risadas agudas, e seu queixo caiu. Na mesma hora, olhou para Moog. — O que você fez?

— Ele inspirou um monte de Galhofa de Chacal — explicou o mago. — As coisas ficaram meio tensas em Conthas.

— Você é um homem procurado, a propósito — disse Clay para Matrick.

O rei empalideceu uns dois tons.

— Lilith sabe que estou vivo?

— Se não sabia *antes* de destruirmos o Maxithon, agora sabe — disse Clay. — Ela contratou uma caçadora de recompensas. Uma mulher chamada…

— Larkspur.

Clay piscou.

— É, ela mesma. Ela não é… coisa boa — concluiu ele.

Matrick assentiu.

— Ah, ela não é mesmo. Eu estava com medo de Lilith recorrer a isso. Nós contratamos Larkspur alguns anos atrás para procurar um criado que tinha roubado umas joias. Ela o encontrou bem rápido, cortou as mãos dele fora e entalhou *ladrão* na testa dele com uma faca. Foi quase um ato de misericórdia quando Lilith ordenou a execução dele.

Ganelon riu como se Matrick tivesse contado uma piada obscena.

— Moog. — Gabe inclinou a cabeça para o guerreiro. — Você se importa…?

— Ah, claro. — O mago segurou Ganelon pelo ombro e o guiou na direção do corredor. — Vem cá, grandão. Vamos subir e tomar um pouco de ar.

Quando saíram, Clay se virou para Matrick.

— O que ela é exatamente?

O antigo trapaceiro deu de ombros, parecendo atordoado.

— Uma daeva — disse Kit.

— Que é…? — perguntou Gabriel.

O morto-vivo deu de ombros, o que fez alguma coisa, talvez uma costela, sacudir dentro dele.

— Só isso. Daevas são daevas. Não tenho ideia de onde elas vêm, mas, tirando as asas…

— Espera, ela tem *asas*? — perguntou Gabriel, mas levantou a mão. — Quer saber, deixa para lá. Você estava dizendo?

— Sim, bom, fora as asas, a daeva também tem certo… carisma. *Coação*, acho, seria um termo melhor.

— Você quer dizer que elas são capazes de controlar pessoas? — perguntou Clay, aliviado de saber que houve um motivo justificável por trás da paixonite curiosa pela mulher no bar.

— Essencialmente, sim — disse Kit. — A mera presença delas, pelo que ouvi, é suficiente para induzir uma leve fascinação. Se uma delas fizer um esforço real para encantar alguém... Acho que uma mente forte talvez resistiria, mas uma fraca... — Ele coçou um corte sem sangue no pescoço. — Ouvi falar de daevas comandando pequenos exércitos de servos apaixonados dispostos a fazer tudo que mandavam.

— E a nossa daeva? — perguntou Gabe. — Larkspur, não é?

Kallorek soltou uma gargalhada, mas um olhar fulminante de Matrick o fez calar a boca.

— Larkspur, sim. Se bem que houve uma época que ela usava o nome Sabbatha — contou Kit. Há várias músicas sobre ela. A maioria bem sombria, como podem imaginar. Eu ficaria feliz em cantar algumas se quiserem.

— Só conta — disse Gabe, a impaciência dominando o tom.

O ghoul fez uma coisa que podia ter sido um sussurro se houvesse ar no corpo dele.

— A maioria relata um nascimento difícil, uma infância tumultuosa. Sangrenta, até.

Faz sentido, pensou Clay. Considerado que crianças provocavam as outras por coisas tão triviais quanto um corte de cabelo ou uma simples gagueira, ele podia imaginar que ter um par de asas de penas pretas devia atrair a ira de outros pequenos... e a ira de crianças podia ser cruel.

— De qualquer modo — disse Kit —, ela acabou indo parar em Taliskard, que já foi uma fortaleza e era na época um monastério isolado famoso por destruir a determinação de jovens perturbadas.

— Ótimo trabalho, hein — debochou Matrick.

O ghoul ajeitou a dobra do traje de lençol.

— De fato. Larkspur, ou Sabbatha, como ela se chamava na época, se mostrou osso duro de roer. Houve um incidente com o diretor, algo relacionado a ele castrar a si mesmo na banheira, e, em pouco tempo, ela organizou uma revolta, tomou controle da fortaleza e a usou como ponto de concentração quando se tornou mercenária.

— Ela era mercenária? — perguntou Clay.

— Foi por um curto tempo — afirmou Kit. — Foi nessa época que ela abandonou o antigo nome e se tornou Larkspur. Mas dizem que ela se cansou de lutar com monstros e não tinha desejo de entrar em uma arena, por isso passou a mirar em vítimas mais imprevisíveis.

— Pessoas — disse Gabriel.

— Exatamente.

— E agora, está nos caçando — murmurou Clay.

Kit fez uma careta.

— Parece que sim.

— Você acha que ela vai nos seguir pelo Wyld?

Kallorek deu uma risada rouca.

— Ah, ela vai seguir vocês. Aposto os meus dentes nisso. Vocês são homens mortos — observou ele com deboche. — É melhor virar a ampulheta e começar a contar a areia. Vinte anos atrás, talvez até fossem páreo para Larkspur. Mas agora? Ela vai arrasar com vocês. Talvez Ganelon pudesse enfrentá-la, *talvez*, se ela lutasse de forma justa. Mas ouvi algumas das músicas também… o suficiente para saber que não luta de forma justa, não mesmo. Ela vai chegar de lado, vai arrancar a porra do seu coração e vai lamber até ficar limpinho. Pelo inferno frígido, eu queria estar lá para ver.

Clay deu de ombros.

— É, bom, nem sempre dá para se ter o que quer, né?

O sorriso do agente era uma coisa horrível.

— Vocês ficariam surpresos — disse ele.

CAPÍTULO VINTE E NOVE

VOO

A cabine do piloto ficava no alto da popa, com janelas de vidro que fechavam na frente e mobiliada com uma poltrona macia equipada com suportes para canecas nos dois braços. Matrick se ofereceu para pilotar, mas ele estava bebendo desde cedo e já falava arrastado, então Gabe delegou a tarefa para Moog.

O mago puxou três alavancas, uma atrás da outra. As três velas se abriram, acompanhadas de um crack alto quando um relâmpago pulou pelas juntas de metal. Os motores de marés, dois em cada ponta do navio, giraram e entraram em movimento. De tão perto, Clay via os quatro círculos concêntricos dentro de cada um girando cada vez mais rápido enquanto o *Corte Carnal* ganhava vida.

Moog estava sorrindo largamente.

— Uma coisa eu tenho que dizer sobre os druins, eles nos deixaram brinquedos incríveis.

Clay se encolheu quando surgiu uma névoa fina no ar em volta dele.

— Tem água dentro? — perguntou ele em meio ao barulho.

Moog passou os dedos pelas esferas e assentiu com entusiasmo.

— Claro! — Ele começou a explicar sobre *hidrogiros* e uma coisa chamada *passo cíclico*, mas Clay já tinha parado de ouvir. O navio tinha saído da boca da caverna e estava subindo para o céu. Demorou alguns momentos para o estômago de Clay decidir se juntar a ele no ar.

Ele olhou para Gabriel, que estava parado na amurada, olhando para oeste.

Aguenta firme, Rose, pensou Clay. *Seja como for, estamos a caminho.*

— Vamos dizer que vocês encontrem a pestinha do Gabe — supôs Kallorek, que estava encolhido na escada que levava ao convés frontal. — Digamos que atravessem Heartwyld, o que não vai acontecer, e que consigam passar pela Horda de Castia, o que não parece provável, e que Rose ainda esteja viva, o que não deve estar. E aí? Qual é o seu plano, Mão Lenta?

O agente não parou de falar a tarde toda. Moog e o morto-vivo estavam conversando em voz baixa perto da proa. Gabriel estava cumprindo seu turno como piloto, o que basicamente envolvia não tocar em nada, e Ganelon estava dormindo, depois de tanto rir, na suíte principal abaixo. Matrick também estava na parte de baixo, provavelmente bebendo, e Clay, que estava vendo o sol se pôr da amurada de estibordo, era o único próximo o suficiente para ouvir.

Ele pesou algumas respostas à pergunta do agente e decidiu por um do seu vasto repertório de movimentos de ombro.

Kallorek riu com deboche.

— Vocês não têm plano, né? Vou poupar um trabalho para vocês: Rose está fodida, ouviu? E quando vocês a encontrarem, vão estar tão fodidos quanto ela.

Clay não respondeu. Eles passaram por uma nuvem e a vela estalou com uma luz prateada.

— Ainda dá tempo, Mão Lenta. Tempo de ser inteligente e dar meia-volta. Dê uma porrada na cabeça do Gabe, convence o Moog que é o melhor. Aquele velho idiota acredita em tudo que você diz. E bota o zumbi maldito em uma caixa, que é o lugar dele. Os outros dois estão apagados até de manhã. Nós poderíamos estar de volta a Conthas antes do sol nascer e você, um homem rico.

Kallorek é uma cobra, Clay lembrou a si mesmo. *Vai sibilar e sibilar no seu ouvido até o que antes era incompreensível de repente parecer uma ótima ideia.*

— Não sou do tipo que guarda ressentimento — mentiu o agente. — E *gosto* de vocês. Gosto mesmo. Vocês praticamente me *fizeram*. Eu era um golpista qualquer antes do Saga. Me leva para casa, Clay, e o que está feito está feito. Águas passadas. Que tal?

— Você vai estar em casa em breve — disse Clay. — Nós vamos deixá-lo perto da floresta. Depois de uma caminhada de dois ou três dias, vai estar de volta em Conthas, sã e salvo.

— O limite do Wyld é só pouco mais seguro do que o Wyld em si — reclamou Kallorek. — Alguma coisa deixou as tribos de centauros desesperadas; eles estão em toda parte atualmente. Vou ter sorte se não acabar em um espeto de homem-cavalo com uma porra de maçã na boca. Além do mais, sabe o quanto custou para fazer esse troço voar? — Ele balançou a mão na direção do navio ao redor. — Foi caro demais para um bando de cretinos levar para passear em território de wyverns. Você está vendo uma balista a bordo? Uma catapulta? Alguma arma? Este barco não foi feito para atravessar o Wyld! Vocês vão ser um pato em um lago de tubarões lá!

— Você não quer dizer uma piscina?

O rosto de Kal ficou da cor de uma ameixa podre.

— Engraçado para caralho — resmungou ele. — Vamos ver quem vai rir quando você e seus amigos estiverem enterrados em uma pilha de detritos.

Clay deu de ombros novamente, mas de forma sutilmente diferente da anterior.

O agente balançou a cabeça e se mexeu com desconforto nas amarras. Depois de um tempo, recomeçou, mas com uma abordagem diferente.

— Eu não estava brincando sobre Larkspur, sabe. Já a encontrei algumas vezes. Até tentei atrai-la de volta ao mundo dos mercenários, mas era a mesma coisa que pedir a um lobo para comer uma alface. Ela é uma assassina de verdade, aquela lá. Tem gosto por sangue, e quanto mais correrem, com mais fome ela vai ficar. Eu poderia resolver isso para você. Poderia comprá-la, ou ao menos pagar o suficiente para dizer que Matrick morreu. Pense bem, Mão Lenta. Sou a única chance que você tem.

Clay só ficou olhando pela amurada, apertando os olhos por causa do brilho intenso do sol. Mesmo com os quatro motores de maré, o *Corte Carnal* era bem mais lento do que o *Velha Glória*, do Vanguarda, por causa do seu tamanho. Eles estavam voando para o sul no momento, contornando o Wyld. De manhã, virariam para oeste e iriam em linha reta para Castia.

Kallorek continuou, incansável.

— Tudo bem, o melhor cenário possível: vocês encontram a garota e conseguem resgatá-la. Seria melhor ficarem em Castia e se tornarem cidadãos fiéis daquela República esquecida pelos deuses, porque não haverá nada para vocês aqui. Vou destruir tudo que vocês deixarem para trás.

Ele aumentou o tom de voz para o mago ouvir.

— Ei, Moog, sabe o que sobrou da sua torrezinha de merda? Nada! Só detritos e ruína. Queimei todos os livros e matei aqueles animais idiotas. Até comi um dos filhos da mãe. Sabia que o elefantinho é delicioso? Isso mesmo, eu comi a porra do seu elefantinho, Moog! Está ouvindo? Você só tem a roupa do corpo, seu rato mordedor de travesseiro.

— Cuidado — avisou Clay, mas Kallorek continuou mesmo assim.

— Quer saber de uma coisa? Vou *dobrar* o preço da cabeça do Matty. Vou arrastá-lo em pessoa até Brycliffe e cortar a porra da garganta dele nos degraus do castelo. E Ganelon? Ele vai direto para Quarry, mas, dessa vez, vou enterrá-lo tão fundo que os basiliscos nem vão encontrá-lo por medo do escuro. Ah, e tenho planos especiais para Valery. Ela está tentando ficar limpa, sabe, mas vou pôr um fim nisso. Vou meter tanto talho nela que ela vai parecer um poste de cama de prostituta! Ela vai virar uma viciada desmiolada até o dia que morrer.

— Kal… — disse Clay.

— E *você*, Mão Lenta…

— … não faça isso.

— … vou queimar o seu mundo. Você acha que Coverdale está com um problema de centauros? O problema vai passar a ser *destruição total*. Vou destruir qualquer canto que chame de lar e dar a sua esposa aos meus guardas para eles se divertirem.

Clay se afastou da amurada e foi na direção dele.

— E aquela sua filhinha… como você disse que era o nome dela? Tally? Vou ficar com ela para mim. Vou ensinar umas coisinhas que você jamais poderia.

Kallorek deu uma risada maligna. Ele estava olhando para a própria barriga gorda e deu um grito de surpresa quando a sombra de Clay caiu sobre ele. O agente fechou os olhos e ergueu o queixo, preparado para o soco que achava que viria.

Mas Clay Cooper não dava socos em homens que ameaçavam sua esposa… e sua filhinha.

O que ele *fazia* era segurá-los pela gola, puxá-los para que ficassem de pé, dar ter passos grandes para ganhar impulso e jogá-los de cabeça pela amurada do navio voador. Kallorek, surpreso demais até para gritar, desapareceu na escuridão.

Em seguida, Clay ficou parado, o peito subindo e descendo, o sangue bombeando na cabeça como um tambor de um traficante de escravos. Suas mãos tremiam e ele se segurou na amurada de pedra da lua para fazer com que parassem. Havia um limite de flexibilidade até para o galho mais verde, e quando Kallorek começou a falar da família dele, algo simplesmente… estalou.

O monstro, ele sabia. *Não se foi. Ele nunca se vai, ao que parece. Só fica… adormecido.*

Seus sentidos voltaram ao som de aplausos. Moog e Kit estavam batendo palmas. O mago sorria largamente enquanto o ghoul exibia uma careta que devia ter a intenção de ser um sorriso.

Gabriel apareceu ao lado dele e espiou a escuridão por cima da amurada.

— O que acabou de acontecer? — perguntou ele.

Clay abriu a boca para explicar, mas a fechou por temer que a fúria deixasse sua voz rouca. Então, só deu de ombros.

Havia uma mortalha sobre a floresta a cada manhã, uma névoa preta suja que fedia a podridão e tinha gosto de cinzas. Na maior parte dos dias, se dissolvia até o meio-dia, e Clay olhava por cima do oceano cinzento de árvores sombrias e sinistras que se prolongava em todas as direções. Quando chegava o fim do dia, o sol queimava como uma pira no oeste, e, pouco tempo depois, as estrelas se reuniam para lamentar sua passagem, brilhando como olhos lacrimosos, às vezes, caindo.

No segundo dia, passaram por uma área de nuvem violeta com cheiro de podre que deixou a pele deles fria e úmida. Matrick começou a ter febre e insistiu que quantidades copiosas de uísque de Kaskar era a única cura. Kit, que alegava já ter sido médico de campo de batalha, concordou. Os outros só ficaram na dúvida, mas Matty acordou na manhã seguinte apenas com a ressaca de sempre.

Duas vezes nos primeiros dias eles viram algo atrás, mas a coisa sempre sumia antes de ser identificada. Clay se viu avaliando se preferia que Lastleaf ou Larkspur os atacasse lá em cima. Sua preferência ia variando, pelo menos até ele lembrar o que a matriarca wyvern tinha feito com Grande Han.

Apesar dos aposentos extravagantes abaixo, o bando passava a maior parte do tempo no convés. Os olhos de Gabe estavam grudados à frente, sempre à frente, enquanto os que cruzaram o caminho de Larkspur em Conthas olhavam com cautela para trás.

Eles mostraram pontos de referência uns para os outros ao passarem. Ali estavam as ruínas da Fortaleza Turnstone, onde bandos se encontravam para trocar notícias e histórias, e onde o Saga, junto com o Vanguarda e os Galos da Noite, derrotou um pequeno exército de Ferais depois de três noites de cerco. O único perecimento foi do bardo deles, cujo nome Clay não lembrava, que foi morto por uma flecha quando estava urinando por uma abertura na muralha.

Ganelon indicou os restos de Brookstrider, um ente ainda maior do que Coração Negro. Ninguém sabia quem ou o quê matara Brookstrider, mas o cadáver coberto de musgo estava rodeado dos restos de várias dezenas de entes menores, gerando a questão se ele tinha sido vítima do que Moog chamou de *arvoricídio*: assassinato de árvores por árvores.

E ali estava a cratera na qual encontraram o corpo de uma coisa que ninguém reconheceu, uma massa gelatinosa de sacos latejantes e membros em forma de tentáculos que parecia pertencer ao mar e não ao meio de uma floresta venenosa. Eles supuseram que estava morto, e Matrick começou a cutucar com uma vara. Mas não estava morto, no fim das contas, e tiveram que tirar Matrick do estômago da criatura quando enfim estava.

Na terceira noite, com os seis deitados nos sofás que tiraram da parte de baixo e levaram para o convés, Clay descobriu que seu humor estava ficando perceptivelmente mais leve. A sensação de medo que vinha alimentando desde... bom, desde a noite em que Gabriel apareceu na porta dele começava a passar. Afinal, eles conseguiram reunir o Saga, recuperar *Vellichor*, fugir dos caçadores de recompensas, sobreviver a uma quimera e escapar da destruição do Maxithon. Além daquilo tudo, tiveram a sorte de conseguir um navio voador.

Atravessar Heartwyld a pé levaria meses, isso se eles conseguissem, e seria um percurso lento, horrível e traiçoeiro por uma paisagem de pesadelo repleta de horrores decididos a matá-los. Seria passar uma noite insone atrás da outra no chão duro, com medo de cada estalo, de cada folha fétida, ouvindo a escuridão respirar e chiar em volta deles.

E pelo que Clay ouvira falar, Heartwyld continuava tão perigoso quanto antes. Havia bandos demais seguindo o caminho mais fácil: lutar na arena e dormir nas tabernas. Poucos mercenários estavam dispostos a explorar uma caverna fria e úmida aqui, uma ruína assombrada ali, e só os mais corajosos estavam dispostos a enfrentar o Wyld.

Mas não importava: eles estavam voando. E apesar das preocupações legítimas de Barret e seus companheiros, a viagem até ali tinha sido abençoadamente tranquila. Talvez estivessem com sorte, imaginou Clay, e passassem pela floresta, voassem pelas montanhas, pegassem a Horda desprevenida e descessem em Castia por tempo suficiente de encontrar e resgatar Rose, depois voltassem para casa e descobrissem que essa coisa de recompensa tinha sido deixada de lado.

Porra, pensou Clay, *resolvi metade dos nossos problemas jogando Kal lá embaixo.* Talvez pudessem convidar Lilith para dar um "passeio" e fazer o mesmo com ela.

Uma melodia suave arrancou Clay dos devaneios. Kit tinha recuperado o instrumento bizarro dele e estava usando os dedos cinza-esverdeados para tocar uma canção lenta e perturbadora na teia de cordas prateadas.

— O que é essa coisa aí? — perguntou Moog. O mago tinha encontrado uma pequena biblioteca lá embaixo e estava folheando um livro chamado *Unicórnios: cuidado com o chifre*. — Nunca vi nada igual.

— Nem vai, meu amigo — disse Kit. Havia um tom de melancolia na voz aguda. — Os batingtings são tão raros que fazem os navios voadores parecerem comuns como moedas de cobre.

Passou pela cabeça do Clay que, se tivesse muitas horas para refletir, ele teria dificuldade de pensar em um nome mais idiota para qualquer coisa do que *batingting*.

— Batingting? — Moog fechou o livro e se inclinou para examinar o incômodo instrumento octogonal no colo do Kit. — Eu achava que todos tinham sido destruídos quando o Domínio caiu.

— Lá vamos nós. — Ganelon suspirou e arrancou uma risada de todo mundo, menos do mago e de Kit.

— Eu também — disse o ghoul. — Encontrei essa belezinha no meio dos muitos artefatos de Kallorek e decidi tirar esse peso das costas dele.

— Fascinante! — declarou Moog.

— Será mesmo? — Clay carregou a voz do máximo de sarcasmo que conseguiu.

O mago, inabalado, prosseguiu.

— Quantas cordas tem?

— Vinte e seis de cada lado, cento e quatro no total. — Kit tirou algumas notas agudas do instrumento enquanto falava. — É improvável que alguém hoje em dia conheça os segredos de sua fabricação, e ouso dizer que eu talvez seja o único ghoul no mundo capaz de tocar um.

— Vamos ouvir uma música — disse Matrick, que Clay achava que estava pilotando o navio. Acontece que ninguém estava, mas isso não pareceu ter muita importância, porque a embarcação praticamente voava sozinha. — Você é o nosso bardo, né?

— Uma música, então — disse Kit. Ele olhou de rosto em rosto, fechou os olhos e se balançou como um junco de beira de rio. — Vamos ver, vamos ver. Ah. — O ghoul abriu os olhos. Seus dedos tremeram e os ossos dos pulsos estalaram quando ele os flexionou. Dedilhou algumas notas aleatórias, as mãos dançando como aranhas na teia de oito lados, até que uma melodia surgiu, esvoaçando como uma ave no ar quente da noite.

Em seguida, com uma voz rouca, melodiosa e incrivelmente agradável, ele cantou.

Moog balançou a cabeça com a melodia. Os dedos de Matrick batucaram na barriga enquanto Ganelon observava as mãos agitadas do morto-vivo como se estivesse hipnotizado. Gabriel, como fazia com frequência ultimamente, voltou o olhar para oeste, na direção de Castia. E Clay, como era de hábito, olhou para trás, na direção de casa.

A música de Kit, como as melhores músicas, contava uma história familiar de uma forma simples e emocionante. Ele cantou sobre os deuses de Grandual, o Quarteto Sagrado e a batalha do Senhor do Verão contra um espírito de total escuridão. Vitorioso, ele o baniu para o céu, de onde observa e espera que o tempo passe, seus milhões de olhos cintilando na escuridão insondável.

Ele cantou sobre a esposa do Senhor do Verão, uma deusa de compaixão e beleza insuperáveis, que lhe deu dois filhos. O primeiro foi Vail, o Filho do Outono, mas o espírito do garoto era rancoroso e doentio, e o pai o baniu. Em seguida, a mãe deu à luz Glif, a Donzela da Primavera, mas, faleceu no parto.

Clay percebeu no meio da música que Kit estava agora cantando em uma língua diferente. Ele sabia druico suficiente para reconhecer o idioma, mas as palavras em si não tinham forma, eram tão delicadas e deliciosamente aleatórias quanto pétalas de flores tocadas na escuridão.

Ainda assim, ele sabia como a história terminava.

Vail, que os homens agora chamam de Pagão pelo ódio que tinha do pai, deu a própria vida para que a mãe pudesse renascer. Mas a morte a mudou. O fruto da compaixão dela murchou e virou uma austeridade severa. Sua beleza ficou fria e terrível, ainda que não menos impressionante.

E assim seguia o ciclo, girando e girando até o fim dos dias, com a morte do outono dando lugar ao inverno e o inverno dando à luz a primavera.

As últimas e prolongadas notas da música de Kit tremeram no ar da noite. Clay viu que Ganelon roncava baixinho. Moog e Matrick estavam com sorrisos melancólicos; os olhos do mago brilhavam com lágrimas.

— Que linda — disse ele. — Muito linda.

E era mesmo, claro, ainda mais tendo sido cantada em um idioma perdido e tocada por um instrumento que era, muito provavelmente, o único do tipo que restava no mundo. Ainda assim, Clay havia muito desconfiava que a história era só isso: uma história. Um jeito de dar sentido a um mundo sem sentido. Não podia ser verdade, ao menos não tudo. Era incrível demais para se acreditar.

Por outro lado, ele achava que um pouco de enfeite costumava ser a diferença entre uma história boa e uma ótima.

Na manhã seguinte, eles viram uma coisa no céu à frente. O primeiro pensamento de Clay foi que Lastleaf descobrira o plano deles de salvar Rose e tinha ido interceptá-los voando. Ele apertou os olhos, com medo de ver o movimento de asas de dragão, mas a coisa se movia devagar demais para ser a temerosa matriarca do druin.

— É um navio voador — anunciou Gabriel. — Está mudando de rumo, vindo na nossa direção.

Ganelon tirou o machado das costas. Os sussurros da arma se espalharam pelo ar em volta dele.

— Podem ser piratas — disse ele.

Clay riu.

— Ah, tá. Piratas dos céus?

O guerreiro deu de ombros.

— Por que não?

Clay conseguia pensar em vários motivos, mas segurou o cabo frio do martelo na cintura, só por precaução.

Seus medos foram infundados. O navio, que parecia pertencer a outro bando, estava só passando e querendo dar uma espiada. Era maior do que o *Velha Glória*, mas não muito. As palavras *Sete da Sorte* tinham sido pintadas no caso, mas o *sete* tinha sido cortado e também o *seis* abaixo. A palavra *cinco* estava rabiscada, mas Clay só viu quatro pessoas na amurada e se perguntou se o barco precisava de outra mão de pintura.

Parecia que tinham sido atacados. A vela frontal do navio voador estava lacerada, mas fora remendada para permanecer funcional. Um dos dois motores de marés estava inoperante. Os aros, como Clay lembrava que Moog tinha chamado, eram feitos de puro duramantium e não podiam ser quebrados, mas estavam meio tortos.

Matrick acenou.

— Devem achar que somos malucos de voarmos com um navio assim por cima do Wyld.

— Não mais do que eles — observou Kit. — Eles estão a um motor quebrado de uma longa queda.

Uma dos "Cinco da Sorte" acenou de volta e apontou para trás da popa do navio. Clay apertou os olhos e viu uma pilha de nuvens ameaçadoras se espalhando pelo céu do oeste. A mulher começou a gesticular enfaticamente na direção oposta.

Moog declarou o óbvio.

— Ela acha que a gente devia voltar.

Clay olhou para Gabriel.

— Parece que tem uma tempestade à frente. A gente pode pousar — sugeriu. — E esperar que passe?

— Pousar? — Matrick pareceu cético. — Em Heartwyld? Meu voto é não. E *tecnicamente* eu ainda sou seu rei, lembre-se disso.

— Nós não vamos pousar — disse Gabriel. — E também não vamos voltar. A não ser que ache que umas nuvens pretas possam ser piores do que essa Larkspur que diz que pode estar nos seguindo.

Os dois olharam para Clay, que estava ocupado pesando a ameaça da escuridão à frente em comparação à escuridão atrás. Por fim, ele suspirou.

— Vamos para a tempestade, então.

CAPÍTULO TRINTA

ESTRELA NEGRA

Entrar na tempestade acabou sendo uma ideia de merda de orc.

Ventos fortíssimos sacudiram o *Corte Carnal*. Uma chuva negra encharcou o convés. As velas triplas zumbiram com eletricidade quase sem controle. Mas tudo isso deixou Clay bem menos nervoso do que os relâmpagos gerados pela tempestade em si.

Aqueles não podiam ser relâmpagos normais, do tipo que matava homens e botava fogo em florestas. Ah, não, não ali no Wyld, que tinha a sua reputação maligna a cumprir. Aqueles relâmpagos eram azuis. Anunciavam sua chegada com um estalo que parecia uma espinha de gigante se partindo ao meio e rugia em pilares vibrantes que pareciam sustentar as nuvens acima.

Moog estava de volta à cadeira do piloto, embora, na verdade, estivesse de pé. Seus dedos dançavam nas esferas do leme. O mago manobrava entre colunas de luz ardente, se esforçando para ver em meio às janelas açoitadas pela chuva da frente da cabine.

Matrick estava bêbado e agarrado à sereia na proa, uma das mãos aninhando um seio dourado. Ele gritava para a tempestade. Clay o viu virar meia garrafa de vinho antes de jogá-la em um pilar de relâmpago no qual quase bateram. A garrafa se quebrou e Matrick gritou como uma criança vendo fogos de artifício no verão.

Esse é o meu rei, pensou Clay com infelicidade.

Como se vento, chuva e relâmpagos não fossem ameaças suficientes, havia os wyrms faísca com que se preocupar. As serpentes eram cada uma do tamanho do navio, quase invisíveis até se aproximarem umas das outras e seus corpos brilharem em azul-esbranquiçado. Fios barulhentos de eletricidade uniam pares, e Clay não pôde deixar de imaginar dois, um passando de cada lado do navio, passando uma corrente pelo convés que os mataria em um instante.

A gente devia ter pousado, ele pensou. *Ou voltado até essa tempestade passar.*

O navio balançou embaixo dele quando Moog se afastou do estrondo que sinalizava outro relâmpago, que caiu tão perto que Clay sentiu o coração pular e os pelos do braço ficarem de pé. As janelas da cabine do piloto se quebraram e foram arrancadas da moldura. O mago foi atingido por chuva e vento, que o jogaram para trás. Ele caiu por cima do braço da cadeira e sumiu de vista.

O *Corte Carnal* seguia aleatoriamente pela tempestade, atormentado por ciclones de alta voltagem e cobras carregadas de eletricidade. Clay se segurou na amurada para manter o equilíbrio e cometeu o terrível engano de pensar que as coisas não podiam piorar.

Kallorek estava enganado: Larkspur não os abordou de lado. Ela foi de frente mesmo.

O navio voador dela (porque *todo mundo* tinha a porra de um navio voador, Clay começava a achar) cortou as nuvens como uma lâmina. A embarcação era enorme: tão grande quanto um encouraçado de Phantra, com vela por cima de vela, espalhadas como as garras membranosas de uma bruxa do mar. Clay contou os motores, dois, quatro, seis, e viu torres com bestas em cada amurada, cada uma manuseada por um monge de veste escarlate sacolejando ao vento.

Por um momento, teve medo que o encouraçado fosse se chocar com eles, mas de repente o *Corte Carnal* começou a mergulhar. Moog estava de volta ao leme, girando freneticamente as esferas. O navio de Larkspur passou por cima, o casco preto iluminado pelo brilho estático das velas do *Corte*, e Clay viu as letras brancas grossas desenhadas em seu comprimento considerável.

Estrela Negra.

O navio voador de Larkspur se inclinou para o lado, e os servos nas torres miraram. As primeiras flechas bateram inofensivamente no convés. O monge atrás de uma das bestas na amurada perdeu o equilíbrio e caiu pelo céu. Ele estava preso à torre por uma tira de couro, mas o navio voador descia tão rápido que a velocidade do movimento fez sua coluna se partir.

— Vai bater na gente! — gritou Clay, mas Gabriel apontou por cima do ombro dele.

— Não vai, não.

Dois wyrms faísca passaram acima, arrastando uma rede de eletricidade radiante entre os dois. O *Estrela Negra* alterou o rumo e virou para cima, e Clay o perdeu de vista nas nuvens.

— A gente devia pousar — disse ele para Gabriel, mas seu amigo não disse nada por muito tempo. — Gabe, a gente…

O rugido oceânico de motores de marés o interrompeu. O navio voador de Larkspur estava acima deles de novo, desviando entre colunas de relâmpagos azuis. Clay olhou a tempo de ver uns dez monges de vestes vermelhas se jogando pela lateral. Eles caíram como pedras no começo, mas puxaram as vestes para que o vento soprasse dentro, transformando a queda livre em uma descida de paraquedas. Um deles soltou a lateral da roupa e caiu gritando na escuridão. Outro veio de cima, o grito interrompido quando colidiu com uma vela estática. A corrente botou fogo na roupa dele um instante antes de reduzir seus ossos a cinzas.

O resto dos servos de Larkspur conseguiu pousar no navio com vários graus de sucesso. Até onde Clay podia ver, não carregavam armas, mas Matrick cambaleou na direção de um e tomou um chute no queixo que o derrubou. Outro tentou algo similar com Ganelon, mas o guerreiro segurou a perna do pobre tolo e o jogou pela amurada.

Clay não tinha reparado na forma escura no meio dos monges, mas de repente Larkspur estava entre eles. Ela pousou graciosamente no convés molhado de chuva, um falcão de caça na companhia de aves inferiores. A armadura preta da daeva brilhava na chuva como obsidiana polida. O vento açoitava o cabelo no rosto de beleza pálida, e Clay sentiu uma onda de compulsão o atingir. Seu coração pulou enquanto a mente gritava que era para ele fazer alguma coisa que não ficar parado ali como um idiota.

Ela dobrou as asas e puxou o par de espadas que carregava nas costas, afiadas a ponto de cortar as gotas de chuva durante uma movimentação exploratória. Os monges formaram um círculo defensivo em volta dela e fizeram poses que sugeriam que eles se consideravam perigosos quer estivessem armados ou não. Clay, por falta de provas do contrário, se sentiu inclinado a acreditar.

— Matrick Skulldrummer! — gritou Larkspur, olhando pelo convés.

O rei se levantou cambaleante. Sacudiu a cabeça e puxou as adagas do cinto. A daeva usou uma lâmina para indicá-lo para o círculo de monges de vermelho. — Peguem ele vivo. Matem o resto.

Isso é demais para um aquecimento, pensou Clay enquanto os monges começavam a se adiantar. Dois correram para Matrick, outros dois foram na direção do leme e quatro pularam para interceptar Ganelon, que estava com Kit perto da amurada oposta. O guerreiro estava com *Syrinx* na mão, olhando de cara feia para as costas de Larkspur. Os últimos dois foram para cima de Clay e Gabriel, com a daeva ao lado.

— Vai ajudar o Moog — pediu Gabe.

— Mas…

— Ele não consegue lutar pilotando o navio!

Clay indicou Larkspur.

— Mas ela…

Ele não tinha passado disso quando Gabriel puxou *Vellichor* da bainha. A parte achatada da lâmina era do azul brilhante de um céu alienígena, e quando Gabriel a ergueu, Clay viu um filete de fumaça, um bando de aves em revoada e uma luz tão forte que virou o rosto. Quando olhou de novo, era só uma espada, embora uma cuja lâmina azul-esverdeada emitia o aroma de terra molhada e chuva limpa de verão.

— Ela não é nada que eu não possa encarar — disse Gabe com tanta confiança que Clay decidiu obedecer.

Moog estava desarmado, mas não indefeso. Tinha tirado o chapéu mágico e estava jogando presuntos com mel e tijolos de queijo duro nos agressores. Clay pegou o primeiro de surpresa, derrubando-o e o prendendo no chão. O monge tentou atacar a cabeça dele com movimentos desajeitados, e Clay prendeu sua mão agitada e bateu nela com o martelo. Os ossos se quebraram com o golpe.

— Desculpa — murmurou ele. O homem gritou e quase o derrubou, então Clay bateu com *Espectro* em um dos seus joelhos.

O segundo deu um soco na sua cara. Ele sentiu seu nariz se quebrar como uma casca de ovo enquanto a cabeça era jogada para trás. O monge foi para cima do pescoço exposto, mas Clay ergueu o escudo a tempo de desviar o punho que ia acertar o nariz de novo, que já doía para caralho, mas provavelmente salvou sua vida.

Coração Negro o salvou de uma série de golpes enquanto Clay andava para trás. Seu atacante não lhe deu espaço, e quando ele brandiu

Espectro, o monge chutou seu braço, de forma que Clay bateu na própria cara com o cabo do martelo.

— Ai! — gritou ele. O monge abriu um sorrisinho satisfeito.

Filetes frios serpentearam pela cabeça de Clay, gelando suas orelhas e envolvendo o cérebro no que parecia gelo. Ele teve a ideia brilhante de bloquear o golpe seguinte do agressor logo depois que o golpe seguinte (outro soco na cara, que *surpresa!*) o acertou. Caiu de bunda, atordoado, e antes que pudesse se recuperar, o monge chutou seu peito. A cabeça bateu no convés com força, o que poderia ter doído bem mais se o crânio não estivesse entorpecido pelo frio, e o pé descalço do sujeito pressionou seu pescoço.

Ele estava com sangue na boca, chuva nos olhos e sem ar nos pulmões, o que estava prestes a se tornar um problema sério.

De repente, a pressão no pescoço cedeu. Clay ofegou e piscou para afastar as estrelas pretas da visão. Ele viu Moog segurando o chapéu como uma besta carregada. O monge gritava; os olhos estavam fechados, o rosto coberto por um líquido vermelho fumegante que Clay confundiria com sangue se não fosse o cheiro horrível.

Aproveitando a vantagem, Clay bateu com o martelo na virilha do monge. Houve um estalo úmido e o homem caiu choramingando. Clay empurrou o corpo para longe e murmurou outro pedido de desculpas; afinal, inimigo ou não, quando se batia nas bolas de um homem com um martelo mágico, o mínimo que você podia fazer era pedir desculpas.

O mago o ajudou a se levantar.

— Isso foi cruel — disse Moog.

— Jogar sopa quente na cara dele também — disse Clay. — Aquilo era...?

— Bafo de Infernal. Já é ruim na boca, imagina nos olhos. — O mago estava com expressão de culpa. — Mas ele estava tentando matar você!

— Exatamente, então foda-se ele. — Clay indicou o leme para Moog — Vai. Segura a gente no céu. Eu preciso... — Ele observou o convés: Matrick tinha derrubado um dos monges e estava com o outro logo atrás. Ganelon, surpreendentemente, ainda enfrentava os três oponentes. Os monges pareciam satisfeitos em ocupá-lo sem se comprometer em um ataque que poderia levar à morte, provavelmente na esperança de mantê-lo distraído enquanto a sua senhora terminava de cuidar dos outros.

Larkspur, enquanto isso, estava bem ocupada com Gabriel. Os monges que ela tinha enviado na frente estavam de cara no chão no convés, e agora a caçadora estava sendo empurrada devagar para trás, as espadas girando para manter *Vellichor* longe. Gabe estava com algo entre um sorriso e um esgar no rosto. Ele viu que Larkspur tinha a mesma expressão. A chuva encharcara o cabelo deles e batia nas placas de aço das armaduras, uma branca como osso e a outra mortalmente negra.

— Clay? — disse o mago ao seu lado.

— Hum?

— Você precisa *de quê*?

— Hein?

— Você disse "Eu preciso..." e parou de falar.

Clay indicou freneticamente a cabine vazia e gritou:

— *Que você pilote a porra do navio!*

O mago estalou a língua e botou o chapéu na cabeça.

— Tudo bem — disse ele com petulância e saiu andando.

O nariz de Clay latejava. Ele sentia o olho direito inchando, no local onde acertara a si mesmo com o próprio martelo. Ele limpou sangue da boca com as costas da mão e foi ajudar Ganelon.

Os monges estavam ocupados demais para vê-lo se aproximando. Ele empurrou um para perto de Ganelon, e o guerreiro cuidou do resto, empalando o pobre homem com a ponta do machado. Clay pulou no outro, desviou um golpe com *Coração Negro* e retribuiu com *Espectro*. O monge desviou dele outra vez, mas Clay o pegou no contragolpe. O martelo raspou na lateral da cabeça dele e o homem cambaleou, desequilibrado. Clay o segurou contra a amurada e o socou até ele parar de se debater.

Ganelon correu atrás do adversário restante até a popa, onde o monge, os olhos grudados no sulista enorme, recuou até esbarrar em Kit, que estava parado inocuamente, observando a batalha. Agora, o homem se virou, com uma das mãos erguidas para golpear, e gritou quando viu o morto-vivo sorrindo para ele.

— Boa noite — disse Kit.

Era verdade que aquele sorriso era uma coisa horrível, mas, mesmo assim, o monge reagiu mal. Entre o que ele provavelmente confundiu com um zumbi faminto e a morte certa nas mãos de Ganelon, decidiu se arriscar para fora do barco. Subiu na amurada e abriu a roupa, preparando-se para deslizar para a segurança duvidosa da floresta abaixo. Mas, quando pulou, Ganelon conseguiu segurar a veste vermelha. O monge escorregou pela outra ponta, nu como um recém-nascido, e caiu gritando pela tempestade.

Matrick tirava uma adaga do esterno do oponente. Ele conseguiu limpar as lâminas nas roupas do sujeito antes de ele cair morto. Quando viu Clay olhando, deu um giro teatral nas lâminas.

— Ainda levo jeito — disse ele com arrogância antes de deixar a arma cair e correr atrás dela pelo convés.

Um rosnado de Larkspur chamou a atenção de Clay. A daeva estava ficando frustrada. Sem dúvida esperava lidar rapidamente com Gabriel, mas acabou se vendo na defensiva. Seus aliados estavam mortos, inconscientes ou ocupados demais lamentando os testículos irremediavelmente esmagados para serem úteis, e agora Clay e os outros formaram um círculo cauteloso em volta dela.

— Larkspur! — disse Matrick, mas ela o ignorou e golpeou na direção de *Vellichor*, ignorando todos, menos Gabe, como se eles não passassem de espectadores. — Larkspur, acabou! Você perdeu!

A daeva mostrou os dentes, dançou para trás e cruzou as espadas de forma protetora. Gabriel parou de atacar, mas manteve sua espada em posição. Ele respirava com dificuldade. Se a luta tivesse continuado por muito mais tempo, Clay sabia que Gabe teria vacilado e Larkspur o teria matado.

Por outro lado, esse era o sentido de fazer parte de um bando, não? Um tigre, por mais temeroso que fosse, podia ser encurralado em um canto. Lutava sozinho e morria sozinho. Mas caçar um lobo era ficar olhando para trás o tempo todo, se perguntando se o resto da matilha estavam atrás de você na escuridão.

— Perdi? — A risada de Larkspur não tinha humor. — Sabe o que aconteceu com o último homem que me disse que eu tinha perdido? Enfiei o pau dele na própria boca e a cabeça em uma estaca.

— Não tem como o meu pau caber na minha boca — disse Matrick, como se isso fosse um fato óbvio. Kit soltou uma gargalhada curta e absurda.

Larkspur não achou graça. Ela voltou a encarar Gabriel.

— É verdade que está indo pra Castia?

Gabriel pareceu relutar para responder, mas acabou assentindo.

— É isso mesmo.

— Por quê?

— Minha filha está lá dentro.

Por um momento, Clay podia jurar que viu alguma coisa mudar na expressão da daeva, como se o gelo nos olhos dela estivesse derretendo e virando apenas poças geladas. O que quer que tivesse sido, logo passou. O gelo voltou, mais sólido do que antes.

— Então ela está morta — disse Larkspur. — E você é um idiota por ir atrás dela.

— Você está em parte certa — disse Gabriel. — Mas é como Matty falou: você perdeu. Volta para Lilith e diga para ela... na verdade, não ligo para o que vai dizer para ela, só faça o favor de sair logo do meu navio.

Como se tivesse sido combinado, o *Estrela Negra* apareceu na amurada a bombordo, um gigante rugindo na chuva.

— Com prazer — disse a daeva. Ela se moveu como se fosse perfurar Gabriel e ele voltou à guarda. Mas atacou Ganelon, que se defendeu com o cabo do machado. Clay ergueu o escudo, mas Larkspur já estava correndo para cima de Matrick. Ela chegou nele antes que o homem pudesse reagir e o prendeu na amurada. Ele gritou de dor e mais uma vez deixou a adaga que estava na mão machucada cair. Os companheiros correram para salvá-lo, mas Larkspur abriu as asas e os obrigou a recuar.

A daeva pulou no ar e arrastou Matrick junto. As asas se moveram uma vez, levando os dois para longe, jogando-os na direção do céu aberto.

— Matrick! — Gabriel correu até a amurada, mas Clay o puxou pelo ombro quando o ar ao redor estalou com uma carga estática.

— Espere… — disse ele antes que o trovão transformasse sua voz em sussurro e a luz, impossivelmente intensa, cegasse os dois.

No brilho vermelho nas pálpebras, a mente de Clay repassou a última coisa que tinha visto: a sombra de asas contra o brilho ardente de uma coluna de relâmpago…

… e Larkspur e Matrick embolados e caindo, como aves mortas desabando de uma árvore.

CAPÍTULO TRINTA E UM

UMA VOLTINHA PELO WYLD

Quando sua visão voltou e o eco nos ouvidos passou, Clay viu Gabriel caído junto à lateral do navio, uma das mãos ainda segurando a amurada de pedra da lua. Minutos antes, enquanto lutava com Larkspur pelo convés açoitado pela tempestade do *Corte Carnal*, ele parecia formidável: uma lenda viva, um campeão que saiu das páginas de um livro de histórias. Agora parecia mortal de novo, velho, molhado e cansado.

Gabe olhou em sua direção, e Clay viu a luta evidente no rosto do amigo: atrasar a viagem e correr o risco de pousar para procurar Matrick (que provavelmente estava morto) ou seguir em frente sem ele e ficar imaginando se tinha condenado um amigo à morte certa. Em benefício de Gabriel, era preciso dizer que não foi uma decisão que ele demorou a tomar.

— Manda o Moog pousar — disse ele com voz rouca. — A gente vai descer.

Clay tinha ouvido falar que uma vez que você entrasse no Wyld, nunca o deixava de fato para trás. Aquilo era particularmente verdade para os que contraíam podridão, pois a floresta os infectava, mas para Clay carregava uma conotação menor, ainda que fosse um tormento.

Ele sonhava com o local. Não com frequência, ainda bem, mas, de vez em quando, sua mente adormecida se perdia nos caminhos labirínticos, encontrava os pântanos ferventes ou corria apavorada de um dos seus muitos moradores mortais. Ele acordava ofegante, às vezes gritando, às vezes chorando, e Ginny beijava a testa encharcada de suor. Ela sussurrava com um tom tranquilizador e fazia carinho no rosto dele até os sonhos passarem. Mas nunca perguntava e ele nunca relatava em voz alta. Não era o tipo de coisa que se contava para alguém que se amava.

Mas agora, o pesadelo era real, o sonho manifestado nas folhas secas queimadas e nas feridas abertas chorando na face de árvores leprosas. O ar estava carregado de trevas, e, de vez em quando, o temível silêncio era destruído pelos gritos de caçadores e suas presas, matando e morrendo na escuridão.

Eles se dividiram em pares. Kit concordou em ficar e vigiar o navio, que pousaram em uma ravina ampla para que ficasse mais escondido dos olhares de cima. Gabriel, emburrado como uma criança forçada a ir passear com os pais, ficou com Moog. O mago tirou um cajado de madeira comprido da bolsa, com um globo de cristal preso por dedos serpenteantes de prata em cima.

— É um dispositivo de previsão, como aquela minha bola de cristal velha que o Gabe… — Ele hesitou. — Hã… da qual o Gabe se livrou para mim. Gentilmente. No rio.

Gabriel, agitado, fez sinal para ele continuar falando.

— Só funciona se estivermos perto — explicou ele, inclinando chapéu para trás e chegando o rosto tão perto da esfera que o nariz roçou na superfície. As sobrancelhas peludas se franziram, e Clay viu um filete de fumaça roxa rodopiar dentro do globo. Mas, depois de um bom tempo, a névoa se desfez, e Moog bateu com a base do cajado no chão com frustração. — Maldita floresta — resmungou ele. — Nunca consigo recepção aqui. Mas Matrick está para lá. — Ele apontou para leste.

— Como sabe? — perguntou Gabriel, se animando um pouco.

— Porque foi lá que ele caiu — disse Moog. Ele saiu andando bruscamente, e Gabe foi atrás.

Clay e Ganelon foram para o sudeste, perto o suficiente dos outros para um grito poder alertá-los se necessário. Clay viu poucas criaturas vivas no caminho, mas as que viu eram profundamente perturbadoras. Havia corujas sem pele encolhidas em troncos ocos, acompanhando os passos deles com olhos que ardiam como brasas. Aves do tamanho de corvos com bicos longos em gancho, empoleirados em fila em galhos retorcidos. Ele viu algo desaparecer em um buraco no chão que parecia uma criança imunda com um rabo comprido de rato.

Seguiram com cuidado por um aglomerado de árvores com cobras brancas serpenteando no lugar de galhos. As serpentes se esticaram na direção deles quando passaram e mais de uma vez tentaram pular e sibilar alto, na esperança de pegar os homens desprevenidos ou de assustá-los para que chegassem ao alcance da árvore. Clay já tinha visto aquele truque funcionar, quando mais um dos incontáveis bardos do Saga morreu.

Uma vez, Clay ouviu um galho estalar atrás dele, se virou e viu um warg preto enorme ao alcance do braço, tão perto que sentiu o bafo quente da criatura no rosto. O lobo monstruoso era do tamanho de um cavalo de arado kaskar, e Clay começara a compor seu grito de morte (ele estava pensando em algo agudo, meio *queda de grande altura* misturado com *caguei nas calças* e um toque de *garotinha petulante que não tem o que quer* para apimentar as coisas) quando ouviu um rosnado grave atrás.

Dois wargs, pensou ele. *Você vai precisar de um grito novo, Cooper.*

Mas aí Ganelon passou ao lado dele. Os dentes do guerreiro estavam expostos, o rosto em um esgar, e o rosnado era dele, ficando mais alto, até que ele e o warg estavam com o nariz e o focinho largo e úmido encostados. O rosnado de Ganelon virou um grito grave e um berro selvagem de gelar os ossos. As orelhas da fera se achataram na cabeça e um momento depois, ela deu um passo para trás, depois outro, e se virou e fugiu com o rabo entre as pernas.

Clay ficou boquiaberto enquanto Ganelon se virava e passava por ele sem nenhum tipo de comentário.

Estranhamente, ele não ouviu nada de Gabe e Moog depois disso, o que significava que eles não ouviram o que aconteceu ou não estavam em condição de responder. De qualquer modo, devia ser ruim.

A floresta sufocante deu lugar a um pântano, e eles foram obrigados a caminhar com cuidado. Poças de gosma fedorenta gorgolejavam e fumegavam; um passo em falso e ele ficaria sem bota... ou sem pé, se não o puxasse de volta rápido o suficiente. Clay não pôde deixar de se lembrar do tipo de coisa que costumavam encontrar em lugares assim: lodo trêmulo que devorava carne e transformava metal em lixo enferrujado, besouros velozes que explodiam se você pisasse sem querer nos cascos. Ele tinha ouvido de um bardo excepcionalmente inteligente que, se tentasse numerar as formas pelas quais poderia morrer em Heartwyld, estaria morto antes de terminar de contar.

O que ele menos gostava era de uma planta carnívora com uma língua preta que agarrava e que imitava os gritos de pavor das vítimas anteriores.

— *Socorromeusdeusesporfavormeajudem!* — gritou quando eles passaram, e suplicou com a voz de uma jovem apavorada: — *Porfavorparaissodóidóisocorro.*

E quando Clay achou que não poderia mais se assustar, um esqueleto de vestido de noiva imundo apareceu andando com gosma até o joelho. Estava segurando um buquê de flores mortas junto ao peito ossudo e as órbitas vazias olharam com lamento quando Clay passou.

Ele sufocou um tremor. Como odiava aquela floresta.

— Ah, não é tão ruim — disse Ganelon, indicando a Clay que ele tinha falado em voz alta sem pretender.

— Não é tão ruim? — respondeu ele com deboche. — É tipo... o pior lugar do mundo. Diga um lugar tão ruim quanto este.

— Quarry — respondeu Ganelon na mesma hora.

Clay não disse nada, pois não tinha nada que valesse a pena ser dito. Os dois seguiram em um silêncio incômodo por um tempo. Entraram em uma parte mais densa da floresta. As árvores eram tortas e retorcidas, parecendo uma colônia de podres agachada embaixo de capas cinzentas. Uma coisa idêntica a sangue saía de fissuras nos troncos cheios de nós, e Clay poderia jurar que ouvira algumas chorando na escuridão.

— Dá para *enxergar* aqui — disse Ganelon. — Dá para ouvir e sentir cheiros, mesmo que sejam horríveis. E dá para sentir. — Ele esticou a mão para arrancar uma folha de uma árvore acima. Ela se desfez na hora, e ele a jogou no vento pútrido. — Não dá para sentir nada em Quarry.

Clay se abaixou para passar embaixo de uma teia larga, tomando o cuidado de não encostar para o caso de a ocupante descer correndo da escuridão acima.

— Acho que é verdade — disse ele. — Mas você era só uma estátua, né? Pelo menos não sabia o que estava perdendo.

— É isso que acha? — perguntou Ganelon.

Algo no tom do amigo fez Clay parar na hora. Se ele não o conhecesse, poderia achar que o sulista parecia magoado.

— Como assim, "É isso que acha"? Você tinha virado pedra. Eu vi.

Ganelon foi mais devagar e acabou parando. Massageou a nuca e pareceu desconcertado, como se desejasse não ter tocado no assunto do Quarry.

— Pedra é pedra — disse ele de forma críptica. — Mas quando se está petrificado... sei lá. Não dá para explicar. Quer dizer, é magia, talvez Moog saiba mais do que eu.

Clay sentiu uma premonição de medo crescer na barriga.

— Do que você está falando? Que você era uma estátua... mas não era de pedra?

— Não de verdade. Eu não conseguia ver. Não sentia nada. Não senti fome nem sede. Mas ainda estava *lá dentro.*

Dentro?

Clay balançou a cabeça.

— Isso é... não...

A gargalhada de Ganelon foi amarga.

— Não estou mentindo, Mão Lenta. — Ele se virou e voltou a andar.

Clay ficou perplexo por tanto tempo que foi obrigado a correr para alcançá-lo.

— Você está me dizendo que estava *vivo lá dentro? Que estava acordado*? Que ficou assim por dezenove anos?

— Basicamente. — Ganelon não olhou para trás. — Acho que eu dormia às vezes, ou pelo menos minha mente se desligava. Mas fiquei a maior parte do tempo acordado.

Clay não podia acreditar no que estava ouvindo. Ele tinha suposto, como qualquer pessoa, que, quando se transformava alguém em pedra, a pessoa virava isso mesmo, pedra. Da mesma forma, achou que os prisioneiros de Quarry deviam ser, de certa forma, pessoas de sorte, pois a sentença deles, fosse de dez anos ou de mil, passaria em um piscar de olhos. Mas agora Ganelon estava dizendo que todas aquelas estátuas, aquelas *pessoas* em silêncio naquela área sombria daquele lugar horrível, ainda estavam conscientes.

O que acontecia com uma mente que definhava por mil anos? Ou mesmo por dez?

Ou dezenove? Clay ficou enjoado de repente.

— Ganelon — disse ele, mas o sulista seguiu em frente sem desacelerar. — Ganelon, espere!

O guerreiro olhou para trás.

— O que foi, Mão Lenta?

Clay procurou as palavras.

— Eu... sinto...

— Muito? — Ganelon se virou para ele. — Bom, não sinta. Sentir muito não muda nada.

— Você deve ter odiado a gente — argumentou Clay. *Ainda deve odiar*, ele deixou no ar.

Ganelon deu de ombros.

— É, talvez. Por um tempo.

— Um tempo?

Finalmente, Ganelon parou.

— É, uns dez anos, mais ou menos. Odiei Matrick por querer sossegar com aquela princesa birrenta. Odiei Moog por perder tempo tentando curar a podridão em vez de *passar* tempo com a pessoa que estava tentando salvar. Sabe qual é a cura para a podridão, aliás? Não entrar *aqui*. Nunca. Odiei Gabe por cair naquela baboseira de *amor-monstro* que Valery ficava falando o tempo todo e ... na verdade, quer saber? Eu nunca odiei você, Mão Lenta.

Clay engoliu em seco.

— Não?

— Não. Mas me perguntei onde você tinha ido parar, por que não estava lá quando os homens da Sultana foram atrás de mim. Tive menos amigos neste mundo do que tenho dedos, mas contava você entre eles. Você é honesto, corajoso e leal demais até para o seu próprio bem. Porra, você é o melhor homem que já conheci, e por isso pensei: que tipo de monstro devo ser por até Clay Cooper ter desistido de mim?

Clay o encarou boquiaberto, sem palavras. Ele voltou o olhar para a terra negra, tomado de vergonha e culpa. *Eu estava cansado*, poderia ter dito. *Cansado de lutar, de matar. Cansado da ganância do Kallorek, da bebedeira do Matty, das invenções do Moog e do orgulho insuportável do Gabriel. Queria lavar as mãos de tudo. Além disso, achei que você mereceu. Você matou um príncipe e muitos homens inocentes junto. E depois de dez anos tentando tornar o mundo um lugar melhor, achei que ficaria mais seguro sem você.*

Ele poderia ter dito isso tudo, mas não falou nada.

— Deixa para lá. — Ganelon saiu andando, com Clay andando atrás, desanimado. Em pouco tempo, eles ouviram um rugido acima e se esconderam embaixo da copa das árvores quando o *Estrela Negra* passou.

Os servos de Larkspur estavam olhando pela amurada na esperança de encontrá-la caída. Clay se viu pensando que estavam procurando em vão. Ele a viu cair, atingida pelo relâmpago... mas também viu Matrick cair, e ali estava ele, passeando por Heartwyld em busca do cadáver do amigo.

Tinha uma vaga lembrança de estar sentado à mesa da cozinha não muito tempo antes, dizendo para Gabriel que não havia a menor chance de ele ir para Castia e nem a menor chance de botar o pé naquela floresta horrível de novo. Mas uma garotinha de nove anos meio adormecida fez uma única pergunta que o convenceu do contrário...

Momentos depois, eles ouviram uma mulher gritar de dor. O som veio de um bosque denso à frente, e, no tempo em que Clay deu três passos, Ganelon já tinha entrado na vegetação e desaparecido. Quando Clay enfim passou pelos galhos emaranhados e chegou em uma clareira, viu o sulista encarando um troll magricela com um chapéu grumoso que estava agachado junto a Matrick e Larkspur... os dois bem vivos, como pôde reparar.

— Espera! — gritou Matrick.

O troll levantou a mão de uma forma que Clay só reparou tarde demais que era um cumprimento simpático. Mas Ganelon não percebeu nada disso e cortou o braço da criatura na altura do ombro. O troll cambaleou para trás. Matrick se jogou entre ele e Ganelon, que já estava erguendo o machado para golpear de novo.

— Espera! Para! Ele está com a gente!

Ganelon congelou onde estava.

— Ele… o quê?

Matrick mal tinha aberto a boca para explicar quando Moog explodiu na clareira brandindo um globo alquímico e berrando:

— *Mata com fogo!*

— Não! — gritou Matrick, mais uma vez entrando na frente. — Não mata ele com nada! Pessoal, esse é Taino. Ele está nos ajudando. Ele é médico.

— Dotôbrucho — corrigiu o troll, sem parecer preocupado com o fato de Ganelon tê-lo desmembrado. O ferimento quase não sangrou, e graças à natureza regenerativa dos trolls, o membro provavelmente voltaria a crescer dentro de uma hora. Ele se levantou, limpou a terra dos fundilhos com a mão restante e ajeitou o chapéu nodoso e bateu no ombro de Matrick, como se fossem velhos amigos. — Eu só veio vê se seus amigo estava aqui. Ele e ela caiu muito, sabe.

Gabriel, que tinha seguido o mago até a clareira, fez sinal para Ganelon guardar o machado.

— Nós sabemos. Matty, você está bem? — perguntou ele.

Fora alguns arranhões na lateral do rosto, Matrick parecia melhor agora do que quando eles o encontraram sentado nas pedras abaixo dos Dentes de Adragos depois do funeral falso. Ele abriu as mãos e riu.

— De certa forma, sim. — Ele apontou para a daeva com o polegar. — Ela voou a maior parte do caminho até aqui embaixo. Eu só me agarrei para não morrer.

O troll abriu um sorriso de dentes marrons.

— Esse aqui tá ótimo. Ele é um cara di ferro, sem dúvida! — Balançou a mão para Larkspur, que estava sentada com as pernas esticadas e a cabeça pendendo sobre o peito. — Essaí num teve tanta sorte. Levou uma trauletada forte nas cabeça e a asa quebrou, viram?

Clay *tinha* visto. A asa direita de Larkspur estava dobrada atrás do corpo, mas a outra se projetava meio torta atrás do ombro esquerdo.

Ele olhou em volta procurando as espadas dela e ficou grato quando não as viu por perto.

Matrick limpou a garganta.

— Ah, é, sobre essa batida na cabeça…

Ele ficou em silêncio quando Larkspur se mexeu e piscou, grogue. Ela olhou para cada um deles antes de firmar o olhar em Ganelon.

— Oi — disse ela com alegria, e para a surpresa de Clay, o sorriso dela não exibia sinal nenhum de malevolência. — Meu nome é Sabbatha.

CAPÍTULO TRINTA E DOIS

TAMBORES, DROGAS E SONHOS

— Pelo inferno frígido, quem é *Sabbatha*? — perguntou Clay em tom baixo, para que Larkspur, andando atrás deles com Ganelon, Gabriel e Moog, não ouvisse. O doutor bruxo Taino, que tinha oferecido sua casa como refúgio para esperar o fim da noite perigosa, andava alguns passos à frente, cantarolando baixinho.

Matrick olhou para trás antes de se inclinar para sussurrar:

— Kit disse que era o nome dela, lembra? Antes de ela se tornar caçadora de recompensas e tal. Ela voltou a si um pouco antes e estava... bom, ela não estava... Olha, eu não faço ideia do que aconteceu com ela. Acho que ela quebrou mais do que só a asa. — Ele batucou na cabeça. — Ela está maluca.

— Bom, vamos torcer para que permaneça assim. — Clay olhou para trás. Apesar dos ferimentos, a daeva sorria e conversando amigavelmente com Moog. Ela riu de alguma coisa que o mago disse e Clay sentiu o estômago dar um salto, o que queria dizer que o poder de atração dela permanecia intacto.

Eles tinham saciado a curiosidade dela naquele momento dizendo para ela que o *Corte Carnal* era o navio dela e que eles a tinham contratado em Conthas para levá-los por cima de Heartwyld até Castia. Felizmente, ela acreditou.

— Clay?

— O quê?

— Você acha?

— Acho o quê?

— Que talvez ela tenha ficado assim de vez? Talvez a batida na cabeça... sei lá... tenha tirado o mal do corpo dela.

— Eu não contaria com isso — disse Clay.

Matrick mexeu na papada.

— Tudo bem. Acho que só queria muito que fosse verdade. E o que a gente faz com ela?

Quebramos a outra asa e saímos correndo foi a primeira coisa que Clay quis dizer, mas só suspirou.

— Não sei. Vamos esperar e ver. E torcer para que a nossa nova amiga "Sabbatha" fique com a gente por um tempo.

O lar do troll era embaixo da proteção de um enorme salgueiro. Estava escuro atrás das folhas caídas, mas havia amontoados de frutas em formato de pera que emitiam um brilho violeta estranho. O troll os levou por um caminho de pedra entre fileiras de plantas altas e aromáticas. Quando Matrick escorregou e esbarrou em uma, Taino riu.

— Tá escuro aqui, né? Eu vai pegar um brilho, amigo.

Ele esticou a mão até um galho baixo e puxou uma baga luminosa, e foi nesse momento que Clay percebeu que aquilo não era uma fruta.

Era um morcego. Taino fechou as garras do bicho em volta de um dos seus dedos longos e continuou andando, segurando a criatura adormecida como um lampião.

— Fascinante! — disse Moog, e Clay lembrou com um tremor as aranhas luminescentes espalhadas como estrelas no teto da torre do mago.

A árvore em si estava coberta de prateleiras de fundos, embaixo das quais havia camas do que parecia ser musgo perfeitamente inofensivo. O troll os mandou sentar enquanto mexia em volta, puxando cogumelos secos dos filamentos pontudos de vinhas baixas e colocando frescos no lugar tirados de uma bolsa de couro velha que ele tinha pendurada no ombro. Depois de perfurado, o cogumelo emitia uma luz suave, e, em minutos, a parte mais baixa da árvore estava decorada com fios coloridos de fungos fosforescentes.

Quando terminou, Taino se aproximou, sorrindo.

— Desculpa ter que esperar. É bem mais fácil com dois braço.

Ganelon afastou o olhar e resmungou uma coisa que talvez fosse *desculpe*.

— Não esquenta — disse o anfitrião. — Tudo tranquilo. Vai ficar novinho logo, viu? — Ele exibiu o cotoco onde o novo braço já estava se formando, crescendo como uma esponja seca encharcada de água. Foi até um caldeirão grande de ferro borbulhando acima de uma base de brasas ardentes e puxou um gancho cheio de lagartos carnudos da bolsa. — Tão com fome?

Moog foi ao resgate, tirou o chapéu e ouviu os pedidos: cordeiro moderadamente apimentado para Clay, torta para Matrick, um filé de truta rosa para Gabriel e um bife para Ganelon, que parecia ter decidido que comer de um chapéu era preferível ao que habitava o estoque do doutor bruxo. Larkspur pediu um sanduíche de banana em conserva e bateu palmas com prazer quando Moog o entregou com um floreio. Por fim, o mago entregou a Taino um prato lotado de espaguete na manteiga, que o troll comeu com a mão, sugando os fios de macarrão e claramente se divertindo.

Clay ficou imensamente agradecido por eles terem encontrado um lugar seguro para passar a noite. *Tão seguro quanto qualquer lugar nessa floresta esquecida dos deuses, pelo menos*. Ele tinha visto horrores suficientes por um dia que valeriam dezenove anos. Mal podia esperar para voltar para o *Corte Carnal*, mas agora ele se contentou com o fato de que tinham encontrado Matrick vivo e relativamente ileso.

Quando terminaram o jantar, Taino foi até um tronco oco e pegou para cada um deles uma tigela do que parecia ser cerveja. Matrick foi o primeiro a experimentar.

— Delicioso! — declarou, e como não caiu morto logo depois, o resto bebeu também. Enquanto bebiam, Taino os entreteve exibindo os muitos tesouros que conseguira reunir ao longo dos anos.

Primeiro, um elmo druin antigo, com capas de cota de malha para proteger orelhas altas e pontudas. Depois, o crânio de um touro ciclope, que Clay não teria acreditado que existia se não fosse a cavidade única vazia no alto do focinho. Havia um tabuleiro de Quarteto feito de ônix e pérola (mas Taino confessou ter comido todas as peças ano antes) e um busto de pedra da lua de um Exarca esquecido do Domínio que piscava se você ficasse olhando por muito tempo. Havia também várias joias: anéis e penduricalhos, inclusive um medalhão parecido com o que Kallorek usou para controlar os golens.

O troll tinha dois livros de figuras de lona com capa de couro e insistiu em ler os dois em voz alta com o sotaque enrolado. O primeiro era *Trent, o Ente*, uma história infantil popular que tinha sido uma das favoritas de Tally quatro ou cinco anos antes. O segundo era um guia ilustrado para trolls fazerem amor, e a meia hora que Taino levou para guiá-lo por suas páginas favoritas ficavam entre as experiências mais bizarras da vida de Clay.

Por fim, o doutor bruxo pegou um cachimbo de madeira elaborado, entalhado na forma de um mamute invernal com a tromba no ar. Ele remexeu brevemente nas plantas do jardim, voltou e encheu o vão nas costas do mamute com uma flor marrom grudenta. Usou um pedaço de ferro quente para botar fogo na flor antes de inspirar o vapor que emitia pelo tronco. Depois de um momento, ele expirou uma baforada de fumaça e seu rosto encarquilhado se abriu em um sorriso largo.

— Erva do pântano mágica — declarou ele. — É cura de muitas coisas: cabeça quebrada, asa quebrada, coisa que comeu. Vou consertar vocês de dentro para fora. — Ele passou o cachimbo para Larkspur, que deu duas tragadas longas no tronco. Quando terminou, ela ofereceu o fumo a Moog.

— Eu aceito! — disse o mago. Ele tragou a fumaça e tossiu alto ao passar o cachimbo pelo círculo. — Erva do pântano? — perguntou ele quando a tosse passou. — Nunca ouvi falar. É psicotrópica? Alucinógena? Tem um cheiro parecido com Segredo do Pastor, não tem? Mas é um pouco mais terrosa, como Folha do Sonhador. — Ele se deitou na cama de musgo e ficou em silêncio.

Matrick deu uma tragada, mas Ganelon recusou, assim como Gabriel. Quando o amigo passou o cachimbo para Clay, ele recusou.

— Estou bem, obrigado.

Gabe insistiu.

— Vai em frente. Parece que a sua cara levou uma porrada de martelo.

Clay deu um sorriso torto que fez seu nariz doer.

— É, foi isso mesmo.

— Então toma.

O acendedor já tinha se apagado, e Clay se ajoelhou para acendê-lo. Ao levar a boca ao tronco, viu Taino sorrindo para ele com dentes grandes e amarelos e gengivas marrons.

— Fuma, fuma — encorajou o troll, e foi o que fez.

O efeito foi quase imediato. A dor no nariz sumiu; a dor em volta do olho desapareceu. O latejar nas costas foi diminuindo. Até os joelhos e os pés pararam de doer com o efeito da erva do pântano. Clay se acomodou no musgo e tentou botar a sensação em palavras, mas as palavras escaparam, fugindo como peixes em um lago raso.

Taino tinha reservado seu tesouro favorito para o final: um trio de tambores de pele presos por tiras de couro. Ele se sentou de pernas cruzadas com os tambores no colo, e só então Clay se deu conta de que o braço cortado do troll tinha se regenerado completamente. Taino admirou a mão nova com prazer evidente. Testou-a algumas vezes na borda do tambor, ajustou o chapéu na cabeça e começou a tocar.

O que veio em seguida foi uma jornada para Clay.

Começou com passos lentos e hesitantes. Sua mente vagou pelos eventos das semanas anteriores. Primeiro, o encontro com Larkspur e seus servos a bordo do *Corte Carnal*, depois o terror surpreso nos olhos de Kallorek quando ele o jogou pela amurada. Ele viu Gabriel puxar *Vellichor* de uma bainha de pedras quebradas. Lembrou-se de Tiamax, o Aracniano estalando enquanto servia uma bebida para Matrick.

Clay se viu sozinho no meio do Maxithon, girando no mesmo lugar, testemunhado pelas órbitas vazias de inúmeros espectadores esqueleto. Mais uma virada e as três cabeças da quimera rugiram na cara dele.

Ele estava vagamente ciente de que Taino tinha acelerado o ritmo da música e sua mente acelerou para acompanhar. A Riot House pegou fogo. Uma criança kobold com olhos brilhosos como lampiões rosnou em um ninho de lâminas. Raff Lackey prometeu vingança acima de um pescoço inchado e picado de cobra. Clay disparou uma flecha em chamas por cima da água cinzenta, viu Lastleaf descer das costas do wyvern, viu Jain pular na estrada, ficou com Ginny parado em uma colina ao amanhecer. Os olhos que eram, às vezes, verdes e, às vezes, dourados encararam os dele.

Volte para casa, pra mim, Clay Cooper.

Sua filha riu sentada em seus ombros e chorou em seus braços quando bebê. Ele sentiu os dedos calejados acariciando a pele esticada da barriga grande da esposa, sentiu os lábios dela nos dele no dia ensolarado em que se casaram. E agora, a voz de Ginny de novo, quente como o fogo nos olhos dela, quando ela perguntou numa noite muito tempo antes: *O que você é, um monstro ou um homem?*

A batida no tambor ficou ainda mais rápida. O tempo galopou como um cavalo, e, das costas do animal, Clay viu os anos dourados com o Saga passarem rapidamente, as lembranças tão numerosas que só apareceram vislumbres. Ele viu um grupo de árvores vivas fazendo cerco no muro de uma cidade, uma fortaleza de vidro preto coberta pela terra e pelo tempo. Ouviu a risada de amigos, o suspiro de amantes perdidas, os gritos dos que matou e matou e matou.

E ali estava Kallorek, suado e gordo, com Gabriel atrás dele com um sorrisinho na cara.

Nosso amigo aqui está dizendo que você sabe lutar.

De repente, o tambor ficou lento. O silêncio entre cada batida se esticou em uma eternidade. Quando as batidas soavam, vinham em pares e ressoavam em sua cabeça como as respirações lânguidas de um coração exausto.

Ba-dum.

Uma faca raspando a pele de uma árvore.

Ba-dum.

Espere, por favor. Sua mãe, suplicando pela vida enquanto Clay se acovardava na escuridão.

Ba-dum.

O sussurro da chuva no telhado acima da cabeça. Vozes erguidas em outro aposento.

Ba-dum.

O brilho do sol em meio ao balançar de folhas verdes.

Ba-dum.

Um garoto louro aponta para o campo de grama açoitada pelo vento atrás da casa deles. *Por que não posso ir lá?*

Porque, diz uma voz da qual mal consegue se lembrar, *tem lobos.*

Ba-dum.

Ba-dum.

Ba-dum.

CAPÍTULO TRINTA E TRÊS

O COMEDOR DE CARNE

Quando Clay acordou, ainda estava escuro. Quase todos os cogumelos coloridos tinham perdido a luz misteriosa. Os morcegos tinham ido caçar o que morcegos que brilhavam no escuro caçavam. Ratos que brilhavam no escuro, provavelmente. Matrick e Taino estavam participando de uma competição barulhenta de ronco. Ganelon e Moog dormiam, e até Gabriel, que quase não dormia na maioria das noites, conseguira pegar no sono.

Larkspur (ou Sabbatha, como tinha se apresentado mais cedo) estava sentada com os braços em volta dos joelhos, uma asa dobrada sobre o ombro como um cobertor. A outra, a quebrada, caía torta atrás do corpo. Ela estava perto o bastante do que restava do fogo para Clay ver o rosto dela: o maxilar forte, as sobrancelhas arqueadas, os olhos grandes que brilhavam como poças estreladas à luz de brasas morrentes. Ela só reparou que ele tinha acordado quando Clay limpou a garganta baixinho.

Pareceu um esforço para ela afastar o olhar do que estava observando com os olhos da mente. Quando fez isso, ela sorriu, e Clay sentiu seu coração dar um salto.

— Eu tive sonhos — disse ela.

— Eu também.

— Bons?

Clay ouvira sua mãe choramingando na escuridão.

— Não.

— Nem eu — disse ela. — Mas lembrei uma parte do meu passado.

A boca de Clay ficou seca. Sua mente começou a criar cenas que começavam com Larkspur pulando por cima do fogo e terminavam com ele morrendo sob as mãos cobertas de aço dela. Pensou em pegar o martelo, que estava fora do alcance, ou talvez mergulhar em cima de Ganelon, porque acordar o guerreiro talvez fosse sua melhor chance de sobrevivência. Por fim, ele engoliu o medo e perguntou da forma mais calma que conseguiu:

— Como o quê?

A daeva mordeu o lábio por um momento.

— Você sabe como minha espécie nasce? — perguntou ela.

De um ovo? Quase sugeriu, mas só balançou a cabeça que não.

— Concepção imaculada.

— O quê? Impossível — declarou ele antes de pensar se era educado dizer uma coisa daquelas.

Ela riu baixo.

— A reação do meu pai foi bem assim, pelo que eu soube. Ele estava em Phantra quando fui concebida, e, quando voltou para o norte e encontrou a minha mãe grávida, quase a matou. Quase me matou também. Quando nasci, ele me deixou na neve à noite como oferenda à Mãe do Gelo.

— Mas você sobreviveu — disse Clay.

— Eu sobrevivi — confirmou. — Meu pai me encontrou na manhã seguinte embrulhada nas asas. Com fome, mas ilesa. Ele me deixou em paz depois. Deve ter concluído que eu era abençoada pelos deuses.

Qual era o problema dos pais, questionou Clay, que levava tantos deles a testarem os filhos? A insistirem que uma filha ou um filho se mostrassem dignos de um amor que a mãe oferecia de forma incondicional?

— Mas, quando fui crescendo — contou Sabbatha —, as outras crianças do meu vilarejo foram ficando com medo de mim. Me achavam uma aberração, um monstro. Me chamavam de "harpia". — O sorriso dela ficou selvagem. — Eu não me importei. Até achei um ninho para mim, uma caverna em uma colina íngreme para onde ia quando queria ficar sozinha. Mas quando perceberam que suas palavras não tinham o poder de me ferir, passaram a usar punhos ou pedras, e nem os deuses e nem todas as penas do mundo podiam me proteger.

Clay não sabia se a pena que sentiu dela era real ou artificial, mas, em determinado ponto quando ela estava falando, parou de desconfiar que a mulher ia atacar.

— Foi com isso que sonhou? Quando era torturada pelas crianças?

O movimento negativo da cabeça foi quase imperceptível.

— Eu sonhei que matei elas, que cacei uma a uma.

Ela não pareceu ter prazer em dizer isso até onde Clay pôde perceber, mas também não pareceu horrorizada por essa sombra dela mesma revelada pela droga de Taino. Sua voz estava firme, como se ela ainda estivesse meio imersa no sonho, recitando em voz alta o que via com os olhos da mente.

— O primeiro foi um garoto chamado Borys, o filho do chefe do vilarejo. Ele tinha uma faca que encostou na minha garganta enquanto passava a mão em mim. Acho que ele teria feito pior, mas peguei a faca e a usei para matá-lo.

Clay se mexeu no lugar. A erva do pântano tinha aliviado a dor nas costas, mas a confissão da daeva dificultava o conforto mesmo em uma cama de musgo macio.

— Borys mereceu, ao que parece.

Os olhos de Sabbatha se desviaram brevemente até os dele.

— Claro que mereceu. E a garota seguinte também, Sakra. Ela me jogou do alto de uma escada uma vez, então eu a empurrei de um penhasco. Depois veio Crystof, que era cruel demais. Ele me batia mais do que qualquer outro, por isso o amarrei em uma árvore e usei uma pedra para quebrá-lo aos poucos, até ele morrer.

Um dos cogumelos acima perdeu o brilho azul lustroso, deixando o rosto da daeva banhado com a luz vermelha.

— Misha me cortava. Ela era mais nova do que eu, e também menor, mas mandava um dos outros me segurar. Certa vez, ela encostou a ponta de um prego nos meus olhos e ameaçou me cegar, então eu… — Sabbatha parou de falar, sem querer ou sem conseguir divulgar os detalhes grotescos da vingança que tinha executado contra a garota. — Ela gritou e gritou, e no fim suplicou por misericórdia. Não sei por quê… mas eu a soltei. Podia ter feito com que prometesse não contar para os outros quem a machucou, mas não fiz isso. Eu queria que eles descobrissem… que soubessem do que eu era capaz.

Clay tinha uma boa ideia de como aquela história terminava. Perguntou-se se tudo aquilo tinha sido parte do sonho de Sabbatha ou se, como ele, ela vislumbrara o passado em estilhaços e só agora estava montando as peças.

A daeva piscou várias vezes em sucessão rápida. A língua apareceu para molhar os lábios e Clay sentiu a respiração travar.

— Passei a noite seguinte no meu ninho. Quando voltei para o vilarejo, meus pais estavam mortos e nossa casa queimada. Tinham cortado a cabeça do meu pai e deixado o corpo no pátio para os cachorros. Minha mãe foi pendurada em uma árvore pelos pés e morta a pedradas.

— Mas pouparam você — observou Clay.

— Pelo que parece. Mas não consigo lembrar por quê, nem o que aconteceu depois. Parece… um véu ou uma névoa que não me deixa ver.

A última lâmpada de fungo se apagou e só as brasas quentes os iluminavam agora. Em algum lugar atrás da cortina de folhas, uma coisa selvagem uivou na escuridão enquanto matava ou era morta. Era difícil saber com aqueles uivos apavorantes.

— Talvez seja melhor eu não lembrar quem era antes — disse ela. Na escuridão, a voz dela pareceu mais próxima, mais íntima.

— Por quê?

— Porque eu não podia ser uma pessoa boa. Depois do que aconteceu com meus pais e o que fiz com aquelas crianças, o que poderia ter me tornado além de um monstro?

O quê, não é mesmo? Clay sabia algumas coisas sobre tentar fugir do passado. Ele estava lembrando a expressão na cara de Raff Lackey quando a cobra em seu punho começou a bombear veneno nas veias dele.

Estarei esperando por você, Cooper, o velho mercenário dissera, *junto com todo mundo*. Fosse qual fosse a vingança planejada pelo fantasma de Raff, teria que esperar no fim de uma fila bem comprida e confusa. Mas agora, ele estava imaginando Sabbatha sendo recebida na morte por seu grupo de espectros acusadores, sendo que os primeiros seriam três crianças cruéis e sem olhos...

— Você me parece uma boa pessoa — disse ele depois de um tempo.

Larkspur sacudiu a asa quebrada de um jeito que Clay reconheceu como um movimento de ombros.

— Ah, bom, acho que é isso que importa agora. Taino disse que minha memória talvez não voltasse inteira, ou talvez voltasse aos poucos, ou tudo de repente, de uma vez.

Prognósticos amplamente ambíguos eram exatamente o motivo para Clay não botar muita fé em médicos, em particular doutores bruxos. Naquele caso, ele esperava que a suposição fosse precisa: que a mulher que olhou com tanto ódio para ele em Conthas e mergulhou para cima deles durante uma tempestade de raios tivesse sumido de vez.

Mas não podia dizer isso a *ela*, e estava prestes a oferecer algo que fosse um cliché conciliatório quando ouviu um passo atrás de si.

Ao olhar para trás, Clay ficou consternado de ver a ponta de uma lança de pedra afiada pairando a um centímetro do nariz. Um rosto surgiu na escuridão, pálido como um esqueleto, e uma palavra surgiu na sua mente como uma minhoca saindo do miolo de uma maçã podre.

A palavra era *canibal*.

O nome do canibal era Jeremy. Sua noção do idioma comum era limitada, mas ele e Moog conseguiram se comunicar através de uma combinação de gestos frenéticos e palavras repetidas muito alto e devagar.

— Ele, na verdade, é um cara legal — disse o mago, enquanto Jeremy e Taino andavam entre as plantas altas do pátio. O troll conseguia entender o dialeto gutural do sujeito e eles já tinham se visto antes, como ficou evidente. — Ele é um explorador do Clã Cara de Osso. Por isso o crânio pintado na cara, acho. O vilarejo deles fica bem perto daqui, pelo que disse.

Matrick assoviou baixo.

— Que bom que não caímos lá. Vocês teriam tido sorte de encontrar nossos ossos. E talvez as asas de L... — Ele se segurou antes de falar o nome *Larkspur*. — As asas da Sabbatha.

— Eu nem sabia que canibais existiam — admitiu ela. — Eles comem mesmo gente?

— Comem — disse Moog. — Mas não são frescos. Comem frango, vaca, porco, qualquer coisa com sangue. É comum que briguem com clãs vizinhos e acabem comendo quem tiver o azar de morrer.

— Que loucura — disse Larkspur.

Moog deu de ombros.

— Talvez, mas em Grandual nós matamos uns aos outros o tempo todo, e por qualquer motivo idiota. Os Ferais, como os chamamos, usam os ossos dos mortos como ferramentas, os dentes e as orelhas como joias, a pele para fazer barracas e roupas e comem praticamente todo o resto, inclusive os olhos. É bem eficiente, se quer saber.

Matrick passou o braço pelos ombros magros do mago.

— Olha, *isso* é loucura.

— Eles não comem verduras, legumes ou frutas — disse o mago. — Acham covardia tirar a comida de uma árvore. Por consequência, muitos deles têm escorbuto.

Larkspur pareceu perplexa.

— Escorbuto? É contagioso?

— Deuses, não — disse Moog. — Mas eu não beijaria um deles se fosse você. Comer gente dá um bafo horrível, como pode imaginar.

Ela imaginou e fez uma expressão de nojo que Clay, apesar de tudo, achou simplesmente adorável.

— E o que ele está fazendo aqui? — perguntou Gabriel.

Moog puxou a barba sedosa sobre a frente da veste.

— O chefe deles está doente, pelo que parece. Jeremy foi enviado para pedir uma cura para o Taino.

— Bom, ele é o cara a quem pedir ajuda — disse Matrick. — Aquela erva do pântano é mágica, como ele falou. Todos os meus hematomas desapareceram, todos os meus cortes secaram e meu braço parece novo em folha.

— Minha asa está melhor — observou Larkspur. — Não ótima, mas melhor. Alguém pode me lembrar de novo por que eu estava voando em uma tempestade?

— Precisamos ir — disse Gabriel, ignorando a pergunta dela. — Já perdemos muito tempo. Ainda acho que devíamos ter caminhado de volta à noite. Já estaríamos no céu agora.

Jeremy e Taino voltaram da caminhada. Além do crânio pintado na cara, o corpo do canibal era todo marcado por cicatrizes e coberto de um pó de giz esverdeado que servia como camuflagem e para deixar a carne com gosto horrível caso ele entrasse em batalha com um inimigo.

Ele usava a lança como bengala e estava carregando um maço de talos de erva do pântano em uma tipoia nas costas.

Taino deu um abraço de despedida amigável em cada um deles.

— Andem bem, tão ouvindo?

— Estamos — disse Matrick.

Jeremy, que estava olhando para Larkspur com o que Clay esperava que fosse fome lasciva (e não literal), quase teve um troço quando Moog começou a gritar na cara dele.

— NÓS INDO — disse o mago, fazendo gestos elaborados com as mãos. — DE VOLTA PARA O NAVIO. PRAZER CONHECER VOCÊ. BOA SORTE CURA CHEFE.

O Feral respondeu no seu idioma incompreensível.

— KI TOBARA. IK OOKIBAN DONO GARUK.

— Ele disse que vem com a gente por uma parte do caminho — traduziu Moog... desnecessariamente, pois Jeremy apontou para eles e usou os dedos para indicar *caminhar*.

— IKKI DOOKA PUBARU. KOO PASSA PIKAPA.

— E fomos convidados para almoçar no vilarejo dos Cara de Osso.

— Almoço com canibais? — debochou Matrick. — Só por cima do meu cadáver.

Clay deu um tapa no ombro dele quando saíram andando.

— Acho que a ideia é essa mesmo — falou.

CAPÍTULO TRINTA E QUATRO

ESPERANÇA EM CHAMAS

Eles se despediram de Jeremy uma hora depois. Se o canibal estava com medo de andar na floresta sozinho, não demonstrou e acenou com alegria ao partir para o sul.

Os cinco membros do Saga, acompanhados de Larkspur, voltaram pelo caminho que Gabriel e Moog fizeram no dia anterior, e Clay teve a oportunidade de ver incontáveis novos horrores de Heartwyld. O primeiro foi um labirinto de valas sinuosas atravessadas por teias com aranhas do tamanho de cachorros.

Eles deram de cara com um ettercap em uma bifurcação no caminho. A criatura, que parecia um velho magrelo com olhos pretos esbugalhados, mandíbulas em movimento, barriga inchada e uma floresta de espinhos longos e trêmulos nas costas curvadas, tinha perseguido alguma coisa até um tronco oco e estava tentando desesperadamente tirá-la de lá por todos os lados.

A criatura ficou parada e agachada quando eles se aproximaram e pareceu pronta para atacar ou fugir, dependendo de qual oportunidade surgisse primeiro.

— Consegue me entender? — perguntou Gabriel.

O ettercap assentiu e o observou com aqueles olhos pretos brilhantes. Clay notou que os dedos das mãos e dos pés dele eram estranhamente longos e muito afiados e pontudos.

— Qual desses caminhos leva para o oeste?

A criatura inclinou a cabeça, ergueu um dos braços finos e apontou para o caminho atrás dele.

— Obrigado — disse Gabriel, e saiu andando na direção oposta.

Os ettercaps tinham fama de mentirosos e o hábito de sibilar logo antes de um ataque, e foi exatamente o que aquele fez ao pular em cima de Gabriel, esticando seus dedos longos, afiados e finos.

Clay já esperava por aquilo; os dedos bateram sem danificar a face de *Coração Negro*, e Ganelon, que também aguardava uma traição, partiu a criatura no meio com o machado.

Quando o ettercap parou de se debater, a presa saiu correndo do tronco. Tinha pelo branco e olhos vermelhos e parecia uma doninha com oito pernas e uma cabeça em cada extremidade do corpo. Clay lembrava que vira uma igual em uma gaiola na torre de Moog. As duas cabeças gritaram com raiva na direção do grupo antes da coisa sair correndo.

Eles seguiram em frente, saíram do labirinto e se viram em uma floresta de árvores altas sem folhas. Uma névoa pairava no ar e envolvia os seus tornozelos como se fosse algo vivo. Clay podia jurar que sentiu o pé ser agarrado e começou a dar passos lentos e calculados, como um homem andando por água turva. Depois de um tempo, a névoa pareceu ficar inquieta e se afastou.

Enfim, a floresta foi se tornando mais familiar. Eles já tinham visto aquela árvore coberta de fungos, já haviam passado por cima daquele riacho ácido indo na direção oposta.

O navio voador está logo à frente, pensou Clay, aliviado. *Estamos quase lá.*

Pouco tempo depois, viram um selvagem de pele verde e cara branca andando pela floresta ao lado deles. Quando viram outro, que carregava uma besta rudimentar, Matrick começou a ficar nervoso.

— Será que ele mandou virem atrás de nós? — perguntou.

Moog franziu a testa.

— Quem, o Jeremy? Não. Os Ferais são um povo territorial, sabe? Eles só devem estar nos vigiando para garantir que a gente fique longe do vilarejo. — Ele indicou um guerreiro pintado passando entre árvores próximas. — Considerem isso uma escolta. Uma guarda de honra, se preferirem. — Um momento depois, uma flecha de ponta de pedra estilhaçou a esfera de cristal no alto do cajado dele. O rosto do mago ficou pálido. — Puta merda, eles estão caçando a gente!

— Corram! — gritou Gabriel, como se isso já não tivesse passado pela cabeça de todos eles. A *Vellichor* estava na sua mão, com a majestade vibrante de uma floresta antiga refletida na sua lâmina larga. Ganelon tirou *Syrinx* das costas com um sorriso sinistro, como se estivesse torcendo para os canibais atacarem e se sentisse grato por terem feito uma provocação e ele poder começar a chacina. Clay ouviu o machado falando baixo sozinho, ou com Ganelon, ou talvez com aqueles cujo sangue estava prestes a beber.

O sulista fez sinal para Clay seguir os outros com um movimento de cabeça.

— Vai, Mão Lenta. Eu cuido da retaguarda.

Os selvagens foram para cima deles vindos de todos os lados ao mesmo tempo, gritando como chacais e disparando uma saraivada de lanças toscas. Gabriel bloqueou uma com a parte chata da lâmina e cortou outra na metade antes que ela empalasse Matrick. Uma ponta de pedra acertou Clay no peito e se estilhaçou nos aros vermelhos de *Couro de Choque*.

Gostei dessa armadura, pensou ele, e tirou o escudo das costas quando os Ferais começaram a cair das árvores.

O primeiro caiu perto de Matrick e levou uma adaga no olho. O seguinte caiu em cima de Moog. O mago desabou com um gritinho, e o seu agressor largou a lança. Quando foi pegar, Larkspur pisou na haste, partindo-a no meio com a bota preta pesada. Ela atingiu o canibal com a parte serrada das costas de uma manopla, e, com a outra mão, segurou a ponta afiada da lança quebrada e enfiou no pescoço de outro Feral que se aproximava.

Um se atirou contra Clay pela direita e foi atirado longe pelo *Coração Negro*. Sua cabeça atingiu uma árvore e produziu o som de um vaso de cerâmica quebrando no chão. Um segundo bateu em Clay com um martelo rudimentar. Ele se defendeu com o próprio martelo e partiu o do inimigo em pedacinhos. Outro golpe fez o mesmo com o crânio do pobre homem.

Gabriel estava muito à frente para ele ver, e Ganelon havia ficado para trás, atacado por todos os lados por canibais aos berros. Os Ferais tinham o péssimo e estranho hábito de atacar os fortes antes dos fracos, provavelmente em uma tentativa de exibir o seu valor no campo de batalha. Nesse caso, o preço estava sendo alto, pois o sulista estava matando um monte deles. O caminho atrás dele estava coberto de mortos desmembrados.

Clay esperou até o guerreiro alcançá-lo, e juntos percorreram o enxame Feral. O machado de Ganelon, *Syrinx*, estava completamente sujo de vermelho por ter cortado braços e aberto feridas fatais em barrigas, virilhas, pescoços... qualquer parte que fizesse um homem morrer de hemorragia em segundos. O *Coração Negro* segurou o ataque de lanças e flechas com a força estoica de um penhasco virado para o mar. Vez ou outra, Clay aproveitava a oportunidade para rachar um crânio ou quebrar um membro com o seu martelo gelado.

De repente, os canibais pararam o ataque. Não fugiram e mantiveram as lanças apontadas para Clay e Ganelon, mas não se jogaram mais contra os guerreiros com entrega total. Um deles começou a cantarolar:

— DOOK, DOOK, DOOK.

O restante cantou junto, batendo os pés e oscilando como serpentes encantadas por um flautista.

— DOOK, DOOK, DOOK! DOOK, DOOK, DOOK!

O sulista murmurou por cima do ombro para Clay:

— Eles estão falando *duque*?

Clay esperava que não. Olhou ao redor, quase esperando ver Lastleaf com o casaco comprido andando pelas árvores como um príncipe arrogante e selvagem. Felizmente, o que apareceu no meio da floresta não era um druin... só o Feral de aparência mais temível que Clay já vira.

Dook, suponho.

O recém-chegado não tinha ombros tão largos quantos os de Clay, nem um corpo tão poderoso quanto o de Ganelon, mas o que o homem não tinha em volume, compensava em altura e alcance. Cada uma das suas mãos era do tamanho de um pequeno escudo, e a tanga, sem dúvida feita para um homem de tamanho mais modesto, deixava certas coisas bem evidentes. A cabeça careca encimava um pescoço comprido e parecia pequena demais para o corpo enorme, que estava curiosamente desprovido da tinta verde usada pelos outros.

Sinal de valentia, supôs Clay, porque o verde era uma camuflagem, e Dook não parecia alguém que planejava ser comido naquele dia.

Em relação a armas, o Feral era um homem simples: carregava um osso muito comprido, tirado, é claro, de um monstro enorme, que o selvagem gigantesco deve ter matado com relativa facilidade.

— DOOK, DOOK, DOOK, DOOK!

O enorme Feral parou para curtir a adoração dos companheiros, rugindo e batendo na terra com o porrete de osso.

Ganelon ergueu o machado.

— Você se importa se eu encarar esse aí?

Fique à vontade, Clay quase falou, mas pensava desde o dia anterior sobre o que o guerreiro dissera sobre Quarry e sobre o ressentimento que teve por todo mundo, menos Clay.

Que tipo de monstro devo ser, perguntara Ganelon a si mesmo, *se até Clay Cooper desistiu de mim?*

Que tipo de monstro...

— Não foi você.

O guerreiro inclinou uma sobrancelha para ele.

— Hã?

— Quando foram atrás de você. Quando transformaram você em pedra. A gente devia estar lá, mas fomos egoístas. *Eu* fui egoísta. Achei que você merecia — admitiu, e viu um espasmo no rosto de Ganelon que podia ser mágoa, mas também podia ser raiva. Clay tentou falar logo em seguida, com medo de o guerreiro acertar ele com o machado. — Mas eu estava errado. Fiquei com medo. Qualquer um de nós podia ter feito o que você fez.

Ganelon suspirou.

— Mão Lenta...

— Nunca mais — disse Clay. — Onde você estiver, eu estarei. — Ele queria falar mais, queria pedir desculpas por cada segundo solitário que o amigo passara na escuridão, mas Dook, no fim das contas, não gostava de momentos sentimentais, e escolheu aquele para erguer o porrete e atacar.

Clay e Ganelon pularam em direções opostas na hora que o osso desceu como uma árvore entre os dois. Mantendo a tradição Feral, Dook foi atrás de Ganelon primeiro, usando o alcance absurdo para agarrar o tornozelo do guerreiro e jogá-lo em um tronco próximo. Ganelon caiu aos pés dele, atordoado, e Dook preparou outro golpe épico, erguendo o porrete medonho atrás da cabeça para usar toda a força possível.

Porém, antes que pudesse fazer isso, Clay chegou correndo por trás e bateu com o *Espectro* de lado, acertando o porrete e desequilibrando Dook. O canibal transformou o movimento em um golpe giratório, e Clay mal teve tempo de perceber que ele, e não Ganelon, era o alvo quando o ar foi tirado do seu peito e Dook começou a encolher rapidamente.

Não é isso, percebeu. *Eu é que estou voando para trás.*

Ele atingiu um amontoado de Ferais que ainda gritava, e todos caíram em um emaranhado de membros se debatendo.

— DOOOOOOOOK! — bradou o grupo de canibais.

Clay sabia que aquele golpe devia tê-lo partido no meio como um junco, e mais uma vez fez um agradecimento silencioso pela durabilidade da armadura impenetrável de Jack, o Salteador. Tentou se levantar, mas suas pernas tinham outras ideias. Um olhar revelou que Ganelon estava de pé, impondo um ataque, movimentando *Syrinx* de um lado para o outro enquanto o adversário pulava para trás e procurava uma abertura.

Os Ferais nos quais Clay aterrissara também estavam se recuperando e não tinham intenção nenhuma de deixar que o homem voltasse para a luta. Um deles enfiou uma lança na sua barriga, e Clay retribuiu o favor batendo com *Espectro* na virilha dele.

— E nem lamento — murmurou, rolando para o lado enquanto outro Feral apontava uma flecha para a sua cara. O disparo errou e bateu no chão a centímetros de distância; o cabo do projétil quebrou e um estilhaço de madeira abriu um corte embaixo do seu olho esquerdo. O homem jogou o arco de lado e mergulhou na direção de Clay, que conseguiu botar força em um golpe de mão virada com *Espectro* que fez coisas terríveis aos ossos do pescoço do canibal.

O último dos três em quem ele tinha caído segurou o braço do escudo de Clay e, quando os dois se levantaram, as tiras que prendiam *Coração Negro* ao seu pulso se soltaram e o impensável aconteceu.

O Feral pegou o escudo dele.

Esquecendo o fato de que Ganelon e Dook estavam lutando ali perto, à esquerda, e se esforçando para ignorar como seu braço direito ficara leve de repente, Clay grudou o olhar no do homem segurando o *Coração Negro* e disse, com o tom mais calmo possível:

— Devolve.

O Feral olhou para o seu prêmio e para Clay. Ele hesitou. Clay o viu hesitando.

— *Agora.* — A palavra ferveu por entre os dentes dele e chiou no ar entre os dois.

Muito devagar, o homem ergueu o escudo e o ofereceu a Clay, cujas mãos trêmulas pegaram o pedaço de madeira manchada como uma mãe que pega o filho recém-nascido. Clay agarrou o escudo, e o Feral se virou e correu para a floresta.

— DOOOOOOOOK!

Clay se virou, enfiou o braço nas tiras do *Coração Negro* e as prendeu bem enquanto avaliava o desempenho de Ganelon na luta.

Ao que parecia, o campeão Feral dera outro golpe, e Ganelon estava caído embaixo da mesma árvore de antes, que agora se inclinava em um ângulo perigoso. Pelo menos, era claro que Dook se cansara, avançando para cima do guerreiro bem mais devagar do que antes.

Clay deu três passos corridos antes de as suas pernas virarem geleia e ele cair de joelhos. Desesperado para causar alguma distração, jogou o martelo, que voou pelo ar e, como que por milagre, acertou o canibal na parte de trás do crânio. Infelizmente, o crânio pequeno e redondo de Dook era tão duro quanto parecia, e qualquer euforia que Clay tivesse sentido por ter acertado o golpe evaporou quando o homem se virou, observou-o com os olhos brilhantes e próximos e riu.

Clay viu Ganelon se levantar. E Dook, apesar de não ser muito inteligente, *viu* Clay vendo Ganelon se levantando e se virou a tempo para assistir a Ganelon dando um golpe com o machado letal e lendário… não na direção de Dook, que estava longe demais para isso, mas na árvore na qual caíra.

Syrinx cortou o tronco já um pouco destruído e a árvore caiu como um bêbado de dez toneladas, esmagando Dook (e vários outros selvagens atrás dele).

— … Dook, Dook… — A voz de um único Feral partiu o silêncio atordoado, no qual Clay percebeu um zumbido baixo ficando cada vez mais alto, até se tornar um rugido que sacudiu as árvores e arrancou folhas mortas de galhos secos.

O *Estrela Negra* passou acima, tão baixo que Clay sentiu a névoa dos motores de marés penetrando na copa acima. Os selvagens, com medo do encouraçado, se espalharam como ratos debaixo da sombra de um falcão.

O chão começou a tremer, abalado por uma sucessão de tremores, um atrás do outro. Clay e Ganelon trocaram um olhar inquieto, e depois de Clay recuperar o martelo, os dois foram na direção para onde os outros tinham fugido.

— Aquilo foi incrível, aliás — falou Clay com a voz rouca enquanto eles andavam.

Um sorrisinho repuxou o canto dos lábios de Ganelon.

— Eu sei.

Eles surgiram atrás de Gabriel e dos outros na ravina ampla e cheia de pedras onde tinham pousado o navio no dia anterior. O chão abaixo dos pés dele estava preto, cheio de pequenas fogueiras e estilhaços de madeira quebrada. Clay estava se perguntando como aquilo havia acontecido quando percebeu meia dúzia de barris de piche caindo da amurada do *Estrela Negra*.

Ah, pensou ele. *Ah, não.*

Então viu, com o coração entrando em desespero, os barris caírem no *Corte Carnal*, explodindo em um jorro de fogo líquido que comeu as velas como se fossem papel e queimou o casco em questão de minutos.

Com o brilho da chama alquímica, Clay viu Gabriel cambalear e usar *Vellichor* como muleta para impedir que o desespero o botasse de joelhos. Matrick se agachou de um lado, o ombro inclinado, enquanto Moog tirava o chapéu e inclinava para a frente a parte careca no alto da cabeça. Clay e Ganelon cambalearam até onde Larkspur estava, o pescoço esticado, vendo o *Estrela Negra* sumir sobre a floresta a oeste.

Clay lançou um olhar na direção dela, com medo de ver o brilho de reconhecimento nos olhos. Mas só havia confusão e um sinal de lamento na voz quando ela enfim falou.

— Por acaso aquele era o meu navio? — perguntou Larkspur, indicando os destroços em chamas do *Corte Carnal*.

Clay suspirou. *Não pense*, ordenou a si mesmo. *Não pense no fato de que o caminho mais rápido para ir e voltar de Castia se foi, pegou fogo, acabou-se. Não pense no tanto de tempo que vai demorar mais para você ver a sua esposa, ouvir a risada da sua filha, porque senão você vai começar a chorar, e ninguém quer ver isso.*

— Era — respondeu ele.

O olhar da daeva se desviou para o céu.

— Quem são eles?

Além de um bando de babacas?

— Caçadores de recompensas — disse ele, decidindo arriscar uma parte da verdade.

As sobrancelhas arqueadas de Larkspur se franziram.

— Por que estão atrás de vocês? São criminosos?

Depende de para quem você pergunta.

— Estão atrás do Matrick — falou Clay. — A esposa dele é rainha de Agria. Ele foi embora de casa e agora ela o quer morto.

— Morto? Por quê?

— Porque ela e Matrick têm cinco filhos, e nenhum é dele. Acho que ela tem medo de ele botar o único herdeiro legítimo de Agria na barriga da primeira mulher que tiver pena dele.

Ela riu fazendo um ronco, e Gabriel se virou por causa do som.

— Achou alguma coisa engraçada? — perguntou o homem. Havia fúria no rosto dele, e passou pela cabeça de Clay que Gabe devia culpar Larkspur pela destruição do *Corte Carnal*. E claro que Larkspur *tinha* culpa, mas a mulher que surgiu depois da queda parecia uma pessoa muito diferente.

— Eu... não. — A daeva pareceu envergonhada. — Desculpe.

O olhar de Gabriel ficou sombrio. Ele deu um passo na direção dos dois, e os olhos de Clay foram atraídos pela espada que o amigo arrastava. Viu água corrente na janela da lâmina da *Vellichor*, e um peixe tão real se debatendo que ele pensou por um momento que o bicho poderia sair espirrando água em um mundo que não era dele.

Então o olhar de Gabriel foi para trás deles e sua expressão ficou mais dura.

Ganelon cutucou o ombro de Clay e ambos se viraram devagar.

Havia um pequeno grupo de canibais reunido no limite da floresta. Estavam com lanças apontadas e arcos armados, boleadeiras assobiando e zarabatanas levadas a lábios repuxados. Mas nenhum deles atacou, e dois se separaram dos outros e se aproximaram com hesitação do bando e da daeva ferida.

Um deles era Jeremy, que apresentou lenta e ruidosamente o seu pai, Teresa.

— Teresa? — murmurou Larkspur, que pareceu em dúvida.

— Os Ferais não têm nome até matarem pela primeira vez — explicou Moog apressadamente. — Eles precisam consumir o corpo todo sozinhos e depois adotam o nome da pessoa, não importa o gênero. Assim, é normal encontrar mulheres com nomes como William ou Todd. Só que um homem com nome de mulher é bem raro. Deve ser porque as mulheres não costumam ser tão burras a ponto de serem mortas por canibais.

— EU TERESA — anunciou o pai de Jeremy de forma redundante. Clay se perguntou se os Ferais em algum momento falavam mais baixo do que gritando. — ANCIÃO CARA DE OSSO. QUER PAZ. — O homem fez um gesto apaziguador com mãos vazias. Seu olhar ficou voltado para Ganelon... ou melhor, para o machado sujo de sangue na mão dele. — CHEGA DE MATAR, SIM?

— Aí depende — falou Ganelon.

— AÍ DEPENDE — repetiu Teresa, obviamente sem ter ideia do significado das palavras. — VOCÊS VÊM VILAREJO. FALAR COM CHEFE. FAZER TROCA.

Troca de quê?, Clay se perguntou enquanto Gabriel chegava ao seu lado.

— Nós não vamos até o seu vilarejo — disse Gabe. — Se o seu chefe quiser falar com a gente, ele pode vir aqui. Mas é melhor vir logo, ou vamos embora.

O ancião balançou a cabeça.

— CHEFE NÃO VEM. CHEFE DOENTE. VOCÊS ESCOLHE AGORA: VÊM OU LUTAM. TALVEZ NÓS MORRE. TALVEZ VOCÊS. AÍ DEPENDE — acrescentou ele, e Clay percebeu que Teresa tinha captado o significado das palavras.

Que espertinho.

— Foda-se — disse Ganelon. — Umas dezenas desses sacos de ossos contra nós seis? — Ele cuspiu no chão de terra. — Não é nada.

— Não é nada? — Matrick fez um ruído de deboche. — Estou contando pelo menos quinze arcos apontados para você, grandão. Sua pele não é mais de pedra, sabe?

Ganelon abriu a boca para responder, mas Gabe levantou a mão e se virou para Clay.

— O que acha?

Clay olhou para o muro de escudos, caras brancas e armas apontadas e se perguntou quantas pontas de lanças e cabeças de flecha estariam envenenadas. Os dardos das zarabatanas com certeza estariam; de outra forma, qual seria a utilidade deles?

Lutar ali ou no vilarejo fazia pouca diferença, pois havia uma boa chance de aquilo ser quase tudo que restava dos guerreiros Cara de Osso, o que explicaria a disposição repentina de negociar para não arriscar os poucos homens em condição de luta que ainda tinham. Havia as guerras de clãs a levar em consideração, e com Dook morto debaixo de uma árvore, eles precisariam de todas as lanças quando a primavera chegasse.

— Melhor irmos com eles — respondeu. — A gente já está ferrado mesmo.

CAPÍTULO TRINTA E CINCO

A CORTE CANIBAL

O grupo seguiu os Ferais pela floresta emaranhada, indo para o sul até chegarem a uma área de pedras brancas de calcário. Havia um pequeno acampamento ali, onde passaram a noite. Colocaram uma barraca alta de pele que aparentemente pertencera ao campeão Feral, Dook, à disposição do grupo. Teresa lhes ofereceu jantar, que, na verdade, consistia em uma variedade de mãos cortadas, mas Gabriel recusou em nome de todos, e, pela segunda noite seguida, Clay ficou feliz de comer o que quer o chapéu de Moog oferecesse.

De manhã seguiram pela face do penhasco para oeste, e, quando a tarde chegou, o ar foi ficando úmido e grudento com o calor. As árvores ali eram enormes, com troncos que Clay levaria um minuto para contornar. Um grupo de macacos de pelo laranja os seguiu pelas copas das árvores, e, ao ouvirem um sinal desconhecido, começaram a gritar e a jogar cocô no grupo.

O que Clay pensou ser uma traquinagem inofensiva estava longe disso. Um dos cocôs grudentos caiu na cabeça careca de Jeremy, e o canibal berrou quando a sua pele começou a chiar e descascar. Outros selvagens se esconderam embaixo de escudos de vime, que pegaram fogo ao serem atingidos. Finalmente, Teresa ordenou uma saraivada de flechas e dardos em reação, o que espantou os primatas e fez um cair com uma haste com pena na ponta enfiada no peito.

Moog, é claro, se interessou pelo cadáver.

— Quarteto Sagrado, são macacos-fagulha! — Ele olhou empolgado para os outros, mas seu entusiasmo foi recebido pelos companheiros de bando com olhares nada impressionados. — Metade dos meus colegas de Oddsford não acreditava na existência deles. Talvez isso signifique que todo o gênero piromata exista também. Símios escaldantes! Micos-brasa! Meus deuses, as ramificações...

Os Ferais de Teresa estavam seguindo caminho, ansiosos para se afastar antes que os agressores se reagrupassem, e Gabriel os incitou a segui-los. Clay, o último a deixar o local ao lado de Moog, fingiu não ver o mago dar uma olhada furtiva ao redor antes de enfiar o macaco morto na bolsa.

O céu começava a assumir um tom mais escuro de roxo quando o ancião lhes informou que estavam chegando perto do destino. Ao esticar o pescoço, Clay viu um muro de paliçada no cume, no qual cadáveres decapitados foram empalados e deixados para inchar no sol. Teresa apontou para uma trilha estreita, e, depois de subir, o bando teve a oportunidade de ver ainda mais estacas, adornadas com cabeças cortadas em vários estados de dessecação. O ancião parou ao lado de uma para espantar um corvo que bicava uma órbita ocular.

O vilarejo Cara de Osso parecia a maioria dos assentamentos tribais que Clay havia visitado ao longo dos seus anos de aventura, só que não havia animais por perto e, sim, uma quantidade consideravelmente maior de partes de corpos espalhadas. Havia braços e pernas empilhados como lenha ao lado de fogueiras no chão; pedaços de pele arrancada foram deixados para secar em suportes de vigas. Havia gaiolas ocupadas por prisioneiros desanimados esperando sua vez de ir para a panela. A maior parte deles parecia ser de Ferais de tribos rivais, mas foi pedido a Clay e os outros que esperassem perto de onde um ettin que estava acorrentado pelos dois pescoços a um pedaço de rocha.

Clay já havia visto alguns ettins na vida. Sabia que, apesar do tamanho enorme e da aparência monstruosa, não tinham inclinação para a violência. Claro, quando irritados os ettins eram uns filhos da mãe, mas, como qualquer coisa selvagem, ajudava se você o abordasse com gentileza.

Dito isso, o primeiro instinto de qualquer um que desse de cara com um homem gigante com duas cabeças era fugir ou matar.

Uma das cabeças do monstro viu Clay olhando e deu um sorriso cheio de dentes.

— Boa tarde!

— Urg… — A primeira tentativa de resposta de Clay foi um grunhido rouco. — Oi — falou ele com algum esforço.

— Tempo bom hoje, não acha? — perguntou o ettin.

Clay olhou para o céu. Nuvens cor de cobalto de chuva ácida ocupavam o céu, que escurecia rapidamente.

— Podia ser pior — respondeu ele, dando de ombros.

A criatura assentiu, sacudindo a coleira no seu pescoço.

— Podia mesmo. Exatamente o que eu acho.

A outra cabeça, que estava dormindo até então, acordou, grogue. Quando se virou para Clay, o homem precisou se controlar para não se afastar de pavor. Era deformada de uma maneira repulsiva: o nariz era uma mancha roxa, a boca, um buraco escancarado de dentes quebrados. Os poucos fios de cabelo que tinha caíam sem vida sobre um crânio volumoso. Os olhos eram do branco-amarelado de leite estragado, e, quando falou, confirmou a desconfiança de Clay de que aquela cabeça era cega.

— Tem alguém aí, irmão?

— Tem, Dane — falou a primeira cabeça. — Convidados ilustres! Um bando, ao que parece. Sinto muito, acho que não falaram o seu nome…

— Clay. Cooper — disse ele, se esforçando para não ficar olhando para a cara destruída. Ele apresentou os outros, tomando o cuidado de chamar Larkspur pelo novo nome dela. Gabriel resmungou um cumprimento, mas o seu olhar estava grudado nas montanhas no horizonte ocidental. Ganelon assentiu, mas não disse nada. Matrick acenou com um oi e Moog, sempre o mais amável, foi apertar a mão do ettin.

— Arcandius Moog — apresentou-se o mago. — Arquimago e entusiasta de alquimia.

— É um prazer conhecê-lo, Arcandius — disse a primeira cabeça. — Meu nome é Gregor, e esse cavalheiro bonitão é o meu irmão, Dane. Diga oi, Dane.

— Oi — falou Dane.

Clay ainda estava tentando conciliar a palavra *bonitão* com a abominação à sua frente e ficou agradecido quando Moog tirou as rédeas da conversa das suas mãos.

— É um prazer conhecer os dois — disse o mago. Ele fez uma pausa para olhar duas crianças sujas passarem correndo. Uma estava atrás da outra, segurando um braço cortado como uma clava. — Gostaria de tê-los conhecido em circunstâncias melhores.

A primeira cabeça, Gregor, balançou o ombro que pertencia a ela.

— As circunstâncias não poderiam ser melhores — declarou. — Meu irmão e eu somos hóspedes de honra da tribo Cara de Osso há vários meses. Eles nos presentearam com essas lindas gargantilhas douradas. E nos oferecem banquetes todas as noites de faisão assado e vinho quente. Em troca, nós os ajudamos a construir um altivo e glorioso muro em volta desse lindo vilarejo.

Altivo e glorioso muro? Clay olhou para a paliçada simples que envolvia o *lindo* vilarejo canibal. Os Ferais colocaram corpos espetados nas pontas e usaram o sangue para pintar murais vulgares na superfície.

Moog também ficou confuso.

— Gargantilhas? Essas coisas são…

— Lindas, não é? — Gregor deu uma piscadela conspiratória para o mago. — Só queria que Dane pudesse ver como elas brilham. Mas o meu pobre irmão nasceu cego, e resta a mim descrever em detalhes o esplendor dos nossos arredores.

Dane abriu o sorriso horrível e levou uma das mãos à coleira de ferro no pescoço.

— *Parece* linda — disse ele.

— E é! — concordou o seu irmão. — Não ficaria surpreso se tivessem sido feitas pelos próprios druins.

Clay não ficaria surpreso se aquelas coleiras tivessem sido roubadas do pescoço de bois mortos. Mas não falou isso. E nem Moog.

— Acho que talvez esteja certo — disse o mago. Ele abriu um sorriso torto, e Clay viu o brilho úmido nos olhos do amigo. — Sim, acho que está. Feito por druins, sem dúvida.

O sorriso de Dane se abriu ainda mais, e Gregor deu um aceno gracioso para Moog.

Eles esperaram, e, durante esse tempo, um trio de Ferais passou, cada um arrastando uma rede cheia dos corpos que Ganelon e os outros (mas sobretudo Ganelon) tinham matado na floresta mais cedo. Por um breve momento, Clay supôs que os caçadores caídos ganhariam um enterro decente, mas então lembrou onde estava. Alguns aldeões mais próximos olharam para os cadáveres com expressão faminta, aparentemente sem ter nenhum problema com a ideia de comer amanhã aqueles que chamavam de amigos hoje. Ele praticamente os viu salivar quando o corpo de Dook foi levado para o vilarejo.

Gregor descreveu a procissão mórbida para o irmão quando passou.

— Os bravos caçadores voltaram! E, ah, que recompensa! Dane, queria que pudesse vê-los. Eles trazem cervos sarapintados e um grande veado branco com chifres tão grandes que fazem sulcos na terra enquanto é transportado. Tem cinco, não, seis braçadas de galos silvestres e uns perus bem gordos. Ah, e lá vem os faisões! Espero que não esteja cansado de comer faisão, Dane.

— Nunca! — exclamou Dane.

Gregor continuou falando mesmo depois de o grupo de Ferais já ter passado, relatando um desfile tão detalhado e exótico que Clay quase fechou os olhos para poder ouvir sem ser traído pela visão. Mas Clay percebeu o rosto destruído de Dane se iluminar de admiração e sentiu um calor no coração, do tipo que subia por você com as primeiras notas de uma música e se aninhava no seu colo como um gato ronronando.

O fato de Gregor se esforçar tanto para descrever para o irmão um mundo que era bem mais atraente do que o mundo em que viviam... era um dom, concluiu Clay. Uma bênção profunda e extraordinária concedida a alguém que o mundo tinha de fato amaldiçoado.

Era *nobre*.

Pouco tempo depois, Teresa saiu da tenda do chefe e se aproximou.

— CHEFE VER VOCÊS AGORA — declarou ele, levantando três dedos. — SÓ DOIS DENTRO.

Gabriel inclinou a cabeça.

— Dois? Ou três?

— DOIS — disse Teresa, mostrando os mesmos três dedos.

— Eu não... — Gabe balançou a cabeça. — Não importa. Clay, Moog, venham comigo.

O ancião não fez objeções quando os três o seguiram.

A tenda do chefe tinha o formato de um cone, a pele de só os deuses sabiam o quê esticada por cima de uma base de varas de madeira altas. Havia um fluxo regular de fumaça saindo de um buraco no alto, e, quando eles entraram, o interior escuro estava carregado com uma névoa que parecia estranhamente familiar.

Ao olhar para baixo, Clay se viu de pé em um tapete de pele com a palavra *Bem-vindos* escrito na língua comum.

— Eu… — disse ele, mas um grito de Moog o interrompeu.

— Kit!

O ghoul, de quem Clay tinha esquecido completamente até o momento, estava parado logo depois da porta, ladeado por dois guardas Ferais. Ele ainda usava o vestido de lençol e incorporara um lenço vermelho de seda para esconder o ferimento horrível no pescoço.

— Cavalheiros, oi. Peço desculpas por ter deixado o navio sozinho, mas os nossos anfitriões insistiram muito para que eu os acompanhasse.

— O navio já era — disse Gabe. — Pegou fogo.

Kit franziu a testa, mas antes que pudesse responder, o mago se aproximou e o abraçou.

— Achei que você estivesse morto!

— Eu *estou* morto — murmurou o ghoul enquanto Teresa oferecia a cada um deles uma tigela. O conteúdo parecia vinho. Clay ficou olhando com cautela quando Kit deu um gole hesitante.

— É sangue — avisou ele.

— Humano? — perguntou Moog.

Clay lançou um olhar incrédulo para ele.

— Faz diferença?

O mago franziu a testa olhando para a tigela, mas não respondeu.

— VENHAM! — gritou Teresa, fazendo sinal para eles entrarem mais na tenda. Havia uma fogueira no centro; vários crânios recheados de algo que tinha o cheiro da erva de cura de Taino estavam amontoados em volta de carvões quentes. Saía fumaça dos olhos vazios e isso enevoava a tenda. Do outro lado, Clay viu o chefe dos Cara de Osso deitado em um leito de peles pretas. Ele não sabia o que estava esperando, mas com certeza não era uma mulher nua enorme.

Clay tremeu ao imaginar quanta carne uma pessoa precisaria ingerir para ficar tão grande. O corpo todo estava pintado de branco, e os membros enormes pareciam salsichas pálidas que quase chegavam a explodir nos pulsos e tornozelos. Os seios eram almofadas flácidas, e o queixo e a papada formavam uma montanha em camadas. Ela usava um enfeite de cabeça que parecia um andaime de ossinhos; o cabelo preto se enrolava neles como trepadeiras em uma treliça de jardim. Um dos braços gordos aninhava um crânio pintado de vermelho brilhante, enquanto o outro estava apoiado no colo de uma serva, que massageava a palma da mão dela.

— Deuses de Grandual — falou Moog. — Os dedos dela.

Ao olhar melhor, Clay viu que os dedos da mulher estavam pretos e murchos, como madeira queimada depois de um incêndio. Sua mente se encheu de horror, e foi preciso um grande esforço para ele não dar voz à palavra que ecoava como uma maldição na sua cabeça.

Podridão.

A mulher não estava doente, como Teresa alegou. Estava morta. Era só uma questão de tempo. Clay viu que Moog ficou hipnotizado pelos dedos infectados, como um homem encarando o olhar de um antigo inimigo.

O ancião se ajoelhou e murmurou palavras baixas no ouvido da chefe. Ela não disse nada em resposta, mas entregou a ele o crânio pintado. Teresa se aproximou do fogo. Abriu, então, a parte de cima do crânio e o encheu de pedaços marrons grudentos de erva do pântano antes de colocá-lo entre os outros, na cama de carvões em brasa. Quando começou a soltar fumaça, Teresa o pegou de volta e devolveu para a chefe. Ela o agarrou com a mão gorda e segurou o rosto do crânio na sua frente, inspirando o vapor que saía da boca sorridente.

Depois, ela relaxou sobre a cama de pele, exalando fumaça em um fluxo longo e lânguido antes de dizer algo baixo demais para eles ouvirem.

Teresa falou com os três ainda de joelhos.

— CHEFE FELIZ VOCÊS VEIO. QUER TROCA.

— Que tipo de troca?

— ESSE AÍ — disse o ancião, apontando para Kit. — MORTO. CARNE RUIM. NÃO DÁ PARA COMER.

O ghoul passou o dedo no lenço que tinha no pescoço, constrangido.

— É verdade. Meu gosto seria horrível.

— QUER TROCAR POR OUTRO — anunciou Teresa. — UM POR UM.

Gabe fez cara feia.

— Você quer trocar Kit por… outra pessoa?

Teresa assentiu.

— TROCAR POR MULHER DE ASA, ISSO.

— Eles querem Sabbatha — disse Clay.

— Larkspur — corrigiu Gabe. — Olha, por mim, tudo bem.

Teresa abriu um sorriso e começou a passar a boa notícia para a chefe.

Moog afastou o olhar dos dedos doentes da líder tribal.

— Como é? A gente não pode simplesmente *dar* Sabbatha para eles!

— Quem é Sabbatha? — perguntou Kit.

— Por que não? — Gabriel se virou para o mago. — Ela não é uma de nós. E tentou nos matar, lembra?

— Sim, mas…

— Mas ela mudou? E se mudar de novo?

— Tenho a sensação de que perdi alguma coisa — murmurou Kit.

— Pode ser que ela não mude de novo. — Moog não parecia estar tentando convencer apenas Gabriel, mas também a si mesmo. — Taino falou que ela pode ficar assim para sempre.

— Ou que ela pode voltar a ser quem era amanhã mesmo — retorquiu Gabe. — Mas não vejo que escolha temos, Moog. É ela ou o zumbi.

— Morto-vivo — observou Kit, embora nem Gabe, nem o mago tivessem dado atenção.

— Mas é isso? — balbuciou Moog. — A gente simplesmente entrega ela? Eles vão *comer* Sabbatha, Gabriel.

— NÃO COMER! — interveio Teresa. — NÃO COMER MULHER DE ASA. — Moog passou a resistir um pouco menos, e Gabe pareceu aliviado até o ancião abrir um sorriso animado. — USAR ELA PARA BEBÊS.

Moog levantou as mãos, exasperado.

— Bebês! Eles vão se *reproduzir* com ela, Gabriel. Continua achando que é uma boa ideia?

— Ela é perigosa — murmurou Gabe, mas sem a mesma convicção de antes.

Moog cutucou a armadura de Gabriel.

— *Você* é perigoso. Pelas bolas sangrentas do Pagão, *eu* sou perigoso. Ganelon é praticamente um desastre natural, cacete! Perdão pelo linguajar — disse ele para a chefe, embora ela não desse indicação de ter entendido nada. — E daí que Sabbatha tem um passado sórdido? Nós todos também temos! Nós todos fizemos várias coisas das quais não nos orgulhamos.

Clay pensou em Ganelon preso em Quarry, prisioneiro na própria pele.

— Não podemos dar Larkspur para eles — disse ele. — Nem Sabbatha, seja lá quem ela for. Não... não podemos.

Gabriel suspirou com resignação.

— Tudo bem. Então o Kit vai ficar?

— Acho que isso já devia ter sido descartado — falou Kit. — Além disso, sou lamentavelmente mal equipado para fazer bebês.

— Ninguém vai ficar — declarou Clay.

Gabriel firmou o maxilar.

— Vamos lutar, então. — Ele olhou ao redor, tentando contar o guardas dentro da tenda cheia de fumaça.

Clay sabia que eram seis porque já tinha contado, mas um era velho e estava segurando a lança de cabeça para baixo.

— Você e eu cuidamos destes aqui — disse ele para Gabriel. — Moog, vai lá para fora e avisa os outros. Pode acender umas fogueiras, quem sabe abrir algumas daquelas gaiolas que a gente viu. Gabe e eu vamos estar logo atrás. Entendeu?

Moog fechou os olhos.

— Não.

— Beleza. Agora, quando… espera aí, *não*?

— Tem outro jeito — disse o mago. — Um jeito melhor. A gente não precisa matar ninguém e nem deixar nenhum de nós para trás.

Clay olhou por cima do ombro de Gabriel. A chefe os observava com o olhar avaliador de quem está esperando você morrer para poder ir bicar o seu cadáver.

— Moog, se isso vai envolver fingir nossa morte, acho que não vai funcionar desta vez.

— Não, eu sei — disse Moog. Ele levantou a mão e tirou o chapéu pontudo da cabeça. — Mas isso vai dar certo.

CAPÍTULO TRINTA E SEIS

DIVAGANDO

Moog tinha razão: eles resolveram aquilo sem sangue, embora o mago parecesse estar à beira das lágrimas quando as negociações terminaram e ele entregou o chapéu encantado para Teresa, que, por sua vez, o ofereceu à chefe, que enfiou a mão lá dentro e tirou um pedaço de carne crua.

— Ela nem está usando direito — reclamou ele.

A mulher enorme comeu a carne quase sem mastigar e soltou um arroto alto, que Teresa tomou a liberdade de traduzir.

— CHEFE FELIZ — anunciou ele.

— É bom estar mesmo — resmungou Moog. — Essa... morsa ganha bife de graça para o resto da vida e nós ficamos presos com um... presos com um... — Ele parou de falar e começou a pentear distraidamente a barba na frente da veste.

Clay botou a mão consoladora no ombro dele.

— Moog, você fez…

— Os *dedos* — sussurrou ele.

— Eu vi.

— Não, não viu. Não viu, Clay. Você não viu. — A voz do mago foi ficando mais aguda a cada palavra. Ele segurou o braço do amigo, os dedos tremendo como os de uma criança tirada das águas de um lago no inverno. — Clay, *estão curados*.

Clay balançou a cabeça. O que o mago estava dizendo não fazia sentido. A podridão não tinha *cura*. A podridão *se espalhava*. A podridão murchava a carne e deixava os seus órgãos vazios como cascas. A podridão matava. Sempre.

Moog começava a quicar nos calcanhares. Um sorriso que ameaçava partir o rosto dele ao meio se abriu de uma orelha à outra.

— Estão curados! Clay, olha! Ela está *lambendo* os dedos!

E estava mesmo. Poucos minutos antes, os dedos pareciam inúteis, doentes, sem esperança de recuperação.

Mas aparentemente não.

Moog contornou Clay e pulou na direção do leito da chefe. Os guardas se moveram para interceptá-lo, mas Teresa os impediu com um movimento de mão. O mago afastou a serva, se ajoelhou ao lado da mulher enorme e flexionou as mãos, como um ladrão que se preparava para arrombar uma tranca bastante complexa.

— Posso? — perguntou ele.

A mulher revirou os ombros enormes e ofereceu o braço direito para Moog, enquanto a outra se enfiou no chapéu mágico e tirou uma coxa de galinha crua de lá.

O mago pareceu maravilhado com os dedos rosados e roliços.

— Não consigo acreditar — sussurrou ele. — Ainda estão meio rígidos, mas, fora isso… não consigo acreditar.

Teresa limpou a garganta e apontou para os pés da chefe.

— AQUI TAMBÉM. PELE DE PEDRA. MELHOR AGORA.

E de fato, o pé direito da mulher estava coberto por uma casca preta que foi se soltando quando ela balançou os dedos. Moog riu e bateu palmas.

— Incrível! Lindo! — Ele olhou para os amigos. — É a erva do pântano. Só pode ser. Consertou o braço do Matrick praticamente da noite para o dia. Ajeitou os ossos da asa da Sabbatha. Seu nariz, Clay… estava quebrado, não estava? Está doendo agora?

Clay piscou.

— Na verdade, não. — Ele não pensava no nariz desde quando acordou. Tocou nele agora, com cuidado, e descobriu que não havia dor alguma. Ainda estava torto, mas como ele já havia quebrado o nariz tantas vezes quanto tinha feito aniversário, torto era o melhor resultado possível. — Mas você… — Ele parou de falar, porque e se não tivesse sido a erva do pântano que curara a podridão? Talvez Moog estivesse criando esperanças que podiam acabar sendo destruídas outra vez.

— Sim, eu fumei também — disse o mago, e o olhar dele se desviou para o pé esquerdo. — Com tudo que aconteceu, eu ainda… quer dizer, não consigo sentir, mas… — Então ficou imóvel, e Clay viu o velho amigo querido se preparando para a possibilidade de uma decepção. Tão trêmulo quanto uma criança assustada se ajoelhando para espiar embaixo da cama, Moog esticou as duas mãos, tirou a bota de couro macio e lenta e cautelosamente puxou a meia.

O rosto dele se transformou, mas se recuperou com a mesma rapidez, como uma máscara se quebrando, só que ao contrário. Ele tentou abrir a boca para falar, mas não conseguiu.

Então Clay falou por ele.

— Desapareceu.

— Desapareceu — disse Moog, ofegante, como se estivesse prendendo o ar. Ele fechou os olhos e soltou um suspiro longo e trêmulo.

O mago ficou sentado por um tempo com a bota no colo. Sua expressão, banhada no brilho laranja das brasas, era uma mistura de alívio, descrença e infelicidade total.

— Tantos anos — murmurou, por fim. — Tantos esforços desperdiçados. Tantos becos sem saída. Mas eu *sabia*. Sabia que tinha que existir um jeito, e agora existe. *Uma cura para a podridão* — falou com uma risada intrigada. — Chega de ficar esperando a morte. Chega de ver seu corpo apodrecendo. Agora, podemos salvar as pessoas.

O mago riu de novo, mas havia uma certa amargura no som. Então sorriu, mas foi um sorriso triste, cada vez mais triste, até que Moog só estava mostrando os dentes abaixo de olhos marejados de lágrimas.

— Eu podia ter salvado ele — choramingou, e levou as mãos finas ao rosto e começou a chorar.

Clay não tinha dúvida de quem era *ele*. Embora Fredrick tivesse morrido dezenove anos antes, sua morte era uma ferida que o mago cauterizou, mas que nunca deixou cicatrizar.

Todos ficaram em silêncio enquanto o mago chorava, livrando-se do peso de anos e anos de dor contida. Só a chefe pareceu indiferente e continuou sugando ruidosamente a carne da coxa de frango.

E vamos em frente, pensou Clay. A vida era engraçada, frágil e muitas vezes cruel. Às vezes, parecia indigno continuar vivo, enquanto aqueles que mereciam mais se iam.

Ou não iam, refletiu, porque continuavam presentes no coração de quem os amava, de quem continuava a amá-los, a memória alimentada como um raminho verde nascendo em uma alma desolada. E isso era uma espécie de imortalidade, pensou, afinal.

O Clã Cara de Osso deu um banquete naquela noite em homenagem ao Saga, o que Clay achou bastante amável, considerando que Ganelon tinha matado o maior campeão deles, sem contar algumas outras dezenas de caçadores, no dia anterior.

A chefe continuou confinada à tenda, mas Teresa mostrou o chapéu milagroso de Moog para os aldeões, que não tiveram reserva alguma na hora de comer a comida tirada dele. Os canibais eram um povo bastante aventureiro, culinariamente falando.

Moog ficou mais animado após a crise de antes e guardou a dor que lhe restava no lugar onde os magos guardavam coisas do tipo. Na cabeça, desconfiava Clay, e não no coração. Ele demonstrava o alcance total da capacidade do chapéu para um grupo de Ferais embasbacados.

Saíram fatias de carne de veado assada, bifes salgados, frangos temperados com ervas delicadas, filés de carne de porco envoltos em bacon e recheados de cogumelos. Moog impressionou as crianças com bananas, morangos doces, cachos de uvas-roxas gordas e uma melancia enorme, que elas tiveram um prazer perturbador de abrir na base da porrada, como se fosse a cabeça de um inimigo. De sobremesa tiveram pudins, bolos e tortas. Houve até um gelo com sabor, uma das sobremesas favoritas dos narmeerianos, e também de Ganelon, que comeu três tigelas sozinho.

Tigelas, claro, era um termo generoso para crânios humanos vazios.

Matrick ficou especialmente animado depois de saber da recuperação de Moog, e Kit tinha outras boas notícias para o rei exilado de Agria. Quando os Ferais exigiram que o ghoul saísse do *Corte Carnal*, ele pegou duas coisas além do precioso batingting. A primeira foi uma garrafa de rum tarindiano de sessenta anos e a segunda foi *Grace*, a adaga que Matrick tinha perdido ainda no navio. O rei de Agria deu um beijo na boca do ghoul por aquilo.

Uma fila comprida de pretendentes se formou ao lado de Larkspur, levando presentes que eles esperavam ser capazes de persuadir a daeva a abrir mão dos seus companheiros e gerar bebês canibais. Dentre as ofertas mais interessantes estava um colar de crânios de rato e um xale feito de cabelo humano. Um sujeito entregou a ela uma bolsinha, da qual Larkspur tirou um pedaço de couro velho.

— O que é? — perguntou ela com um sorriso educado.

Ao seu lado, Moog falou com a boca cheia de bolo.

— O prepúcio dele.

O sorriso dela desapareceu como uma bola de neve jogado na boca de um vulcão. Visivelmente furiosa, ela enfiou a pele de volta na bolsinha e atirou a bolsinha na fogueira. O canibal olhou emburrado enquanto a bolsinha queimava, sem dúvida desejando ter dado aquele presente tão nobre a alguma pessoa que o apreciaria melhor.

Gabriel estava sentado longe dos outros, quase sem comer, distraído pela sua preocupação com Rose e olhando para o oeste enquanto o sol se punha atrás do borrão que eram as montanhas distantes.

O vilarejo todo acordou para se despedir deles ao amanhecer. O chapéu mágico ainda estava sendo passado de mão em mão; para onde quer que Clay olhasse, havia Ferais mordendo alegremente asas de pato, pães quentes, ingerindo sal e açúcar aos montes. Uma velha senhora aninhava um peixe tão comprido quanto o braço dela e o erguia de vez em quando para poder lamber as escamas.

Clay quase disse alguma coisa, mas decidiu ficar quieto. *Eles vão descobrir*, decidiu, vendo outro homem consumir uma banana sem nem tirar a casca. *Em algum momento. Talvez.*

Moog estava aborrecido de novo. Olhava para o ettin ao lado do qual eles tiveram que esperar no dia anterior. Apesar de estar acorrentado pelo pescoço a uma pedra, Gregor sorriu e acenou. Depois de sussurrar alguma coisa no ouvido do irmão, Dane também acenou. O mago acenou em resposta e olhou de cara feia para Gabriel.

Gabe se mexeu e olhou.

— O quê?

O mago não falou nada.

— O quê?

Nada ainda. Mas o lábio inferior de Moog se projetou só um pouco.

Gabriel olhou para Clay, que deu de ombros.

— Tá bom. — Ele suspirou e se virou para Moog. — Vai dizer para Teresa que vamos alterar o acordo. O ettin vem com a gente.

* * *

O Clã Cara de Osso tinha mais um presente guardado para o bando, uma coisa especial. Depois de sobreviverem (ainda que sem *prosperar*) em Heartwyld por sabe-se lá quantas gerações, eles adquiriram um conhecimento amplo da geografia local. O filho do ancião, Jeremy, se ofereceu para acompanhá-los por vários dias na viagem para o oeste, e o jovem canibal, com a cabeça ainda rosada onde o cocô do macaco-fagulha tinha acertado, mostrou a eles os caminhos secretos conhecidos apenas pelo seu povo. Quando a trilha permitia, eles se deslocavam em uma corridinha brusca, e, graças à astúcia de Jeremy, conseguiram evitar as partes mais traiçoeiras da floresta.

O humor de Gabriel, que estava horrível quando saíram do vilarejo, foi ficando cada vez mais otimista com a passagem dos dias e conforme a crista baixa do Manto do Imperador foi virando um muro coberto de branco e se definindo em picos distantes e separados. Clay acabou aceitando a perda do navio voador. Embora a primeira parte do voo tivesse sido relativamente benigna, a tempestade serviu para mostrar como as coisas podiam mudar rápido... para outro lado ou para baixo. No chão, ao menos, eles não eram um alvo tão óbvio, e se alguma coisa *realmente* quisesse matá-los, teria que fazer isso do jeito tradicional.

Por fim, Jeremy parou no cume de uma colina que descia para o oeste e desaparecia em um mar de árvores lúgubres.

— TIKOO PADA PA KA! — falou o canibal, indicando a floresta abaixo e o caminho por onde eles tinham chegado.

— É até aqui que ele vem? — supôs Clay em voz alta.

Moog olhou para ele.

— Estou vendo que aprendeu um pouco do idioma.

Clay deu de ombros.

— Umas coisinhas aqui e ali — mentiu ele, e viu Matrick cobrir um sorrisinho com a mão.

Depois de Jeremy ir embora, Gabriel os levou para as árvores, embora a floresta onde eles entraram fosse bem diferente da que Dane vivenciava, hipnotizado como estava pela narrativa imensamente imprecisa do irmão. Quando contornavam poças de gosma tóxica, Gregor descrevia poças cintilantes de água cristalina. Quando se abaixavam para passar embaixo de galhos retorcidos com folhas venenosas, Dane caminhava embaixo de copas de carvalhos majestosos. De acordo com Gregor, e, portanto para Dane, o céu carvão era azul, a grama cinzenta era verde e o fedor de carcaça destruída que eles sentiam era, na verdade, o aroma de flores vividamente detalhadas.

Até os insetos eram descritos com gentileza. Durante o crepúsculo de certo dia, enquanto o resto do grupo atravessava um enxame de moscas-orc (chamadas assim porque eram *hediondas* se vistas de perto), Dane se maravilhou com a nuvem de brilhantes insetos da lua.

— Uau! — disse ele, sorrindo. — Queria poder vê-los!

— Eu é que queria poder vê-los — murmurou Clay, dando um tapa em alguma coisa na nuca.

O bando chegou a um brejo, e Gabe os fez atravessá-lo. A água alcançava a cintura e o piso era traiçoeiro. Mais de uma vez, Clay tropeçou no que esperava ser um tronco submerso, mas que devia ser uma carcaça podre. Sabbatha (como ele tinha finalmente começado a chamá-la em pensamento) pareceu enojada ao caminhar e tomou o cuidado de manter as asas acima da lama. Kit também segurou o sagrado batingting longe da lama.

O pobre Matrick tropeçou e caiu todo na água. Emergiu cuspindo e gemendo.

— Ah, meus deuses, entrou na minha boca.

Na névoa pesada, Clay confundia todos os galhos com o tentáculo de algum horror escondido, e quando algo enfim saiu da lama e foi para cima de Ganelon, ele quase ficou aliviado. O guerreiro logo cuidou do que quer que fosse. Depois de *Syrinx* cortar alguns membros agitados do corpo, a coisa fugiu e não voltou mais.

Seguiram em frente, e Clay começou a achar que parecia como antigamente: Gabriel liderando. Moog e Matrick rindo ou discutindo, muitas vezes as duas coisas ao mesmo tempo. Ganelon seguindo com o machado na mão, doido por uma luta. E Clay na retaguarda, desesperado para evitar qualquer tipo de conflito. Mas depois da sessão nostalgia, ele foi tomado de uma saudade excruciante da sua família. Sentia falta da esposa, da filha e do cachorro. Sentia falta do cheiro de casa, da sensação da cama. Sentia falta até de ficar de pé no muro o dia todo, olhando para o norte, para montanhas que nunca planejava atravessar.

Havia uma estrada do Velho Domínio que levava para longe do brejo. Era reta e ampla, e, apesar da sujeira que a cobria, as pedras encaixadas ainda estavam intactas. Depois de andar com água na cintura por várias horas, era uma bênção bem-vinda.

— Temos que dar o braço a torcer — disse Ganelon. — Os coelhos sabiam fazer uma estrada.

Sabbatha, atrás dele, testou a abertura da asa ferida e fez uma careta de dor.

— Ai. Espera, *coelhos*? — perguntou ela.

— É uma gíria para os druins — informou Kit. — E nem é uma gíria muito inteligente. Ah, mas você precisava ouvir como os druins chamavam os sulistas! — Ele pareceu prestes a descrever isso quando recebeu um olhar de soslaio de Ganelon. — Mas… acho que esqueci como era.

A daeva dobrou a asa torta por cima do ombro.

— Legal — disse ela — Então essa estrada tem tipo centenas de anos?

— Mais para mil! — disse Moog. — É provável que esse caminho tenha sido abandonado bem antes de o Domínio cair, e, quando o Imperador exilado veio para cá quatrocentos anos atrás, ele e os seus seguidores encontraram as ruínas de uma cidade outrora majestosa do outro lado.

— Você quer dizer Castia? — perguntou ela.

O mago riu.

— Quero dizer Teragoth, uma cidade druin, bem mais velha do que Castia, minha querida. Na verdade, foi o filho do primeiro Imperador de Grandual que fundou a República. Ele e os seus ancestrais construíram Castia do nada, e ouvi falar que dá para ver as ruínas da antiga Teragoth dos muros da cidade.

— Dá, sim — disse Kit.

— Você nunca foi lá? — perguntou a daeva a Moog, que balançou a cabeça.

— O máximo que já fomos ao oeste foram as montanhas. Nós caçávamos monstros, afinal, e na Terra Final, bem… a República tinha cuidado desse problema há muito tempo.

— Como assim?

Moog deu de ombros.

— Genocídio. Escravidão. Cidadania de segunda classe. O de sempre.

— Ainda assim — disse Kit —, a cidade é bem diferente de tudo que há no leste. Poucas fortalezas de Grandual suportariam um cerco como o que Castia aguenta agora. As muralhas são um milagre da engenharia, assim como as pontes. E a arena, chamada de Crucible, pode não ser tão ostentadora quanto o Maxithon e o Berço do Gigante, mas é uma coisa inegavelmente linda, apesar do seu propósito vulgar. No entanto, acredite em mim quando digo que, por mais linda que Castia seja ou fosse, Teragoth era ainda mais esplêndida.

— Foi o que você leu — disse Sabbatha.

A gargalhada do ghoul era semelhante ao som de pergaminho sendo rasgado.

— Foi o que *vi* — disse ele. — Nasci lá.

— O quê? Quantos anos você *tem*?

Kit pareceu um tanto ofendido.

— Como? Quantos anos você tem?

Sabbatha deu de ombros.

— Parei de contar aos dezesseis.

— Ah, bom, eu parei de contar aos *seiscentos* e dezesseis.

— É mesmo? — perguntou ela.

— É.

Eles andaram mais um pouco e a curiosidade de Sabbatha voltou a se manifestar.

— E como você se tornou um zum… — Ela fechou a boca antes que a palavra *zumbi* saísse, mas Kit bufou como se ela tivesse falado.

— Ela quis dizer morto — disse Matrick.

— Morto-*vivo* — esclareceu Moog.

— Ghoul — disse Ganelon, e quando todo mundo olhou para ele, o guerreiro deu de ombros. — Não é tão complicado assim.

— Exatamente — disse Kit, mexendo no lenço do pescoço. — Obrigado. Mas é uma longa história.

— E daí? — perguntou a daeva. — A estrada também é.

— Muito bem. — Kit tossiu uma vez para limpar a garganta e começou. — Nasci em Teragoth, que era governada por um Exarca druin chamado…

— O que é um Exarca? — perguntou Sabbatha.

— Hã… é uma espécie de duque ou governador… só que druin.

— Entendi.

O ghoul coçou a ferida na parte de trás da cabeça.

— Onde eu estava? Ah, sim: Firaga, nosso Poderoso Exarca, Descendente de Tamarat…

— Quem?

— Tamarat — repetiu Kit e, como Sabbatha continuou sem entender, ele deu um suspiro. — A deusa druin? Não te ensinaram nada no vilarejo de fim de mundo de onde você veio?

As penas nos ombros dela tremeram de irritação.

— Me ensinaram o suficiente — respondeu ela de forma ríspida, e Clay, que também nunca ouvira falar de Tamarat, fez uma oração desesperada para os deuses de Grandual que estivessem encarregados de proteger ghouls debochados da ira de daevas furiosas.

Felizmente, Kit prosseguiu sem comentar mais nada.

— Meus pais eram escravos…

— Escravos?

Agora foi a vez do ghoul de se irritar.

— Você quer ouvir a história ou não?

— Quero — disse Sabbatha. — Desculpe. Não vou mais interromper, prometo.

As pálpebras de Kit tremeram no que Clay interpretou como descrença.

— Vamos ver — disse ele com cautela. — Preciso esclarecer, claro, que, naquela época, humanos e monstros eram escravos dos druins. Os humanos, inclusive os meus pais, costumavam ser servos, enquanto os nossos irmãos bestiais executavam tarefas mais pesadas, como quebrar pedras e construir coisas. No entanto, apesar das nossas obrigações, tínhamos uma liberdade excepcional… ao menos até a guerra começar e os Exarcas começarem a jogar exércitos de monstros furiosos uns contra os outros. E não se atreva a perguntar "Que guerra?" — falou ele, antecipando a daeva. — Estou vendo a questão na ponta da sua língua! Vou dizer que guerra em algum momento.

— Ou você pode pular para a parte em que se tornou imortal — sugeriu ela.

— Mas aí vai perder todo o *contexto* — reclamou Kit.

— Acho que a estrada não é *tão* longa assim — observou Clay.

— Tá bom. — O ghoul suspirou. — Em nome da brevidade, vou resumir a história encantadora da minha juventude rebelde, omitindo a minha descoberta e o subsequente domínio do batingting, ignorando o meu heroísmo musical na guerra contra Contha e as suas implacáveis legiões de golens…

— Heroísmo musical? — Clay ouviu Ganelon murmurar baixinho.

— … e continuar a história depois de eu ter sido designado como Músico da Corte de ninguém além do próprio Firaga. Agora, antes que imaginem um cenário louco em que obtenho a imortalidade vendendo a alma a um necromante ou comendo a neve de um pico de montanha, devo avisar que a causa em si é bem mundana. Constrangedora, até. Fui bicado por um pavão.

Nesse ponto, até Gabriel inclinou a cabeça de interesse. Dane deu risadinhas e sussurrou alguma coisa no ouvido do irmão que soou bem parecido com "Que idiota".

— Está vendo? Falei que era estúpido. Claro que *não era* um pavão, mas o guardião do zoológico pessoal do Exarca o confundiu com um, e eu também. É que eu entrava no palácio à noite e… entretinha a linda esposa de Firaga. Eu cantava para ela, tocava alguma canção doce no batingting e muitas vezes a divertia com um… instrumento mais pessoal, se é que me entendem.

— Ah, agora está ficando bom — declarou Matrick, o que Clay achou estranho vindo de um homem que fora traído em pelo menos cinco ocasiões que ele soubesse e provavelmente incontáveis outras.

Kit prosseguiu.

— Quando o marido dela chegava, ela me levava até uma porta secreta que dava a um jardim particular, e, em uma dessas ocasiões, enquanto me escondia nas árvores artificiais da floresta fraudulenta do Exarca, meu caminho se cruzou com o do "pavão" em questão. Confesso que tinha ingerido uma quantidade grande de vinho mais cedo e estava, àquelas alturas, bêbado pra caralho. E, no que acabou sendo a primeira de duas péssimas ideias, tentei fazer carinho no pavão, e ele me bicou.

— Qual foi a segunda péssima ideia? — perguntou Sabbatha.

— Matar ele — declarou Kit. — Bati na porra da ave com o meu batingting favorito, que, por acaso, fora presente do próprio Exarca. Mas a minha satisfação durou pouco, porque a ave não era um pavão, no fim das contas. Era uma fênix.

Matrick riu.

— O quê?

— Uma fênix muito, *muito* velha. Juro por cada olho de Tamarat que a aparência não é nada parecida com a que você esperaria.

— Inacreditável — disse Moog.

— A fênix é aquela que renasce das cinzas? — perguntou Sabbatha.

— Tecnicamente, sim — responde o ghoul. — Mas *explode* das cinzas seria uma descrição mais precisa do método de renascimento daquela. Ela botou fogo no jardim todo e saiu voando que nem um cometa. Fui obrigada a voltar pela porta secreta, para o quarto de Firaga.

— Uau — disse Matrick.

— *Isso* que é história — declarou Moog.

— E o que Firaga disse quando você contou a ele? — perguntou Sabbatha.

— O Exarca? — Kit levou os dedos cinza-esverdeados ao corte no pescoço, escondido pelo lenço vermelho de seda. — Ele me matou, é claro.

CAPÍTULO TRINTA E SETE

O VENDEDOR DE SUCATA

A velha estrada druin levava, presumivelmente, a um velho forte druin. O local estava em ruínas, mas não daria para saber ouvindo Gregor descrever o ambiente para Dane.

— Ameias enormes! — disse ele sobre os muros que não passavam de destroços até a altura do joelho. — Uma torre antiga tão alta que seu topo se perde nas nuvens! — Foi o que ele falou sobre os restos de uma construção de dois andares envolta em um manto de líquen marrom. Havia também uma estátua no meio de um chafariz seco. Estava sem cabeça, os dois braços tinham sido quebrados e não restava detalhe algum que a caracterizasse de um pedaço de pedra qualquer. — Ah, queria que você visse, Dane! O chafariz está cheio de peixinhos-dourados. Parecem moedas até começarem a nadar rapidamente. E a estátua é tão magnífica! Lisa como pedra da lua, o rosto tão severo e nobre que acho que devia representar um Exarca do Domínio.

— Ou um grande guerreiro! — sugeriu Dane.

Gregor riu.

— Ah, está coberto de razão! Há uma espada no quadril dele.

— Posso tocar nela, Gregor?

— E sujar a água limpa com os nossos pés imundos? Ora, irmão, vamos explorar um pouco, que tal? — Dane concordou com avidez, e o ettin saiu andando por baixo de um arco destruído.

Moog balançava a cabeça enquanto os via se afastando.

— Aqueles dois… — murmurou ele.

O bando se espalhou pelo pátio decrépito. Matrick se acomodou no chão e tirou as botas, e cada uma delas despejou uma torrente de água do brejo e pedras lamacentas ao ser virada. Ganelon se encostou em um muro e fechou os olhos. Moog e Kit começaram uma discussão animada sobre arquitetura druin, enquanto Sabbatha pedia licença, passava por uma abertura no muro e sumia na floresta. Gabriel a viu se afastar, a desconfiança óbvia no rosto.

Clay tirou o *Coração Negro* das costas e massageou os músculos duros do ombro. Suas costas estavam doendo muito, e uma dor penetrante no seu quadril esquerdo descia pela perna a cada passo que ele dava. Suas botas estavam encharcadas, e Clay encolhia inconscientemente os dedos dos pés enquanto andava, e, por isso, eles também doíam.

Você está ficando velho, Cooper, pensou. *E se acha que botas molhadas e uma estrada velha e rachada são o pior dos seus problemas, espere só até chegar naquelas montanhas…*

Gabriel o observava com preocupação.

— Está com dor nas costas? — perguntou.

Clay percebeu que estava com uma careta no rosto e fez o melhor possível para transformá-la em sorriso.

— Estou com dor em tudo — respondeu ele.

Gabe riu.

— Sinto falta de dormir em uma cama — refletiu Gabe.

Clay cometeu o erro horrível de se imaginar em uma cama, o corpo quente de Ginny encostado no seu. Ele quase sentiu a curva do quadril dela sob sua mão, as cócegas que os cabelos dela faziam quando roçavam no seu nariz. Lembrou que antigamente isso o incomodava, mas ele daria qualquer coisa agora para sentir aqueles cabelos fazendo cócegas nele, inspirar o cheiro dela e expirar puro contentamento. Ele rememorou a forma das costas dela, uma harpa na qual os seus dedos tocavam uma música que era só dela.

— Sinto falta da minha torre — disse Moog, olhando para cima. — E das minhas aranhas. E de ter um teto.

Matrick suspirou.

— E eu sinto falta dos meus filhos — disse ele, parecendo um pouco surpreso. — Não pensei que isso fosse acontecer. Eu os amo e tudo mais, e claro que tive a minha participação na criação deles, mas eles não eram…

— Seus? — perguntou Moog.

— Sim, isso mesmo. — Matrick botou as botas para secar e tirou as meias, torcendo água marrom de ambas. — Mas *eles* não sabem que a mãe deles… bem…

— É uma piranha? — disse o mago.

Matrick pareceu afrontado.

— Estava tentando me matar. E ela ainda é minha esposa, veja bem. Além do mais, Lilith não é uma… — Ele engoliu em seco e arrumou o cabelo. — Ela só estava… insatisfeita. Ela achava que eu era um herói importante, né? Ousado, e impetuoso, e tal. Mas eu só fiquei…

— Gordo? — ofereceu Moog.

— Bêbado? — disse Ganelon.

Matrick fez cara feia para os dois, até que o mago adivinhou de novo.

— Velho! É velho, não é?

— Que o Pagão apodreça as bolas de vocês — disse Matrick educadamente. — E, sim, fiquei velho. E gordo. E me embebedei quase todos os dias do nosso casamento. Alguém fica surpreso de ela se ressentir de mim?

Gabriel fez um ruído de deboche.

— Ela tentou matar você, Matty. *Ainda* está tentando, lembra? — Ele olhou na direção para onde Sabbatha fora.

— Sim, bem, é um tanto extremo, claro — admitiu Matrick. — Mas mesmo assim. Eu devia ter sido um marido melhor. Devia ter bebido menos, comido menos, trepado menos por aí. Fui um rei meia-boca, um marido de merda, e agora… — Seu olhar percorreu o círculo de amigos e voltou para os pés descalços, como se ele estivesse cercado de espelhos de recriminação. — O que os meus filhos vão pensar de mim? — murmurou ele.

Antes que alguém pudesse oferecer alguma palavra de consolo, eles ouviram um grito seguido de outro. O primeiro foi de Sabbatha, um berro de surpresa. O segundo pertencia a um homem que entrou tropeçando no pátio, desesperado para fugir da reação evidentemente violenta da daeva ao ser pega desprevenida.

Ele usava uma veste com capuz que pareceu mudar de verde para cinza quando entrou no forte. O tronco estava cheio de bolsas, sacos e sacolas pendurados e havia um cajado de madeira branca preso nos ombros, com panelas de latão e decantadores lustrosos pendurados, que estalavam e tilintavam enquanto fugia de Sabbatha. Ela apareceu voando pela abertura no muro externo. A asa quebrada não estava toda aberta, mas funcionou bem o suficiente para lhe permitir um pairar ameaçador. Seu rosto estava lívido. Ela segurava um pedaço da armadura do homem em uma das mãos, e Clay se perguntou o que Sabbatha estava fazendo no momento em que o pobre homem a interrompeu.

O recém-chegado se afastou dela o mais rápido que pôde. Tropeçou nas botas de Matrick, mas se recuperou a tempo de passar habilmente entre Moog e Kit. Talvez também teria conseguido se desviar de Ganelon, mas o guerreiro esticou o braço e o homem se chocou diretamente nele, caindo de costas no chão e batendo a cabeça na pedra coberta de musgo.

— *Solusutholon! Usutholosulo!* — gritou ele.

Clay parou com a mão no cabo da arma. *Esse idioma...*

Gabriel se colocou entre o homem encapuzado e Sabbatha. A daeva se conteve com um rosnado. As manoplas com garras se fecharam e ela encarou Gabriel, e Clay se perguntou mais uma vez se a surpresa e a raiva repentina tinham trazido de volta as lembranças que ela perdera na tempestade, mas uma pena preta flutuou entre eles, atraindo o olhar dela, e a fúria nos seus olhos se apagou.

— Ele me deu um susto — disse ela, com timidez. — Achei que era um... — Ela fez uma pausa e olhou melhor. — Espera, o que ele é?

Gabriel virou a cabeça para ela.

— É um druin.

— Não *aquele* druin? — perguntou Ganelon, olhando para o homem.

— Não — disse Gabe.

O druin olhou de um para o outro com curiosidade.

Clay deu um passo à frente para oferecer a mão ao sujeito. O druin tirou o cajado de madeira dos ombros antes de pegar a mão dele. Seu aperto era forte, mas os ossos pareciam delicados, como o esqueleto de um animal que Clay tinha medo de esmagar.

— *Dosulon*, amigo.

Clay assentiu.

— *Noluso* — respondeu ele, o que certamente tinha como tradução "de nada", mas também podia ser "pão de queijo". Druic era um idioma traiçoeiro, e já fazia décadas que ele não tinha oportunidade de treinar.

O druin ofereceu a Clay um sorriso de dentes afiados enquanto tirava o capuz. O cabelo era longo e fino, e caía como um pano prateado sobre os ombros magros. Um par de orelhas azul-acinzentadas com tufos de pelos saíam do alto da cabeça. Estavam danificadas e maltratadas, mas ainda firmes. Alguns dos druins mais velhos que Clay conhecera, inclusive Vespian, tinham orelhas caídas como as de um cachorro. Os olhos daquele eram amendoados, com pupilas de lua crescente em uma íris laranja. Eram os olhos de um predador, apesar de aquele sujeito não parecer particularmente ameaçador.

— Você também me assustou — falou o druin para Sabbatha no idioma comum. Seus olhos se demoraram por um momento nas penas sobre os ombros dela antes de ele se dirigir aos outros. — Não vejo muitos humanos por essas partes, como podem imaginar.

— Como devemos chamá-lo? — perguntou Clay. Desde a queda do Domínio, os druins se tornaram um povo basicamente nômade. Eles usavam nomes como capas, muitas vezes trocando-os por outro novo.

O druin se animou.

— Eu me chamo Sombra.

— E o que está fazendo aqui? — perguntou Gabriel.

— Sou catador — respondeu. — Ou vendedor de sucata, como acredito que seja como vocês nos chamam. Coleto o que consigo encontrar por aí: armas velhas, pedaços de armadura, peles, chifres, ossos. E vendo em Conthas ou Castia, onde tiver chance de um lucro maior.

Moog passou a mão pela parte careca da cabeça.

— Bem, eu não visitaria a República tão cedo. Tem uma Horda fazendo um cerco em Castia. — Ele lançou um olhar de pena para Gabriel antes de acrescentar: — Não parece estar indo bem.

As orelhas do vendedor de sucata murcharam como uma flor que morreu de sede.

— Ah. Então ele fez mesmo.

— Ele? — Gabriel fez uma expressão de desconfiança. — Você conhece Lastleaf?

Sombra assentiu.

— Claro. Ele e eu fomos como irmãos tempos atrás, antes... — Sombra balançou a cabeça como quem quer disfarçar um pensamento perturbador. — Mas Lastleaf mudou e não é mais amigo da nossa espécie. Ele passou anos incitando uma rebelião na Terra Final, forjando alianças e se envolvendo com poderes sombrios, incitando os habitantes de Heartwyld a um frenesi.

— Ele odeia mesmo a República — disse Matrick.

— Não só a República — informou o druin. — Lastleaf despreza qualquer um que trata mal as criaturas, e a Grandual do presente é tão culpada disso quanto Castia sempre foi. Temo que o que está acontecendo na Terra Final seja apenas o começo. Desconfio que ele planeje abrir os Portais.

Moog balançou a cabeça.

— Impossível.

— O que é um Portal? — perguntou Sabbatha.

— Os Portais eram passagens que permitiam que o Domínio atravessasse grandes distâncias com um único passo — explicou Moog. — Magia druin, elaborada ao extremo. Eram três, pelo que li. Arcos enormes, tão amplos que uma carraca conseguiria atravessar. Um ficava no oeste, perto de Teragoth, outro em Grandual, mais precisamente em Kaladar, e o terceiro ficava em algum lugar do leste, mas não sei bem onde.

— Antica — disse Kit.

Matrick riu com deboche.

— Antica? — Ele olhou para Moog. — A ilha sobre a qual a velha Doshi não conseguia calar a boca? Antica é real?

— Antica era real — garantiu Kit. — Na verdade, o Portal de lá ainda está intacto. Mas ambos estão no fundo do mar e a cidade está infestada de sereianos.

— Serei... *anos*? — perguntou Matrick.

— Por acaso você achava que o povo era só feito de mulheres?

— *Claro* que eu achava! *Todo mundo* acha.

— Com licença — interrompeu Sombra. Ele indicou a espada presa nas costas de Gabriel. — Isso aí é a... *Vellichor*?

— Sim — confirmou Gabe.

A reverência do druin pela arma era evidente.

— A espada usada pelo próprio Vespian para abrir caminho entre mundos…

— É o que dizem — murmurou Gabriel.

— Confesso que fiquei… decepcionado de ouvir que o Arconte a entregou a um humano, mas você parece digno dela. Teria sido uma pena que um tesouro desses tivesse se perdido ou caído nas mãos de alguém que não merecesse o legado da espada.

A garganta de Kit fez um som gorgolejante quando ele a limpou.

— Tipo um catador.

Sombra não deu atenção alguma ao ghoul.

— Posso vê-la? — perguntou ele.

Gabriel abriu um sorriso cauteloso.

— Talvez depois.

Sua resposta pareceu satisfazer o vendedor de sucata.

— Vão passar a noite aqui? Venho a este forte sempre que passo pelo Pântano dos Ossos. É um abrigo tão seguro quanto se pode encontrar no Wyld.

Gabriel olhou para cima e espiou além das ameias em ruínas, observando o céu que escurecia acima.

— É o que parece.

CAPÍTULO TRINTA E OITO

TAMARAT

— Esses Portais — falou Sabbatha —, eles estão quebrados, não é? Senão, por que não usar o de Kaladar pra chegar em Castia em vez de andar até lá?

Eles tinham acendido uma fogueira no pátio e dividido o que sobrara da comida que Gabriel sabiamente obtivera em Conthas antes de partirem. Assim como aconteceu em todas as refeições desde que deixaram o vilarejo Cara de Osso para trás, Moog ficou emburrado, lamentando a perda do chapéu encantado. A pergunta da daeva removeu a atmosfera de melancolia em um instante.

— Bom, os Portais não estão exatamente quebrados — informou o mago. — Eles só... não funcionam mais.

— Então estão quebrados — declarou Ganelon, recebendo uma cara feia de Moog e um sorrisinho cúmplice de Sabbatha.

Clay se deu conta de que já fazia dias que não sentia a força da atração natural da daeva. Até onde conseguia perceber, nenhum dos outros havia sido afetado também. Ele achava que Gabriel estava concentrado demais em Rose para se importar. Matrick tinha medo dela, e a daeva não era exatamente do interesse de Moog. E Ganelon... bom, o guerreiro não era particularmente suscetível a encantos. De fato, era capaz de recusar uma súcubo nua, se precisasse... Clay já o tinha visto fazer isso, na verdade.

— Bem. — O mago olhou para Kit. — Me corrija se eu estiver errado, mas acredito que cada Portal exige uma chave de pedra, sem a qual é impossível abri-lo.

— Deixa eu adivinhar: as chaves estão perdidas?

— Sim, estão — disse Moog —, senão já teríamos ido e voltado de Castia.

— E uma Horda de Heartwyld estaria saindo do Portal em Kaladar — falou Ganelon.

O mago balançou a cabeça.

— Bom, sim, isso também. Então acho que até foi para o melhor.

Gabriel, sentado de pernas cruzadas perto do fogo com *Vellichor* no colo, olhou por cima do ombro para Sombra.

— Você disse que Lastleaf pode tentar abrir o Portal perto de Teragoth. Como?

— Tecnicamente falando — disse o druin —, nem todas as chaves estão perdidas.

O vendedor de sucata estava ajoelhado perto de um vão em uma muralha da fortaleza, batendo a pederneira acima de um talismã feito de gravetos quebrados. Ele tinha espalhado vários em aberturas semelhantes da área, alegando que a fumaça (e sem dúvida uma dose de magia druin) afastaria os predadores. Quando observou o fogo, seus olhos brilharam como os de um animal na escuridão.

Moog esticou o pescoço para encarar o druin.

— Não?

Sombra terminou de acender o último talismã e voltou para o acampamento. Ele passou longe de Gregor e Dane, e Clay se perguntou se era porque o ettin era um monstro ou porque Dane, depois de ouvir o irmão descrever as orelhas do druin mais cedo, tinha rido e perguntado: "Que nem as de um coelhinho?" Ao que Gregor tinha respondido: "Isso mesmo!"

Sombra se posicionou no chão entre Sabbatha e Matrick. Suas vestes mudavam de cor conforme ele andava, Clay tinha certeza disso agora. Perto do fogo, ficavam no tom de cinzas velhas, pontilhadas de azul e laranja-pálido.

Ele remexeu em uma das suas dez bolsinhas enquanto falava.

— Bem, a chave de Antica se perdeu quando a cidade foi tomada pelo mar, e a chave do Portal de Kaladar estava na mão do Exarca daquela cidade quando um drake-escória o engoliu, então podemos supor que também foi destruída.

Uma avaliação segura, refletiu Clay. Ele só vira um drake-escória uma vez, e se pedissem para descrevê-lo, Clay talvez dissesse que era algo entre um lagarto enorme e um pequeno vulcão: pele como pedra fervida por fogo e uma boca que se abria em um inferno e que arrotava bolas de magma capazes de desintegrar aço. Então, sim, era tranquilo dizer que aquela chave específica (assim como o Exarca que a estava segurando) já era.

Moog se inclinou para a frente como uma criança ouvindo uma história.

— E a última? — perguntou ele.

O druin suspirou. Puxou um punhado de coisas que pareciam ser sementinhas pretas e as separou com um dedo pálido.

— Dizem que a chave de Teragoth ainda está intacta, mas botar as mãos nela seria um pouco… problemático.

— Por quê? — perguntou Ganelon.

— Porque ainda está *em* Teragoth — disse Sombra, mostrando os dentes irregulares. — Assim como Akatung.

Matrick piscou.

— Você disse Akatung? O *dragão* Akatung?

— O próprio — disse Sombra. Ele espalhou as sementes no fogo, que estouraram com ruídos baixinhos e espalharam uma fumaça de aroma adocicado.

Moog franziu a testa ao ouvir isso, mas os pensamentos dele estavam em outro lugar.

— Achei que a gente tivesse matado ele.

— Só machucamos — murmurou Clay. Ele se lembrava de ter contado a mesma coisa para Pip e seus amigos no King's Head no que parecia um século antes.

— Eu enfiei *Vellichor* no maxilar dele — disse Gabriel.

— Eu fiz um corte feio nele — falou Ganelon. — Ele segurava suas entranhas quando saiu voando.

Sombra pareceu adequadamente impressionado.

— Bom, as… entranhas dele, como você diz… voltaram para dentro do corpo, infelizmente. Ele se recolheu em Teragoth, onde vive no interior do santuário de Tamarat.

Sabbatha franziu a testa.

— Mas Teragoth não fica a uma distância visível de Castia? Por que não mataram o dragão e pegaram a chave de volta?

— Porque Akatung é imensamente poderoso — disse o vendedor de sucata. — E eles não ousam arriscar a ira dele. As muralhas de Castia são altas, fortes e bem-defendidas, e foi por isso que nem o dragão e nem a Horda de Lastleaf o ultrapassaram. Mas, se provocado, Akatung destruiria os povoados menores, e, portanto, eles têm uma trégua inquieta.

As duas cabeças do ettin bocejaram ao mesmo tempo. Clay sentiu o odor do bafo fétido de Dane e fingiu coçar uma coisa embaixo do nariz.

— Boa noite, Gregor — murmurou Dane.

— Boa noite, Dane — respondeu o irmão. Os dois pegaram no sono na mesma hora, um roncando na cara do outro.

Gabriel olhou para a escuridão ao redor. Havia sombras em volta dos seus olhos afundados.

— Então a chave faz parte do tesouro de Akatung?

O druin abriu as mãos.

— Em teoria. Poucos viram um tesouro de dragão e viveram para descrevê-lo.

Poucos mesmo, pensou Clay. Ele conhecera alguém que tinha. Uma das antigas bardas havia entrado para o bando sem contar que roubara uma coisa preciosa do tesouro de Akatung. O restante do grupo descobriu isso da pior maneira, quando o dragão partiu do nada para cima deles como um tufão com escamas. Pelo menos, conseguiram afastá-lo e o feriram mortalmente no processo. Ou era o que pensavam.

A barda morreu, claro. Como costumava acontecer.

— É evidente, acredito — disse Sombra —, que, se Lastleaf conseguir coagir o dragão a lhe entregar chave de Teragoth…

— Ele poderia botar a Horda no coração de Grandual antes que qualquer pessoa pudesse impedi-lo — falou Matrick, concluindo. As ruínas de Kaladar ficavam a um dia de viagem do Castelo de Brycliffe; a capital de Agria provavelmente seria o primeiro alvo.

— Fale mais sobre Lastleaf — pediu Gabriel para o druin. — Quando conheci Vespian, ele estava caçando o filho, dizendo que Lastleaf tinha roubado uma coisa dele. Uma coisa perigosa.

Sombra repuxou os lábios.

— *Tamarat*.

Gabe fez uma pausa.

— A deusa?

— A espada — respondeu o druin. — Batizada em homenagem à deusa perdida dos druins. E, sim, Lastleaf a pegou do pai. Ele ainda a carrega, em uma bainha cor de osso nas costas.

Clay se lembrava de ter visto a espada em Lindmoor e também na mansão da górgona. Das três lâminas que o druin carregava, era a única que ainda não havia sido desembainhada na frente dele.

— O que essa espada tem de tão especial? — perguntou Clay, trocando um olhar com Gabriel. — O Arconte parecia bem desesperado para encontrar ela.

Sombra observava o fogo. A luz oscilou nos seus olhos e cintilou nos seus dentes quando ele falou.

— Vespian era, entre outras coisas, um grande feiticeiro e um artesão inigualável. Ele criou armas de poder formidável, em sua maioria espadas. Vocês conheceram Lastleaf, imagino? Viram as outras espadas nas costas dele?

— Sim — disse Clay, que ficara curioso sobre o trio de bainhas do druin desde o Conselho das Cortes.

— Uma se chama *Desdém* — disse o druin —, que o Arconte fez para Lastleaf quando ele atingiu a maioridade. É... uma arma volátil, capaz de grande destruição. A outra é *Madrigal*, a espada cantante, um presente de Vespian para a Exarca de Askatar.

— E a Exarca de Askatar... deu para ele? — perguntou Matrick, embora o tom da sua voz sugerisse que ele já sabia da verdade.

— O nome dela era Nyro, embora ela tenha passado a se chamar Sourbrook depois da queda do Domínio. Era uma das observadoras mais eficientes de Vespian, e, certo dia... e lembrem-se de que isso foi há várias centenas de anos atrás... ela encontrou o que o Arconte a mandara procurar. Tentou, então, capturar Lastleaf, mas ele a matou e pegou a arma para si.

Clay não se esquecera da segunda espada, *Madrigal*, tocando como um sino quando Lastleaf a puxou no Maxithon. Ele se perguntou quantas outras armas do Arconte sobreviveram à queda do Domínio e se o machado de Ganelon não era uma delas.

Sombra esticou a mão para coçar atrás de uma longa orelha.

— *Vellichor*, claro, continua sendo a sua criação mais impressionante. Foi usada, como sem dúvida já sabem, para abrir uma porta pela qual os druins, meus ancestrais, escaparam da ruína do seu próprio reino.

Clay nunca soube se devia acreditar naquilo, apesar de não conseguir pensar em uma explicação melhor para o mundo que ele muitas vezes via na lâmina de *Vellichor*. Percebeu, então, que era incapaz de continuar duvidando.

— Mas, neste novo mundo, fomos afligidos por uma maldição paradoxal: éramos imortais no sentido de que não poderíamos morrer exceto através de atos violentos, mas nossas mães só conseguiriam dar à luz um único filho por vida. Nossa população foi diminuindo. Um a um, fomos acabando, fomos apagados como velas ao vento, uma raça inteira destinada a virar fumaça e desaparecer para sempre. Contudo, esse é o destino de toda chama. — O druin abriu um sorriso triste. — Consequentemente, crianças druin são especialmente preciosas, e Vespian ficou felicíssimo quando sua esposa, Astra, anunciou que estava grávida. No devido tempo, ela deu à luz uma filha.

— Espera aí — disse Sabbatha. — Lastleaf não é filho de Vespian? Como ele pôde ter dois filhos? Ele teve duas esposas?

Kit levantou as mãos, exasperado.

— Boa sorte para contar uma história perto dessa aí — disse ele para Sombra. — As interrupções são constantes! Ela não tem paciência nenhuma para a exposição dramática.

As orelhas do druin se esticaram para o lado, pensativas.

— Sendo justo, ela é mortal, e nós não. A vela dela queima bem mais depressa que a nossa.

O ghoul levou um dedo aos lábios pálidos e ponderou.

— Tem razão — disse ele.

— Continue — pediu a daeva, e, quando Kit lançou um olhar irritado na sua direção, ela levantou as mãos. — O que foi? Você escutou o que ele disse! Minha vela está queimando mais depressa e tudo o mais.

Sombra prosseguiu.

— Infelizmente, Astra faleceu pouco depois de dar à luz a filha. É raro entre a nossa espécie, mas não é inédito. O Arconte ficou fora de si, enlouquecido pela dor, em desespero por uma eternidade sem a amada esposa ao lado. E, no desespero, fez uma coisa horrível, que modificou este reino para sempre e ainda pode ser a destruição dele.

Gabriel apertou os olhos.

— *Tamarat*.

— Vespian não investia tanto poder em uma arma desde *Vellichor*, e acredito que ele pagou um preço alto quando a fez, pois depois ficou… diferente. Mais sombrio, como vão ver. Afinal, o propósito da nova espada era único e singularmente maléfico: se usada para tirar a vida de um druin, e *apenas* de um druin, poderia ressuscitar a mulher para quem tinha sido feita.

— Pelos fios da minha barba — sussurrou Moog. — *Necromancia!*

— Exato — disse Sombra. — E, nas garras da loucura, ressentido pelo que a vida da criança lhe custara, e talvez, é preciso dizer, para manter a natureza da abominável arma nova em segredo… o Arconte usou a espada na sua filha bebê…

— Mentiroso! — A mão de Gabriel foi instintivamente até o cabo da *Vellichor*.

— Deixe-o terminar! — gritou Ganelon.

Gabriel fitou Clay com súplica nos olhos. Clay desejou poder cancelar o que ouvira sobre um druin que pensava ser um homem nobre e só conseguiu dar de ombros.

— A gente devia escutar o que ele tem a dizer, Gabe.

Por um momento longo e tenso, pareceu que Gabriel ia mesmo puxar a espada, mas então o guerreiro respirou fundo e afastou a mão, entrelaçando-a com firmeza na outra.

— Continue — disse ele ao druin.

— Nem preciso dizer que Astra também estava diferente. Ela desprezava Vespian por ter sacrificado sua filha. Ficou abatida, e meses depois da ressurreição, não aguentou mais o peso da dor e tirou a própria vida. Mas Vespian… Vespian a trouxe de volta. E quando ela se matou pela segunda vez, ele usou a lâmina amaldiçoada para ressuscitá-la de novo. E de novo, e de novo ela foi reavivada, até que… — Ele parou de falar.

— Até que? — disse Sabbatha.

— O que voltou não era Astra. Não mais. A mulher com o corpo dela estava mais fria, indiferente à beleza, à dor e ao amor. Ela também se envolveu com necromancia e começou a praticá-la sem escrúpulos. No começo, Astra só revivia coisas triviais: flores, pássaros, insetos. Os próprios druins são tipicamente imunes a esse tipo de magia, e é por isso que *Tamarat* existe, mas ela logo estava trazendo servos amados de volta do túmulo, ou um escravo que tinha caído morto de exaustão.

"Àquela altura, o comportamento errático de Astra e a disposição do Arconte de sacrificar o seu povo estavam provocando inquietação por todo o Domínio. Pouco tempo depois, Vespian perdeu o controle dos Exarcas. Eles se rebelaram contra ele e uns contra os outros, e assim começou a guerra que seria o fim dos druins. Porém, nesse meio tempo, como que por milagre, Astra anunciou que estava esperando um segundo filho.

Sabbatha, claro, se intrometeu.

— Mas você disse...

— Um filho *por vida*. — Sombra levantou o dedo em repreensão. — E parece que a volta da morte contou como uma segunda vida. Ela deu à luz um filho.

— Meus deuses... — Moog estava segurando a cabeça como se estivesse com medo de ela se partir.

O vendedor de sucata assentiu.

— O garoto cresceu com saúde frágil e estranho. Era um pária desde o momento que nasceu. Ele amava e temia a mãe, mas desprezava o pai pelo mal que tinha feito. Então roubou *Tamarat* de Vespian e fugiu para Heartwyld, para que o ciclo da horrenda semivida da mãe pudesse enfim ser rompido.

Gabriel estava com os olhos baixos, fixados na espada que herdara, a lâmina um estilhaço de um mundo em pedaços.

— Essa história... — Matrick estava coçando os pelos grisalhos no queixo. — É familiar, não? Parece que já ouvi em algum lugar, mas contada de um jeito diferente.

— Ou cantada — disse Kit enigmaticamente, como se tivesse chegado à conclusão que Matrick estava tentando encontrar antes dele.

O sorriso de Sombra era o de um pai benevolente ou de um padre gentil, o que tornou o que ele disse em seguida ainda mais irônico.

— Imagino que sim. na verdade, vocês já conhecem os nomes dos filhos malfadados de Vespian. A filha, Glif. O filho, Vail.

Glif… Vail.

Clay sentiu a boca ficar seca. Um vazio que ele não sabia ter dentro de si se abriu, amplo como um abismo, fundo como a escuridão entre as estrelas, quando a sua mente, girando, deu nomes, nomes *druins*, aos ditos deuses de Grandual.

Vespian, o Senhor do Verão. Astra, a Rainha do Inverno. Glif, a Donzela da Primavera. Vail, o Filho do Outono, também conhecido como Pagão.

O Pagão… Lastleaf.

— Não — disse ele e ouviu a si mesmo gemendo quando alguma coisa no fogo estalou e exalou fumaça.

Clay nunca fora um homem particularmente religioso. Fazia orações de forma infrequente e para ninguém em particular. Mas saber que os deuses do seu povo não eram apenas um mito, mas um mito derivado das vidas sórdidas de uma raça antiga que antes os escravizava… até a mente mais pragmática hesitaria em aceitar uma coisa assim.

Um longo silêncio se espalhou pelo acampamento, enquanto cada um digeria (ou ao menos tentava) as implicações da história de Sombra.

Moog fungou, sentou-se e espiou a escuridão fora do círculo.

— Mais alguém está sentindo esse cheiro?

— Cheiro de quê? — perguntou Gabe, despertando de um estado de estupor.

Sabbatha abafou um bocejo.

— O ettin peidou, acho.

Moog balançou a cabeça.

— Não, é uma coisa que eu… não consigo identificar…

Gabriel colocou as mãos na bainha de *Vellichor*.

— Mesmo assim — disse ele por fim —, Lastleaf foi longe demais. Não podemos permitir que ele destrua Castia. E se ele abrir aquele Portal, pode ameaçar toda Grandual.

Sombra assentiu. O druin também parecia mergulhado em pensamentos.

— Exatamente.

Outra coisa estalou no fogo e outra pluma de fumaça subiu, azul-esverdeada no preto da noite. Clay viu que Matrick dormia sentado, o queixo no peito, já babando.

De repente, Moog se levantou.

— FLOR DO SONO! — gritou ele. — ACORDEM! ACORDEM! — Ele pegou uma colher e uma panela de cobre e começou a bater uma na outra, andando em círculo pelo acampamento.

Matrick acordou com um pulo, as adagas girando nas mãos. Sabbatha também tinha adormecido e agora observava ao redor, os olhos arregalados. Gregor e Dane continuaram dormindo, inabalados pela barulheira repentina.

Gabriel ajeitou a coluna, piscando.

— Moog, o quê…

— Foi ele! — Moog apontou para Sombra. — As sementes que jogou no fogo! Flor do Sono! Eu sabia! Eu sabia, sabia que sabia! Ele está tentando matar a gente!

Sombra abriu as mãos.

— As sementes são inofensivas — declarou o druin. — Só achei que vocês precisavam de um sono tranquilo.

Ganelon se levantou como uma torre negra se erguendo. Estava com *Syrinx* na mão, que brilhava, sussurrando palavras insondáveis para a noite na floresta, e balançou a cabeça para se livrar do feitiço do druin.

— Porra nenhuma.

O vendedor de sucata permaneceu sentado, apesar de Matrick e Sabbatha terem se afastado dele. Mas Sombra sorriu, os dentes pontudos pintados de vermelho pelo fogo.

— Muito bem — disse ele. — Mas saibam que não planejava matar vocês. Apenas queria pegar o que era meu por direito. — A natureza do druin estava mudando rápido, como uma primavera se transformando em inverno sem todas as coisas divertidas que aconteciam no meio. Os olhos estavam grudados em Gabriel, que foi o primeiro dentre eles a entender a intenção do druin.

— Você quer dizer *Vellichor*?

— Ela não é sua, humano. Essa espada não foi feita para mãos mortais. O Arconte cometeu um grave erro quando a botou nas suas. Você *não faz ideia* do que está segurando.

— Por que não me diz, então? — disse Gabriel. Ele fez uma expressão de desprezo que Clay reconheceu do passado, a mesma que ele fazia quando algum vilão elaborava sobre o seu plano de destruir uma cidade, ou assassinar uma rainha, ou conjurar um demônio profano das profundezas geladas do inferno.

— É uma chave — disse Sombra, e Clay viu a expressão de Gabriel murchar um pouco. — Lastleaf disse que a *Vellichor* é nossa única maneira de ir para casa, de finalmente voltarmos para o *nosso próprio mundo.*

— Um mundo que o seu povo abandonou por um motivo — disse Kit com voz tranquilizadora. — Se vocês...

O vendedor de sucata cuspiu no fogo.

— *Kaksara!*

Clay não conhecia muitas maldições druins, mas conhecia aquela, e se sentiu insultado em nome da falecida mãe de Kit. O coração do homem disparou. O sangue nas veias ficou quente e a mão direita se flexionou, ansiosa para sentir o peso familiar do *Coração Negro*. Havia violência a caminho. Ele sentia no ar, agourentas como nuvens antes de uma tempestade de verão.

O druin continuava sentado e mesmo assim parecia ameaçador. A luz do fogo jogava as sombras dele em todas as direções. Uma das mãos, Clay viu, tinha se fechado no cabo do cajado de madeira branca.

— Entregue a espada — disse Sombra —, ou vou pegá-la e dar a Lastleaf o favor de matar vocês. Pode ser que a visão dele seja excessiva. O Domínio teve o seu tempo, e agora as Cortes. Talvez a era das criaturas encantadas e terríveis tenha chegado ao fim.

— Lá vamos nós — disse Matrick, gemendo e se levantando.

Moog já estava remexendo na bolsa.

— Malditos coelhos — murmurou ele. — Tão dramáticos o tempo todo…

As manoplas de Sabbatha se fecharam em punhos. Ganelon ficou onde estava, paciente como uma montanha na brisa que precede a avalanche. Clay moveu o ombro, o *Coração Negro* caiu na mão direita e a esquerda roçou no cabo gelado do martelo.

Gabriel enfim se levantou, exausto.

— Escuta, não precisamos…

— Sim — disse Sombra —, precisamos.

Ele se levantou de repente, o cajado na mão, e Clay viu uma nuvem de fumaça azul-escura revelar a lâmina branca maligna na ponta, escondida até ali pelo que ele só podia supor ser uma feitiçaria druin sutil.

Não era um cajado, afinal. Era uma foice.

CAPÍTULO TRINTA E NOVE

O ESPÍRITO SOB A PELE

A foice era preocupante. Parecia feita de osso, possivelmente a asa de alguma coisa do tamanho de um cavalo. Porém, mais perturbadora e bem menos convencional era a outra arma de Sombra.

Ele deu um sopro que pareceu um vendaval sobre a fumaça acima da fogueira. A lufada voou para trás de Gabriel e assumiu uma forma própria, do mesmo formato e tamanho do homem, também segurando uma espada enorme que parecia sólida ao golpear na direção da cabeça dele.

A *Vellichor* saiu da bainha em um borrão de noite estrelada e dissipou a figura-sombra assim que as duas espadas se tocaram, mas o druin já estava gesticulando para um dos guardas de fumaça que ele posicionara em volta do acampamento. O que veio até eles passou através de Ganelon e adquiriu a mesma forma do sulista mortal.

Clay ouviu Matrick gemer.

— Ah, *merda*, não.

— Ele é meu — rosnou Ganelon, correndo na direção da própria sombra. A sombra voou para encontrá-lo, e, quando os machados se tocaram, o fantasma não só permaneceu intacto, mas bateu com a mão cinza no pescoço de Ganelon e o fez cambalear.

Sabbatha ousou dar um pulo na direção de Sombra, abaixando-se no primeiro golpe da foice e dançando para longe do segundo. Matrick se aproximou do lado oposto, mas o druin se virou e soprou fumaça na cara dele. Cego por um momento, Matrick esboçou uma linha defensiva entre ele e Sombra, que não ajudou em nada a protegê-lo da aparição atrás. Uma faca escura abriu um corte no seu ombro, enquanto a outra quase acertou suas costelas quando ele se contorceu de dor.

Clay percebeu o druin olhando em sua direção. Tarde demais, ele se virou e viu a fumaça de outro guarda ir na direção dele. Como um idiota, ele se preparou atrás do escudo, e assim conseguiu evitar ficar cego pelo sopro. E então, deu uma meia-volta devagar, com uma espécie de vergonha, para encarar seu espectro.

— Oi — disse ele que nem um bobo. Sua sombra não falou nada enquanto puxava o martelo do quadril. Clay suspirou. — Vai ser assim, então?

Gabe, enquanto isso, lutava contra fantasmas de fumaça tão rápido quanto Sombra conseguia fazê-los. *Vellichor* parecia conseguir desfazê-los com um único golpe. Ganelon estava preso em uma briga feroz com o dele, enquanto Moog, dando gritinhos e pulando para cá e para lá, conseguira escapar das tentativas do druin de duplicá-lo.

Mas, sério, Clay teve tempo de questionar enquanto o seu espectro o avaliava, *que mal um Moog-fantasma poderia fazer?*

Matrick fugia do próprio sósia, totalmente na defensiva, o que deixou Sabbatha lidando com o druin sozinha.

Ou não totalmente sozinha.

Kit cambaleou na direção de Sombra, portando a única arma que ele tinha: o precioso batingting, o flagelo das fênix. O druin, cuja capacidade inata de vislumbrar o futuro imediato seria infalível contra algo tão lento quanto um ghoul se arrastando, desviou com fluidez e atacou com a foice, partindo todas as 104 cordas do único batingting do mundo de uma só vez com um som de um carrilhão de vidro se estilhaçando.

— É *exatamente* por isso que não me envolvo com esse tipo de coisa — resmungou Kit antes de um chute de Sombra o atirar longe.

— *Umbra* — disse Sombra, inclinando a lâmina da foice para que brilhasse como uma pérola sob o luar. — Uma arma menos elegante do que *Vellichor*, talvez. — Ele chutou metade do batingting destruído na direção dos pés de Sabbatha. — Mas cumpre bem sua função.

O eu-sombra de Clay juntou coragem e atacou, com o escudo na frente do corpo. Clay recebeu o golpe com o seu, acertando o lado esquerdo do fantasma com o martelo. O fantasma, de forma nada surpreendente, fez exatamente a mesma coisa, e Clay deu uma careta ao sentir o golpe. Os elos da armadura absorveram a maior parte do dano, mas as costelas dele avisaram que aquilo não podia acontecer de novo. Ele e o seu duplo atacaram de novo, os martelos batendo nas faces de escudos pretos, depois recuaram para se avaliarem.

— Isso pode levar a noite inteira — murmurou Clay.

Ele viu Moog pular nas costas da sombra de Matrick, ganhando tempo para Matrick limpar os olhos. Quando enfim voltou a enxergar, o mago levara uma cotovelada na cara e tinha um corte feio no antebraço, o que despertou a fúria de Matrick. Ele atacou em um frenesi, e, quando Moog cambaleou para trás, Matrick e seu fantasma trocara uma série de golpes e estocadas tão rápidas que Clay só conseguiu ver um borrão de aço e a sombra entre eles.

Ganelon grunhiu de dor quando a sua sombra abriu um corte na sua bochecha. Considerando como o *Syrinx* era afiado, ele tinha sorte de ainda ter um maxilar. Mas o que não dava para acreditar era que o homem estava sorrindo, e a sua expressão ficou ainda mais iluminada quando ele e o Ganelon ilusório se jogaram um em cima do outro.

O Clay-sombra atacou de novo, desta vez com o martelo à frente. O primeiro instinto de Clay foi aliviar o golpe com o escudo e tentar revidar com um golpe próprio. Era o que seu duplo, sendo o tipo pragmático de sósia, sem dúvida esperaria.

Sendo assim, Clay golpeou com o martelo, acertando a arma do fantasma com um eco agudo que penetrou nos seus ouvidos e gerou um tremor pelo braço. Foi um movimento desajeitado que deixou os dois desequilibrados, mas Clay, pelo menos, estava esperando por aquilo. Ele se recuperou primeiro e bateu com a borda do *Coração Negro* embaixo do queixo do fantasma. Sua cabeça voou para trás, e Clay murmurou um pedido de desculpas ao bater com *Espectro* na cara da coisa.

Ele se quebrou como um tronco que virou carvão e sumiu.

Um gritinho fez Clay se virar a tempo de ver Moog tropeçar no braço esticado do ettin. Dane acordou com um ronco, e Gregor murmurou ainda grogue quando eles se sentaram.

— Já é de manhã?

Clay olhou do ettin para Sombra, que já estava em movimento. O druin abriu um dos sacos na cintura e jogou um punhado de poeira no ar. Felizmente, Moog estava de pé, parado entre Sombra e o ettin, mas, ao ver Sombra inspirar, ele saiu da frente.

— Moog, *espera*! — gritou Clay, tarde demais.

Sombra expirou. A nuvem de poeira envolveu o atordoado ettin, e o coração de Clay despencou. Ele precisou se esforçar para impedir que os joelhos não cedessem, para simplesmente não fechar os olhos e esperar que o mundo abrisse o seu cérebro... porque estava tão óbvio que ele *queria* aquilo, senão por que no nome impronunciável da Mãe do Gelo esse tipo de merda continuava acontecendo com ele?

O fantasma que tomou forma atrás de Gregor e Dane era monstruoso. A primeira coisa que fez foi esticar as mãos e bater as duas cabeças do ettin uma na outra, deixando-os inconscientes.

Claro, pensou Clay com amargura. Ele tentava entender como um único druin tinha conseguido superar cinco homens, uma mulher, um ghoul e uma criatura enorme.

— Clay. — Gabriel estava atrás dele. — Deixa isso comigo.

Clay fez um ruído debochado.

— Deixa *aquilo* com você?

— Vá ajudar Lark… — Gabe parou. — Vá impedir Sombra. Apaga ele, prende no chão… mas tenta não matar.

— Por quê?

— Porque quando matarmos Lastleaf, ele pode ser o único druin que vai sobrar vivo — disse Gabriel. E saiu correndo, pulou por cima do que restava da fogueira e rolou por baixo da mão em movimento do fantasma enorme. *Vellichor* acertou a perna da criatura. A coisa tropeçou, mas nem a famosa lâmina conseguiria dissipar uma sombra tão grande com um único golpe.

Clay lançou um olhar na direção de Ganelon (obrigado pela sombra a passar por uma abertura no muro) e de Matrick (suando e lutando furiosamente contra seu sósia) antes de correr para ajudar Sabbatha. A daeva estava encostada na ruína do forte, se abaixando enquanto a foice arrancava estilhaços de tijolo acima da sua cabeça.

Sombra estava se virando quando Clay o atingiu por trás. O druin pesava tão pouco que Clay achou que tinha calculado mal o golpe. Os dois caíram para a frente, o que foi bom, pois Sombra acertou o muro, se virou e passou a foice pelo lugar onde a cabeça de Clay estaria se ele não estivesse de cara no chão com a boca cheia de terra. Sabbatha aproveitou a abertura e deu um soco com a manopla de aço do qual Sombra conseguiu desviar. O punho dela tirou um pedaço da pedra como se fosse gesso.

— *Porra* — xingou ela, mas antes que pudesse tentar de novo, Sombra passou correndo por ela, mudando a pegada na foice e preparando a arma para outro golpe.

Clay se levantou na hora que o druin atacou. Ele enfiou *Coração Negro* na ponta da foice e ficou aliviado quando o escudo não foi partido no meio. Mas foi *atravessado*; Clay viu o brilho da ponta a centímetros do seu braço. Então inclinou o *Coração Negro* abruptamente e arrancou a foice da mão de Sombra.

— Não! — O druin pulou desesperado atrás da arma, mas Clay pisou no cabo, sorrindo como um valentão de vilarejo enquanto o inimigo tentava em vão recuperá-la.

— Ei — disse ele, fazendo Sombra olhar na sua direção. Quando fez isso, Clay bateu com o martelo por trás, acertando o druin na lateral da cabeça e o deixando apagado. Clay se virou para Sabbatha. — Você está bem?

A daeva estava encostada no muro. Seus olhos estavam arregalados de medo e fúria.

— Graças a você — respondeu ela por entre os dentes.

Clay assentiu uma vez, os pés já o levando na direção do pátio aberto, onde Gabriel estava recuando perante a sombra enorme do ettin. A coisa estava se movendo terrivelmente rápido e Gabe não aguentaria por muito mais tempo.

Bem nesse momento um soco pesado acertou Gabe e o jogou cambaleando para a borda do antigo chafariz. Ele escapou sem querer do golpe seguinte do fantasma ao cair pela beirada. A estátua se estilhaçou acima, fazendo chover pedras e poeira.

Clay passou correndo por Matrick e o seu duplo quando Moog jogou um pedaço de concreto velho na sombra do rei. A sombra quebrou a pedra no meio com um soco e acabou ficando despreparada para o ataque do Matrick. As adagas o acertaram e o abalaram, e Matrick usou o que restava da sua energia, as mãos um borrão quando ele cobriu a coisa com socos matadores. Ela caiu um momento antes de Matrick, e nenhum dos dois levantaria tão cedo.

Gabe estava de pé, mas por pouco. Conseguiu se defender de um dos ataques do ettin fantasma, mas estava totalmente fora de posição quando o outro punho foi erguido para socá-lo.

Clay decidiu gritar, mas então percebeu que já estava gritando. O fantasma se virou parcialmente, alarmado, e quando Clay se jogou na lateral do joelho dele, ele caiu desajeitado e prendeu Clay embaixo de uma das pernas. Ele esticou o pescoço a tempo de ver Gabriel pular da beirada do chafariz.

Ele estava segurando a *Vellichor* com as duas mãos, as estrelas de um mundo antigo visíveis por trás da lâmina. Gabriel foi com tudo, e Clay sentiu o corpo acima do seu tremer quando as duas cabeças do ettin fantasma foram cortadas ao mesmo tempo. A figura enorme desmoronou em uma pilha de pó surpreendentemente pequena. Por alguns momentos, Clay só ficou deitado de costas sem se preocupar se havia algo ou alguém que ainda tentava matá-lo. Ele ouviu um estrondo distante e mais outro, então se lembrou de repente de ter visto Ganelon e seu duplo caindo por uma abertura no muro. Clay se obrigou a se levantar. Ali perto, Gabriel fazia o mesmo.

O amigo abriu um sorriso cansado.

— Como estão as suas costas agora?

— Quebradas, acho — respondeu Clay, mas cambaleou mesmo assim na direção do som de luta. Ouviu Gabriel indo atrás, claramente exausto, a espada raspando nas ruínas de pedra atrás dele.

Se Matrick e o duplo dele pareciam um par de gatos brigando, Ganelon e seu fantasma eram tigres, rodando em círculos, conservando energia para ataques breves e brutais que deixavam um ensanguentado e o outro vertendo filetes de fumaça preta.

Clay e Gabriel se aproximaram, nenhum deles com pressa de entrar na briga. Não se fica no caminho entre a onda e o penhasco alto, certo? Nem se entrava em uma briga de touros e escolhia um lado. O que se fazia era olhar, porque intervir era ilógico e uma estupidez óbvia. Ainda assim, Clay ergueu o escudo e se preparou para fazer exatamente aquilo.

Ganelon, porém, olhou para ele, o que fez Clay parar. Então Clay ergueu o braço para deter Gabriel, e, quando o amigo abriu a boca para perguntar por quê, ele disse:

— Não se dê ao trabalho. Acho que já acabou.

Quando olhou de novo, tinha começado: Ganelon deu um pulo, com o *Syrinx* golpeando de lado. O fantasma reagiu com outro golpe; o metal gritou e fagulhas pularam como fogos de artifício, no meio dos quais Ganelon já estava se movendo, empurrando o oponente com o ombro quando ele se virou com o impulso do machado rechaçado, cortando do lado oposto. O duplo já estava se movendo para se defender... porque, afinal, *era* um espelho do homem com quem estava lutando.

Mas o que um espelho sabe? O que pode nos mostrar sobre nós mesmos? Ah, talvez consiga revelar algumas cicatrizes e proporcionar um vislumbre, ali, nos olhos, da nossa verdadeira natureza. O espírito por baixo da pele. Mas as cicatrizes mais profundas costumam estar escondidas, e embora um espelho possa revelar a nossa fraqueza, ele só reflete uma fração da nossa força.

Ganelon nascera escravizado. Viu a mãe ser esfolada até a morte e matou sete homens por dia depois do décimo primeiro aniversário. Atravessou o deserto a pé, sem comida e sem água, comendo a carne e bebendo o sangue dos abutres tolos o suficiente de pensar que ele estava morto. Abriu caminho da barriga de um verme de areia e entrou massacrando em um castelo protegido por quatrocentos homens. Tinha matado duas górgonas, quatro gigantes, dezessete harpias, 1.978 kobolds (o que somava quase um por cento de toda a população de kobolds) e, além disso, destruiu inumeráveis legiões de coisas horríveis. Ah, e matou uma quimera praticamente sozinho. Ganelon tinha passado dezenove anos congelado na escuridão, apenas com a companhia dos pensamentos purulentos, contando bolas de poeira como um nômade conta estrelas em uma viagem sem fim.

No entanto, aquele fantasma não tinha feito nenhuma daquelas coisas, e quando Ganelon botou não só a sua força, mas o seu *poder* no golpe seguinte, o *Syrinx* estilhaçou a sombra do sulista como se fosse uma teia de aranha feita de vidro. Partiu-se em fumaça e foi destruída na mesma hora.

E Clay ficou se perguntando por que Ganelon não tinha feito aquilo desde o começo. Ele talvez tivesse cometido a tolice de perguntar se Moog não tivesse gritado de dentro do forte.

— Larkspur, espere!

O rosto de Gabriel ficou pálido.

— Ele acabou de falar…?

— Sim — confirmou Clay, já passando pela abertura no muro.

Estava escuro no pátio, exceto pelo fogo e a luz azulada sinistra da lua da floresta. Moog estava sentado no chão ao lado de Matrick, e Clay acompanhou a direção do braço esticado até onde Sombra estava acordado e de quatro, cuspindo sangue por entre dentes irregulares. Mais preocupante, até onde a daeva estava, parada acima dele com a foice na mão.

Larkspur ou Sabbatha (Clay não tinha certeza de para qual estava olhando no momento) esticou a mão e fechou as garras de metal nas orelhas pendentes do druin, puxando-o para cima. Havia um medo louco no rosto de Sombra, o horror de um imortal olhando para o vazio da morte. Ele abriu a boca como quem ia gritar, mas apenas ficou parado de terror.

— Sabbatha! — gritou Clay.

Ele viu os olhos pesados se voltarem para ele por um instante, mas, no seguinte, a lâmina de osso maligna se deslocou, decapitando um dos últimos druins que o mundo conheceria.

CAPÍTULO QUARENTA

FUMAÇA DE CANELA

Clay aguentou muitas refeições incômodas na vida, a maioria durante os meses anteriores: jantar com Kallorek e Valery, café da manhã com Lilith e o grupo de filhos ilegítimos de Matrick, ovos frios e salsichas na manhã que Jain os roubou (pela segunda vez), sem mencionar um banquete organizado por canibais. Mas aquele café da manhã estava no topo.

Eles comeram biscoitos secos com geleia, e Clay desconfiava que os biscoitos tinham sido feitos com sal no lugar da farinha e a geleia estava cheia de sementes amargas, uma presa entre dois dos seus dentes e parecia que não ia sair tão cedo.

Moog preparou chá e depois foi examinar o conteúdo das muitas bolsinhas de Sombra. Gregor e Dane estavam sentados juntos (como se pudessem fazer diferente) discutindo o curioso sonho que os dois tiveram na noite anterior. Matrick comeu toda a comida e voltou a dormir, e Ganelon nem se deu ao trabalho de acordar. Kit ficou sentado de pernas cruzadas na frente da fogueira, olhando taciturnamente os pedaços quebrados do batingting.

Clay se sentia mal pela perda do ghoul, mas considerando que descobrira no dia anterior que o adversário atrás do qual o bando estava era o próprio Pagão, a perda de um instrumento, mesmo um raro, parecia coisa pequena.

Gabriel havia enterrado Sombra ao amanhecer, usando a lâmina arredondada da *Vellichor* para cavar uma cova rasa na terra seca do pátio. Clay se perguntou se Vespian se importaria de a espada lendária ser usada como pá.

Agora, Gabe estava exatamente onde tinha se sentado na noite anterior, comendo seu biscoito devagar e olhando para Sabbatha por cima da fogueira. A daeva pareceu não notar. A arma de Sombra, a foice que ele chamou de *Umbra*, estava no seu colo. Ela agia como se a lâmina fosse sua por direito, e apesar de Clay achar isso perturbador por vários motivos, não seria ele que tentaria tirá-la dela.

Ninguém falou muito, o que Clay achou ótimo. Ele estava satisfeito em ficar sentado apreciando o biscoito salgado em silêncio, mas Sabbatha estragou tudo.

— Quem é Larkspur? — perguntou ela.

Depois de um momento que Clay poderia ter chamado de constrangimento *apocalíptico*, Ganelon, que no fim das contas não estava dormindo, respondeu:

— É você. — Ele rolou de costas e esfregou os pelos ásperos do rosto. — Seu sobrenome.

Clay observou o rosto da daeva com atenção, procurando algum sinal evidente de desconfiança, mas ela só assentiu, pensativa.

— Eu estava mesmo me perguntando por que o nome me pareceu familiar. — Depois de um momento, ela encarou Gabriel. — Desculpa por ter matado o druin. Não achei que você o quisesse vivo.

— Não era só um druin — disse Gabe com voz baixa. — Era um dos últimos espécimes no mundo. Eu mesmo matei um druin uma vez, lembra? É um peso do qual eu teria pouparia você, se tivesse parado para ouvir.

— Ele era perigoso demais — insistiu ela. — Nós não podíamos deixar que fosse embora, ele acabaria vindo atrás de nós. Ou você planejava levá-lo junto? Contar sobre Rose para ele e esperar que aquele coração negro ainda estivesse batendo? Tome cuidado ao transformar os inimigos em amigos — avisou ela —, eles podem acabar lembrando por que não gostavam de você.

Clay sentiu o peso impressionante da ironia puxar o seu queixo na direção do chão, mas Gabriel só deu um sorriso plácido.

— Se você diz, Sabbatha. — O tom em que ele falou o nome dela pareceu provocação, e Clay viu as penas das costas da daeva se eriçarem de irritação. Ela abriu a boca para retorquir, mas foi interrompida pelo som de Moog limpando a garganta alto.

— Hum, Gabriel? — perguntou o mago. — O que você acharia de falar com a sua filha?

Clay e os outro se sentaram do outro lado, como espectadores. Matrick insistiu que queria ver, apesar de parecer capaz de cair no sono a qualquer momento. Usando algum tipo de erva em pó que tinha encontrado nas bolsas de Sombra, Moog elaborou duas marcas retangulares no chão, a seis passos uma da outra, uma delas com uma pedra plana no meio, na qual Gabriel tinha que ficar de pé. O mago se sentou entre as duas marcas, esfregando runas em dois gravetos. Quando terminou, ele foi até o fogo e mergulhou os dois nos carvões em brasa.

— Sombra era um mago de fumaça — explicou ele. — Uma espécie de ilusionista, e dos mais poderosos. Por isso as sombras com as quais lutamos mais cedo e a magia que ele usava para disfarçar aquela foice. Além disso, vocês viram o... hum... rosto dele depois que morreu?

Clay tinha visto, brevemente. Era bem diferente da face que ele exibira antes: ângulos duros e maçãs do rosto projetadas, pele pálida coberta por uma teia de cicatrizes pálidas. A pele embaixo da boca estava manchada de preto, como se ele tivesse comido um coração necrosado de café da manhã sem se dar ao trabalho de limpar o sangue do queixo.

— A magia de fumaça tem vários usos — falou Moog. — A maioria é inofensiva, mas alguns, como vimos, são muito perigosos. Alguns são bastante úteis. Conheci uma jovem maga que era capaz de atravessar paredes, mas que, infelizmente, também podia atravessar o chão. A pobre coitada quebrou o pescoço quando…

— Moog — disse Gabriel com impaciência.

— Ah, desculpe. Estão prontos, acho. — Ele puxou os gravetos fumegantes do fogo, usou um para botar fogo no retângulo vazio e o outro para acender o retângulo embaixo de Gabriel. Uma onda de chamas lambeu cada painel e se apagou, deixando uma cama de brasas vermelhas e um aroma no ar com um cheiro leve de…

— Canela? — perguntou Matrick, farejando no ar.

— Canela, sim — confirmou Moog. — Não é essencial para o ritual, só achei que daria um belo toque.

— O cheiro é delicioso! — exclamou Dane. Seu sorriso horrendo ia de uma orelha deformada à outra.

Clay não falou nada, mas concordava. Lembrava os pãezinhos doces que Ginny fazia e cobria de açúcar. Seu estômago roncou apesar do biscoito salgado que ele comera meia hora antes.

Um vapor começou a subir em volta de Gabriel. Ele se mexeu na pedra com nervosismo e tirou uma mecha de cabelo sujo do rosto.

— Ela vai me ver? — perguntou ele.

O mago assentiu.

— Vai, sim. Mas não de forma tão clara. Você vai ficar meio indistinto. Um pouco esfumaçado. Tipo aquelas *coisas* com que a gente lutou ontem à noite.

Gabe assentiu. Era difícil vê-lo com a névoa em volta. Um minuto lento se passou. O queixo de Matrick se apoiou no peito e Clay o acordou com uma cotovelada. Todos ficaram olhando para o ar acima do retângulo vazio, esperando.

Por fim, uma forma começou a se materializar na fumaça, e a voz de um homem falou como se atrás de uma cortina.

— *... um desastre* — disse a voz. — *O teto desabou e todo mundo lá dentro morreu. Felizmente, o túnel estava bloqueado, e não precisamos ter medo de as criaturas o usarem para entrar na cidade.*

— *Felizmente? Pelo sangue do pau de Vail. Freecloud... era a nossa melhor chance de sair desse buraco.*

Clay não reconheceu a voz, mas Gabriel, sim. Ele ofegou quando a aparição fantasmagórica dela se formou no retângulo em frente.

— Rosie!

— Rosie? — A figura se virou. — Quem...

— Rose, sou eu! O papai!

Por mais vaga que a imagem dela fosse, Clay quase conseguia ver a incredulidade no rosto da garota.

— Pai, o que você está fazendo aqui?

Ela deu dois passos sem se mover e esticou as mãos para o espectro de Gabriel da forma que estava aparecendo para ela.

— Não toque nele! — gritou Moog, e Rose puxou a mão de volta.

— Quem falou isso? — perguntou ela.

— É o tio Moog, querida. Lembra de mim?

— Tio Moog? Eu... claro que lembro. Você me dava biscoitos escondido depois que a minha mãe ia dormir.

O mago bateu palmas.

— Ah, sim! Tinha me esquecido disso! Meus deuses, Valery era uma tirana quando o assunto...

— Moog — disse Gabriel. — Por favor. Você disse que não temos muito tempo, não é?

— Certo. Desculpe. — O mago fingiu trancar a boca e fez sinal para Gabe falar.

— Rose, você está bem? Está em segurança?

— Pai… — A filha dele baixou a cabeça. Na última vez que Clay vira Rose, ela chegava à cintura dele, era impetuosa e faladeira, exalando curiosidade. Bem parecida com Tally, só que consideravelmente mais mal comportada. Ele se lembrava de ter pensado na época que era por ela ser filha única, mas concluiu depois que foi só porque Gabe e Val eram péssimos pais. — Estou em Castia — falou ela, por fim.

Gabe engoliu em seco.

— Eu sei.

Ela olhou para ele.

— Está horrível aqui. A cidade está cercada. Não podemos sair lutando. Tentamos um túnel, mas… bom, estamos presos, pai. Nossa comida está quase acabando, e acho que tem algum problema com a água. Metade da cidade está doente, com peste.

— Nós vimos — disse Gabriel. — Envenenaram o rio.

— Como você… — falou ela, mas se virou para alguém que eles não conseguiam ver. — Eu avisei, não avisei? Manda o Arik isolar o reservatório.

— Mas aí o que a gente vai beber? — perguntou uma voz.

— Nosso próprio mijo, se for preciso! — respondeu Rose com rispidez. — Vinho, cerveja… qualquer coisa, menos água. Você se lembra daquelas laranjeiras que vimos ontem? Sabe? Ótimo, vai fazer a porra de um suco, então.

Gabriel interrompeu.

— Rose, quem está no comando aí?

— Ninguém — disse ela, exasperada, e riu de um jeito sombrio. — Eu. Freecloud e eu estamos liderando o que sobrou dos mercenários, mas as pessoas daqui se ressentem de terem mais bocas para alimentar e a Guarda está pegando no nosso pé. Estão acumulando suprimentos, e a maioria dos nossos feridos morreu porque não pudemos cuidar dos machucados de forma adequada. Estou com medo de termos que recorrer ao sangue em breve.

— Quem é Freecloud? — perguntou Gabe. Clay estava se perguntando a mesma coisa, na verdade. A paternidade era uma coisa engraçada.

Rose olhou para a esquerda.

— Ele é meu... é só... uma pessoa que conheci vindo para cá. Ele é um bom homem, pai. Um ótimo lutador. Você ia gostar dele.

Gabriel suspirou na fumaça.

— Escute, Rose. Eu...

— Eu sei — interrompeu ela. — Eu devia ter te ouvido. Você estava certo. Não estava pronta para isso. Nenhum de nós estava. — Rose respirou fundo e afastou o cabelo da testa. Era um gesto que o próprio Gabriel poderia ter feito. — Desculpa, pai, mas acho que não vamos sair dessa. Acho... — Ela olhou para a esquerda de novo, supostamente para Freecloud. — Acho que vamos morrer aqui.

— Não vão, não. — A voz de Gabe soou dura como pedra. — Estou indo buscar você.

Uma pausa incrédula.

— Você o quê? Está vindo pra cá? Para Castia?

— Estamos quase chegando, querida. Estamos a leste das montanhas. Chegaremos em duas semanas, talvez menos. Preciso que fique bem até lá, entendeu?

— É mesmo? — A empolgação de Rose foi palpável. Ela olhou ao redor. — Vocês ouviram? Estão vindo nos buscar! As Cortes enviaram um exército para romper o cerco.

Gabriel interrompeu uma gritaria de comemoração não muito animada.

— Rose, espera. As Cortes não mandaram um exército.

— O quê? Com quem você está, então?

— Eu, hã... — Gabe retorceu as mãos. — Somos só eu e o bando, na verdade.

O fantasma de Rose murchou visivelmente.

— Como assim? Você quer dizer o *seu* bando? O *Saga*? Está brincando?

— Bom… não. Mas, Rose, estamos todos aqui! Até o Ganelon.

— Até o *Ganelon*? — repetiu ela. — Ah, porra. Por que não falou antes? Ei, pessoal, vai ficar tudo bem! A porra do Ganelon está vindo para quebrar o cerco!

Não houve comemoração desta vez, mas Clay ouviu Ganelon murmurar baixinho:

— É isso mesmo.

Rose se virou para o pai.

— Mas e então? Você e quatro amigos estão vindo para Castia? Tem uma maldita *Horda* lá fora, sabia? Vocês não vão nem chegar *perto* das muralhas da cidade. Estou surpresa de terem chegado onde estão!

Clay pensou em dizer que não era apenas o Saga que estava indo ao resgate dela, mas que havia também um ghoul bebedor de vinho, uma daeva amnésica e um ettin meio cego junto deles. Por outro lado, quando uma coisa parecia ridícula em pensamento, enunciá-la em voz alta quase nunca ajudava.

Gabriel olhou em volta para pensar em uma resposta, mas a filha falou antes.

— Pai, falando sério, não vem. Tá bom? Só… não vem. Não tem nada que possa fazer. Eu… — Ela hesitou, e, quando falou de novo, a voz havia perdido a rispidez. — Estou grata de ter chegado tão longe. De verdade. Foi muita coragem. Mas não quero que morra por minha causa.

Gabe saiu do estupor.

— Rose, eu…

— Pai, *volta para casa.*

As palavras atingiram Clay como um soco. Ele sentiu vontade de vomitar e só pôde imaginar o que Gabriel estava sentindo. Ele tinha ido tão longe, passado por tanta coisa, só para ouvir a pessoa por quem ele fizera tudo pedir que ele a abandonasse. Clay ouviu Sabbatha prender a respiração ao seu lado, e Moog, agachado no espaço entre Gabe e a filha dele, estava com a mesma cara que fez na tenda da chefe: como se o seu coração estivesse se partindo de novo.

— Não tem muito mais tempo — disse o mago baixinho. — O feitiço vai acabar daqui a pouco.

Gabriel se empertigou.

— Rose, escuta. Lembra as histórias que eu contava quando era pequena?

Ela olhou para os próprios pés.

— Claro que sim.

— Você nunca me perguntou se elas eram verdade. Você acreditava no que eu falasse, por mais incrível que fosse.

A luz embaixo de Rose estava começando a se apagar. A aparição dela tremeu quando a garota falou.

— Eu era uma criança.

— E não é mais. Sei disso. Mas preciso que acredite em mais uma história, Rose. — Se a voz de Gabe estava como pedra antes, agora estava ainda mais dura, mais fria, a máscara de gelo na face maltratada pelo vento de uma montanha. — *Eu vou salvar você.*

A filha dele olhou para a frente, respirou fundo como se fosse falar alguma coisa e sumiu.

A luz embaixo de Gabriel também se apagou. Ele ficou onde estava, um espectro envolto em uma mortalha de fumaça de canela.

CAPÍTULO QUARENTA E UM

FORA DA FLORESTA

Eles saíram das ruínas logo depois do meio-dia. Mas, antes de sair, Gabriel enfiou a mão na mochila e tirou uma das pedras manchadas de sal do fundo. Clay lembrou o motivo de ele ter levado as pedras: não eram um presente, eram uma oferenda, algo para botar no túmulo de Rose caso o pior acontecesse. Gabriel olhou para a pedra e passou o dedo em uma cavidade deixada por uma concha fossilizada. Depois de um segundo, suspirou e a jogou no chão, abriu a mochila e jogou o restante aos seus pés.

Gabe viu Clay olhando para ele quando ergueu o rosto. Ele sorriu, a expressão pela primeira vez sem os olhos sombrios.

— Eram mais pesadas do que pareciam — disse ele antes de se virar e sair atrás dos outros.

Clay o seguiu pouco depois. Atrás dele, no pátio vazio, as pedras de uma margem distante estavam empilhadas sobre o túmulo do druin. Porque mesmo uma vida ruim, refletiu ele, devia ser lembrada.

A estrada sumiu, mas Gabriel os levou sem hesitar para o oeste. Se aparecia um brejo, ele entrava sem pensar duas vezes. Se a floresta atrapalhava a passagem, ele abria caminho com a espada, transformando árvores em lenha e seguindo em frente. Ele reduzia cada parada para descansar e os acordava de manhã com o sol ainda nascendo.

Eles estavam chegando ao limite da floresta, e os habitantes de Heartwyld se despediram do seu jeito especial. Foram atacados por um grupo de guerra de gremlins cujo único objetivo era roubar os botões de prata das vestes de Moog. Foram emboscados por um grupo de entes velhos que fugiram depois que Ganelon derrubou o maior com um único golpe. Foram atacados em uma manhã abafada por uma coisa que parecia um tigre vermelho-sangue com asas que zumbiam como as de uma libélula, fazendo Matrick perguntar depois que eles o tinham espantado:

— Alguém sabe que porra era *aquilo*?

De vez em quando todos ouviam os motores do *Estrela Negra* acima, ainda procurando a mestra caída.

Finalmente, saíram do meio das copas escuras da floresta. Havia uma encosta de pedras à frente, parecendo adoradores perante a glória majestosa do Manto do Imperador. Diziam que, quatrocentos anos antes, depois de levar a corte exilada através dos perigos do Wyld, o herdeiro do breve Imperador de Grandual parou no cume daquelas montanhas, olhou para trás e suspirou de desespero por tudo que perdera por causa da arrogância do pai.

Clay esticou o pescoço e olhou para a linha de picos de norte a sul. Enquanto a maioria das montanhas tinha nomes imponentes como Garra do Inferno ou Coletor de Almas, as daquela cadeia eram chamadas de coisas como Vigilância, Paciência e Confiança, como se tivesse sido batizadas por uma comunidade de Getalongs amantes da paz. Clay não sabia qual pico era qual. Era bem ruim com nomes, afinal.

Gabriel olhava para as montanhas com um sorrisinho irritado, como se fossem uma gangue de bandidos que o tivessem parado em um beco e exigido todo o dinheiro dele.

— Estamos perto — falou.

— Claro — comentou Sabbatha. — Só tem alguns milhares de metros de neve e pedra entre nós e uma Horda tão grande que é capaz de varrer uma cidade do mapa.

Ganelon pareceu animado com a perspectiva de violência.

— E como você quer fazer isso? — perguntou ele a Gabe. — O Rionoite pode ser divertido.

O Rionoite era um rio raso que serpenteava pelo coração das montanhas.

Kit levantou a mão.

— O Rionoite é infestado de goblins. Nós teríamos mil demônios em cima de nós assim que botássemos os pés lá.

Ganelon mostrou os dentes.

— Parece ótimo.

Sabbatha soltou uma gargalhada. Ela tinha ficado menos tímida depois que pegou a foice de Sombra. Estava apoiada em *Umbra* como se não passasse de uma bengala, mas mesmo assim Clay achava a arma perturbadora. Sua mente voltava para o momento após a morte do druin: a daeva de uma asa parada ao lado do cadáver de Sombra, segurando as orelhas dele com a manopla.

— E se a gente fosse pelo Desfiladeiro de Garric? — arriscou Matrick.

Clay coçou a barba.

— Eu soube que o desfiladeiro fechou. Um deslizamento de terra o bloqueou anos atrás.

— E fica muito para o sul, de qualquer modo — disse Ganelon. — E a Garganta?

— *Gigantes* — disseram Matrick e Moog ao mesmo tempo.

Ganelon balançou a cabeça, as miçangas nas tranças estalando de leve.

— Vocês dois eram bem mais divertidos vinte anos atrás, sabia?

Gabriel afastou o olhar das montanhas.

— Vamos pela Estrada Fria — anunciou Gabriel. Como ninguém faz objeções, ele continuou: — É o caminho mais rápido.

— É perigosa — avisou Ganelon.

— Perigosa *demais* — acrescentou Moog. — Se fosse inverno, talvez, *talvez* fosse uma opção, mas agora é… é loucura, Gabriel. Estou dizendo. *Eu* estou dizendo que é loucura… de tão loucura que é!

— O que é a Estrada Fria? — perguntou Sabbatha.

— É uma ponte — disse Clay antes que Kit ou o mago pudesse transformar a resposta em uma história. — Uma ponte feita de gelo. Ampla o suficiente para cinco pessoas passarem lado a lado no inverno, mas agora… — Ele deu de ombros. — Se você cai, o caminho para baixo é longo.

Kit fez um som úmido e gorgolejante que provavelmente devia ser um pigarrear.

— E tem rasks — disse Clay. — Trolls de gelo — acrescentou ele ao perceber a confusão de Sabbatha.

— Que nem o Taino? — A daeva pareceu um pouco esperançosa.

Clay balançou a cabeça.

— Acho que a única pessoa parecida com Taino é Taino.

— Os rasks não falam, não leem, não tocam tambor — disse Moog. — Eles matam. E comem o que matam. É só isso que fazem.

Sabbatha franziu a testa.

— Então a ponte é uma má ideia?

— É uma péssima ideia — disse o mago.

— Imprudente — disse Kit. — A Estrada Fria cobra seu pedágio. Sempre.

Matrick gemeu e esfregou o rosto.

— Então que caminho vai ser? A Garganta? — Ele olhou com cautela para o ettin. — Não sei como vamos passar com esses dois pelos gigantes...

— Meu voto é pelo Rionoite — disse Ganelon, o que o fez ganhar uma expressão azeda do Kit. — O quê? São só goblins.

— Nós não vamos votar — disse Gabriel calmamente.

Moog se virou para Clay. Moveu a cabeça na direção do Gabriel como quem diz *Enfia um pouco de bom senso na cabeça dele* e ergueu as sobrancelhas, como se acrescentasse *por favor.*

Gabriel também olhava para o amigo, e, por trás do olhar plácido, Clay percebeu um brilho de incerteza. Gabriel *sabia* que a ponte era uma péssima ideia. Também sabia que, se Clay se recusasse a segui-lo, os outros também se recusariam.

A Garganta era a escolha mais segura. Gigantes eram perigosos, claro, mas fáceis de evitar, ainda mais à noite. E nem todos os gigantes eram matadores cruéis... exceto as crianças. As crianças eram umas pestes. Em geral, tratavam humanos da forma como os humanos tratam aranhas, o que quer dizer que era tão provável que segurassem você na palma da mão e levassem para um lugar seguro quanto que gritassem e pisassem em você.

O Rionoite também não era a pior ideia. Perderiam uma semana de viagem, mais ou menos, mas era um caminho meio reto até o outro lado, e o goblins, mesmo em quantidade, eram bem menos assustadores do que os rasks. Além disso, passar alguns dias no escuro parecia preferível a atravessar uma pista estreita de gelo por cima de vários milhares de metros de ar.

Então, sim, havia jeitos mais seguros de atravessar as montanhas, mas não havia, supondo que pudessem atravessar a ponte sem incidentes, um mais *rápido*. Clay poderia ter pesado essas coisas. Poderia ter levado em consideração os protestos dos outros, só que, no final, só importava uma coisa.

Você iria se fosse eu, né, papai?

Clay fechou os olhos por causa da dor no peito. Apertou os dedos, imaginando que podia sentir as mãozinhas da filha nas dele. O que ele não daria para vê-la agora. Segurá-la nos braços e sentir o cheiro dela. Ele não se arriscaria para mantê-la longe do perigo? O que faria se a vida dela estivesse ameaçada?

Tudo. Qualquer coisa. Clay abriu os olhos.

— Vamos pela Estrada Fria — disse ele.

— Não... — A voz de Moog foi um sussurro.

— Moog, escuta, é o...

— Impossível — sussurrou o mago.

— Bom, eu não diria... — Ele parou de falar, pois Moog não estava ouvindo uma palavra que ele estava dizendo.

A expressão do mago passou de choque a descrença, o tipo de surpresa impressionada que se esperaria de uma criança que pediu um cavalo de aniversário e ganhou uma manada inteira. Ele levantou um dos braços e apontou com o dedo trêmulo para trás do ombro de Clay.

Clay se virou para olhar. Primeiro, não viu nada além de uma encosta cheia de pedras marrons ásperas, mas uma coisa se *mexeu* e ele viu... ele viu.

A voz de Matrick atrapalhou os seus pensamentos.

— Aquilo é o que acho que é?

Clay apertou os olhos e os protegeu do sol. O que viu era bem parecido com um urso, mas maior do que qualquer um que já tivesse visto. Tinha penas cinzentas no lugar do pelo, orelhas pontudas acima de um bico preto e dois olhos enormes. Comicamente grandes, na verdade, o que fez Clay enfim perceber o que ele estava vendo.

— URSO-CORUJA! — Moog começou a dançar no lugar. — É um urso-coruja! Eu falei, não falei? Eu *falei*! Eles existem! Eu *sabia*!

Ganelon deu um sorrisinho debochado.

— Então por que está tão surpreso?

O mago o ignorou.

— Isso é incrível! Ninguém nunca viu um urso-coruja de perto e sobreviveu para contar a história. Deuses de Grandual, se aquele velho filho da mãe do Katamus pudesse ver isso!

— O que você falou? — perguntou Matrick.

— Era o meu professor de Impossibilidades Biológicas em Oddsford. Ele…

— Não — interrompeu Matrick. — Sobre ninguém ter visto um de perto e ter sobrevivido.

— Ah, *obviamente* — disse Moog, como se *fosse* mesmo óbvio. — De outra forma, não seriam considerados um mito, não é? Além do mais, você viu as garras dele? Ele poderia cortar uma árvore em pedacinhos com um único golpe!

Ele continuou falando, mas o que disse foi sufocado por um grito ensurdecedor e distintamente territorial.

— *WHOOOOOOOOOT!*

Clay torceu para que ninguém o tivesse visto pular quando Ganelon pegou o *Syrinx*. As runas ganharam vida e o machado murmurou como um adormecido que foi acordado de repente.

— Está atacando — anunciou ele.

CAPÍTULO QUARENTA E DOIS

BARDOS E TIGELAS QUEBRADAS

— Ainda não entendo por que você teve que matar ele — disse Moog mal-humorado.

— Ah, não? — perguntou Matrick. — Por que não pergunta ao zumbi?

— Zumbi? Sério? — Kit balançou a cabeça com repulsa, mas exibiu o braço direito, que tinha sido destruído até quase o osso pelo urso-coruja enfurecido. — Infelizmente, matar a fera era o nosso único recurso, Arcandius. A pobre criatura estava... bom, estava *irritada*.

— Ela só queria proteger os filhotes — resmungou Moog. O mago estava com a mochila velha de Gabriel no peito, dentro da qual havia dois filhotes que encontraram na encosta depois que o Urso-Coruja fêmea foi morto. Os bicos mal tinham tamanho suficiente para fechar em um dedo, mas os olhos eram enormes, dourados como a barba do Senhor do Verão e pareciam perguntar *Por que mataram a minha mamãe?*

sempre que Clay cometia o erro de olhar para eles. Os bichos faziam barulho sem parar e só ficavam quietos quando Moog acariciava a parte branca e macia na cabeça deles, como fazia agora.

— Bom, eu estava tentando proteger os *meus* filhotes — disse Ganelon, esticando a mão para fazer carinho na cabeça do Matrick, que se esquivou para longe e ajeitou com constrangimento o cabelo ralo.

Gabriel olhou para trás.

— Sinto muito, Moog. Era ela ou a gente.

O mago suspirou e olhou para a sua carga choramingando.

— Acho que sim. Mas pelo menos posso manter esses dois seguros.

Seguros? Clay quase riu com deboche. *Estamos indo para o lugar mais horrível do mundo pela rota mais perigosa possível, mas eles estarão seguros, claro.*

— Já escolheu os nomes? — perguntou Gregor. Ao lado dele, Dane riu sem motivo algum.

— Não, ainda não. — O mago fez uma careta; Clay viu que carregar os filhotes estava sendo penoso para ele. — Podemos descansar daqui a pouco, Gabriel? Eles parecem com fome...

— Daqui a pouco — respondeu Gabe sem se virar.

Eles passaram o dia todo subindo trilhas. Primeiro a encosta irregular abaixo e depois a montanha em si, que Kit informou a eles que se chamava Libertação. As pernas de Clay estavam pegando fogo. O joelho direito tinha começado a estalar a cada passo, o que talvez o perturbasse mais se ele não tivesse ouvido os joelhos de Moog e Matrick fazerem a mesma coisa, então só achou engraçado de uma forma meio sombria. Ganelon não estava afetado por nada parecido com fadiga. Subia com o gingado obstinado de um autômato. Sabbatha também parecia incansável, apesar da armadura preta pesada. Ela tinha permanecido quieta nas horas anteriores, andando ao lado de Ganelon com *Umbra* balançando como uma vara de pescar espalhafatosa no ombro.

Mas, ainda assim, Gabriel continuava na frente, alimentado apenas pela própria determinação. Clay o viu vacilar várias vezes. Em uma delas, ele tropeçou e caiu de cara, mas pulou de volta como se puxado por fios invisíveis, uma marionete dançando sob a mão da sua própria vontade indomável.

Eles subiram e subiram, até a floresta parecer um mar escuro batendo com avidez nos pés da montanha. Subiram até a neve ser esmagada pelos seus passos e cada respiração soltar uma nuvem branca. Subiram até o ar ficar tão seco e frio que Matrick sugeriu que eles transformassem os filhotes em casacos e Moog propor que cortassem a barriga de Matrick, tirassem as tripas e se acomodassem ali dentro para passar a noite.

Encontraram uma caverna pouco antes do anoitecer. Estava vazia, exceto por uma mesinha e dois travesseiros úmidos, cada um ocupado por um esqueleto decrépito. Entre eles havia um tabuleiro de Quarteto feito de pedra da lua cheio de figuras lindamente entalhadas. Era um jogo no qual dois jogadores travavam uma guerra entre os deuses de Grandual: um controlava as forças do Senhor do Verão e da filha dele, Glif, e o outro jogava pela Rainha do Inverno e seu filho, Vail. Era um jogo de previsão tática e estratégia ardilosa... o que queria dizer que Clay Cooper nunca havia ganhado uma partida na vida, inclusive tendo sofrido uma derrota especialmente constrangedora para a filha de 9 anos.

No tabuleiro encontrado, um dos peões da Rainha do Inverno tinha sido avançado por duas casas.

— Brilhante — disse Moog.

— Esses dois eram mestres — concordou Kit.

Clay franziu a testa por não conseguir perceber nada que indicasse aquilo. Mais estranho ainda era que havia o esqueleto de um gato encolhido ao lado do tabuleiro, como se a criatura tivesse ficado satisfeita em dormir até morrer enquanto um dos ditos mestres contemplava uma jogada que nunca faria.

Ganelon grunhiu e coçou os pelos no queixo. Depois de um momento, inclinou-se e deslizou um peão do lado oposto para a frente.

Sabbatha sorriu.

— Tem certeza disso?

Ganelon olhou para ela, e se Clay não o conhecesse bem, diria que o sulista pareceu intrigado. Ele indicou o tabuleiro.

— Fique à vontade.

O sorriso da daeva se tornou ferino. Ela chutou um dos esqueletos para o lado e se acomodou no lugar dele. Ganelon pegou o outro pelo crânio e o jogou longe.

Se Clay tinha achado a cena anterior estranha, a de agora era simplesmente bizarra. *Uma caçadora de recompensa notoriamente maligna e um assassino incomparável, concentrados em um tabuleiro de Quarteto*, refletiu ele. *Agora já vi de tudo.*

Alguém falou sobre bardos, o que, por sua vez, levou à discussão de como eles morreram, já que era isso que os bardos faziam melhor.

— Qual era William? — perguntou Matrick. O velho rei conseguira encontrar uma garrafinha em algum lugar (Clay jamais arriscaria um palpite de onde), tomou um gole e depois limpou a boca com as costas da mão. — Era o velho que foi engolido por um lodo de cripta?

— Esse foi o Cook — disse Clay. Eles tinham conseguido recolher alguns galhos do lado de fora da caverna e ele colocava um na fogueira fraca.

— Ah, é! — Matty bateu no joelho. — Eu me lembro do Cook! Um garoto ótimo. Péssimo cozinheiro. Mas um bardo excelente e com a mão leve para bolsos também.

Não se o bolso fosse de um lodo de cripta, refletiu Clay. O garoto viu uma coisa brilhando no gel em forma de cubo e enfiou a mão dentro. Mas lodos de cripta, de forma bem semelhante a pessoas, quase nunca reagem com gentileza quando alguém mete a mão neles. Além disso, são extremamente corrosivos: o jovem bardo não passava de um esqueleto com expressão consternada quando eles mataram a coisa, ainda segurando a moeda de cobre velha que custara sua vida.

— Era um garoto ótimo mesmo — falou Clay. — William era o filho de um nobre. A gente chamava ele de Sir Billy, lembra?

Matrick riu.

— Sir Billy! Deuses, como ele odiava aquilo. Um merdinha arrogante, não era? O que aconteceu com ele?

Gabriel estava limpando a tigela do jantar com o dedo. A refeição da noite fora uma mistura decepcionante de salsichas cozidas demais e lentilhas cozidas de menos, mas Gabe devorou tudo como um prisioneiro que ganhou um bife depois de décadas comendo mingau.

— Foi castrado por uma ninfa — disse ele.

Matrick inclinou a cabeça.

— O quê? Como eu não sabia disso?

O líder do bando deu de ombros.

— Você bebia muito.

— Faz sentido — disse Matrick. Ele levou a garrafa à boca de novo e deu um sorriso melancólico. — A Recca era legal.

Recca foi a primeira barda do Saga, e claro que vários deles, inclusive Clay, se apaixonaram loucamente por ela. Mas Recca, infelizmente para todos os envolvidos, amava um bebedor de sangue. Ele acabou a transformando, e Gabriel foi obrigado a enfiar uma estaca de prata no coração dela. Eles foram atrás do sugador de sangue em seguida e fizeram questão de que ele sofresse.

— Bom, era melhor do que a Catrina, pelo menos — acrescentou Matrick.

Clay mudou o cotovelo em que estava apoiado, torcendo para a aliviar a dor que subia pela sua lombar. Ajudou um pouco.

— Catrina… ela era a tigre lunar?

— Raksha — disse Moog. — Não tigre lunar.

— Faz diferença? — perguntou Ganelon sem tirar os olhos do tabuleiro de Quarteto. Ele e Sabbatha passaram a noite ali, jantando ali mesmo, murmurando baixinho um com o outro entre o fim de uma partida e o começo da seguinte. Clay não fazia ideia de quantas vezes os dois tinham jogado e nem de quem estava ganhando, considerando que ambos encaravam o jogo com a mesma intensidade com que lutavam.

— Claro que tem diferença — disse Moog. — Tigres lunares são licantropos.

Matrick pareceu intrigado.

— Eles enxergam pelas paredes?

— O quê? Não! — O mago trocou um olhar de *meus amigos são uns imbecis* com o ghoul antes de se dignar a explicar. — Os lunares são pessoas, como você e eu, só que viram animais na lua cheia. É uma doença, na verdade.

— É que nem a bebida — esclareceu Gabe, dando um sorrisinho debochado na direção de Matrick. — Você é quase sempre um homem, mas, às vezes, vira um monstro.

Matty não disse nada, mas olhou pensativo para a garrafa na sua mão.

— Bom, é verdade, acho que *é* mesmo assim — disse Moog. — Os rakshas, por outro lado, são monstros, embora possam fazer a si mesmos *parecerem* gente, como a Catrina fazia. Não são necessariamente malvados, mas a maioria é bem babaca.

Clay podia confirmar isso. Apesar de ter se feito passar por barda, Catrina era, na verdade, uma assassina contratada para matar Gabriel. Ela o seduziu primeiro (uma tarefa fácil) e o atacou no quarto dele quando o bando estava no mar. Gabe escapou por pouco e disparou completamente pelado pelo convés do navio com a tigresa furiosa logo atrás. Clay conseguiu lutar com ela até Ganelon chegar, e o sulista a jogou gritando e se debatendo por cima da amurada.

Também era importante mencionar que rakshas não nadavam muito bem.

— Ah, aqui está! — Moog, que remexia na bolsa há vários minutos, tirou o que parecia uma concha marinha feita e metal e madeira.

Clay estava tentando descobrir se era algum tipo de bomba quando o mago levou a concha aos lábios e soprou algumas notas hesitantes por uma grade em uma das pontas. *Um instrumento musical*, percebeu... o que também não significava necessariamente que não fosse uma bomba. Moog era Moog, afinal.

— Troquei um par de botas velhas por isso com um diabrete do lixo — disse o mago.

Matty pareceu em dúvida.

— E um diabrete do lixo precisa de botas?

— Ele comeu elas — disse Moog. Quando a expressão de Matrick ficou ainda mais incrédula, o mago acrescentou: — É verdade. Encheu as duas de mostarda e comeu bem na minha frente. Juro, um diabrete do lixo comeria os próprios filhotes se botassem mostarda em cima.

Ele soprou uma nova série de notas exploratórias na concha antes de começar o que foi uma surpreendentemente reconhecível canção. Matrick tomou um gole de bebida e abriu um sorriso apreciativo. Kit cantarolou como se conhecesse a melodia, e Clay, que não conhecia, se perdeu na luz oscilante da fogueira. Ele ouviu o estalo leve de uma peça de pedra da lua.

— Peguei a sua rainha — anunciou Ganelon.

Sabbatha soltou um palavrão baixinho.

— De novo? — perguntou ele.

— De novo — respondeu ela.

Clay continuou olhando para o fogo, Matrick continuou bebendo, Kit continuou cantarolando e Moog continuou tocando. O ar na caverna adquiriu um cheiro leve de sal. O vento da montanha entrou, sussurrando nos cantos como uma onda espalhando segredos pela margem. A música da concha era de luto, e não foi surpresa alguma quando Matrick, depois de ter bebido as últimas gotas da garrafa, falou como se a fogueirinha deles fosse a pira de um amigo falecido.

— Qual é a melhor parte de ser imortal? — perguntou ele a Kit.

O ghoul passou muito tempo pensando.

— O destemor — respondeu por fim.

Um dos pequenos ursos-coruja acordou. Moog colocou a concha de lado, pegou o filhote no colo e acariciou as penas sedosas embaixo dos olhos em formato de pires.

— Como assim? — perguntou ele.

— Você ficaria surpreso com a quantidade de escolhas que fazemos com base na natureza intrínseca da autopreservação — disse Kit. — Quando a sobrevivência não é mais uma questão, bom, vale tudo, como dizem. Meus primeiros anos como imortal foram bastante descuidados. Assumi riscos que nenhum mortal assumiria. Pulei de cachoeiras altíssimas e passeei como um turista pela carnificina de campos de batalha. Cuspi na cara da morte, e a morte não podia fazer nada além de se enfurecer de impotência enquanto eu enchia a boca de catarro para cuspir de novo.

Ele continuou falando com alegria:

— E tem também a questão das viagens. Fui até os lugares mais ermos do mundo sem medo de passar fome e de virar presa de uma monstruosidade horrível vagando pela escuridão. E, acredite, tem umas monstruosidades horríveis vagando pela escuridão. Explorei o fundo do mar sem precisar subir para respirar. Andei por labirintos de coral e pelas ruas submersas da antiga Antica.

"Certa vez, fui às margens de uma terra até a qual navio algum tinha velejado e conheci uma tribo de bárbaros de pele azul que nunca haviam ouvido falar do Domínio... ou de Grandual. Eles me mataram, claro, como os bárbaros tendem a fazer com estranhos que aparecem do nada, e ofereceram o meu corpo como sacrifício ao seu deus selvagem. Mas quando me recusei a permanecer morto, decidiram me idolatrar."

— Parece melhor que ser rei — disse Matrick.

Kit assentiu.

— Foi mesmo... até uma praga atacar o vilarejo e matar todos os homens, mulheres e crianças da tribo. Fiquei sozinho pra fazer o que os deuses fazem quando todos que acreditam nele viram pó.

— Como o quê? — perguntou Moog.

— Muitas caminhadas. E nadei também. E entalhei coisas em madeira, mas nunca fui bom nisso.

— E qual é a pior coisa? — perguntou Matrick. — Qual é o lado ruim de ser imortal?

O ghoul riu.

— Bom, para começar, tem sido péssimo para a minha pele. Fui lindo um dia, mas agora nem dá para perceber. — Ele ficou em silêncio por um momento e olhou pensativo para o fogo enquanto as suas pálpebras tremiam. — Acho que fica meio solitário, às vezes — disse após um tempo. — Tem ocasiões em que rio de alguma memória engraçada só para lembrar em seguida que a pessoa envolvida está morta há um século. E companheirismo, sem citar intimidade, pode ser um bem raro quando se tem a aparência que eu tenho. As crianças gritam quando me aproximo. Os homens pegam espadas para me matar, ou tochas para me queimar, ou símbolos sagrados para me afastar. É muito cansativo, para ser sincero. E nem preciso dizer que, com a exceção de umas poucas pessoas abençoadamente pervertidas, não tem muitas mulheres que olham com desejo para um ghoul sem sangue. Existe um limite até onde a sagacidade com o florete e um conhecimento extenso de vinhos pode levar quando seu… hã… *aparato* é tão útil quanto um bule de chocolate. — Ele piscou para Moog. — Se bem que esse problema foi remediado por um certo mago e seu magnífico filactério fálico.

— De nada — disse Moog, mas o sorriso dele era triste.

— Você devia escrever um livro — sugeriu Matrick.

Kit riu com deboche.

— Quem quer ler os lamentos autopiedosos de um morto-vivo velho?

— Aí está o seu título — disse Ganelon. Ele usou uma das peças do Quarteto para derrubar uma de Sabbatha, e a daeva chiou entre os dentes.

— De novo? — perguntou ele.

— De novo — respondeu ela.

— Já conheceu outro ghoul como você? — perguntou Moog.

Kit balançou a cabeça enquanto puxava distraidamente o lenço que escondia a ferida no pescoço.

— Não como eu. Conheci um alquimista certa vez que fez uma noiva golem de carne e osso, mas o cérebro dela era um melão com fio de bronze em volta, então não era bom conversar com ela. — O morto-vivo suspirou. — Ora, parece que sou a única pessoa idiota o suficiente para achar que podia fazer carinho em uma fênix.

— Bom, estou feliz de termos encontrado você, Kit. — Matty bateu no ombro ossudo do bardo. — Kit, o Imatável. Não é assim que te chamam? É bom saber que você vai sobreviver a isso. A nós, quero dizer. Mesmo que a gente não. Que a gente não sobreviva, claro.

O ghoul abriu um sorriso que pareceu uma fresta de tampa de caixão.

— Também estou feliz de terem me encontrado. Vai ser uma honra contar a história de vocês. Está sendo bem divertido até aqui. Mas espero que tenha um final feliz.

— Não vai ter — murmurou Matrick.

— Vai — garantiu Gabe.

— Talvez tenha — disse Clay.

Alguma coisa o acordou. O som de movimentação, metal raspando em pedra. Alguém rosnou, alguém ofegou e Clay já estava indo pegar a arma quando se deu conta do que estava ouvindo.

Parecia que Sabbatha e Ganelon tinham terminado os jogos.

De primeira, a ideia de alguma intimidade acontecendo entre aqueles dois pareceu absurda. Eles mal trocaram uma palavra durante a viagem e tinham pouco em comum além de uma aptidão para a violência. Já haviam tentado matar um ao outro duas vezes. Ele pensou no primeiro encontro deles em Conthas, quando ela prendeu Ganelon no chão com o salto da bota e declarou que ela seria a última mulher que ele amaria.

Porém, quanto mais ele pensava, mais adequado parecia. Além do mais, ela e Ganelon eram jovens (ou *meio* jovem, no caso de Ganelon) e estavam mergulhando de cabeça em uma coisa terrível. Clay conhecia a sensação. Já a tinha sentido no passado. Havia algo na noite anterior a uma batalha, nos dias ansiosos antes de uma incursão no Wyld, que gerava um sentimento de... não era desespero, mas uma espécie de liberdade desvalida e desesperançosa.

As necessidades de Ganelon eram certas; afinal, o sujeito tinha passado dezenove anos duro como pedra. E quanto a Sabbatha? Clay não tinha a menor condição de imaginar o que se passava na mente de uma mulher, muito menos uma tão complexa quanto ela. Ele não conhecia o passado dela, mas era obviamente sombrio. Havia um ditado antigo: *Basta uma olhada em uma tigela para saber se foi um goblin que a fez.* Significava, ou ao menos ele *achava* que significava, que coisas belas não eram feitas por mãos rudes, e a daeva era a mulher — ou a tigela — mais deformada que Clay já conhecera.

Sua própria tigela era uma coisa meio frágil e já teria quebrado tempos antes se não fosse Ginny, de quem ele sentiu falta de repente com uma saudade tão intensa que queimou como brasa no peito.

Quando conseguiu apagar a brasa, a caverna tinha ficado quieta de novo, exceto pelo vento inquieto e o ronco do Matty, junto com um ruído ocasional de página virando. Kit não precisava dormir. Ele estava sentado do lado de fora da gruta, lendo um dos antigos livros de Moog sob a luz das estrelas.

Clay estava quase voltando a sonhar quando ouviu o ruído baixo e grave da voz de Ganelon.

— De novo? — perguntou ele.

— De novo — respondeu ela.

CAPÍTULO QUARENTA E TRÊS

A ESTRADA FRIA

Clay concluiu que quem quer que tivesse escolhido o nome da Estrada Fria devia ter um senso de humor particularmente sinistro. Ou isso ou a pessoa estava louca de pedra, o que explicaria por que ela estava caminhando pela Estrada Fria. Era fria, claro, mas definitivamente *não* era uma estrada. Na verdade, era qualquer coisa *menos* uma estrada.

Começava como uma inclinação íngreme de xisto despedaçado e escorregadio que *desafiava* você a usar as mãos para ajudar na subida. Quando chegou no alto, os dedos de Clay estavam todos cortados. Matrick mancava porque torceu o pé na subida. Ele teria caído se não fosse por Ganelon, que o segurou pela gola até o velho rei recuperar o equilíbrio.

Quando chegaram ao alto, Matrick ajeitou o colete e o cabelo.

— Obrigado — disse ele. — Ei, como foi no jogo de Quarteto de ontem?

Ganelon olhou para ele sem entender.

— Ganhou algum jogo? — perguntou Matrick sem qualquer malícia aparente.

Satisfeito, Ganelon respondeu:

— Ah, todos.

O rei piscou.

— O quê?

Mas o sulista já estava se virando. Em um gesto de magnanimidade tão raro quanto um urso-coruja, ele carregava a mochila velha do Gabe, poupando a Moog o peso dos filhotes órfãos. Os dois bichinhos ficaram misericordiosamente calados depois que o mago deu o café da manhã deles, apesar de Clay ainda ter arrepios ao se lembrar de Moog jogando mingau da própria boca nos bicos abertos.

A parte seguinte da Estrada Fria era uma pista de subida na face da montanha. Clay viu um grupo de bodes magrelos na inclinação acima. Um deles, com a barba tão comprida que chegava ao chão mesmo quando ele erguia a cabeça, baliu para alertar os outros. *Olha só esses babacas*, Clay o imaginou dizendo.

Eles encontraram vários deslizamentos bloqueando a estrada, forçando-os a parar e abrir caminho com as mãos, uma tarefa para a qual o ettin era bastante adequado. Gregor, com uma piscadela maliciosa para todos, disse para Dane que eles iam "cavar em busca de um tesouro", e apesar de a buscar sempre ser infrutífera, o otimismo de Dane permaneceu inabalável.

— Espero que a gente encontre ouro — comentou ele. — Ou prata. O que é mais bonito, Gregor?

— Ah, os dois são lindos — disse o irmão. — Mas o que espero mesmo encontrar é duramantium, o Imperador dos Metais!

— Durmadantum! — A boca de Dane enrolou a palavra, mas o sorriso destruído surgiu quando ele falou. — O Imperador dos Metais!

Eles seguiram em frente e, de repente, contornaram um canto e deram de cara com uma tempestade. Gabriel decidiu fazer um breve descanso enquanto Moog explorava as profundezas de sua bolsa procurando capas e peles pesadas que ele e Kit tiveram a responsabilidade de comprar em Conthas. O mago caprichara, ao que parecia. Entregou a Ganelon uma pele grande de javali com presas pontudas e a Matrick uma capa de pelo de raposa com capuz, até com orelhas e focinho.

— É de mentira — admitiu Moog. — E meio brega. E tenho quase certeza de que foi feito para uma mulher.

Matrick deu um sorrisinho debaixo do capuz.

— Gostei.

A capa do Gabe tinha praticamente um lobo branco inteiro pendurado nos ombros, e o próprio Moog vestiu um casaco pesado de pele de ovelha com um chapéu apropriadamente ridículo combinando.

O mago entregou a Clay uma pele de urso marrom peluda e olhou para Sabbatha com um pedido de desculpas.

— Eu não sabia que teríamos companhia.

Antes que Clay pudesse oferecer a pele, ela fez sinal de que não precisava e se protegeu com a plumagem preta-azulada em volta do corpo.

— Como está a asa? — perguntou Clay.

— Melhor — respondeu ela brevemente e saiu andando.

— Que bom — murmurou ele para as costas dela. — Boa conversa. — Ela e Ganelon juntos começava a fazer bem mais sentido para ele agora.

Quando eles voltaram a caminhar, Gabriel ficou para trás a fim de ficar ao lado de Clay, que estava na retaguarda.

— Tudo bem aí? — perguntou ele.

— Tudo — respondeu Clay, a respiração soltando fumaça antes que o vento frio pudesse levá-la para longe.

— Escuta, eu só… queria agradecer.

— Pelo quê?

Gabe estava prestes a responder, mas acabou rindo. Mais adiante, Moog olhou para trás e franziu a testa, como se consternado por ter perdido uma piada.

— Por onde eu começo? — perguntou Gabriel em voz alta. — Você veio atrás de mim em Coverdale. Salvou a minha pele naquela primeira noite na casa de Kal e de novo perto de Brycliffe. Lutou contra uma quimera por mim.

— Levei uma surra de uma quimera, você quer dizer — murmurou Clay.

Uma risadinha fez fumaça branca no ar gelado.

— É, bom, nós todos.

— Menos Ganelon.

— Menos Ganelon — admitiu Gabe. — Ah, mas você jogou o novo marido da minha ex-esposa de um navio voador…

Clay deu de ombros por baixo do manto pesado que era a capa de pele de urso.

— Amigos são para isso, né?

— Certo. — Outra risadinha do Gabriel. Ele deu um passo mais para perto até seus ombros se tocarem e seguiram andando lado a lado, para poderem conversar sem precisar competir com o vento. — Sei que você não queria participar disso, Clay. Você tinha uma coisa boa em casa. Quando pedi que viesse, você tinha mil motivos pra dizer não.

Só dois, pensou Clay, mas não se deu ao trabalho de comentar.

Seu amigo abriu um sorriso apertado.

— Mas veio mesmo assim. Está aqui, ao meu lado. E por sua causa, nós cinco estamos juntos de novo. Por sua causa, tenho uma chance, por mais impossível que possa parecer, de recuperar a minha filha. Ontem… — Gabriel balançou a cabeça e olhou para as botas. — Os outros nunca teriam seguido pela Estrada Fria se não fosse por você. Nós estaríamos nos esgueirando pela Garganta agora, com água até os joelhos no Rionoite, a semanas de chegar a Castia.

— Eles o teriam seguido — diz Clay com a convicção de um pecador. — Teriam seguido você até aqui.

Gabriel olhou para ele com os olhos apertados por causa do vento com neve.

— *Me* seguido? Deuses, você acredita mesmo nisso, não é?

— Bom, sim. — Clay tentava ficar de olho no chão traiçoeiro abaixo. A montanha tinha uma inclinação íngreme à esquerda; um passo em falso poderia levar a um escorregão perigosamente descontrolado. — Você é o líder — disse ele.

— Eu sou o representante — corrigiu ele.

Clay teve uma lembrança repentina de estar a uma mesa em Conthas (quanto, trinta anos antes?) com Gabriel, Matrick e Kallorek, sonhando com glória e determinando os papéis em um bando ainda sem nome. Gabriel era o rosto, Matty era as mãos. Clay foi os músculos por meia hora, até Ganelon aparecer.

— Representante, líder... é a mesma coisa — disse Clay.

— É?

Clay abriu a boca, fechou, passou um momento pensando se o que ia dizer fazia sentido antes de responder sem muita eloquência.

— É...

— Digamos que a gente salve a Rose — falou Gabriel, e Clay já estava começando a se sentir um cachorro velho e cego mancando na direção de um abraço carinhoso, de um machado misericordioso e de uma cova rasa. Gabe tinha um objetivo, mas estava pegando o caminho mais longo para chegar lá. — Digamos que a gente volte são e salvo para Grandual e depois eu peça aos rapazes, Moog, Matty, Ganelon, para continuarem com o bando. Talvez pegar uns trabalhos pequenos ou entrar no circuito de arenas para a gente se aquecer e depois fazer uma incursão de verdade pelo Wyld ou pelo Deserto no norte.

— Boa sorte com isso — disse Clay, apesar de saber que Gabe não estava falando sério. Pelo menos não *achava* que ele estava falando sério. Era difícil perceber às vezes.

— Eles não iriam — disse Gabe. — Claro que não. E depois que isso estiver feito, duvido que me seguissem para uma casinha se precisassem cagar. Mas se *você* pedisse? Se Clay Cooper entrasse sozinho em Heartwyld, ou no Deserto Invernal, ou no próprio Inferno da Mãe do Gelo... eles seguiriam. Você sabe que sim. E eu também iria.

Clay nunca se considerara o líder do Saga e ainda não se considerava, independente do que Gabriel dissesse. Por toda a sua carreira mercenária, ele foi onde Gabe dissesse que eles iriam, matou o que Gabe dissesse que precisava morrer, gastou o dinheiro que Gabe desse para ele gastar e vagava como uma folha inerte na correnteza da movimentação de Gabriel.

Era verdade que, de tempos em tempos, ele tinha feito diferença em dilemas morais que confundiam os seus companheiros e, com certa frequência, dava o primeiro passo por uma estrada difícil quando mais ninguém parecia querer ir. Ele admitia que houve até ocasiões em que fora matar o que precisava morrer sem pedir a permissão do Gabriel. Kallorek, por exemplo.

Clay ainda refletia sobre as palavras de Gabriel quando o progresso deles foi novamente impedido por uma pedra caída. Mas, desta vez, Dane realmente encontrou um tesouro no meio das pedras.

— Durmadantum! — declarou ele, mostrando o crânio envolto em gelo de um aventureiro infeliz.

Gregor fez o melhor que pôde da situação.

— É mesmo, irmão! Muito bem. Vamos dar uma boa olhada mais tarde. — Ele tirou o crânio da mão de Dane e entregou para Gabriel, que entregou para Moog, que jogou na neve atrás deles.

O caminho foi ficando mais traiçoeiro. O chão era íngreme e irregular, escorregadio por causa da neve e do gelo. O vento ficou mais forte, puxando e empurrando como um valentão querendo que você pulasse para não ser chamado de covarde. O pico de Libertação entrava na nuvem à direita deles. À esquerda, estava o desfiladeiro conhecido como Garganta. Fazia um caminho irregular e labiríntico de um lado da cadeia de montanhas ao outro, e Clay, tremendo apesar da pele de urso pesada, começava a desejar ter apoiado Matrick antes de começarem a subida. Devia estar quente lá embaixo, e a probabilidade de cair para a morte era comparativamente menor.

Lembre-se dos gigantes, disse ele a si mesmo. *Gigantes são ruins.* O pensamento conseguiu consolá-lo um pouco. O suficiente para manter as pernas em movimento, pelo menos.

Naquele momento, pela cortina de neve rodopiante, ele viu: uma área de gelo cristalino em arco de um lado do desfiladeiro ao outro. O último e mais letal trecho da Estrada Fria.

E, de repente, os gigantes não pareceram tão ruins.

Os rasks atacam antes de eles chegarem à ponte.

Clay estava indo na frente agora, se esforçando para não permitir que os olhos se virassem para a queda à esquerda, quando uma das criaturas veio deslizando e berrando pela face íngreme à direita. Ele foi na direção dela, torcendo para lutar o mais longe possível da beira do abismo, e a prendeu na pedra enquanto os outros passavam correndo.

Clay nunca tinha dado uma boa olhada em um rask de perto, e agora que havia um uivando na cara dele, não poderia dizer que ficara feliz com a oportunidade. Era do tamanho de Clay, com cabelo verde--azulado sujo e desgrenhado grudado como algas marinhas molhadas nos ombros magros. Os olhos da coisa eram pálidos como leite, o hálito uma mistura desagradável de sangue e menta. O nariz era comprido, afiado como um pingente de gelo e estava apontado perigosamente para o seu rosto. Clay segurava os braços longos da criatura com os seus e sentia as garras dele raspando na camisa de cota de malha, sem a qual ele já estaria estripado.

Ele empurrou a beira do *Coração Negro* no pescoço do monstro e o ouviu quebrar, mas a coisa continuou lutando. Clay chamou o mago quando ele estava passando.

— Ei, como mato isso?

Moog se virou, uma das mãos empurrando o chapéu de pele enorme de cima dos olhos.

— Como é que eu vou saber?

— Moog, estou falando sério!

— Eu também! Fogo funcionaria, mas boa sorte para conseguir... ah, espera.

O mago ficou de joelhos e enfiou o braço freneticamente na bolsa sem fundo. Ele tirou um pedaço de corda, o que não explicava por que estava sorrindo como se tivesse tirado algo útil, até Clay perceber que a corda não era corda. Era fio de fogo.

Clay percebeu movimento à direita. Outro rask pulou da crista acima e estava indo na direção deles.

— Moog, rápido — rosnou ele.

O mago cortou um pedaço curto de fio de fogo do resto. Correu ao lado de Clay e juntou as duas pontas. Houve um chiado e Moog jogou o aro repentinamente brilhante na boca do monstro. O tom do grito dele passou de raiva para dor; a cabeça derreteu como uma vela acesa com fogo de dragão.

Bom, tem um jeito de matar essas criaturas, pensou Clay.

Ele pulou para trás quando o fio de fogo, agora um círculo dourado derretido, caiu no chão perto dos seus pés, e se virou quando o segundo rask o alcançou, uma confusão de garras agarrando e dentes mordendo. Clay pulou para o lado, apoiou o *Coração Negro* no ombro e derrubou a criatura no abismo abaixo.

Ele e Moog correram atrás dos outros. Entraram em um corredor longo que Clay se lembrava como mais túnel do que um corredor aberto, mas era inverno na última vez que tinham passado lá. Agora, rasks se aproximavam por cima, passando como ladrões por aberturas no gelo. Mais criaturas bloqueavam o caminho à frente. Ele viu Gabriel abrir caminho por eles sem reduzir a velocidade. Matrick foi atrás, enfiando as adagas nos que ainda estavam se debatendo, enquanto Ganelon e Sabbatha lidavam com os que vinham de fora. Com o machado dele e a foice dela, Clay não conseguia imaginar lugar mais perigoso no mundo do que no alcance do círculo mortal dos dois.

Um rosnado partiu o ar à sua esquerda. Clay se virou na hora que um rask pulou em cima dele. Ele levantou o escudo tarde demais. As garras da coisa cortaram o seu rosto. A dor queimou, mas desapareceu rápido, expulsa pelo terror e pela adrenalina. O sangue escorreu para os seus olhos, grudou os cílios cobertos de gelo quando ele tentou piscar e atrapalhou a sua visão. Clay teve um vislumbre do rask atacando e se escondeu atrás do escuro. Foi derrubado para trás e a cabeça bateu com força na pedra fria.

Ele limpou o sangue dos olhos, mas a visão continuou borrada. Havia quatro rasks, depois doze, depois um de novo, indo na direção dele com garras que estalavam como uma tesoura de jardinagem.

Uma coisa *luminosa* passou girando. A cabeça do rask caiu no colo de Clay. O corpo caiu como o de um suplicante na frente dele e o homem viu que o pescoço tinha sido cauterizado. A uma curta distância à esquerda, outro disco de fogo brilhoso fumegava na neve.

— Viu esse arremesso? — Moog imitou o que pareceu aos olhos de Clay um velho jogando ferraduras com os netos. Mas quando o mago olhou para ele, seu sorriso sumiu. — Pela Misericórdia da Doce Donzela, você está bem?

Clay ficou de pé. Seus ouvidos estavam ecoando e ele sentiu o vento cutucando as feridas no rosto com dedos gelados.

— Estou, por quê?

Moog franziu a testa enquanto avaliava o dano que as garras do rask tinham feito no rosto de Clay.

— Por nada. Vamos.

Eles correram atrás dos outros e saíram da boca do túnel em um precipício de pedra exposta. A tempestade tinha passado, mas alguns flocos de neve ainda voavam na brisa, girando como flores no ar.

A ponte estava diretamente à frente, uma manifestação deprimente e vívida de tudo que Clay temia que fosse. Ampla na base, estreitava no ponto mais alto a uma faixa tão fina que eles precisariam atravessá-la um de cada vez. A montanha em frente, cujo nome

Clay não tinha se dado ao trabalho de perguntar, estava envolta em neblina branca.

— Devo lembrar que isso foi ideia sua? — perguntou Moog.

— Melhor não — respondeu Clay, e eles alcançaram os outros.

Kit foi primeiro, rastejando apesar do fato de que uma queda de vários mil metros não fosse passar de uma inconveniência para ele. Gabe e Ganelon ficaram de costas para a ponte, prontos para enfrentar os rasks que aparecessem.

Gabriel acenou para trás.

— Todo mundo, passem logo. Rápido, mas com cuidado. Muito cuidado — falou, olhando para Gregor e Dane.

Gregor assentiu seriamente. Dane riu, como se tivesse sido convencido de que eles estavam fazendo uma brincadeira infantil.

— Vou chegar primeiro, Gregor! — gritou ele.

— Vou chegar primeiro que os dois — disse Matrick, correndo na direção do cume. Moog e Sabbatha foram atrás deles, indo o mais rápido que podiam antes da ponte estreitar perigosamente e os obrigar a pensar em cada passo.

— Clay... — disse Gabe. — Deuses, seu rosto!

Clay encostou dois dedos no corte no nariz. Doeu e os dedos ficaram sujos de sangue.

— Está tão ruim assim?

Antes que Gabe pudesse responder, Ganelon flexionou os dedos no cabo do machado.

— Lá vem eles.

Os rasks explodiram da boca do túnel, gritando e berrando, consternados de boa parte da presa estar escapando, eufóricos de ainda haver três ao alcance.

Ganelon matou o primeiro com um golpe lateral. Gabe se adiantou com a *Vellichor* (e o aroma intenso de lilases se espalhou pelo ar) e mais dois caíram. Clay estava pronto logo atrás dele. Um empurrão com o *Coração Negro* quebrou os dedos de uma das mãos, um golpe do martelo quebrou o crânio acima dela. A lâmina azul-esverdeada de Gabriel brilhou na hora de cortar a cabeça de um rask antes que Ganelon agisse de novo. Ele empalou um, chutou um segundo, socou um terceiro na cara com a manopla de escama de dragão. A *Vellichor* cortou um rask no meio, e, quando outro pulou em Gabe, ele desviou e o fez tropeçar na direção de Clay ao esticar a bota. Clay se abaixou e se escondeu embaixo do escudo antes que a coisa caísse nele e, com todos os músculos das costas protestando, se levantou e jogou a criatura no precipício atrás. A expressão de respeito ressentido que ele ganhou de Ganelon fez a dor valer, ao menos naquele momento.

Vamos ter uma conversinha mais tarde, prometeu a sua lombar. *Ah, vamos.*

O grupo seguinte de rasks estava com menos entusiasmo evidente de correr pela ponte, a fome equilibrada pelo único instinto que importava mais: autopreservação.

Ganelon se virou para eles.

— Vocês dois, vão. Eu aguento aqui.

De qualquer pessoa, aquelas palavras pareceriam carregadas do peso horrível do sacrifício. De Ganelon, eram só a declaração de um fato. Ele poderia ter dito *Vou botar a chaleira no fogo* com a mesma certeza casual.

Gabe hesitou, dividido entre a ira e a razão, e acabou assentindo. Ele e Clay avançaram pela ponte, as pernas se esforçando, a respiração saindo branca da boca. Matrick estava no arco e tinha se virado para esperar Gregor e Dane, que estavam seguindo cuidadosamente pela parte mais estreita do gelo. Clay poderia ter rezado para que não se quebrasse, mas achava que os deuses já estavam de olho e já tinham feito apostas de quem cairia primeiro. O dinheiro certo estava no ettin de 360 quilos.

Uma coisa saiu da neblina atrás de Matrick, um rask bem maior que os que eles tinham enfrentado até ali. Um chefe, Clay achou ao reparar no aro de crânios quebrados pendurado no pescoço dele. O cabelo estava espetado com gelo, cortado em uma faixa no centro da cabeça. Chegou em Matrick em um instante, derrubando-o e prendendo-o no gelo com a garra estranguladora. Levantou a outra para golpear, as garras abertas como facas, e Clay ouviu as palavras de alerta de Kit ecoarem na sua mente.

A Estrada Fria cobra seu pedágio. Sempre.

CAPÍTULO QUARENTA E QUATRO

UM TÚMULO NAS NUVENS

Gabriel soltou um palavrão. Moog gritava alguma coisa, mas o vento entrava nos ouvidos de Clay e ele não conseguia entender. Sabbatha estava no meio da ponte, sem se mexer, sem tentar salvar Matrick antes que o rask o matasse. E ele o *mataria*, Clay tinha certeza.

Mas, de repente, o ettin estava lá. Agarrou o braço do rask chefe e o puxou no ar. O rask tentou atacar a cabeça de Dane, mas o ettin segurou o outro pulso dele também. Os dois monstros lutaram, os braços esticados, se debatendo como algo grudado em um crucifixo.

Dane se virou para perguntar alguma coisa a Gregor, mas eles estavam longe demais, o vento forte demais, para Clay conseguir ouvir. O rask se encolheu, atacou com a garra do pé e abriu um corte vermelho no pescoço de Gregor.

O ettin oscilou por um momento e caiu da ponte no abismo branco.

O coração de Clay despencou com eles, mas não havia tempo para luto. O rask caiu agachado. Começou a ir na direção de Matrick quando a voz de Sabbatha o fez parar.

— Venha até mim.

A criatura voltou o olhar embaçado para a daeva.

— Venha até mim — repetiu ela, tão baixo que o vento parou para ouvir, tão irresistível que as montanhas lutaram contra a prisão das suas raízes.

Preso a uma força maior do que a sua vontade, o rask chefe se aproximou e se agachou aos pés dela. Os crânios em volta do pescoço dele estalavam ao se chocarem uns nos outros, sorrindo como bobos. A expressão dele variava entre o medo e a reverência, como se Sabbatha fosse a própria Rainha do Inverno, sombria e divina sob a lua pálida da foice.

Umbra desceu como uma guilhotina, cortando a metade superior da cabeça do rask. A criatura conseguiu soltar um choramingo antes de morrer. Caiu da ponte e foi engolida pela nuvem.

Clay se viu a um passo da parte estreita sem saber como tinha ido parar lá. Ele afastou o olhar do vazio horrendo abaixo. A daeva estava de costas para ele. O vento tinha voltado, agitando as penas nas costas dela, levantando o cabelo preto e comprido como uma flâmula.

Clay engoliu em seco.

— Sabbatha…

— Sabbatha está morta — disse ela.

A asa direita se esticou, espalhando um punhado de penas pretas no ar. Clay as observou rodopiando, hipnotizado, quando uma sombra cobriu o seu rosto. Ele ergueu o olhar bem devagar, como um homem condenado olhando para o machado do executor, enquanto a asa em teoria ferida da daeva se estendia para o céu.

Fodeu, pensou. *Fodeu, fodeu, fodeu.*

— Larkspur — disse ele com voz sombria. — Bem-vinda de volta.

Ela se virou para ele.

— Obrigada.

Clay afastou o olhar da asa que não estava ferida e olhou diretamente para ela.

— Há quanto tempo.

O sorriso que partiu o rosto dela era uma coisa selvagem, terrivelmente lindo.

— Mais do que você imagina — disse ela, o que não era a resposta que Clay esperava.

Tanta enganação sem sentido, tantas mentiras que contamos... A mente dele girava, tentando captar o sentido oculto das suas palavras. *Esse tempo todo ela estava nos manipulando, paciente como um abutre em voo, esperando por um momento assim.*

— E agora? — perguntou ele, apesar de já saber a resposta.

O olhar de Larkspur foi para trás do ombro dele. Ganelon não apenas tinha impedido que os rasks se aproximassem, ele os espantou completamente. Chegou sem fôlego, mas ileso, e o sorriso da daeva se alargou quando o olhar dela se encontrou com o dele.

— Agora eu levo o seu rei — disse ela.

O sulista não respondeu. Até Gabe parecia sem palavras, embora Clay achasse que as palavras seguintes dele seriam *Eu avisei.*

Algo atrás da daeva atraiu sua atenção: ele viu Kit sair da neblina do outro lado da ponte. Os braços estavam pendendo inertes ao lado do corpo e alguma coisa, provavelmente o rask enorme, tinha atacado o seu pescoço. Mas ele parecia lúcido, e um olhar na direção de Larkspur lhe revelou tudo que ele precisava saber. O ghoul começou a correr pela ponte em uma velocidade moderada.

— E depois? — perguntou Clay, tentando ganhar tempo. — Vai voar com ele até Agria sozinha? É uma viagem longa e bem perigosa.

— Você viu o meu navio no céu, Mão Lenta. Meu navio *de verdade* — falou ela —, não aquele bordel voador que roubado do Kallorek. Onde está ele, aliás? A esposa dele disse que vocês o trouxeram. Não o deixaram a bordo para pegar fogo, não é?

Clay refletiu sobre algumas explicações complicadas, mas nenhuma chegava perto da verdade. Então preferiu dizer:

— Não.

O sorrisinho da daeva voltou e arrancou alguma coisa do peito dele. Ele percebeu que ela estava reprimindo a sua atração. Sufocando o efeito, para que ela não parecesse uma ameaça. Mas agora, estava ardendo, e Clay precisou se segurar para não se oferecer às chamas.

— Meus homens vão me encontrar — disse ela. — Vou cuidar disso. Agora, recue, Mão Lenta. Gosto de você, mas, se tentar atrapalhar, faço picadinho de você.

A ameaça dela arrancou uma gargalhada amarga de Gabriel.

— Você é inacreditável, sabia? Você vai fazer picadinho *dele*? Ele salvou a porra da sua vida, Sabbatha.

A daeva rosnou.

— Sabbatha...

— É, Sabbatha está morta. Ouvi quando você falou da primeira vez. É uma pena, sério, porque Larkspur é uma tremenda de uma filha da puta. Falando sério, o quanto você pode ser *má*? Depois de tudo que a gente passou, *mataria* mesmo o Clay? Arrastaria Matrick até Lilith por causa da porra de *pagamento*? A rainha vai matar ele!

Kit estava contornando o corpo caído de Matrick. Clay não tinha ideia do que o ghoul faria se conseguisse chegar a Larkspur, mas esperava que fosse o suficiente para distraí-la, ao menos por um momento.

— Ele já está condenado — disse Larkspur. — Vocês todos estão. Por sua causa, Gabriel. Porque ainda não percebeu.

— Não percebi o quê? — perguntou Gabriel.

— Que isso não é uma história — disse ela. Seu olhar se ergueu até as montanhas envoltas em nuvens ao redor. — Não tem final feliz. E você não é um herói. Você é só um velho mercenário iludido que...

Clay começou a correr assim que Kit a acertou por trás. Larkspur cambaleou para a frente, quase caiu da ponte, mas bateu as asas uma vez e conseguiu manter o equilíbrio. Ela enfiou a ponta do cabo da foice no peito de Kit, jogando-o para trás, e partiu para atacar Clay.

Ele se abaixou e deslizou, se arqueando para trás sobre os joelhos com os braços abertos quando *Umbra* cortou o ar centímetros acima do seu nariz. Clay ouviu as vértebras estalarem ao longo da espinha e toda a dor na coluna sumiu em um instante. Ele ficou de pé e deu um soco potente com o braço do escudo que jogou a daeva no chão. Um passo e Clay estava acima dela. O *Espectro* estava na mão dele, tão frio que queimou a pele da palma, e ele levantou o martelo...

— Espere, *por favor* — suplicou Larkspur.

Não havia poder nas palavras. Não havia atração. Só medo. A súplica desesperada de uma mulher por misericórdia. E se o homem acima dela fosse qualquer outro que não Clay Cooper, não teria sido suficiente.

Mas foi.

Ele hesitou, mas Larkspur não. A foice fez um arco entre eles e Clay viu, sem entender, sua mão caindo.

O queixo dele desabou como se fosse feito de chumbo. Estava vagamente ciente de alguém gritando o seu nome. Ele piscou, tentando se concentrar, e viu sangue na pele pálida do rosto de Larkspur, sangue na neve branca pura, sangue espumando no cotoco do braço a cada batimento lento do seu coração.

Sua mão se foi. Seu martelo se foi. Deslizaram pela beirada e sumiram de vista.

— Clay... — Ele viu Larkspur formar a palavra, mas foi a voz de Ginny que ouviu. Ela fez que ia se levantar e ele cambaleou para longe dela, só que um pé escorregou no gelo e o outro pisou no nada.

Clay caiu de cabeça na nuvem.

E a Estrada Fria cobrou o seu pedágio.

CAPÍTULO QUARENTA E CINCO

UMA CANÇÃO PARA O SONHADOR

O fim da infância de Clay aconteceu de repente, um incêndio que reduziu a floresta da sua juventude a cinzas. Começou como essas coisas sempre começam: com uma fagulha aparentemente inócua.

Quando esticou a mão por cima da mesa no café da manhã, Clay empurrou sem querer a caneca do pai. Mesmo cedo de manhã, ela estava cheia de vinho, que caiu no colo de Leif. Clay mal tinha aberto a boca para pedir desculpas quando o golpe veio e o derrubou no chão. Houve um grito agudo nos ouvidos e ele sentiu gosto de sangue na língua. Lágrimas arderam nos seus olhos, ameaçando envergonhá-lo.

— Nunca mais encoste a mão nele — disse a mãe. A voz dela soou baixa e feroz. Clay nunca a tinha ouvido usar aquele tom. Até Leif pareceu surpreso, mas acabou soltando uma risada e um som de desprezo.

— Ou o quê? — perguntou ele.

— Ou vou te abandonar. Vou levar Clay comigo e você nunca mais vai nos ver.

O sorriso feio do pai permaneceu no lugar, mas os olhos ficaram imóveis. Ele não respondeu, só se levantou e saiu pela porta. Ficou o dia todo fora, e quando Clay foi para a cama naquela noite, ele se perguntou se o pai tinha ido embora. Para a sua surpresa, a ideia de viver sem Leif era agradável.

O som da porta batendo o despertou. Seu pai chegara e estava bêbado. Clay ouviu a respiração entrecortada, o movimento pesado da perna ruim quando ele andou pela casa. Houve um silêncio e Clay prestou atenção ao seu coração contando lentos segundos na escuridão.

De repente, começou.

Gritos. O som do baque de punhos. Clay puxou o cobertor por cima da cabeça, tentando não ouvir quando os gritos viraram choro, quando o choro virou um choramingo abafado. Ele queria gritar, intervir em defesa da mãe, mas não conseguia encontrar a voz, menos ainda a coragem de compartilhar o peso da ira do pai. Então ele se encolheu na cama, paralisado de medo e se repreendendo por ser covarde.

— Vai me deixar, é? — Ele ouviu o pai perguntando.

— Espere, por favor — implorou a mãe. Palavras que fariam o seu filho parar tantos anos depois.

— Levar o meu filho para longe? — rosnou Leif, e Clay se deu conta de que a voz na cabeça dele, a que o condenava e o destruía, não era a dele. Era do pai.

Houve um som horrível e úmido de coisa quebrando seguido de outro silêncio horrível. Clay apurou os ouvidos, identificou o pai chorando baixinho e outra voz falou na sua cabeça. Era desconhecida e bem ameaçadora. Lembrou a Clay uma floresta coberta de uma camada grossa de neve do inverno. Essa voz, ele soube na mesma hora, era a dele mesmo. Ou de uma parte dele, pelo menos.

— Levante-se — disse a voz. E ele se levantou.

Quando Leif enfim entrou aos tropeços, com as mãos vermelhas, pela porta do quarto, o filho o estava esperando. Clay firmou os pés e os ombros, como tinha aprendido. Ele estava segurando o machado baixo e golpeou com toda força que conseguiu reunir.

Bata como se odiasse a árvore, dissera Leif, e Clay descobriu que essa foi a parte mais fácil de matar o pai.

Venha para mim, Clay Cooper.

Aparentemente, ele não estava morto. E, mesmo que estivesse, Clay sabia que aquelas palavras o trariam de volta. Por montanhas, pântanos, campos e florestas, por um oceano se necessário, para ela. Porque o lar para Clay Cooper não ficava dentro das fronteiras de nenhum reino. Não era Coverdale, nem uma casa no fim de uma estrada longa. Seu lar era onde Ginny estivesse, as fronteiras definidas pelo círculo formado pelos braços dela. O abraço dela era a lareira em que sua alma ardia, inextinguível. Ela era a única razão para ele ainda estar vivo.

Bom, isso e a cota de malha excepcionalmente durável.

Clay perdeu a conta das vezes que bateu na montanha durante a queda, se bem que, para falar a verdade, ele parou de contar depois de ficar inconsciente. O primeiro impacto, que veio segundos depois que ele caiu da ponte, quebrou seu braço esquerdo, o que poderia tê-lo incomodado mais se houvesse uma mão na ponta, mas não havia. Na segunda vez, ele bateu com força, mas a *Couro de Choque* tinha fama de impenetrável, e Clay bateu na lateral da montanha como um ovo em uma casca de ferro. Ele meio deslizou e meio caiu por uma inclinação longa, e depois de cair por outra queda íngreme, bateu a cabeça na pedra e resvalou para a escuridão.

Apesar disso, seu preconceito contra elmos continuou o mesmo. Ou você tinha seu orgulho, dissera Ganelon uma vez, ou não tinha nada.

Ele acordou enterrado em uma tumba de neve e se contorceu para se soltar, pois o braço direito estava preso em *Coração Negro* e o cotoco do pulso esquerdo não servia para cavar. O frio ao menos ajudou a retardar a perda de sangue a um gotejar ao qual era possível de se sobreviver, como seiva escorrendo de um olmo no inverno. Quando estava livre da neve, Clay pendurou o escudo no ombro e cortou uma tira da capa de pele de urso. Com os dentes batendo e a mão direita quase congelada, levou uma eternidade para improvisar um curativo no ferimento.

Depois, passou alguns minutos olhando o pulso mutilado, repugnado porque era tão grotescamente surreal, fascinado porque como ele *não* sabia que havia *dois* ossos no antebraço? Ele estava pensando nisso quando o som baixo de uma cantoria chegou aos seus ouvidos.

É a concussão, falou para si mesmo. *Você está delirando, Cooper.*

Mas o cantor tossiu, ficou em silêncio e começou de novo. E tinha mais: Clay não conhecia a música.

Ele se levantou, caiu para o lado e se levantou de novo. Tentou tirar o cabelo dos olhos, mas só bateu na cara com o cotoco da mão cortada. Foi muito doloroso e só um pouco menos constrangedor porque não havia ninguém por perto para ver.

Clay começou a andar na direção do som. Depois de cinco ou seis passos, ele parou, enfiou a mão direita na calça e se aliviou na neve. *Não tem sangue*, reparou ele, admirando o fluxo. Aquilo era bom.

Seu olhar subiu pela parede da Garganta à frente, cuja metade superior estava manchada de vermelho pelo sol poente. Ou sol nascente. Clay não tinha a menor ideia de quanto tempo tinha ficado apagado, mas a julgar pela bexiga cheia, deviam ter sido vários milhares de anos, pelo menos. Quando terminou, ele continuou andando, seguindo o som da música pelo corredor tomado de sombras.

Ele encontrou o ettin caído em uma pilha de destroços. Os membros estavam tortos, a cabeça de Gregor estava virada em um ângulo bizarro. O ferimento no pescoço dele tinha rasgado durante a queda; o peito estava manchado de sangue.

Dane, milagrosamente, ainda estava vivo. Ele cantava baixinho, e quando ouviu o barulho da aproximação de Clay, levantou a cabeça, cansado.

— Olá?

— Oi, Dane.

— Clay? Você também voou até aqui?

Clay talvez tivesse rido se as suas costelas não estivessem doendo tanto.

— Voei — respondeu ele, por fim. — Mas o pouso foi horrível.

Dane riu ao ouvir isso, mas levou um dedo aos lábios.

— Gregor está dormindo — disse ele. — Eu estava cantando uma cantiga de ninar para ele, como a nossa mãe fazia quando éramos pequenos. Não me lembro dela, mas Gregor diz que era muito bonita.

Clay nunca tinha visto um ettin bonito. Duvidava que tal coisa existisse. Mesmo assim, decidiu acreditar.

Gregor nasceu um monstro em um mundo monstruoso e conseguiu encontrar beleza nele mesmo assim. Ele espremeu suco doce de uma laranja podre. Pintou uma casa velha de rosa. E, mais ainda: deu isso tudo para o irmão como presente.

— Ele está sonhando — sussurrou Dane.

Clay lançou um olhar para a garganta aberta de Gregor. *Eles compartilham sonhos*, lembrou.

— Você consegue ver?

Dane assentiu.

— É um sonho bonito. Um sonho pacífico. Consigo ver na minha cabeça, como se estivesse lá do lado dele.

Você teria que estar, pensou Clay. *A não ser que ettins não fossem ettins nos sonhos.* Dane fechou os olhos amarelados e ficou em silêncio por tanto tempo que Clay achou que ele talvez tivesse sucumbido aos ferimentos, mas de repente sorriu, os dentes como colunas quebradas brilhando no crepúsculo.

— É tão lindo, Clay. Queria que pudesse ver.

Clay estava com frio. Estava cansado, e faminto, e com dor. Fora traído, todos eles foram traídos, por Larkspur, e Matrick provavelmente estava condenado. Ela o levaria para o leste, e Gabriel seguiria para Castia; estava perto demais para voltar agora. Ganelon iria atrás dele. Moog retorceria as mãos e puxaria a barba, mas iria também, pois o que mais poderia fazer? O caminho de volta estaria infestado de rasks.

O bando tinha acabado. A pequena esperança deles estava perdida. Rose, como ela mesma dissera, estava praticamente morta, e os dias sombrios que viriam levariam cada um deles, um a um. *Exceto, talvez, eu*, pensou Clay. Só ele estava preso no limbo, entre a vida e a morte, parado na porta do céu sem mão para bater nela.

Ele se ajoelhou, se acomodou nos calcanhares e cruzou os braços para se proteger do frio.

— Pode me contar sobre o sonho? — pediu Clay.

Quando Clay acordou, já era de manhã. Ele adormeceu de joelhos, o queixo apoiado nos elos frios da corrente da cota de malha. Uma neve leve estava caindo, pousando de leve, como uma bênção, nos ombros dele. O ettin estava morto.

Ele viu por olhos embaçados que Dane tinha morrido como viveu: com um sorriso grande e feio na cara.

Foi difícil se levantar. Suas costas gemeram, as costelas choramingaram, os joelhos uivaram em protesto, mas ele conseguiu ficar de pé e permanecer assim enquanto olhava para a esquerda e para a direita da Garganta. Nem sinal de gigantes. Só havia imobilidade e neve caindo. Por um momento, Clay desejou ter insistido para que eles fossem por lá em vez de pegarem a Estrada Fria. Mas, não, ele aprendera que guardar arrependimentos era como guardar brasas nos bolsos: não fazia sentido e havia uma boa chance de você sair machucado. Provavelmente fora Ginny quem lhe dissera isso.

Ele viu uma coisa a leste: fumaça no céu azul-esbranquiçado. *Um sinal*, soube ele na mesma hora.

Meus homens vão me encontrar, prometera Larkspur na ponte. *Vou cuidar disso.*

Clay mordeu o lábio enquanto olhava para o leste. Quanto tempo até o *Estrela Negra* passar perto o suficiente para ver a fumaça? *Um dia, se eu tiver sorte*, pensou Clay. *Algumas horas, se eu não tiver.*

Ei, Cooper, disse outra parte da mente dele, *você acabou de perder a mão, cair de uma montanha e ver um amigo morrer no frio. Você acha mesmo que tem sorte?*

— Verdade — murmurou ele para ninguém.

O que quer que fosse acontecer em Castia, a participação de Clay tinha se encerrado. A daeva cuidara disso. Ele jamais alcançaria a cidade a tempo de ajudar Gabriel. Mas havia uma chance de ele poder resgatar Matrick antes dos servos de Larkspur chegarem, supondo que ele pudesse fazer alguma coisa com costelas quebradas e com uma mão a menos contra uma caçadora mortal e a sua fabulosa nova foice.

Ele começou a correr mesmo assim.

CAPÍTULO QUARENTA E SEIS

LIBERTAÇÃO

A corrida determinada de Clay foi ficando mais lenta até se tornar um deslocamento só um pouco mais rápido (porém mais exaustivo) do que uma caminhada. Quando o passo trovejante de gigantes sacudiu o chão, Clay ficou grato pela oportunidade de desabar atrás de uma rocha e recuperar o fôlego enquanto eles passavam.

A voz grave de um deles chegou, vinda de cima.

— Não entendo. Se as minhas bolas *literalmente* congelassem...

— Significaria que elas *realmente* congelaram e caíram — disse uma segunda voz. — O que você quis dizer, na verdade, é que as suas bolas *figurativamente* congelaram.

— Então tenho usado a palavra errado todo esse tempo? — perguntou o primeiro.

— Literalmente! — grunhiu o companheiro, e os dois caíram na gargalhada.

Clay esperou os passos se afastarem para seguir em frente. Em algum momento depois do meio-dia, saiu da boca larga de caverna da Garganta e começou a subir a encosta sul de Libertação de novo. O suor gelava sua pele, as costelas reclamavam a cada respiração, mas ele continuou em frente, passo a passo, desesperado para chegar à coluna de fumaça antes que o navio de Larkspur chegasse.

O *Estrela Negra* chegou primeiro, mas por pouco. Clay estava tão perto que o viu descer. Relâmpagos estalavam de vela a vela, os motores reduzindo até só uma espiral girar em cada, o suficiente para manter o encouraçado pairando acima do chão rochoso. Uma escada foi jogada pela lateral e alguns monges desceram. As vestes escarlates balançavam ao vento.

Clay estava deitado atrás de uma ponte próxima, apoiado no cotovelo bom. Ele viu Larkspur descer a inclinação, deixando o prisioneiro amarrado e aparentemente inconsciente ao lado do que restava do fogo. Se Clay conseguisse libertar Matrick, talvez pudessem fugir para a Garganta, onde o navio voador não podia ir e o voo de Larkspur a tornaria alvo óbvio para os gigantes.

Uma risada amarga escapou dele. *É um plano horrível, Cooper, mas é tudo que você tem. Agora, levante-se...*

Ele tentou se empurrar para cima, mas o braço cedeu embaixo do corpo. O maxilar de Clay bateu nas pedras e as costelas reclamaram. A respiração condensou ao sair do nariz quando ele tentou se levantar de novo. Mas fracassou. Suas pernas estavam pesadas como pedras, e Clay sentiu o coração tremer de pânico ao pensar em fazer mais esforço. *Não me obrigue*, implorou o coração. *Você não pode me obrigar!*

— Teu cu — sussurrou Clay. Ele puxou um joelho embaixo do corpo e o usou para se levantar. Ele oscilou por um momento antes de cambalear de pé. Um passo o levou até a crista atrás da qual ele estava escondido, outro o levou por cima, e o impulso o levou pela inclinação cheia de pedrinhas na direção de Matrick. Ele olhou para a direita e viu os monges se jogando aos pés de Larkspur, os rostos encostados no chão. O sol poente levou a sua sombra até quase as costas da daeva.

Clay caiu de joelhos entre Matrick e o fogo sinalizador da daeva, torcendo para que o véu de fumaça pudesse esconder a fuga deles. O rei olhou para cima, o olhar embaçado. Ele tinha perdido um pouco de peso nas semanas anteriores e agora aquilo estava mais evidente do que nunca. Parecia esgotado, com a papada com pelos grisalhos frouxa embaixo das bochechas afundadas.

— Clay.

— Eu mesmo.

— Ela disse que você estava morto. Disse que você caiu.

— Eu caí — confirmou Clay. — Mas não morri. Ainda não. — Ele tentou abrir um sorriso que não ficou muito bem.

Matrick fez uma careta.

— Cadê o Gabriel? Está com você? E os outros?

— Eles se foram — disse Clay, e quando o rosto de Matrick ficou pálido, ele esclareceu rapidamente. — Eles foram em frente, foi o que quis dizer. Somos só nós agora.

Matrick gemeu.

— Você não devia ter vindo. Ela me quer vivo, mas vai te matar, com certeza.

— Obrigado pelo aviso — murmurou Clay.

— Deuses, a sua mão! — Matrick apontou para o cotoco enquanto Clay procurava as amarras embaixo da capa velha de raposa.

— O que tem?

— Onde está?

— Perdi.

— Você *perdeu* a sua mão? Como assim, *perdeu*? Como…

— Matty, não consigo… Você está amarrado?

— O quê? Não.

Clay tirou o cabelo dos olhos, exasperado.

— Onde estão suas adagas?

Matrick bateu de leve nas bainhas, nas costas.

— Bem aqui, por quê?

— *Por quê?* — Clay forçou as palavras por entre dentes para não gritar. — Por que ainda está aqui? Por que não fugiu? Não lutou?

— Para quê? — Matrick deu de ombros, impotente. — Estamos fodidos, Clay. Literalmente fodidos.

— Figurativamente.

— O quê?

— Nada. Deixa para lá.

— A gente não vai conseguir fugir dela correndo. — Matrick suspirou. Ele parecia tão cansado quanto Clay se sentia e à beira das lágrimas. — Não tem como vencer em uma luta. Pensa bem. Toda aquela coisa de Sabbatha? Ela estava fingindo o tempo todo! É melhor deixar ela me levar e acabar com isso.

Clay não acreditava no que estava ouvindo. Ele passou o dia se esforçando. Tinha chegado ao limite da resistência e se forçado a seguir por várias horas. Arriscara a vida para resgatar Matrick e agora Matrick *não queria ser resgatado?* Era demais. Era mesmo. Fechou os olhos, engoliu em seco para segurar a fúria que subiu pela garganta e disse, com a voz mais calma que conseguiu:

— Levanta.

— Clay!

— Levanta! — repetiu ele, e percebeu tarde demais que Matrick estava tentando avisá-lo.

Clay virou a tempo de ver um monge sair da cortina de fumaça, filetes se espalhando no pé esticado. O chute quebrou o seu nariz de novo e abriu o ferimento recente do rosto, jorrando sangue em arco quando a sua cabeça virou. Clay caiu, a dor latejando no crânio como uma música ruim tocada alta demais com os instrumentos errados. Alguém segurou as suas pernas e o arrastou por pedra áspera. Seus dedos tentaram se agarrar em alguma coisa e os olhos dançaram, tentando focalizar.

Ele viu nuvens escuras como hematomas no céu laranja e a movimentação de vestes vermelhas, como sangue na água, quando os monges foram para cima dele.

Clay sentiu punhos e pés o golpeando. A *Couro de Choque* absorveu o pior, mas mesmo assim as costelas dele choraram como uma mãe de luto. Ele foi chutado na canela, socado no pescoço e estava tentando decidir o que doía mais (o pescoço, com certeza) quando Matrick gritou.

— Sabbatha! Mande-os parar! Sou eu que você quer! Ele só estava tentando ajudar. Deixa ele ir! Deixa ele ir e vou com você sem dar trabalho.

Silêncio da daeva e vários outros golpes dos servos dela. Clay se encolheu, aninhando a mão cortada, o braço bom levantado para proteger a cabeça.

— Parem.

Um chute o fez rolar e Clay viu Matrick pular de pé.

— Parem agora! — gritou ele, mas poderia ter sido um esquilo pela atenção que lhe deram. Entre um chute e outro, a expressão de Matrick foi de impotência a frustração, de frustração a fúria. Ele enfiou a mão embaixo da capa…

Por favor, que surjam as adagas.

… e puxou uma garrafinha. Tirou a tampa e a jogou longe para depois virar a garrafa nos lábios. A garganta pulou quando Matrick engoliu a bebida, depois jogou a garrafa longe e tirou a capa de pele de raposa dos ombros. Limpou a boca com as costas da mão.

— Já era esse papo de ir sem dar trabalho — rosnou ele, e finalmente, *finalmente* as adagas surgiram.

Gabriel matava com brilho e floreio, Ganelon com o instinto de um predador por natureza. Quando o assunto era lutar, Clay só tentava manter a si mesmo e aos amigos vivos. E Moog? Bom, o mago era cheio de surpresas, e a maioria delas mais distrativa que mortal.

Matrick, por outro lado, era um assassino violento. Enquanto Gabe brincava com um inimigo ou Ganelon arrancava o machado de um cadáver de inimigo, Matrick era capaz de abrir buracos em meia dúzia de homens. Ele lutava com uma espécie de fúria meticulosa, distribuindo a violência em pequenas explosões frenéticas. Clay o viu uma vez lutar com seis homens e vencer. Claro que ele era bem mais jovem na época, além de mais rápido e não tão gordo.

Ele não matou nenhum dos monges quando saiu ao resgate de Clay, mas cortou todos os sete pelo menos uma vez. Eles se espalharam como lobos espantados por um ferro quente, mas, como lobos, voltaram, famintos por sangue.

Matrick escolheu um da alcateia e foi para cima dele, desviou de um golpe dado na direção das sua cabeça e enfiou as duas adagas no peito do sujeito. Libertou as lâminas, se virou quando os outros agressores se aproximaram e usou um dos seus truques favoritos para ajudar a equilibrar as coisas: balançou a adaga na cara do homem mais próximo. Não era um ataque. Mas o sangue na lâmina pingou nos olhos do monge e o cegou por um momento.

Um momento era tudo de que ele precisava. Matrick cortou a garganta do homem e seguiu em frente, cortando três dedos do próximo monge que se aproximou e enfiando a outra adaga no queixo, interrompendo um grito.

Quatro, contou Clay, observando do chão. *Um contra quatro.*

Um chute jogou Matrick rolando de lado, e ele continuou rolando, escapando de um pisão de um monge e derrubando outro. Ele se levantou atacando, se defendendo de uma série de golpes com facas de lâmina afiada. Ele olhou por cima do ombro de um agressor e sorriu.

O homem olhou. Claro que olhou, pois ninguém simplesmente *sorria* por cima do seu ombro para nada no meio de uma luta.

Só que, às vezes, era exatamente isso.

Um contra três, pensou Clay quando o monge caiu no chão.

Matrick estava dançando, quicando nas pontas dos pés, ondulando como uma cobra encantada saindo de uma cesta. Sorria com honestidade agora, obviamente se divertindo, e quando o monge seguinte chegou perto, Matrick só bateu os dentes e o sujeito pulou para longe de medo.

— Rá. — Matrick se empertigou e girou as adagas com um floreio, mas deixou as duas caírem.

É. As duas.

Clay não viu o que aconteceu em seguida, porque a risada cruel de uma mulher exigiu a sua atenção. Larkspur estava parada ao lado dele, *Umbra* apoiada nos ombros, atravessada. Algo no olhar dela, meio de lado, avaliador, tinha características distintas de ave.

— Você é um homem difícil de matar, Clay Cooper.

Apesar das dores chatas nas pernas, costas, pés, pescoço, cabeça e braços, e a despeito da sensação sufocante de falta de esperança que se abria como uma flor negra nas entranhas, Clay se surpreendeu por não precisar se esforçar em nada para abrir um sorriso abatido.

— Mas sou fácil de machucar — disse ele.

O rosto dela se abrandou. Os olhos se desviaram para o cotoco ensanguentado do braço esquerdo. Ela abriu a boca, mas logo a fechou, como se com medo de um pedido de desculpas escapar sozinho. Ele viu os músculos do maxilar dela trabalhando e imaginou os dedos ficando brancos embaixo daquelas garras de aço afiado. Ela pareceu por meio segundo a mulher com quem eles enfrentaram as provações das semanas anteriores, e Clay se perguntou qual das duas, Sabbatha, curiosa e empática, ou Larkspur, a caçadora cruel e insensível, era a mentira maior.

O que você é, sussurrou Ginny na mente dele, *o monstro ou o homem?*

Ao olhar para a daeva, Clay viu que ela lutava com a mesma pergunta, a mesma escolha que a definiria. Ele sabia que poderia ter dito alguma coisa. Poderia ter pedido que ela o poupasse, e, ao fazer isso, que preservasse o vestígio que restava da garota que ela fora um dia. Mas ele sabia também que a palavra errada podia fazê-la decidir rápido demais ou concluir, de forma precipitada e errada, que não tinha escolha.

Uma das mãos desceu pelo cabo da arma, fazendo um ruído que parecia a garra de um corvo raspando uma lápide. A luz sumiu dos olhos dela, e Clay desejou subitamente ter dito alguma coisa, qualquer coisa, para adiar aquele momento.

— Eu... — Isso foi tudo que ela conseguiu falar antes do dardo penetrar no peito dela e a jogar para a frente. Ela caiu a vários metros, imóvel. Clay ficou olhando para onde Larkspur estava apenas um momento antes; só havia penas agora, rodopiando no vento enquanto outro navio voador descia do céu.

O brilho dourado do sol forçou Clay a proteger os olhos. Ele tentou observar atrás de si e viu Matrick lutando com o único monge que restava. A luta deles parou quando a sombra do navio os cobriu, mas Matrick aproveitou a vantagem. Tirou uma das facas da mão do outro homem e o derrubou com o pomo.

— Precisam de carona, garotos? — gritou alguém. A voz era rouca, familiar. Quando Clay finalmente conseguiu enxergar direito para identificar, viu que também era familiar o rosto a quem ela pertencia.

Barret estava na amurada do *Velha Glória*. Estava segurando uma besta, a fonte do dardo que acerto Larkspur segundos antes.

— Depende — gritou Clay. — Estão indo para o oeste?

O líder do Vanguarda olhou com desespero para Ashe e Tiamax, ambos atrás dele. O aracniano balançou quatro braços ao mesmo tempo, e Clay ergueu a mão que ainda tinha em saudação.

— Infelizmente, acho que sim — disse Barret.

CAPÍTULO QUARENTA E SETE

NOVAS MÃOS, VELHOS AMIGOS

Clay estava apoiado na amurada do *Glória*, vendo a sombra do navio ondular sobre neve e pedra. O vento arrancava lágrimas dos olhos dele, desgrenhava o seu cabelo e puxava a beira da capa de pele de urso. Estava frio e isso fazia o ferimento do rosto dele coçar como a barba infestada de pulgas do Senhor do Verão, mas, *deuses*, como era bom.

Ele estava vivo. Matrick estava vivo. Tinham sido resgatados de forma um tanto improvável por velhos amigos e estavam agora no céu, voando para um reencontro com os companheiros de bando, que sem dúvida achavam que eles estavam mortos.

Ah, e Clay tinha uma mão nova.

— Posso consertar isso para você — dissera Tiamax logo depois que eles decolaram. Não iriam muito longe, pois voar sobre as montanhas à noite era tão seguro quando entrar em uma banheira com um jacaré, mas tinham pressa, e até o sol se pondo fornecia um pouco de luz que ajudava a enxergar.

Clay estava mexendo no torniquete improvisado, que ficara encharcado de sangue e encolhera ao secar.

— Você tem ataduras? — perguntou Clay.

— Claro. Mas eu estava falando da mão. Quer uma nova?

O homem franziu a testa e tentou decidir se o aracniano estava brincando, mas era difícil perceber qualquer tipo de humor naqueles olhos de inseto.

— Você pode fazer uma mão falsa para mim?

Uma gargalhada estalada.

— Eu posso fazer *crescer* uma mão novinha e perfeita.

Clay ficou esperando a piada, mas Tiamax permaneceu olhando para ele com expectativa, então decidiu morder a isca.

— Como?

— A solução é complexa, mas o procedimento é bem simples. Você está fora de jogo tem um tempo, Mão Lenta. Nós passamos por muita coisa desde que você e os seus companheiros deixaram as espadas de lado. Posso preparar o unguento em uma hora, se você quiser.

Ou o aracniano estava falando sério ou era um péssimo piadista.

— De que é feito esse… unguento?

Três pares de braços segmentados deram de ombro.

— De algumas ervas, além de um pouco de troll, uma pitada de estrela-do-mar e umas pessoas.

— Pessoas?

— Pessoas — disse Tiamax secamente.

— É magia?

— É *medicina*. Tem também uma pitada de orc para ajudar os ossos a amadurecerem mais rápido. Você sabia que um orc pode desenvolver mais de dois mil dentes ao longo da vida?

Clay não sabia, mas estava abalado demais para dizer aquilo no momento. Ele acabou inclinando a cabeça para indicar a mandíbula quebrada do médico.

— Por que não usou em você?

Tiamax fez um barulho estalado.

— Não funciona na gente, os ovíparos, infelizmente. Além do mais, acho que fico com cara de durão.

Ashe, que estava afiando uma espada no sofá em frente a Clay, deu uma risada debochada baixinha.

— Quanto tempo vai demorar? — perguntou Clay com dúvida.

— Algumas horas — disse Tiamax. — Vou dar uma coisa para que possa dormir mais fácil. O processo regenerativo pode ser um pouco doloroso, pelo que me disseram. E é bem perturbador de assistir, como pode imaginar.

Clay suspirou. Achava que tinha pouco a perder com a tentativa, e se o unguento milagroso o poupasse de explicar para Ginny por que ele saiu de casa com duas mãos e voltou apenas com uma então sem dúvida valia a pena.

— Por outro lado — refletiu Tiamax —, *Cooper, o Maneta* tem uma sonoridade bem legal.

Barret, vigiando na amurada oposta, foi o primeiro a vê-lo.

— Ali! Edwick, nos leva para baixo.

— Para baixo então — gritou o bardo, movendo as mãos de leve sobre as esferas.

O dhow voador desceu pelo contraforte, e, quando se inclinou para pousar, Clay viu os seus companheiros de bando. Gabe e Ganelon pararam para olhar, mas Moog puxou a veste para cima e correu na direção da embarcação na hora em que ela tocou no chão. Os filhotes de urso-coruja foram atrás dele, mordendo um ao outro na tentativa de ficar mais perto do mago.

Matrick deu um grito e passou por Clay. Ele e Moog se encontraram em uma confusão de risadas e muitos pulos.

Clay desceu para o chão. Apesar dos cuidados médicos (e de uma dose de drogas digna de um viciado para aliviar a dor), ele ainda estava em péssimo estado. Tiamax dera pontos no rosto dele e ajeitado o braço quebrado com uma tala e uma tipoia, mas a dor se espalhava pelo seu corpo inteiro e a cabeça latejava como se ele tivesse tomado um barril inteiro sozinho na noite anterior. Por outro lado, considerando que ele caiu pela encosta de uma montanha e passou o dia seguinte subindo metade dela correndo, Clay precisava admitir que se sentia melhor do que tinha o direito.

— Clay! — Moog pulou até ele, os olhos azuis brilhando. — Pelos Pequenos Deuses dos Goblins, achei que nunca mais veria esse seu rosto lindo! — Ele passou um momento analisando os pontos do aracniano. — Esse ovíparo é um artista com agulha e linha, devo admitir. As coisas que eu poderia fazer com quatro braços a mais… E a sua mão! Posso?

Clay deu de ombros, e Moog se inclinou para examinar a mão nova.

— Fascinante — sussurrou, chegou mais perto e farejou. — É estrela-do-mar?

Clay puxou a mão de volta quando Kit se aproximou.

— Você tem um pouco de fênix no sangue — falou o ghoul.

Ganelon se aproximou e deu um tapa no ombro dele.

— Você é difícil de matar, Mão Lenta — disse ele, o que, pelo que Clay entendia, era um grande elogio entre assassinos de sangue-frio.

— Mas quebro fácil — disse Clay, ecoando as palavras que dissera para Larkspur no dia anterior. Por um segundo, ele se perguntou se a daeva estava morta. Quando Clay a viu pela última vez, ela estava caída, imóvel, com um dardo longo de ferro enfiado no peito. E, antes disso… bom, ele tinha certeza de que a daeva estava prestes a matá-lo. Mas, mesmo assim, uma parte dele torcia para que ela vivesse o suficiente para escapar da sombra do seu passado.

Ganelon riu, deu um aperto amigável no ombro dele e se afastou.

Gabriel se aproximou dele por último.

— Achei…

— Eu sei.

— Se você…

— Eu sei — interrompeu Clay de novo.

Gabriel correu a distância que restava e esmagou Clay em um abraço tão apertado que quase deu para ouvir as costelas dele gemerem. Clay passou o braço bom em volta do pescoço de Gabe e sentiu o amigo deixar escapar uma respiração trêmula.

Quando Clay se sentiu capaz de falar, ele disse:

— Eu voltei.

— Você voltou — disse Gabe no ombro dele, e se afastou para observar o resto do bando com olhos brilhando como diamantes. — E agora, vamos terminar isso.

— Para ser sincero, eu não planejava vir — disse Barret. — Só que a minha esposa ficou de saco cheio de me ver largado pela casa. Ela botou a espada na minha mão e me expulsou pela porta!

— Mentira — disse Ashe, declarando o óbvio.

Barret riu.

— Meus garotos estão em Kaladar para a Feira da Guerra, senão eu os teria trazido. Eles têm um bando agora. Noites Valorosas é como se acham. Um nome de merda, se quer saber o que eu acho, mas não me perguntaram. — Ele soltou um longo suspiro. — Ah, bom, não acho que vão lamentar terem perdido essa pequena aventura. Nós pegamos umas tempestades bem ruins no caminho e precisamos pousar uma vez para encher o motor com água que tem cheiro de esgoto de cidade, mas, ei… chegamos!

— Estou feliz de estar aqui — disse Leitão, mastigando um pretzel do tamanho de metade da cabeça dele.

— Eu também — disse Ashe com um sorrisinho afiado. — É uma emoção e tanto, sabem, puxar uma briga que não dá para ganhar. — Ela piscou e chegou perto de Ganelon. — Deixa a minha calça molhada.

— Pode ser que a gente ganhe — disse Leitão.

Tiamax ergueu um copo.

— A calças molhadas e ao otimismo ilimitado e irracional da juventude! — Ele olhou duas vezes para Matrick (bem, *doze* vezes, na verdade, se você contasse os oito olhos menos os dois que o tapa-olho cobria). — Precisa de uma bebida, Matty?

O velho rei deu um sorriso educado.

— Não, obrigado. Acho que para mim... já deu.

O médico fez um som que foi algo entre um chiado e um assovio que Clay interpretou como descrença.

— Já deu o quê? Não de beber. De beber?

— De beber, é.

— Bom, então é isso — disse Moog com alegria. — O mundo acabou.

Todos riram, até Ganelon, e a mente de Clay voltou para a noite que eles passaram na caverna da montanha, quando refletiu sobre a bizarra sensação de euforia que tantas vezes surgia na véspera da batalha.

É agora, pensou ele, olhando para cada rosto no convés do navio. Cada sorriso estava um pouco largo demais, cada gargalhada um pouco alta demais. Havia algo de irreal naquele momento, algo que *não estava exatamente certo*, como ver uma aranha barbada dançar e levar uma facada em pleno dia do aniversário. *Chegamos ao fim. E todo mundo entende isso.*

— A gente não sabia direito onde encontrar vocês — disse Barret. — Mas aí, vimos a fumaça e encontramos esses dois lutando com a caçadora de homens e os servos dela.

— Sorte nossa — disse Matrick.

— Então Larkspur está morta? — perguntou Gabe.

— Provavelmente — falou Clay e viu os olhos de Ganelon se apertarem de leve.

— Eu tinha me esquecido da Feira da Guerra — disse Moog, acariciando distraidamente as penas do urso-coruja que dormia no colo dele.

— É a maior festa do mundo — disse Barret. — Admito que lamento um pouco por estar perdendo.

Ashe balançou a mão no ar.

— Bá! O que tem para perder? Só um bando de aspirantes a mercenários e heróis ultrapassados passando tempo em umas ruínas velhas. A festa de verdade vai ser aqui, não é, Gabe?

— Prontinho — disse Kit. O morto-vivo ficou quase uma hora na frente de uma mesa baixa, usando pedra de giz para desenhar um mapa detalhado de Castia e seus arredores. Os integrantes de ambos os bandos se reuniram para olhar.

— A cidade fica por cima do rio, como Fivecourt, só que está construída em uma subida, e não em um vale. Tem dois portões. O do leste — Kit usou o dedo cinzento fino para mostrar no mapa — e do oeste. As muralhas são grossas e muito altas, e é por isso que está aguentando o cerco por tanto tempo. Dá para passar por cima... ou por baixo, acho. Mas não dá para passar através delas. Aqui fica o bairro nobre e tem uma muralha extra em volta dele também.

Gabriel olhou para o mapa de cara feia, com um interesse amargurado, como se fosse uma pintura da sua ex-esposa nua.

— Então, se a muralha externa for ultrapassada, os sobreviventes vão se reunir lá?

Kit balançou a cabeça.

— A muralha externa foi feito para proteger os homens dos monstros. Tem lança-chamas, torreões de choque e torres de balista a cada cinquenta metros. A muralha interna serve para impedir que os camponeses entrem no quintal dos senadores. Se *conseguir* entrar na cidade, a Horda vai ultrapassar a segunda muralha como se fosse uma cerquinha de madeira.

— A gente consegue entrar pelo rio? — perguntou Gabe.

— Lastleaf já deve ter tentado isso — disse Kit. — O rio faz uma curva para o norte aqui. Passa embaixo da colina e fica preso no reservatório da cidade, mas há vários portões que barram a passagem. Nunca foi usado para comércio, só como fonte de água fresca.

— Não mais — disse Matrick em tom sombrio.

O bardo do Vanguarda, sentado de pernas cruzadas no banco de piloto enquanto afinava um bandolim, limpou a garganta antes de falar.

— Me lembrem de novo: por que a gente não entra voando? Nós vamos por causa da Rose, não é? Por que a gente não pega ela e segue caminho? Pode ser até que dê para chegar para os últimos dias da Feira da Guerra.

— Falcões-peste, sílfides de podridão, o que você conseguir imaginar — respondeu Moog. — Nós demos uma olhada na cidade na minha bola de cristal antes de Gabe... — Ele se controlou. — Antes de cair no rio. O céu estava cheio de um monte de coisas horríveis. Além do mais, Lastleaf tem uma matriarca wyvern, e os filhotes dela também vão estar lá. Seríamos despedaçados antes de chegarmos à cidade.

— Faz sentido — disse Edwick, voltando a atenção para o instrumento que tinha nas mãos.

Ganelon apontou para um círculo rudimentar desenhado a oeste de Castia.

— O que é aquilo ali?

— Teragoth — respondeu o morto-vivo. — Bom, as ruínas. A estrada do Domínio passa no meio de Castia, por baixo do arco do Portal ali, e vai até a cidade antiga.

— Portal? — perguntou Barret. — Como o antigo de Kaladar?

— Isso — disse Kit.

Clay parou de morder o lábio com ansiedade para acrescentar sua voz à conversa.

— Não se esqueçam de Akatung. Sombra disse que ele habita um templo de lá.

Barret franziu a testa.

— Akatung. Por que esse nome me parece familiar?

— Dragão — disse Ganelon, e Edwick escolheu esse momento para dedilhar uma nota sinistra no bandolim.

As sobrancelhas peludas do líder quase pularam da cara.

— Como é que é?

— Não se incomodem com o dragão — garantiu Gabe. — A gente não vai para Teragoth.

— Vai, sim! — declarou Moog.

Clay tinha voltado a morder o lábio. *Lá vem*, pensou.

— Eu tenho um plano — anunciou o mago, espiando o mapa por cima dos dedos unidos. Uma gargalhada subiu pela garganta dele e saiu como um ruído preocupante. — E tenho que avisar, meus amigos…

— É arriscado? — sugeriu Gabe.

Moog olhou para cima. Os olhos estavam arregalados e enlouquecidos acima de um sorriso lunático.

— Quase suicida — respondeu.

CAPÍTULO QUARENTA E OITO

O LABIRINTO DE PEDRA E FOGO

— Suicida mesmo — murmurou Ashe. — Não acredito que mandamos Matty para a toca de um dragão sozinho.

— Devia ter sido eu — falou Kit. — Tenho pouco a temer de um dragão, mas Matrick...

— ... já foi um ladino — disse Gabriel. — E dos bons. Se alguém é capaz de fazer isso, é ele.

Eles tinham entrado em Teragoth antes do nascer do sol, passando longe de Castia e se aproximando das antigas ruínas pelo sul. Edwick pilotou o *Velha Glória* baixo, a fim de não chamar atenção da Horda. Kit ofereceu uma narração não solicitada enquanto eles sobrevoavam a cidade abandonada, relatando a sua antiga glória.

— Ali está o que sobrou da pista de akra. Ganhei uma fortuna lá certa vez e perdi tudo em uma única aposta. — Ele balançou a cabeça e repuxou os lábios pálidos. — Eu devia saber que um pássaro chamado *Coisa Certa* era bom demais para ser verdade. E, olha, a casa dos pergaminhos! Tinha teto e um pátio lindo, de onde dava pra ver a cidade toda. Serviam um brunch delicioso: ovo de basilisco pochê e pão torrado com conserva de manteiga. Ninguém mais sabe preparar ovo de basilisco — comentou ele com tristeza.

Clay ouviu Ganelon murmurar baixinho:

— Que porra é um brunch?

Eles pousaram com o navio voador no que já tinha sido um grande fórum. O plano de Moog — o plano brilhante, desesperado e simplesmente absurdo do Moog — exigia que um deles entrasse de forma sorrateira no antigo templo até Tamarat, o suposto lar do dragão Akatung. Matrick se ofereceu e o restante ficou a bordo do *Glória*, torcendo apesar das poucas chances de que a presença deles continuasse despercebida por Lastleaf e sua Horda.

Clay ficou cautelosamente esperançoso depois que o mago explicou sua estratégia na noite anterior, mas, quando o sol nasceu atrás das montanhas cobertas de neve, ele teve seu primeiro vislumbre (fora o que vira na bola de cristal do Moog) de Castia, alta como um banco de areia branca no meio de um mar envenenado só uns poucos quilômetros a leste.

E de repente todos inspiraram e arfaram, todos os batimentos cardíacos dispararam. Uma parte da mente de Clay suplicou para que ele se virasse, para que fechasse os olhos, para que olhasse para qualquer lugar que não fosse a monstruosidade agitada, se contorcendo, gritando que era a Horda de Heartwyld, mas não conseguiu.

Alguém, provavelmente Gabriel, dissera uma vez que, para ser corajoso, era preciso primeiro conhecer o medo. Na opinião de Clay, ele precisaria de uma reserva de coragem nas horas seguintes que exigia mais medo do que ele jamais tinha sentido, e, por isso, deixou o horror do que estavam prestes a enfrentar tomar conta dele, penetrar nele, agarrar a sua alma como um punho de ferro e *apertar*…

— Ele está lá já tem um tempo — observou Tiamax. O aracniano se pintara para a guerra. O corpo todo estava preto, exceto pelas pontas de cada membro fino, que estavam vermelho-sangue, e ele tinha pintado uma ampulheta vermelha no abdome. Clay não entendia bem por que uma ampulheta deveria ser assustadora, mas, por algum motivo, era.

— Acho que ainda não fomos vistos — disse Leitão, espiando com temor pela amurada a estibordo.

Até agora, tudo bem, pensou Clay.

Mas Ashe apontou para uma rua lateral coberta de detrito.

— Gnolls! — sibilou ela.

Clay apertou os olhos na direção da viela. Um grupo de hienas humanoides se aproximava sorrateiramente na sombra de um muro destruído.

— Barret, Tiamax, Leitão — disse Gabriel. — Vocês três cuidem disso. Ganelon e Ashe, deem a volta e pegue o grupo por trás. O resto de nós fica esperando Matrick.

Para a surpresa de Clay, o líder do Vanguarda nem piscou ao receber ordens de Gabe. Ele pulou a amurada e fez sinal para os companheiros de bando o acompanharem.

— Vamos resolver logo isso. Se esses cretinos fugirem e avisarem os amigos, o plano todo já era.

Kit foi atrás de Ganelon e Ashe.

— Eu conheço a cidade — explicou ele quando pareceu que o sulista ia mandar que ele voltasse. — Posso ajudar a ter certeza de que não vão escapar.

Ganelon assentiu contrariado e os três saíram correndo para o leste.

Um dos gnolls carniceiros soltou um uivo sobressaltado. Barret respondeu com a besta, interrompendo-o. Ele assentiu para Edwick no banco do piloto e apertou os olhos para Gabriel.

— Não vá matar o meu bardo.

O sorriso de Gabe foi tenso.

— Não prometo nada — disse ele.

Barret riu e se virou para os outros.

— Vamos nessa!

Tiamax foi na frente, quatro das seis mãos segurava algum tipo de arma, uma delas um dardo farpado. Ele o arremessou quando se aproximou, empalando um dos carniceiros, e então girou o abdome na direção do resto. Uma teia branca explodiu das fieiras perto do traseiro dele, prendendo alguns gnolls com a firmeza de uma rede.

Uma rede grudenta e nojenta, pensou Clay. Ele franziu o nariz e fez uma careta quando os pontos na sua cara se repuxaram. Nem era preciso dizer que ele estava começando a entender a relutância de Ashe de ir para a cama com o aracniano, apesar do benefício óbvio de ter seis mãos, como o próprio Tiamax havia mencionado.

Barret recarregou a besta enquanto corria. Ele deu outro disparo (os gnolls capturados pela teia eram presa fácil) antes de pendurar a arma nas costas e puxar um par de machados curtos do cinto. Leitão correu ao lado dele segurando um escudo longo quadrado e o mangual com espinhos do pai. Clay poderia questionar se o garoto era capaz de se cuidar, mas conhecia Barret, e Barret não ficaria com ele no bando se Leitão fosse um problema, sendo ou não filho de Porco.

Gabriel se remexeu com inquietação e Clay reconheceu no amigo a mesma vontade que ele tentava segurar nele mesmo: de pular lá e se juntar à luta. E o impulso não era só mental. O coração de Clay estava disparado no peito. Os dedos tremiam com a vontade de sentir o peso familiar de *Coração Negro* ou o cabo pesado de uma arma, embora *isso* não fosse acontecer tão cedo; não enquanto o seu braço estivesse em uma tipoia, pelo menos.

Sentindo a sede de sangue deles, Moog se aproximou e se agachou entre os dois.

— Meio gordo para um guerreiro, né?

— Há? — Ele e Gabe expressaram a confusão ao mesmo tempo.

— Elavis. — Moog indicou a estátua no centro da praça afundada do templo. Estava em um milagroso bom estado de conservação, considerando a idade e o estado dos arredores imediatos. Posicionada em um plinto com o dobro da altura de Clay, a antiga deidade estava com a cabeça inclinada, uma das mãos segurava o cabo de uma espada enorme firmada entre os pés, a outra apontava para leste, supostamente na direção do coração do poder do Domínio. Além disso, como Moog observara, ele *era* bem gordo.

— Ele era herói do Velho Domínio. Um dos maiores guerreiros.

Clay franziu a testa para a estátua.

— Achei que os humanos eram servos na época.

— A maioria, sim — confirmou Moog. — Mas Elavis era exceção. Ele fez seu nome desafiando os campeões dos Exarcas rivais em combate individual. Morreu sem nunca ter perdido uma batalha. Jovem demais.

— Jovem? — perguntou Gabriel. — Como ele morreu?

Moog coçou uma sobrancelha peluda.

— Bom, você está vendo quão grande ele era. Ao que parece, ele quebrou um assento de latrina e se afogou no esgoto abaixo.

Que jeito merda de morrer. Clay estava prestes a falar isso quando um grito abafado ecoou de trás das colunas na frente do templo.

— Ouviram isso?

Edwick estava com a mão em um ouvido.

— Parece o Matrick — disse ele.

Mais palavras incompreensíveis chegaram à praça. Gabriel passou pela amurada baixa do navio e andou alguns passos. Clay olhou para a rua lateral; cadáveres de gnolls cobriam o chão, mas não havia sinal de Barret e dos outros.

— ...ga ...io! — disse a voz vinda de dentro do templo, ainda baixa.

— É Matty, sem dúvida — disse Moog. — Mas as palavras... Gabe, conseguiu entender alguma coisa?

Gabriel balançou a cabeça.

— Parecia...

— Larga o fio? — Moog tentou adivinhar. — De que ele está falando? Que fio?

— Liga o navio — disse Clay baixinho.

Matrick saiu correndo das sombras entre duas colunas. As pernas se moviam furiosamente, e ele aninhava alguma coisa junto ao peito que parecia uma roda de pedra branca.

— Liga o navio! — berrou ele. — Liga o navio liga o navio *liga a porra do navio!*

Gabriel se virou.

— Edwick…

— Ligando o navio! — gritou Edwick, já correndo para a cadeira.

A frente toda do templo explodiu. Blocos de pedra voaram na praça, se destruindo com o impacto em estilhaços giratórios, e um dragão, a porra de um *dragão* real e vivo, saiu rugindo das ruínas.

Akatung era bem como Clay lembrava: enorme e maligno, coberto de escamas pretas e tão cheio de chifres, espinhos e pontas que dava para pendurar todos os chapéus do mundo nele. E o pior: ele ainda parecia furioso com aquela coisa de *Vocês quase me mataram* de antigamente, o que devia ser ruim.

Matrick passou correndo pela estátua de Elavis.

O dragão atravessou a estátua sem reduzir a velocidade.

Matrick subiu os degraus da praça três de cada vez.

O dragão subiu em um passo só.

Matrick estava na metade do caminho para o navio quando um pedaço de pedra bateu no calcanhar dele e o jogou longe, encolhido de forma protetora em volta da relíquia que tinha nos braços.

— Fica aí — gritou Gabriel e saiu correndo.

O dragão foi para cima de Matrick. O maxilar se abriu como o de uma cobra, os lábios se repuxando de uma fileira dupla de presas afiadas. Matrick mexia em alguma coisa na cintura, mas se esperava impedir um dragão com uma adaga…

Não uma adaga, registrou Clay. *Outra coisa. Um… chifre?*

O sopro não emitiu ruído, mas um enxame de insetos saiu de dentro: abelhas e besouros, vespas e gorgulhos; gafanhotos, mariposas, grilos, baratas, moscas varejeiras, borboletas, libélulas e vagalumes que cintilavam como estrelas em um véu de nuvem pestilenta… direto para a boca de Akatung. O dragão fechou os maxilares antes de abocanhar o rei. Os olhos amarelos saltaram e a criatura fez o som de um gato tirando uma bola de pelo das profundezas do estômago.

Gabe ajudou Matrick a se levantar e os dois saíram cambaleando enquanto Akatung começava a tossir asas de insetos no céu. Quando subiram a bordo, Gabriel tirou a roda branca da mão de Matrick e a ofereceu a Moog.

— É isso?

O mago segurou o objeto com reverência, uma expressão de surpresa atônita no rosto.

— É. É a chave de Teragoth! Está vendo essa marca aqui? Quando…

— Moog?

— O quê?

Gabriel apontou.

— *Dragão.*

— Ah, sim, desculpe. Plano B, então?

— Acha mesmo que vai funcionar?

Clay olhou do mago para Gabriel.

— Nós temos um plano B?

Moog assentiu com determinação.

— Temos que tentar — disse ele antes de pular pela amurada oposta e correr na direção do portão leste.

— Aonde ele está indo?

— Para o Portal — disse Gabriel. — Edwick, temos que manter aquela coisa ocupada até ele chegar lá.

— Pode deixar — disse o bardo. — Vou subir…

— Não suba! — disse Gabe. — Ainda não. Temos que encontrar os outros primeiro. Fique o mais próximo do chão que puder.

— Mas o dragão…

— … vai ser o menor dos nossos problemas se Lastleaf souber que estamos aqui.

Clay se virou para Matrick.

— Qual é o plano B?

— Não faço a menor ideia — disse Matrick, ainda ofegante. — Mas não pode ser pior do que o plano A.

Enquanto isso, Akatung os encarava com expressão maligna. Seus olhos eram labaredas furiosas e cheias de ódio. Ele berrou alguma coisa na língua incompreensível dos dragões que Clay supôs não ser um cumprimento simpático.

— É melhor agirmos — avisou Gabe. — Agora!

Edwick fez as esferas de ônix girarem. O dhow se inclinou para o lado quando o dragão se aproximou. Eles mergulharam entre as pernas do bicho, mas um movimento de cauda raspou na popa e balançou o *Velha Glória* para o lado. O navio se inclinou como um barco de rio atingido por um tsunami, mas Edwick conseguiu acertar a posição. O motor espumou quando eles dispararam como uma flecha por uma avenida.

Sobrevoaram uma pilha de destroços, passaram pelo arco de uma via fluvial suspensa. Edwick ousou olhar por cima do ombro.

— Está nos seguindo?

— Eu não… — Clay olhou para trás a tempo de ver a rua atrás deles explodir. Três andares de construções de pedra estouraram como uma represa quando o dragão atacou em uma maré de poeira. — Sim. Definitivamente.

Eles desviaram para uma via estreita. O navio quicou nas paredes e a vela pulsou com estática. Akatung veio deslizando pela esquina. Empurrou pilares e frontões com os ombros como se fossem bêbados em um bar.

Outra curva os fez disparar por uma via ampla dividida por plintos enormes exibindo uma sucessão de pés com sandálias. As estátuas a quem os pés pertenciam estavam caídas para os lados. O navio passou entre elas, à esquerda e à direita. Matrick riu sozinho ao ver os filhotes de urso-coruja de Moog escorregarem e tropeçarem de um lado do convés ao outro.

Clay arriscou esticar a cabeça por cima da amurada. Akatung se aproximava a toda velocidade, pulando como um cachorro nas quatro patas, alheio a tudo que havia no caminho. O homem viu as barbatanas farpadas dos dois lados da cabeça do dragão se abrirem.

— Vira! — gritou ele para as costas de Edwick.

— Por quê?

— *Vira!*

Eles viraram para a direita na hora que o fogo azul intenso inundou a rua atrás. O bardo virou à esquerda em seguida, torcendo para fugir da perseguição. Pareceu ter dado certo, e, quando Gabriel viu Barret e o restante do grupo em uma viela a meio quarteirão, eles voltaram e pararam na hora que Tiamax cortou a cabeça de um gnoll com as espadas.

— Subam! — gritou Gabe.

Barret estava puxando a manivela da besta.

— Tem outros!

Ele apontou para um grupo de gnolls correndo pela viela, mas a cabeça de Akatung apareceu na rua de trás. Houve um som de dez mil fósforos sendo acesos na mesma hora e os gnolls evaporaram em um cone de chama azul-esbranquiçada.

— Deixa pra lá! — gritou Barret.

Ele jogou a besta no barco e subiu. Tiamax deu um empurrão em Leitão por cima da amurada e pulou logo atrás. O bafo do dragão se afunilou na direção deles, perto o suficiente para Clay ouvir os uivos que carregava e sentir o calor na cara, mas Edwick já estava com as mãos nas esferas; eles seguiram em frente, costurando por um labirinto de esplendor destruído tão rápido quanto o *Velha Glória* era capaz.

Clay se viu agradecido de Kit não estar a bordo. *Ali era a galeria de arte*, imaginou o ghoul falando. *E ali tinha uma padaria deliciosa. Tem uma coisa que a humanidade não melhorou em 1.200 anos: doces folhados.*

— Estou vendo Ashe! — Barret apontou por cima do ombro de Edwick. Ela e Ganelon estavam correndo pela avenida à frente. Os dois se aproximavam rápido de Kit, que puxara a veste de lençol até os joelhos e corria com toda a velocidade que podia.

— Tem alguma coisa atrás deles — disse Gabriel.

Não gnolls, pensou Clay. *Não tem a menor chance de Ganelon estar fugindo de gnolls.* Era mais provável ver um lobo fugindo de um bando de ovelhas.

Seus medos foram confirmados quando o *Velha Glória* saiu das ruínas. Akatung estava lá, o pescoço comprido esticado, as barbatanas nas laterais da cabeça abanando como um fole.

— Esperem! — gritou Edwick. Ele segurou as duas esferas e chutou a alavanca que dava energia ao motor das marés, que tremeu ao ser desativado. O dhow caiu de lado, em um ângulo tal que Ashe e Ganelon, que tinham visto o navio se inclinando para eles, pudessem pular pela amurada baixa. Kit foi empurrado na altura da cintura, mas o *Glória* o recebeu mesmo assim. Tiamax, que já estava segurando os dois filhotes de urso-coruja, conseguiu segurar o tornozelo do ghoul antes que ele pudesse rolar pelo lado oposto.

O navio voador continuou girando até o bardo puxar a alavanca de novo. Todos os pelos do corpo de Clay ficaram rígidos quando a vela acima estalou de energia. Os giros ganharam vida e o *Glória* se empertigou quando uma onda de fogo azul-esbranquiçado chegou pela esquerda.

Gabriel passou por cima de Kit indo para a cadeira do piloto. Ele botou as duas mãos nos ombros magros de Edwick.

— Consegue nos levar até o Portal? — perguntou ele.

— Posso tentar — disse Edwick —, mas somos lentos demais para voar mais rápido do que aquela coisa!

— Lentos demais… — Gabe se virou para observar o convés e lançou um olhar de questionamento para Barret.

O líder suspirou.

— Droga. Joguem os móveis fora.

Os sofás, as cadeiras, os baús cheios de roupas e armaduras foram jogados fora, assim como os colchões, os bancos de bar e o próprio o bar. Matrick jogou um armário de bebidas pela amurada e fez uma careta quando ouviu o barulho de vidro quebrando.

Clay viu Ganelon avaliando Leitão.

— Ei — disse ele, chamando a atenção do guerreiro. — Não.

Ganelon pelo menos teve a dignidade de parecer envergonhado.

Estavam fora da cidade agora, disparados para o leste acima de uma estrada larga do Domínio. O Portal estava diretamente à frente, um arco preto enorme atravessado na via. E, atrás, em uma área ampla e plana de terras de cultivo destruídas… uma visão quase além da compreensão.

Castia e a Horda de Heartwyld.

Havia dois gigantes andando em meio a multidões monstruosas e uma confusão de criaturas que Clay nunca vira ou não conseguia discernir de longe. O céu acima da cidade também estava lotado: falcões-peste e wyverns de pescoço longo faziam círculos preguiçosos fora do alcance das defesas formidáveis da cidade. Harpias, sílfides de podridão, eyewings vermelhos e incontáveis outras atrocidades voadoras passeavam entre a fumaça e as nuvens.

A Horda não apenas ocupava o horizonte. Ela *era* o horizonte. Era *tudo que havia para ver*, e, por um momento, todo mundo a bordo do *Velha Glória* ficou simplesmente olhando pela proa.

Nove corações dividiram a balança com o peso de chumbo do medo, e até o mais robusto viu a balança se inclinar contra eles. E Kit, cujo coração pesava menos do que uma casca de laranja e cuja cabeça estava esticada por cima da amurada, gritou:

— O dragão…

— Eu sei! — gritou Gabriel.

— Está bem atrás da gente!

Inclinando-se o mais longe que ousou, Clay viu que Kit tinha razão: Akatung estava praticamente em cima deles, tão perto que, quando o dragão rugiu, Clay sentiu seu bafo quente metálico. Ele virou o rosto para o vento e ali estava Moog, parado ao lado do Portal, botando a chave no lugar.

— Para onde eu vou? — berrou Edwick.

Os olhos de Gabriel estavam grudados à frente.

— Passa através do Portal!

Eles voaram por baixo do arco vazio, e na fração de segundo que ficaram na mesma altura, Clay poderia jurar que viu o mago piscando para ele. Olhando pela popa, Clay viu o dragão passar embaixo do arco na hora que o espaço abaixo dele cintilou como a superfície de uma bola de sabão.

E Akatung desapareceu.

O *Velha Glória* pousou de repente. Clay viu, embora não conseguisse acreditar nos próprios olhos, um volume enorme de água vindo do lado do Portal virado para oeste. Moog estava parado ao lado da torrente, girando freneticamente a chave com as duas mãos como se estivesse fechando uma válvula… e era exatamente isso que estava fazendo. A correnteza sumiu de forma tão abrupta quanto começou.

Clay e alguns dos outros suspiraram profundamente. Edwick ria como um louco, e Gabriel, atrás dele, estava com uma expressão de alívio exausto.

Foi Matty que quebrou o encanto do silêncio perplexo com um grito de alegria.

— Agora sim! — gritou. — Está na hora do plano B!

CAPÍTULO QUARENTA E NOVE

IMORTALIDADE

Havia um sereiano se debatendo na terra molhada. Ele ofegou e olhou para o céu, sem dúvida se perguntando onde estava. Balbuciou alguma coisa para Clay e o restante do grupo quando eles desceram do dhow, mas como nenhum deles (nem mesmo Kit) falava o idioma líquido dos sereianos, o pobre sujeito morreu, como acontece com tantos de nós, sem nem mesmo saber a verdade de por que estava lá.

Se bem que a verdade, nesse caso, era difícil de acreditar.

Moog estampava um sorriso largo no rosto quando eles se aproximaram.

— Eu abri um portal para Antica! — disse ele.

— O que é Antica? — perguntou Leitão. O garoto tinha tirado um doce amassado de algum bolso e estava pegando o recheio de cereja com os dedos.

Quando Moog e Kit abriram a boca para explicar, Gabriel os interrompeu.

— Tem três coisas dessas — disse ele, indicando o arco de pedra preta acima. — Um aqui, um em Kaladar e o último em uma cidade chamada Antica, que fica no fundo do mar.

Barret pareceu confuso.

— Antica? Achei que era…

— Não é.

— Então o dragão…

— É melhor que ele saiba nadar — disse Gabriel antes de se virar para Moog. — Está pronto?

— Acredito que sim.

— Que bom. Mostre a Tiamax como usar. Você vem comigo. Você também, Barret. — O líder do Vanguarda assentiu sombriamente. — O restante precisa proteger esse portal a qualquer custo. Podem apostar que Lastleaf já sabe que estamos aqui e talvez tenha até adivinhado que temos a chave do Portal de Teragoth. Ele vai vir com tudo, e se conseguir pegá-la…

— Ele não vai conseguir — disse Ganelon.

Gabriel encarou o sulista. Parecia que ele ia dizer mais, mas só assentiu.

Eles foram para o lado leste do Portal. Clay observou a terra que havia entre onde estavam e Castia: fazendas explodidas, ruínas queimadas de armazéns, campos inclinados que viraram lama de tantos pés, patas e garras pisarem. A cidade estava lá, talvez a uns sete quilômetros, cercada de inimigos. De onde estava, Clay mal conseguia identificar os brilhos de fogo e arcos de relâmpago enquanto os defensores de Castia impediam que os invasores aéreos chegassem perto demais das muralhas.

Moog inseriu a chave de Teragoth na pedra preta lisa do Portal e mostrou para o aracniano quais runas entalhadas significavam os destinos pretendidos.

Tiamax coçou embaixo de um dos tapa-olhos.

— Como você sabia qual dos dois era Antica?

Moog deu de ombros e respondeu com sinceridade desanimadora:

— Foi um palpite.

Gabriel parou na frente do portal, ladeado por Moog e Barret. Ele ajeitou o cabelo e passou a mão pelo rosto.

— Como estou? — perguntou ele.

Barret sorriu.

— Velho.

Moog o observou com avaliação nos olhos.

— Cansado.

Gabriel soltou uma gargalhada.

— Vão se foder.

Tiamax girou a chave; o ar abaixo do arco brilhou com uma cor intensa, como tinha acontecido antes do dragão desaparecer por ele.

De repente, a um único passo impossível, as ruínas de Kaladar apareceram, onde todos os bandos de Grandual, todos os mercenários experientes e aspirantes a guerreiros, todos os homens e todas as mulheres que queriam entalhar seu nome na história com uma espada, tinham se reunido para a Feira da Guerra.

Supondo que eles conseguissem obter a chave e abrir o Portal de Teragoth, aquela foi a segunda metade do plano audacioso de Moog. Tudo agora dependia do que eles conseguiriam fazer do outro lado.

— Clay?

Clay piscou, olhou para onde Gabriel e os outros estavam esperando.

— O quê? Quer que eu vá? — perguntou ele.

Gabriel assentiu.

— Acho que preciso que você vá.

A Feira da Guerra era, como Barret mencionara, a maior festa de toda Grandual. Durante três dias a cada três anos, as colinas em volta da antiga capital do Domínio, Kaladar, recebiam metade dos guerreiros do mundo. Havia berserkers kaskares cobertos de peles pesadas, espadachins de vestes de seda de Narmeer, piratas arrogantes de Phantra adornados com tinta e ouro e habitantes das planícies de Cartea de pernas arqueadas, todos se misturando, rindo, jogando, gritando e muitas vezes brigando uns com os outros. Os mercenários mais velhos e os bandos estabelecidos iam se encontrar e trocar histórias, enquanto os jovens aventureiros e os bandos novos buscavam fazer seu nome e, se possível, arrumar um trabalho pago.

As ruínas de um enorme teatro foram transformadas em arena, embora houvesse muitos outros locais menos ilustres onde lutadores iniciantes podiam testar seu talento entre si ou enfrentar alguma criatura capturada e levada ao local para a ocasião. Havia um labirinto improvisado no qual ladrões buscando trabalho podiam exibir seus talentos arrombando fechaduras elaboradas e escapando de armadilhas (quase) inofensivas, e até uma pedreira de pedra da lua onde uma bruxa de tempestade ou um feiticeiro alquimista podia atuar sem limitações.

Naturalmente, várias fatalidades aconteciam durante a feira, mas o que era uma boa festa sem algumas mortes?

Além disso, reunir tantos guerreiros assim significava que numerosos outros tipos sórdidos chegavam a Kaladar como corvos em carniça. Todos os suspeitos de sempre estavam presentes: vendedores de sucata, mercadores de feitiços, comerciantes vendendo armas e armaduras. Havia mais bardos do que dava para contar em metade de um dia, e os agentes percorriam o local em busca de heróis prontos, porque quem sabia se o próximo bando do calibre do Saga estava por aí, como pepitas de ouro no leito de um rio, apenas esperando para serem separadas da areia?

Ocorreu a Clay quando ele saiu do Portal na chuva forte, que a Feira da Guerra era bem parecida com Conthas, só que com menos fogo descontrolado e bem menos mijo nas portas.

O Portal em Kaladar ficava em um bosque de pinheiros pretos e bordos avermelhados pelo toque quente do Filho do Outono. Já havia um grupo reunido, olhando pelo portal e para a cena além, e agora que Clay e os outros saíram de dentro, havia centenas correndo dos campos ao redor para verem aquilo em pessoa.

Gabriel já estava falando com alguns rostos familiares pela frente, homens e mulheres que Clay não via havia anos. Geralt Snakewater, e a Impiedosa May Drummond, e Bob, o Ruivo, cujos ilustres cachos já tinham caído e o deixado careca, estavam lá.

Barret, enquanto isso, chamou dois jovens no meio da multidão e os apresentou a Clay.

— Estes são os meus filhos, Rogan e Syd. Meninos, este aqui é Clay Cooper.

— É um prazer conhecê-lo — disse Rogan. Ele era mais velho, maior e quase a imagem cuspida do pai, enquanto o outro tinha o corpo menor, os olhos azuis e o sorriso largo de Avery. Ambos estavam com mais lápis no olho do que um prostituto narmeeriano e tinham descolorido o cabelo até ficar platinado.

— Nossa mãe contou muitas coisas sobre você — falou o mais novo. — Sempre que nos comportamos mal, ela jura que devia ter se casado com Clay Cooper e não com o meu velho aqui.

Barret deu uma risada ao ouvir isso.

— Por mim, tudo bem. O que me diz, Mão Lenta? Topa trocar esposas?

Clay estava prestes a recusar educadamente quando uma voz familiar gritou o seu nome.

— Clay Cooper? Me dá um tapa na bunda e me chama de irmã! O que está fazendo deste lado do Wyld?

Jain abriu caminho na multidão, seguida de perto pela gangue, que parecia ter dobrado de tamanho desde que eles se encontraram pela última vez em Conthas. Todas estavam vestidas com uma variedade de sedas e peles finas, mas nenhuma parecia preocupada se a chuva ia estragar as roupas.

Clay sorriu. *Você pode tirar uma garota de Cartea…*

Jain indicou com um gesto grandioso as mulheres atrás dela.

— Veja as Flechas de Seda! — disse ela. — Estou com a aljava cheia agora, como pode ver. Você está com aparência péssima, aliás. O que aconteceu com a sua cara?

Clay deu de ombros.

— Eu nasci assim.

— Sua mãe tem um machado no útero? Estava pensando em experimentar isso, para manter os garotos longe.

Isso arrancou outra risada de Barret.

— Ah, eu gostei dessa aí — disse ele.

Clay viu que Gabriel estava discutindo calorosamente com um dos irmãos Skulk. Ele saiu da multidão e arrastou Moog, que estava no meio de uma conversa com May Drummond.

— Covardes do caralho — murmurou ele quando os dois se aproximaram.

— Eles não querem ajudar? — perguntou Clay.

— Eles querem que a gente *feche o Portal* — disse ele. — Acham que a gente devia abandonar Castia, esquecer que trinta mil pessoas estão presas lá dentro! Geralt Snakewater disse isso! O homem que derrubou um gigante de pedra com as próprias mãos! E os irmãos Skulk... eles mataram um dragão uma vez, não mataram?

— Um pequeno — disse Moog, segurando os dedos com uma distância de três centímetros.

— Pois é, eles não querem ir. Estão com medo.

— Fala com eles — disse Clay.

Gabriel levantou as mãos com desespero.

— Eu tentei! Achei que, se pudesse começar a reunir gente, outros viriam junto, mas...

— Não. — Clay balançou a mão para indicar as colinas ao redor. — Fala com *eles*. Com todos eles. Esquece Geralt Snakewater. Você não precisa de heróis velhos, Gabe. Precisa de *novos*.

— Isso mesmo — rosnou Rogan, e o irmãozinho deu um sorrisinho, concordando.

Jain se empertigou e bateu a ponta do arco no chão.

— Gostei disso aí — disse ela.

Gabriel não pareceu convencido, e Clay continuou.

— Quando May Drummond ou os Skulks olham pra você, veem um velho amigo. Veem o Gabriel que entrou de cavalo pela escada da Riot House, ou o que ficou tão bêbado no cerco de Castadar que caiu das ameias.

— Impagável — disse Barret, rindo. — Nós saímos pelo portão para resgatar você e, já que estávamos lá, decidimos acabar com o cerco.

— Ou talvez vejam um rival. Talvez achem que você ficou grande demais até para quem você é, e é verdade. Ou que você era um babaca barulhento e desagradável, o que também é verdade. — Gabe abriu a boca para protestar, mas Clay continuou falando. — Mas quando esses jovens olham para você… eles veem uma *lenda*. Veem Golden Gabe, que matou a Rainha da Cripta e segurou a ponte de Trolltoll contra uma legião de homens-lagarto.

Gabriel limpou a garganta.

— Na verdade, quem fez isso foi o Ganelon.

— Foda-se — disse Clay. — Não importa. Todos esses outros, esses nomes velhos… — Ele pausou, procurando as palavras certas. — Eles são só velas, Gabe, enquanto você é *a porra do sol*. — Ele apontou para o frontão ao lado deles. — Agora, sobe aí e brilha.

Pela duração de cinco batimentos cardíacos, Gabriel ficou parado, estupefato. Por fim, ele piscou, como se um feitiço de prostração tivesse sido tirado da mente dele.

— Certo — disse ele, assentindo. — Eu sou o sol. Moog…

— Deixa comigo! — falou o mago. Ele correu até a base de um pinheiro próximo e voltou e colocou uma coisa escura e molhada na mão de Gabriel.

— Uma pinha?

— Rá! Dá para imaginar? Tanta coisa em jogo e eu te dou uma pinha? — A risada de Moog morreu no silêncio, e todo mundo ficou olhando enquanto ele falava. — Tá bom, sim, é uma pinha. Mas é uma pinha *mágica*. Segure-a assim. — Ele posicionou o braço de Gabriel para ficar com a pinha perto dos lábios.

Gabe parecia cético, mas subiu na plataforma na base do Portal e gritou:

— *Guerreiros, escutem!!!*

A voz dele explodiu das árvores ao redor, tão alta que os pinheiros tremeram e os bordos perderam metade das folhas de uma vez. O céu cinza ganhou vida com os pássaros sobressaltados.

— Meu nome é Golden Gabe — anunciou. — Vocês me conhecem ou sabem quem eu sou por algum poema, música ou história. Talvez tenham ouvido falar que matei a Rainha da Cripta Nazalin sozinho ou que fui o primeiro a ultrapassar o muro de Castadar. — Ele piscou para Barret. — Essas coisas são verdade. Talvez o seu pai tenha contado para vocês que lutou ao meu lado uma vez, ou talvez a sua mãe tenha dito que me conheceu em uma taverna vinte anos atrás. Bom... se você tiver olhos azuis e a inteligência de um boi, isso também pode ser verdade.

Ele fez uma pausa enquanto uma gargalhada se espalhava pela colina e lançou um olhar ansioso pelo Portal antes de continuar.

— Faço parte de um bando e vocês também devem ter ouvido falar dos meus companheiros. Matrick Skulldrummer. Arcandius Moog. Mão Lenta Cooper. E Ganelon.

Ele estava se alongando, Clay percebeu. Ganhando tempo. Como se combinado, um wyvern passou esbarrando pelo portal, uma agitação de escamas vermelhas lustrosas e asas se debatendo, gritando como uma águia doente. A multidão deu alguns passos para trás quando a criatura parou. Ganelon estava junto, agarrado ao pescoço longo e sinuoso da criatura. Os músculos dos braços se avolumaram quando ele deu uma torcida forte; houve um estalo alto e a besta ficou imóvel.

Umas sessenta mil pessoas ficaram paradas em silêncio arrebatado enquanto Ganelon se levantava, revirava o pescoço sobre cada ombro e passava de volta pelo Portal.

— Precisa de ajuda? — perguntou Barret quando o sulista passou por ele.

Ganelon tirou o machado das costas. Runas pulsaram no aço negro, com a regularidade de batimentos.

— Não, tudo sob controle.

Gabe continuou.

— Alguns de vocês… ora, a maioria… são jovens demais para lembrar por que somos famosos, então vou dar uns exemplos recentes. Nós resgatamos o rei de Agria da assassina contratada pela esposa dele. Botamos fogo na Riot House. Matamos uma quimera e levamos o Maxithon para dar uma voltinha. — Ele esperou as risadas que soaram e morreram. — Nós atravessamos Heartwyld, e isso não foi fácil. Andamos pela Estrada Fria e pagamos o pedágio.

Os dedos da nova mão de Clay formigaram e a cantiga de ninar do ettin percorreu os corredores ecoantes da memória dele.

— Nós encontramos uma chave druin — disse Gabe — e abrimos o Portal que está atrás de mim. Ah, é, e matamos um dragão. Akatung está morto — anunciou Gabe, para a descrença audível de quem estava ouvindo. E isso era todo mundo agora, pois as próprias árvores estavam carregando a voz de Gabriel pelas colinas e além. Quando ele suspirou, as folhas tremeram como se o próprio vento tivesse passado os dedos gelados nas copas. — Mas não vim aqui me gabar.

— Quase me enganou! — gritou Bob, o Ruivo, que pareceu satisfeito com o que disse até outra pessoa gritar:

— Vai se foder, Bob! — Gargalhadas foram ouvidas.

Gabe não deu atenção ao diálogo.

— Na verdade, vou recomeçar. Meu nome é Gabriel e preciso da sua ajuda. — Ele apontou para o Portal. — Aquilo ali é Castia.

Murmúrios sombrios se espalharam pela multidão. Se alguém estava na dúvida do que dava para ser visto depois do arco, ou *onde*, agora todos sabiam.

— Tem uns trinta mil homens e mulheres presos atrás das muralhas da cidade — disse Gabriel. — Eles já tiveram esperança de salvação. Agora, rezam pela morte. Uma dessas pessoas é a minha filha, Rose. Mas aquela escuridão… aquela sombra que vocês veem entre nós e eles… é a Horda de Heartwyld.

Os murmúrios viraram uma falação temerosa. A multidão pareceu murchar como grama durante um incêndio. Um vendedor de espadas próximo enrolou o tapete sujo com as espadas ainda dentro e saiu correndo pela multidão.

Gabriel continuou.

— Todos os pesadelos que vocês já tiveram, todos os monstros que já temeram encontrar embaixo da cama estão lá. E trouxeram mil amigos. Eles já destruíram um exército, e, cedo ou tarde, Castia vai cair nas mãos deles. A Horda está faminta. E é cruel. Aqueles lá dentro desejam que tivessem morrido no campo de batalha antes do fim.

Barret se mexeu com desconforto, sem dúvida com medo de Gabe estar desfazendo o glamour maltrapilho que as palavras anteriores tinham gerado, mas Clay sabia a verdade. Ele e Gabriel eram amigos havia 35 anos, e Gabe o convenceu a fazer merdas idiotas e inconsequentes por quase todos eles. Ele era um artesão carismático: cada coração era uma fornalha, cada alma, uma lâmina.

E agora vem o martelo, pensou Clay.

Pelo menos, ele *esperava* que tivesse um martelo, porque até os filhos de Barret pareciam lúgubres como o tempo.

— Por que vieram para cá, para Kaladar? — perguntou Gabe. — Foi para exibir a tinta no rosto? A tatuagem mais nova? A cor do cabelo? Ou tem algo mais? Vocês vieram procurar um bando, um agente? Queriam fazer um nome? Era *glória* que estavam procurando?

Algo naquela palavra agitou as brasas nas entranhas de Clay. Não importava se ele estava velho, cansado, nem que já tinha bebido o suficiente do cálice da glória para saciar a sede de uma vida. Dizer *glória* para um guerreiro era como dizer *passear* para um cachorro: fazia o rabo balançar, era certeiro.

— Porque não se encontra glória em uma feira. Ela não cai no colo. Vocês têm que ir atrás e conquistá-la. Precisam arriscar *tudo* por ela.

Houve uma agitação dentro do Portal. Ashe e Leitão lutavam com duas harpias; Ganelon enfrentava uma coisa que parecia uma centopeia com asinhas ao longo do corpo todo.

— Mas glória é uma moeda difícil de se ganhar hoje em dia. Não está apenas vagando por uma floresta, se escondendo em uma caverna. Você tem que *criar*, manter em uma jaula e dividir para que todo mundo tenha um pouco. Já ouvi dizerem, e vocês devem ter ouvido também, que todos os grandes bandos acabaram. — Houve uma inquietação enorme no meio da audiência, mas Gabe seguiu em frente. — As pessoas acham que o mundo já foi salvo, que não precisamos mais de mercenários. Dizem que heróis são uma raça em extinção!

Aquilo os agitou. Houve risadas, gritos de "É verdade" e de "Que se foda!" de todos os lados ao mesmo tempo.

— Ele tem razão — Clay ouviu o filho mais novo do Barret admitir para o irmão.

— E o que podem fazer? — perguntou Gabe. — Vocês viajam de cidade em cidade lutando com qualquer coisa lamentável que o organizador de lutas da cidade consegue arrumar. Vocês se vestem e dançam enquanto um babaca que encheu a cara de cerveja torce para um goblin ter um golpe de sorte e cortar a sua garganta para ele poder ver sangue!

Moog riu ao ouvir isso. Vários mercenários antigos também. Mas os mais jovens assentiram com os lábios apertados ou gritaram em concordância.

— *Quem vai se lembrar de vocês?* — perguntou Gabe. — O que vocês fizeram? — Ele balançou a mão na direção da Horda e da cidade cercada. — Digam: o mundo parece seguro para vocês?

Primeiro houve resmungos, mas alguém gritou "*NÃO!*" e centenas de outras pessoas gritaram junto.

— Castia precisa de lutadores! — gritou ele acima do trovão de pés batendo no chão. — Precisa de bandos grandes e gloriosos! — gritou ele acima da batida percussiva de espadas em escudos. — Castia precisa de heróis! — rugiu, e eles rugiram em resposta. Os filhos de Barret sorriam como chacais. As garotas da Jain uivavam como lobas. — Tem algum herói aqui? — berrou ele.

— *SIM!* — gritaram dez mil. Vinte.

— Eu perguntei: *tem alguma porra de herói aqui?*

— *SIM!* — gritaram trinta mil. Quarenta.

As colinas pareciam estar dançando, subindo embaixo das costas de leviatãs conjurados. Havia aves voando no céu, assustadas pelo espectro nas árvores.

Moog se balançava com empolgação nas pontas dos pés, e Kit, que passou pelo arco em algum momento durante o discurso de Gabriel, estava olhando para o grupo reunido como se guardando a visão na memória.

Clay pensou no que o ghoul contara na caverna da montanha, sobre as maravilhas e horrores que vira ao longo da vida extraordinária, e se perguntou se o bardo deles já tinha visto alguma coisa parecida.

— Este dia — disse Gabriel —, este *momento* é quando vocês saem da sombra do passado. Hoje, vocês fazem os seus nomes. Hoje, a sua lenda nasce. Amanhã, todas as histórias que os bardos contarem pertencerão a vocês, porque hoje nós vamos salvar o mundo!

Clay suspirou de alívio. Houve um martelo, afinal.

Gabriel tirou a *Vellichor* da bainha e apontou para a Horda.

— Isso não é uma escolha entre vida e morte, mas entre vida e *imortalidade!* Fiquem aqui e morram na obscuridade ou me sigam agora e vivam para sempre!

CAPÍTULO CINQUENTA

A BATALHA DOS BANDOS

Os filhos de Barret foram os primeiros a entrar. Três outros jovens (os Noites Valorosas restantes, supostamente) foram com eles, todos com os olhos pintados de preto e o cabelo descolorido da cor de osso.

As garotas da Jain foram em seguida; a salteadora que virou líder de bando tocou em Clay com a ponta do arco ao passar.

— Bem diferente de roubar meias na beira da estrada, hein, Mão Lenta?

— Bem diferente — concordou Clay. — Tenha cuidado, Jain.

Ela riu e gritou por cima do ombro:

— Um pouco tarde para isso!

Geralt Snakewater foi atrás. O homenzarrão estava com muita vergonha para olhar na direção de Gabe, mas deu um aceno de cabeça respeitoso para Ganelon, que estava de pé em cima da carcaça da centopeia voadora com um olho no céu.

Em seguida passaram vários bandos que Clay não reconheceu, embora muitos se anunciassem para Gabriel ao passar. Os homens do Desgraça dos Gigantes eram nortistas grandes e louros, cada um com um machado quase tão grande quanto *Syrinx*; Courtney e as Fagulhas carregavam cimitarras sulistas e usavam saias de seda vermelha; os Filhos Silenciosos tinham o rosto cinzento, eram mudos como cadáveres e andavam em fila; os Banshees passaram correndo e gritando; as Garotas Poeira gritaram cumprimentos em um idioma que Clay nunca havia escutado; os Renegados exibiam uma variedade de olhos roxos, narizes ensanguentados e sorrisos esburacados, como se já tivessem se metido em briga naquela manhã e estivessem ansiosos por mais.

Os mercenários eram anunciados por seus bardos quando passavam pelo portal: Layla Sweetpenny, Jasper, o Sinistro, Irmão Sandman, Hasdrubal Doomflayer. Havia um homem chamado Tigre Cego que talvez fosse cego de verdade, e outro chamado Ben, o Estalactiano, que parecia ter sangue de gigante.

Muitos nomes antigos também apareceram, como Tushino, o Cruel, Jorma Mulekicker, Lysanthe Matadora de Rainhas, e muitos bandos que Clay ficou surpreso de ainda estarem na ativa: os Sonhadores, os Chaveiros, os Reis do Trigo, Slade e os Dançarinos de Guerra. Bob, o Ruivo, andou com orgulho para a frente, seguido por um bardo assustado que parecia estar contemplando a ideia de uma aposentadoria repentina. Neil, o Jovem, passou apoiado em um cajado nodoso, fazendo Clay se perguntar se o mago de barba grisalha agora usava o nome Neil, o Velho.

Eles não paravam de chegar, passando pelo Portal como um delta de rio correndo para o mar. Deckart Clearwater e o seu martelo duplo passaram, seguidos por Hank, o Observador, cujo escudo, devido a um dispositivo elaborado inserido na alça, conseguia esguichar fogo pelo olho vermelho pintado na face. Depois vieram os Pudins Pretos, os

Comedores de Gente, as Lobas. Cinco homens passaram usando uniformes de guardas de Fivecourt. Cada um deles acenou para Clay como se o conhecesse.

Então vieram as Irmãs de Aço, cavalgando em cavalos brancos. Elas pareciam consideravelmente mais mortais e significativamente menos glamourosas do que durante o desfile em Conthas. E aí os Cavaleiros da Tempestade, sendo que um deles parou para apertar a mão de Gabriel e murmurar um pedido de desculpas por causa *daquela coisa toda com a quimera*, como ele mencionou com uma certa irreverência.

Clay sentiu um arrepio na pele e viu um garoto olhando para ele. Demorou um momento para lembrar onde vira aquela cara feia, mas lembrou.

— Está olhando o quê? — perguntou ele ao líder de cabelo platinado dos Águias Gritadoras, o que conseguiu provocar Ganelon para que brigasse na Riot House em Fivecourt. O jovem estava com o nariz torto como lembrança daquele confronto infeliz.

— Para uma lenda, ao que parece — disse o garoto, fazendo sinal para os companheiros passarem.

— Eu também — disse Clay. O garoto assentiu, obviamente animado, e passou correndo.

A verdade era que Clay nem sabia o nome dele, mas sempre era bom dar um gás na confiança das pessoas antes de uma luta, e quem disse que Gabriel tinha monopólio nos discursos motivacionais incríveis? Clay observava o garoto passar quando Gabe segurou o ombro dele e o fez virar.

Barret já tinha levado o Vanguarda adiante, e Kit olhava o fluxo infinito de guerreiros com expressão feroz ainda chegando das regiões da feira de Kaladar, o que deixou Clay e os companheiros sozinhos pela primeira vez desde que eles invadiram a casa de Kallorek mais de um mês antes, uma coisa que cada um deles pareceu perceber na mesma hora.

Moog e Matrick passaram o braço um em volta do outro. O mago passou o outro nas costas de Clay, enquanto Matty esticava a mão e a apoiava no ombro largo de Ganelon. O sulista se mexeu com desconforto, mas não saiu de perto, nem se soltou quando Gabriel segurou o seu pulso esquerdo para fechar o círculo.

Clay não tinha ideia de quanto tempo os cinco ficaram assim, mas depois achou que podia ter sido um tempo absurdamente longo, considerando o fato de que a Horda de Heartwyld estava partindo para cima deles. Por um tempo, ninguém falou, porque ao longo de trinta e tantos anos, eles disseram tudo que havia para ser dito uns para os outros, até que finalmente Clay não suportou mais o silêncio e limpou a garganta.

— Amo vocês, caras — disse ele, e pelos malditos deuses a voz o entregou no final e falhou como a de um garoto de doze verões.

Moog quase engasgou com um soluço.

— Eu também amo vocês — disse ele, sem vergonha nenhuma das lágrimas descendo pelo rosto.

— Eu também — declarou Matty.

— Eu amo vocês — disse Gabriel, encarando um de cada vez. — Todos vocês.

Ganelon ficou em silêncio, mas quando todo mundo olhou para ele, ele revirou os olhos e soltou um grunhido solidário.

— Tá, tudo bem. Vocês são as últimas quatro pessoas que eu mataria na vida.

Um sorriso surgiu no rosto de Gabe pela duração de uma respiração longa, mas sumiu como uma lua minguante coberta por uma nuvem sombria.

— Por Rose — disse ele.

— Por Rose — repetiram eles, e nessa hora as primeiras trombetas de guerra soaram, altas e longas e claras pelo céu.

A batalha de Castia estava prestes a começar.

Contada por um poeta, uma batalha é uma coisa gloriosa, cheia de momentos heroicos, ataques ousados e sacrifícios valorosos. Mas no campo, quando vivenciada por um pobre bastardo pego no meio de tudo, é completamente diferente.

As palavras *caos generalizado* vinham à mente.

Pelo menos está claro quem é o inimigo, pensou Clay, usando o *Coração Negro* para se proteger de uma lança de um centauro enquanto Gabriel acertava as pernas da frente dele na altura dos joelhos. A queda e o berro da criatura poderiam ter sido divertidos se não houvesse centenas de outros da espécie dele galopando atrás.

Apesar de ainda não terem visto Lastleaf e a matriarca wyvern, havia evidência clara de uma organização por trás da tática da Horda até então. Um destacamento de centauros e wargs montados tinham dado a volta até o norte na tentativa de atacar os mercenários de Grandual pelas laterais.

Gabriel, empregando a pouca influência que tinha sobre o exército improvisado, enviou as Irmãs de Aço e todos os outros cavaleiros à disposição para enfrentá-los. As ordens eram de parar assim que possível, enquanto o Saga levava algumas centenas de mercenários a pé atrás. Os centauros podiam executar um ataque arrasador, mas na luta em si, sobretudo no caos do espaço apertado de um campo de batalha, eles eram fracos. Diferentemente de uma cavalaria típica, na qual, se você ferisse o cavalo, ainda teria que lidar com o cavaleiro, os homens-cavalos eram alvos enormes, e se você incapacitasse um, era bem fácil acabar com ele.

Quando o Saga e os outros chegaram aos inimigos, as Irmãs e a cavalaria mercenária voltaram correndo da retaguarda. Em pouco tempo, os centauros estavam mortos ou incapacitados, enquanto os wargs, enfurecidos pela sede de sangue, começaram a se voltar tanto contra amigos quanto contra inimigos.

Um bom começo, Clay foi obrigado a admitir, mas foi a última manobra que Gabe podia esperar fazer. Agora, as duas forças, a hora de monstros e o exército de mercenários, tinham se chocado em um pântano de porradaria que pareceu aos ouvidos de Clay um oceano tomado de várias centenas de milhares de pessoas se afogando, todas pedindo ajuda ao mesmo tempo.

— Por aqui! — gritou Gabe.

Ele passou por um amontoado de gente lutando e levou o Saga para o centro. Clay o acompanhou o mais de perto possível. Seu braço esquerdo estava cicatrizando, mas estava longe de curado. Ainda estava na tipoia, deixando-o com poucas opções além de ficar atrás de Gabriel e aguentar os golpes que pudesse pelos amigos. Matrick foi atrás deles como um demônio, cortando inimigos como se fossem fundos de bolsa em uma praça de mercado. Ganelon foi abrindo caminho ao lado deles com o *Syrinx*, e Moog, que tinha pendurado quatro bandoleiras no peito, estava jogando frasco atrás de frasco de explosivos voláteis no meio dos inimigos.

Que os deuses impeçam que qualquer coisa o atinja, pensou Clay, preocupado. Um golpe de azar e o mago explodiria como fogos na primavera. *E nós com ele, provavelmente.*

Gabriel acertou na mosca sobre uma coisa durante o discurso em Kaladar: a Horda era um pesadelo que virou realidade. Todas as coisas hediondas e horrendas que você pudesse imaginar estavam lá. Havia goblins e gigantes de pedra, orcs selvagens, incontáveis milhares de kobolds barulhentos e golens de runas quebradas com olhos verdes brilhantes. Havia ixils de cabeça de cavalo e murlogs chifrudos e velhos, esqueletos sacudindo dentro de armaduras enferrujadas e muito mais aranhas gigantes do que Clay achava confortável.

Havia escorpiões do tamanho de cavalos, trolls altíssimos com olhos que pareciam poços fumegantes, firbolgs com tangas sujas balançando porretes com espinhos e ogros-magos jogando raios a partir de totens de osso. Ents enormes e desgrenhados andavam pelo campo de batalha, os galhos retorcidos abrigando spriggans disparando flechas farpadas na multidão abaixo. Havia wyrms sinuosos que engoliam homens inteiros, e drakes cuspindo de tudo, de fogo e gelo a nuvens de gás tóxico.

Havia batalhões de seres-lagartos de escamas pretas carregando facões, dezenas de grimlocks tagarelas com pele branca grudenta e elmos redondos de ferro cheios de buraquinhos para proteger os olhos deles da luz do dia. Havia lobos gigantes, javalis sangrentos e cavaleiros da morte de armadura montados em ursos-mamute.

Havia bruxas com unhas curvas e dentes afiados e bruxos que tinham entalhado runas de poder maligno na própria pele. Havia grandes símios como o que ele vira em Conthas, listrados como tigres com cores tão vibrantes que não pareciam reais. Mas aqueles eram um pouco mais selvagens; Clay viu um abrir uma mulher no meio como se ela fosse pão quente.

E isso tudo sem mencionar os grandões: dois gigantes andavam sem serem desafiados e esmagavam dez guerreiros a cada passo. Vários ciclopes andavam entre os mercenários, que batiam nos seus joelhos, tão deformados que fariam Dane parecer Gabriel na sua época dourada. Eles agitavam manguais e machados de lâminas largas que cortavam arcos sangrentos por qualquer pessoa que estivesse no caminho. Clay tinha visto um enxame de ankhegs e soube que no meio deles haveria uma rainha, inchada com a próxima ninhada de zangões irracionais.

O céu pertencia quase somente ao inimigo. Nuvens de morcegos gigantes desciam com garras afiadas como navalhas, sílfides de podridão arrotavam jorros de bile ácida, gárgulas mergulhavam como pedra sobre cabeças distraídas.

Havia outra criatura que Clay nem sabia como chamar: era uma espécie de planta enorme. Quando não estava cuspindo ácido para todo lado, estava levantando mercenários no ar com os membros tentaculados e os largando no que parecia, de forma perturbadora, ser uma boca *dentro* da sua boca.

Então outra monstruosidade chegou: uma carraca armada com placas de metal e movida pelo que parecia ser um motor de maré reduzido saiu rugindo do Portal. O ácido da coisa-planta bateu na carapaça de aço sem provocar danos e a carroça de guerra gigantesca reagiu jogando fogo líquido de um bico na frente antes de atropelar o adversário com rodas cobertas de pregos. Os mercenários se reagruparam em volta do gigante com rodas, que partiu para cima da multidão.

Clay viu necromantes pálidos pairando sobre pragas de mortos--vivos, as capas esfarrapadas ondulando com brisas mortais. Demônios envoltos de fumaça fervente riam como loucos enquanto atacavam aspirantes a heróis com lâminas de fogo ardente.

Um deles se destacava do resto, e não só por ser maior em várias magnitudes. Bom, era *principalmente* por causa disso, mas também porque carregava um chicote que congelava instantaneamente quem tocasse e carregava uma espada comprida como um mastro de navio, que usava para quebrar mercenários congelados até virarem fragmentos sangrentos. A coisa parecia uma montanha de gelo cortada em formato de homem, os membros envoltos em pedaços de armadura preta fosca. Um par de chifres cobertos de ferro e virados para frente se projetava da cabeça acima de olhos que pareciam poços mortais.

Clay o reconheceu como um Infernal assim que botou os olhos nele. Ele nunca tinha visto um ao vivo, apenas em pinturas e tapeçarias, mas o reconheceu mesmo assim.

Clay se lembrou de Sombra, o druin vendedor de sucata, mencionando que Lastleaf tinha passado anos reunindo a Horda, viajando pela área de Heartwyld, instigando as tribos de bestas da Terra Final, fazendo pactos com alguns dos habitantes mais corruptos da floresta. A julgar pelo tamanho da força que ele conseguira reunir, Clay estava surpreso de ter sobrado alguma coisa assombrando o Wyld no caminho.

— Vamos! Andem! — gritou Gabe quando um grupo de urskins pulou em cima deles.

Clay desviou de um golpe de lança e enfiou o escudo na cara de sapo do agressor. Ganelon arrancou uma das criaturas das costas e a jogou no chão, aos seus pés. Matrick levou uma linguada na cara e caiu para trás como se tivesse levado um soco, mas antes que a criatura pudesse acabar com ele, Moog bateu nele com a mão.

— *Kaza!* — gritou o mago. O homem-sapo parou, atordoado. Antes que pudesse se recuperar, Matrick enfiou as adagas até o cabo no peito dele.

— Que feitiço foi esse? — perguntou Clay.

— Feitiço? — Moog mostrou a varinha. — Você está falando disso? É só um graveto — disse ele e jogou o objeto longe.

O mundo está mudando, dissera Matrick em Fivecourt, e Clay soube que estava vendo o resultado dessa mudança à sua volta. Como muitos bandos tinham procurado glória artificial nas arenas em vez de se aventurarem em busca da realidade, os habitantes de Heartwyld tiveram tempo para se reproduzir, alimentar o seu ódio pela civilização humana, e a floresta toda supurou como um ferimento infeccionado.

E potencialmente fatal, pensou, enquanto Gabriel os levava pelo caminho coberto de corpos aberto pela carroça de guerra armada. Quanto mais perto chegavam da cidade, mais evidências viam da ocupação de meses da Horda: corpos empalados em lanças cobertas de sangue, fogueiras em buracos e trincheiras cheias de ossos. O inimigo tinha construído várias armas de cerco improvisadas, reparou Clay. Nada que pudessem arremessar causaria muitos danos aos muros protegidos de Castia, mas quando passaram perto de uma, ele viu que o balde estava sujo de sangue e tremeu de imaginar o que aquelas armas tinham arremessado no lugar de pedras.

Estavam se aproximando da parte mais densa, o centro caótico daquele campo de batalha de quilômetros. Ele já tinha participado de guerras menores tantas vezes que sabia que batalhas assim eram vencidas e perdidas nos flancos, mas Gabriel parecia determinado a seguir como uma lâmina na direção do coração da Horda, e Clay achava que sabia por quê.

Se pudermos encontrar Lastleaf... se pudermos matá-lo, talvez possamos acabar com isso.

Com apenas um escudo na mão, Clay fez o melhor que pôde para proteger os companheiros do perigo. Quando uma gárgula mergulhou em Matrick, Clay o empurrou para o lado, firmou os pés e inclinou o escudo, para a coisa não esmagá-lo. Graças à impenetrável *Couro de Choque*, passou por vários golpes de espadas e lanças direcionados para Moog, e a face sarapintada do *Coração Negro* estava cheia de pedaços de flechas espetadas. Ele puxou Ganelon dos destroços de um elemental da terra derrotado e até teve tempo para entrar na frente de Bob, o Ruivo, que estava sendo atacado pelas pinças afiadas de um ankheg.

O mercenário murmurou um agradecimento breve e saiu correndo, mas foi esmagado em seguida pelo pé de um gigante. O bardo de Bob se virou e saiu correndo, gritando e segurando a harpa contra o peito como um acadêmico salvando um único livro de uma biblioteca em chamas.

Clay olhou para o colosso. Não tinha reparado neles ainda, mas um gigante não precisava ver uma pessoa para matá-la, precisava? Ele andava pelo campo de batalha como uma criança pisando na grama, provocando destruição acidental a cada passo.

Bem, talvez não totalmente acidental, pensou Clay quando o passo seguinte do gigante fez a terra tremer e matou os cinco Skulks ao mesmo tempo. *Mas o que a gente pode fazer?* Matar um gigante era possível, claro, mas levava tempo, planejamento, as armas certas e uma boa dose de sorte. *Não é possível...*

A garganta do gigante ficou cravejada de seis dardos trêmulos de besta. O brutamontes pareceu tão confuso quanto Clay, mas vários outros dardos surgiram em meio a um jato de sangue. Os olhos do gigante ficaram vidrados na morte e ele caiu de joelhos como um trovão.

Clay inclinou o pescoço para ver o navio voador planando ponderadamente acima, agora fazendo uma curva, e apesar de estar longe demais para ele conseguir ver, Clay soube na mesma hora quais eram as palavras brancas no casco do encouraçado.

Larkspur tinha chegado a Castia.

CAPÍTULO CINQUENTA E UM

O FILHO DO OUTONO

Clay aprendera muito tempo antes que a mente tinha um limite de carnificina que conseguia testemunhar até parar de compreender. Mas, mesmo assim, tudo era visto. Era ouvido como uma tempestade batendo em uma janela fechada, só não era registrado. Sua capacidade de matança estava transbordando como uma taça enchida até a borda de vinho ou de água. Ou, mais adequadamente, de sangue.

Para onde Clay olhava havia pandemônio. Viu Tushino, o Cruel, rebater um raio com a espada antes de cortar o braço do bruxo que o lançara. Os Saqueadores estavam cortando o tronco de um ente oscilante enquanto arqueiros spriggan pulavam da copa. Neil, o não-mais-tão-Jovem jogou uma bola de fogo na bocarra aberta de um wyrm enorme. A coisa explodiu, e como metade estava enterrada, a terra acima se rompeu e jogou kobolds para o alto como pedaços de terra atrás de um cavalo galopando. Deckart Clearwater abriu caminho por cinquenta mortos-vivos e quebrou o crânio do demônio da cripta que os controlava. Os fogos azuis fantasmagóricos nos olhos dele se apagaram, e o restante dos soldados maltrapilhos desabou na mesma hora.

Em outras partes, as coisas não estavam indo tão bem. Clay viu a Impiedosa May Drummond ser pisoteada por um javali e os Sonhadores sumirem embaixo de uma pilha de grimlocks com elmos de aço. O Tigre Cego foi morto por uma flecha que quase com certeza ele não vira. Um ciclope curvado enfiou a mão embaixo da carraca com placas de aço e a virou. A grande máquina balançou como um besouro caído virado, com fogo e fumaça saindo de cada lado.

Os olhos de Clay vagaram pelo campo de batalhas, na esperança de determinar o paradeiro de Lastleaf, mas havia caos demais. Ele olhou para o céu frenético em busca de algum sinal da matriarca wyvern, mas não conseguiu identificá-la de onde estava.

O *Estrela Negra* passou no céu, com névoa saindo dos motores. Sílfides de podridão quicavam na proa. Morcegos saíam do caminho ou eram mortos queimados pelas velas atormentadas pela tempestade. As mesmas bombas de piche que destruíram *Corte Carnal* estavam agora sendo jogadas na Horda, uma barca explosiva que vaporizava centenas de cada vez.

Por fim, a daeva com os servos vestidos de vermelho desceram pelas laterais e deslizaram até o campo de batalha. Os capangas dela eram mais numerosos do que Clay imaginava, e ele estava se perguntando se ela tinha deixado algum a bordo quando o curso inevitável do encouraçado ficou aparente.

Não exatamente, pensou ele (ou torceu, pelo menos), pois a proa do *Estrela Negra*, a proa ostensivamente carregada de mais daquelas bombas voláteis, foi direto para a cara do segundo gigante. A explosão resultante iluminou o céu como um segundo sol, um brilho de incandescência ofuscante seguido de um *BUM* que sacudiu os dentes de Clay dentro da boca.

Por um momento, enquanto pedaços do navio voador em chamas caía do céu, todas as almas da planície ficaram tomadas de uma expectativa horrível. O gigante pendeu para a frente, e os mercenários presos na sombra dele olharam para cima com desespero, mas ele se balançou nos calcanhares e caiu para trás, uma avalanche de carne e osso desabando no meio da Horda. O campo de batalhas oscilou; homens e monstros quicaram como tigelas em uma mesa golpeada por um deus.

Clay foi derrubado no chão e por um momento ficou deitado de costas, olhando para um céu que já parecia mais claro estando desprovido da ameaça de dois gigantes descontrolados, até que uma pena preta brilhante pairou acima dos olhos dele. Ele ficou de joelhos e se levantou, se preparando (ainda que nem um pouco preparado) para enfrentar a fúria da vingança de Larkspur.

Os servos dela chegaram no chão primeiro, as vestes vermelhas ondulando enquanto eles caíam no meio de uma tribo de orcs selvagens. Eles não perderam tempo para entrar na luta, as mãos e os pés um borrão enquanto eles garantiam o espaço em que a sua mestra pudesse pousar em segurança.

As asas da daeva bateram enquanto ela descia. Os pés cobertos pela armadura miravam como um prego na terra abaixo. A foice nas mãos dela brilhava, branca como um céu de inverno, e a mão recém-nascida de Clay coçou quando ele a viu. Se ela tinha algum ferimento por ter sido empalada por um dos dardos de Barret, não ficou evidente naquele momento. Larkspur pousou, dobrou as asas e foi direto até Ganelon.

— Você demorou muito — disse o guerreiro.

— Vá se foder — respondeu ela com rispidez, e enfiou o cabo da foice no chão como uma conquistadora chegando em um território estrangeiro.

O beijo que veio em seguida foi repentino como um relâmpago, feroz como uma tempestade no mar. Ela segurou o pescoço dele com uma garra de ferro. Ele segurou o cabelo dela com o punho coberto de cota de malha, e Clay a viu morder o lábio dele.

Quando os dois enfim se separaram, Gabriel soltou um suspiro alto.

— Pela Misericórdia da Donzela da Primavera, e eu achava que era o dramático. Se os dois já terminaram…

— Por enquanto — disse Larkspur. O olhar que ela lançou para Ganelon foi o de um torturador deixando os instrumentos ensanguentados de lado.

O sorriso de Ganelon estava pontilhado de sangue.

— Por enquanto — concordou ele.

Gabriel ergueu a espada.

— Que bom, agora temos que encontrar… — Ele estava prestes a dizer *Lastleaf*, Clay tinha certeza, só que Lastleaf os encontrou primeiro.

A matriarca wyvern pousou no chão como uma âncora largada em água rasa, espalhando sangue e corpos em todas as direções. As asas pretas de Ashatan se debateram dos dois lados, os espinhos e as farpas cortando mercenários como se eles fossem recheados de palha. O rabo chicoteou, perfurou o peito de um dos monges de Larkspur e o ergueu do chão. O pobre homem gritou até uma espuma venenosa sair fervendo da boca, e a wyvern o soltou com um estalo. Ela estava com outro servo da daeva preso no chão com o focinho, e Clay viu repugnado quando ela afundou os dentes na barriga dele. O homem estava morto quando a criatura levantou a cabeça, tirando entranhas da ruína fumegante que era o peito dele.

Para o crédito deles, ou pelo menos como testemunho da potência do encanto sobrenatural de Larkspur, os servos que restavam se posicionaram entre a sua mestra e a matriarca. A área aberta para a chegada da daeva um pouco antes permaneceu aberta, pois os mercenários de Grandual estavam mais do que dispostos a procurar luta em outro lugar, e os seguidores de Lastleaf se afastaram instintivamente da grande wyvern preta e do homem nas costas dela.

Lastleaf, o Filho do Outono.

Ele não usava mais o casaco longo de Duque da Terra Final. Agora, estava vestido para a guerra, com uma armadura de escamas verde-prateadas com uma saia. O braço esquerdo estava coberto com placas sobrepostas de metal vermelho com juntas imperceptíveis até a placa do ombro, e ele usava um elmo polido de aço verde como a armadura, com coberturas alargadas para as orelhas longas. Uma crista que ia da frente até a parte de trás composta pelo que pareciam ser folha longas vermelho-alaranjadas.

Para falar a verdade, não era o pior elmo que Clay já tinha visto. Ele talvez até diria que combinava com o druin de um jeito príncipe silvestre esplêndido ou assim.

— Gabriel — chamou Lastleaf das costas da wyvern. Ele fez um gesto com a mão pálida para a batalha acontecendo em toda parte, exceto imediatamente em volta deles. — Suponho que isso seja coisa sua.

Gabe balançou a cabeça.

— Não fui eu que convoquei um exército — disse ele. — Não fiz o cerco em Castia nem ameacei as Cortes de aniquilação caso ousassem intervir. Isso é coisa sua, Lastleaf. Ou prefere que eu o chame de Pagão?

O ar de presunção do druin sumiu como o de um rei cheio de dívidas confrontado pelos credores. Ele abriu a boca para falar, mas os olhos diferentes entre si viram a foice que Larkspur plantara como uma bandeira na terra encharcada de sangue. Clay viu uma variedade de emoções lutando por baixo da fachada calma do Pagão, mas elas ficaram escondidas, sutis como um tubarão em água rasa.

— Ashatan — disse ele, e a wyvern se curvou embaixo dele. O druin desceu para o chão, se abaixou para passar pelo arco da asa, esticou a mão até as costas e puxou a espada superior da bainha. Clay já a tinha visto em Lindmoor. *Desdém*, Sombra a chamou: de obsidiana preta, com fissuras fundidas, tão quente que o ar ao redor tremeluzia com o calor. No mesmo momento, a matriarca soltou um grito agudo que fedia a sangue rançoso e fez a pele de Clay formigar de medo primitivo.

Enquanto os servos corriam na direção de Lastleaf todos de uma vez, Larkspur olhou para o céu, o que foi a primeira pista para Clay de que este estava prestes a desabar na cabeça deles.

Um bando de wyverns pretos descia das nuvens cinzentas, uma espiral agitada e barulhenta de asas, garras e bocas que voava como um ciclone. A daeva pulou para longe quando um acertou Ganelon com a força de um teto desabando. O guerreiro soltou o machado e uivou quando as garras do animal tentaram esmagá-lo. Larkspur rolou até a foice plantada no chão, soltou-a e pulou em defesa de Ganelon.

Felizmente, o espetáculo atraiu vários mercenários para a clareira. O Vanguarda estava entre eles, assim como os filhos do Barret e os outros do Noites Valorosas. Aric Slake, que Clay tinha visto pela última vez perdendo um jogo de cartas na Riot House, enfiou a lança, *Vento de Falcão*, fundo no peito de um wyvern. Jorma Mulekicker, cujo olho direito agora era um buraco ensanguentado, entrou na briga, e May Drummond, que sobrevivera ao pisoteio de um javali, afinal, veio mancando ao lado dele.

Clay voltou a atenção para Lastleaf a tempo de ver o druin enfiar *Desdém* na terra. As fissuras brilhosas da espada ficaram pretas, e o chão embaixo dos monges que estavam atacando explodiu. Placas de pedra e corpos de vestes vermelhas voaram para o céu em um jorro de magma. Quem não foi jogado longe cambaleou e alguns caíram em poças de rocha derretida. Um monge tentou sem sucesso tirar a veste em chamas, enquanto outro se debatia com impotência em trinta centímetros de lava. Clay engoliu bile quando viu o homem se desintegrar perante os seus olhos.

Lastleaf deixou a espada ardente enterrada no chão e estava indo pegar a bainha de *Madrigal* quando um dos servos mais competentes de Larkspur chegou perto suficiente para dar um soco na direção de onde devia estar o pescoço do druin. Houve um som ondulado quando a segunda espada cantou em liberdade, e o monge foi recompensado pelo esforço com um braço cortado.

O homem oscilou, ainda vivo, até o Pagão o empurrar para trás na poça fervente.

Matrick estava caído de costas na frente de outra cria da matriarca, se debatendo para fugir das garras, rolando para escapar da cauda e enfiando as facas na barriga da criatura sempre que tinha chance.

Clay viu Moog se afastando de um trio de orcs de olhos amarelos. Quase foi ajudar, mas o mago tirou uma arma da bolsa que parecia que um cajado azul e um cajado branco tinham ficado trancados juntos em um armário com as luzes apagadas. Clay reconheceu o Cajado Gêmeo na mesma hora como um dos poucos itens mágicos que o próprio Moog criara e poderia ter sentido pena dos orcs pelo que estava prestes a acontecer. O mago segurou o cajado com as duas mãos, gritou uma série de baboseiras esotéricas e se segurou com tudo enquanto o Cajado Gêmeo dava uma surra nos três orcs infelizes.

Enquanto isso, Larkspur livrou o wyvern que tinha atacado Ganelon da cabeça, cortando-a pelo pescoço com a lâmina da foice *Umbra*. O guerreiro se soltou das garras da criatura, atordoado, mas aparentemente não ferido, e foi pegar o machado.

Segundos se passaram desde que o grupo de filhotes pretos atacou, mas Clay se sentia excepcionalmente inútil para enfrentá-los, e por isso ficou quase aliviado quando a voz de Lastleaf exigiu a sua atenção.

— O que mais Sombra contou a vocês?

O Pagão contornava devagar a poça luminosa entre eles. Seu olhar não se afastou de Gabriel, nem quando Deckart Clearwater surgiu do nada e atacou a cabeça dele com o martelo de duas cabeças.

Ele tem chance, pensou Clay, pois surpreender um druin era a única forma segura de escapar da presciência, mas Lastleaf apenas andou para escapar do golpe. Em um movimento fluido, ele se virou, a longa lâmina assobiando, e partiu Deckart no meio.

Por um momento, pareceu que Gabe partiria para cima dele, para tentar (provavelmente em vão) pegar o Pagão desprevenido, mas Lastleaf ainda estava longe demais, e Gabriel nunca foi de fugir de uma discussão antes da luta se significava uma oportunidade de abalar mentalmente o oponente. Clay não ficou confiante de haver opção, mas não faria mal tentar.

— Ele me contou sobre a sua mãe — disse Gabriel. — Sobre a espada que o seu pai fez para trazê-la de volta dos mortos. Ele disse que você roubou dele.

O olhar de Clay se desviou para a bainha branca como osso nas costas do druin.

Tamarat.

— Quase o matei com ela — disse Lastleaf. — Era de se pensar que ele ficaria feliz em dar a vida pela da mulher que alegava amar. Mas ele fugiu e procurou você.

Um som fungado fez Clay olhar para trás do ombro de Gabe. Um minotauro tinha saído do meio da grande confusão e corria para a clareira. Nas pinturas, esses monstros eram sempre retratados como bestas enormes e fortes, mas na verdade eram uma cabeça mais baixos do que a maioria dos homens, e devia ser por isso que tinham o pavio tão curto. Além disso, por motivos sobre os quais mesmo um estudioso como Moog só podia especular, eles desprezavam intensamente a cor vermelha, que por acaso era a cor da armadura de Clay.

Aquele minotauro não tinha um dos chifres e seu abdome exibia um ferimento que provavelmente o mataria em menos de uma hora, mas, enquanto isso, parecia estar avaliando Clay para um ataque. Sem nada além de um escudo na mão, não havia muito que o homem pudesse fazer além de proteger as costas do amigo, então ele chegou mais perto do ombro de Gabe e manteve um olho na criatura na periferia dele.

— A verdade — disse Lastleaf, que estava perigosamente próximo agora — é que Vespian não fez a espada pela minha mãe. Ele fez por ele mesmo. Para que *ele* não ficasse sozinho. Para que *ele* não tivesse que…

— Cale a boca — disse Gabriel, provocando-o de propósito. Ele levou o pé esquerdo um pouco à frente, virou a bota direita para fora. Seus dedos ficaram brancos apertando a *Vellichor*.

O Pagão, a alguns passos agora, pareceu irritado de repente.

— Não era atrás de *Tamarat* que o meu pai estava. Era de mim. Se ele a tivesse tirado de mim…

— Cale a boca — repetiu Gabe, sorrindo agora.

— Ele teria me matado com ela — disse o druin —, para trazê-la de volta.

— Ninguém quer saber disso — falou Gabriel, que era melhor do que qualquer pessoa que Clay conhecia em irritar pessoas… e realmente, a frieza fingida de Lastleaf se dissolveu em um instante.

Clay estava (mais uma vez) tentando entender o fato de que a Rainha do Inverno era real… que ela teria ressuscitado se Vespian tivesse conseguido matar o filho com *Tamarat*, quando o druin deu um pulo à frente, e a luta que poderia decidir o resultado da batalha toda, possivelmente o destino da humanidade, começou de verdade.

Que foi, claro, o momento em que o minotauro nanico idiota baixou a cabeça e saiu correndo na direção de Clay.

CAPÍTULO CINQUENTA E DOIS

PURA SORTE

A *Vellichor* cortou um bocado de grama na altura da cintura quando subiu para se encontrar com a espada cantante do druin, e as duas lâminas se encontraram com um som que parecia vidro quebrando. Clay foi para o espaço atrás de Gabe, ciente de que muitos outros golpes estavam sendo trocados atrás dos seus ombros. Quando o minotauro atacando estava a poucos passos, ele foi ao seu encontro, inclinando o *Coração Negro* para que a criatura quicasse e fosse cambaleando para cima de Lastleaf.

O Pagão pulou para fora do caminho, murmurando um xingamento em druic enquanto a espada ecoava baixinho ao seu lado. O impulso tropeçado do minotauro o levou direto para a poça de lava. Ele conseguiu esticar um braço para se apoiar antes de cair, mas gritou em um sofrimento sem palavras quando o membro fritou e a sua crina pegou fogo.

Gabriel piscou e lançou um olhar na direção de Clay.

— Valeu.

Clay deu de ombros.

— Valia a pena tentar.

— Você sabia — disse Lastleaf, tão casualmente quanto se os três estivessem em cadeiras de balanço em uma varanda banhada pelo sol — que o meu pai me falou certa vez que morrer pela lâmina da *Vellichor* é a única forma pela qual nossa espécie pode voltar para o nosso reino?

Clay se lembrava de Sombra dizendo alguma coisa relacionada a isso em Heartwyld. *É uma chave*, ele tinha dito, sem perceber que a única porta que abria era a da própria morte.

— Você vai descobrir daqui a pouco — disse Gabriel.

A gargalhada seca do Pagão cortou o ar acima do campo de batalha.

— Acho que não — disse ele com tom cantarolado.

Gabe fintou baixo, atraindo a lâmina de Lastleaf zumbindo para os seus joelhos, mas quando a *Vellichor* golpeou em posição alta, o druin se virou e a lâmina passou a centímetros do rosto dele. Àquela altura, a arma do Pagão estava indo na direção da lateral de Gabriel. Clay conseguiu enfiar o *Coração Negro* no caminho e ofegou quando *Madrigal* cortou fora um canto do escudo.

— Filho da *puta* — xingou Clay e deu um gritinho quando Gabriel o empurrou com força.

A espada do Pagão passou zumbindo pelo local onde estaria o pescoço de Clay se ele não estivesse caindo de bunda no chão.

Um pensamento surgiu na cabeça dele de repente, sem motivo, e não servia de nada além de explicar por que um pedaço do seu bem mais precioso estava caído perto dos seus pés: *O barulho que a espada faz... Ela está cortando o ar.* O pensamento seguinte foi mais uma observação: *Gabe acabou de salvar a sua vida.*

No momento, Gabe estava tentando salvar a vida dele mesmo. Sem mais ninguém para roubar o foco, Lastleaf forçava o ataque, usando a presciência para prever cada movimento do rival. A espada do Pagão era um borrão barulhento, soando em sucessão rápida contra a *Vellichor* enquanto Gabe contava apenas com o instinto para se proteger.

Do chão, era difícil saber se a batalha estava indo a favor deles ou não. Mais da metade dos filhotes da matriarca estava morta, mas Aric Slake também, com a cabeça admirando o corpo de vários metros de distância. Ele viu May Drummond morrer (de novo) na ponta da cauda de um wyvern.

Um efeito colateral infeliz do Cajado Gêmeo do Moog era que quando terminava de destruir os inimigos, era comum que se voltasse contra quem o estava segurando, ao menos até o encantamento passar. No momento, o mago estava preso em combate mortal com a própria arma, cada um tentando dominar o outro.

Matrick conseguira subir nas costas da matriarca wyvern. Ele estava montado em uma das asas de Ashatan, tentando enfiar uma adaga entre as escamas pretas de ferro. A própria Ashatan estava ocupada com Larkspur, que fez um corte fundo na cabeça da matriarca antes de voar. O wyvern rugiu de novo e pulou atrás dela, forçando Matrick a abandonar a tentativa de feri-la e se segurar para o voo.

Clay só viu Ganelon quando o *Syrinx* estava cortando um caminho aparentemente inevitável na direção da barriga do Pagão. Avisado pela presciência, Lastleaf se virou no último segundo e golpeou com a espada para baixo com força suficiente para jogar o machado de lado antes que o acertasse.

Mas acertou mesmo assim.

O golpe arrancou um grunhido sem fôlego do druin. Ele perdeu *Madrigal* e foi jogado vários metros ao longe, mas de alguma forma conseguiu cair deslizando, de pé. O elmo fora empurrado para o lado, e Lastleaf o tirou e jogou para trás.

Enquanto olhava o elmo quicar para longe, Clay ficou chocado de ver o minotauro que o tinha atacado antes ficar de pé com obstinação. A crina estava queimada e o braço esquerdo borbulhava no cotovelo em um cotoco cauterizado, mas ele parecia determinado a voltar para a luta.

Clay tinha a preocupação mais imediata de Lastleaf estar puxando as tiras das três bainhas pela cabeça. Ele deixou as duas bainhas vazias caírem e fechou os dedos longos no cabo da terceira e última espada.

— A górgona me disse por que vocês vieram — falou ele para Gabriel, que estava usando o breve descanso para recuperar o fôlego. — Se eu matar você, vou procurá-la, essa sua filha. Vou fazer questão de que ela sofra.

Foi Ganelon que respondeu, os olhos verdes ardendo por cima do fio do machado.

— Se — disse ele.

A expressão de desdém do Pagão oscilou, mas até onde Clay podia perceber, tinha menos a ver com o comentário do guerreiro e mais com a perspectiva de desembainhar *Tamarat*. As mãos de Lastleaf tremiam, as orelhas com pelos brancos encostadas na cabeça. Ele parecia genuinamente relutante em puxá-la, e Clay se perguntou se ele tinha motivo para isso desde o dia em que a usou para se defender do pai, ainda mais monstruoso do que ele.

Ganelon, porém, deu um passo na direção dele, e Lastleaf não teve escolha além de puxar *Tamarat*, para que todos vissem.

Só que Clay *não conseguiu* ver. Não de verdade.

Sua mente lhe dizia que a lâmina era preta, um vácuo sem cor, tão vazio quando um céu sem estrelas. Mas quando olhou para a espada, havia apenas... nada. Enquanto a *Vellichor* era uma janela para um reino além daquele, *Tamarat* era um fragmento de puro esquecimento.

Clay torceu com todas as suas forças para que Ganelon conseguisse vê-la, porque o Pagão deu dois passos corridos e pulou, rosnando, para cima do guerreiro, a espada uma mancha negra contra o céu. Gabriel foi para o lado esquerdo de Ganelon, com o fio luminoso de *Vellichor* na frente, forçando Lastleaf a lutar com duas frentes.

Que sejam três, pensou Clay, se levantando, determinado a ajudar como pudesse. Ele levantou o escudo…

O minotauro o acertou como uma carroça cheia de pedras descendo uma colina. Clay viu o campo de batalhas ficar borrado e, no momento seguinte, estava caindo de lado no chão. Os ouvidos ecoavam, o maxilar doía, e Clay se perguntou se tinha batido a cabeça; não conseguia lembrar, então a resposta devia ser sim.

— Seu filho… — Isso foi tudo que ele conseguiu dizer antes do agressor cair em cima dele. A criatura era surpreendentemente pesada para alguém com metade da sua altura e sem a maior parte de um dos braços. O focinho ensanguentado e úmido encostou na boca de Clay, e as suas narinas se encheram do odor de pelo queimado e repolho cozido.

Grunhindo com o esforço, Clay usou *Coração Negro* para empurrar o minotauro para o lado e continuou a martelar com o escudo até tudo além dos cascos trêmulos ter parado de se mexer.

Ele se sentou, desorientado.

Viu Gabe e Ganelon darem golpes muito rápidos para acompanhar o Filho do Outono e a sua espada quase invisível. Viu Moog segurando o cajado pela ponta enquanto batia em um bando de esqueletos reanimados até virarem cinzas. Viu Barret pisoteando a cabeça de um orc, e Tiamax, o aracniano, quebrando o maxilar de um wyvern com a força das seis mãos.

Os pontos na cara de Clay tinham se aberto de novo e sua bochecha esquerda estava em carne viva. Ele ficou de pé, grogue, tentando pensar em como contaria essa história para Tally, se vivesse para contá-la.

O que foi, querida? O que eu estava fazendo enquanto o tio Gabe duelava com um deus com toda a civilização em jogo? Ora, estava lutando na lama com uma vaca excepcionalmente teimosa.

Ele ergueu o escudo de novo e correu o mais rápido que conseguiu na direção da única luta que importava. Mal conseguia acreditar que ainda estava acontecendo: Gabriel estava entre os lutadores mais rápidos e ardilosos que Clay já tinha visto, e Ganelon era o guerreiro mais forte e feroz... bem, talvez *do mundo*.

Mas Lastleaf estava vivo havia mais de um milênio, e passara a maior parte desses anos se escondendo em Heartwyld, fugindo da perseguição do pai e impondo a sua vontade a criaturas que dariam uma vida de noites insones até ao mais robusto guerreiro. Não cairia com facilidade.

Ele talvez não caia, pensou Clay quando um rugido rouco atrás dele o fez se virar e ver o minotauro mais obstinado do mundo tentando se levantar.

— Ah, para com isso — gemeu. — Fica no chão. Só... por favor, fica no chão.

Ele deu um passo involuntário na direção do minotauro e a criatura se virou para ele, com olhos saltados e vermelhos em uma expressão de ódio. O bicho roncou de novo, mais alto desta vez, de forma distintamente mais ameaçadora. Em outro mundo, Clay poderia ter oferecido uma cerveja a ele e declarar empate, mas o minotauro batia o casco no chão e balançava a cabeça queimada de um lado para o outro, então se preparou e suspirou.

Clay pensou brevemente em Ganelon e no que o guerreiro tinha feito com aqueles homens em Mazala; na vingança de Larkspur contra as crianças que tornaram a infância dela um inferno; em Lastleaf e sua guerra contra uma República construída com o sangue dos ditos monstros; e em si mesmo, que provavelmente teria morrido um monstro se não fosse pelo amor de uma mulher.

Duas mulheres, na verdade.

— Quer saber? — disse Clay. — Deixa pra lá. Você é o que é. Então, vem.

O minotauro atacou, quer tivesse entendido ou não: com o chifre quebrado e queimado, com um braço só e sem armas; os cascos rasparam na terra ensanguentada e ele baixou a cabeça.

Ocorreria a Clay uns momentos depois que as lutas que pareciam mais importar não eram sempre as que importavam, e que, às vezes, o destino dos mundos era decidido por uma coisa tão arbitrária quanto pura sorte.

Ele se abaixou quando o minotauro enfiou a cabeça no *Coração Negro* e rolou de costas e deixou o impulso do animal o jogar no ar, ao mesmo tempo que a besta, sem intenção nenhuma, acertou Lastleaf pela lateral e jogou os dois de cabeça na poça de magma.

Clay se apoiou na barriga na mesma hora que o druin começou a gritar, e um instante depois o cadáver da matriarca wyvern caiu no chão ali perto, como o martelo de um gigante. Uma camada de terra subiu no local onde a criatura caiu, forçando Clay a apertar os olhos enquanto se levantava e ia até onde Gabe e Ganelon estavam.

O sulista esticava o pescoço, espiando pela neblina de terra para o céu acima, e Clay o viu sorrir para Larkspur, segurando *Umbra* coberta de sangue em uma das mãos e Matrick com expressão abalada na outra, descendo devagar com as asas abertas.

Moog chegou lá na hora que ela pousou. O Cajado Gêmeo estava adormecido de novo e o mago o colocou na boca da bolsa enquanto sorria para o rei com aparência enjoada.

— Isso pareceu divertido!

Matrick abriu um sorriso pálido em resposta, e Clay reconheceu um homem fazendo um esforço monumental para não botar tudo que tinha no estômago para fora.

— Mandou bem — disse Ganelon para a daeva enquanto Gabriel andava até a poça brilhante.

— Você também — disse ela, observando os montes de cadáveres, tanto de mercenários quando de wyverns, cobrindo a região em volta.

Clay ajeitou o braço ferido na tipoia.

— Se estiver procurando Lastleaf…

— Ele morreu.

Claro que morreu, disse a parte da mente de Clay que sabia que a morte do druin fora fácil demais.

E realmente, quando ele se juntou a Gabriel na borda espumante da poça e olhou lá dentro, o único cadáver que Clay viu foi o que pertencia ao minotauro mais teimoso, determinado e adequadamente cabeça dura que ele já tinha visto.

Moog tocou em um hematoma escurecendo em volta de um dos olhos dele.

— Você por acaso não perguntou a ele o que era um cathiil, perguntou? Isso está me incomodando desde a casa da górgona.

— Ele não pode ter ido longe — disse Gabe, ignorando o mago. — Vamos terminar de quebrar esse cerco?

Ganelon usou o machado para apontar por cima do ombro do líder.

— Acho que acabou de ser quebrado.

Clay olhou além do limite da Horda, na cidade de Castia, cujos portões estavam se abrindo devagar. Dois navios voadores druins emergiram de trás dos muros, subindo como abelhas inchadas do cadáver de uma flor.

O cerco estava mesmo quebrado. Os que viveram sem esperança por tanto tempo estava enfim vindo recuperá-la.

CAPÍTULO CINQUENTA E TRÊS

UMA ÚLTIMA VEZ

— É Rose. Só pode ser.

Gabriel olhava para Castia ao longe. Havia mercenários saindo pelo portão aberto, resquícios do exército antes poderoso massacrado pela Horda. Eles eram mais de quatro mil antes, mas, ao avaliar a quantidade, Clay achava que só restava metade. Os que restavam estavam doentes e cansados, mas saíram da cidade como loucos. Ou heróis.

Clay não tinha dúvidas quanto a quem os liderava. Nem Gabriel. Seu amigo respirou fundo para falar, mas Larkspur o interrompeu.

— Vá buscá-la. Estamos com você.

Com o maxilar apertado, as narinas dilatadas, os olhos vermelhos transbordando de amor, orgulho e com a gratidão abismal de um pai, Gabriel assentiu.

— Eu sei. Obrigado.

Ele se virou para a cidade.

— Comigo, então. Uma última vez.

Com o Pagão desaparecido e a matriarca morta, a Horda logo começou a perder coesão.

Os ciclopes estavam começando a cair. Layla Sweetpenny enfiou uma lança pelo olho de um. Os homens do Desgraça dos Gigantes subiram em outro como formigas indo para cima de um piquenique arruinado. Um terceiro ciclope, sentado remexendo dentro da carroça de guerra virada, tirou um mecânico dos destroços e o comeu. Um momento depois, uma coisa explodiu dentro dele, estourando a barriga como uma abóbora esmagada.

Gabe e Ganelon correram entre as pernas do último que estava de pé. A *Vellichor* acertou um calcanhar, o *Syrinx* o outro. O monstro caiu, berrando de sofrimento, e Moog jogou uma granada alquímica na boca aberta.

— Ops! — gritou ele. A cabeça fez *bum* e sangue jorrou pelo olho destruído.

Gabriel seguiu em frente, implacável. O resto do bando foi atrás, seguido por um número pequeno de jovens mercenários: Courtney e as Fagulhas à esquerda, Jain e as garotas à direita. Clay viu os Cavaleiros da Tempestade e Ben, o Estalactiano andando pela confusão com um machado sujo de sangue em cada mão. A Impiedosa May Drummond, que Clay já tinha visto morrer duas vezes, segurava a barriga aberta com uma das mãos e balançando um mangual na outra.

Uma coisa parecida com um espantalho com brasas no lugar de olhos pulou no caminho deles, mas Barret apareceu do nada e o esmagou com o martelo até virar palha. Seus filhos estavam junto, com sangue e suor grudando o cabelo platinado no rosto. Tiamax balançou alguns braços desconexos e Leitão tentou abrir um sorriso desastroso. O garoto tinha chorado, Clay percebeu.

Ele olhou em volta quando o Vanguarda e os Noites Valorosas se juntavam a eles.

— Ashe?

— Se foi — disse Barret.

Se foi. Clay quase tropeçou nas palavras.

— Barret, eu...

— Não, Mão Lenta. — Ele não falou mais nada, e Clay deixou quieto.

O céu estava caindo sobre eles de novo. Harpias pousaram no chão em pilhas de penas. Falcões-peste desceram berrando do céu. Um navio voador tombando para o lado caiu no campo de batalha, matando dezenas.

Clay viu os refugiados de Castia atacarem a Horda pela retaguarda e foi lembrado da manhã fria de outono (várias vidas antes, como às vezes parecia) na qual seu pai o levou para a floresta para procurar uma árvore. Ele se lembrou de Leif mostrando a ele como cortar uma parte de um lado antes de começar a trabalhar no oposto. Com sorte, Rose e o seu grupo improvisado seriam esse corte, e se eles continuassem golpeando e golpeando e golpeando...

Clay viu o Infernal de novo, um titã com capa de inverno caminhando pesadamente pelo campo de batalha. Aonde quer que fosse, o grupo ao redor dele parecia renovado, levado a uma fúria louca pelo demônio. Se Lastleaf estivesse procurando proteção ou um lugar de onde reagrupar e restabelecer a sua influência sobre o exército destruído, provavelmente começaria lá.

Ou Gabriel chegou à mesma conclusão ou estava apenas planejando o caminho mais direto até Rose, porque ele os levava direto para cima do monstro. O fio de esperança deles estava cada vez mais fino agora, um fio colorido no meio de uma tapeçaria medonha.

O Noites Valorosas ficou para trás lutando com aranhas gigantes, enquanto Courtney e as Fagulhas foram lutar com um urso do tamanho de um elefante narmeeriano. Ben, o Estalactiano levou a ponta afiada da lança de um centauro no pescoço, e os Cavaleiros da Tempestade desapareceram em meio a uma multidão de goblins.

Uma onda de kobolds veio correndo da esquerda, gritando como cem cachorrinhos. Jain cutucou Clay com o arco.

— Vai em frente, Mão Lenta. A gente cuida disso.

Ele permaneceu a tempo de ver as primeiras dez criaturas levarem flechas na cara e foi atrás de Gabe. Passou por Barret no caminho; o velho mercenário e os dois colegas de bando que restavam estavam enfrentando um warg de focinho arrebitado que não parava de rosnar.

Uma vez, Clay achou ter visto o brilho da armadura de Lastleaf no meio da multidão, mas, quando olhou de novo, o druin não estava à vista.

— Rose! — gritou Gabriel, mas a filha estava longe demais para ouvir. Os refugiados dela lutavam com um bando de diabretes brancos que guinchavam e faziam Clay se lembrar dos rasks na Estrada Fria, só que menores.

Clay viu a filha de Gabe claramente agora, destacada dos outros em volta por duas características: o cabelo, tingido de vermelho-sangue, e o fato de que ela lutava como uma berserker kaskar que encontrara o marido na cama com a irmã. Ela segurava uma cimitarra reluzente em cada mão e estava virando, girando e eviscerando tudo ao alcance.

Ou não tudo, Clay viu, apesar de quase não conseguir acreditar nos próprios olhos. Havia um *druin* ao lado dela, esguio e ágil, portando uma espada longa que usava quase exclusivamente em defesa dela. O cabelo dele era do verde desbotado de um mar raso de verão, penteado para trás das orelhas prateadas peludas. Ele era mais alto e mais largo do que Lastleaf e se movia com uma economia estranha e estratégica, como se o campo de batalha fosse um enorme tabuleiro do Quarteto e ele tivesse previsto todas as jogadas.

Os dois, Rose e Freecloud, supôs Clay, pareciam invencíveis. Os diabretes se chocavam neles como onda em um penhasco alto e se quebravam quase na mesma hora.

O Infernal olhou com cara feia para as criaturas correndo para a segurança da sua sombra e voltou o olhar preto sem fundo para os refugiados de Castia e o par que os liderava.

— Porra! — xingou Gabe.

— Deixa ele comigo — disse Larkspur. Ela se lançou para o alto, deixando Ganelon com a testa franzida em meio a uma chuva de penas pretas.

Clay olhou para ele.

— Ela vai ficar bem — disse ele e percebeu que acreditava mesmo nisso.

— Eu sei — disse Ganelon, mas a testa se franziu ainda mais.

Gabriel seguiu adiante. Clay assumiu posição à direita dele, Ganelon à esquerda. Moog andou no meio deles e Matrick foi na retaguarda. Estavam sozinhos agora, os cinco lutando em meio a um caos de garras e dentes. Flechas zumbiam acima como mosquitos em um pântano. Clay foi alvo de rugidos, gritos, cuspe; foi acotovelado, chutado, socado, empurrado, isso enquanto se esforçava para cobrir a lateral de Gabriel enquanto o amigo abria caminho pelo que havia pela frente.

Moog tinha uma varinha em cada mão, as duas lançando raios de luz violeta que percorria rotas erráticas até os alvos, mas nunca, nunca erravam. Matrick usava as adagas como um baterista de desfile, o ritmo tão rápido que os inimigos só sabiam que haviam sido mortos quando seu deus perguntava se eles gostavam de leite em seus chás. Ganelon matava com uma eficiência brutal que humilhava até Gabriel, porque Gabriel ia deixando feridos para trás, e Ganelon deixava mortos em pedaços.

Clay estava impressionado porque as suas costas quase não estavam doendo, assim como o braço e as costelas que ele quebrou lutando com os monges de Larkspur. Seu rosto não estava latejando como antes. Ele estava cansado, claro: cada respiração vinha acompanhada de um arquejo, e seu coração martelava como um ferreiro atrasado para o jantar, mas ele se sentia... bem. *Bem pra caralho*, levando tudo em consideração.

Mais estranho de tudo era a total ausência de medo. Clay sentira muito medo de manhã. Medo do plano do mago não dar certo, de o dragão matar eles. Medo de passar pelo Portal e voltar de mãos vazias. A Horda de Heartwyld, com todo o seu poder abominável, foi a coisa mais assustadora que ele já tinha visto... fora, talvez, a expressão na cara da Ginny quando ela bateu a cabeça na porta do armário que ele deixou aberta em querer.

Mas agora... Clay só tinha uma sensação de certeza profunda, como se as coisas, por pior que parecessem, estivessem como deveriam ser. Ele estava entre amigos, lado a lado com seus companheiros de bando, que por acaso eram os quatro melhores homens que ele tivera o privilégio de conhecer.

Como indivíduos, cada um deles tinha falhas e eram tão dissonantes quanto notas musicais sem harmonia. Mas, como bando, eles eram mais, uma coisa perfeita do seu próprio jeito intangível.

Então, não... ele não estava com medo. Estava, na verdade, sorrindo de orelha a orelha, apreciando a música dos homens ao redor, ouvindo com dor agridoce o fim se aproximar.

Clay viu Larkspur se aproximar do Infernal. Ela desviou longe quando o chicote dele jogou gotas de gelo no ar e mergulhou abaixo de um golpe da espada enorme. A foice dela girou, mas o demônio estava coberto de uma camada de gelo tão grossa que *Umbra* só gerou fagulhas de gelo na carapaça.

Os servos do titã corriam em todas as direções. Uma torrente de diabretes se chocou com o Saga, e Moog caiu, desaparecendo embaixo de uma camada de corpos pálidos. Matrick ficou para trás, gritando o nome do mago e andando em meio aos diabretes como um homem que perdeu o cachorro na correnteza veloz de um rio.

Clay entrou na frente de Gabriel, firmou os pés e segurou o escudo contra a maré das criaturas. Elas não eram maiores que crianças, curvadas e magricelas, com chifres curvados para trás a partir de rostos contraídos.

Não carregavam armas além dos dentes afiados e das garras cruéis, e embora a maioria estivesse com medo demais para incomodar Clay e seus companheiros, os que chegaram perto os atacaram com selvageria.

Ele espiou por cima da borda do escudo e viu Larkspur mergulhar de novo. A boca do Infernal bocejou como um portal para o inferno da Mãe do Gelo, soltando uma ventania gelada que jogou a daeva para trás. Ela girou sem controle, as asas batendo loucamente enquanto lutava para recuperar o equilíbrio. Clay viu gelo cobrindo a armadura dela, as asas. Ela hesitou em voo, mas conseguiu soltar o gelo das asas e...

O chicote a acertou.

O grito de Larkspur foi interrompido quando ela congelou e caiu na terra como um pingente de gelo caindo de um galho.

Clay olhou na mesma hora para Ganelon. A consternação ficou clara no rosto do guerreiro, mas ele trincou o maxilar e não disse nada.

— Vai buscar ela — disse Gabe para ele.

Ganelon olhou para o amigo, incrédulo.

— Você não pode...

— Posso — disse Gabriel, sorrindo. — Claro que posso.

Ganelon pareceu que ia protestar, mas assentiu, se virou e começou a abrir caminho até a daeva caída.

O Infernal estava avançando para cima dos refugiados de Castia. O chicote já estava caindo entre eles, envolvendo todas as vítimas em uma cripta de gelo.

— Rose! — gritou Gabriel, e desta vez sua filha olhou.

— Pai?

— *Rose!* — Gabriel tentou contornar Clay e quase foi derrubado por diabretes correndo. Ele rosnou um palavrão e voltou para trás.

Clay tentou forçar passagem, mas os inimigos eram muitos para que ele conseguisse afastar. Só podia se manter em posição.

— Pai! — Ele ouviu duas vozes gritarem. A primeira era de Rose, desesperada e descrente, mas, abaixo dela, suave como um sussurro, havia outra.

Tally.

Em pensamento, Clay ouviu a filha murmurar, sonolenta: *Você iria se fosse eu, né, papai?*

Se fosse você...

Os dedos dele ficaram brancos na alça de *Coração Negro*. O maxilar segurou um grito até o grito abrir os seus dentes e sair rugindo. Ele encaixou o braço quebrado atrás do escudo e foi contra a corrente com a determinação teimosa de um boi de arado subjugado pela lua.

Se fosse você, Clay respondera enquanto o brilho de uma constelação de luz de velas se movia pelo rosto dela, *nada no mundo poderia me segurar.*

A determinação dele lhe permitiu um único passo, depois um segundo. Ele seguiu em frente, gritando até ficar rouco, e o mar de diabretes se rompeu em volta do escudo como gelo embaixo da proa de um navio. De repente, ele tropeçou, olhou para cima e viu o Infernal.

O ar de uma nevasca o envolveu. Clay fechou os olhos por medo de congelarem nas órbitas. Neve e lascas de gelo acertaram o seu rosto. Sua barba ficou congelada, assim como os cílios, e seu corpo começou a tremer. O escudo ficou pesado demais de repente para ser segurado com apenas uma das mãos. Acabou o desequilibrando, e Clay viu, sem esperanças, o chicote do Infernal se curvando no céu cinzento acima...

Gabriel o empurrou com o ombro; Clay caiu no chão quando o chicote passou pelo ar acima da cabeça dele. Antes que pudesse ser puxado, Gabriel golpeou, cortando-o, e olhou para Clay.

— Tudo bem aí? — perguntou ele.

— T-tudo — Clay conseguiu responder entre os dentes batendo.

O demônio se empertigou, um som como o de um lago congelado gemendo sob o peso de algo titânico. Os olhos, fundos e escuros como poços de inverno, viram Gabriel se aproximar, sem pressa, *Vellichor* abrindo um vão na terra preta abaixo.

A espada do demônio desceu tão rápido que Clay quase não viu. Mas Gabe foi ainda mais rápido e chegou para o lado tão casualmente que seria como estar passando por alguém em uma sala lotada. O Infernal sorriu, achando divertido. Flocos de neve saíram por entre dentes que pareciam lápides em ruínas.

O sorriso sumiu quando Gabriel começou a correr.

O rosnado do demônio foi o rugido de uma avalanche distante. Ele deu um passo para trás, sobressaltado, e mudou a espada de mãos, para que a ponta larga fosse impossível de evitar quando se deslocasse na direção de Gabe.

Gabriel pulou. Não foi um pulo gracioso, e se ele não tivesse calculado direito, a espada o teria partido no meio. Mas penetrou no chão abaixo, e Gabe caiu de quatro na parte achatada e congelada da lâmina. Ele se levantou e correu pela espada enquanto o Infernal tentava soltá-la. Quando conseguiu, Gabriel estava quase no cabo e deu um pulo quando o puxão da espada o impulsionou.

Para Clay, o meio segundo seguinte durou a vida de uma geleira. Gabriel ficou suspenso no ar, as duas mãos no cabo da *Vellichor*, a lâmina subindo atrás dele, brilhando com o sol vermelho-sangue de outro céu.

Movida com toda força que Gabe conseguiu reunir, a *Vellichor* partiu o gelo na garganta do Infernal e abriu um corte fundo no pescoço. Neve e gelo explodiram do ferimento como uma tempestade entrando por uma porta aberta. O demônio cambaleou, oscilou e caiu no chão em uma pilha desastrosa.

Gabriel caiu no chão já correndo. Tinha deixado a espada enfiada no Infernal, mas não importava agora.

Rose veio correndo se encontrar com ele, e novamente pareceu a Clay que o mundo parou de girar enquanto a distância entre pai e filha diminuía. Só os dois continuaram em movimento, se deslocando como nadadores em oceanos espelhados, atraídos inexoravelmente para a superfície do outro pela respiração de seus pulmões.

Rose cambaleou, tomada de exaustão. Quando caiu para a frente, Gabe caiu de joelhos na terra cheia de lama e deslizou debaixo dela na hora que ela caiu em seus braços.

E agora foram eles que se encolheram, congelados juntos naquele momento único e singular, enquanto o mundo ao redor continuava girando.

E girando.

E girando.

Clay encontrou Lastleaf no trecho coberto de cadáveres entre os mercenários de Gabriel e os refugiados de Castia. O druin tinha sofrido queimaduras horríveis em metade do corpo, onde as escamas da armadura se fundiram com a pele queimada. Parte do maxilar tinha sido arrancada, e os olhos, um dourado, o outro maltratado por cicatrizes, olhavam sem enxergar para o céu atormentado por nuvens.

Ele fora pisoteado pela própria Horda, que saiu correndo depois da queda do Infernal, e por um momento, apesar de tudo que ele fez para merecer um fim como aquele, Clay sentiu uma pontada de solidariedade pelo druin. *Nós somos o que o passado fez de nós*, dissera ele na Ilha de Lindmoor, e o passado de Lastleaf o tornou uma coisa amarga, destruída e terrível.

O Pagão estava caído em cima da espada, que Clay achou melhor pegar antes que outra pessoa pegasse. Ele pendurou *Coração Negro* no ombro e se ajoelhou e virou o corpo com cuidado para não...

Não.

O coração de Clay ficou paralisado.

Por favor, não...

Sua boca ficou seca. Houve um som nos seus ouvidos como um tambor grave batendo. Clay sentiu a mão começar a tremer violentamente enquanto os dedos se fechavam em volta do cabo ensanguentado de *Tamarat*.

— Ah, Lastleaf — sussurrou ele enquanto puxava a espada preta abismal da bainha horrível em que tinha sido transformada o coração do Pagão. — O que você fez?

EPÍLOGO

LAR

O trecho a seguir foi retirado de *A mesma música de sempre*, de Kitagra, o Imatável, Bardo da Corte de Sua Augusta Majestade, o Imperador Matrick de Castia, primeiro de seu nome:

A quem desejar saber o que aconteceu com quem sobreviveu à Batalha de Castia, sugiro que visite sua biblioteca local ou seu bar favorito. O que será encontrado na biblioteca pode estar mais próximo da verdade, mas o que será ouvido no bar sem dúvida será uma história melhor.

Caso insiste em ler, Nascido no fogo: A ascensão da patrulha *é um dos meus favoritos, assim como* Eu, Jain, *que detalha as explorações de uma salteadora que virou mercenária de renome mundial depois que deixou as Flechas de Seda e começou sua carreira-solo.* O som que uma águia faz *oferece um bom resumo da batalha em si, embora a obra de título simples,* Castia, *escrita por Syd (filho de Barret) seja amplamente considerada o relato mais abrangente daquele auspicioso dia.*

Os integrantes do Saga sobreviveram à batalha milagrosamente ilesos. Por tudo que passaram durante a viagem até Castia, sofreram pouco mais que hematomas na derrota da Horda de Heartwyld. Essa foi, a propósito, a última vez que os integrantes do Saga lutariam uns ao lado dos outros.

Matrick Skulldrummer ficou para trás, em Castia. Ele liderou os esforços para consertar a cidade, e quando chegou a hora de escolher um novo corpo de governo (considerando que a maioria do antigo tinha sucumbido à peste), o povo de Castia decidiu que estava mais do que na hora de terem um Imperador, afinal. Houve uma votação, e Matty venceu de lavada. Ele parou de beber de vez e negociou uma separação pacífica da antiga esposa, a rainha Lilith de Agria. Convidou os filhos a irem fazer uma visita em Castia, e ninguém ficou surpreso além da mãe quando eles optaram por permanecer ao lado do pai.

Não preciso contar o que se deu com Arcandius Moog, pois ele está entre os mais conhecidos e celebrados acadêmicos da nossa época. De qualquer época, na verdade. Depois da libertação de Castia, ele fez outra visita ao doutor bruxo, Taino. Depois de meses de estudo, Moog voltou e reconstruiu sua torre a leste de Conthas, onde desenvolveu uma cura para a podridão.

É firme crença deste humilde ghoul que Arcandius Moog é uma das poucas figuras em toda essa história (além, talvez, de Clay Cooper) imbuído da fortaleza moral para fazer o que ele fez em seguida.

Ele deu a cura para todos. De graça.

Moog não voltou a se casar, e apesar de eu desconfiar do envolvimento dele com um ou dois casos secretos, está claro para todos que o coração dele pertence, mesmo depois de tanto tempo, ao falecido marido, em homenagem a quem batizou a poção milagrosa: "Tônico Terapêutico Fenomenal do Freddie."

Ganelon se despediu do bando e voltou para Grandual. Podemos concluir que, em algum ponto do caminho tortuoso e solitário, ele decidiu que o mundo para o qual tinha voltado não era lugar para ele, pois sua primeira parada ao leste da floresta foi a prisão onde ele passara uma longa e sombria década preso em pedra. Os guardiões avisaram que não era para ele se aventurar abaixo, mas os que cuidam de Quarry são pálidos, frágeis e cegos, e claro que não poderiam impedi-lo de fazer isso. Ele falou para eles, de forma um tanto críptica: "Me acordem quando ela chegar." E desceu sozinho até o lar da Mãe dos Basiliscos, cujo olhar transforma carne em pedra.

Infelizmente, Ganelon não estava sabendo que seu envolvimento com Larkspur tinha produzido um filho. O garoto ainda é novo, mas ouvi falar que tem personalidade.

A história de Gabriel está invariavelmente ligada à da filha, Rose. As vidas deles, junto com a do companheiro dela, Freecloud, foram assunto de inúmeras canções e histórias, portanto vou poupá-los dos detalhes aqui.

Quanto a Clay Cooper... Dois dias depois de quebrar o cerco a Castia, ele passou pelo portal para Kaladar e foi andando de lá para casa. Foi acompanhado por boa parte do caminho por Jain e as Flechas de Seda e por Gabriel, com quem tinha saído de Coverdale vários meses antes.

Eu não estava presente quando Clay e Gabriel se separaram, mas Jain alega que aconteceu quando o sol estava se ponto. Ela observou as silhuetas de longe enquanto eles trocavam algumas gargalhadas, derramavam algumas lágrimas e enfim se abraçavam. Depois, ela diz, Gabriel segurou a cabeça de Clay nas mãos e falou algo baixo demais para ela ouvir, que podemos supor que foi uma confissão emocionada de que ele devia toda a felicidade da vida dali em diante a Clay e somente a Clay.

A isso, Jain nos conta, Clay respondeu dando de ombros.

* * *

Na longa viagem para casa, Clay viu vários terrenos à beira da estrada que melhorariam muito com a presença de uma pensão modesta de dois andares. Haveria um estábulo nos fundos, decidiu ele, e talvez uma forja, para o caso de alguém precisar de pequenos reparos. Lá dentro, mesas redondas firmes com assentos acolchoados de couro e uma lareira longe do palco para os que desejassem se sentar e apreciar o calor do fogo em relativa paz e tranquilidade. O *Coração Negro* ficaria pendurado acima, e se alguém perguntasse o que um pedaço de madeira feio, queimado e cortado estava fazendo lá na parede, bem, Clay talvez saísse de trás do balcão do bar, colocasse os pés sobre a mesa e contasse uma ou duas histórias.

Quando chegou na cidade, o sol já estava quase se pondo. Sua sombra estava comprida, com ombros tão caídos e tão cansada quanto o homem que seguia pelo caminho maltratado que servia de estrada em Coverdale.

— Clay? — A voz era familiar e o tom, incrédulo. — Clay Cooper?

Ele olhou e viu Pip, que tinha saído do King's Head com o elmo debaixo do braço.

— Já fui chamado de coisa pior — disse Clay.

— Rá! — Pip tentou dar um tapa no joelho e quase conseguiu. — "Chamado de coisa pior", diz ele. Clássico! Ei, quando chegou em casa?

Ainda não cheguei em casa, pensou Clay.

— Agora. Está tudo bem?

— Melhor do que bem, eu diria. Soube de Castia?

Clay precisou sorrir.

— Ouvi falar.

— Louco, né? Pelo Quarteto Sagrado, queria ter estado lá!

Pip era jovem e provavelmente nunca tinha ido mais longe do que Conthas, ou talvez Oddsford, e por isso mesmo Clay perdoou o garoto por ter dito algo tão idiota.

— Já pegaram o centauro na fazenda do Tassel? — perguntou ele, mudando de assunto.

— Se pegaram? — Pip riu com deboche. — Você quer dizer que não ouviu falar? — Quando Clay balançou a cabeça, o rapaz continuou: — Sua garota o matou!

— Minha... — Clay hesitou, pois sua boca começara a falar enquanto o cérebro ainda tentava entender o que ele tinha acabado de ouvir. — Você está falando da Ginny?

— Não, a Ginny, não — disse Pip. — Ginny ficou puta da vida!

Clay segurou o garoto pelos ombros, talvez com mais vigor do que ele pretendia.

— Você precisa me contar o que aconteceu, Pip. Agora mesmo.

Pip deu um suspiro com fedor de cerveja velha.

— Bom, aquele filho da mãe, o centauro, perseguiu o Karl, o filho mais velho do Ryk Yarsson, para fora da floresta e pelo brejo até a sua casa. Acho que a sua filha os viu chegando. Fez a criatura cair com um galho ou algo assim. Ele quebrou o pescoço. Crack! — disse o rapaz, como se Clay precisasse lembrar como era o som de um pescoço quebrando.

— Você está me dizendo que a Tally... a *minha* Tally... matou um centauro?

— Ela matou um centauro! — disse Pip. — Você tem uma mercenariazinha em casa, Cooper.

Desta vez, a boca e a mente de Clay responderam ao mesmo tempo.

— *De jeito nenhum, porra.*

Pip riu.

— E tem mais, o jovem Karl fica em cima dela como uma vespa em cima de um bolo desde esse dia. Quase não sai do lado dela, e Tally parece gostar disso. O pobre garoto ficou louco por ela, acho.

Ele não sabe o que é ficar louco, pensou Clay. O homem soltou os dedos da manga de Pip e abriu um sorriso forçado.

— Foi bom ver você, Pip.

— Foi bom ver você também — disse Pip, a voz arrastada. — Estou feliz de ter chegado em casa.

Clay partiu para o portão oeste. *Não estou em casa*, falou a si mesmo. *Ainda não.*

Ele parou para se aliviar na estrada fora da cidade. Estava escuro de verdade agora. As estrelas no céu eram incompreensivelmente numerosas e bem mais brilhantes do que Clay lembrava. Ele curvou o pescoço para olhar para elas, e apesar de tudo que tinha feito desde que as vira pela última vez, *ainda* se sentia diminuído em comparação. Passou pela cabeça dele que sempre seria assim, e Clay decidiu que preferia que fosse mesmo.

Seguiu andando, ouvindo os grilos cricrilando na grama, o vento soprando nas árvores, respirando fundo o ar frio da noite.

De repente, ele a viu, a sombra negra contra as luzes quentes saindo pela porta aberta. Parecia uma distância impossível até o final do caminho, um trecho imensurável da entrada do jardim até o degrau em que a sua esposa estava sentada esperando. Ela só o viu quando ele estava a poucos metros e Griff saiu correndo de dentro de casa, latindo e pulando como louco em volta dos pés de Clay. Ele se ajoelhou para fazer carinho no cachorro enquanto Ginny se levantava, cruzava os braços e erguia o queixo daquele jeito imperial-rural dela.

— Você está vivo — disse ela.

— Estou.

— E Rose?

— Sã e salva.

— Que bom.

— Tally?

— Bem. Dormindo. Soube do centauro?

Ele assentiu.

— Soube.

Ela enrijeceu as costas nessa hora. O queixo subiu ainda mais

— Aquela garota não vai pegar uma espada, Clay. Nunca. Está me entendendo?

— Nada de espadas — garantiu ele. — Nem machados, adagas ou arcos. Nem mesmo um graveto afiado, prometo.

Isso arrancou a risada que ele estava procurando. Clay deu um passo na luz e ouviu a respiração dela travar.

— Seu rosto…

Ele parou para passar o dedo na cicatriz mais recente.

— É, bom. Acho que agora a bonita do casal é você.

Ela riu, e Clay poderia ter chorado ao ouvir aquele som.

Ginny esticou a mão para ele, e Clay entrou no círculo dos braços dela como um peregrino que chegou, no fim dos seus dias, à última casa sagrada. O aroma dela o envolveu. Uma mecha de cabelo fez cócegas no nariz dele e os deuses que se danassem, mas ele não ia coçar agora. A respiração dela estava quente e suave como um vento de verão no pescoço dele quando ela sussurrou:

— Você está em casa.

E, finalmente, ele estava.

AGRADECIMENTOS

Quando se é aspirante a autor, você não escreve (ou não deveria, pelo menos) com a certeza absoluta de que seu livro vai ser publicado. Mas ajuda quando você está cercado de gente que tem certeza absoluta de que vai. No fim das contas, fui a última pessoa a saber que o meu sonho mais louco acabaria se tornando realidade.

O livro que se tornou *Os reis do Wyld* se beneficiou de muitos leitores beta pacientes e entusiasmados. O principal entre eles foi Devon Pipars, que leu três capítulos de cada vez ao longo de um ano e sempre pedia mais, e Eugene Vassilev, que leu tantas vezes quanto pedi e foi um amigo tão crítico e animado quanto um autor pode querer.

Também gostaria de agradecer às pessoas com quem compartilhei a jornada de escrever minha primeira tentativa falha de romance de fantasia: Hollis Steele, Deyna Dodds e Kailu Grant apoiaram um livro que talvez nunca veja a luz do dia. Ainda assim, sou muito grato.

Outra pessoa que merece a minha gratidão é Bryan Cheyne, que é meu amigo, confidente de escrita e companheiro fã de Você-Sabe-Quem por mais tempo do que nós dois gostaríamos de admitir. Espero encontrar o nome dele em algumas lombadas à esquerda das minhas nas livrarias um dia.

Também preciso agradecer a Richard Anderson por uma linda capa, a Kristine Cofsky por uma foto excelente, a Shannon Boyd por ler em voz alta enquanto eu tomava notas e ria das minhas próprias piadas e a Natasha McLeod, que ouviu pacientemente cada ideia que chegou ao livro e várias outras que não chegaram. Por causa dela, saí desse processo como um humano (relativamente) operacional em vez de um troglodita de pernas bambas e olhos embaçados.

Devo um enorme agradecimento a Sebastien DeCastell, que foi abordado em um restaurante uma noite por um fã e aspirante a escritor que também por acaso era o garçom. Sebastien foi educado e respondeu às minhas perguntas sobre o processo de publicação e até me recomendou ao agente dele. Devo um exemplar deste livro a ele e muito mais.

O processo de conseguir um agente pode ser cansativo, destruidor e arrasador para a alma: você pula de um precipício e na maioria das vezes se espatifa em pedacinhos nas pedras lá embaixo. Tenho uma dívida eterna com Heather Adams, que me pegou, me puxou de volta e continua a me guiar na direção de alturas maiores.

Isso me leva à minha editora na Orbit, Lindsey Maravilhosa Hall: uma editora incrível e a maior torcedora deste livro desde o primeiro dia. Seu apoio foi valiosíssimo, sua sabedoria fundamental e seu entusiasmo só não era maior do que o da minha mãe. Tenho uma sorte enorme de que, na busca dos nossos próprios sonhos, acabamos indo parar lado a lado em uma estrada que espero que siga por muito, muito tempo.

Por fim, preciso agradecer ao meu irmãozinho mais alto e mais forte, Tyler. Você fez muitos papéis por mim, Ty: o Robin do meu Batman, o Mentor do meu He-Man, o Luigi do meu Mario. E, por fim, se me permitir mais uma vez, o Clay Cooper do meu Gabriel. Você é um *bom* homem, Tyler Eames. E, no fim das contas, diria que é bem óbvio qual de nós é o verdadeiro herói.

DIREÇÃO EDITORIAL
Daniele Cajueiro

EDITOR RESPONSÁVEL
André Marinho

PRODUÇÃO EDITORIAL
Adriana Torres
Júlia Ribeiro
Daniel Dargains

REVISÃO DE TRADUÇÃO
Emanoelle Veloso

REVISÃO
Pedro Staite
Raphael Castilho
Ulisses Teixeira

MAPAS
Tim Paul Illustration

DIAGRAMAÇÃO
DTPhoenix Editorial

Este livro foi impresso em 2021
para a Trama.